dtv

»Osterferien 1926 in der Bretagne. Im Hotel Angleterre urlauben ein paar vornehme englische Familien. Flora, die zehnjährige Tochter wohlsituierter Eltern, lernt hier zum ersten Mal so etwas wie Freundlichkeit und Familiensinn kennen und verliebt sich in gleich drei junge Männer. Über vierzig Jahre spinnt der Roman die Fäden zwischen ihr und den dreien weiter, heiter und witzig skizziert die Autorin die Gesellschaft, und sehr behutsam entfaltet sie das Leben des ungeliebten Kindes, das die Angst vor Liebe erst spät verliert.« (Ingrid Dressler-Lewis in ›Brigitte‹)

Mary Wesley wurde 1912 bei Windsor geboren und lebt heute in Devon. Mit siebzig Jahren veröffentlichte sie ihren ersten Roman. Inzwischen gehört sie zu den meistgelesenen englischen Schriftstellerinnen.

Mary Wesley

Ein Leben nach Maß

Roman

Deutsch von
Renate Orth-Guttmann

Deutscher Taschenbuch Verlag

Von Mary Wesley
sind im Deutschen Taschenbuch Verlag erschienen:
Matildas letzter Sommer (12176)
Die letzten Tage der Unschuld (12214)
Ein böses Nachspiel (20072)
Führe mich in Versuchung (20117)
Ein ganz besonderes Gefühl (20120)
Zweite Geige (25084)

Ungekürzte Ausgabe
Mai 1999
Deutscher Taschenbuch Verlag GmbH & Co. KG,
München
© 1990 Mary Wesley
Titel der englischen Originalausgabe:
›A Sensible Life‹ (Bantam Press, London)
© 1991 der deutschsprachigen Ausgabe:
Paul List Verlag in der Südwest Verlag GmbH & Co. KG,
München
Umschlagkonzept: Balk & Brumshagen
Umschlagbild: Ausschnitt des Gemäldes
›Mädchen mit einem Segelboot‹ (1899)
von Edmund C. Tarbell
Gesetzt aus der Stempel Garamond 12/14· (3B2)
Gesamtherstellung: C. H. Beck'sche Buchdruckerei,
Nördlingen
Gedruckt auf säurefreiem, chlorfrei gebleichtem Papier
Printed in Germany · ISBN 3-423-25154-9

Erster Teil

I

Es war völlig windstill; eine tellerflache See stieß an einen seefarbenen Himmel. Nur ein gelegentliches Glitzern verriet die Stelle, an der sich beide begegneten. Der Strand senkte sich so sacht zur See hin, daß man geneigt war, an eine optische Täuschung zu glauben. Der Sand, zum Land hin trocken wie Zwiebackbrösel, wurde feuchter, meerfarbiger, glatter, je mehr er sich der fernen Wasserfläche näherte.

An einem unerwartet warmen Februartag probten die Vögel im Binnenland ihr Frühlingslied, am Strand aber war es still, weit und leer lag er da. Ein Reiher, der mit trägem Flügelschlag von der Flußmündung her landeinwärts flog, machte diese Leere noch deutlicher. Der Junge meinte, seine Flügel zu hören. Enttäuscht ließ er das Fernglas sinken. Eigentlich war er hergekommen, um Seevögel zu beobachten, und nun waren keine da. Er blinzelte in die schon tief stehende Sonne und beschloß, sich auf den Heimweg zu machen.

Eine Bewegung am Saum des Wassers, sechs-, siebenhundert Meter von ihm entfernt, ließ ihn innehalten: Etwas sehr Kleines regte sich dort. Der Junge kniff vor dem flimmernden Licht die Augen zu. Aus der einen fernen Gestalt waren plötzlich zwei geworden. Ein Kind und ein Hund? Das Kind mußte über die Klippenwand im Westen geklettert und am Wasser entlanggelaufen sein. Vom Strand her waren keine Fußspuren auszumachen; der Sand, noch feucht von der letzten Flut und ständig genetzt vom Wasser des Flusses, der sich hier, im Mündungsgebiet, in vielen heimlichen Rinnsalen seinen Weg zum Meer suchte, war unberührt.

Der Junge stieg ein Stück höher hinauf, um bessere Sicht zu haben. Er stützte sich auf einen Stock und setzte den rechten Fuß vorsichtig auf. Mühsam stapfte er durch den lockeren Sand, der mit Abfällen, dürrem Tang, gebleichtem Treibholz, zerbrochenen Scheidenmuscheln, vom Wasser rundgeschliffenen Glasscherben und Miesmuschelhälften übersät war. Am höchsten Punkt des Pfades setzte er sich in das kurze, struppige Gras, das sich bis zur Flußmündung erstreckte, und ruhte sich aus. Sein Knie war nach einem Meniskusriß noch nicht wieder ganz in Ordnung. Er lockerte den Verband, der ihn behinderte, und streifte mit der Hand über ein Grasnelkenbüschel, an dem noch ein paar Samenkapseln saßen. Er schwitzte; seit seinem Unfall war er nicht mehr in Form.

Wie weit mochte das Wasser bei Ebbe ablaufen? Entfernungen konnten täuschen, dieser Küstenstrich war ihm nicht vertraut. Er griff nach dem Feldstecher und stellte ihn auf die ferne Gestalt ein.

Es war, wie er jetzt erkannte, tatsächlich ein Kind; es schlenderte am Wasser entlang und trat kleine Sandwirbel los, was den Hund, der fast so groß war wie das Kind selbst, außer Rand und Band brachte. Er sprang und tollte herum wie ein Verrückter, den Schwanz zwischen die Beine geklemmt, die Ohren zurückgelegt, die Schnauze in ausgelassenem Vergnügen weit aufgerissen. Der Junge meinte ihn bellen zu hören, aber in diesem Moment gellten ihm die Schreie der Möwen ins Ohr, die um die Landspitze schwirrten, und die Triller der Austernfischer, die von einer schützenden Landzunge zur anderen die Bucht überquerten. Zugleich führte ihm die jäh hinter einer Wolke verschwindende Sonne nachdrücklich vor Augen, wie wetterwendisch der Februar sein kann.

Er folgte mit seinem Glas den Austernfischern, bis sie hinter der Landspitze verschwunden waren. Mit ihrem Geflatter hatten sie einen Kormoran aufgescheucht, der still auf einem Felsen über der See gesessen hatte. Der Kormoran flog geradewegs in die Sonne, einem aussichtslosen Kampf mit den Wolken entgegen. Der Junge knöpfte die Jacke zu; ein kalter Wind kündigte den Abend an.

Das Kind rannte jetzt vor den Wellen her, die sich überraschend schnell – schneller, als ein Mensch laufen kann, dachte er erstaunt – über den Sand kräuselten. Das Kind sprach mit heller Stimme auf den Hund ein – es klang ähnlich wie das Trillern der Austernfischer –, der aber buddelte, taub und blind vor Begeisterung, eifrig im Sand herum. Er arbeitete wie besessen, schaufelte mit Schwung den nassen Sand in Richtung See, biß hinein, schüttelte den zottigen Kopf und ruhte nicht eher, bis er eine Höhle gegraben hatte, in die er laut bellend Kopf und Schultern stecken konnte.

Das Kind, ein Mädchen, lief schräg über den Strand. Es hatte dicke schwarze Zöpfe und trug einen hellbraunen Pullover und einen Rock in der gleichen Farbe. Den Rock hatte die Kleine in ihren Schlüpfer gestopft, so daß sie im Umriß an einen kandierten Rummelplatzapfel erinnerte. Die Beine waren lang und dünn. Hin und wieder blieb sie stehen und pfiff dem dummen Hund.

Der Junge, der bisher eher unbeteiligt zugesehen hatte, fand, daß die Sache allmählich spannend wurde. Die Flut kam so schnell herein, daß die Kleine ihren Kurs würde ändern müssen. Bis zur anderen Seite der Bucht würde sie es nicht mehr schaffen, sie mußte in seine Richtung laufen. Der Hund stellte sich ausgesprochen dämlich an. Er zog den Kopf aus dem Loch, das er gebuddelt hatte, und winselte unentschlossen, war aber offenbar nicht gewillt, sein schönes Spiel aufzugeben.

Der Junge merkte jetzt, daß der scheinbar so ebene Strand ihn genarrt hatte. Die auflaufende Flut umstrudelte sandige Inselchen, und auf einer dieser kleinen Erhebungen stand der Hund und konnte nicht vor und nicht zurück. Er hob den Kopf und jaulte. Siebzig Meter schäumendes Wasser trennten Hund und Kind. Die Kleine sprach dem Hund ermutigend zu, dem aber war die Sache nicht geheuer. Zitternd, den Schwanz zwischen die Beine geklemmt, blieb er stehen, wo er war. Sie machte Anstalten umzukehren.

Der Junge stand auf. »Laß ihn«, rief er. »Er kann doch schwimmen!« Von dort oben war deutlich zu erkennen, wie tief das Wasser und wie klein das Mädchen war. »Laß ihn schwimmen.« Ob sie ihn aus dieser Entfernung überhaupt hören konnte?

Die Kleine kümmerte sich nicht um ihn. Sie zog sich aus, legte ihre Sachen zu einem Bündel zusammen und watete, das Bündel mit einer Hand auf dem Kopf balancierend, zu dem Hund zurück. Als sie ihn erreicht hatte, packte sie ihn und schubste ihn in die rauschende Flut, die ihr bis zur Brust reichte.

»Du bist ja verrückt«, schrie der Junge. »Total verrückt!«

Hopsend und hinkend rannte er die Düne hinunter zum Strand, während der Hund jetzt mit kräftigen Schwimmbewegungen und heftig platschenden Pfoten, den Kopf krampfhaft über Wasser haltend, vor der Kleinen herruderte, die mit ihrem Kleiderbündel nur langsam vorankam.

Der Junge erreichte das Wasser genau in dem Moment, als der Hund mit einem Satz aufs Trockene sprang, sich kräftig schüttelte und ihn mit einer kalten Dusche beglückte. Die Kleine, noch ein paar Meter vom Strand entfernt, stolperte über ein unsichtbares Hindernis und tauchte fast ganz unter. Immerhin – ihr Kleiderbündel war trocken geblieben.

Dem Jungen war inzwischen aufgegangen, daß er ja in Frankreich war. »*J'arrive!*« rief er der Kleinen zu. »*Idiote! Espèce de con! Attendez. J'arrive. Au secours!*« Er watete ins Meer hinaus und nahm ihre Hand. »*Tenez fort*«, rief er, »*ma main* ... Ich zieh' dich raus. *Venez vite. Quel horreur!*« Er ließ seinen Stock fallen und griff nach dem Kleiderbündel. »*C'est dangereux!*«

Die Kleine schnappte sich den Stock, den die See schon davontragen wollte, und gab ihn dem Jungen zurück, als sie aus dem Wasser kam. Sie hatte braune Augen und war ganz blaugefroren.

»Kann ich meine Sachen haben?« Sie nahm ihm ziemlich unsanft das Bündel aus der Hand. »Schau mal weg.« Sie streifte den Rock über, zerrte den Pullover über den Kopf, zog unter dem Rock den Schlüpfer hoch und drückte Wasser aus dem Saum des Hemdchens, das sie anbehalten hatte. Sie schlotterte. »Das war ganz überflüssig«, sagte sie undankbar und vernehmlich mit den Zähnen klappernd. »Ich wäre gut allein zurechtgekommen.«

»Du bist also Engländerin?« Der Junge wrang seine Hosenbeine aus. Er kam sich ziemlich albern vor.

»Ja.«

»Ich heiße Cosmo.«

»Soso.«

»Das ist ja ein selten dämlicher Köter.« Cosmo sah zu dem Hund hinüber, der sich auf dem kurzen Dünengras herumrollte und den Rücken an einem Riedbüschel scheuerte.

»Er ist nur ein bißchen wasserscheu.« Sie band eine schlapp herunterhängende Zopfschleife neu. »Ich muß meine Schuhe holen.« Vorsichtig balancierte sie auf nackten Sohlen über die Steine. Der Hund sprang auf und folgte ihr.

»Wie heißt du denn?« rief Cosmo ihr nach. Da war sie schon an den dicken Felsbrocken angekommen, die am Fuß der Klippen herumlagen. Die Kleine antwortete nicht, nur die Klippen warfen das Echo seiner Frage zurück: »'enn ... 'enn ... 'enn.« Er blieb am Wasser stehen, das jetzt seinen höchsten Stand erreicht hatte, sich seufzend hob und senkte und zutraulich den Sand streichelte. »Du hättest glatt ertrinken können«, setzte er noch hinzu. Vielleicht war ihr das ja noch gar nicht klargeworden.

Sie hatte Schuhe und Strümpfe gefunden und zog sie an. Dann sprang sie behende wie eine junge Ziege die Klippen hinauf, der Hund immer hinterher. Oben blieb sie noch einen Augenblick stehen, sah zu Cosmo hinunter und winkte, dann war sie verschwunden.

»*Con*«, stieß Cosmo hervor. Die Vokabel kannte er erst seit gestern. »*Con!*«

Seine Hosen waren naß, sein Knie tat weh, und es war ein langer Fußweg vom Strand bis zur Straße, wo er in das Gefährt – halb Zug, halb Straßenbahn – einsteigen konnte, das ihn über St. Briac und St. Enogat nach Dinard bringen würde.

In der Bahn, nach Kräften bemüht, über die anderen Fahrgäste hinwegzusehen, die interessiert seine nassen Beine musterten, sprach Cosmo sich Trost zu. Sie ist ja noch ein Kind, gar kein richtiges Mädchen. Mit fünfzehn, fand er, war es höchste Zeit, die Mädchen zu entdecken.

2

Im Jahr 1926 verbrachten viele englische Familien mit ihren Sprößlingen die Osterferien in der Bretagne. Es konnte den Kindern nur guttun, einmal ein Stück fremde Erde zu sehen, die eine oder andere Sehenswürdigkeit zu betrachten, ein paar Brocken Französisch zu lernen.

Die Überfahrt von Southampton nach St. Malo war problemlos und mindestens ebenso preisgünstig wie die Bahnfahrt in das landschaftlich ähnliche und in vieler Hinsicht ebenso fremdartige Cornwall. Dinard, gegenüber von St. Malo am anderen Ufer der Rance, hatte einen Strand, ein Spielkasino, einen Tennisklub und viele sehr ordentliche Hotels und Pensionen. Anfang April schwirrten britische Laute durch die Speisesäle der Hôtels Angleterre, Britannique, Bristol und Marjolaine; in englischer Zunge diskutierte man über das Wetter (fast genauso wie im Südwesten Englands), besprach die dank günstiger Umtauschkurse sehr beliebten Einkaufstouren (erfreulich viele Francs für ein Pfund Sterling!) und beteuerte sich gegenseitig, wie erholend so ein Urlaub besonders für die Hausfrauen war, die sich seit Kriegsende mit akuten Dienstbotenproblemen herumschlagen mußten.

Einige Väter hatten den Krieg mitgemacht,

manche Familien hatten den Vater an der französischen oder italienischen Front, in den Dardanellen, in Mesopotamien oder auf See verloren. Allerdings war vom Krieg kaum mehr die Rede. Man versuchte ihn zu vergessen, die Gedanken richteten sich auf eine neue Generation. Um so heftiger und äußerst beunruhigt wurde die Haltung der Bergleute diskutiert. Würde es, konnte es wieder zum Streik kommen? Mußte man tatsächlich mit einem Generalstreik rechnen? Alle britischen Eltern hatten noch den Eisenbahnerstreik von 1919 in Erinnerung. Ein schnauzbärtiger Vater, der den jetzt so gern verdrängten Krieg nicht mitgemacht hatte, aber trotz eines lahmen Beins als Jagdleiter fungierte, hatte damals als Lokomotivführer die Strecke Taunton – Minehead befahren und ließ erkennen, daß er nichts dagegen hätte, diese Aufgabe erneut zu übernehmen. Für ihn war es ein Riesenspaß gewesen, den Streikenden Paroli zu bieten. Es gab Zuhörer, die das für Aufschneiderei hielten, denn wer die friedlichen Bürger von Somerset kannte, vermochte sie sich nur schwer als rote Aufrührer vorzustellen. Die Eisenbahner der Zweiglinie, die an den Quantock Hills vorbeiführte, konnte man wohl kaum mit derselben Elle messen wie die Kumpel aus Wales und den Midlands, aus dem Norden und aus Schottland, die, wie man der ›Times‹ entnehmen konnte, bis auf den letzten Mann Bolschewiken waren.

Bolschewik ... Das Wort ging von Tisch zu Tisch, Geringschätzung schwang darin und ein Hauch von Furcht. Man wußte ja, wie das 1917 in Rußland gewesen war, nichts als Mord und Totschlag, den armen Zaren hatten sie umgebracht samt Frau und Kindern.

»Wenn die wirklich was darüber wissen wollten, bräuchten sie sich bloß mal in den billigeren *pensions* und Fremdenheimen umzusehen, wo die weniger gut betuchten russischen Flüchtlinge wohnen. Denen bleibt gar nichts anderes übrig, als sich auf Dauer im Ausland einzurichten«, sagte Blanco Wyndeatt-Whyte halblaut zu seinem Freund Cosmo Leigh, mit dem er die Ferien verbrachte. Sie saßen im Speisesaal des Hôtel Marjolaine beim Mittagessen.

»Kennst du welche?« fragte Cosmo gedämpft. »Ich höre nur immer, daß sie ihren verlorenen Gütern nachweinen und von den bergeweise gehorteten Juwelen leben, die sie ins Exil mitgebracht haben.«

»Ja. Die Frau, bei der ich Klavierstunde habe«, erwiderte Blanco leise. »Genaugenommen ist sie Armenierin, sie stammt aus Baku. In Bridge ist sie einsame Spitze. Sie hat mir schon letztes Jahr Stunden gegeben, als ich mit meiner Tante hier war.«

»Bridge und Klavier?«

»Ja. Der Form halber klimpern wir ein paar Tonleitern, dann spielen wir Bridge. Wir können noch Verstärkung gebrauchen. Komm doch heute mit.«

»Ich hab's nicht so mit den Karten, die interessieren mich einfach nicht.«

»Wie steht's mit Backgammon?«

»Kann sie das auch?«

»Können ist gar kein Ausdruck!«

»Ja, wenn das so ist, komme ich gern«, sagte Cosmo erfreut.

»Ein, zwei Bridgepartien wirst du aber vorher aushalten müssen, darauf kann ich nicht verzichten.«

»Abgemacht«, sagte Cosmo.

»Was steht denn heute nachmittag auf dem Programm?« erkundigte sich Mrs. Leigh bei den Jungen. »Zum Tennisspielen ist es zu naß, und zum Vögelbeobachten sieht das Wetter auch nicht gerade vielversprechend aus. Wie geht's deinem armen Knie, Cosmo?«

»Viel besser, danke, Ma. Fast wieder in Ordnung.«

»Also, was habt ihr vor? Du brauchst unbedingt frische Luft.«

»Wir wollten spazierengehen«, sagte Cosmo.

»Paßt nur auf, daß ihr dabei nicht im Kasino landet«, warnte Mrs. Leigh.

»Dazu sind wir doch viel zu jung, Ma.«

»Ich kenne euch! Und ihr seht beide älter aus als fünfzehn.«

»Was machst du heute, Ma?« erkundigte sich Cosmo.

»Ich habe eine Anprobe bei dieser exzellenten kleinen Schneiderin, damit möchte ich gern fertig werden, ehe dein Vater kommt.«

»Soll er es nicht merken?«

»Soll er was nicht merken?«

»Wieviel Geld du für neue Garderobe ausgibst.«

»Sei nicht albern, Liebling. Wenn man hier arbeiten läßt, spart man bares Geld.« Mrs. Leigh wirkte etwas verstimmt, fand Blanco.

»Hoffentlich läßt du dir ein tolles Kleid mit furchtbar offenherzigem Ausschnitt machen, das wäre was für Vater, dann könnte er seinen Witz erzählen.«

»Das schafft er auch ohne neues Kleid«, sagte Mrs. Leigh mit einem leicht schmerzlichen Unterton.

»Vater erzählt immer diese grauenhafte olle Kamelle –« setzte Cosmo an.

»Cosmo!« mahnte Mrs. Leigh.

Cosmo lachte, beugte sich vor und gab seiner Mutter einen Kuß auf die Wange.

»Ich habe heute meine Klavierstunde, Mrs. Leigh«, schaltete Blanco sich taktvoll ein. »Wenn

Cosmo Lust hat, mir Gesellschaft zu leisten, könnten wir unseren Spaziergang dahin machen.«

»Mrs. Wieheißtsienoch? – schrecklich, diese russischen Namen – hat dich offenbar beflügelt. Deine Mutter hat mir erzählt, daß in deinem Zeugnis steht, du hättest dich ›nicht hinreichend mit dem Klimperkasten befaßt‹. Ganz erstaunlich, dieser saloppe Ton der Lehrer heutzutage ...«

»Das macht die Erleichterung, weil sie den Krieg überlebt haben. Mein Lehrer ist nicht nur salopp, sondern auch wehleidig. Er schreit vor Schmerz und Wut, wenn ich falsch spiele. Am liebsten hätte ich ja mit dem Klavierspielen ganz aufgehört, aber Madame Tarasowa schreit nicht, und so halte ich es in den Ferien noch durch, meiner Mutter zuliebe.«

»Deine Mutter hat in ihrem Brief besonders betont, wie wichtig Musik –«

»Meine Mutter macht das nur meinem Vetter Chose zuliebe, sie interessiert sich nicht für die schönen Künste.«

»Nenn ihn nicht Chose, Blanco, das ist sehr ungehörig und bringt mich zum Lachen.«

»Na gut. Dann eben Vetter Dings –«

»Auch das nicht. Der Mann hat schließlich einen Namen. Für dich ist er eine Respektsperson, auch wenn du ihn nicht kennst.«

»Und es sieht auch nicht danach aus, als ob ich ihn je kennenlernen würde. Was an ihm liegt, nicht an mir. Wir tragen denselben Namen, das ist alles. Ich würde herzlich gern entweder das Wyndeatt oder das Whyte ablegen, aber davon will meine Mutter nichts hören. Macht nichts, in der Schule ist Musik Wahlfach, sie wird's verschmerzen, wenn ich es an den Nagel hänge, sobald ich die Grundbegriffe kapiert habe.«

»Und dabei kann Mrs. Sowieso dir behilflich sein?«

»Ich hoffe es.«

»War ... äh ... hatte dein Vater Sinn für Musik?« Mrs. Leigh hatte gewisse Hemmungen, von Blancos Vater zu sprechen, der, soweit man wußte, in Flandern begraben lag.

»Weder die Wyndeatts noch die Whytes hatten in der Richtung was drauf. Soweit ich weiß, war mein Vater total unmusikalisch. Schon vor dem großen Knall, mit dem er in die Luft geflogen ist.«

»Also wirklich, Blanco, ich ... äh ... du ...« Mrs. Leigh rang nach Worten. »Wyndeatt-Whyte ist ein sehr angesehener Name, du solltest dich nicht lustig machen –«

»Entschuldigen Sie, Mrs. Leigh, ich wollte nicht geschmacklos werden. Nur – ich finde es so furchtbar unfair, daß mein Vater dran glauben mußte, wo er doch der einzige Sohn war. Vetter

Dings war immerhin mit sechsen gesegnet«, sagte Blanco schroff.

»Ich denke, die sind später auch gefallen. Alle sechs. Komm, sei du jetzt auch nicht unfair«, sagte Cosmo in der Hoffnung, Blancos Zorn zu beschwichtigen und seiner Mutter aus der Verlegenheit zu helfen. Sein Vater war Stabsoffizier gewesen und hatte den Krieg unversehrt überstanden. Den Witwen und Waisen der Frontkämpfer gegenüber hatte Mrs. Leigh deshalb einen ziemlich schweren Stand.

»Wie schrecklich«, sagte sie halblaut. »Sechs...«

»Mein Vetter Dings soll ein ganz langes Badezimmer haben, in dem sechs Wannen nebeneinander stehen«, meinte Blanco. »Mit eigenen Augen hab' ich es natürlich nicht gesehen.«

Mrs. Leigh griff nach ihrer Tasche und einem Buch, das sie früher oder später zu lesen hoffte. Sie warf einen Blick auf den Titel. »*Odtaa*. Ich habe noch gar nicht angefangen. Was das wohl heißen mag? Jedenfalls soll es gut sein.«

»Wie mein Vetter Dings immer sagte, wenn wieder einer seiner Söhne dran glauben mußte: Den Krieg werden wir gewinnen – ohne diese Tölpel aber auch«, bemerkte Blanco.

Cosmos Freund hatte etwas Aggressives an sich, fand Mrs. Leigh und überlegte, ob es richtig gewesen war, ihn für die ganzen Ferien einzuladen. »Schön, dann versucht mal, nichts anzustellen, ihr zwei. Wir sehen uns zum Abendessen.« Blanco stand auf und rückte ihr den Stuhl zurecht, während Cosmo voranging und die Speisesaaltür aufmachte. Von den Tischen, an denen noch gegessen wurde, sah man ihr nach.

»Ich habe den Verdacht, daß deine Mutter uns durchschaut«, sagte Blanco, als er sich mit Cosmo auf den Weg zu Madame Tarasowa machte.
»Sie sieht das, was sie sehen will. Morgen kommt Vater, dann interessiert sie sich sowieso nicht mehr für unsere Unternehmungen. Sie hat sich ganz schön gelangweilt, als sie wochenlang mit mir und meinem kaputten Knie allein war.«
»Hättest du das nicht auch zu Hause ausheilen können?«
»Ja, natürlich. Aber weil ich ja sowieso nicht zur Schule konnte, fand Vater, ich könnte bei dieser Gelegenheit gleich ein bißchen Französisch lernen, und Mutter hat dann wegen der Einkaufsmöglichkeiten angebissen. Sie ist in einen wahren Kaufrausch verfallen. Seit wir hier sind, war sie schon dreimal in Paris.«
»Wegen deiner Schwester?«
»Offiziell ja, aber in Wirklichkeit wegen der Warenhäuser.«
»Wann kommt denn deine Schwester?«

»Nächste Woche. So langsam wird sie ein bißchen zu alt für Familienferien. Sie ist siebzehn.«

»Spielt sie Bridge?« erkundigte sich Blanco.

»Weiß ich nicht. Kann sein, daß sie es inzwischen gelernt hat. Warum lernst du es eigentlich?«

»Das Geld«, sagte Blanco. »Ich bin ein armer Verwandter.«

»Geld ist uninteressant für mich«, sagte Cosmo. »Mich reizen nur die Weiber.«

»Und wie willst du ohne das eine an die anderen herankommen?«

»Charme?« Cosmo feixte.

»Fehlanzeige! Mit Charme hältst du die Weiber nie. Mit Geld schon. Wie geht der Witz, den dein Vater immer erzählt? Die olle Kamelle?«

»Eine Frau geht zu einem vornehmen Empfang und macht vor dem König von Ägypten einen Hofknicks. Sie hat eins dieser tiefausgeschnittenen Kleider an, und ihr Busen springt raus, und der König von Ägypten sagt: ›*Mais, Madame, il ne faut pas perdre ces belles choses comme ci comme ça et cetera*‹ und schnippt mit den Fingern dagegen.«

»Au, das tut weh!«

»Sagen Mutter und ich auch immer.«

Sie gingen eine Weile schweigend weiter.

»Vorhin hat der Hoteldirektor zum Oberkellner gesagt, daß sie eine holländische Baronin mit ihren fünf Töchtern erwarten, er soll ihnen den gewohnten Tisch reservieren«, berichtete Blanco.

»Fünf Mädchen?« stieß Cosmo hervor. »Fünf?«

»Hat er gesagt. Aber wer weiß, wie sie sind ...?«

»Miesmacher! Fünf schöne Mädchen ...«

»Was ist mit deiner Schwester Mabs?«

»Die ist meine Schwester.«

»Schön?«

»Passabel. Sie bringt eine Freundin mit.«

»Dann bist du doch versorgt.«

»Wenn es nach Mabs geht, kann ich bei der bestimmt nicht landen. Ich bin zu jung. Total uninteressant.«

»Dann würde ich an deiner Stelle das Holland-Quintett anvisieren.«

»Fünf Töchter ... die Qual der Wahl! Hoffen wir, daß sie hübsch sind und englisch sprechen.«

»Soviel Quantität läßt Zweifel an der Qualität aufkommen«, sagte Blanco.

»Wieso?«

»Wenn sie in heiratsfähigem Alter wären, würden sie nicht zu fünft kommen, dann wären schon welche unter der Haube. Andererseits –«

»Ja?«

»Vielleicht kriegen sie keine Mitgift, die Ärmsten.«

»Du denkst nur ans Geld. Erst Bridge und Backgammon, jetzt die Mitgift.«

»Nur weil ich total blank bin. Den Zustand will ich ändern«, erklärte Blanco ungerührt.

»Da geht meine Mutter«, sagte Cosmo. »Sieh mal, sie hat wieder zugeschlagen. Zwei Hutschachteln!« In einiger Entfernung überquerte Mrs. Leigh federnden Schrittes die Straße und verschwand in einem Modegeschäft. »Seit sie einen Bubikopf hat, sagt Vater, ist sie nicht mehr zu halten, aber ich glaube, es hat eher damit zu tun, daß Mabs jetzt bald mit der Schule fertig ist.«

»Kurze Röcke stehen ihr«, sagte Blanco mit Kennerblick. »Von hinten könnte man meinen, das wärst du in Frauenfummeln.«

»Na hör mal«, widersprach Cosmo. »Sie hat doch keine knochigen Knie.«

»Dasselbe Haar, dieselben Züge –«

»Meine Mutter ist eine schöne Frau«, protestierte Cosmo.

»Du bist nur eine gröbere Ausführung, außerdem hast du diese gräßlichen Pickel.«

»Nur noch zwei. Die französische Küche hat Wunder gewirkt. Du hast mehr.«

»Ein Handicap im Hollandspiel. Was meinst du, ob wir voller Wehmut an unsere Pickel zurückdenken, wenn wir alt und reich sind?«

»Ich will überhaupt nicht alt werden. Ich will

nur erwachsen werden und an die Mädchen rankommen«, erklärte Cosmo kühn.

»Du hast doch Bammel vor Mädchen.« Blanco wußte, wie schüchtern sein Freund war. »Vielleicht sind die fünf Holländerinnen ganz klein und niedlich, vor denen brauchst du dann keine Angst zu haben.«

»Jetzt hör aber auf. Wie heißt diese holländische Baronin denn?«

»Angehört hat es sich wie Habenichts. Jetzt nach rechts, in diese Gasse hinein. Wir sind gleich da.«

»Hier riecht's aber nicht gerade gut.« Cosmo sah sich um.

»Madame Tarasowa ist arm, sie hat keinen Schmuck aus Baku mitgebracht. Sie gibt Tölpeln wie mir Klavierunterricht, um über die Runden zu kommen. Dort wohnt sie, über dem Pferdekopf.«

»*Boucherie chevaline*«, las Cosmo. »Pferdeschlächterei. Ist ja eklig.« Als er das belustigte Gesicht seines Freundes sah, wurde er rot. »Entschuldige, ich bin ziemlich engstirnig. Geh du voraus.«

»Du sagst es«, bestätigte Blanco bissig. »Ein richtiges Mittelstandsmonster. Wenn dir Madame Tarasowas Wohnverhältnisse nicht passen, brauchst du nicht mitzukommen. Ich habe dir schon gesagt, daß sie arm ist. Sie gibt Klavier-

unterricht, sie betätigt sich als Wahrsagerin, sie schneidert und ändert Sachen, um sich über Wasser zu halten. Wenn du's genau wissen willst: Ich hätte die Klavierstunden schon längst aufstecken können, aber sie braucht das Geld. Sie hat eine einzige kleine Bude, wo sie unterrichtet, arbeitet und schläft. Geh lieber wieder ins Hotel zurück.«
»Ich will aber nicht ins Hotel.«
Wie die Kampfhähne standen sie sich in der ärmlichen Gasse gegenüber, Blanco bleich und zornig, Cosmo puterrot und sehr verlegen. Nach einer unbehaglichen Pause gab sich Cosmo einen Ruck: »Ich könnte mich ja vielleicht bei ihr zum Konzertpianisten ausbilden lassen.« Und dann wollten sie sich beide ausschütten vor Lachen.

»Da kommt mein Schüler.« Madame Tarasowa sah aus dem Fenster im ersten Stock auf die Rue de Rance herunter.

Das Zimmer, in dem sie ihren Schüler erwartete, beherbergte ein Klavier, einen quadratischen Tisch mit einer roten Moltondecke, vier harte Stühle, eine Chaiselongue, eine Tretnähmaschine und ein Bücherregal, das mit broschierten Büchern aus dem Tauchnitz Verlag vollgestopft war. Auf den Büchern thronten Notenstapel sowie eine mit schwarzem Manchestersamt umhüllte Kristallkugel. Unter dem Tisch stand ein Hundekorb, in dem ein kleiner Spitz schlief.

»Es wird Zeit, daß du mit Fürst Igor Gassi gehst«, sagte Madame Tarasowa. »Bring ihn mir nicht wieder müde und naß zurück, beim letztenmal war sein schönes Fell voller Sand.« Ihr Französisch hatte einen starken Akzent.

»Wer ist der Schüler?« Flora war Madame Tarasowas Blick gefolgt. »Verflixt! Einer von den Jungen da unten?«

»Ja. Der Dunkelhaarige ist Blanco. Den Blonden kenne ich nicht.«

»Ich verschwinde.« Flora zog einen Jumper über. »Komm, Fürst Igor, dalli dalli!« Sie befestigte eine Leine an dem Halsband des Hündchens und drängte sich an den eng beieinanderstehenden Möbeln vorbei zur Tür.

»Wie lange dauert der Unterricht?«

»Eine Stunde. Weshalb Blanco wohl einen Freund mitbringt? Ob der auch Unterricht haben will? Was meinst du, Kind?« fragte Madame Tarasowa hoffnungsvoll, aber Flora war schon aus dem Zimmer gestürmt und raste, den Hund hinter sich herzerrend, die Treppe hinunter. Unter der Tür huschte sie an Blanco und Cosmo vorbei und verschwand im Laufschritt.

»Das ist Madame Tarasowas einziger Luxus«, sagte Blanco und legte den Daumen auf den Klingelknopf.

»Die Kleine da? Irgendwo hab' ich sie schon mal gesehen, sie hatte nur einen anderen –«

»Der widerliche Spitz. Kaum hat man eine Taste angefaßt, schon fängt er an zu jaulen. Madame T. muß ihn immer wegschicken, wenn sie Stunden gibt.«

Cosmo hörte nicht zu. »Sie hatte einen anderen Hund mit, einen riesengroßen –«

»Komm jetzt, hier hoch.« Blanco ging voran. »*Bonjour*, Madame, das ist mein Freund Cosmo Leigh. Er hat mich für die Ferien hierher eingeladen.«

»Ins Hotel? *C'est chic.* Und wie geht es deiner *Maman?*«

»Danke, gut. Cosmo hätte auch gern Unterricht bei Ihnen. Nein, nicht Klavier. Backgammon. Was ist denn, Cosmo?« Der hatte sich durch das Möbeldickicht einen Weg zum Fenster gebahnt und sah hinaus. »Er scheint sich für den lieben kleinen Igor zu interessieren. Sehen Sie ihm bitte sein ungehöriges Benehmen nach, Madame.«

»Aber nein, er benimmt sich durchaus gehörig. Das ist schon in Ordnung.« Madame Tarasowa schüttelte Cosmo, der sich inzwischen umgedreht hatte, herzlich die Hand. »Sie spielen also auch Backgammon, unser Nationalspiel?«

»Nein, aber ich würde es gern lernen.«

Cosmo sah auf die knapp eins fünfzig große Madame Tarasowa herunter, und die zierliche Emigrantin sah zu ihm hoch. Sie hatte sehr kleine

Hände und Füße, das Haar, durch das sich graue Fäden zogen, war streng zurückgekämmt und zu einem Knoten frisiert. In dem kreideweißen Gesicht standen große schwarze Augen, eine stolze Hakennase krümmte sich über dem sanften Mund. Sie war neunundzwanzig, sah aber wesentlich älter aus.

»Blanco hat mir erzählt, daß Sie im Spiel ein teuflisch gefährlicher Gegner sind«, sagte er lächelnd.

»Der böse Junge versucht ständig, mich vom Klavier wegzulocken. Das Bridge lockt natürlich auch. Wenn er sich am Klavier Mühe gegeben hat, machen wir zur Belohnung ein Spielchen. *Alors*, Blanco, fangen wir an?«

»Wenn's denn sein muß.« Blanco schwang sich rittlings auf den Klavierschemel.

»Und dein Freund? Macht ihm das Warten nichts aus? Erst ein wenig Chopin, dann eine Partie Bridge. Werden Sie soviel Geduld aufbringen, Monsieur Cosmo?«

»Ich langweile mich schon nicht.« Cosmo holte sich einen Stuhl ans Fenster.

Blanco begann mit seinen Tonleitern. Madame Tarasowa hatte sich neben ihn gesetzt.

Das könnte ich besser, dachte Cosmo, während er nach dem Kind mit dem Hund Ausschau hielt und bei Blancos falschen Tönen zusammenzuckte. Diese braunen Augen unter den schweren Lidern, als das Kind halbnackt und fröstelnd aus dem Meer gestiegen war ... es hatte ihm einen regelrechten Schlag versetzt. Während er mit halbem Ohr die Jammerlaute wahrnahm, die sein Freund hervorbrachte, überlegte er, ob die Augen der Kleinen, die er ja nur ganz kurz gesehen hatte, wirklich so lockend-geheimnisvoll waren, wie sie ihm vorkamen. Oder lag das nur an den ungewöhnlich langen Wimpern? War es denn möglich, bei einem so kleinen, mickrigen Ding von einem sinnlichen Blick zu sprechen?

3

Flora Trevelyan lief auf verschlungenen Pfaden, durch Hintergäßchen und über Abkürzungswege, hügelab zum Strand. Fürst Igor, nicht mehr der Jüngste und durch die leckeren Bissen des Pferdeschlächters bequem geworden, hatte Mühe mitzukommen. Widerstrebend, durch die straffe Leine gezwungen, den Hals schief zu halten, trottete er hinterdrein. Als Flora ihn von der Leine ließ, schnappte er prompt nach ihrer Hand. Dann tollte er kläffend am Wasser entlang, folgte den zurückweichenden Wellen und machte, wenn sie an den Strand schlugen, einen

Satz nach hinten, um keine nassen Pfoten zu bekommen. Flora behielt die Umgebung im Auge. In der vorigen Woche hatte ein Schäferhund sich auf den Spitz gestürzt und ihn ins Wasser gerollt. Gut möglich, daß er heute wieder auftauchte, um den kleineren Artgenossen zu drangsalieren. Als Igor von dem zwecklosen Zeitvertreib genug hatte, leinte sie ihn wieder an und spazierte in gesittetem Tempo durch die Stadt zur Anlegestelle, an der Motorboote die aus St. Malo zurückkehrenden Tagesausflügler und die Passagiere der Southampton-Kanalfähre an Land setzten. Sie hatte gute Bekannte unter der Besatzung und schwatzte gern mit den Dienstmännern der Hotels, die sich zum Abholen von Gästen eingefunden hatten.

»Wann kommt denn deine Mama zurück? Und bringt sie dann deinen Papa mit?« Gaston, der Dienstmann des Hôtel Marjolaine, warf seinen Zigarettenstummel ins Wasser.

»Das hat sie nicht geschrieben.«

»Weiß sie eigentlich, daß deine Mademoiselle dich ohne Begleitung durch die Stadt laufen und in der Gegend herumstromern läßt?«

»Ich hab' einen Hund dabei.«

»So was nennst du Hund? Diesen komischen Vierbeiner? Diesen Bolschewiken-Bello? Ein schöner Bewacher für ein kleines Mädchen, alles was recht ist.«

»Madame Tarasowa ist keine Bolschewikin. Oft habe ich auch einen größeren Hund. Und Igor hat Zähne.«

»Igor hat Zähne.« Gaston schnippte höhnisch mit den Fingern nach dem Spitz, der schrill bellernd hochsprang. Gaston trat zurück. »Bolschewik«, zischte er den kleinen Hund an.

»Sie sollen ihn nicht immer ärgern!« Flora ließ dem Spitz mehr Leine. »Wenn Sie so weitermachen, laß ich ihn los.«

»Hat dieses mutige Tier deine Mademoiselle gebissen? Kennt deine Mademoiselle dieses Tier überhaupt?« Flora antwortete nicht. »Deine Maman sollte schon vor Wochen zurückkommen, das weiß ich von Mademoiselle. Die sitzt im Hotel, liest Liebesromane, ißt Pralinen und läßt dich verwildern«, stichelte Gaston.

»Sie hat es sich anders überlegt und ist bei Papa geblieben. Er hat noch in London zu tun und muß bald wieder zurück nach Indien. Sie will so lange wie möglich mit ihm zusammen sein«, sagte Flora abwehrend.

Der Dienstmann aus dem Hôtel Britannique, der neben Gaston an der Mauer lehnte, schaltete sich in das Fragespiel ein. »Verständlich. Aber möchtest du denn nicht mit deinem Papa zusammensein?«

»Manchmal«, erwiderte Flora zurückhaltend. »Nicht immer.«

Gaston und seine Kollegen, dachte sie bei sich, würden wohl recht erstaunt sein, wenn sie wüßten, daß sie ihren Vater kaum kannte und auch keinen gesteigerten Wert darauf legte, ihn näher kennenzulernen. Von diesen braven Familienvätern war nicht viel Verständnis für die Einstellung von Kolonialbeamten zu erwarten, die sich ohne weiteres mit langen und häufigen Trennungen von ihrem Nachwuchs abfanden.

»Ich komme schon zurecht«, sagte sie.

»Und wie steht es mit der Schule? Gibt Mademoiselle dir Unterricht?« setzte Gaston, dessen Ältester sich gerade aufs Abitur vorbereitete, das Verhör fort.

»Natürlich«, schwindelte Flora, die sich mit Mademoiselles stillschweigender Duldung das Lernen bis auf einige wenige lustlose Anläufe zu schenken pflegte.

Der Dienstmann vom Hôtel d'Angleterre, jünger als seine Kollegen und unverheiratet, bemerkte: »Sie tut, was ihr Spaß macht, diese kleine Engländerin. Zieht mit Altweibertölen allein durch die Gegend. Es ist lachhaft.« Er lachte. »*C'est fou.*«

»Madame Tarasowa bringt mir Russisch bei. Dafür gehe ich mit Igor spazieren.«

»Russisch? Wozu soll das gut sein? Diese miese Bolschewistensprache. Du benimmst dich nicht *comme il faut.*«

»Nicht *convenable*«, bestätigte der Dienstmann vom Hôtel Britannique, der sich mit seiner Meinung bisher zurückgehalten hatte.

»Eigentlich geht euch das alles ja überhaupt nichts an«, sagte Flora gedrückt. »Was für Gäste erwartet ihr denn?«

»Englische Familien«, antwortete der Dienstmann vom Hôtel Britannique.

»Ich auch«, sagte der vom Hôtel d'Angleterre. »Als ob wir von denen noch nicht genug hätten! Ich spucke auf ihr Geld.«

»Und ich«, sagte Gaston, »soll einen General abholen, den Gatten der schönen Madame Leigh.« Unwillkürlich straffte er die Schultern.

»Und auf den wird nicht gespuckt?« wunderte sich Flora. »Oh!« rief sie plötzlich. »Da kommt das Boot! Lauf, Igor, schnell, wir müssen nach Hause.«

Die Dienstmänner sahen ihr nach, wie sie, Igor im Schlepptau, davonrannte. »Hat sie den Gottseibeiuns gesehen?« fragte einer.

»Nein, ihre Eltern«, erwiderte Gaston. »Ich erkenne die Mutter, der Mann neben ihr muß der Papa sein. Der mit dem schwarzen Hut, der so verfroren aussieht. Der Große, Kräftige neben ihnen ist bestimmt mein Gast, der General. Der Mann der Dame, die soviel von dem Geld, auf das ihr spuckt, zu unseren Modistinnen trägt.

Arbeitet deine Schwester nicht für den Hutladen in der Rue de Tours?«

Die Dienstmänner nahmen Haltung an, rückten die Mützen zurecht und setzten eine beflissene Miene auf.

Während Flora durch die Stadt hetzte, um Igor bei Madame Tarasowa abzuliefern, und keuchend weiterrannte, um im Anbau des Hôtel Marjolaine Mademoiselle vom Sofa aufzuscheuchen, wo sie sich mit ihrem Roman behaglich eingerichtet hatte, dachte Denys Trevelyan ohne allzu große Vorfreude an das bevorstehende Wiedersehen mit seiner Tochter. Die Überfahrt war ihm nicht bekommen, und auf dem Motorboot hatte er erbärmlich gefroren. Er nahm die Hand seiner Frau und hakte sich bei ihr unter. Sie hatte sich mit Angus Leigh bekannt gemacht und fragte ihn über die Wahrscheinlichkeit eines Generalstreiks aus, als habe sie einen Politiker oder Gewerkschaftsführer vor sich, obschon er ihr in aller Bescheidenheit erklärt hatte, er sei Militär im Ruhestand und nicht besser im Bilde als jeder andere, der die ›Times‹ las oder Radio hörte. Sollte es zu einem Generalstreik kommen, sagte er, wolle er seine Frau in Dinard lassen und allein zurückfahren.

»Falls es Unruhen gibt, ist es mir lieber, wenn meine Frau weit vom Schuß ist. Heutzutage kann man Handgreiflichkeiten nie ausschließen.«

»Hast du das gehört, Denys?« Vita sah zu ihrem Mann auf. »Was machen wir, wenn gestreikt wird? Ob es eine Revolution gibt?«

Denys Trevelyan wiederholte für den General, was seine Frau nur zu gut wußte. Im Juni war sein Urlaub unwiderruflich vorbei, dann mußte er zurück nach Indien. Außerdem, sagte er – dies mehr an die Adresse des Generals als an die seiner Frau gerichtet –, halte er dieses Revolutionsgerede für pure Panikmache. Daß er von ganzem Herzen wünschte, Vita könne mit nach Indien kommen, daß er sie eifersüchtig und voller Leidenschaft liebte, daß ihm hundeelend wurde bei der Vorstellung, sich von ihr zu trennen, daß er es für überflüssig hielt, sie bis zum Herbst Flora zu überlassen – das sagte er nicht laut. In Indien hätte sie, wie sonst auch, während der ärgsten Hitze in die Berge fahren können, da hätte er wenigstens gewußt, was sie anstellte. Man hätte das Kind, dachte er, sofort und nicht erst zu Beginn des Schuljahres in dem Internat abliefern können, für das sie sich entschieden hatten. Er zog den Arm seiner Frau an die Rippen und seine Lippen zu einem schmalen Strich zusammen. Es wäre besser gewesen, Vita hätte, als es im fünften Monat beinah zu einer Fehlgeburt gekommen war, das Kind verloren. Kinder und Kolonialdienst in Indien – das vertrug sich nicht. Dabei, dachte er erbittert, ist Vita nicht mal kinderlieb. Flora war das Ergebnis einer vorübergehenden und bedauerlichen Laune. Das Kind war eine Belastung, ein Klotz am Bein, ein Keil zwischen ihm, seiner Frau und seiner Karriere. Er war ein treuliebender Ehemann, es widerstrebte ihm, auch nur einen kleinen Teil seiner Frau anderen zu überlassen. Daß Vita den Sommer mit Flora verbrachte, war nur eine Verbeugung vor der Konvention, Eltern hätten sich so und nicht anders zu verhalten. Als wir in London waren, dachte er ingrimmig, hat sie das Kind bereitwillig wochenlang der Erzieherin aufgehalst. Allein mit Flora würde Vita vergehen vor Langeweile. Und was dann? In Indien, in einem dieser Erholungsorte in den Bergen, wäre sie in seiner Nähe, und er könnte ein Auge auf sie haben. Bei den meisten Frauen konnte man sich darauf verlassen, daß sie mit unverheirateten Subalternoffizieren nicht mehr als flirteten, und das wollte er Vita ja auch gern gönnen, aber allein in Frankreich ...

Indessen erzählte Vita dem General, daß sie eine Tochter hatten, die Französisch lernen sollte, ehe sie ins Internat kam. Die Kleine habe vorher ein Jahr in Siena in der Obhut einer italienischen Erzieherin verbracht und beherrsche die italienische Sprache schon recht ordentlich.

»Denys legt großen Wert auf Sprachen«, sagte Vita. »Russisch lernt sie auch.«

»Hm. Ja. Keine schlechte Idee«, bemerkte Angus und bemühte sich, Denys in das Gespräch einzubeziehen. »Sprechen Sie auch Fremdsprachen?«

»Nur Eingeborenendialekte.« Über ihre Anzahl äußerte sich Denys nicht näher. »Um die kommt man in meinem Beruf nicht herum.« Er fand Vitas Verlogenheit verächtlich, zugleich und paradoxerweise aber auch liebenswert. Bei Floras Jahr in Italien und dem derzeitigen Frankreichaufenthalt war das Entscheidende nicht der Spracherwerb gewesen, sondern der Kursstand von Lira und Franc zum Pfund Sterling. Denys hatte kein unabhängiges Einkommen (General Leighs noble Koffergarnitur war ihm ein Dorn im Auge). Bis Flora ins Internat kommt, dachte er, während er zur Anlegestelle hinübersah, wird Vita sich ohne Mademoiselle behelfen müssen. Trotz ihres großzügigen Umgangs mit der Wahrheit, den Denys mißbilligte, reizte Vita seine Lust immer wieder neu. Mag sein, daß sie nicht viel im Kopf hat, dachte er, aber ich bin verrückt nach ihr.

»Holt deine Tochter uns ab?« fragte er, als sei er gar nicht der Vater. Als er den befremdeten Blick von Angus Leigh auffing, lachte er. »Unsere Tochter sieht uns beiden so unähnlich, daß ich mir einen Witz daraus mache. Nachdem ich aber neulich ein Porträt ihrer Urgroßmutter entdeckt habe, kann ich wohl alle Zweifel an ihrer Herkunft begraben.«

»Ah ja«, sagte Angus Leigh höflich.

»Du bist wirklich unmöglich, Denys«, schalt Vita. »Wir sind nämlich beide blond, und Flora ist dunkel«, sagte sie erläuternd zu Angus. Dann wandte sie sich wieder an Denys: »Nein, Schatz, ich glaube nicht, daß sie uns abholen kommt. Vorsichtshalber habe ich ihr nicht geschrieben, daß wir heute eintreffen, es hätte ja sein können, daß sich wegen des Streiks die Überfahrten ändern.«

»Noch wird nicht gestreikt«, sagte Denys und dachte daran, daß sie in London geblieben wären, wenn sie noch Karten für eine bestimmte Revue hätten bekommen können. »Ich will ins Bett«, flüsterte er seiner Frau ins Ohr.

»Ich auch. Na endlich! Wir sind da.« Das Boot stieß gegen die Kaiwand. »Wir sehen uns später im Hotel, nicht?« sagte sie zum General.

»Ja, natürlich«, erwiderte Angus ohne große Begeisterung. Er übergab sein Gepäck Gaston und machte sich in flottem Tempo, die Trevelyans sich selbst überlassend, auf den Weg zum Marjolaine. Vita Trevelyan, dachte er unterwegs, ist hübsch, aber fad. Vermutlich würde sie versuchen, sich mit seiner Frau anzufreunden. Auch der Mann war ihm nicht sonderlich sympathisch.

4

Da sich das Hotel allmählich füllte, hatte die Direktion bei Cosmo und Blanco angefragt, ob es ihnen etwas ausmachen würde, in den Anbau umzuziehen, in ein Zimmer mit bedeutend größerem Balkon. Gegen die kleine Unbequemlichkeit, zum Essen durch den Garten zu gehen, hätten sie hoffentlich nichts einzuwenden ... Natürlich würde das Personal ihnen das Gepäck hinüberbringen. Cosmo und Blanco hatten nichts dagegen einzuwenden.

»Wir können uns nachts unbemerkt verdrükken und ins Bordell gehen. Falls es so was hier gibt. Möchte wissen, was da so läuft«, meinte Cosmo in sehnsuchtsvollem Ton, während sie ihr neues Zimmer begutachteten.

»Die würden uns sofort wieder wegschicken, weil wir noch nicht volljährig sind. Du weißt doch genau, was da läuft, du Trottel«, sagte Blanco halblaut.

»Nur theoretisch. Was nützt die Theorie?«

»Wir könnten es im Kasino versuchen. Mit falschem Schnurrbart.«

»Im Kasino ist es dasselbe. Ich habe gehört, daß sie bis auf die Woche genau abschätzen können, wie alt du bist«, sagte Cosmo. »Mann, jetzt hab' ich's! Weißt du, weshalb sie uns umquartiert haben? Wegen der Hollandmädchen. Ich wette, die werden streng bewacht und von sexlüsternen Bestien wie uns ferngehalten.«

»Sag mal ... die Freundin von deiner Schwester ... wie ist die denn so?« erkundigte sich Blanco.

»Keine Ahnung. Willst du noch baden?«

»Vielleicht. Ach je, sie haben unsere Sachen durcheinandergebracht. Sieh dir das an!« Blanco riß mit einer Hand eine Schublade heraus, während er mit der anderen seinen Hosenschlitz aufknöpfte. »Komm, wir sortieren gleich mal, der Verkehr mit deiner Hose tut meinem besten Hemd bestimmt nicht gut. Hübsches Zimmer. Ob hier im Anbau interessante Leute wohnen? Du, das ist meiner!« Er stieg aus den Hosen und griff sich den Pullover, den Cosmo gerade in seine Schublade legen wollte. »Aber du kannst ihn gern haben. Wenn ich denke, daß solche Dinger der Prince of Wales immer trägt, vergeht mir alles.«

»Nein, danke, ich will ihn nicht, Blanco.«

»Warum kannst du eigentlich nicht Hubert zu mir sagen? Schließlich heiße ich so«, empörte sich Blanco.

»Wenn einer den schönen Namen Wyndeatt-Whyte hat, muß er es sich schon gefallen lassen, daß man ihn Blanco nennt, Blanco.« Cosmo duckte sich, und der Hieb des Freundes ging ins

Leere. »Ich denke, dein Vetter Dings heißt Hubert, und weil du den nicht leiden kannst –«

»Mein Vater war auch ein Hubert. In meiner Familie ist Einfallsreichtum in der Namensgebung nicht gefragt. Also, diese Wände sind dünn wie Papier. Hör mal ...«

Auf dem Gang näherten sich Schritte, machten vor dem Nebenzimmer halt. Es klopfte, die Tür ging auf. Eine Frauenstimme: »Mademoiselle? Sind Sie da?« Die Tür klappte zu.

»*Oui*, Madame, ich bin hier. Das Kind kam angerannt und sagte ... ich hatte Sie noch nicht erwartet ... hätte ich gewußt, daß Sie heute kommen, hätte ich –«

»Flora zum Hafen geschickt? Wo ist sie überhaupt?« Die Stimme klang scharf.

»Ich habe ihr gestattet, kurz das Haus zu verlassen, um Blumen für Ihr Zimmer zu kaufen. Sie wollte Ihnen und ihrem Vater eine Überraschung und eine Freude bereiten. Ich habe ihr Geld gegeben, das Taschengeld für die nächste Woche.«

»Aha. Netter Einfall.«

»Es war Floras Idee.«

»Aha. Ja. Hm ... Es trifft sich gut, daß sie nicht da ist, dann kann ich gleich etwas mit Ihnen besprechen.«

»Selbstverständlich, Madame. Wollen Sie nicht Platz nehmen?«

»Ich stehe lieber.«

Cosmo und Blanco lauschten gespannt. Cosmo knöpfte sein Hemd auf und zog es langsam aus, streifte die Schuhe ab und näherte sich auf Zehenspitzen der Glastür, die auf den Balkon führte. Blanco, der schon in Socken war, trat zu ihm.

Nebenan gab Vita Trevelyan der Gouvernante den Laufpaß; sie zahlte ihr das ausstehende Gehalt und ein zusätzliches Monatsgehalt für die nicht eingehaltene Kündigungsfrist. In den verbleibenden Ferienwochen, erläuterte sie, und während der Sommermonate, bis Flora ins Internat kam, würde sie sich selbst um ihre Tochter kümmern.

»Es wäre nett für die Kleine, wenn sie ab und zu mit ihrem Papa zusammen wäre«, bemerkte Mademoiselle gepreßt. Vita Trevelyan sprach weiter, als habe sie nichts gehört. Es sei ihr recht, wenn Mademoiselle gleich packen und am nächsten Tag abreisen würde, sie habe bei der Direktion bereits veranlaßt, daß Flora ein Einzelzimmer beziehen könne. »Die Einzelzimmer liegen alle nach hinten, mit Blick auf die Straße, nicht auf den Garten«, wandte Mademoiselle ein.

»Die Lage ist durchaus akzeptabel«, sagte Vita Trevelyan.

»Und billiger«, ergänzte Mademoiselle. Cosmo und Blanco schnappten nach Luft.

»Auch das spielt eine Rolle«, bestätigte Vita kühl.

»Madame werden mir ein Zeugnis schreiben?«
»Selbstverständlich.«
»Vielen Dank.«

Es gab eine Pause. Cosmo und Blanco warteten; Cosmos Mund stand offen, Blanco hatte mit halb ausgezogenem Unterhemd mitten in der Bewegung innegehalten.

Dann wieder Vita Trevelyans Stimme: »Ja, das wäre wohl alles ... Es tut uns natürlich leid ... Wir sehen Sie wohl beim Abendessen? Ich muß jetzt auspacken.«

»Wenn Madame mich entschuldigen ... Ich habe Kopfweh.«

»Wie Sie meinen.« Die Tür ging auf, schloß sich, Schritte verhallten auf dem Gang. Blanco zog das Unterhemd über den Kopf.

Nebenan sagte Mademoiselle sehr laut: »*Salope!*«

Cosmo nahm einen Bleistift und schrieb *salope* in sein Notizbuch.

»Was das heißt, kann man sich ja denken«, zischelte Blanco. »Da, schau mal!«

Flora kam durch den Garten gerannt, der Kies knirschte unter ihren Füßen. Sie verschwand fast hinter einem gewaltigen Narzissenstrauß.

»Das ist die Kleine, die Madame Tarasowas widerlichen Spitz ausführt, wenn ich Klavierstunde habe«, flüsterte Blanco.

»Ich hab' sie schon mal gesehen, vor Wochen,

am Strand hier in der Nähe. Mit einem anderen Hund, einem Riesenvieh. Sie wäre fast ertrunken«, flüsterte Cosmo zurück.

Sie hörten das Gartentor klicken, hörten Schritte die Treppe hinauf und über den Gang stürmen. Nebenan wurde die Tür aufgestoßen. »Ich habe die hier genommen, sind sie nicht herrlich?« fragte eine glückselige Stimme. »Ich hab' den ganzen Eimer gekauft.« Und dann: »Was ist los?«

»Deine Mutter hat mich entlassen. Ich muß morgen fort. Ich bin eine überflüssige Ausgabe«, sagte Mademoiselle.

»Ach«, sagte das Kind. »Ach ...«

Cosmo und Blanco verzogen sich schleunigst wieder ins Zimmer. Sie sahen, wie Flora auf den Balkon trat, die Arme ausbreitete und eine Narzissenkaskade in den Garten stürzen ließ.

Im Speisesaal des Hotels war gespannte Erwartung zu spüren. Der Mitteltisch, der sich gewöhnlich unter Vorspeisen, Käse und Obst bog, war, wie die englischen Familien beim Eintreten zur Kenntnis nahmen, für sieben Personen gedeckt. Bestecke blitzten, Gläser funkelten, Servietten erstrahlten in weißestem Weiß. Die Halbwüchsigen, die sich inzwischen schon kannten, zogen die Augenbrauen hoch und wechselten fragende Blicke.

»Das wird für die holländische Familie sein«,

sagte eine verwitwete Mutter von drei Kindern.
»Es sind fünf Töchter, wie ich höre. Was für –«

»Die Mutter ist Baronin, heißt es, sie –«

»Dann sind die Mädchen auch Baroninnen, auf dem Kontinent ist das so.«

»Das mindert doch die Wirkung beträchtlich«, sagte die Witwe.

Die Freundin zählte. »Aber es ist für sieben gedeckt.«

»Vielleicht sind es sechs Töchter und nicht fünf«, mutmaßte die Witwe.

»Nicht so laut, Mutter«, flüsterte ihre Tochter, die Cosmos Blick aufgefangen hatte.

Cosmo sah weg. Das Mädchen hatte weiße Wimpern, Raffzähne und war erst vierzehn.

»Unsinn, das siebte Gedeck ist wahrscheinlich für ihren Mann, den Vater von –«

»Den Baron.«

»Wie? Ach so, ja. Natürlich, für den Baron.«

Cosmo und Blanco behielten beim Essen die Tür im Auge. Höflich hörten sie zu, wie Angus Leigh seine Frau über die Lage der britischen Nation aufklärte. Cosmo waren die Ansichten seines Vaters wohlvertraut, er wußte genau, was er von Mr. Baldwin hielt. Insgeheim hoffte er, sein Vater würde Blanco so sehr reizen, daß dieser sich zu einer gewagten Bemerkung hinreißen ließ. Ein Mordskerl, dieser Ramsay MacDonald ... So was zum Beispiel. Doch Blanco hielt sich zurück, besänftigt durch Mrs. Leighs Vorstöße, ihn hin und wieder Hubert zu nennen oder auch Blaubart oder Blinko. In Gedanken überlegte sie vermutlich schon, in welche Geschäfte sie mit Mabs gehen würde, das heißt, wenn Mabs nach den in Paris gesammelten weltstädtischen Erfahrungen überhaupt noch gewillt war, ihren Fuß in einen Provinzladen zu setzen.

Die Jungen trugen Anzüge zum Dinner und hatten sich das Haar angefeuchtet und glatt zurückgekämmt. Hin und wieder trafen sich die Blicke der jungen Leute aus den verschiedenen englischen Familien, sie zwinkerten sich zu und sahen rasch wieder weg. Am späteren Abend kamen sie gewöhnlich in der Halle oder im Halbdunkel des Hotelgartens zusammen, um Tennisdoppel zusammenzustellen und Expeditionen nach Dinan zu verabreden oder zum Mont St. Michel, wo es ein Restaurant mit weithin gerühmten Omelettes gab und wo die Flut schneller hereinkam als ein galoppierendes Pferd. Cosmo interessierte das alles nicht sonderlich, da er mit seiner Mutter wegen seiner Knieverletzung schon seit zwei Monaten in Dinard war. Während er mit halbem Ohr auf die Auslassungen seines Vaters hörte und den Blick verstohlen umherwandern ließ, träumte er von fünf erlesenen, langbeinigen holländischen Mädchen in durchsichtigen Gewändern, unter denen sich ihre geheimnisvollen Brüste abzeichneten. »Nein, Angus«, sagte seine Mutter gerade, »das könnte ich nicht ertragen. Wenn du nach Hause fährst, komme ich mit. Allein bleibe ich nicht hier.« Ihre Stimme zitterte fast. »Was soll ich denn hier anfangen?«

»Die Geschäfte unsicher machen. Ausflüge nach Paris unternehmen. Mabs im Internat besuchen und mit ihr ausgehen.« Angus ließ sich sein Steak schmecken. Er hatte es nicht ungern, wenn die Frauen hin und wieder einen kleinen Wirbel machten, und wußte, daß die seine es ihm zu Gefallen tat. Er nahm einen Schluck Wein. »Den Schuhvorrat aufstocken. Nie wiederkehrende Gelegenheit! Wenn ich nach Hause fahre, dann allein. Noch ist es ja nicht soweit.«

»Dann sollst du mit Kleidern und Hüten teuer bezahlen, daß du mich im Stich gelassen hast. Ich werde dir ungeheuerliche Rechnungen für lauter Firlefanz präsentieren.«

»Tu das, tu das«, strahlte Angus und plusterte seinen prachtvollen Schnurrbart auf. »Wie bist du denn mit Handschuhen gestellt?«

In einem Alkoven hinter ihnen speisten Denys und Vita Trevelyan, ohne ein Wort zu wechseln. Zwischen ihnen saß Flora und sah starr auf ihren Teller.

Der Mitteltisch war noch immer unbesetzt.

Denys Trevelyan schälte einen Apfel. Angus Leigh schenkte sich Wein nach. Cosmo träumte.

Dann flog die Tür zum Speisesaal auf, und der Direktor geleitete dienernd die Baronin Habening herein, gefolgt von Elizabeth, Anne, Marie, Dottie und Dolly. Der ganze Speisesaal nahm den Auftritt zur Kenntnis.

»So 'n Reinfall«, grollte Cosmo. »Keine einzige ist annehmbar.«

»Dafür haben die drei jüngsten Trauringe«, sagte Blanco, der scharfe Augen hatte.

»Nicht mal eine Spur von hübsch.«

»Heimchen am Herd«, sagte Blanco.

»So, wie die aussehen, bleiben sie da auch.«

»Was gibt es da zu flüstern, Cosmo?« fragte seine Mutter. »Das schickt sich nicht, Junge.«

»Nichts, Ma. Entschuldige, Ma.«

»Die walisischen Kumpel sind die schlimmsten«, sagte Angus Leigh, dem die Sorgen seines Landes keine Ruhe ließen. »Es kann aber auch sein, daß die aus dem Norden aufmüpfig werden, und diese Bande, schätze ich –«

»Es gibt einiges, was für die Bergarbeiter spricht. Ich finde, der Fall –« Jetzt, dachte Cosmo, ist Blanco übers Ziel hinausgeschossen. Hoffentlich hat er uns damit nicht die Ferien vermasselt.

Aber sein Vater hatte die Bemerkung gar nicht gehört. Auch er hatte die neuen Gäste gesehen, die sich gerade mit ihren breiten Allerwertesten auf die zierlichen Speisesaalsesselchen niederließen. »Nein, so was!« stieß er hervor. »Wenn das nicht meine alte Freundin Rosa ist! Komm, Liebling, du mußt Rosa kennenlernen. Wie oft habe ich dir von Rosa und Jef Habening erzählt, weißt du noch? Hab' mit ihm Wildschweine gejagt. Und Enten. Jugendfreunde...« Angus legte seine Serviette auf den Tisch und stand auf.

»So viele Töchter«, sagte Mrs. Leigh.

»Damals hatte sie die noch nicht. Eine halbe Ewigkeit ist das jetzt her. Allenfalls eine oder zwei, aber gut aufgeräumt, noch in der Wiege. Komm, da wollen wir doch gleich mal...« Angus führte seine Frau durch den Saal zum Mitteltisch. »Rosa? Kennst du mich noch?«

»Angus!« Die Baronin hob entzückt die Hände. »Angus, natürlich...« Lautstarke Freude, allseitige Vorstellungen, Händeschütteln, Aufstehen, Hinsetzen.

»Diese Figuren!« flüsterte Cosmo. »Die reinsten Riesinnen. So eine Enttäuschung. Ich hab' mich schon –«

Blanco aber belauschte das Gespräch am Nebentisch. »... so fettig, daß es bestimmt kein einziges Mal gewaschen worden ist, seit ich dich in ihre Obhut gegeben habe. Die Nägel schmutzverkrustet und gesplittert. Wann hast du zuletzt gebadet? Sie hat nicht mal dafür gesorgt, daß du saubere Sachen anziehst. Dein Hemd ist grau, geradezu widerlich, und Mitesser hast du auch. Schau, Denys, sie hat Mitesser.«

»Schick sie zum Friseur«, sagte Denys Trevelyan gleichmütig, »und laß es kürzer schneiden, ich mag keine Zöpfe.«

»Sie ist zu jung für den Friseur, Denys.«

»Tu, was du für richtig hältst. Warum antwortest du deiner Mutter nicht, Flora?«

»Ich glaube, ich geh' schlafen.« Flora stand auf. »Gute Nacht«, sagte sie ruhig. »Gute Nacht.« Langsam wandte sie sich zum Gehen.

»Flora«, fuhr Vita sie an. »Setz dich. Komm zurück.«

»Laß sie doch«, sagte Denys, während Flora schon am Tisch der Leighs vorbeiging. »Es ist nicht deine Schuld, Liebste.« Er legte die Hand über die seiner Frau. »Wollen wir versuchen, ein zweites Paar zum Bridge zu finden? Die Erzieherin war offenbar ziemlich lasch.« Er drückte seiner Frau die Hand.

Blanco und Cosmo sahen Flora nach. Auf dem Weg zur Tür rannte sie geradewegs in einen Gast hinein, der eilig den Speisesaal betreten hatte. Er packte sie geistesgegenwärtig bei den Schultern, dann trat er beiseite und hielt ihr die Tür auf.

»Sie konnte ihn nicht sehen, sie hat geweint«, sagte Cosmo und fuhr fort, ohne die Stimme zu senken: »Ich werde Vater bitten, daß er uns einen anderen Tisch zuweisen läßt.«

»Und ich überlege mir, ob ich das Bridgespielen aufgebe«, ergänzte Blanco. »Schau, dein Vater winkt, wir sollen kommen.«

»Das wird der Baron sein. Ihr Sohn natürlich.« Die Witwe mit der raffzähnigen Tochter beugte sich zu einem der Nachbartische hinüber. »Sieht er nicht unheimlich gut aus? Und so jung.«

»Angus, mach mich doch bekannt«, bat die Baronin.

»Mein Sohn Cosmo, sein Freund Hubert Wyndeatt-Whyte, der die Ferien mit uns verbringt, ein kleiner Radikaler. Und – hoffentlich mache ich es jetzt richtig: Elizabeth, Anne, Marie, Dottie und Dolly.«

»Und mein Sohn Felix.« Rosa hielt den jungen Mann, mit dem Flora zusammengestoßen war, am Ärmel fest. »Was war denn, Felix? Wir hatten dich schon verlorengegeben.«

»Ein Plattfuß, Mama.« Felix nahm neben seiner Mutter Platz. »Hallo, Schwestern!«

»Was für ein ausnehmend hübscher junger Mann«, sagte Milly Leigh im Gehen, »und was für erschütternd unförmige Mädchen. Es ist wirklich ungerecht!«

5

Denys war von der Absicht, eine Bridgerunde zusammenzustellen, wieder abgekommen. Cosmos Blick hatte wie eine kalte Dusche auf ihn gewirkt.

Jetzt hatte er sich bei Vita untergehakt und drückte, während sie spazierengingen, ab und zu ihre Hand. »Was wirst du die ganze Zeit anfangen? Glaubst du, daß du dich in diesem Hotel wohl fühlen kannst? Du wirst dich langweilen, allein mit dem Kind.«

»Ich werde Bridge spielen und Tennis. Dir lange, lange Briefe schreiben. Schwimmen.«

»In diesem Klima? Da holst du dir doch den Tod …«

»Meine Garderobe instand setzen, damit du eine nagelneue Frau bekommst, wenn wir uns im September wiedersehen.«

»Ich will keine nagelneue Frau. Ich will die behalten, die ich habe – und zwar ohne Garderobe.«

»Nicht in diesem Klima«, neckte sie. »Laß uns heute zeitig ins Nest gehen, ja?«

»Und das Kind?« fragte er verdrießlich.

»Wahrscheinlich hilft sie Mademoiselle beim Packen. Mach dir meinetwegen keine Gedanken, Denys. Vielleicht finde ich jemanden, der ihr

Mathematikstunden geben kann. Klavierspielen lernt sie bei Madame Tarasowa. Aber Mathematik ist im Grunde nicht so wichtig. Im Internat holt sie das schon auf. Als ich sie hergebracht habe, hat mir jemand von einer italienischen Familie erzählt, die hier in der Nähe wohnen soll. Die Leute können mit ihr schwatzen, damit sie ihr Italienisch nicht vergißt.«

Sie schlenderten die Küstenstraße entlang. Denys sah starr aufs Meer hinaus. »Sag mal, Liebling, was willst du überhaupt noch hier, wenn Flora den ganzen Tag beschäftigt ist?«

»Sie ist erst zehn. Sie braucht mich.«

Denys schnaubte verächtlich. »Ich brauche dich.«

»Das haben wir doch alles schon besprochen, Schatz. In Indien müssen da alle mal durch. Man fährt in die Heimat, macht Verwandtenbesuche und kümmert sich um die Kinder. Die anderen würden uns für verschroben halten, wenn ich das nicht täte. Was würden sie im Klub dazu sagen?«

»Aber wir haben keine Verwandten, und von mir aus können die Leute uns gern für verschroben halten. Ist es so verschroben, die eigene Frau zu lieben?«

»Ich weiß, ich weiß. Meine Mutter kann doch nichts dafür, daß sie gestorben ist, und ich liebe dich auch, Schatz, das weißt du genau.«

»Es war schon eine schwere Enttäuschung. Sie

hätte das Kind genommen, und wir hätten nach Kaschmir fahren können ...«, grollte Denys.

Vita fröstelte im Aprilwind. »Ich finde es ja genauso schade wie du.«

»Hätten wir sie bloß adoptieren lassen!«

»Denys!«

»Bei einem Sohn wäre das natürlich was anderes. Und im Grunde denkst du ebenso wie ich, gib's zu. Kaum könnten wir es uns mal ein bißchen nett machen, kommt das Kind dazwischen. Wir hätten in London bleiben können, aber nein, weil wir sparen müssen, weil wir das Kind haben, fahren wir in dieses öde Nest. Ich hasse Frankreich. Ich kann die Franzosen nicht ausstehen.«

»Denys!«

»Und das Hotel gefällt mir auch nicht. Vorhin habe ich mich zum Dinner umgezogen, da habe ich durch die Wand gehört, wie sich im Nebenzimmer jemand die Zähne putzt und einen Furz läßt.«

»Denys!«

»Und diese Familie am Nebentisch! Einer der ungeschlachten Bengel hat mich ausgesprochen unverschämt angeglotzt.«

»Sein Vater hat dir aber gefallen, als wir mit ihm auf dem Schiff waren.«

»*Dir* hat der Vater gefallen, als wir mit ihm auf dem Schiff waren.«

»Denys –«

»Ich hör mich morgen mal nach einer kleinen Wohnung um, da hätten wir unsere Ruhe.«

»Mit einem schönen breiten Doppelbett?«

»Du bist also dafür?«

»Ja, durchaus. Möglich, daß sie uns sogar noch ein bißchen billiger käme. Dann könnten wir nächsten Sommer länger in Kaschmir bleiben oder im Winter Ski fahren.«

»Der nächste Sommer ist noch weit.«

»Die Nacht nicht mehr. Komm, wir gehen zurück.«

Sie machten kehrt und stiegen den Hügel wieder hinauf. »Ich kann mir einfach nicht vorstellen, daß jemand seine Frau so sehr liebt, wie ich dich liebe«, sagte er.

»Ach, Denys ...«

»Ich spreche ganz offen darüber, mir macht es nichts aus. Dir etwa?«

»Ich finde es herrlich.«

»Auch nicht das, was ich über das Kind gesagt habe?« Verbissen stiefelte er weiter.

»Es ist eine Spur unkonventionell.«

»Beim Essen war sie schauderhaft impertinent.«

»Aber sie hat doch kein Wort gesagt.«

»Eben!«

Sie legten sich in die Steigung. »Wenn ich jemanden finde, der sie ein bißchen im Auge behält«, sagte Vita, »könnten wir deine letzten Urlaubswochen in London verbringen. Dinard war keine gute Idee, das sehe ich jetzt ein.«

»Aber wir haben die Gouvernante in die Wüste geschickt.«

»Für so kurze Zeit brauchen wir keine Gouvernante, nur jemanden in demselben Hotel. Ich könnte auch Madame Tarasowa bitten und ihr eine Kleinigkeit dafür geben. Natürlich würden wir unsere Adresse hinterlassen.«

»Meinst du, das ließe sich einrichten? Es würde mich sehr beruhigen. Möglich, daß sich in dieser heiklen Streiksituation meine Abreise verschiebt. Wenn das so weitergeht, muß man damit rechnen.«

»Und wir könnten doch noch in die Revue gehen, für die wir neulich keine Karten mehr bekommen haben.«

»Eben! Aber was ist mit dem Kind, wenn wir uns eine Wohnung nehmen?«

Er nannte sie nie Flora.

»Bis ich zurück bin, kann sie ihr Zimmer im Marjolaine behalten«, schlug Vita vor. »Du siehst, ich denke an alles. Da ist sie gut aufgehoben, und wir haben nachts die Wohnung für uns.«

Sie gingen auf ihr Zimmer. Denys legte seiner Frau die Hand in den Nacken, während sie aufschloß. So weiße Haut. In einer Wohnung, dachte er, würde niemand ihren Aufschrei hören, wenn wir uns lieben, da gäbe es keine frustrierenden Hotelzimmerwände.

Vita putzte sich die Zähne mit Salz, Denys hatte etwas gegen den Geschmack von Zahnpasta.

»Beeil dich«, rief er vom Bett her. »Zieh das Ding da aus.« Er zerrte an ihrem Nachthemd. Wieder einmal war sie im Nachteil. Er – das wußte sie – würde seinen Pyjama nicht ausziehen.

»Paß auf, daß du nichts kaputtmachst«, mahnte sie.

»Diese verdammten Burschen ...« Der Stoff ratschte. Vita fürchtete diese Stimmung; da half nur Schmiegsamkeit.

»Es sind doch noch Kinder.«

»Der Blonde war verflucht arrogant, ich kenne den Typ. Der Dunkle hat mich an jemand erinnert. Diese zusammengewachsenen Augenbrauen ... Ist dir das nicht aufgefallen?«

Sie hatte absichtlich nicht so genau hingesehen. »Eigentlich nicht.« Sie knöpfte an seinem Pyjama herum. (Es waren nur die Augenbrauen, ansonsten gab es keine Ähnlichkeit.) »Laß, ich mag das nicht«, fuhr Denys sie an.

»Aber das vielleicht?«

Denys war der Schweiß ausgebrochen. »Wo hast du das gelernt?«

»Nirgends, es kam ganz von selbst.«
»Das hast du bisher noch nie gemacht.«
»Gewünscht habe ich es mir schon lange.«
»Du wärst eine großartige Hure geworden«, sagte er. Der kritische Augenblick war überstanden.

Im Schlaf lockerte Denys seinen Griff. Vorsichtig, um ihn nicht zu wecken, angelte sie nach dem zerrissenen Nachthemd und legte sich leicht verstört in ihr eigenes Bett. Schlaflos lag sie in den kühlen Kissen. Den Trick hatte ihr jener Mann beigebracht, es war riskant gewesen, ihn an Denys auszuprobieren. Sie zwang sich, die Erinnerung wieder ganz tief unten zu vergraben; da gehörte sie hin. Gewöhnlich gelang ihr das auch. Nur hin und wieder, bei Kabbeleien wie heute nacht, wagte sich die Vergangenheit hervor. Nachdem sie sich dazu durchgerungen hatte, in allem zuerst an Denys zu denken, waren die Alpträume ausgeblieben. Sie schwor sich, die nächsten Monate mit dem Kind heil zu überstehen. Hätten wir sie adoptieren lassen, dachte Vita, hätte ich ständig geträumt, daß ich ihr plötzlich irgendwo begegne, ich hätte mir Gedanken darüber gemacht, wie sie wohl aussieht. So aber weiß ich, wie sie aussieht, und gottlob bin ich kein mütterlicher Typ.

6

Für Milly Leigh war es meist keine reine Freude, mit Jugendbekanntschaften ihres Mannes zusammenzutreffen, besonders wenn es sich um Frauen handelte. Angus war ein großer, selbstbewußter, gutaussehender Mann, der gern und selbstbewußt das große Wort führte. Er war weit gereist, hatte in fernen Ländern gedient und überall Freundschaften geschlossen. Als sie ihn 1908 mit achtzehn geheiratet hatte, war sie gerade erst mit der Schule fertig. Der fünfzehn Jahre ältere Angus hatte damals schon einen großen Freundeskreis von intelligenten, talentierten und amüsanten Menschen. Milly fühlte sich zurückgesetzt. Sie neidete Angus seine Junggesellenjahre, hatte ein bißchen Angst vor seinen Freunden und war eifersüchtig auf sie. Angus kümmerte das nicht. Falls er sich überhaupt einmal Gedanken darüber machte, fühlte er sich eher geschmeichelt. Millys Eifersucht tat seinem Ego wohl. Außerdem wußte er, daß sie sich früher oder später immer arrangierte. Sie vergaß sehr rasch, daß sie bei der ersten Begegnung die Stacheln ausgefahren hatte, und verbündete sich mit seinen Freunden gegen ihn, so daß sie auch die ihren wurden. Er vergötterte Milly. Sie war, wie er fand, mit Abstand die hübscheste Frau, die er je geliebt hatte, und hätte er sich die Zeit genommen, darüber nachzudenken, wäre er wohl zu dem Schluß gekommen, daß Milly im Grunde seine einzige Liebe war. Natürlich hatte es viele andere Frauen gegeben, nie aber etwas Ernstes, keine hatte ihm je schlaflose Nächte bereitet.

Cosmo und Mabs betrachteten bei einer Begegnung mit Vaters »mißratenen Freunden«, wie sie sich auszudrücken pflegten, stets aufmerksam die Reaktion ihrer Mutter. Sie stellten mit ihr die Stacheln auf, schlugen sich auf ihre Seite und machten ein böses Gesicht, wenn Fremde jovial in den Kreis der Familie eingeführt wurden.

Das versuchte Cosmo seinem Freund Blanco klarzumachen, als sie nach dem Abendessen durch die Stadt schlenderten. »Natürlich wissen wir, daß sie nichts zu befürchten hat. Vater betet sie an, aber er ist ein Trottel. Er meint, sie müßte doch wissen, daß zwischen ihm und den Frauen nichts war. Diese Angst hat sie eigentlich nur vor den Frauen. Manche tun, als ob –«

»Was?«

»Als ob sie und Vater mal was miteinander gehabt hätten. Es ist grotesk.«

»Und ist denn da was dran?«

»Frag mich was Leichteres. Bei den Männern hat sie Angst, für dumm gehalten zu werden. Vater hat viele Freunde, die viel gescheiter sind als er, und die sind der Meinung, Frauen müßten gut zuhören können.« (Blanco lachte.) »Aber Ma kann das nicht. Wenn sie nervös ist, redet sie wie ein Wasserfall.«

»Beneidenswert. Wenn ich nervös bin, krieg' ich kein Wort heraus.«

»Aber heute abend«, fuhr Cosmo fort, »ich weiß nicht, ob dir das aufgefallen ist, war Ma richtig herzlich. Es war ihr sofort recht, daß wir uns zusammentun, die sieben Holländer und wir sechs. Mein lieber Mann ...«

»Macht dreizehn.«

»Bist du abergläubisch?«

»Das war simple Arithmetik.«

»Aber erstaunlich ist es doch«, rätselte Cosmo. »Sie war so spontan, das sieht meiner Mutter überhaupt nicht ähnlich. Meist dauert es Wochen, bis sie soweit ist.«

»Wir wollen die verlorenen Jahre aufholen, hat diese Baronin gesagt, unsere Kinder sollen sich kennenlernen. Glaubst du ... Sie muß so alt sein wie dein Vater oder sieht jedenfalls so aus.«

»Und wenn schon.«

»Sie ist dick.«

»Spielt für meine Mutter keine Rolle. Sie würde unter den Fettwülsten eine schlanke kleine Rosa erkennen.«

»Nach dem, was dein Vater gesagt hat, scheint er mehr mit dem Mann befreundet gewesen zu sein.«

»Das würde ihm Ma nie unbesehen abnehmen. Aber ich glaube, es steckt was anderes dahinter. Diese vielen Töchter und nur ein Sohn ...«

»Noch dazu so hausbackene Töchter«, bekräftigte Blanco.

»Und Mabs ist eine Wucht.«

»Warum erfahre ich das erst jetzt?« fragte Blanco verblüfft.

»Weil du sowieso keine Chancen hast. Mabs ist siebzehn.«

»Und ihre Freundin?«

»Desgleichen.«

»Man muß sich das mal bildlich vorstellen«, sagte Blanco. »Der Baron und die Baronin versuchen es immer wieder, plopp, plopp, plopp, plopp, plopp, fünf kleine Mädchen, und dann kommt endlich Felix, der große Knüller. Hurra, ein Junge, jetzt können wir die Produktion einstellen...«

Cosmo und Blanco klammerten sich aneinander und johlten vor Vergnügen.

Als er sich wieder beruhigt hatte, meinte Blanco: »Wenn wir uns zu den Holländern setzen – das hat bei deiner Mutter ja vielleicht auch eine Rolle gespielt –, sind wir weiter weg von den gräßlichen Leuten, die so gemein zu ihrer Tochter waren.«

»Ja, einiges davon habe ich auch mitgekriegt. Sie hätte Mitesser, haben sie gesagt. Armes Ding.

Du, Elizabeth, die älteste Hollandtochter, spielt Backgammon, und Tennis spielen sie alle. Sie machen einen netten Eindruck. Eine hat gefragt, warum wir nicht ins Kasino zum Tanzen gehen. Offenbar kommt es da aufs Alter nicht an.«
»Tanzen?« wiederholte Blanco interessiert.
»Kannst du tanzen?«
»Ein bißchen«, sagte Blanco bescheiden.
»Wenn du bei Mabs landen willst, mußt du tanzen können.«
»Kann ich auch. Sieh mal, Charleston.« Blanco verfiel auf dem Gehsteig in strampelnde Zukkungen. »Los, Cosmo, tanz!«
»Hör auf, gleich laufen die Leute zusammen. Und sei still«, zischte Cosmo, dem die Ausgelassenheit des Freundes nicht geheuer war.
»Sei nicht so englisch«, rief Blanco und tanzte.
Cosmo ergriff die Flucht.
Blanco schob sich zuckend und zappelnd zum Strand und tanzte Muster in den Sand. Dabei summte er die Melodie, zu der er Jack Buchanan und Elsie Randolf hatte tanzen sehen. Ausgelassen tänzelte er den Wellen entgegen. Der Sand knirschte unter seinen Füßen, der Seewind brannte ihm in den Augen und zauste sein Haar. Blanco breitete die Arme aus und drehte sich verzückt um die eigene Achse.
Endlich kam er zum Stehen. Der Strand war menschenleer. Blanco sah auf die Lichter der

Stadt, die sich im Wasser spiegelten, und versuchte sich darüber schlüssig zu werden, welche Farbe die Wellen im Mondlicht hatten. Silbern? Smaragdfarben? War das Meer schwarz oder flaschengrün? Eine Wolke zog über den Mond. Er fröstelte und wandte sich zum Gehen. Und dann sah er Flora.

Sie watete mit geschlossenen Augen, vollständig angezogen, ins Meer hinaus. Als Blanco nach ihr griff, biß sie zu.

Blanco hielt ihre Arme fest und trug sie zum Strand hinauf. Sie trat ihm gegen das Schienbein, die Hacken trafen genau den Schienbeinknochen, es tat gemein weh. Blanco hielt Flora mit dem linken Arm fest und gab ihr einen Klaps auf den Po. »Halt still.« Sie biß ihn erneut. »Kleines Luder!« Er schüttelte sie. »Hör auf.« Daß sie beharrlich schwieg, erschreckte ihn sehr. »Ich weiß, wer du bist. Ich bring' dich zu Madame Tarasowa.« Noch immer sagte Flora nichts. »Komm jetzt.« Blanco setzte sie auf die Füße, ließ sie aber nicht los. »Wenn du ins Meer gehen kannst, schaffst du es auch den Berg hinauf.«

»Ich habe meine beste Hose ruiniert«, sagte er etwas später zu Cosmo.

»Gib sie in die Reinigung. Und wie ging es dann weiter?« Cosmo hatte sich schon ausgezogen und lag im Bett.

»Zu Madame Tarasowa habe ich nur gesagt, daß ich sie dabei erwischt habe, wie sie ins Meer gewatet ist. Mit fest geschlossenen Augen.«

»Du liebe Güte!«

»Schau, wo sie mich gebissen hat. Sieh dir meine Schienbeine an. Alles blutig. Sie werden schon grün und blau.«

»Was hat Madame Ta–«

»Erst hat sie etwas auf russisch gesagt, dann auf französisch etwas von heißer Milch. Sie hat die Kleine fast zerdrückt mit ihrer Fürsorge.«

»Erdrückt.

»Auch gut. Erdrückt. Alles mögliche auf russisch hat sie noch gesagt, danach hat sie sich auf französisch bei mir bedankt. Die ganze Zeit hat sie das triefende Kind geherzt und geküßt. Überlaß nur alles mir, hat sie gesagt ... Schau dir bloß meine Hose an«, jammerte Blanco.

»Und weiter?«

»Dann kam diese Misttöle die Treppe herunter – wir standen noch unter der Tür – und hat versucht, mich zu beißen. Mit einem Schlag war die Kleine wieder hellwach und hat gelacht. Die Tarasowa hat mir die Tür vor der Nase zugemacht und – ja, da bin ich wieder. Ob in der Reinigung der Wasserstreifen rausgeht? Hier, wo das Salz gerade antrocknet.«

»Vielleicht ist sie Schlafwandlerin.« Cosmo hatte die Arme um die angezogenen Knie gelegt.

»Im Schlaf beißt man nicht um sich.« Blanco legte die Hose über einen Stuhl.

»Ich finde, wir sollten es meiner Mutter sagen.«

»Wart erst mal ab, was die Tarasowa unternimmt. Sie sah irgendwie so abweisend aus. Man möchte sich ja auch nicht aufdrängen ...«

»Vielleicht könnte meine Mutter ihr mehr helfen, wenn sie nichts davon weiß.«

»Wieso?« fragte Blanco.

Aber das konnte Cosmo auch nicht näher erklären. Er sagte: »Das gibt es doch wohl nicht, daß Kinder ernsthaft ...« Weder er noch Blanco sprachen das Wort Selbstmord aus. Blanco meinte, er wolle noch ein heißes Bad nehmen.

7

»Ich will mir vor dem Schlafengehen noch kurz die Beine vertreten.« Angus stand mit Milly in der Halle, wo sie gerade Rosa und ihren Töchtern eine gute Nacht gewünscht hatten. »Brauche noch ein bißchen frische Luft.« Er wandte sich an Felix. »Komm doch mit, wenn du Lust hast.«

»Gern, Sir.«

»Also dann gute Nacht, Liebling. Bleib nicht zu lange.« Milly ging die Treppe hinauf. »Vergiß nicht, daß morgen die Mädchen kommen, da brauchst du deine Kraft.«

Angus und Felix traten vors Haus. »Einigermaßen beängstigend, plötzlich eine erwachsene Tochter im Haus zu haben«, meinte Angus. »Deine Mutter ist allerdings ein ermutigendes Beispiel dafür, wie man so was überlebt.«

Felix lachte. »Irgendwann haben meine Eltern aufgehört zu zählen; inzwischen sind drei meiner Schwestern verheiratet, und meine Mutter hat nur noch zwei am Hals.«

Sie setzten sich in Marsch. »In Wirklichkeit«, sagte Angus, »möchte ich gern ins Kasino, ohne daß meine Frau etwas davon erfährt.«

»Ach so.« Felix überlegte, wieviel Geld er bei sich hatte. »Nicht was du meinst«, sagte Angus. »Vielleicht haben die dort einen Fernschreiber. Es ist mir einfach zu dumm, einen Tag auf meine Zeitung zu warten, ich brauche die neuesten Nachrichten aus der Heimat.«

»Im Foyer des Kasinos steht einer«, sagte Felix. »Sie fürchten, daß es zum Streik kommen könnte?«

»Zu einem Streik, der sich womöglich zu einer Revolution ausweitet.«

»Na hören Sie, das ist denn doch –«, begann Felix leicht belustigt.

»In Moskau und St. Petersburg gab es viele junge Männer, die in genau dem gleichen Ton wie du ›Na hören Sie, das ist denn doch –‹ gesagt haben«, meinte Angus ergrimmt. »Ich behaupte nicht, daß es zwangsläufig dazu kommen muß, aber wenn schon grüne Bürschchen wie Cosmos Freund, dieser Wyndeatt-Whyte, mit den Bergleuten sympathisieren, kann man sich leicht ausrechnen, wie sich solche Sympathien landesweit auswirken.«

»Und ich dachte, es sei ein Irrglaube der Konservativen, daß ihre Gewerkschaften kommunistisch unterwandert sind.«

»Die Meinung ist ziemlich weit verbreitet. Heißsporne wie Winston Churchill würden lieber heute als morgen losschlagen. Ein Mann wie Simon, einer dieser halbgaren Burschen, glaubt zumindest halb daran. Es ist ein Pilz, der ständig weiterwuchert. Gute Schlagzeilen für die Pressezaren. Bei Birkenhead weiß man auch nicht so genau, woran man ist, und Joynson-Hicks sieht natürlich überall Bolschewiken.«

»Das ist Ihr Innenminister?«

»Ja. Persönlich kenne ich die Brüder alle nicht, bin ja nur ein Soldat außer Diensten. Kann sie nicht ausstehen, diese Politiker. Traue ihnen nicht über den Weg. Wenn du mich fragst, hat der König mehr gesunden Menschenverstand als das ganze Kabinett zusammen. Den müßte man mit

A. J. Cook in Klausur schicken, er hätte die Sache im Handumdrehen erledigt, und zwar auf faire Art und Weise«, grollte Angus.

»Er vertritt die Bergleute, dieser Cook?« Felix sprach ein korrektes, wenn auch etwas stockendes Englisch.

»Ja. Der König liebt seine Kumpel. Ich mag sie ja auch. Prächtige Burschen.«

»In der Zeitung steht, daß sie zumindest das Existenzminimum fordern. Können Sie mir erklären, was das ist, ein Existenzminimum?«

»Das, was sie mit Sicherheit nicht bekommen werden«, erwiderte Angus bissig. »Ebendeshalb haben sich ja die Verhandlungen festgefahren.«

»Und nun?«

»Nun macht alle Welt in antibolschewistischer Panik, in die ich mich auch habe hineinziehen lassen, und ein landesweiter Streik mit unerfreulichen Auftritten ist in greifbare Nähe gerückt. Wenn es tatsächlich soweit kommt, muß ich mich bei meinem zuständigen Zivilschutzbeauftragten melden. Obertrottel. War ihm im Krieg in einer bestimmten Situation unterstellt. Ich habe nicht die Absicht, mich mit dem Minister anzulegen, aber vielleicht kann ich den Mann, wenn ich an Ort und Stelle bin, doch an der einen oder anderen Dummheit hindern. Vor mir hat er einen Heidenrespekt. Entfernter Vetter meiner Frau.«

»Ja so«, sagte Felix.

»Ich will Milly nicht unnötig Angst einjagen, aber falls es Ärger geben sollte, fahre ich allein zurück. Für mich ist es dann eine Beruhigung, wenn sie und Mabs in Frankreich sind.«

»Und Ihr Sohn?« fragte Felix. Sie standen vor dem Kasino.

»Cosmo? Der muß wieder zur Schule, er hat durch sein kaputtes Knie schon genug versäumt. He, die Burschen da kenne ich doch. Hallo, Freddy! Wen hast du da bei dir, ist das Ian?« Angus begrüßte zwei Männer, die gerade das Kasino verließen, und machte Felix mit ihnen bekannt. Sie waren offenbar in der gleichen Absicht wie Angus gekommen. Felix beobachtete fasziniert und belustigt, wie sie, Nachrichten und Meinungen austauschend, beieinanderstanden, alle drei etwa im gleichen Alter, mit ähnlichen Stimmen, ähnlichen Ansichten. Das können wirklich nur Engländer sein, dachte er und versuchte zu definieren, was so englisch an ihnen war. Stimme? Haltung? Kleidung? Fußstellung? Woran lag es? Noch ein paar englische Familienväter traten dazu, und alle trugen denselben unsichtbaren Stempel.

Es gab eine lebhafte Beratung, Abstimmung und schließlich offenbar Einigung. Die Gruppe trennte sich – »Gute Nacht ... gute Nacht ...« – und ging auseinander.

»Tut mir leid«, sagte Angus. »War bestimmt langweilig für dich. Hättest inzwischen ein paar Spielchen wagen sollen. Wie wär's? Oder ist es schon ein bißchen spät?«

»Ich glaube schon. Und gelangweilt habe ich mich ganz und gar nicht. Es war sehr interessant, Sie zu beobachten. Sie sahen alle so englisch aus.«

»Einer war Schotte.« Angus plusterte den Schnurrbart auf.

»Vielleicht hätte ich ›britisch‹ sagen sollen.«

»Nein, englisch ist schon in Ordnung. Wie sollen wir denn sonst aussehen?« Sie hatten kehrtgemacht und gingen zum Marjolaine zurück.

»Was ich eigentlich damit meine ... als ich Sie dort mit Ihren Freunden zusammenstehen sah ... selbst ohne Sie zu kennen und ohne Sie sprechen zu hören, hätte ich irgendwie erkannt, daß Sie Engländer sind. Und nun rätsele ich die ganze Zeit, woran das wohl liegen mag.«

Angus hörte nur halb zu. »Das Gespräch eben hat mich doch sehr beruhigt. Jetzt kann ich den Urlaub erst so richtig genießen.« Und dann: »Du redest, mit Verlaub zu sagen, ziemlichen Stuß daher, mein Junge. Das gleiche gilt doch für jede beliebige nationale Gruppe. Ein Blick, und man weiß Bescheid. Die Holländer sind spießig, die Franzosen flott. Man braucht sie bloß anzusehen ...«

Ein paar Schritte gingen sie schweigend weiter, dann sah Angus seinen Begleiter an und fing an zu lachen. »Du mußt mich für ganz schön vertrottelt halten. Das typisch Englische an mir, was?«

»Nach dem, was mein Vater von Ihnen erzählte, waren Sie für uns immer so eine Art Legende.« Felix lächelte. »Wir haben Sie immer vom Kinderzimmerfenster aus beobachtet.«

»Dein Vater war übrigens alles andere als spießig. Gute Nacht, lieber Junge, schönen Dank für die Begleitung.« Sie trennten sich lachend.

Auf dem Weg zum Zimmer seiner Frau dachte Angus an Jef, Felix' Vater, der so groß wie er selbst gewesen war, blond und blauäugig, und an Jefs Frau Rosa, ein zierliches blondes Persönchen mit blauen Augen. Wie waren diese beiden nur zu dem dunkelhaarigen, dunkeläugigen Felix gekommen, der auch nicht die entfernteste Ähnlichkeit mit Vater oder Mutter hatte? Angus runzelte die Stirn. Ihm war das Ehepaar auf dem Schiff eingefallen. Hatte nicht der Mann eine recht abgeschmackte Bemerkung über seine brünette Tochter gemacht? Der Bursche hatte etwas merkwürdig Überspanntes, Fremdländisches an sich. Ob Felix ihn auf den ersten Blick als Engländer einordnen würde? Und er selbst – würde er Felix auf Anhieb als Holländer erkennen? Scheußliche Farbe, dieser Läufer. Angus betrachtete angewidert die roten und blauen Rauten, die vor ihm herliefen. Sie weckten eine Erinnerung ... aber an was? Ja, richtig: An Rosa, die ein ganz ähnlich gemustertes Kleid getragen und ihm Kinderphotos von ihren Brüdern und von sich gezeigt hatte; ein kleines Mädchen mit kurzgeschnittenem Haar und ernster Miene. Er hatte noch ihre Stimme im Ohr: »Lach nicht, so haben wir wirklich ausgesehen.« Seit Jahren hatte er nicht mehr an Rosa gedacht, und Freund Jef war schon lange tot. O ja, man hatte damals durchaus Gelüste gehabt, fröhlich-undramatische Gelüste wohlverstanden ... Jetzt war sie zu dick. Angus klopfte bei seiner Frau an. »Du bist ja da«, sagte er erfreut.

»Ja, was hast du denn gedacht?« Milly war schon im Bett. Sie legte ihr Buch aus der Hand. »Ich komme damit nicht zu Rande. Ganz schlimmer Schund.«

»Ob du wohl mit mir zu Rande kämst?« fragte Angus mit tiefer Brummstimme.

»Ganz bestimmt.« Milly streckte ihm die Arme entgegen.

Flora saß im Pyjama und Morgenrock bei Mademoiselle und sah ihr beim Packen zu. Nachdem die Gouvernante ganz unten in den Koffer die Schuhe gelegt und Gebetbuch und etliche Briefbündel an den Seiten verstaut hatte, bereitete sie jetzt eine Unterlage für ihre guten Sachen vor, indem sie vorstehende Ecken und Kanten mit Unterwäsche, Strümpfen, Taschentüchern und Schals auspolsterte. Ihr einziges gutes Kleid lag schon, ordentlich gefaltet und mit Zwischenlagen aus Seidenpapier versehen, auf dem Bett, ebenso die beiden Blusen, die nach dem Tweedrock und der Strickjacke für alle Tage zuletzt eingepackt werden sollten.

»Schildchen ... ich brauche Anhängeschildchen«, sagte Mademoiselle halblaut. »Lauf, Kind, und laß dir an der Rezeption zwei geben.«

»In diesem Aufzug?« Flora breitete die Arme aus und zeigte den zu kurzen Pyjama, die nackten Füße her.

Mademoiselle, eine füllige junge Dame, seufzte abgrundtief. »An dir hat man aber auch gar keine Hilfe. Alles muß ich selber machen.«

»Die Rezeption schließt in fünf Minuten.« Flora betrachtete den offenen Koffer. »Hat es nicht Zeit bis morgen?«

»Morgen ist es zu spät.« Mademoiselle verließ das Zimmer und nahm einen schalen, von Eau de Cologne überlagerten Schweißgeruch mit. Flora überlegte, ob sie Mademoiselle mehr oder weniger vermissen würde als die Signorina, mit der sie ein Jahr in Italien verbracht hatte. Die Signorina hatte weniger stark, aber ganz ähnlich gerochen. Flora reckte die Arme und schnupperte an ihren Achselhöhlen. Sie zog den Gürtel des Morgenrocks fester und beugte sich vor, um in Mademoiselles Koffer zu schauen. Manchmal war es ganz lustig gewesen, mit der Signorina das Faschistenlied ›Giovanezza‹ zu singen. Die Signorina hatte einen Bruder, der die olivgrüne Uniform und die schwarzen Stiefel der Fascisti trug und für Mussolini schwärmte. Zwischen Mademoiselles Briefpacken steckten auch Ansichtskarten, und eine davon war besonders interessant. Den Text kannte Flora auswendig: »Gestern dieses Museum besucht ... morgen zurück nach Paris ... das dänische Essen unbekömmlich für Maman ... Kopenhagen eine Enttäuschung ... Hans Andersen ziemlich fade ... Babette.« Die Karte war aus dem Thorwaldsen-Museum und zeigte die Skulptur eines auf der Seite liegenden nackten Mannes. Neben ihm, Rücken und Beine in die Krümmung des männlichen Körpers geschmiegt, den Kopf auf seinen Arm gestützt, lag eine Frau, die ebenfalls nackt war. Dänische Skulpturen seien doch recht eigenartig, hatte Mademoiselle bemerkt, als die Karte gekommen war. Im Stehen, fand sie, würde sich das Paar bedeutend netter machen. Dann hatte ihre Mutter noch mal dieselbe Karte geschickt, und Mademoiselle hatte erklärt, die Dänen seien ein einfallsloses Volk, ohne aber diese Feststellung näher zu erläutern. Flora fand die liegenden

Figuren wunderschön. Wie herrlich, dachte sie, so bei dem Marmormann zu liegen. Sie hatte Mademoiselle gebeten, ihr eine der Karten zu schenken, da sie doch zwei habe, aber das hatte Mademoiselle brüsk abgelehnt; sie sammele Briefmarken, hatte sie gesagt.

Flora angelte mit Zeigefinger und Daumen eine der Karten aus dem Packen, um sich das Bild noch einmal anzusehen. Da hörte sie Mademoiselle zurückkommen. Auch Gastons Stimme war zu vernehmen.

»Wenn Sie mir den Koffer gleich geben«, sagte er, »kann ich ihn mit einem Gast, der heute abend noch nach Paris fährt, zum Bahnhof schicken. Damit sparen Sie ein Taxi und einmal Trinkgeld für den Dienstmann. Was haben Sie noch?«

Mademoiselle machte die Tür auf. »Meinen Handkoffer. Aber den kann ich selber tragen.«

Flora steckte rasch die Postkarte weg. Mademoiselle packte den Rest ihrer Sachen ein. Gaston half ihr, den Koffer zu schließen und die Schildchen anzubringen, und zog, eine gute Nacht und *bon voyage* wünschend, mit dem Gepäck ab.

»Geh schlafen, Kind. Wenn du aufwachst, bin ich schon weg.« Mademoiselle gab Flora einen flüchtigen Kuß auf die Stirn. »*Bonne chance, petite.*«

Jetzt war es zu spät, die Ansichtskarte zurückzugeben. Flora streifte der Form halber mit den Lippen Mademoiselles runde Wange und ging auf ihr Zimmer, wo sie die Karte in ihrem Wäschefach unter den Hemdchen versteckte. Morgen würde sie sich daran weiden. Zunächst aber legte sie sich das zweite Kopfkissen so zurecht, daß sie sich mit dem Rücken dagegenlehnen und sich einbilden konnte, es sei glatter, tröstlichkühler Marmor.

8

Dank der Herzlichkeit und guten Laune der »Habenichtse«, wie die Familie des verstorbenen Barons Jef Habening nun allgemein hieß, schlossen sich die Gäste von Dinard enger zusammen. Für Elizabeth, Anne, Mane, Dottie und Dolly war es nicht wichtig, wie alt jemand war. Sie spielten Tennis mit den Kindern, Bridge mit den Eltern und Roulette mit Angus, Milly und ihrer Mutter. Sie tanzten mit Cosmo, Blanco und ihrem Bruder und fegten durch die Geschäfte wie ein Wirbelwind. Als Mabs und Tashie Quayle, die Weltgewandten, aus Paris eintrafen, merkten sie sehr bald, daß sich hier nicht alles um sie drehen würde. Gewiß, sie waren anderen Siebzehnjährigen weit voraus, hatten einen Bubikopf, schminkten sich, wenn Milly nicht hinsah, die Lippen, waren ihren Babyspeck los und tanzten nicht nur Charleston, sondern auch Foxtrott, aber von den liebenswürdigen Holländerinnen konnten sie noch viel lernen. Unter deren wohltuendem Einfluß wurden die jungen Leute aus den verschiedenen Hotels zu einer homogenen Gruppe, die durch die Stadt zog, sich teilte und wieder zusammenfand wie ein Vogelschwarm. Drei Mädchen aus dem Britannique kannten einen Jungen und seine Schwester im Marjolaine, die wiederum hatten einen Vetter im Angleterre, dessen Schule gegen die von Cosmo und Blanco Kricket spielte. Tennisdoppel wurden zusammengestellt, ausgelassene Strandspiele veranstaltet, Ausflüge unternommen, und ab fünf Uhr traf man sich im Kasino zum *thé dansant*. Alle Mädchen waren in Felix verliebt.

Flora Trevelyan, zu jung und zu schüchtern, um dabei mitzutun, beobachtete die jungen Leute von ferne und bewunderte ihre schier grenzenlose Lebenslust. Sie quälte sich mit schmerzhafter Eifersucht auf Mabs und Tashie. Bei der Ankunft der beiden aus Paris hatte sie die flotten marineblauen Kostüme, die strahlendweißen Blusen, kniekurzen Röcke und die tief über kekke Näschen gezogenen Glockenhüte bewundert. Auch Flora war in Felix verliebt.

Man konnte fast meinen, Felix gehörte einer anderen Rasse an als seine Schwestern. Sie waren untersetzt, er war hochgewachsen, sie waren blond, er war dunkel, sie waren lebhaft, er sprach leise und hatte eine sanfte, ruhige Art. Von Zeit zu Zeit entschwand er mit seiner Schwester Elizabeth im Automobil.

»Er nimmt sie mit, weil sie schon so alt ist und er Mitleid mit ihr hat. Sie ist sechsundzwanzig, die Ärmste, und kein Ehemann in Sicht.« Tashie saß mit Mabs und Cosmo auf der Hotelterrasse, die drei beratschlagten, was sie jetzt unternehmen sollten.

»Nein, sie ist Archäologin, und sie sehen sich die Menhire an«, sagte das Mädchen mit dem sandfarbenen Haar und den Raffzähnen, die das Gespräch verfolgt hatte, ohne eigentlich zu der Gruppe zu gehören.

»Was ist ein Menhir?« fragte Tashie.

»Ein Monolith«, erwiderte das raffzähnige Mädchen, das Joyce hieß.

»Und was ist ein Monolith?« wollte Mabs wissen.

Cosmo, dem schwante, daß bei diesem Gespräch die Unwissenheit seiner Schwester zutage treten würde, schlenderte zu Blanco hinüber, der vor dem Schaufenster einer Konditorei stand.

»Was ist ein Monolith, Hubert?«

Seinen richtigen Namen hörte Blanco so selten, daß er etwas aus der Fassung geriet. »Was ist was?«

Cosmo wiederholte seine Frage.

»Sie kommen haufenweise in Cornwall und Wales vor, es gibt sie von Kleinasien bis zu den Orkney-Inseln. Irgendwie hat es was mit den Druiden zu tun, mit Stonehenge und so.«

»Was du alles weißt ...«

»Brauchst bloß Elizabeth zu fragen ... Wie wär's mit so was?« Blanco deutete auf die verführerische Tortenauslage. »Meine Mutter hat mir Geld geschickt, ich lade dich ein.«

»Denk an unsere Pickel«, mahnte Cosmo.

»Solange Felix hier ist, können wir Pickel haben, soviel wir wollen, da guckt uns sowieso keiner an.«

»Wie wahr!« Entschlossen betrat Cosmo als erster die *pâtisserie*. Sie setzten sich an einen Tisch, bestellten Kuchen, lehnten sich zurück und sahen durch die Schaufensterscheibe auf die Straße hinaus.

»Die verheirateten Habis reisen morgen ab und kehren ins Eheglück zurück.« Blanco biß in ein Eclair. »Köstlich.« Er leckte sich die Finger.

»Hat dir das auch Elizabeth erzählt? Möchte wissen, wie das Eheglück bei denen aussieht.«

»Möglicherweise genau wie das von deinen Eltern ...«, meinte Blanco.

»Komm, hör auf!« Cosmo lachte. »Elizabeth und Anne wollen die Tarasowa kennenlernen, sie brauchen ein paar Backgammontips, so richtig ausgebuffte armenische Tricks. Schau mal, da geht diese seltsame Kleine.« Durch die Scheibe sahen die beiden Freunde Vita und Denys Trevelyan, die auf der anderen Straßenseite einen Schaufensterbummel machten. Flora trödelte mehrere Meter hinter ihnen her.

»Meine Schienbeine sind immer noch grün und blau«, sagte Blanco. »Sie sieht recht unglücklich aus.«

»Kein Wunder bei solchen Eltern ...« Cosmo sah den Trevelyans nach, bis sie verschwunden waren.

»Bald sind sie wieder in Indien, haben scharenweise eingeborene Diener und alles, was dazugehört. Die Holländer machen es genauso, sagt Anne.«

»Genau wie wer?«

»Knechten und unterjochen die unterlegene Rasse in Ostindien, saugen sie aus bis aufs Blut.«

»Vater sagt –«

»Dein Vater ist ein imperialistischer Kriegshetzer. Noch ein Stück Torte?«

»Ja, danke, dann lasse ich eben das Mittagessen ausfallen.« Cosmo lachte. »Der imperialistische

Kriegshetzer hat wegen des Streiks keine ruhige Minute mehr. Aber ein Blutsauger ist er nicht.«

»Ich finde es gut, wenn die Revolution kommt. *Encore de gâteaux, s'il vous plaît, Mademoiselle.* Was will denn dein Vater machen? Im Alleingang gegen die Streikenden vorgehen?« erkundigte sich Blanco neckend.

»Er –« Cosmo unterbrach sich und setzte neu an: »Er ist kein Kriegshetzer. Jawohl, er wählt konservativ, und Friedensrichter ist er auch. Aber er hält den Krieg für eine schlimme Sache, und Revolutionen führen nun mal zum Krieg. Deshalb ist er im Augenblick so nervös. Wir haben doch alle konservative Väter.«

»Sprich für dich. Ich habe keinen.«

»Mach jetzt bloß nicht auf Kriegswaise, die Masche zieht bei mir nicht«, sagte Cosmo gutmütig. »Ich meine ja nur, daß dein Vater konservativ wählen würde, wenn er am Leben geblieben wäre.«

»Ich bilde mir ein, daß er das nicht tun würde«, widersprach Blanco. »Und überhaupt hat dein Vater das Pferd beim Schwanz aufgezäumt. Revolutionen speisen sich aus dem Krieg, sie haben ihren Ausgangspunkt im Krieg. Geh doch mal nach Rußland –«

»Ich kann mich beherrschen! Schönen Dank für den Kuchen, Blanco, aber ich muß jetzt los. Hab' was für meinen Vater zu erledigen.«

»Was denn?«
»Nur eine Besorgung.«
»Soll ich mitkommen?«
»Nein.«
»Bleibst du lange?« fragte Blanco.
»Möglich.«
»Und ich bin nicht erwünscht. Alles klar. Im übrigen muß ich auch was erledigen, ich will zu Madame Tarasowa. Sie soll ein paar Zeilen auf russisch an meinen Vetter Dings schreiben, Anne kann den Schrieb dann in Holland einstecken.«
»Wozu? Und worüber?«
»Bloß ein kleiner Ulk. Er hat meiner Mutter einen gemeinen Brief geschickt. Es ist nur ein Spaß.«
»Manchmal werde ich nicht schlau aus dir. Du und dein Vetter Dings ... Das ist ja schon eine fixe Idee.« Cosmo fuhr unauffällig mit dem Finger über seinen Teller, leckte die letzten Sahnereste von der Fingerspitze und stand auf.

Auf dem Weg zur Anlegestelle klopfte er vorsichtshalber noch mal seine Taschen ab. Ja, das Geld, das sein Vater ihm gegeben hatte, war gut aufgehoben. Das Motorboot hatte gerade eine Ladung Fahrgäste ausgespuckt und die Leinen wieder losgemacht. Es würde gleich ablegen.

Auf einem Poller saß Flora. Sie wandte ihm den Rücken zu und sah zu dem Motorboot hinüber. Spontan nahm er sie im Vorbeilaufen an der Hand. »Fahr mit nach St. Malo!«

Flora war verblüfft, ließ sich aber bereitwillig die Stufen herunter und an Bord ziehen. »Komm, wir gehen nach vorn.« Er schob sie vor sich her, und sie setzten sich in den Bug. »Kennst du dich in St. Malo gut aus?« fragte er. Flora nickte. »Du hast dir die Haare kürzer schneiden lassen«, stellte er fest, während der Wind ihr die Strähnen ins Gesicht wehte.

»Frisch gewaschen sind sie auch. Der Friseur wollte mir das Shampoo extra berechnen.«

»Weil du so dickes Haar hast.« Cosmo hatte Vitas Stimme im Ohr: Und Mitesser hast du auch ... Er hätte Flora gern gesagt, daß sie wunderschöne Haare hatte, was ja stimmte, aber dann meinte er nur: »Heute, wo alle Frauen Bubikopf tragen, muß der Mann doch eine Stange Geld an Shampoo sparen.« Flora streifte ihn mit einem raschen Blick aus großen Augen. »Was sie wohl fürs Wimpernwaschen nehmen ...«, überlegte er laut. Flora sah ihn verständnislos an. Wußte sie womöglich gar nicht, daß sie außergewöhnlich lange Wimpern hatte? Er hätte sie furchtbar gern mal angefaßt. »Ich sehe dich manchmal«, sagte Cosmo. In den letzten Wochen hatte er sie tatsächlich immer mal wieder gesehen, allein oder mit Igor, wie sie rasch um eine Ecke flitzte. »Heute vormittag warst du mit deinen Eltern unterwegs.« Reichlich spät überlegte er, ob sie womöglich Ärger bekommen würde, weil er sie ohne Erlaubnis mitgenommen hatte. »Ich war in der Konditorei.«

»Sie sind nach Dinan gefahren«, sagte sie. »Sie haben eine Wohnung gemietet, dafür kaufen sie Sachen ein.«

»Ihr seid also ausgezogen. Ich dachte –«

»Sie schon. Ich nicht.«

Da kam Cosmo nicht mit. »Und wann kommen sie zurück?« Er entsann sich seiner Abneigung gegen das Paar, hatte Angst vor einer Konfrontation. Wenn sie nun eine Erklärung von ihm verlangten? Was denn für eine Erklärung, um Himmels willen ...

»Vielleicht morgen.«

»Lassen sie dich oft allein?«

»Sie sind gern zusammen.« Sie verstummte diskret. Fast wie eine Erwachsene.

»Ja so«, sagte Cosmo. Und noch einmal: »Ja so.« Nach einer Weile fing er wieder an: »Ich muß was für meinen Vater besorgen. Meine Mutter soll es nicht wissen. Niemand soll es wissen. Er will sie nicht beunruhigen, du darfst es deshalb keiner Menschenseele sagen. Ich soll einen Revolver kaufen.«

»Ein *pistolet*?«

»Ja. Er will mit dem Wagen in den Norden,

wenn ich wieder zur Schule muß, und befürchtet Unruhen. Deshalb will er eine Waffe haben.«

»Ich verrat's niemandem.«

»Dir habe ich's auch nur erzählt, weil ich dich mitgenommen habe und es dir vielleicht komisch vorkommt, wenn ich eine Pistole kaufe.« Eigentlich, dachte Cosmo, müßte es mir jetzt schon leid tun, daß ich sie dabeihabe. Tut es aber nicht. »Vater hat gesagt: ›Sieh zu, daß du ein Waffengeschäft findest, das gibt es dort bestimmt.‹ Aber ich tappe total im dunkeln. Ich weiß nicht mal, was das auf französisch heißt oder wie man danach fragt. Im Französischen hab' ich nur Grundkenntnisse. Nach Konditoreien und so Sachen kann ich mich erkundigen, aber die Vokabel für Waffengeschäft kenne ich nicht.«

»Ich schon.«

»Wirklich? Wie heißt es denn?«

»*Armurier.*«

»Danke. Das muß ich mir aufschreiben. Ob du danach fragen könntest?«

»Ich weiß eins, in einer der Nebenstraßen. An der Ecke ist der Laden, in dem deine Schwester und ihre Freundin Hüte gekauft haben, deine Schwester einen grünen und ihre Freundin einen blauen.«

»Was du alles merkst!«

Flora warf Cosmo einen belustigten Blick zu. Felix war von den Hüten, für die sich die beiden

Mädchen seinetwegen in Unkosten gestürzt hatten, nicht sonderlich beeindruckt gewesen. Auch das hatte sie bemerkt. »Am besten tust du so, als wenn du achtzehn wärst«, sagte sie.

»Na hör mal, ich bin doch nicht blöd«, erwiderte Cosmo erbost.

9

Aufatmend kehrte Cosmo dem Waffengeschäft den Rücken. Er war sich bei der Transaktion recht albern vorgekommen und konnte kaum glauben, daß sich in dem Päckchen, das er in der Hand hielt, tatsächlich eine todbringende Waffe befand. Der Mann hatte keine Fragen gestellt, sondern gleichmütig eine Auswahl von Revolvern auf den Ladentisch gelegt, dabei jeweils den Preis genannt und das Preisschild in Cosmos Blickrichtung gedreht.

Da Cosmo sich für das Fabrikat entschied, das sein Vater hatte haben wollen, brauchte er seine Unwissenheit nicht zu offenbaren. Der Mann in dem Geschäft war durchaus höflich gewesen, aber Cosmo fand ihn irgendwie aufreizend: ein untersetzter Typ, knapp eins sechzig, mit Schmerbauch, Hängebacken und scharfen schwarzen

Augen. Ohne zwingenden Grund kam er hinter dem Ladentisch hervor, machte sich an den Messern in der Auslage zu schaffen, rückte eine bereits aufs Schönste ausgerichtete Reihe gerade, wandte sich um und ließ seine Hand auf Flora ruhen. Dort ruhte sie nicht lange. Flora machte eine Bewegung, die Hand glitt ab. Sie rümpfte die Nase und trat auf die Straße hinaus. Ein Wort fiel. Der Ladenbesitzer sah die zuklappende Tür an, sah Cosmo an und machte schmale Lippen. Dann packte er das Päckchen fertig, nahm die Kaufsumme entgegen, gab Wechselgeld heraus und schrieb eine Quittung. »*Merci, Monsieur.*«

Flora wartete auf der gegenüberliegenden Straßenseite.

»Komm, wir gehen irgendwo ein Eis essen. Was hast du zu dem Mann gesagt?« fragte Cosmo neugierig.

»*Maquereau.*«

»Er hat kein sehr glückliches Gesicht gemacht. Was heißt denn das?«

Flora feixte. »Bei Jules am Hafen gibt es erstklassiges Eis.«

Cosmo prägte sich *maquereau* ein. Er hatte sein Notizbuch nicht mit und mochte vor Flora nicht in seinem Taschenlexikon blättern. Blanco hätte den Mann aus dem Waffengeschäft wohl »priapisch« genannt. Was das hieß, wußte er auch nicht so genau. »Wie alt bist du?« fragte er. »Und ich weiß immer noch nicht, wie du heißt.«

»Flora Trevelyan. Ich bin zehn.«

Sie wanden sich durch die schmalen Straßen, die zum Hafen führten. Flora deutete auf ein Café mit Blick auf die Mole. »Gefällt es dir hier?« Sie setzten sich.

Der *patron* kam angestürzt und küßte Flora schmatzend auf beide Wangen. »*Alors, petite, ça va? Tu veux une crème glacée? Fraise? Vanille? Chocolat? Et Monsieur? Bonjour, Monsieur.*« Er schüttelte Cosmo die Hand. »*Alors, votre choix?*«

Cosmo entschied sich für Schokolade, Flora für Erdbeer. »Kommst du oft her?« Sie genoß offenbar Vorzugsbehandlung.

»Mit Madame Tarasowa.«

»Ah so.«

»Ein- oder zweimal mit Mademoiselle.«

»Hm.«

»Madame Tarasowa ändert Kleider für Jules' Frau. Sie wird immer dicker.« Flora breitete die Hände vor dem Bauch aus. »Madame Tarasowa läßt alle Nähte aus.«

»Soso ...«

»Jules hat dicke Frauen gern.«

»Lernst du bei Madame Tarasowa Klavierspielen?«

»Russisch. Und sie haben gesagt, daß ich noch

Nachhilfe in Mathematik nehmen soll, ehe ich ins Internat komme.«

»Wo bist du im Internat?«

»Noch nirgends, ich fange im Herbst an.«

»Du warst also noch gar nicht da?«

»Nein.«

»Wohin kommst du denn?«

»Sie haben irgendwas ausgesucht.«

»Das ist aber komisch.«

»Wieso?« fragte sie gleichmütig.

»Ich finde es komisch, wenn man nicht weiß, wohin man kommt.«

»Sie müssen's ja wissen. Es ist irgendwo in England. In Indien können sie mich nicht behalten, wegen des Klimas.«

Eigenartig, daß Flora ihre Eltern ständig als »sie« bezeichnete! Fast wie Blanco, der seinen Vetter Dings oder Chose nannte. »Mabs und ich haben unsere Schulen vorher besichtigt, man hat uns gefragt, ob sie uns gefallen.«

»Ihr seid anders.«

Cosmo fühlte sich tatsächlich anders. »Hast du bei Madame T. auch Backgammon gelernt?«

»Ja, wir spielen manchmal zusammen. Wenn es regnet und Igor nicht aus dem Haus will.«

Sie sahen den Booten zu, die sich an der Mole wiegten, bis Jules mit zwei großen Portionen Eis ankam, die er behutsam vor sie hinstellte.

Flora richtete sich auf, streckte die Zehen nach unten, so daß sie mit den Füßen bis zum Boden reichte, und machte sich mit bedachtsamem Genuß über ihr Eis her.

»Manchmal nehme ich Jules für einen Tag den Hund ab«, sagte sie.

»War das die Töle, mit der ich dich damals getroffen habe?« Cosmo sah den dämlichen Hund vor sich, die watende Flora, den breiten Strand hinter St. Enogat.

»Der gehört dem Curé von St. Briac.« Damit hatte sie jene erste Begegnung zugegeben. »Jules hat einen Mastiff.«

»Ach ja?«

»Leute, die sehr viel zu tun haben, kommen nicht dazu, ihre Hunde auszuführen.« Sie aß ihr Eis in ganz kleinen Häppchen, um es zu strecken.

»Phantastisch, der Strand dort«, sagte Cosmo. »Ich war ein paarmal da und habe Vögel beobachtet. Wahrscheinlich gibt's dort auch Sandaale.«

»Ja, die gibt's.«

»Was heißt *maquereau*?« Cosmo war endgültig seiner Neugier erlegen.

»Zuhälter.«

»Weißt du, was ein Zuhälter ist?«

»Nichts Feines.

»Nein.«

»Er hat gerochen.« Bedauernd legte sie den Löffel aus der Hand und schnupperte die Hafenluft. Tauwerk, Teer, Fische, Salz, Tang, trocknende Netze. Sie atmete tief ein. Seltsam schal hatte der Mann in dem Waffengeschäft gerochen. Sie hielt den Atem an, als ihr der üble Geruch im Schlafzimmer ihrer Eltern wieder einfiel. Damals war sie ihrer Ayah entwischt und hereingestürmt, um guten Morgen zu sagen, und die Eltern hatten sie angeschrien und weggejagt und hinterher die Dienstboten heruntergeputzt. »In Indien hat es mir nicht gefallen«, sagte sie.

»Möchtest du noch ein Eis?«

»Nein, danke, es war köstlich.«

»Dann fahren wir wohl jetzt am besten zurück.«

»Es war wunder-, wunderschön«, sagte sie. »Danke vielmals!«

Ob sie häufig die Gespräche Erwachsener belauschte? Manche Formulierungen erinnerten ihn an seine Mutter.

Im Boot, auf der Rückfahrt nach Dinard, fragte Cosmo: »Was hältst du davon, wenn wir zu einem Fest dort am Strand einladen? Einem Ferienabschlußfest. Wir könnten nach Sandaalen graben, auf der Düne ein Feuer machen und sie braten. Schmeckt großartig mit Butterbrot. Meine Eltern, deine Eltern, die Habenichtse und alle Kinder. Wäre das nicht ein Heidenspaß?«

»Doch, ja«, sagte sie ohne Begeisterung.

Sie legten an. »Vielleicht könnten Blanco und ich irgendwann mal mit dir Backgammon spielen?«

Da strahlte sie ihn an. »Ja«, sagte sie. »O ja!«

10

Anfangs hatten sich die Ferien, wie Ferien das so an sich haben, erfreulich in die Länge gezogen. Jetzt aber waren sie plötzlich kurz geworden, wie ein zu straff gespanntes Gummiband, das jäh zurückschnellt; es waren nur noch zehn Tage übrig.

Cosmo war mit seinem Vorschlag für ein großes Picknick am Strand auf wenig Gegenliebe gestoßen. Das Wetter war umgeschlagen, ein rauher Wind blies von Osten. Fast ununterbrochen peitschte kalter Regen den Urlaubern um die Beine und gurgelte durch die Rinnsteine. Die Kinder quengelten und wurden auf der Überfahrt von St. Malo seekrank. Die Familien blieben im Haus, man spielte Schnippschnapp und Patience, Dame oder Schach und wagte sich nur ins Freie, um rasch ins Kino oder ins Kasino zu gehen. Die jungen Leute aus den verschiedenen Hotels kamen seltener zusammen.

Marie, Dottie und Dolly, die drei jüngeren Hollandmädchen, waren zu ihren Ehemännern nach Den Haag und Amsterdam zurückgefahren, und die Gesellschaft am Mitteltisch schrumpfte auf zehn, manchmal acht Personen, da Felix und Elizabeth trotz der unwirtlichen Witterung häufig auf der Suche nach Menhiren über Land fuhren. Manchmal waren die Entfernungen so groß, daß sie unterwegs übernachten mußten. Elizabeth schrieb angeblich an einer Doktorarbeit. An diesen Abenden gingen Mabs und Tashie nicht ins Kasino. Es lohnte nicht, sich in den Regen hinauszuwagen, wenn Felix nicht da war, um sie zu Foxtrott oder Charleston aufzufordern. Schuljungen, die sich als Partner anboten, wurden schnöde abgewiesen. Sie waren ungeübt, traten den Mädchen auf die Füße, ruinierten ihre Schuhe und rochen nach Schweiß. Tagsüber aber trieb die Kauflust sie hinaus, sie hüpften durch die Pfützen vom Hutladen zur Modistin und hofften in ihrem jugendlichen Optimismus, das Objekt ihrer Begierde mit der Leuchtkraft ihres bunten Gefieders anlocken zu können.

Rosa und Milly hatten sich mit ihren Romanen, ihrem Strickzeug und in immer enger werdender Verbundenheit auf einem der Sofas in der Halle eingerichtet und sahen dem Treiben zu, die eine mit belustigter Nachsicht (sie kannte die Wirkung ihres Sohnes auf junge Mädchen), die andere voller Mitgefühl. Es tat weh, mit ansehen zu müssen, wie die Mädchen sich zum Gespött der Leute machten. Sie mußte an ihre eigene Leidenszeit denken, ehe Angus sie, einem Gott gleich, aus ihrer jugendlichen Unsicherheit errettet, geheiratet und für immer glücklich gemacht hatte. Mit Abstrichen natürlich. Daß Cosmo von seinem Vater bei Sturm und Regen zum Golfspielen geschleppt wurde, machte sie keineswegs glücklich. Cosmo verabscheute Golf, und Zwang war sicher nicht das geeignete Mittel, ihm diesen Sport schmackhafter zu machen. Das sagte sie auch zu Rosa.

»Wenn er bei Wind und Wetter mit einem hübschen Mädchen spielen dürfte, würde er bald Gefallen daran finden.« Rosa zählte Maschen. »Er ist reif für das andere Geschlecht, das sieht man ja.« Sie fing Millys Blick auf. »Natürlich nicht für meine kleinen Dickerchen. Er und sein Freund liegen förmlich auf der Lauer nach Mädchen, und das ist ja auch verständlich, aber mit jeder neu eintreffenden Familie wird die Enttäuschung größer. Die Ärmsten ...«

»Schade, daß Tashie ein bißchen zu alt für ihn ist und Mabs zu alt für Hubert. Sie zählen sich schon ganz zu den Erwachsenen. Ich hatte gehofft, daß in diesen Ferien Cosmo eventuell ... mit einem anderen Mädchen vielleicht ...« Milly sah sich in der Halle um, wo weit und breit kein passendes weibliches Wesen zu sehen war. »Vor den Ferien ist Cosmo hier oft allein losgezogen, um Vögel zu beobachten, und ich hatte eigentlich gedacht, er würde dabei sein Französisch üben und verbessern. Er hat immer ein Notizbuch bei sich und schlägt hin und wieder eine Vokabel im Lexikon nach, aber das ist auch schon alles. Ich kann mir nicht vorstellen, daß er dabei etwas Brauchbares lernt. So richtig wach wird er nur, wenn er einen Streit oder eine Schimpfkanonade mitbekommt.«

»Das erste englische Wort, das ich aufgeschnappt und im Lexikon nachgeschlagen habe, war etwas Unanständiges.« Rosa strickte ungerührt weiter.

»Und nichts Brauchbares?«

Rosa verbiß sich ein Lächeln. »Doch, das schon. Jetzt muß ich aber aufpassen, sonst komme ich beim Stricken durcheinander und muß auftrennen.«

»Was für ein Wort das wohl gewesen ist ...« Milly ließ ihre Strickarbeit – Golfsocken für Angus – in den Schoß sinken.

»Du kennst es wahrscheinlich nicht.« Rosa hatte Jefs Bemerkung über Angus im Ohr: Wenn er sich die Hörner abgestoßen hat, wird er bei einer kleinen Naiven landen. »Er fehlt mir so sehr«, sagte sie unvermittelt, als sie an ihren verstorbenen Mann dachte.

Milly, die nicht so naiv war, wie Rosa meinte, dachte bei sich: Was ihr fehlt, ist das Sexuelle und daß sie im Bett die Worte sagen kann, die man nachschlagen muß. Sie stellte sich Rosas Jef als eine Art holländischen Angus vor. Nachdenklich strickte sie eine Reihe linke Maschen.

»Da ist diese kleine Rothaarige, diese Joyce«, sagte Rosa. »Die paßt im Alter zu deinem Cosmo und seinem Freund Hubert. Sie ist vierzehn.«

»Hast du dir mal ihre Zähne angesehen?« fragte Milly ganz entsetzt.

»Ein intelligentes Mädchen. Ist sie wegen ihrer Zähne aus dem Rennen?«

»Ganz entschieden!«

»Ihre Mutter will sie zu einem dieser amerikanischen Zahnärzte schicken, die angeblich wahre Wunderdinge vollbringen. Sie hat schöne Augen und eine gute Figur.«

»Für Cosmo und Hubert zählen nur die Zähne. Sie sieht aus wie ein Pferd, behaupten die beiden.«

»Die meisten Mädchen der englischen Oberschicht sehen aus wie Pferde. Deutsche Mädchen auch. Es ist ein Rassenmerkmal.«

»Jetzt verallgemeinerst du aber.« Milly lachte. »Ich sehe nicht aus wie ein Pferd, und auf Mabs und Tashie trifft das auch nicht zu.«

»Wenn ihr euch ereifert, seht ihr aus wie edle Araberstuten. Ihr bläht die Nüstern, werft den Kopf zurück und schüttelt die Mähne.«

Rosa lächelte auf ihr Strickzeug herunter. Es amüsierte sie, wie Mabs und Tashie vor Felix den Kopf zurückwarfen. Gleich fangen sie an zu wiehern, hatte Elizabeth mal gesagt. Für Elizabeth mit ihrer Karrengaulfigur war es ein großes Glück, daß ihr ein Platz in der Welt der Intellektuellen sicher war.

»Ich habe es als Kompliment gemeint«, sagte sie. »Hast du noch nie gehört, daß manche Männer junge Frauen als Stutenfohlen bezeichnen?«

»Allerdings«, sagte Milly. »Es geht mir immer durch und durch. Aber Cosmo scheint bisher überhaupt noch kein Glück bei den Frauen gehabt zu haben. Na ja, bald ist er wieder im Internat, da wird er vor lauter Arbeit gar nicht dazu kommen, an Mädchen zu denken.«

Rosa zog die Nase hoch. Nach ihrer Erfahrung waren weder körperliche noch geistige Arbeit in irgendeiner Weise dazu angetan, jugendliche Fleischeslust abzutöten. Von ihrem Mann hatte sie das eine oder andere über britische Privatschulen erfahren, er wußte aus erster Hand, was sich junge Wesen männlichen Geschlechts einfallen lassen, wenn sie auf engem Raum zusammengesperrt sind. War Milly so ahnungslos, wie sie tat? Was meinte sie wohl, was diese Jungen trieben? »Jef mußte auf Wunsch seines Vaters eine englische Privatschule besuchen«, sagte sie. »Er sollte sich dort die Sprechweise der Oberschicht zulegen. Aber er ist ausgerissen.«

»Warum eigentlich?« fragte Milly.

»Angus war der einzige Freund, den er dort gefunden hatte. Jef war ein sehr hübscher Junge.« Wenn Angus seine Frau nicht über Sitten und Gebräuche in englischen Internaten aufgeklärt hatte, würde sie sich hüten, Milly ihre Illusionen zu rauben.

»Ein harmloser Ausflug ans andere Ufer hat noch keinem weh getan, sagt Angus immer«, erklärte Milly und strickte. »Und dann schleppt er den armen Cosmo bei jedem Wetter auf den Golfplatz, um ihn abzuhärten. Er fuchtelt mit seinem Schläger herum, sagt Cosmo, und drischt auf die Bälle ein und schreit: ›Und das ist für Baldwin‹ und ›Das ist für Joynson-Hicks‹ und ›Das ist für die gottverfluchten Bolschewiken.‹ Die Bergarbeiterkrise macht ihm wirklich Sorgen.«

Rosa strickte minutenlang. »Da wäre noch die Tochter von diesem Paar, das so ganz ineinander aufgeht«, sagte sie schließlich. »Aus der kann noch mal was werden.«

»Meinst du die Trevelyans, die hier wohnten, als ihr gekommen seid? Angus hat sie auf der Überfahrt von Southampton kennengelernt, er findet die Frau hübsch. Ja, die haben eine Tochter, aber vom Alter her ist sie für die Jungen uninteressant. Viel zu jung. Sie sind ausgezogen. Cosmo hat aus irgendeinem Grund eine Abneigung gegen sie gefaßt.«

»Die Trevelyans sind noch in Dinard«, berichtete Rosa. »Sie haben sich eine Wohnung am Hafen genommen, die Tochter hat weiter ein Zimmer hier im Hotel. Sie war den Winter über mit der Gouvernante hier. Eine Weile war auch die Mutter dabei, sie haben als Dauergäste Sonderkonditionen bekommen. Nachsaisonpreise. Als dann der Mann auf Urlaub kam, haben die beiden mehrere Monate zusammen in England verbracht. Ende Juni muß er zurück nach Indien.«

»Was du alles weißt«, staunte Milly.

»Ich habe mich mit dem Hotelpersonal unterhalten, die Leute mögen das Kind.«

»Oh«, sagte Milly, die gern von sich behauptete, sie hielte nichts von Klatsch.

»Der Mademoiselle haben sie gekündigt, wohl kein großer Verlust, und jetzt ist das Kind sich selbst überlassen.«

»Aber die Eltern –«

»Verbringen bei diesem Wetter wahrscheinlich

die meiste Zeit im Bett und tun das, was man im Lexikon nachschlagen muß«, sagte Rosa. »Hin und wieder sieht man das Kind, aber selten mit den Eltern.«

Milly fand Rosas Bemerkung anstößig. Gewiß, sie war Holländerin, aber trotzdem ... Sie sah nicht von ihrem Strickzeug auf. Tagsüber hatten sie und Angus es nie gemacht.

Rosa warf ihr einen belustigten Blick zu. »Mit der Bildung wird bei der Kleinen ziemlich geschludert. Ein, zwei Jahre war sie mit einer Erzieherin in Italien, aufs Billigste, in kleinen Pensionen und dergleichen, und hier in Frankreich ist es dasselbe Lied. Ich habe gehört, daß sie bei einer Emigrantin Russisch lernt, und jetzt soll sie in ein englisches Internat gesteckt werden, damit die Mutter wieder zu ihrem Mann nach Indien kann.«

»Ja, so geht es vielen Kindern. Wirklich traurig, diese langen Trennungen. Manchmal haben sie kaum Gelegenheit, die Eltern kennenzulernen.«

»Vielleicht legt dieses Kind darauf auch gar keinen gesteigerten Wert«, sagte Rosa.

Rosa urteilte ziemlich streng, fand Milly. Es sah ganz so aus, als habe sie vom Hotelpersonal eine verfälschte Fassung bekommen. »Vermutlich hat sie eine Großmutter oder liebe Tanten, die sich in den Ferien um sie kümmern.« Sie fühlte sich verpflichtet, ein freundlicheres Bild zu zeichnen. Immerhin waren die Eltern Landsleute von ihr.

»Sie hat weder Tanten noch Onkel. Eine Großmutter ist vor kurzem gestorben, habe ich gehört.«

Vom Hotelpersonal, dachte Milly bei sich. Laut sagte sie: »Viele Eltern haben heutzutage sehr zu kämpfen. Schau dir Huberts Mutter an, Mrs. Wyndeatt-Whyte –«

»Alberner Name«, bemerkte Rosa.

Nicht alberner als deiner, dachte Milly. »Die hat nur ihre Witwenpension«, fuhr sie fort, »und schlägt sich damit mehr schlecht als recht durch. Und der reiche Vetter rückt keinen Penny heraus.«

»Hm.« Rosa fand, daß sie Milly für heute genug geneckt hatte. »Der Junge sieht gut aus und weiß sich zu benehmen. Was macht er denn so, wenn Cosmo zwangsweise seine Golfrunden dreht?«

»Er nimmt Klavierstunden«, sagte Milly, »und geht spazieren.«

11

Blancos Spaziergänge endeten stets in Madame Tarasowas Stube über der Pferdeschlächterei. Vorher kaufte er noch in der Konditorei Kuchen, den er sich mit seiner kleinen armenischen Lehrerin teilte. Nach einigem Zieren hatte sie sich dazu überreden lassen, die Klavierstunden ganz fallenzulassen und mit ihrem Schüler statt dessen französische Konversation zu betreiben. Die Regelung kam ihr entgegen: Bei der Unterhaltung konnte sie an dem Kleidungsstück weitersticheln, das sie gerade in Arbeit hatte. Wenn sie den Kuchen auf einen Teller gelegt hatte, griff sie wieder zu ihrer Näherei, während Blanco, rittlings auf dem Klavierschemel sitzend, Fragen stellte. Er verzehrte sich vor Neugier nach allem, was die Revolution betraf, und fand es ungeheuer aufregend, jemanden kennenzulernen, der 1917 leibhaftig in Rußland gewesen war. Auch wenn sie nicht aktiv beteiligt gewesen war, so kannte sie doch sicher Leute, die mitgemacht und ihr Augenzeugenberichte geliefert hatten. In seinem Schulfranzösisch fragte er ihr Löcher in den Bauch. »Erzählen Sie, was Sie gesehen haben. Haben Sie aufregende Sachen erlebt?« Er gierte nach Geschichte aus erster Hand.

Madame Tarasowa verschlang die Kuchenstücke mit den Augen.

»Nehmen Sie doch, ich hab' ihn extra für Sie mitgebracht«, drängte Blanco.

»Ja, gleich. Erst will ich noch ein bißchen den Anblick genießen. Sieh mal, das ist für die Kleine, ist es nicht ein hübsches Blau?«

»Was mich besonders –«

»Ihre Maman hat drei Kleider in Auftrag gegeben, dieses blaue, ein grünes und ein rosafarbenes. Ganz billiger Stoff, aber hübsch. Ich selbst hätte Seide gewählt.« Madame Tarasowa seufzte. Blanco schob ihr die Kuchenplatte hin. »Du verwöhnst mich, Hubert.«

»Erzählen Sie von der Revolution, von den Bolschewiken. Wie waren sie denn so?«

»Bolschewiken, Bolschewiken ...« Sie nahm ein Stück Kuchen.

»Erzählen Sie, was Sie gesehen haben«, drängte Blanco.

Madame Tarasowa fädelte die Nadel ein. »Rosa steht ihr am besten, aber der Stoff ist wirklich nicht besonders.«

»Die Revolution, Madame ...«

»Die war furchtbar. Im Jahr 1917, dem Jahr des Schreckens, war ich zwanzig. Viele junge Offiziere waren gefallen. Wie elegant sie waren! Diese eleganten Uniformen ... Überzieher mit Zobelfutter ... Kein Laut kommt dem Wohlklang klirrender Sporen gleich. In den Stiefeln konntest du dich spiegeln, so blank waren sie geputzt.« Die Augen links und rechts von Madame Tarasowas großer Nase blickten in die Vergangenheit. »Natürlich trugen sie nur seidene Unterwäsche.«

War sie mit einem dieser Burschen verlobt gewesen? Hatte sie einen Liebhaber verloren? Wie sollte man nach so was fragen? Blanco nahm sich ein Stück Kuchen. »Hatten Sie solche Offiziere in der Verwandtschaft?« Er machte mit dem Schemel eine halbe Drehung, um ihr ins Gesicht sehen zu können.

»Ich sah sie ausreiten oder in ihren Kutschen ausfahren. Diese prachtvollen Pferde ... Sie gingen zu den großen Bällen und auf Gesellschaften. Vor der Revolution natürlich. Mein Herz ging mit ihnen.«

»Ach ...«

»Die Adligen, die Fürsten, der Zar und die Zarin, ihre schönen Kinder. Ermordet von den Bolschewiken. Diese Schmach, diese Schändung!«

»Erzählen Sie von den Bolschewiken ...«

»Die Roben der Hofdamen hättest du sehen sollen! Den herrlichen Schmuck! So ein Jammer ... Wo mögen sie abgeblieben sein, die wundervollen Juwelen?«

»Ich weiß nicht, Madame Tarasowa. Im Leihhaus vielleicht.«

»Die Seide und der Samt, die Spitze, die sagenhaften Pelze. Stell dir den Zobel vor, Hubert, und den Nerz.«

»Erzählen Sie von Lenin.«

Madame Tarasowa machte schmale Lippen. »Ich kann diesen Namen nicht nennen, ohne auszuspucken. *Je crache!*«

»Oder von Trotzkij. Erzählen Sie von Trotzkij.«

»Auch auf den möchte ich spucken.«

»Auf Stalin dann wohl auch?« vermutete Blanco.

»Ich will dir von den Herrlichkeiten des heiligen Rußland erzählen. Von Petrograd, dieser erlesenen Stadt. Von dem erhabenen Moskau. Zu den Ungeheuern, die mein Land zerstört haben, weiß ich nichts zu sagen. Wo sind sie, die Reichen und die Schönen, die in ihren prächtigen Kutschen und Schlitten in die Oper fuhren, zum Ballett, zu den Hofbällen? Von den Reichen und den Schönen kann ich dir erzählen –«

Blanco ließ sich nicht abwimmeln. »Haben Sie Lenin mal gesehen?«

»Aber nein. So schlecht geschnittene Anzüge ... Er hatte keine Ahnung von Mode.«

»Und Trotzkij, haben Sie den gesehen?«

»Der war etwas besser angezogen. Nein, ich habe ihn *nicht* gesehen.«

Blanco schob ihr die Kuchenplatte hin. Sie nähte wie besessen, säumte mit raschen, ruckartigen Bewegungen das rosa Baumwollkleid. Er versuchte es anders.

»Die Armen, Madame Tarasowa. Die Leibeigenen. Was war mit den Armen?«

»Sie waren da. Sie dienten den Reichen und den Schönen, kümmerten sich um ihren Schmuck, ihre Kleidung. Aber laß mich von der Kleidung erzählen, nicht von den Leibeigenen, die waren langweilig angezogen, das interessiert nicht.«

»Erzählen Sie von dem einfachen Volk, von den Soldaten, die im Schnee an der Front starben.«

Madame Tarasowa hielt die Nadel ans Licht und kniff ein Auge zu, um besser einfädeln zu können. »Sie sind gestorben. Es gab genug davon. Sie hatten Uniformen aus grobem Stoff.«

»Sie waren arm«, sagte Blanco. »Arm.«

»Jesus Christus hat uns gesagt, daß die Armen immer unter uns sind, nicht wahr?«

»Die Offiziere nicht?«

»Wenn ich es recht überlege ... von Offizieren hat er nichts gesagt.« Machte sie sich über ihn lustig? »Die Offiziere waren reich und schön, die Soldaten trist und grau.«

»Ich glaube nicht, daß Jesus Christus besonders modebewußt war«, sagte Blanco. Madame Tarasowa schien die Bemerkung nicht gehört zu haben. »Es interessierte – interessiert – Sie also nicht, was Lenin für das einfache Volk getan hat?«

Madame Tarasowa stichelte heftig und voller

Grimm. »Nur insofern, als ich durch sein Eingreifen in die natürliche Ordnung der Dinge eine arme, einfache Frau geworden bin, die nicht einmal einen Reisepaß besitzt. Mein kaiserliches Rußland ist dahin.«

»Wenn Sie in Rußland geblieben wären ... hätten Sie dann Schmuck und Seide und Pelze gehabt?« Madame Tarasowa gab keine Antwort. »Entschuldigen Sie die Frage«, sagte Blanco verlegen, »aber war Ihre Familie sehr reich?«

»Was gilt das jetzt?« sagte Madame Tarasowa in ihrer engen Stube über der Pferdeschlächterei. »Schau, das Kleid ist fast fertig. An allem war nur dieser Rasputin schuld mit seinem Einfluß auf die Zarin. Er trug schmutzige Lumpen, war ein widerlicher, trunksüchtiger Teufel. Die Adligen, die ihn umgebracht haben, hatten große Mühe mit ihm. Er besaß übermenschliche Kräfte.«

»Was hatten sie denn an? Haben die schönen Sachen sie behindert?«

»Spotte nicht, Hubert«, sagte sie vorwurfsvoll.

»Noch ein Stück Kuchen, Madame Tarasowa?«

»Ich hebe eins für das Kind auf.«

»Und für Igor. Er würde ein hübsches Westenfutter abgeben. Wo steckt er eigentlich, der fürstliche Spitz?«

»Er ist mit dem Kind draußen. Bitte laß diese Scherze, Hubert.« Sie war ernstlich böse.

»Entschuldigen Sie, Madame. Erzählen Sie von Rasputin. War er nicht Mönch?«

»Die Zarin hätte mit den orthodoxen Priestern sprechen sollen, nicht mit Rasputin.«

»Die waren wohl anständig angezogen?«

»Diese Meßgewänder, Hubert! Die herrlichen Meßgewänder in Blau und Scharlachfarben mit Goldstickerei. Das Ornat des Metropoliten sah aus wie ein Engelsgewand. Ihn hätte die Zarin als Ratgeber berufen sollen.«

Blanco mußte umdenken. In seiner Vorstellung liefen Engel in weiten, flatternden Nachthemden herum. »Russische Engel scheinen eleganter zu sein als unsere«, sagte er lachend. »Warum hat Rasputin nicht –«

Doch jetzt verlor Madame Tarasowa endgültig die Geduld. »Du machst dich lustig über meine verlorene Heimat, mein verlorenes Leben. Ständig willst du nur über das Häßliche sprechen, die Gewalt, das Grauen. Ich aber möchte die Schönheit in Erinnerung behalten.«

Blanco war es peinlich, daß nur noch ein Stück Kuchen auf der Platte lag. Ich hätte mehr kaufen sollen, dachte er, sah die zierliche Frau an und wußte nichts zu sagen. Sie flüsterte auf russisch etwas vor sich hin, und als er sich vorbeugte, hörte er sie auf französisch sagen: » ... *et vous êtes sacrilèges ...* «

»Seien Sie mir nicht böse, Madame. Jesus

Christus brauchte schließlich keinen Schneider, er konnte sich in seinen Glorienschein hüllen, nicht?«

»Schneider?« Madame Tarasowa verschluckte sich, und Blanco überlegte, in welches Fettnäpfchen er nun schon wieder getreten war.

Flora kam herein. »Sagt mal, was ist denn hier los? Igor mochte nicht mehr draußen im Regen herumlaufen. Er hat zweimal sein großes Geschäft gemacht und hat nicht mehr genug Druck für Pipi. Störe ich?« (»Störe ich ...« Sie redete wie eine Erwachsene.) »Ist das mein Kleid, Madame Tarasowa? Wie hübsch! Darf ich probieren?«

»Dreh dich um, Hubert, solange sie sich umzieht. Schau aus dem Fenster.«

Hubert blickte auf die graue Straße hinaus. In der Scheibe sah er, matt gespiegelt, die Frau und das Kind, sah, wie Flora den häßlichen braunen Pullover über den Kopf zog, den sackartigen Tweedrock zu Boden fallen ließ, sah die weiße Haut, als sie in Hemd und Höschen dastand, hörte Madame Tarasowa leise sagen: »Kratzt deine Unterwäsche nicht, Kind? In Rußland würdest du Seide tragen.« Sie zog der Kleinen das Kleid über, zupfte es zurecht und knöpfte es zu. »So, fertig. Wie gefällt es dir?«

»Sehr, sehr gut.« Flora stieg auf den Tisch, um sich in einem Wandspiegel zu begutachten. »Vielen herzlichen Dank.« Sie sah auf Blanco herunter.

Der sah hoch. »Na, du?«

Flora wurde rot. »Na, du ...«

»Ich verstehe gar nicht, wieso du bei diesem Wetter überhaupt aus dem Haus mußtest«, sagte er. »Wir haben die Klavierstunden gestrichen. Französische Konversation dürfte Igor kaum zum Jaulen bringen. Wohnst du jetzt hier?« Wenn sie auf dem Tisch stand, war sie größer als er, man konnte sich einbilden, eine erwachsene Frau vor sich zu haben.

»Ich bin fast den ganzen Tag da. Ich lerne Russisch und Mathe und leiste Madame Tarasowa Gesellschaft.« Behutsam, um das Kleid zu schonen, kletterte sie vom Tisch herunter. »Zum Schlafen gehe ich aber immer noch ins Hotel.«

»Wir sehen dich nie«, sagte Blanco und begriff im gleichen Moment, daß sie auch keinen Wert darauf legte, gesehen zu werden. »Ein Stück Kuchen ist noch da. Wir haben es für dich aufgehoben.«

»Wirklich für mich?« Das blasse Gesichtchen rötete sich. »Du hast es für mich aufgehoben?«

»Also eigentlich war es Madame Tarasowa.«

»Ach so.«

»Ich habe Lieferungen für Damen im Marjolaine«, sagte Madame Tarasowa. »Hilfst du Flora beim Tragen?«

»Natürlich.«

»Zieh das Kleid aus, Flora, ich muß noch einen Knopf annähen.«

Er merkte, daß sie es am liebsten gar nicht mehr abgelegt hätte. Es hatte einen viereckigen Ausschnitt, über dem man die Vertiefungen über dem Schlüsselbein sah. »Heute ist es zu kalt dafür«, sagte er. »Wenn das Wetter umschlägt, ehe wir wieder zur Schule müssen, kannst du es ja vielleicht zu dem Picknick tragen.«

»Zu welchem Picknick? Ach, ich –« Sie biß sich auf die Zunge und verstummte. »Guckst du mal weg, während ich mich anziehe?«

»Ist gut.« Als er sich umdrehte, hatte sie wieder den tristen Pullover und den ausgesessenen Tweedrock an. Der Rock sah aus, als steckte darin ein Mädchen mit breiter Hinterfront. In Wirklichkeit hatte Flora einen hübschen kleinen Po, er hatte ihn vorhin in der Scheibe gesehen. »Du hast deinen Kuchen nicht gegessen«, sagte er. »Los, iß.«

Flora aß den Kuchen, während die beiden am Arbeitstisch standen und zusahen, wie Madame Tarasowa die Kleider für die Damen im Marjolaine einpackte, Rechnungen schrieb und sie an das Seidenpapier steckte. Der Kuchen schmeckte nach Kokosraspeln, die Flora verabscheute. Igor hatte sich bettelnd auf die Hinterbeine gesetzt und sah sie aus blanken Knopfaugen an. Sie gab ihm ein Stück. Der Spitz spuckte es auf den abgetretenen Teppich.

Sie machten sich mit Madame Tarasowas Päckchen auf den Weg.

»Wie kann ich Madame Tarasowa dazu bringen, mir von der Revolution zu erzählen?« Blanco sah auf seine Begleiterin herunter.

»Backgammon erinnert sie an schöne Sachen, manchmal spricht sie davon.«

»Bei uns ist aus dem Spielen nicht viel geworden. Was meinst du, soll ich morgen Cosmo mitbringen, falls ich ihn vom Golfplatz loseisen kann?«

»Cosmo?« wiederholte sie lebhaft. »Wirklich?«

»Warum nicht? Er möchte es gern lernen. Ob sie mit ihm offen sprechen würde?«

»Nicht über die Revolution, aber die Geschichte ihrer Flucht erzählt sie gern. Das Imponiergehabe des Bolschewismus ekelt sie an.«

»Sag mal, wo hast du denn den Ausdruck her?«

»Mein Vater hat ihn in der ›Times‹ gelesen, er stammt von einem gewissen Churchill. Ich hab' Madame T. davon erzählt. Das Wort gefällt ihr.«

»Ob sie redet, wenn ich die Bolschewiken aus dem Spiel lasse?«

»Bestimmt. Der Zar, die Zarin, die Reichen und die Schönen ...« Flora machte Madame Tarasowa nach und lachte. »Wenn du bei ihr Französisch lernst, kriegst du einen ganz komischen Akzent.«

»Macht nichts. Wie war das mit ihrer Flucht?«

»Sie und ihr Mann –«

»Sie ist verheiratet? Wo steckt er denn?«

»In Paris. Sie sind von Petrograd nach Moskau geflüchtet, weiter nach Kiew, nach Baku, dann zurück nach Odessa, nach Konstantinopel, da saßen sie monatelang fest, dann nach Ägypten, Italien und Frankreich. Es hat zwei Jahre gedauert, ich habe es mir auf der Landkarte angesehen. Sie wären fast verhungert. Das wird sie dir alles erzählen. Ich kenne die Geschichte auswendig.«

»Was macht denn ihr Mann?«

»Er ist Taxifahrer. Viele Russen fahren in Paris Taxi. Fürsten, Generäle, Adlige.« Flora warf ihr Paket in die Luft und fing es wieder auf.

»Wirklich?«

»Alle besseren Leute fahren Taxi. *C'est plutôt snob.*«

Flora war wieder in Madame Tarasowas Ton verfallen. »Und frag sie nach dem Affront mit der Unterwäsche.«

»Nein, erzähl du mir das von der Unterwäsche.« Blanco verspürte den jähen Wunsch, sie zu schikanieren, wie er es manchmal mit kleineren Jungen in der Schule tat. Er drängte Flora an eine Mauer zwischen zwei Geschäften und baute sich drohend vor ihr auf. »Los!« Blanco hatte die Arme voller Pakete, es war gar nicht so einfach, sie festzuhalten. Er schob ihr ein Knie zwischen die Beine. »Erzähle!«

»Es war Winter und bitter kalt.« Flora spulte ihre Geschichte so schnell wie möglich ab. »In Konstantinopel veranstaltete die Frau des britischen Botschafters eine Sammlung für die russischen Flüchtlinge. Sie kaufte jede Menge Jäger-Trikotagen und schickte sie hin.« Zuckend und zappelnd versuchte Flora, sich zu befreien, aber Blanco ließ sich nicht erweichen. »Madame Tarasowa schickte alles mit einem Briefchen wieder zurück. Sie ließen schön danken, stand darin, aber sie trügen alle nur Seide auf der Haut.«

»So eine Unverschämtheit«, sagte Blanco und drängelte sich enger heran.

»Magst *du* kratzige Unterhosen? Hier, nimm mal.« Flora packte ihm noch ihr Paket auf, duckte sich und flüchtete.

Blanco hielt seine Kleiderpacken fest und sah ihr nach. Er dachte nicht an die russischen Flüchtlinge und die wollene Unterwäsche. Die Geschichte fiel ihm erst später wieder ein, und er erzählte sie seinen Gastgebern, den Habenichtsen und Cosmo beim Abendessen, damit sie was zu lachen hatten. Zu gern hätte er, als Flora vor ihm an der Wand stand, die Hände frei gehabt. In allen Fingern hatte es ihn gejuckt, ihren Hals zu umfassen und die Daumen in die Vertiefungen über dem Schlüsselbein zu legen. Schweißperlen prickelten auf seiner Oberlippe, und er merkte mit einiger Bestürzung, daß er eine Erektion hatte.

12

Die Tür neben der Pferdeschlächterei stand einen Spaltbreit offen. Als er sie aufstieß, sah Cosmo zu seiner Verblüffung Flora auf der Treppe zu Madame Tarasowas Zimmer hocken. »Was machst du denn da?«

Auch Flora war verblüfft. »Warum spielst du nicht Golf?«

»Mein Vater beratschlagt mit den anderen Familienvätern, wie wir am besten zur Schule kommen. Wenn es einen Generalstreik gibt, fahren ja keine Züge.« Cosmo war auf der untersten Stufe stehengeblieben und sah zu Flora hoch.

»Dann könntest du in Dinard bleiben?«

»Irgendwie bringen sie uns schon zurück, und wenn wir zu Fuß gehen müßten. Woher weißt du, daß ich Golf spiele?«

Flora antwortete nicht und zog sich den Rock über die Knie.

»Was treibst du da?« Cosmo kam die Treppe hinauf. »Im übrigen steht mir das Golfen bis obenhin, aber sag das bloß nicht meinem Pa.«

»Ich spiele auch«, sagte Flora spröde.

»Backgammon?« Jetzt sah Cosmo das Spielbrett, das auf der Stufe lag. »Links gegen rechts? Wer gewinnt? Schummelst du auch nicht?«

»Schummeln wäre witzlos.«

»Laß mich zuschauen.«

»Nein.« Flora legte die Finger um die Würfel und packte die Spielsteine in die Schachtel. »Elizabeth und Anne sind oben zur Anprobe, da ist das Zimmer voll. Sie sind ziemlich umfangreich.« Sie deutete mit beiden Händen den Umfang der Holländerinnen an.

Cosmo mußte an die Fahrt nach St. Malo denken, als sie den Revolver für seinen Vater gekauft hatten, da hatte sie eine ähnliche Geste gemacht, nur weiter unten, um die Leibesfülle von Jules' Frau anzudeuten. »Wie geht's denn der Frau von deinem Freund Jules?« Er setzte sich auf die Stufe unter ihr.

»Sie ist ganz dünn geworden. Jules sagt, daß er ihr neue Sachen schenken will. Und sie haben ein kleines Kind.«

»Na so was! Freuen sie sich denn, Jules und seine Frau?«

»Ja, sehr. Sie haben sich immer schon ein Kind gewünscht, sagt Jules, sie haben darum gebetet und sind nach Lourdes gepilgert. Aber aus Lourdes haben sie es nicht mitgebracht. ›*Voyez, ma petite, on s'est beaucoup appliqué*‹, hat er gesagt. Irgendwie haben sie eins gefunden.« Flora sah recht ratlos drein. »Es ist ein Mädchen. Jetzt wollen sie sich noch nach einem Jungen umsehen.«

»Das ist ja schön«, sagte Cosmo. Von oben hörten sie Elizabeths Lachen und vergnügtes Schnattern. »Spielst du eine Partie mit mir?«

»Meinetwegen.« Flora stellte die Spielsteine auf, und Cosmo sah interessiert zu.

»Ich kenne die Grundbegriffe, aber nicht die Feinheiten. Madame Tarasowa hat mir nicht beigebracht, wie oder wann man verdoppeln muß. Mal sehen, wie's geht.«

»Eigentlich ist Alexis der Spieler. Schwarz oder weiß?«

»Schwarz. Wer ist Alexis?«

»Ihr Mann. Du fängst an.«

Cosmo würfelte. »Eine Drei und eine Eins. Was soll ich machen? Nein, sag nichts.« Er rückte mit einem Stein vier Schritte vor.

Floras Nase zuckte. Sie würfelte, warf zweimal die Sechs und blockierte sowohl Cosmos Sechserposition wie auch ihre eigene. Cosmo warf eine Drei und eine Zwei und zog beide einzeln, wodurch er zuviel aufmachte. Flora warf ihn heraus und festigte ihre Stellung. Cosmo, der sich eben noch in der Rolle des herablassenden Gönners gesehen hatte, mußte umdenken. Flora mochte zwar nicht wissen, wo die kleinen Kinder herkommen, um so besser aber wußte sie auf dem Backgammonbrett Bescheid. Als sie ihren letzten Stein herausgewürfelt hatte, sagte er: »Entweder bin ich ein hoffnungsloser Trottel, oder du hast besonderen Dusel gehabt.«

»Es ist eine Begabung.« Flora stapelte die Steine aufeinander. »Hast du dich mit den Holländerinnen verabredet?« Sie nickte zu Madame Tarasowas Tür hin.

»Nein, ich wollte mich nur absetzen, ehe Pa wieder das Golffieber packt, und dachte, daß ich vielleicht Blanco hier erwische. Meine Mutter, Mabs und Tashie sind beim Friseur, zum Mittagessen fahren sie nach St. Malo. Erstaunlich, wieviel Zeit sie auf ihre Verschönerung verwenden. Für wen sie sich so herausputzen, ist mir ja schleierhaft. Wer kann einem schon in St. Malo über den Weg laufen?«

Felix, dachte Flora, die ihn heute mit dem Motorboot hatte übersetzen sehen. »Ich hab' gesehen, wie sie zum Friseur gegangen sind«, bestätigte sie.

»Spionierst du uns nach, du komisches kleines Mädchen?«

Flora wurde rot. »Nein. Aber ich achte eben auf alles mögliche.« Nur Felix achtet nie auf irgendwas, dachte sie. »So, und jetzt muß ich gehen.« Sie klappte das Brett zusammen.

»Lauf nicht weg.« Cosmo hielt sie am Fußgelenk fest. »Komm, setz dich her. Ich hab' eine Idee. Wenn Blanco zum Bridge und zu seiner Konversation herkommt, kannst du mir beibringen, wie man richtig Backgammon spielt. Willst du?«

»Ich –«

»Oder hast du was Besseres vor? Wartet deine Mutter auf dich? Oder dein Vater?« Er umspannte ihr Fußgelenk und drückte fest zu.

»Nein, ich –« Sie versuchte sich loszumachen. Cosmos Griff tat weh.

»Hallo!« Blanco hatte das Haus betreten. »Nebenan hängt ein gehäuteter Pferdekopf. Gruslig. Was treibt ihr zwei denn da? Ein Gebiß wie Joyce, nur eine Spange hat der Gaul nicht gebraucht.« Er schloß mit einem Fußtritt die Tür. »Pferdeblut ... Pfui Spinne! Sind Anne und Elizabeth noch da? Die brauchen ja eine Ewigkeit. Ich hab' Kuchen gekauft und meine restlichen Francs verjubelt, weil heute der vorletzte Ferientag ist. Es ist genug für alle da, nur Igor kriegt nichts, dem wird vom Kuchen immer schlecht. Hat das kleine Ekelpaket heute schon seinen Auslauf gehabt?«

»Ja.« Flora befreite sich mit einem Ruck und stand auf.

Das Stimmengewirr über ihnen wurde vernehmlicher; Elizabeth hatte die Tür aufgemacht. »Das ist ja die reinste Volksversammlung! Warum kommt ihr nicht herein? Wir sehen ganz schicklich aus, die Anprobe ist vorbei. Anne und ich wollten eigentlich zum Bridge bleiben, Hubert, aber wenn du Cosmo hast, sind wir ja überflüssig.«

»Bitte bleibt«, sagte Cosmo. »Flora hat versprochen, mir beizubringen, wie man in diesem vertrackten Spiel gewinnt.«

Flora sprang wortlos zu Madame Tarasowas Zimmer hinauf.

»Du hast sie gehänselt«, sagte Blanco.

»Ich hänsele doch keine kleinen Mädchen.« Cosmo betrat die enge Stube. »Guten Tag, Madame, *bonjour, bonjour.*« Er streckte ihr die Hand hin, die eben noch Floras Fessel umspannt hatte.

Madame Tarasowa zwitscherte vergnügt beim Anblick der Kuchenherrlichkeit, packte ihr Nähzeug auf die Chaiselongue, schob Fürst Igors Körbchen darunter, holte die Karten heraus, stellte Stühle für die Bridgespieler bereit und ordnete die Kuchenstücke gefällig auf einer Platte an.

Elizabeth, Anne und Blanco setzten sich dicht

an dicht um den Tisch. Cosmo und Flora richteten sich auf dem Fußboden ein und stellten das Backgammonbrett zwischen sich und den Klavierschemel. »So, und jetzt fang ganz von vorn an«, verlangte Cosmo. »Erklär mir das ganze Drum und Dran und wie man es anstellen muß, um zu gewinnen.«

Flora erläuterte mit wachsender Selbstsicherheit die Spielregeln, sie zeigte Cosmo, wann man verdoppelt, wann man vorsichtig ist, wann man aufgibt. Madame Tarasowa brühte Tee, jeder bekam ein Glas mit einer Zitronenscheibe darin. Elizabeth und Anne hechelten die Bridgepartie durch und warfen einander gut gelaunt die krassesten Fehler vor. Behaglich zurückgelehnt, tranken sie in kleinen Schlucken ihren Tee und verspeisten ihren Kuchen. Dabei führten sie ihr ausgezeichnetes Englisch vor, das einen sehr reizvollen Akzent hatte. Cosmo fand, daß ihre Brüste, von unten gesehen, besonders beeindruckend waren – so ganz anders als die modernen Bügelbrettfiguren seiner Schwester Mabs und ihrer Freundin Tashie oder die diskreten Kurven seiner Mutter. Schiffsbugartig wölbten sie sich unter den Pullovern. Während er in einer Hand das dampfende Glas hielt, krümmte er unwillkürlich die andere Hand nach oben. Als er merkte, daß Flora ihn über den Klavierschemel hinweg beobachtete, ballte er rasch die Hand zur

Faust und tat, als wolle er ihr einen Schlag auf die Nase geben. Flora verzog keine Miene, sie beugte sich vor und flüsterte: »Der Bauch von Jules' Frau saß zum Schluß fast so hoch wie der Busen bei Elizabeth und Anne.«

»Ehrlich?« Cosmo versuchte abzuschätzen, wie lang ihre Wimpern sein mochten. »Halt still, ich tu' dir nicht weh.« Er zupfte eine Wimper aus. »Über einen Zentimeter, würde ich sagen.« Er legte die Wimper in seine Handfläche.

»Ist das gefährlich?« Floras Auge tränte.

»Noch ein Rubber?« Blanco rief die Bridgespieler zur Ordnung. »Und ein bißchen mehr sittlichen Ernst bitte ich mir aus. Wenn das so weitergeht, komme ich in den Spielhöllen Europas nie auf einen grünen Zweig und kann mich in der Welt von Vetter Dings nicht halten. Ich brauche eure Hilfe, Mädels!«

»Die sollst du ja auch haben, Hubert«, sagte Elizabeth. »Aber was hat es denn mit diesem Vetter und seiner Welt für eine Bewandtnis? Komm, verrat uns dein Geheimnis ...«

»Es ist kein Geheimnis«, ließ Cosmo sich vom Fußboden her vernehmen. »Daß die Sache mit seinem Vetter ganz große *merde* ist, erzählt er jedem, der es hören will.«

»Dieses Wort gebraucht man nicht, Cosmo. Und jetzt erzähl von deinem Vetter, Hubert«, bat Madame Tarasowa.

»Möglichst kurz, bitte«, sagte Cosmo. »Ich kenne die Geschichte auswendig.«

»Wir wollen sie aber hören«, erklärte Elizabeth.

»Vetter Dings hatte sechs Söhne, nach ihnen kam mein Vater in der Erbfolge. Mein Vater ist im Krieg geblieben, später sind auch die sechs Söhne gefallen. *Voilà.*«

»Da hat der Krieg entschieden übertrieben«, sagte Anne.

»Alle Kriege übertreiben«, bemerkte Elizabeth halblaut. »Weiter, Hubert.«

»Jetzt kommt das mit der Primogenitur«, warf Cosmo ein.

»Die Sache ist die«, sagte Blanco. »Das Haus von Vetter Dings fällt als Erbgut an den nächsten männlichen Erben, also an mich, nicht aber das Barvermögen. Inzwischen verpulvert der alte Knabe das ganze Geld, und wenn ich dann erbe, ist nichts da, um das Haus zu erhalten. Verkaufen kann ich es aber auch nicht, weil ich ja nur ein beschränktes Eigentumsrecht habe. Begreift ihr jetzt, warum ich Geld verdienen muß?«

»So ist das«, sagten alle in mehr oder weniger teilnehmendem Ton. »Armer Blanco, armer Hubert.«

»Und zu allem Überfluß«, fuhr Hubert fort, »hat man mich gezwungen, seinen Namen anzunehmen, das Whyte an meinen Vatersnamen

Wyndeatt anzuhängen. Lächerlich, diese Doppelnamen.«

»So was kann nur ein Sozialist sagen«, bemerkte Cosmo, um seinen Freund zu ärgern.

»Wie ist er denn so, dieser alte Drachen?« erkundigte sich Anne. »Wenn er dich besser kennen würde, wäre er bestimmt von dir hingerissen und würde sein Testament ändern.«

»Er lehnt es kategorisch ab, mich kennenzulernen.«

»Wie in der Geschichte vom Kleinen Lord Fauntleroy«, warf Flora ein.

Cosmo wollte sich ausschütten vor Lachen, er warf den Kopf zurück und stieß sich am Klavier »Au!«

»Du bist also ein Lord?« Madame Tarasowas Augen glitzerten.

»Nein, das ist wirklich gelungen«, gluckste Cosmo, und alle lachten, bis auf Madame Tarasowa. Cosmo beugte sich über den Klavierschemel, nahm Floras Kopf in beide Hände und gab ihr einen Kuß. Flora machte sich los, und Blanco versetzte seinem Freund einen Tritt. Wütend funkelten sie sich an – wie kleine Kinder, wenn eins sich am Spielzeug des anderen vergriffen hat.

In diesem Augenblick klopfte es, und Felix kam herein. »Ich habe schon unten geklopft«, sagte er, »aber bei diesem Radau habt ihr natürlich nichts gehört. Entschuldigen Sie, Madame, meine Mutter schickt mich, ich soll meine Schwestern abholen. Was treibt ihr denn da? Sieh an, die vom Kasino Verschmähten haben hier ihr eigenes Etablissement eröffnet. Karten, Backgammon, alles vorhanden ...« Er sah sich rasch und gründlich im Zimmer um. »Und nicht mal das Orakel fehlt. Ist das da drüben nicht eine Wahrsagerkugel? Würden Sie uns einen Blick in die Zukunft tun lassen, Madame?« Er drängte sich an seinen Schwestern vorbei und nahm die Kugel vom Regal.

Madame Tarasowa nahm sie ihm aus der Hand und stellte sie wieder an ihren Platz. »Ich bin keine Wahrsagerin«, sagte sie steif. »Dies ist eine Glaskugel, ein Zimmerschmuck.«

Flora fing Blancos Blick auf und sah rasch wieder weg. »Ich bitte um Vergebung, Madame«, sagte Felix leichthin. »Sie hätten uns sonst das Ergebnis des Generalstreiks in England prophezeien können, der jeden Augenblick beginnen kann. Jetzt ist es amtlich.«

»Es lebe die Revolution«, krähte Blanco.

»Vielleicht endet dein Vetter Dings noch auf einem Schinderkarren«, meinte Anne hoffnungsvoll.

»Die Bergleute werden den kürzeren ziehen«, sagte Elizabeth. »Dazu braucht man eigentlich keine Wahrsagerkugel.«

»Es gibt eben keine Gerechtigkeit mehr auf der Welt«, klagte Blanco.

»Und mein Vater wird auf jeden Fall dafür sorgen, daß wir in unsere Schulen kommen«, sagte Cosmo düster.

»Jetzt laßt den Kopf nicht hängen«, tröstete Felix. »Während ihr hier dem Spielteufel verfallen seid, hat es aufgehört zu regnen, die Sonne scheint. Ein herrlicher Tag!«

»Dann kommen wir ja doch noch zu unserem Picknick«, sagte Cosmo erfreut. »Und ich weiß auch schon, wo, ich kenne da einen richtig schönen Strand ... Wir wollen alle einladen, ja? Alle Familien.«

Als Felix und seine Schwestern sich verabschiedeten, brachen auch Cosmo und Blanco auf. »Vom Fußboden aus«, sagte Cosmo, »waren die Busen enorm. Die möchte ich mal nackt sehen.«

»Ein bißchen reichlich für meinen Geschmack«, wehrte Blanco ab.

»Wenn es so schön bleibt, könnten wir zum Picknick unsere Badesachen mitnehmen«, sagte Cosmo. »Der Kälte trotzen.«

»Glaubst du, man könnte deine Schwester und Tashie ins Wasser locken?« Blanco war dem Gedankengang seines Freundes gefolgt. »*C'est une idée.*«

»Nur, wenn Felix auch ins Wasser geht«, sagte

Flora, die unbemerkt einen Schritt hinter ihnen herlief.

Die beiden Freunde fuhren herum, es gab einen Zusammenstoß, und Flora machte sich eilig davon. »Laß die dürre Henne laufen«, sagte Cosmo und erzählte, was Flora über Jules' Baby zum besten gegeben hatte. »Ich sage dir, die hat von nichts eine Ahnung.«

»So sicher ist das gar nicht«, widersprach Blanco. »Als Madame T. behauptet hat, sie sei keine Wahrsagerin, hat Flora mich so vielsagend angesehen. Und würde eine, die so naiv ist, denn ins Wasser gehen?«

»Ich denke, wir haben uns darauf geeinigt, daß sie mondsüchtig ist?« sagte Cosmo, wußte dabei aber genau, daß sie sich keineswegs darauf geeinigt, sondern nur nicht mehr darüber gesprochen, den Vorfall verdrängt und fast vergessen hatten. »Übrigens«, setzte er hinzu, »habe ich sie zum erstenmal an dem Strand gesehen, den ich für unser Picknick haben will.« Er sah Floras blasses, verfrorenes Gesicht, die übergroßen Augen vor sich. »Sie kam mit der Flut herein.«

13

»Wo warst du denn, Schatz? Ich habe mich nach dir gesehnt.« Vita Trevelyan streckte die Arme aus.

Denys beugte sich zu ihr herunter und gab ihr einen Kuß. »Mmm, wie gut du riechst!« Er setzte sich neben sie aufs Bett und schob eine Hand unter die Decke. »Ich war doch gar nicht lange weg.«

»Es kommt mir vor wie eine Ewigkeit.« Sie hielt seine Hand fest.

»Soll ich mich zu dir legen? Hast du zu Mittag gegessen?«

»Eine Kleinigkeit. Komm, zieh dich schnell aus.«

Denys zog Schuhe und Socken aus, stand auf, um das Sakko abzulegen, knöpfte das Hemd auf und sah seine Frau an. »Du bist wunderschön.«

»Ich weiß.«

»General Leigh hat mich im Kasino festgehalten –«

»Ach, der.«

»– mit seinen Freunden Ward und MacNeice.«

»Freddy und Ian, ja, die kenne ich. Was wollten sie denn?«

»Sie haben etwas ausgeheckt, um die Kinder trotz des Streiks zu ihren Schulen zurückzubringen, und fragten, ob wir uns anschließen wollten.«

»Demnach ist der Streik amtlich? Was haben sie denn ausgeheckt?«

»So gut wie amtlich, ja. Sie wollen in Southampton einen Bus mieten, alle Kinder hineinpakken und eine Schule nach der anderen anfahren, bis alle in ihren Bildungstempeln abgeliefert sind, so hat MacNeice sich ausgedrückt. Sein Sohn ist in Fettes, das ist die letzte Station.«

»Zieh die Hosen aus, Liebling.«

»Ich habe gesagt, daß ich zwar nichts dagegen einzuwenden hätte, Flora abzuliefern, und zwar möglichst für immer und ohne Rückgaberecht, aber sie solle in Frankreich bleiben. Hast du übrigens jemanden gebeten, sie ein bißchen im Auge zu behalten?«

»Hoffentlich hast du das nicht wirklich gesagt.«

»Sie haben es für einen Witz gehalten.«

»Komm schon, Liebling. Ja, ich habe die russische Schneiderin gebeten und wollte auch noch Milly Leigh ansprechen, die bleibt nämlich hier. Und vielleicht die Baronin.

»Bißchen spät, wie?« Denys knöpfte an seinem Hosenschlitz herum. »Übermorgen reisen wir ab.«

»Ich weiß. Aber ich kann ja sagen, daß bisher noch nicht feststand, ob ich dich begleiten würde. Übrigens habe ich uns Karten für die Charlot-Revue bestellt, die darf man sich einfach nicht entgehen lassen. Wenn du sie so hinwirfst, gehen die Bügelfalten raus, Liebling.« Denys angelte sich die Hose, schüttelte sie aus, legte sie ordentlich zusammen und hängte sie über einen Stuhl. »Ich spreche heute abend mit den beiden«, sagte sie. »Wir können ja ins Marjolaine zum Dinner gehen.«

»Mit dem Kind?«

»Warum nicht? Wo bleibst du denn, Liebling? Ich warte. Komm kuscheln.« Sie lüpfte einladend die Bettdecke. »Ich finde es einfach himmlisch, nachmittags im Bett zu liegen.«

»Ich auch. Leigh will mit dem Auto nach Hause fahren – es steht in Southampton – und Meldung machen, wenn er unterwegs Revolutionsnester sichtet. Der Mann hat einen Bolschewikentick.« Denys lachte. »Schön ist das, du ...« Er streichelte seine Frau und küßte sie sanft. »Ich glaube ja nicht so recht an diese Bolschewiken. Nicht mal in Nordengland.«

»Mach weiter so.«

»Diese Male auf deinem Bauch, Liebling ...«

»Schwangerschaftsstreifen, das weißt du doch.«

»Hat sie dir doch tatsächlich ihr Mal aufgedrückt, diese –«

»Da ist jetzt nichts mehr zu machen. Hätte ich

es gewußt, hätte ich mich einölen können, angeblich soll das helfen. Ja, ja, mach weiter, so, ja ...«

»Hast du was wegen dieser italienischen Familie unternommen?«

»Was du für ein Getue machst ... Ja, ich habe angerufen, Flora kann jederzeit hinkommen und italienisch mit ihnen reden. Warum bist du plötzlich so besorgt?«

»Ich will nur, daß alles geregelt ist, damit wir uns ab morgen um nichts mehr zu kümmern brauchen und den restlichen Urlaub richtig genießen können. Wenn sie so reizlos bleibt, kriegt sie zwar vielleicht keinen Mann ab, aber mit Italienisch, Russisch und Französisch findet sie nach der Schule jederzeit eine Stellung, und dann sind wir sie los.«

»Schön wär's ja. Schlau gedacht, mein Schatz.«

»Noch sieben oder acht Jahre. Eine verdammt lange Zeit.«

»Aber wir sind in Indien ...«

»Hast du ihr gesagt, daß sie die Ferien über im Internat bleiben muß?«

»Ja, aber vielleicht wird sie von Freunden eingeladen. Als ich so alt war wie sie, hatte ich jede Menge Einladungen.«

»Aber du warst auch bildhübsch.«

»Sie wird noch, paß auf.«

»Hoffentlich. Ist das schön? Und das?«

»Was?«

»Was ich mache, natürlich.«

»Ja, sehr. Mach's noch mal, ein kleines bißchen höher. Und noch mal. Weiter, weiter. Aaah! Komm, Denys, komm, Liebster, aahhhh ... Uff, das war phantastisch. Für dich auch?«

»Ja.« Denys legte sich zurück. »Ich habe eine Idee.«

»Nämlich?«

»Wenn du auf dem Schiff bis Marseille mitkommst, bringt uns das eine zusätzliche Woche. Was meinst du?«

»Und danach soll ich allein hierher zurück?«

»So war es ja sowieso geplant. Du hast doch das Kind.« Sein Ton deutete an, daß das Kind ihre Schuld war, ihre Buße.

»Die Trennung wäre um eine Woche kürzer.«

»Eine ganze Woche. Die Fahrt nach Marseille ist in dieser Jahreszeit sehr angenehm.«

»Wir könnten so tun, als käme ich bis Bombay mit. Einverstanden, Denys. Und jetzt machen wir noch mal das von vorhin, ja?«

»Wenn du es dir zutraust ...«

»Na hör mal ... Danach ein Schläfchen, ein genüßliches Bad und ein Strandspaziergang vor dem Dinner –«

»Mit den britischen Familien im Marjolaine. Ich wette, die können es kaum erwarten, bis ihre schrecklichen Gören wieder in der Schule sind. Pure Heuchelei, dieses traute Familienglück. Wenn wir hinreichend die treusorgenden Eltern gespielt haben, gehen wir schleunigst wieder ins Bett.«

»Du machst das fabelhaft, Denys!«

»Du aber auch.«

Er schlief vor ihren Augen ein. Das tat er immer, während sie danach meist so aufgekratzt war, daß sie gern noch ein bißchen geredet hätte. Sein Profil mit der energisch vorspringenden Nase und dem dagegen so schwach wirkenden Kinn ähnelte einem Klipperbug. Durchgänger, dachte sie unwillkürlich. Es sei ein Glück, hatte er mal gesagt, daß Flora nicht seine Nase geerbt habe. Lächelnd drehte sich Vita auf die Seite und überlegte, wie sie sich heute abend anziehen sollte. Nicht zu frivol; Milly Leigh und Rosa brachten es immer fertig, irgendwie mütterlich-fürsorglich auszusehen. Es würde ein langweiliger Abend werden, aber sie konnten ja zeitig gehen oder hinterher noch kurz im Kasino vorbeischauen. Erstaunlich, dachte sie verträumt, wie gemütlich diese komische kleine Wohnung geworden ist, nur durch ein paar bunte Kissen, den gelben Vorleger, die Tagesdecke aus bretonischer Spitze. Das alles würde sich später auch in Indien gut machen, in ihrem Bungalow. Sie würde sich irgendeine Ablenkung suchen, damit die Wochen bis Ende September, bis zum Wiedersehen mit Denys, schneller vergehen. Noch ein gelber Vorleger? Warum nicht? Eine Spritztour nach Dinan, ohne Begleitung, um ihn zu kaufen.

14

Als Denys und Vita zum Dinner ins Marjolaine kamen, wurden sie sogleich in die Picknickplanungen einbezogen. Der Wetterwechsel und Cosmos Vorschlag hatten die britischen Familien schlagartig aktiviert. Für Eltern, deren Kinder auf das bevorstehende Ferienende mit Trotzphasen, Unverschämtheiten und verfrühten Heimwehtränen reagierten, war der Picknickplan ein Geschenk des Himmels. Auch all jene, die sich ehrlich wegen des Streiks und seiner möglichen Folgen sorgten, waren froh über die Ablenkung. Bei manchen Eltern regte sich auch das schlechte Gewissen, weil sie sich auf die nach strapaziösen Wochen wohltuende Ruhe daheim freuten; diese Paare legten sich mit besonderem Schwung ins Zeug und kamen mit großherzigen und phantasievollen Vorschlägen. Freddy Ward und Ian MacNeice, die schon Erfahrungen mit dem Anmieten der Fahrgelegenheit in Southampton gesammelt hatten, erboten sich, ein oder zwei Ausflugsomnibusse für den Transport der Picknickgäste zu beschaffen. Kinder mit flinken Beinen wurden von ihren Müttern zu den Familien in anderen Hotels geschickt mit der Aufforderung, man möge sich am nächsten Tag um elf Uhr mit Getränken, Verpflegung, Badeanzügen und warmen Pullovern im Marjolaine einstellen. (Nein, nein, meine Liebe, früher geht es nicht, da kommt doch keiner, es ist noch so viel vorzubereiten ...)

Der Funke fieberhafter Tätigkeit sprang von einer Familie auf die andere über. Die während des Regenwetters stark abgesunkene Stimmung schnellte in ungeahnte Höhen.

In dieser Atmosphäre allgemeiner Hilfsbereitschaft fiel es Vita und Denys nicht schwer, in das Gespräch über Picknickverpflegung, Decken, Thermosflaschen – vielleicht ein Erste-Hilfe-Kasten, zum Picknicken in Indien haben wir immer einen mit – bei Milly und Rosa so ganz nebenbei einzuflechten, daß sie die letzten Tage von Denys' Urlaub gern zusammen verbringen wollten und schrecklich dankbar wären, wenn die beiden Flora ein bißchen im Auge behalten würden. Das Kind solle im Hotel bleiben, bis Vita wieder da war, dann würde sie natürlich zu ihr in die Wohnung ziehen. »Ich glaube kaum, daß sie Ihnen eine Last wäre«, sagte Vita. »Sie hat ihre Stunden bei Madame Tarasowa und italienische Konversation bei einer italienischen Familie, ein volles Programm also. Es wäre nur so beruhigend zu wissen, daß im Notfall nicht nur Madame Tarasowa für sie da ist.« Milly und Rosa versprachen, sich um das Kind zu kümmern; ablehnen konnte man so was kaum.

Einen peinlichen Moment galt es zu überstehen, als sich im Hotel herausstellte, daß Flora das Abendessen auf ihrem Zimmer einnahm. Weder Denys noch Vita hatten etwas davon gewußt. Daß es für ein kleines Mädchen womöglich keine reine Freude war, allein unten im Speisesaal zu essen, war beiden nicht in den Sinn gekommen. Auf diesen Ausweg war, wie Flora berichtete, Gaston verfallen, mit stillschweigender Duldung des Oberkellners. »Man hätte uns vorher fragen müssen«, grollte Vita.

»Dadurch wird unten ein Tisch für andere Gäste frei«, bemerkte Flora ungerührt.

»Du kommst jetzt ganz normal mit uns essen«, herrschte Denys sie an.

»Was ist schon normal«, murrte Flora, folgte aber wohl oder übel ihren Eltern in den Speisesaal und nahm ihren Platz am Tisch ein. »Ich mag kein zweites Abendessen.«

»Dann schau uns beim Essen zu und mach ein freundliches Gesicht«, bestimmte Vita, während der Ober ihr den Stuhl zurechtrückte. »Mademoiselle hat keinen Hunger.« Flora und der Ober wechselten einen Blick.

Am liebsten hätten die Trevelyans wohl ihrer Tochter eins übergezogen, doch sie ließen sich nichts anmerken, sondern plauderten während des Essens unverdrossen mit den Gästen an den Nebentischen. Was für ein hübsches Paar, hieß es allenthalben, und eine Dame sagte zu ihrem Mann, wie schade es doch sei, daß das Kind einen so unliebenswürdigen Eindruck mache. »Verwöhnt nach Strich und Faden wahrscheinlich. Kein Wunder bei den vielen Dienstboten in Indien! Die Schule wird sie schon zurechtschleifen. Wie verliebt die Eltern aussehen ...«

»Hast du vorhin was von italienischer Konversation gesagt?« fragte Flora gedämpft.

»Bei Dinan, nur ein paar Kilometer weg, wohnt eine italienische Familie, mit der kannst du dich nachmittags auf italienisch unterhalten.«

»Kennst du sie?«

»Nein, aber du bekommst einen Brief mit, ich habe alles schriftlich festgemacht. Du kannst mit dem Bus hinfahren.«

»Hm«, machte Flora skeptisch.

»Der Mann ist Bursche auf einem Gestüt«, sagte Denys.

»Pferde?«

»Möchte man annehmen, wenn es ein Gestüt ist.«

»Dann kann ich mich ja mit den Pferden unterhalten.« Vita war nicht erbaut von Floras Ton, hielt es aber für klüger, vor den Gästen im Speisesaal nichts zu sagen. »Am besten gehst du früh schlafen«, meinte, sie, »damit du für das Picknick ausgeruht bist.«

»Darf ich jetzt gehen?«

»Du wartest, bis wir mit dem Essen fertig sind. Es wird allmählich Zeit, daß du lernst, dich zu benehmen.«

»Ist noch was wegen des Picknicks zu verabreden?« fragte Denys. »Oder können wir vor dem Schlafengehen noch auf eine Stunde ins Kasino?«

»Wunderbare Idee, Liebling«, sagte Vita.

Flora wartete, bis ihre Eltern weg waren, dann drückte sie sich unauffällig im Hotel herum und hörte sich an, wie an allen Ecken und Enden Picknickpläne geschmiedet wurden. Mabs und ihre Freundin Tashie, die in der Nähe des Eingangs saßen, erörterten ernsthaft, was sie morgen anziehen und ob sie sich noch mal die Haare waschen oder die Nägel neu lackieren sollten.

»Dieser Lack muß jedenfalls ab, meine Mutter mag ihn nicht.«

»Ein bißchen grell ist er schon.«

»Ob es ihm auffällt?«

»Fällt ihm je was auf?«

»Also das *muß* ihm eigentlich auffallen.«

»Wo ist er denn jetzt?«

»Mit dieser langweiligen Elizabeth unterwegs.«

»Nein, die sitzt bei ihrer Mutter und Anne und meiner Mutter.« Sehnsüchtig hielten sie Ausschau nach dem Ziel ihrer Wünsche.

»Als er mit mir getanzt hat, ist er –«

»Mit mir hat er achtmal getanzt und mit dir nur siebenmal.«

»Ach komm, Tashie.«

»Ist ja auch egal.«

»Finde ich auch.«

»Kann uns doch wirklich egal sein.«

»Wenn wir hier sitzen bleiben, sehen wir ihn jedenfalls, wenn er zurückkommt.«

Cosmo und Blanco traten zu ihnen. »Lauert ihr hier Felix auf?« erkundigte sich Cosmo.

»Unsinn«, sagte Tashie, und Mabs stellte ihm ein Bein.

»Felix ist im Kasino und tanzt mit einer bildschönen Blondine.« Joyce kam auf langen, federnden Beinen die Stufen vom Garten hochgesprungen.

»Ach«, sagte Tashie.

»Wollen wir?« Mabs stand auf.

Sie zogen die Röcke zurecht, rückten die Strumpfnähte gerade und gingen in die Dunkelheit hinaus. Joyce bog sich vor Vergnügen; sie hatte eine ansteckende Lache.

»Was gibt's denn da zu gackern?« wollte Cosmo wissen.

»Felix ist gar nicht im Kasino.«

»Wo dann?« fragte Cosmo. Er ärgerte sich, wenn andere Leute Mabs hochnahmen. Das, fand er, war allein seine Sache.

»Keine Ahnung.« Joyce machte sich davon.
»Ganz schön gemein.«
»Na ja, die beiden stellen sich aber auch an«, sagte Blanco halblaut.
Flora verzog sich rasch und begab sich auf Umwegen zu Madame Tarasowa, die abends mit Igor allein zu Hause saß und sich nach Paris und ihrem Alexis sehnte. Sie stieß die Haustür auf, hüpfte die steile Stiege hoch, klopfte und trat ein. In Madame Tarasowas Sessel saß Felix und trank ein Glas Wein. Er hatte das Jackett und aus unerfindlichen Gründen auch die Schuhe ausgezogen und saß in Hemdsärmeln da. Ihm gegenüber ruhte Madame Tarasowa in einem ärmellosen, sehr kurzen Kleid auf der Chaiselongue. Die zierlichen Hände waren im Schoß gefaltet, die schlanken Beine an den Fesseln gekreuzt. Ihre hochhackigen Schuhe standen neben denen von Felix auf dem Boden.
»Oh«, sagte Flora, »störe ich?« Fürst Igor meldete sich mit einem scharfen Kläfflaut aus seinem Körbchen.
»Komm nur her.« Felix streckte eine Hand aus. »Ich wollte Irena dazu bewegen, mir wahrzusagen, aber sie mag nicht, und jetzt sitzen wir hier ohne Schuhe und erörtern die Weltlage. Zieh deine auch aus und setz dich.« Er klopfte einladend auf den Sessel neben sich. Flora setzte sich, trat mit dem linken Fuß den Hacken des

rechten Schuhs herunter, streifte erst den einen Schuh ab und dann den anderen.

»Gut so.« Felix und Madame Tarasowa betrachteten sie mit freundlicher Nachsicht. Felix trank langsam seinen Wein. Madame Tarasowa lächelte. Igor schnaufte in seinem Körbchen und kratzte sich am Hals; scheppernd schlugen seine Krallen auf das Namensschild am Halsband.

»Ich wußte gar nicht, daß Sie Irena heißen«, sagte Flora in das Schweigen hinein.

»Du hast mich nie danach gefragt.«

»Ein wunderschöner Name.«

»Nicht wahr?« Felix lächelte Irena zu. »Flora ist auch sehr schön.«

»Warum wollen Sie ihm nicht wahrsagen?«

Irena lachte. »Weil ich davon nichts verstehe. Manchmal tue ich so, jungen Mädchen oder Damen mittleren Alters zu Gefallen. Die Mädchen wollen wissen, ob sie sich verlieben und heiraten werden, die älteren Damen wollen wissen, ob ihren Männern noch größerer Reichtum ins Haus steht. Es ist nicht schwer, ihnen zu sagen, was sie hören wollen.«

Es dauerte ein Weilchen, bis Flora diese Desinformation verdaut hatte. Irgendwann, da war sie sich ganz sicher, hatte Irena ihr erzählt, sie sähe die Zukunft in ihrer Kristallkugel. Als sie aber Irenas lächelndem Blick begegnete, kamen Flora

Zweifel. Vielleicht hatte sie es sich doch nur eingebildet. »Kommen Sie mit zu dem Picknick?« fragte sie.

»Nein.« Madame Tarasowa sah versonnen auf ihre Hände herunter.

»Ich habe versucht, sie zu überreden.« Felix bückte sich nach seinen Schuhen. »Aber sie will nicht.«

»Warum nicht?«

Madame Tarasowa hob die Schultern. »Ich hätte keinen Spaß daran. Und bis die englischen Damen abreisen, habe ich noch alle Hände voll zu tun.«

»Das ist nicht wahr, die Pakete sind alle ausgetragen, ich habe dabei geholfen«, protestierte Flora.

»Komm, Flora, zieh deine Schuhe an«, sagte Felix. »Wir gehen zusammen zum Hotel zurück.« Er griff nach seinem Jackett. »Ihre Schuhe sehen plötzlich ganz einsam aus, Irena. Vielen Dank für die angenehme Unterhaltung.« Er nahm ihre Hand.

»Sie werden es überleben«, sagte sie trocken.

Auf der Straße nahm Felix Flora bei der Hand. »Schau dir nur den Mond an! Wir bekommen ein Vollmondpicknick.«

Flora, die gerade eine Bemerkung über Irenas recht großzügigen Umgang mit der Wahrheit hatte machen wollen, verschlug es die Sprache.

Noch nie im Leben war sie so glücklich gewesen. Felix hielt ihre Hand.

»Ich wollte ihr zureden, zu dem Picknick zu kommen«, fuhr Felix fort. »Aber sie mag nicht, zu viele von den Frauen gehören zu ihrer Kundschaft. Ich hasse diese Emigrantenmentalität, halb unterwürfig, halb versnobt. In ihrem heiligen Rußland wäre sie bestimmt zu dem Picknick gekommen. Sie scheint irgendwelche Verbindungen zum Zarenhof gehabt zu haben, von meinen Schwestern weiß ich, daß sie ständig davon redet.«

»Hatte sie auch.« Flora war gern bereit, Felix zu berichten, was sie wußte. »Ihr Vater war der Hofschneider, der all die schönen Uniformen gemacht hat.«

»Wer hat dir das erzählt?« Felix ging langsam, Floras Hand in der seinen.

»Sie selbst, glaube ich. Oder nein, es war Alexis, ihr Mann.

»Wahrscheinlich wäre es ihr nicht so recht, wenn du überall herumerzählst, daß ihr Vater Schneider war.«

»Ich hab's nur dir erzählt.«

»Das ist brav.«

»Es hat wohl was mit der seidenen Wäsche zu tun.«

»Hm, ja.« Felix kannte die Geschichte von der mildtätigen Unterwäsche durch Anne, die sie von Cosmo hatte. »Ich weiß, was du meinst«, sagte er ernst. »Ich trage im Winter allerdings warme Unterhosen.«

Flora hing an seinen Lippen. »Und im Sommer Seide?«

»Nein, Baumwolle.« Felix drückte Flora lachend die Hand. »Kannst du ein Geheimnis für dich behalten?«

»Ja, natürlich.«

»Ich bringe zu unserem Picknick mein Grammophon mit, dann können wir tanzen. Hältst du mir einen Tanz frei?«

Flora bekam kaum Luft, fast meinte sie zu ersticken. Sie schluckte mühsam. »Ja.«

»Und eine Konzertina.«

»Was ist eine Konzertina?«

»Eine Quetschkommode.« Felix drückte wieder Floras Hand. »Man drückt und zieht und läßt die Finger tanzen, dann kommt Musik heraus. Es ist fast wie bei der Liebe, aber davon verstehst du nichts.«

O doch, dachte Flora. Ihr war, als müßte sie sterben.

15

Die Ausflugsomnibusse kamen auftragsgemäß zum Marjolaine. Eigentlich wäre das Britannique als Treffpunkt günstiger gewesen, weil dort die Auffahrt breiter war. Außerdem mußten vom Marjolaine aus die Fahrzeuge wenden, um am Bristol vorbei, das mehr Platz zum Parken gehabt hätte, auf die Küstenstraße zu kommen, die zu Cosmos Strand führte. Da aber die Idee zu dem Picknick, das in die Erinnerung der Bevölkerung von Dinard als *le pique-nique des Anglais* eingehen sollte, im Marjolaine geboren worden war, sollte die Landpartie dort auch losgehen.

Um zehn begann der Anmarsch der mit Proviant beladenen Teilnehmer. Eine gewisse Familie Stubbs, mit der bisher niemand engeren Kontakt gehabt hatte, schleppte Stöße von Decken und mehrere Zeltböden an; sie gingen, um das Maß ihrer Güte vollzumachen, sogar noch einmal in ihr Hotel zurück, um einen Kochtopf und einen Esbitkocher mit passendem Kessel zu holen.

Mrs. MacNeice brachte einen Korb Kartoffeln zum Grillen und eine Menge Tomaten mit, ihr Mann Ian eine Kiste Wein und einen Karton mit Gläsern.

Mrs. Ward steuerte Orangen, Äpfel, Bananen und Kopfsalat bei, ihr Mann Freddy wankte unter der Last einer Kiste Limonade.

Anne und Elizabeth kamen mit ofenfrischen Baguettes vom Bäcker, einem Korb voller Schinken, Knoblauchwurst, Pâté und mehreren Pfund ungesalzener Butter.

Sämtliche Mütter hatten Tee in Thermosflaschen mit, ein Vater steuerte zwei reife Camemberts bei. Felix sorgte mit zwei bratfertigen Hühnern für Überraschung. »Die können wir auf dem Spieß grillen«, erklärte er.

»Hat jemand Streichhölzer?«

»Korkenzieher?«

»Servietten?«

»Wer soll denn das bloß alles essen?«

»Teller?«

Die Stubbs hatten Zinnteller; sie reichten nicht für alle, aber es war sicher nett, wenn ein paar gemeinsam von einem Teller aßen.

»Messer und Gabeln? Löffel? Die brauchen wir bestimmt.« Auch damit waren die Stubbs versehen, ebenso mit einem vertrauenerweckenden Erste-Hilfe-Kasten. Dafür hatten sie keine Verpflegung mitgebracht. Die Mutter von Joyce, Mrs. Willoughby, war gerade dabei, ihren Beitrag – viele Tafeln Zartbitterschokolade – herzuzeigen, als Denys und Vita eintrafen, beide mit flachen Pappschachteln in der Hand. Als man die

Deckel anhob, kamen zwei mit kandierten Angelikastücken und Schlagsahne verzierte Obsttorten vom Konditor zum Vorschein.

»Sehr passend für einen Sandstrand«, sagte Tashie zu Mabs, ohne die Stimme zu senken, und erst als Mrs. Leigh zischelte: »Ruhe, Kinder! Benehmt euch!«, hörten die beiden auf zu gackern.

Zehn vor elf kam Rosa aus dem Hotel; sie hatte eine riesige Thermosflasche mit schwarzem Kaffee und ein Paket Würfelzucker mit. Fünf vor elf keuchten von der Mole her Cosmo und Blanco heran, sie schleppten einen großen, mit kräftiger Schnur zugebundenen Karton.

»Was habt ihr denn da drin? Wozu seid ihr nach St. Malo gefahren? Was ist drin? Los, sagt schon!«

»Ein Geheimnis. He, Finger weg!« Sie ließen sich nicht erweichen.

Eine halbe Minute vor elf – zur großen Erbitterung seiner Frau, die wußte, daß er sie damit ärgern wollte, und sich in langen Ehejahren nie daran hatte gewöhnen können – stieß gemächlichen Schrittes Angus Leigh zu der Gruppe. Er hatte die ›Times‹ vom Vortag dabei, ein Fernglas und in der Jackentasche eine Feldflasche mit Whisky.

Punkt elf begann Mrs. Stubbs, Besitzerin von Messern, Gabeln, Löffeln, Zeltböden und Dekken, mit der Bestandsaufnahme. Waren alle da? Hatte jedermann warme Pullover, Badezeug, Eimer und Spaten, Socken zum Wechseln mit? »Na, dann los! Alles einsteigen! Nicht drängeln, Kinder, nicht rempeln. Aber ein bißchen Beeilung bitte!«

»Ist das etwa ihr Picknick? Wie die sich aufspielt!«

Als später über das Picknick gesprochen wurde, nannten die Wohlmeinenderen Mrs. Stubbs eine »Geborene Chefin«, und die Bezeichnung hielt sich, auch als die Erinnerung an jenen Tag längst verblaßt war. »Sieh mal, die Geborene Chefin«, sagte man bei Fuchsjagden, Konzerten, in Wimbledon oder im Winterschlußverkauf und stieß die jeweilige Begleitperson an. »Weißt du noch, Dinard in den Zwanzigern?«

Die jüngeren Kinder stiegen mit Mrs. Stubbs und ihren Müttern in den ersten Omnibus. Die meisten Väter verdrückten sich in den zweiten, in dem die Erwachsenen und Halbwüchsigen sich zusammengefunden hatten. Sie saßen in einer Gruppe für sich und sahen schuldbewußt drein, rieben sich aber unverhohlen die Hände, als Mrs. Stubbs in dem sogenannten Babybus einen Chor organisierte (um die Kleinen zu beschäftigen), so daß der Omnibus mit den Erwachsenen und Halbwüchsigen gleichsam im Kielwasser schriller Stimmen schwamm, die

›Knick Knack Paddy Wack‹, ›John Brown's Body‹ und ›It's a Long Way to Tipperary‹ sangen.

Mabs und Tashie, die sich, Flora mitziehend, ganz nach hinten durchgedrängelt hatten, schauten mißmutig und stellten sich taub. Flora machte sich ganz schmal zwischen ihnen und verhielt sich still. Es war ein großes Glück, fand sie, daß die Eltern weit vom Schuß saßen, gleich hinter dem Fahrer. Gegen den plötzlich erwachten Beschützerinstinkt von Mabs und Tashie hatte sie nichts einzuwenden, war aber doch heilfroh, daß sie von ihrem Platz aus Cosmo und Blanco sehen konnte, die zwei Reihen vor ihr saßen, und auf der anderen Seite Felix mit seiner Schwester Anne. Niemand fragte sie, was in dem Weidenkorb war, den sie unter ihren Sitz gestellt hatte. Eine solch kleine, unbedeutende Person, so die allgemeine Meinung, konnte wohl kaum etwas von Bedeutung mitgebracht haben. Im übrigen war Flora von Mabs' und Tashies Nähe derart überwältigt, daß sie noch schweigsamer war als sonst.

Während sie Dinard hinter sich ließen und durch St. Enogat und St. Briac zum Strand fuhren, frotzelten Cosmo und Blanco mit Anne und Felix über Blancos Vetter Dings (oder Chose).

»Warum kennst du ihn denn noch nicht? Wieso besuchst du ihn nicht mal? Zumindest versuchen solltest du es, Fauntleroy, das gehört sich einfach.«

»Ich habe ihm ja mal geschrieben. Als ich das von der Erbschaft erfahren hatte. Ich habe gefragt, ob ich ihn besuchen dürfte. Er hat nie geantwortet. Meine Mutter hat ihn zu uns eingeladen. Er ist nie gekommen. Ich wollte ihn wirklich kennenlernen, aber nichts zu machen. Dafür werde ich ihn jetzt aufziehen.«

»Aufziehen? Wie?«

»Ich will ihm ab und zu eine Postkarte schreiben, damit er merkt, daß es mich noch gibt.«

»So nach dem Motto: Viele Grüße aus der Sommerfrische?« fragte Mabs.

»Nein, raffinierter. Vielleicht so: Komme bald mal bei Dir vorbei, oder: Werde Dir in Kürze einen Besuch abstatten.«

»Mit Unterschrift oder anonym?«

»Mit Anfangsbuchstaben.«

»Ohne Namen wäre es mysteriöser«, sagte Felix. »Makabrer.«

Blanco überlegte. »Stimmt. Ich wollte sie aus verschiedenen Ländern abschicken ...«

»Und in verschiedenen Sprachen?« schlug Tashie vor.

»Ich kann ja keine.«

»Aber wir! Schau, was wir hier im Bus haben: Englisch und Holländisch, und Flora spricht Französisch und Italienisch, das habe ich selber gehört.« Tashie beugte sich zu Flora herunter, die heftig errötend nickte, ohne den Mund aufzumachen. Alle drehten sich um.

Elizabeth kam ihr zu Hilfe. »Wir sprechen alle Deutsch und ich außerdem noch Spanisch.«

»Du lernst doch auch Russisch, nicht?« Auch Mabs sah jetzt Flora an. »Ein richtiges Wunderkind. Hat jemand Papier und Bleistift? Dann können wir dir gleich alles aufschreiben, Hubert.«

»Danke«, sagte Hubert, den die Nennung seines Namens immer aus dem Gleichgewicht brachte.

Felix kramte einen Briefumschlag hervor und Anne ihren Füllfederhalter.

»Was ist mit Russisch?« beharrte Mabs.

»Russisch kann ich nicht schreiben«, wandte Flora ein.

»Dann bitte ich einfach Madame Tarasowa«, entschied Blanco unbekümmert.

Sie schrieben die Texte in verschiedenen Sprachen auf den Umschlag. »Er wird denken, daß ihn intrigante Bolschewiken verfolgen«, sagte Cosmo. »He, schaut mal alle hin, wir sind gleich da. Hinter dem Hügel dort ist der Strand. Hoffentlich haben wir Ebbe.«

»Wie heißt eigentlich das Haus von Vetter Dings?« fragte Tashie. »Und wo ist es?«

»Es heißt Pengappah und ist irgendwo im Westen von England.« Blanco steckte den Umschlag ein. »Ich weiß nur so viel, daß im Badezimmer sechs Wannen stehen.«

»Lord Fauntleroy von Pengappah ... ein echter Zungenbrecher«, lachte Mabs.

»Willst du ihm wirklich diese Postkarten schicken?« fragte Anne.

»Das ist genau das richtige für ein langes Winterhalbjahr, wenn es bis Weihnachten noch ewig dauert und man glaubt, daß man es nicht mehr erlebt«, sagte Blanco.

»Vielleicht hält er es für eine Art Geheimcode«, meinte Tashie.

»Oder eine Todesanzeige«, sagte Mabs.

»Du meinst Todesgruß.«

»Wir sind da«, rief Cosmo. »Dort ist der Strand. Und das Wasser ist genau richtig. Ablaufende Flut.«

»Und Mrs. Stubbs hat die Kleinen schon zum Treibholzsammeln abkommandiert«, stellte Felix belustigt fest.

»Ich bin schneller«, rief Tashie ihrer Freundin zu, und sie stürmten, gefolgt von einer Meute kleiner Kinder, am Wasser entlang über den Sand.

»Diese Mädchen!« seufzte Milly Leigh. »Und du siehst nicht mal hin«, sagte sie zu Felix, der zusammen mit seinen Schwestern beim Ausladen der Picknickkörbe half.

16

Flora saß hoch oben auf den Klippen und freute sich an dem weiten Blick. Am Strand hatten die Familienväter ein Areal von Sandburgen mit Wall und Graben errichtet, verbunden durch ein kompliziertes Netz von Frischwasserkanälen. Dazu hatten sie den Fluß gestaut, der sonst sein Wasser in vielen glitzernden Rinnsalen durch den Sand zum Meer schickte.

Die Väter hatten die Jacken ausgezogen und die Hosen hochgekrempelt. Barfuß und in Hemdsärmeln schufteten sie voller Begeisterung und Einfallsreichtum und behandelten ihre Sprößlinge, die um sie herumtollten und überall im Weg waren, mit überraschender Nachsicht.

Tränen hatte es gegeben, als ein kleiner Junge, der sich zu den Tümpeln am Fuß der Klippenwand gewagt hatte, mit einem Eimer voller Krabben und Schnecken zurückkam und einfach nicht begreifen wollte, daß er sie nicht im Burggraben aussetzen durfte. Mrs. Stubbs, die auf der Düne die Vorbereitungen für das große Freudenfeuer beaufsichtigte, hörte das Gebrüll und eilte herbei. Sie nahm den Jungen an der Hand und führte ihn mit seinem Eimer wieder zu dem Tümpel. »Das war aber gar nicht lieb, die armen kleinen Krabben aus ihren Wohnungen wegzuholen. Schau, wie sie sich in dem schönen Tang verstecken. In Pappis Burggräben würden sie sich nicht wohl fühlen, sie brauchen Salzwasser, Herzchen.«

Sechs, acht Halbwüchsige spielten wie wild Rundball. Ihre Füße warfen einen unregelmäßigen Kreis in dem hellkhakifarbenen Sand auf. Weit draußen, der ablaufenden Flut folgend, gruben Cosmo und Blanco nach Sandaalen.

Mrs. Stubbs und die Kinder hatten das an der Flutgrenze angeschwemmte Treibholz aufgesammelt und zu einem hohen Haufen aufgeschichtet. Alle freuten sich schon aufs Anzünden.

Gleich nach der Ankunft hatte es einen Imbiß gegeben, dem etliche Erwachsene ein Verdauungsschläfchen folgen ließen. Angus Leigh hatte sich den Hut über die Augen gezogen und schlief fest. Auch Freddy Ward döste. Ian MacNeice schmökerte in einem Buch, Rosa und Milly hatten – auch ohne ein Kommando von Mrs. Stubbs – die Abfälle eingesammelt und zwischen das Holz des Scheiterhaufens gesteckt, dem später dann aromatische Orangenschalendüfte und weniger angenehme Gerüche nach verschmorenden Bananenschalen entströmten. Dann suchten sie sich ein windgeschütztes Plätzchen hinter einem großen Stein und schwatzten miteinander.

Joyce, die Mabs und Tashie beim Wettlauf beobachtet hatte, brachte ihnen Handstand und

Radschlagen bei. Alle drei hatten gehofft, Felix würde mitmachen, der aber war mit Elizabeth und Anne ins Tal gegangen, um in einem Gehöft nach frischer Milch zu fragen, denn Milch für die Kinder war bei der Marschverpflegung unerklärlicherweise vergessen worden.

All das beobachtete Flora aus luftiger Höhe. Auch ihre Eltern hatte sie im Blick. Sie kletterten unten an den Klippen herum und würden in Kürze eine Rinne erreichen, die bei Ebbe zu einem windgeschützten Schlupfwinkel wurde, in den man sich vor dem Lärm und dem Gewusel am Strand zurückziehen konnte.

Jetzt spürte sie heißen Atem im Nacken. Freudig begrüßte sie den Hund Tonton, der aber war, als er sah, was sich unten am Strand tat, gleich wieder auf und davon und stürzte sich ins Getümmel.

»Tonton läßt dich also im Stich. Jaja, er ist gern da, wo sich was tut. Ein richtiger Strandhund. Jedermanns Freund, wie sein Herr es sein sollte, aber nicht ist.« Louis, der Strandwart, war fast unbemerkt hinter Flora getreten. »Der Curé hat gehört, daß zwei Ausflugsomnibusse mit fremden Leuten angekommen sind. Was geht hier eigentlich vor?«

»Es sind englische Familien, die am Strand picknicken wollen«, erwiderte Flora zurückhaltend.

»Engländer? Kann ich nicht leiden.«

»Einer ist General.«

»Generäle? Kann ich auch nicht leiden.« Louis ließ sich umständlich auf einem Stein neben Flora nieder.

»Ein holländischer Baron und ein paar holländische Baroninnen sind noch dabei.«

»Holländer? Kann ich nicht leiden. Die haben doch damals den Kaiser aufgenommen.« Louis holte eine Pfeife aus der Tasche und stopfte sie.

Flora rümpfte die Nase und rückte ein Stück weg.

»Warum spielst du nicht mit den anderen Kindern?«

Flora antwortete nicht. Ihre Eltern hatten inzwischen die Rinne erreicht. Louis riß ein Streichholz an und setzte seine Pfeife in Gang. Tonton tollte schwanzwedelnd zwischen den Picknickgästen herum und sprang an ihnen hoch. Ein kleines Kind quietschte, der Vater drohte Tonton mit dem Spaten. Tonton, der nicht nachtragend war, ging weiter und hob das Bein an einem Burgwall. Louis lachte in sich hinein. »*Un chien patriote.*«

Denys und Vita küßten sich im Schutz ihres Schlupfwinkels. Denys hatte Vita an sich gedrückt, sie legte die Arme um ihn. Er liebkoste mit den Lippen ihren Nacken und zog ihr den Rock hoch.

»Nach dem Essen wollen ein paar von den Engländern schwimmen«, sagte Flora zu Louis.

»Das muß ich sehen.« Louis stand auf und begann den Abstieg zum Strand. »Monsieur le Curé ist sehr um Sitte und Anstand besorgt. Ich soll aufpassen, daß die Vorschriften beachtet werden und nichts Anstößiges passiert.«

»Ich denke, Sie sind antiklerikal.« Louis hatte ihr einmal im Winter, als er sie mit Tonton getroffen hatte, diesen Ausdruck erklärt. Pfaffen könne er nicht leiden, hatte er gesagt, und den Curé schon mal gar nicht. Vita zog sich das Kleid über den Kopf und ließ den Schlüpfer zu Boden fallen. Bloß gut, überlegte Flora, daß Louis davon nichts mehr mitbekommen hat. Merkwürdig, auf was für Sachen die Leute so kommen. Sie dachte an Felix und Madame Tarasowa, die ohne Schuhe herumgesessen hatten. Da sie ihren Eltern keine besonders freundlichen Gefühle entgegenbrachte, war es ihr egal, was sie alles auszogen; die anderen interessierten sie. Am Strand rannte Tonton, den Schwanz zwischen die Beine geklemmt, im Kreis herum wie ein Verrückter. Louis unterbrach seinen Abstieg und sah ihm zu. In Tontons Weg lag auch eine der größeren Burgen, und seine wilden Sätze hätten ihr gefährlich werden können, aber er landete immer haarscharf daneben.

»Er ist ein richtiger Clown«, rief Louis zu ihr hoch.

Denys und Vita hatten sich hingelegt. Komisch, dachte Flora flüchtig, der Sand muß doch naß und kalt sein, aber viel interessanter war, daß Tonton plötzlich mitten in der Bewegung innehielt, sich hinhockte und an einer Burgmauer sein Geschäft verrichtete. »Bravo!« rief Louis, aber er war schon so weit unten, daß es kaum noch zu verstehen war.

Die Burgenbaumeister empörten sich lautstark, und die Kinder bewarfen Tonton mit nassem Sand, der dumpf gegen seine zottigen Flanken schlug. Flora pfiff schrill nach ihm und lief zum Strand hinunter. Louis war schon außer Sicht, aber Felix, Elizabeth und Anne kamen gerade mit Milchkannen den Flußweg herunter. Tonton flitzte an ihr vorbei und rannte hinter Louis her. Flora ging Felix und seinen Schwestern entgegen. Sie stellten die Milchkannen zur Kühlung ins flache Wasser in der Nähe des Picknickgeländes.

»Es sieht so aus, als ob jetzt alle schwimmen gehen«, sagte Anne. »Die Flut kommt herein. Machst du mit, Felix?«

»Das Wasser ist bestimmt eiskalt.«

»Es wäre gut, wenn ein paar von uns aufpassen würden, falls einem der Kinder was passiert«, meinte Elizabeth.

»Ich kann nicht«, sagte Anne halblaut.

»Du Glückliche! Da hast du ja einen triftigen Grund«, entgegnete Elizabeth verschmitzt.

Flora fand diesen Wortwechsel rätselhaft.

Überall auf dem Picknickplatz bettelten die Kinder, ins Wasser zu dürfen, und zogen sich um. »Du darfst aber nicht lange drinbleiben«, mahnten die Mütter. Und in ziemlich skeptischem Ton: »Wenn ich dich rufe, kommst du sofort raus, verstanden?«

Als Mabs und Tashie sahen, daß Felix gottergeben nach Handtuch und Badeanzug griff, eilten sie zum Umziehen hinter einen Felsen. Joyce stolzierte schon auf langen Beinen im Badeanzug einher. »Pure Angabe!« sagte Tashie neidisch, als Joyce über eine Sandburg setzte wie über eine Hürde.

Cosmo und Blanco hatten mit ihren Sandaalen nicht viel Glück gehabt. »Es waren so wenige, daß wir sie wieder zurückgeworfen haben«, berichteten sie. »Baden? Nein, danke! Viel zu kalt!«

»Es wäre aber angebracht, mein Junge«, sagte Milly Leigh. »Wenn du nicht mit schwimmen gehst, haben die Väter das Gefühl, daß sie sich opfern müssen. Irgend jemand muß schließlich auf die Kleinen aufpassen.«

»O Gott, muß das sein?« stöhnte Cosmo.

Seine Mutter ließ sich nicht erweichen. »Am Ende bekommt einer von dem kalten Wasser noch einen Herzschlag.«

»Meinetwegen«, sagte Cosmo ungnädig. Er ließ sich von seiner Mutter ein Handtuch geben und verzog sich zu Felix hinter einen Felsen. »Jetzt weißt du, warum man die Engländer für verrückt hält«, sagte er. »Los, Blanco, laß mich nicht im Regen stehen.«

»Hoffentlich holen die Mütter sie bald wieder raus.« Auch Blanco begann sich auszuziehen.

»Im Februar war ich mal drin. Ein Stück jedenfalls«, sagte Cosmo. »Ich wollte Seevögel beobachten. Damals war der Strand leer.« Bis auf Flora und den dämlichen Hund, der auch heute wieder herumlief. Damals war alles anders gewesen, naß, glatt und glitzernd hatte der Strand vor ihm gelegen, und Flora hatte sehr klein ausgesehen dort unten am Wasser. Er lief mit Blanco los und holte unterwegs Felix und Freddy Ward ein. Die Kinder, gefolgt von Müttern mit Handtüchern, trotteten vor ihnen her, hielten die Zehen probeweise ins Wasser, schnappten nach Luft und flüchteten kreischend zurück aufs Trockene. »Wenn ihr ins Wasser wollt, dann los«, drängten die Mütter. »Steht nicht schlotternd herum, sondern geht richtig rein.«

Freddy Ward und Felix wateten ins Wasser, tauchten unter und schwammen hinaus. »Donnerwetter, sind die mutig«, sagte Blanco. Als Felix kehrtmachte, vollführten Mabs, Tashie und Joyce von einem Felsen am Rande der Bucht Kunstsprünge in der Hoffnung, seine Aufmerksamkeit und Bewunderung auf sich zu ziehen.

Anne sprach Flora an, die oberhalb der Flutgrenze saß. »Gehst du nicht ins Wasser?«

»Nein, danke.« Flora mochte nicht zugeben, daß sie nicht schwimmen konnte; am Ende fand sich noch jemand, Mrs. Stubbs beispielsweise, der darauf bestand, es ihr beizubringen.

Ungeachtet der Kälte tobten und spielten die Badenden im seichten Wasser herum, bis jemand merkte, daß die Flut stieg und es Zeit war, den Rückweg anzutreten.

Die kleineren Kinder, die inzwischen Geschmack an der Sache gefunden hatten, wollten nicht wieder heraus. Die Rufe der Mütter wie: »Jetzt reicht's aber!« und: »Komm jetzt, ich rubble dich ab!« verfingen nicht recht, doch als Felix sich ein Kind griff und es huckepack zum Strand trug, folgten die anderen nach.

Angus hatte ein Streichholz an den Feuerstoß gehalten, der sich knisternd und spuckend entzündete. Milly und Rosa bereiteten mit Hilfe von Elizabeth und Anne das Abendessen vor. Nur Freddy Ward schwamm noch weit draußen.

»Echter Wahnsinn«, bemerkte Cosmo.

»Bei ihm nicht, er schwimmt das ganze Jahr über«, sagte Blanco. »Eins der Kinder hat es mir erzählt.«

Überall schälten sich schlotternde Gestalten aus klammen Badeanzügen und stellten sich zähneklappernd und mit blauen Lippen ans Feuer, während die Mütter sich bemühten, nasse Köpfe trockenzurubbeln. Angus fröstelte aus lauter Sympathie mit und nahm einen Schluck aus der Feldflasche.

Flora betrachtete das Meer, das über den Sand strudelte, und sah Mabs und Tashie nach, die herumgetrödelt hatten und sich jetzt in Trab setzten, dunkle Schatten vor der tiefstehenden Sonne. Auch Denys und Vita kamen in Sicht, sie hatten sich gefährlich lange in ihrem Unterschlupf aufgehalten und begannen jetzt den Abstieg. Hätte die Flut sie abgeschnitten, dachte Flora nüchtern, wären sie womöglich ertrunken. Sie sah den Eltern zu, wie sie auf den schlüpfrigen Steinen herumkrabbelten, und kostete den Gedanken aus.

»Warte, Liebling, diese Steine schneiden mir die Füße kaputt«, jammerte Vita. »Ich muß mir Schuhe anziehen.«

»Ich liebe deine Füße.« Denys reichte seiner Frau die Schuhe, die er ihr getragen hatte. »Ich liebe alles an dir.«

»Aber unser Kind liebst du nicht.«

»Sie ist nicht Teil von dir.«

»Aber sie war es mal.« Vita rieb sich den Sand von den Fußsohlen. »Scheußlich, wie das klebt.«

»Daran darf ich gar nicht denken.« Denys sah den geschwollenen Leib seiner Frau vor sich. »Für mich ist die Vorstellung, daß sie ein Teil von dir war, rein theoretisch und ziemlich abstoßend.« Er versuchte, die Erinnerung abzuschütteln.

Vita band sich die Schnürsenkel. »Abstoßend? Das höre ich heute zum erstenmal von dir.«

»Ich meine doch nicht dich, Liebling.«

»Will ich auch sehr hoffen.« Vita band den Schnürsenkel fester und nahm Denys ziemlich unsanft den zweiten Schuh aus der Hand. »Ich hab' die Nase voll von diesem Picknick mit diesem innigen Familienzauber.« Sie stand auf. »Jetzt aber los, sonst werden wir naß.«

»Die hätten uns ruhig was von der Flut sagen können«, meinte Denys. »Verdammt gefährliche Situation, um ein Haar hätten wir in der Falle gesessen.«

»Genauso wie mit Flora«, sagte Vita bitter.

»Wenn sie siebzehn ist, holen wir sie nach Indien und bringen sie dort an den Mann.« Denys lachte, und seine Frau stimmte ein. »Das ist so herrlich an dir«, sagte er, »daß du so ehrlich bist, überhaupt nicht scheinheilig. Ich habe auch genug von diesen Leuten.«

»Sie werden sich um Flora kümmern, das war ja der Zweck der Übung –«

»Das hätten wir bestimmt auch erreicht, ohne einen ganzen Tag zu opfern.« Denys sprang auf den Sand herunter und streckte seiner Frau die Hand hin.

»Was soll's! In unserem kleinen Schlupfwinkel haben wir doch auch was erreicht, oder?«

»Das stimmt.« Denys war erleichtert, daß sie ihre gute Laune wiedergefunden hatte. »Ein wunderbares Wohlgefühl. Jetzt kann ich diese herrische Matrone noch ein paar Minuten ertragen. Schau, wie sie die Arme schwenkt!«

»Alle ans Feuer kommen und heißen Tee fassen«, rief Mrs. Stubbs, »damit ihr euch nicht den Tod holt.«

Freddy Ward schwamm mit langen, ruhigen Stößen zurück und ließ sich von der Flut tragen. Die Mütter versammelten die Kinder um sich und verteilten belegte Brote. »Wer ist bloß auf diese Schnapsidee gekommen«, überlegte eine. »Im April baden! Zu Hause würden wir ihnen das nie erlauben.«

»Wir sind schließlich in Frankreich«, sagte Mrs. Stubbs. Flora wählte ihren Platz so, daß das Feuer zwischen ihr und den Eltern war.

»Wem sagen Sie das«, bemerkte die Mutter, die sich gegen das Baden ausgesprochen hatte.

Cosmo, Felix und Blanco kamen hinter dem Felsen hervor, wo sie sich umgezogen hatten. Mabs, Tashie und Joyce traten zu ihnen. Sie hatten alle warme Sweater an, waren aber noch barfuß.

Tonton gab Flora von hinten einen Schubs. Sie legte einen Arm um seinen zottigen Hals und sah zu Freddy Ward hinüber, der langsam aus dem Meer kam. Er hatte Haare auf der Brust, Haare auf den Schultern und Haarbüschel unter den Armen. Unter der Decke, die er sich um die Taille gewickelt hatte, drehte und wand er sich, um seine Badehose auszuziehen. Dann trat er zu Angus Leigh. »Jetzt könnte ich einen Schluck aus deinem Flachmann gebrauchen, alter Junge. Das Wasser hier ist kälter als bei uns.« Angus reichte ihm die Feldflasche. Freddy Ward hielt mit der Linken die Decke fest und setzte mit der Rechten die Flasche an die Lippen.

In diesem Moment schlug Louis zu. Niemand hatte ihn kommen sehen. Er zog an der Decke, und Freddy Ward stand hüllenlos da, den Kopf zurückgelegt, genüßlich trinkend.

»Es sah wirklich sehr unanständig aus«, sagte viele Jahre später jemand, der dabeigewesen war.

»Die Geborene Chefin hat aber die Decke ganz schön schnell zurückerobert.«

»Trotzdem. Es hat die Situation nicht gerade gerettet, daß sie dem Strandwart die Decke aus der Hand gerissen und ihn dumm angeredet hat.«

»Nur gut, daß die Holländer sich mit den französischen Vorschriften auskannten und ihm klarmachen konnten, daß wir uns keiner Schuld bewußt waren.«

»Schon komisch, daß sie zum Dolmetschen dieses wunderliche kleine Mädchen hatten – wie hieß sie doch gleich? Ihr Vater war im indischen Kolonialdienst, nicht?«

»Auf jeden Fall hätte es peinlich werden können, aber Gott sei Dank hat man sich im Guten geeinigt. Keiner hat gelacht, bis der Mann weg war.«

»So lustig war das damals auch gar nicht.«

»Ist ja auch ein katholisches Land, Frankreich.«

»Ich nehme an, daß keins der Kinder bis dahin einen nackten Mann gesehen hat, damals war das noch so ...«

»Aber für das Gemeinschaftsgefühl war es ein reiner Glücksfall, ich weiß noch, wie wir hinterher alle miteinander ums Feuer saßen und uns das Essen schmecken ließen.«

»Am nächsten Tag sind wir alle abgereist, glaube ich. War da nicht der Generalstreik?«

»Ja. Außerdem waren die Ferien zu Ende.« Flora, eins der Kinder, die noch nie einen nackten Mann gesehen hatten, empfand tiefstes Mitleid mit Freddy Ward. Diese gräßliche Wucherung zwischen den Beinen zu haben mußte schrecklich für ihn sein. Kein Wunder, daß er sie versteckte. Flora fand es sehr tapfer, daß er so tat, als wäre er ganz normal, und daß er nie jammerte.

17

Als die Geborene Chefin verkündete, es sei Zeit, daß die Kleinen nach Hause kämen, atmeten insgeheim alle auf. Die Kleinen, anfangs so reizend und fügsam, waren überdreht. Eilfertig klaubten die Eltern Picknickkörbe, Badeanzüge, Handtücher, Eimer, Spaten und hingebungsvoll gesammelte Tang- und Muschelhaufen zusammen und strebten dem Bus zu. Es war ein schönes Gefühl, die Kinder bald im Bett zu wissen, so daß vor dem Dinner noch Zeit für einen Drink war und später in Ruhe gepackt werden konnte.

»Komm mit«, sagte Cosmo zu Flora, »wir wollen unsere Überraschung aus dem Bus holen. Du fährst doch noch nicht zurück?«

»Natürlich nicht«, sagte Blanco. »Ich brauche sie doch für meine russische Postkarte an Vetter Dings. Du kannst sie mir ja phonetisch diktieren, Flora.«

»Ich finde, es ist keine sehr nette Idee«, sagte Flora unerwartet.

»Ich bin eben nicht sehr nett, und mein Vetter ist es auch nicht, aber du wirst es tun, weil ich dich bitte.« Blanco packte Flora am Arm und wollte sie schon zwicken oder ihr den Arm verdrehen, aber als er einen Blick von Felix auffing, der neben ihnen herging, ließ er es lieber bleiben. »Was ist, Flora?« drängte er.

»Meinetwegen, Hubert«, sagte sie widerwillig und dachte bei sich, daß Blanco ihr wohl kaum auf die Schliche kommen würde, wenn sie ihm die russische Version von »Ich wünsche Dir viel Glück und Segen« diktierte, die sie gerade gelernt hatte.

»Deine Eltern fahren mit den Kleinen zurück«, sagte Felix. »Vergiß nicht, daß du mir einen Tanz versprochen hast.«

»Tanz?« Cosmo horchte auf.

»Ich habe mein Grammophon mitgebracht, es ist noch im Bus, und eine Schachtel mit Schallplatten.«

»Prima Idee«, sagte Blanco. »Hast du auch einen Charleston dabei?«

»Natürlich.«

Flora sah zu ihren Eltern, die vorausschlenderten.

»Wir können nach dem Abendessen noch ein letztes Mal ins Kasino gehen«, meinte Vita. »So was wird uns frühestens wieder im Winter geboten, in Kalkutta.«

»Und das Kind?« Denys warf einen Blick über die Schulter.

»Flora will offenbar hierbleiben. Wenn Mrs. Leigh sie im Auge behält, kann ja gar nichts passieren. Benimm dich anständig, hörst du?«

sagte sie zu ihrer Tochter. Flora antwortete nicht, löste sich aber aus Blancos Griff.

Sie sahen zu, wie die Geborene Chefin die kleinen Kinder und ihre erschöpften Eltern in den Bus scheuchte. Vita und Denys brauchte sie nicht zu scheuchen, die hatten sich einen Platz gleich hinter dem Fahrer gesichert, mit etwas Abstand vom allgemeinen Getümmel. Der Fahrer startete, legte krachend den ersten Gang ein, und der Bus schaukelte los. Aus dem allmählich schneller werdenden Gefährt hörten die Zurückbleibenden die abgerissenen Klänge eines Liedes, bei dem die kräftige Altstimme der Geborenen Chefin deutlich durchschlug: »Möchte gern zu Hause sein, und in meinem Bettchen klein ...«

»Deinen Eltern aus der Seele gesprochen«, bemerkte Cosmo. »So, und jetzt zu unserer Überraschung.« Er und Blanco holten den Karton, den sie aus St. Malo mitgebracht hatten, während Felix sich das Grammophon und die Platten geben ließ. Flora zog den Weidenkorb hervor, den sie im Schatten unter dem Bus abgestellt hatte.

»Was hast du denn da?« fragte Felix neugierig.

»*Langoustes.*«

»Was?«

»Flußkrebse.

»Mensch! Wo hast du denn die her?«

»Jules hat sie mir geschickt, als er von dem Picknick gehört hat.«

»Und wer ist Jules?« wollte Blanco wissen.

»Er hat ein Café in St. Malo und ist ihr –«

»Ihr was?«

»Mein Freund.« Flora warf einen prüfenden Blick in den Korb, und Felix, Cosmo und Blanco bestaunten die roten Krebse, die auf einer Unterlage aus Seetang um ein Glas Mayonnaise herum angeordnet waren.

»Eine großartige Spende«, sagte Cosmo. »Schau an, die kleine Flora!«

Flora wurde rot.

»Komm, ich helfe dir tragen.« Felix faßte einen Korbgriff. »Haben deine Eltern etwas davon gewußt?«

»Nein«, sagte Flora. »O nein.«

»Sonst wären sie vielleicht hiergeblieben«, meinte Blanco. Flora warf ihm einen schrägen Blick zu.

Unten am Strand hatten Mabs, Tashie und Joyce das Feuer wieder angefacht, und kleine Gruppen kamen mit Ginsterzweigen und dürren Ästen von Erkundungsgängen ins Tal zurück. Mrs. MacNeice hatte Kartoffeln in die heiße Asche gelegt, ihr Mann entkorkte Weinflaschen. Elizabeth und Anne steckten Felix' Hähnchen auf einen improvisierten Spieß.

Beim Anblick der Krebse gab es laute Ahs und

Ohs in der Runde, und Rosa streckte Flora die Hand hin. »Komm, setz dich neben mich, Flora, und trink ein Glas Wein, das hast du dir verdient.«

Nach dem Aufbruch der Kinder, der Stubbs und Trevelyans begann eine neue Phase. Das Picknick bekam noch einmal Schwung, die Stimmung wurde lockerer, intimer. Es dunkelte; man setzte sich zu einem üppigen Mahl um das Feuer, und als die köstlichen Krebse, die nur mäßig gelungenen Brathähnchen, Würste, Pâté und Salat verzehrt und verbleibende Löcher mit Käse und Obst gestopft waren, ging es ans Rätselraten und Witzeerzählen. Das Feuer züngelte mit salzigblauen Flammen, das Treibholz knisterte und sprühte. Es wurde gelacht und gekichert, als Cosmo Limericks hersagte und Joyce ihn darin noch übertrumpfte. Flora, der das Glas Wein die Zunge gelockert hatte, diktierte Blanco einen russischen Text, den er auf einem von Felix gespendeten Umschlag festhielt. Dann krähte Tashie (oder Mabs – in der Rückschau konnte die beiden niemand mehr auseinanderhalten): »Sagt mal, was ist eigentlich aus diesen gräßlichen Obsttorten geworden? Das waren vielleicht komische Nummern ...«

»Komische Nummern?« ... »Ich höre immer Nummer ...« »Du bist auch 'ne Nummer ...« Die Jungen, schon etwas angeheitert, fanden den

Ausdruck ebenso witzig wie gewagt und ritten ihn schier zu Tode. »Ihr wißt schon, die runden Dinger, die Sahib und Memsahib aus der Konditorei angeschleppt hatten. Wir haben noch gesagt, wie gut sie sich für den Sandstrand eignen ...«

Niemand wußte, wo die Torten abgeblieben waren, und alle waren so satt, daß ihnen niemand nachtrauerte. »Vielleicht haben sie die selber verputzt.« Einer der Jungen konnte es nicht lassen. »Sie haben hinter den Felsen vorhin nämlich auch 'ne kleine Nummer geschoben.«

»Jetzt reicht's aber«, grollte Freddy Ward. »Schließlich sitzt die Tochter bei uns.«

Tapfer warf sich Angus Leigh in die Bresche. »Eben, eben. Jetzt erzähle ich euch die Geschichte von der Dame auf dem Ball, den der König von Ägypten gegeben hat. Sie trug ein Kleid mit sehr tiefem Ausschnitt und hatte sehr große Ihr-wißt-schon-was. Kennst du den schon, Rosa? Unterbrich mich, wenn –«

Mabs und Cosmo stöhnten.

»Ja, und als sie Seiner Majestät vorgestellt wurde, machte sie einen tiefen Knicks –«

»– tiefen Knicks ...«, echoten Mabs und Cosmo.

»– und da hüpfte ihr schöner Busen heraus, und der König sagte –«

»*Mais, Madame, il ne faut pas perdre ces belles*

choses comme ci comme ça et cetera«, ergänzten Mabs und Cosmo wie aus einem Munde.

»Ihr seid niederträchtig«, sagte ihr Vater, aber er lachte dabei.

Rosa beugte sich zu ihm. »Ich glaube, den Witz hast du vor Jahren mal von Jef gehört, und er hatte ihn von seinem Vater.

»Jaja, das waren noch Zeiten, was, Rosa? Jef hätte seinen Spaß an dem Picknick gehabt.«

Die Reminiszenzen von Rosa und Angus retteten Flora vor möglichen Peinlichkeiten, und Jefs Kinder Felix, Elizabeth und Anne wechselten verwunderte Blicke. »Solche Witze hat Vater nie erzählt.«

Nach dem reichlichen Essen und dem vielen Gelächter trat eine Pause ein. Schweigend lagerte man an dem erlöschenden, in sanftem Rot glühenden Feuer; nur hin und wieder züngelte ein blaues Flämmchen darüber hin. Vor ihnen lief die Flut ab, mit leisem Seufzen schlugen die Wellen an den Strand, eine immer noch ein wenig kraftloser als die davor. Aus dem Meer tauchte ein orangefarbener Mond hoch, und ehrfürchtig staunend verfolgten alle, die an jenem letzten Apriltag des Jahres 1926 um das Feuer saßen, wie er beim Aufsteigen in den kobaltblauen Himmel wundersam die Farbe wechselte, von Orange über Gold zu einem satten Silberton.

Dann fingen Mabs und Tashie an zu singen:

*Au clair de la lune
Mon ami Pierrot
Prête-moi ta plume
Pour l'amour de Dieu.
Ma chandelle est morte,
Je n'ai plus de feu;
Prête-moi ta plume
Pour l'amour de Dieu.*

Jahre später, in seiner Todesstunde, sollte sich Felix dieser jungen, reinen Stimmen erinnern, und die Erinnerung nahm ihm alle Angst. An jenem Abend aber rief er: »Wer hat Lust zum Tanzen?«

Felix zog das Grammophon auf, und das heruntergetretene Gras rund um das Feuer wurde zur Tanzfläche; die Wagemutigeren tanzten sogar barfuß unten am Wasser.

Blanco tanzte Charleston mit Joyce, die so schwungvoll Arme und Beine warf, daß keine Zeit blieb, auf ihre Zähne zu achten. Angus tanzte mit Rosa und seiner Frau. Felix tanzte mit Mabs, Tashie, Joyce, Elizabeth und Anne. Cosmo tanzte mit allen, die keine Angst um ihre Zehen hatten.

Charleston, schnellen und langsamen Foxtrott konnten alle. Dann legte Felix einen Wiener Walzer auf; den beherrschte nur noch die Elterngeneration. Die Kinder sahen zu und klatschten

Beifall. Felix nahm Flora bei der Hand. »Du wolltest mir einen Tanz freihalten.« Sie war so klein und leicht, daß er sie mühelos heben konnte. »Leg die Arme um meinen Hals!« Er wirbelte mit ihr am Wasser entlang, bis die Platte zu Ende war, dann setzte er sie zu Boden. »Schön, was?« Flora brachte kein Wort heraus. Er hat mich vergessen, hatte sie sich gesagt. Aber nein, er hatte an sie gedacht.

Schon glaubten alle, das Tanzvergnügen sei vorbei, da griff Felix zur Ziehharmonika und spielte einen Tango.

Sie saßen oder hockten am Feuer und hörten zu, versuchten die Flammen neu zu beleben, indem sie behutsam dürres Holz und Ginsterzweige auf die Glut legten, und bemühten sich – denn vielen war die Luft knapp geworden –, im Takt der Musik zu atmen.

Freddy Ward und Ian MacNeice blickten sich an. Sie standen auf, gingen wortlos zum Strand hinunter und begannen zu tanzen: Kerzengerade, den Hut auf dem Kopf wie die Männer auf den Straßen Argentiniens, beherrscht, maskulin, in sich versunken, bewegten sie sich in bedrohlich-geschmeidigem Tangoschritt. Und beim Tanzen fielen die Jahre von ihnen ab, die Jahre des Krieges, der Arbeit und der Liebe, die Jahre zwischen dem Heute und dem Gestern, als sie zusammen in Südamerika gearbeitet und Freundschaft geschlossen hatten, und minutenlang war ihnen die Biegsamkeit von damals wiedergegeben. Als die Musik schwieg, blieben ihre Frauen und Kinder still sitzen; sie wagten nicht zu applaudieren. Der Beifall kam von Louis, dem Strandwart, der sich auf halber Höhe argwöhnisch in der Dunkelheit herumgedrückt hatte. »*Bravo!*« rief er begeistert. »*Bravo! Encore, les messieurs, encore!*«

Respektvoll reichte Cosmo beiden Tänzern ein Glas Wein. »Jetzt trauen wir uns eigentlich gar nicht ... Nach so etwas ist ein Feuerwerk vielleicht eher enttäuschend ...«

Freddy Ward und Ian MacNeice lächelten ziemlich verlegen. »Feuerwerk? Das also hattet ihr in eurer Wunderkiste? Ist doch großartig! Eine fabelhafte Überraschung.«

Wenn in späteren Jahren Erinnerungen an dieses Picknick wach wurden, zeigte es sich, daß vor allem die Überraschungen im Gedächtnis geblieben waren und das Staunen über das immer wieder Neue, Unerwartete: das Essen, der Wein, Floras Krebse, die Witze, das Lied, das Mabs und Tashie gesungen hatten, Felix' Grammophon, der Tango von Freddy und Ian, der Mondaufgang und ganz zum Schluß die Raketen und Feuerräder. Wir hatten vergessen, daß wir wieder in die Schule mußten, hieß es dann. Wir hatten den Generalstreik vergessen – und am nächsten Tag, wie sollte es anders sein, regnete es. Und wie es regnete! In strömendem Regen stiegen wir in die Motorboote, und dieses wunderliche kleine Mädchen ... wie hieß es doch gleich, weißt du nicht mehr? ... stand ohne Regenmantel an der Anlegestelle und weinte. Um ihre Eltern kann sie nicht geweint haben, die hatten sie ziemlich links liegenlassen, sie gingen derart ineinander auf, daß man fast den Eindruck haben konnte, sie vernachlässigten das Kind, manche Leute haben sich auch nicht gescheut, das laut zu sagen. Ganz eigenartig, wie die Kleine geweint hat ...

Flora sah dem Motorboot nach, das in peitschendem Regen in Richtung St. Malo knatterte. Sie weinte um Cosmo und Blanco, die das Boot davontrug, sie weinte um Felix, der mit dem Wagen vorausgefahren war, sie weinte, weil ihr die bestürzende Erkenntnis gekommen war, daß sie sich in drei Männer gleichzeitig verliebt hatte.

Im Alter, als sie ständig etwas vergaß – Namen, wenige Tage zurückliegende Begebenheiten, Buchtitel, die kurzlebigen Erscheinungen des täglichen Lebens –, stand ihr jener Tag, als sie in peitschendem Regen auf der Mole von Dinard den Motorbooten nachgesehen hatte, glasklar vor Augen.

Es waren so viele Gäste zusammengekommen, alle hatten es so eilig, noch vor dem Generalstreik die Heimreise anzutreten, daß man ein zweites Boot eingesetzt hatte. Beide Boote waren überladen und lagen tief im Wasser. Alle, die sich nicht in eine der Kabinen hatten flüchten können, standen Schulter an Schulter auf Deck, mit hochgeschlagenem Kragen, den Hut tief ins Gesicht gezogen. Cosmo und Blanco hatten versucht, einen Regenschirm aufzuspannen, der prompt umgestülpt wurde. Der Besitzer des Schirms ereiferte sich heftig, der Wind trug das Gelächter der Jungen davon.

Floras Eltern hatten im ersten Boot Plätze unter Deck ergattert und waren nicht zu sehen, als die Boote in die kabbelige See hinausschaukelten. Hatten sie zum Abschied noch einmal gewinkt? Die Dienstmänner, die mit dem Gepäck zur Anlegestelle gekommen waren, hatten ihr immer wieder die Sicht genommen. Schwatzend standen sie beieinander und zählten ihre Trinkgelder, während Mabs und Tashie anscheinend vergessen hatten, daß sie ja erwachsen waren, Schirme schwenkten wie aufgeregte Kinder und in den Wind schrien: »Auf Wiedersehen ... auf Wiedersehen ... bis zu den nächsten Ferien ...«

Eine halbe Stunde zuvor hatten sie schon Felix und Elizabeth schirmeschwenkend verabschiedet. »Kommt uns in England besuchen«, hatten sie gerufen. »Kommt und wohnt bei uns. Aber bestimmt. Ihr kommt doch, ja?« Irgendwie und irgendwo hatten sie farbige Schirme aufgetrieben – damals noch eine Seltenheit –, Mabs einen grünen, Tashie einen blauen. Dann, als Felix nicht mehr zu sehen war, hatten sie sich die Adresse von Joyce Willoughby geben lassen, die reisefertig in ihrer Schuluniform neben dem Gepäck stand – ganz so, als seien sie in den Ferien die besten Freundinnen, ja, Gleichgestellte geworden.

Flora war mit zur Anlegestelle gegangen und hatte zugesehen, wie sie in die Motorboote stiegen. Joyce, die von ihren Eltern getrennt worden war, hatte sich den Leighs angeschlossen, Cosmo hatte ihr ins Boot geholfen. Vielleicht hatten die Eltern doch beiläufig Lebewohl gesagt? Flora konnte sich nicht erinnern. Einmal hatte es mit einem überladenen Motorboot einen bösen Unfall gegeben, sie hoffte inständig, daß so etwas heute nicht passierte. Weder Cosmo noch Blanco hatten ihr zugewinkt. Warum auch? Sie hatte sich im Hintergrund gehalten, sie sollten nicht sehen, daß ihr die Tränen übers Gesicht liefen. Im Alter erinnerte sie sich der seltsamen Mischung aus heißen Tränen und kaltem Regen auf ihrem Gesicht. Ja, daran erinnerte sie sich ganz deutlich.

Und auch die Erinnerung an ihren Schmerz war klar und scharf, einen Schmerz, der gepaart war mit verzweifelter, leidenschaftlicher Wut, die ihren ganzen Körper erbeben ließ.

Als die Motorboote hinter den dichten Regenschleiern verschwunden waren, hatte sie sich umgedreht und war durch die nassen Straßen zum Strand gelaufen, bergan am Kasino vorbei und der Rue de Rance, wo Madame Tarasowa wohnte, bis zu dem kleinen Zug, einem Mittelding aus Eisen- und Straßenbahn, der für die Fahrt an der Küste entlang nach St. Enogat und St. Briac schon unter Dampf stand. Laut kreischend und pfeifend setzte sich das Gefährt in Bewegung. Atemlos sprang sie auf, keuchend, gequält von Seitenstichen, und versuchte, sich dem unerträglichen Verlust zu entziehen, dem erschütternden Wissen, daß sie verliebt war. In Felix. In Cosmo. In Blanco. In alle zu gleicher Zeit und mit gleicher Intensität.

Eine älter gewordene Flora lächelte nachsichtig über das Kind, das geglaubt hatte, Liebe wäre nur für einen einzigen Menschen da, für immer und ewig, wie im Märchen.

Um ein Haar hätte der Schaffner sie erwischt, der sich von Abteil zu Abteil schwang: »*Alors, Messieurs, Mesdames, vos billets, s'il vous plaît...*« Flora hatte kein Geld bei sich. Sie lief vor ihm her durch den Zug. Da die Abteile an der Seite offen waren, konnte man sich – wie der Schaffner – am Geländer nach draußen und ins nächste Abteil hangeln. Wenn man in dem Waggon unmittelbar hinter der Zugmaschine angekommen war, konnte man abspringen, die Bahn vorbeizockeln lassen (mehr als acht, neun Stundenkilometer schaffte sie nie) und hinter dem Schaffner wieder aufsteigen. Flora hatte schon oft wagemutige junge Burschen bei diesem Spiel beobachtet, sich aber noch nie selbst daran versucht, weil sie Angst hatte, überrollt zu werden. An jenem Tag aber hatte sie, bedenkenlos in ihrem Schmerz und ihrer Verzweiflung, zur Belustigung der Mitreisenden und zum großen Ärger des Schaffners das gefährliche Kunststück gewagt. So beweglich müßte man noch mal sein, dachte sie später oft. In St. Briac lief sie über die Landzunge. Das Herz lag ihr bleischwer in der Brust und drückte ihr die Luft ab. Ihr Tweedrock war völlig durchnäßt, der Saum rieb ihr die Knie wund.

Die Flut hatte die Fußspuren des gestrigen Abends gelöscht, die Sandburgen geschleift, die Gräben gefüllt. Wie wäßrige Finger tasteten sich die Ausläufer des Flusses über den Sand bis zu den Wellen, die mit der auflaufenden Flut schmatzend und klatschend an den Strand schlugen.

Flora ging über die weite Sandfläche zum Wasser und versuchte, das Gefühl von Felix' warmer Hand heraufzubeschwören, als sie mit ihm zum Hotel zurückgegangen war. Den Geschmack von Blancos Blut, als sie nach ihm gebissen, Cosmos

Lächeln, als er ihr in St. Malo das Eis gekauft hatte. Doch die Erinnerung war fern und kalt.

Am Wasser hockte sie sich hin und schrieb mit dem Zeigefinger ihre Namen in den Sand: Felix, Cosmo, Blanco. Wenn ich siebzehn bin, dachte sie, könnte ich Felix heiraten. Dann ist er siebenundzwanzig. Ich könnte auch Blanco oder Cosmo heiraten, die sind dann zweiundzwanzig. Doch das Meer stürmte heran, verwischte die Namen, füllte ihr die Schuhe mit schaumigsandigem Wasser. Sie stand auf.

»Ich tu's«, schrie sie in den Wind. »Ich tu's, ich tu's.« Das Meer, aufgewühlt vom Wind und von der auflaufenden Flut, jagte sie vor sich her. Rasch zog sie die durchnäßten Schuhe und Strümpfe aus, flüchtete vor den Wellen zur Flutgrenze und kletterte auf die Düne. Dort fand sie die Reste des Picknickfeuers, ein schwärzlich verkohltes, regenkaltes Rund. Lange hockte sie vor der dunklen Asche, so tief in ihrem Kummer befangen, daß sie gar nicht merkte, wie der Hund Tonton zu ihr trat, sie mit der Schnauze anstieß, einen Moment ratlos verharrte und dann über den Klippenweg wieder davontrottete. In ihren Erinnerungen an jenen Tag kam Tonton nicht vor. Auch über die Rückkehr ins Marjolaine hätte sie nichts sagen können. Hier klaffte eine Lücke in ihrem Gedächtnis. Höchstwahrscheinlich war sie mit der kleinen Bahn zurückgefahren.

Zweiter Teil

18

»Mit Mrs. Trevelyan konnte ich beim besten Willen nicht warm werden«, erklärte Milly.

»Wer war Mrs. Trevelyan?«

Milly und Rosa, die sich zum Tee bei Gunters getroffen hatten, frischten die Erinnerungen an den Osterurlaub von 1926 auf, nachdem Mabs oder auch Tashie (so genau kam es nicht darauf an, die beiden waren wie Schwestern) Mrs. Tarasowa wiederentdeckt hatte. Die kleine Schneiderin, in deren enger Stube über der *boucherie chevaline* die Damen vom Hôtel Marjolaine so oft zur Anprobe gewesen waren, hatte mittlerweile Räume über einem Antiquitätengeschäft am Beauchamp Place, London SW 3, bezogen.

»Natürlich nimmt sie sehr viel mehr als damals«, sagte Milly, diesmal meinte sie Madame Tarasowa, »aber sie ist ihr Geld wert, sagen die Kinder.«

»Daß sie in London ist, hatte ich schon gehört. Eins von meinen Mädchen, Dolly oder Anne, hat es von Felix erfahren. Nein, es war wohl doch

Dolly, sie interessiert sich am meisten für Mode, deshalb hat Felix es ihr sicher erzählt.«

»Und warum sollte Felix ...« Milly sah Rosa fragend an.

»Felix kümmerte sich damals um Flüchtlinge. Die kleine Russin hatte nur einen Nansen-Paß. Als sie nach England wollte, konnte er sie zu meinem Schwager schicken, der hatte mit solchen Sachen zu tun. So irgendwie muß es gelaufen sein. Nicht daß du denkst, er ließe sich Kleider von ihr nähen.« Rosa lachte hellauf.

Milly lachte mit. »Natürlich nicht. Aber Mrs. Trevelyan hat bei ihr arbeiten lassen. Das war die Gedankenverbindung, und deshalb habe ich vorhin gesagt, daß ich nicht mit ihr warm werden konnte. Seit Jahren habe ich nicht mehr an sie gedacht. Sie hat sich den ganzen Sommer über Sachen für Indien nähen lassen und die Tarasowa praktisch für sich mit Beschlag belegt. Wir haben sie damals alle nicht gemocht. Komisch ... Sie war recht hübsch, soweit ich mich erinnere, fast eine Schönheit.«

»Vielleicht, weil sie so auf ihren Mann fixiert war? Das war irgendwie nicht normal. Weil sie das Kind vernachlässigt hat? An das Kind mußt du dich doch erinnern. Sie ist mit ihrem Mann nach England zurückgefahren und hat es allein im Hotel gelassen, und wir beide sollten die Kleine ein bißchen im Auge behalten. Ich glaube, ich nehme noch ein Stück Kuchen, darf ich? Wegen meiner Figur mache ich mich nicht verrückt, da bin ich anders als du, Milly.« Rosa winkte einer Bedienung. »Nimm doch ein Eclair, sie sind ausgezeichnet. Wir müssen dich mal nach Holland einladen und ein bißchen mästen.«

»Nein, danke. Ich wüßte nicht, daß ich viel für die Kleine getan hätte. Eigentlich schlimm, Rosa! Hätten wir mehr tun müssen? Ich glaube, ich habe überhaupt nichts getan.«

Rosa prüfte das Kuchenangebot. »Soweit ich weiß, hatte die Kleine Stunden bei der Tarasowa, bezahlten Unterricht, meine ich. Und hat sie nicht auch Italienisch gelernt? Ich glaube schon. Und irgendwann hatte sie wohl auch eine französische Gouvernante. Ein Stück davon ...«, Rosa deutete auf die Kuchenplatte, » ... und eins davon. Danke. Die Kleine war keine Last, sie konnte sich allein beschäftigen, hat fremder Leute Hunde ausgeführt.«

»Ja, richtig, jetzt erinnere ich mich: Ich habe sie gefragt, ob sie nicht an unserem Tisch essen will«, sagte Milly. »Aber das mochte sie nicht. Keine Ahnung, wann oder wo sie gegessen hat. Schrecklich, wenn man so wenig weiß.«

»Bestimmt hat sie sich mit dem Hotelpersonal verbündet. Kinder wissen sich da zu helfen.«

»Ich hätte mehr tun sollen, Rosa! Jetzt habe ich ein ausgesprochen schlechtes Gewissen.«

»Das hat nachträglich nicht viel Sinn.« Rosa biß in eine Cremeschnitte.

Wie verfressen sie ist, dachte Milly, dabei zahle ich den Kuchen. Ich habe sie eingeladen.

Sie überlegte, ob sie Rosa wirklich mochte oder ob sie nur deshalb mit ihr Kontakt hielt, weil sie den Verdacht nicht loswerden konnte, daß Angus früher mit ihr geflirtet hatte, vielleicht sogar verliebt in sie gewesen war. Da war es dann eine Beruhigung, wenn sie Rosa bei den seltenen Besuchen in England so sah, wie sie jetzt war: dick, reizlos, grauhaarig und in den Fünfzigern. Übrigens war sie schon 1926 ziemlich reizlos gewesen und ihre fünf Töchter ebenfalls, so nett sie auch waren.

»Na gut«, sagte sie, »ich machte mich damals auch verrückt wegen Cosmo, der ins Internat zurückmußte, und wegen Angus, der allein mit dem Wagen durch England fuhr. Er hat wirklich gedacht, es kommt zu einer Revolution oder zu Aufständen. Erst vor kurzem habe ich erfahren, daß er sich einen Revolver zugelegt hatte. Er war vom Ernst der Situation überzeugt. Deshalb sollte ich ja in Frankreich bleiben, wo ich sicher war. Mabs war doch im Pensionat in Paris. Damals war der Generalstreik, falls du es noch weißt.«

»Wenn ich mich recht erinnere, hat er nur ein paar Tage gedauert«, bemerkte Rosa trocken. »So ein Romantiker, der gute Angus.«

Milly überlegte, in welcher Form sich sein romantischer Zug wohl bei Rosa ausgewirkt hatte. War nachträgliche Eifersucht ebenso sinnlos wie ein nachträgliches schlechtes Gewissen? »Was macht Felix?« fragte sie ablenkend.

»Er ist immer noch nicht verheiratet.«

»Wie ihm die Mädchen damals nachgelaufen sind!«

Rosa lächelte verschmitzt. »Die Qual der Wahl, ich weiß. Allen voran deine bezaubernde Mabs und ihre Freundin.«

»Du meinst Tashie?«

»Ja.«

»Cosmo und Hubert hat er natürlich glatt ausgestochen, die waren in dem Alter, wo Jungen allmählich –«

»Geil werden«, sagte Rosa.

»So würde ich es nicht unbedingt ausdrücken. Erwachen, wollte ich sagen.«

»Hört sich hübscher an, das ist wahr. Wirklich kein Stück Kuchen mehr? Oder ein Eis?«

»Nein, danke.« Man sah Rosa an, daß es ihr schmeckte. Kein Wunder, daß sie so dick war und auch die fünf Töchter entschieden zu viel auf die Waage brachten. »Rosa«, sagte sie, »ist Felix Jefs Sohn?«

Rosa kaute und warf Milly einen belustigten Seitenblick zu. Als Milly die Ungeheuerlichkeit ihrer Frage bewußt wurde, lief sie lachsrot an.

»Nein«, erwiderte Rosa kauend.

Und wer der Vater ist, sagt sie mir natürlich nicht. Angus kann es nicht sein. Angus hat einen schweren Körperbau und ist blond, Felix ist zierlich und dunkel. Was ist nur in mich gefahren? Es ist mir einfach so herausgerutscht. Die Frage beschäftigt mich seit Jahren. Mein Gott, und ich bin nicht mal betrunken!

»Die kleine Trevelyan hatte das Zeug zu einer Schönheit«, sagte Rosa. »Herrliches, dichtes dunkles Haar, volle Lippen, einen sinnlichen, wachen Blick. Und diese Wimpern! Wie alt war sie?«

»Zehn, glaube ich.« Milly ging dankbar auf den Themenwechsel ein. »Inzwischen muß sie fünfzehn sein. Sie wird noch zur Schule gehen. Sie sollte damals ins Internat, wenn ich mich recht erinnere.«

»Ich besorge dir die Adresse, wenn du willst. Du könntest sie für die Ferien einladen, es wäre eine nette Geste.«

»Ja, aber –« Milly witterte eine Falle und versuchte einen Rückzieher zu machen.

»Ein gutes Mittel gegen dein schlechtes Gewissen.« Rosa trank in kleinen Schlucken ihren chinesischen Tee.

»Wenn man die Eltern sah, fragte man sich unwillkürlich, wer der Vater war. Sie waren beide ganz blond, der Mann war fast ein Albino.«

»Aber sie waren doch die reinsten Turteltauben. Ein Wunder, daß sie überhaupt mal aus dem Bett fanden«, protestierte Milly lachend. »Weißt du nicht mehr?«

»Doch, natürlich. Elizabeth meinte, sie hätten es sogar bei dem berühmten Picknick gemacht. Da hätte der Strandwart wirklich Grund zum Einschreiten gehabt, statt dem armen Freddy vorzuwerfen, daß er öffentliches Ärgernis erregt.« Beide lachten, als sie sich an Freddys Entblößung erinnerten. Rosa wischte sich mit dem Taschentuch den Mund. »Ich schicke dir die Adresse von der Kleinen. Felix hat sie vor ein oder zwei Jahren, als er in England war, in ihrer Schule besucht und sie zum Mittagessen ausgeführt. Sie war sehr schüchtern, sagt er, hat kaum den Mund aufgekriegt. Er soll mir mal die Adresse geben.«

»Felix?«

»Er hatte ihre Anschrift von der Tarasowa, offenbar halten die beiden Kontakt. Sie scheint keine Angehörigen in England zu haben.«

»Das war nett von ihm.«

»Und jetzt bist du eben auch nett zu ihr.« Rosa ließ ihre Handtasche zuschnappen. »Sie war verliebt – in deinen Cosmo, in seinen Freund Hubert und in Felix – soviel ist klar.«

»Verliebt? Eine Zehnjährige? Lächerlich.«

»Ich muß gehen.« Rosa stand auf. »Grüß mir

Angus und die Kinder. Beim nächstenmal geht der Tee auf meine Rechnung. Rumplemeyer soll noch immer sehr gut sein.« Sie küßte Milly auf beide Wangen. »Du bekommst die Adresse.«

Milly erhob einen letzten schwachen Protest. »Ich weiß nicht mal mehr, wie sie mit Vornamen hieß.«

»Unsinn, das weißt du ganz genau«, sagte Rosa.

Milly sah ihr nach. Damit hat sie mir meine Taktlosigkeit heimgezahlt, dachte sie. Und meine nachträgliche Eifersucht. Verdammt. Verdammt und zugenäht. Sie ließ sich die Rechnung geben. Als sie dann in Richtung Picadilly ging, dachte sie: Wenn sie fünfzehn ist, wird sie dick und pikkelig sein, ein fünfzehnjähriges Schulmädchen ist im ungünstigsten Alter. Und ihre Stimmung hob sich wieder.

19

Als die Direktorin sie kommen ließ und ihr eröffnete, daß ein Freund ihrer Eltern, ein Baron Soundso, mit ihr ausgehen würde, war Floras Überraschung so groß, daß ihr Herz nach einem wilden Sprung minutenlang nicht zu seinem normalen Rhythmus zurückfand. In stummer Ergebenheit nahm sie ihre Anweisungen entgegen: Sie solle sich in ihrer besten Schuluniform am kommenden Sonntag um halb zwölf bereit halten. Den Gottesdienst dürfe sie ausfallen lassen, müsse aber um sechs Uhr wieder zurück sein. Den Brief von Felix zeigte die Schulleiterin ihr nicht, sagte aber freundlich: »Nett, daß sich jemand um dich kümmert. Der Freund deiner Eltern scheint Holländer zu sein, ein interessantes, verantwortungsbewußtes Volk. Du erinnerst dich vielleicht an ihn?«

Flora murmelte eine Bestätigung.

Die Schulleiterin betrachtete den Umschlag interessiert und enttäuscht zugleich. Flora erinnerte sich später, daß es ein ganz schlichter Umschlag gewesen war. Ein Wappen hätte gewiß mehr Eindruck auf die Direktorin gemacht. Der Vormund einer Mitschülerin war ein minderer Pair, und wenn er eine Mitteilung zu machen hatte, die sein Mündel betraf, schrieb er sie im Oberhaus, wo ihn Briefpapier und Porto nichts kosteten. Diese Briefe lagen auf dem Schreibtisch der Direktorin immer ganz oben. Der Ausflug sei eine nette Abwechslung für Flora, meinte sie jetzt. Flora nickte.

»Dann hast du gleich etwas, was du deinen Eltern schreiben kannst.«

Flora nickte wieder. Diese allwöchentliche Fron war ihr besonders verhaßt.

In den folgenden Tagen ging Flora wie auf Wolken, oder sie lag im Schlafsaal wach und probte, was sie Felix erzählen würde. Sie würde ihn mit Geschichten über den obligaten Schulsport zum Lachen bringen und über die langweiligen Gottesdienstbesuche, vor denen man sich nicht drücken konnte; würde ihm schildern, wie unbegreiflich selig die Mitschülerinnen waren, wenn die Briefe der Eltern aus Delhi, Bombay, Kalkutta, Lahore, Peschawar, Hyderabad oder Simla eintrafen; wie sie die Tage bis zum Heimaturlaub der Eltern zählten und nach deren Abreise in Tränen aufgelöst waren. Vielleicht gelang es ihr sogar, den Mitschülerinnen eine interessante Seite abzugewinnen?

Dann dachte sie: Vielleicht kann ich ihm von Pietro erzählen, dem Burschen von dem Gestüt, zu dem mich meine Mutter an den Nachmittagen in jenem Sommer geschickt hat, damit ich mit ihm und seiner Schwester Italienisch spreche, um nicht aus der Übung zu kommen. Nein, entschied sie, Felix fragt womöglich, was mir der Mann eigentlich getan hat. Er versteht vielleicht gar nicht, daß er mir Angst eingejagt hat, daß er, auch wenn er nicht direkt gerochen hat, dem Mann ähnelte, bei dem Cosmo den Revolver gekauft hat. Und daß ich zugelassen habe, daß meine Mutter ihm das Geld schickt, obwohl ich nur einmal bei ihm war. Wenn ich schon meiner

Mutter nicht sagen konnte, wie sehr der Mann mich abgestoßen hat, könnte ich es Felix erst recht nicht erklären. Vielleicht habe ich auch nur ein schlechtes Gewissen, weil meine Mutter dem Mann das Geld für nichts und wieder nichts gezahlt hat. Wie schlau von Felix, dachte sie dann, daß er sich als Freund meiner Eltern ausgegeben hat. Flora konnte sich nicht daran erinnern, daß Felix auch nur ein einziges Wort mit ihnen gewechselt hätte, obgleich er es aus Höflichkeit bestimmt hin und wieder getan hatte. Ob es wohl schwer gewesen war für ihn, sie zu finden? Die Aufregung drückte ihr fast das Herz ab. Nun wurde die seit Dinard gehegte Hoffnung wahr: Sie würde Felix wiedersehen.

Am Samstag abend meldeten sich erste Anzeichen einer Erkältung. Am Sonntag morgen hatte sie leichtes Fieber.

Schon vor elf wartete sie in der Halle, vielleicht kam er ja früher als abgemacht. Die Nervosität krampfte ihr den Magen zusammen, ihr war abwechselnd heiß und kalt. Zwanzig Minuten vor zwölf hatte sie die Hoffnung fast aufgegeben. Als er um viertel nach zwölf erschien, waren ihre Taschentücher naß, die Nase war rot, und sie hatte Kopfschmerzen. Felix war viel kleiner als in ihrer Erinnerung. Er hatte sich die Haare schneiden lassen, sie waren glatt und ordentlich. Sie erinnerte sich an sein Lächeln.

»Steig ein«, sagte er. Er war mit dem Wagen gekommen, es war ein anderer als in Dinard. Damals hatte er einen roten Zweisitzer gefahren, heute war es eine schwarze Limousine. »Tut mir leid, daß ich ein bißchen spät dran bin«, sagte er. »Ich hatte zu knapp kalkuliert.«

Das sei nicht schlimm, sagte Flora.

»Ich dachte, wir essen außerhalb«, sagte er. »In den Downs gibt es ein Hotel mit einem guten Restaurant. Wäre dir das recht?«

»Wunderbar«, sagte Flora. Inzwischen waren die Mandeln angeschwollen, das Schlucken tat weh.

Felix fuhr den Hang hinunter und über die Strandpromenade. »Hier geht ihr sicher in Zweierreihe spazieren.« Die Vorstellung schien ihn zu amüsieren.

Flora hatte sich vorgenommen, ihm zu erzählen, wie verhaßt ihr dieses paarweise Promenieren über die asphaltierte Straße am Rand der wütenden See war; wie ihre Mitschülerinnen mit kritischen Augen die Passanten musterten und erörterten, ob es »bessere« oder »gewöhnliche« Leute waren, mit kühl analysierendem Blick aus dem Schnitt der Kleidung auf den gesellschaftlichen Status schließend. Hatte ihm das Spiel schildern wollen, das sie Sahib nannten; dabei wurden Punkte für Entdeckungen vergeben, die höchste Punktzahl für eine Eton-Krawatte oder eine des Gardekorps, ein ebenso seltener wie heiß begehrter Anblick. Jetzt aber, mit zugeschwollener Nase und schmerzendem Hals, hatte sie den Verdacht, Felix würde den Klassenfimmel ihrer Mitschülerinnen nicht unbedingt belustigend, sondern abstoßend finden – genau wie sie.

»Bist du gern hier?« fragte Felix.

»Überhaupt nicht.«

»Magst du die anderen Mädchen? Hast du viele Freundinnen?«

»Nein«, sagte Flora.

»Meine Schwestern hatten Glück in der Schule«, sagte Felix. »Zu fünft kamen sie zur Not auch ohne Freundinnen aus, umgekehrt war es auch leichter, Freundschaften zu schließen. Allerdings waren wir in Holland alle in einer Tagesschule. So, die Stadt liegt hinter uns, jetzt kommen wir aufs Land. Es ist wunderschön um diese Jahreszeit, nicht?«

»Ja«, sagte Flora.

»Wenn es dir zieht, mach das Fenster zu. Ich habe es gern, wenn frischer Wind hereinkommt.«

Flora ließ es offen. Wegen ihrer Erkältung konnte sie am Fenster kaum etwas hören. Später meinte sie sich zu erinnern, daß sie das modernde Herbstlaub auf der Fahrbahn gerochen hatte.

Felix fuhr schweigend bis zu dem Hotel, das er zum Mittagessen ausgesucht hatte. »Du hast ja eine scheußliche Erkältung«, bemerkte er, als sie ausstiegen.

»Nicht so schlimm«, sagte Flora.

»Na, hoffentlich steckst du mich nicht an.«

Flora antwortete nicht.

»Möchtest du gleich essen?« fragte Felix. »Ich schon, ich habe einen Bärenhunger. Und Schulmädchen können immer essen.« Er ging voraus. »Ich habe einen Tisch bestellt. Wenn uns die Gesprächsthemen ausgehen, bleibt uns immer noch die Aussicht.« Er erinnerte sich jetzt, wie einsilbig Flora in Frankreich gewesen war. Ich hätte noch jemanden mitbringen sollen, dachte er.

Sie hatten einen Tisch am Fenster. Die Aussicht war eine ländliche Idylle: sanft gewellte Felder, friedlich grasende Schafe, in der Ferne grünes Hügelland. Der Ober legte Flora eine Serviette auf den Schoß und gab ihnen die Speisekarte. Felix bestellte einen Martini und ließ sich die Weinkarte geben. »Ein Glas Wein ist bestimmt gut gegen deine Erkältung«, sagte er. »Am besten gehst du vor dem Essen mal auf die Toilette und schnaubst dir tüchtig die Nase. Hier, nimm mein Taschentuch, es ist trocken.«

Auf der Toilette schneuzte sich Flora in ein Papierhandtuch. Der Strom aus der Nase wollte kein Ende nehmen. Wenn ich fest hochziehe, dachte sie, kann ich ihn vielleicht eindämmen. Das trockene Taschentuch steckte sie ein. Als sie wieder an den Tisch kam, sagte Felix: »Ich habe für uns beide bestellt: Fasan mit Johannisbeergelee, Rosenkohl und Strohkartoffeln. Ich fange mit Austern an. Was ist mit dir?«

Flora hatte noch seine Bemerkung über stets hungrige Schulmädchen im Ohr und verzichtete auf eine Vorspeise; außerdem hatte sie keine Erfahrung mit Austern. Doch als Felix ihr seine letzte Auster anbot, stellte sie fest, daß sie noch nie etwas so Köstliches gegessen hatte, und trauerte der Chance nach, die sie sich hatte entgehen lassen.

Beim Essen plauderte Felix munter drauflos. Er sei bei Freunden zu Besuch, erzählte er. Das Studium habe er abgeschlossen und sei Geschäftsmann geworden. Seine Schwester Anne habe geheiratet, Elizabeth sei mit ihrer Doktorarbeit fertig, arbeite mit einem Ausgrabungsteam in Kleinasien und sei mit einem Archäologen verlobt. Die anderen drei verheirateten Schwestern hätten ein oder auch schon zwei Kinder. Seine Mutter sei gesund und munter. »Und wie geht es deinen Eltern?« wollte er wissen.

»Ganz gut«, erwiderte Flora unsicher.

»Kommen sie jedes Jahr aus Indien, um dich zu besuchen?«

»Nein.«

»Ich dachte, jemand hätte mir das erzählt. Irena Tarasowa, glaube ich. Von ihr habe ich übrigens deine Adresse bekommen.« (So, daher also). »Sie fühlt sich wohl in London. Du schreibst ihr, nicht? Es gefällt ihr dort viel besser als in Dinard.« (Was macht sie in London? Warum ist sie nicht mehr in Dinard? Wann hatte sie zuletzt geschrieben? Vor einem halben Jahr?) »Wußtest du, daß sie jetzt in London ist?«

»Nein.«

»Sie hatte wohl noch keine Zeit, es dir zu schreiben. Sie hat sich von ihrem Mann getrennt. Der Fasan ist gut, nicht?«

»Nein.« Flora kaute nachdenklich an ihrem Fasan herum. Ob Alexis noch Taxifahrer in Paris war? »Nein, das habe ich nicht gewußt.«

»Als wir sie in Dinard kennenlernten, lebten sie praktisch schon getrennt. Er ist eine Spielernatur.«

»Er war Taxifahrer.«

»Das ist er noch.« Felix lachte.

Flora schniefte, atmete durch die zugeschwollene Nase ein und durch einen Mundvoll Fasan wieder aus.

»Du trinkst ja gar nichts. Der Wein ist bestimmt gut gegen deine Erkältung.« Felix betrachtete sie. Nimm dir die Zeit, hatte Irena gesagt, führ das Kind aus und erzähl mir von ihr. Sag ihr, daß ich ihr bald schreibe. »Irena läßt dir sagen, daß sie dir bald schreibt.«

»Er hat phantastisch Backgammon gespielt.«

Flora war noch bei Alexis. »Sag ihr, ich lasse schön danken.« Sie griff nach ihrem Glas und nahm einen Schluck Wein. Er brannte ihr in der Kehle, wärmte aber ihren Bauch.

»Wie alt bist du jetzt?« fragte Felix.

»Vierzehn.« In einem halben Jahr wurde sie vierzehn, sie stand im vierzehnten Lebensjahr.

»Du bist ganz schön gewachsen.«

(Mindestens dreißig Zentimeter. Ich bekomme jetzt meine Tage. Ich habe Schamhaar und Haare unter den Armen.) »Ja«, sagte sie.

»Dinard ist fast vier Jahre her.« Felix spießte einen Rosenkohl auf und steckte ihn in den Mund. »Wie schnell die Zeit –«

»Schleicht.« Der Wein tat zwar ihrem Bauch gut, dafür dröhnte ihr jetzt der Kopf. »Sie schleicht nur so.« Flora nahm noch einen Schluck Wein.

»Wo verbringst du die Ferien?« Felix aß das letzte Stück Fasan und legte sein Besteck zusammen.

»Hier. In der Schule. Unsere Eltern sind alle in Indien. Wer nicht bei Verwandten unterkommt, kann die Ferien in der Schule verbringen. Es ist eine Home School.« Der Wein hatte ihr die Zunge gelockert. »Andauernd reden sie von Indien. Wie viele Dienstboten ihre Eltern haben. Polo. Tiger. Tanzereien im Klub. Urlaub in den Bergen. Simla. Kaschmir. Das Frühstück heißt *chota hazri* und das Mittagessen *tiffin*. Mahatma Gandhi macht die Eingeborenen zu Kommunisten, sagen sie, für sie sind die Inder Eingeborene. Sie unterscheiden genau, ob die Väter zum diplomatischen Dienst gehören, zum indischen Kolonialdienst, zur Armee oder zur Polizei. Sie können es gar nicht erwarten, wieder hinzukommen und zu heiraten.«

»Das ist nun mal ihr Milieu.« Felix lachte. »Und deins übrigens auch, nicht?« Flora hatte ihren Schnupfen recht gut unter Kontrolle. Ihr Gesicht war vom Wein gerötet. (Ich darf doch ein Schulmädchen nicht betrunken machen.)

»Freust du dich nicht darauf, daß du bald groß bist und wieder nach Indien kommst, zu deinen Eltern?«

»Alle freuen sich darauf.«

»Und du nicht?«

Flora schüttelte den Kopf. Wie sollte sie Felix, der so sehr an seiner Mutter, an seinen Schwestern hing, begreiflich machen, daß sie das Wiedersehen fürchtete? »Kann sein, daß ich muß«, sagte sie. Ihre Stimme hatte sich gehoben.

»Ach so.« Felix registrierte betroffen den Ton der Hoffnungslosigkeit, der nicht unbedingt dem Wein zuzuschreiben war. »Möchtest du einen Nachtisch?«

»Nein, danke.«

»Bestimmt nicht?«

»Nein.«

»Ich nehme noch Käse. Euren köstlichen Stilton bekommen wir in Holland nicht.« Felix ließ sich das Käsebrett bringen.

Flora sah zu, wie Felix aß. Sie fühlte sich hundeelend, wund und naßgeschwitzt. Heimlich sah sie auf die Uhr. Wie herrlich, nachher ins Bett zu kriechen, sich von der Schwester ein Aspirin geben zu lassen. Felix schenkte sich nach und goß den restlichen Wein Flora ein. »Ach, das hätte ich fast vergessen, ich war ein paar Tage bei den Leighs, erinnerst du dich?«

»Cosmo?«

»Ja, Cosmo war da und sein Freund Hubert, den alle Blanco nennen, ich weiß nicht mehr, warum. Sie studieren beide in Oxford.«

»Er heißt Wyndeatt-Whyte, Blanco ist diese Putzpaste für weiße Schuhe. Ein Ulk.«

»So? Ja, richtig.« Die Erkältung der Kleinen macht die Sache nicht gerade leichter. Worauf habe ich mich da nur eingelassen? Ich hätte Irena mitnehmen sollen. »Cosmos Schwester Mabs ist noch hübscher geworden. Erinnerst du dich noch an sie?«

»Ja.«

»Nächste Woche gehen wir zusammen ins Theater. Sie ist wirklich sehr attraktiv. In Dinard fand ich sie ziemlich albern und nervtötend.«

Flora goß den Rest aus ihrem Glas in einem

Zug hinunter. Der Wein betäubte ihr Halsweh, ließ aber die Nase noch heftiger rinnen. »Entschuldige, ich –«

»Ja, natürlich.« Felix rückte ihren Stuhl zurück. »Ich lasse mir die Rechnung geben«, sagte er. »Und dann muß ich so langsam ...« Eigentlich hatte er vorgehabt, mit ihr noch über die Dünen zu wandern und irgendwo Tee zu trinken, aber das war entschieden zuviel. »Bitte zahlen«, sagte er zu dem Ober. Die Erinnerung hatte ihm einen Streich gespielt. Das Unternehmen war ein Schlag ins Wasser gewesen.

Im Wagen schwieg Flora beharrlich. Sie wollte nur noch zurück in die Schule und in ihr Bett. Auf der Toilette hatte sie die Bluse aufgeknöpft – vom Wein war ihr warm geworden – und den roten Ausschlag auf der Brust bemerkt. Sie sehnte sich danach, die Decke über den Kopf zu ziehen und sich der schmerzhaft quälenden Enttäuschung hinzugeben. Als der Wagen knirschend vor der Schule hielt, stieg sie rasch aus. »Vielen Dank«, sagte sie. »Vielen herzlichen Dank.«

Felix griff nach ihrer Hand. »Mir ist noch etwas eingefallen. Bei den Leighs haben wir von Dinard gesprochen und wie wir uns dort alle kennengelernt haben, und Cosmo hat gesagt, daß du das hübscheste Mädchen in ganz Dinard warst.«

»Cosmo?«

»Und Hubert hat das bestätigt.«

»Hubert?«

»Erstaunliche Augen hat dieses Mädchen«, sagte Felix später zu jemandem. »Da stand sie vor mir mit dieser scheußlichen Erkältung, total fertig vom Schnupfen und vielleicht auch ein bißchen von dem Wein, zu dem ich sie überredet hatte. Was ist eigentlich in dich gefahren, habe ich mir überlegt, was hast du dir bei dieser Einladung gedacht, schließlich gibt es so viele unglückliche Schulmädchen ... Und dann sah sie mich beim Abschied an, und dieser Blick –«

»Ja?«

»Der war den Tag fast wert.«

Flora lag fröstelnd und fiebernd, schniefend und schnaubend in der Krankenabteilung. Der Kopf tat ihr weh, der Körper glühte. Die Schwester brachte ihr bittere Limonade. »Du dummes Kind«, sagte sie vorwurfsvoll. »Hoffentlich steckt sich niemand an. Warum ausgerechnet du die Masern kriegst, wo du doch in den Ferien nie wegfährst, ist mir schleierhaft.«

»Mir auch. Kann ich bitte frische Taschentücher haben?« Sie ließ rasch Felix' blütenweißes, unbenutztes Taschentuch verschwinden.

»Ja, gleich.« Die Schwester zog die Vorhänge zu und beschlagnahmte ›Die Entführung‹ und ›Sturmhöhe‹. »Du sollst doch nicht lesen.«

»Kann ich meine Schreibmappe haben, bitte, es –«

»Und schreiben auch nicht. Du mußt im Dunkeln liegen, meine Kleine.«

»Nur meine Schreibmappe. Ich schreibe auch bestimmt nichts, Ehrenwort.«

»Später. Im Augenblick habe ich zu tun.« Die Schwester verzog sich zum Mittagessen.

Flora war es heiß und kalt zugleich. Fürchterliche Person, dachte sie. Ich bin nicht ihre Kleine. Ich will meine Schreibmappe.

In der Schreibmappe lag, ledergerahmt, die Ansichtskarte; sie hatte Denys und Vita, Seite an Seite auf dem Sofa eines Photographen posierend, von ihrem rechtmäßigen Platz verdrängt. Alle Mädchen hatten Photos ihrer Eltern gut sichtbar auf dem Nachttisch aufgestellt. Bis auf Flora. »Warum hast du kein Bild von deinen Eltern, Flora?« Weil ich sie im Geiste besser vor mir sehe (und rieche).

Wenn ich so neben Felix liegen könnte wie die Marmorfrau neben ihrem Marmormann, dachte sie, wäre mir schön kühl. Manchmal legte sie sich neben Felix, dann wieder waren es Blanco oder Cosmo, die sie so zärtlich umfangen hielten. Da sie in alle drei verliebt war, lag sie abwechselnd in ihren Marmorarmen: Am Montag war Felix, am Dienstag Cosmo, am Mittwoch Blanco an der Reihe. Heute, am Sonntag, war wieder Felix dran. Sie warf sich hitzig herum und stopfte sich das Kissen in den Rücken, aber vor den marmornen Felix schob sich jener Felix, der Austern gegessen, ihr sein Taschentuch geliehen, sich erleichtert davongemacht hatte.

Ja, erleichtert. Flora schneuzte sich in das blütenweiße Tuch, knüllte es zusammen und warf es auf den Linoleumboden.

»Hier ist deine Schreibmappe«, sagte die Schwester, als sie von der Mittagspause kam. »Was hast du denn mit deinem Kissen gemacht? So geht das nicht, meine Kleine. Wenn du keine Ordnung hältst, wirst du nie gesund. Man wirft die Taschentücher nicht einfach auf den Fußboden! Nur weil du Masern hast, brauchst du dich nicht gleich gehenzulassen.« Sie zog Flora das Kissen hinter dem Rücken weg. »Ich bringe dir noch Limonade. Mußt du mal? Am besten gehst du auf den Topf, auf dem Gang ist es kalt. Beeil dich, ich kann nicht den ganzen Abend hier stehen.«

»Bitte nicht.« (Das klang fast impertinent.)

Flora kauerte auf dem Nachttopf, während die Schwester das Bett in Ordnung brachte und das Kissen aufschüttelte. »Was fällt dir denn ein, das Photo von deiner Mama zu zerreißen? Du hast bestimmt Fieber.«

»Es ist nicht meine Mutter, aber wo ich schon mal dabei bin...« Flora zerrte Denys und Vita aus dem Rahmen, riß sie schräg auseinander und warf die Hälften zu den Schnipseln der Ansichtskarte aus dem Thorwaldsen-Museum.

»Das wird dir noch leid tun, meine Kleine«, sagte die Schwester. »Wenn du nicht krank wärst, müßtest du das schön selber aufheben.«

»Es tut mir nicht leid, und ich bin nicht Ihre Kleine.«

»Ein Glück!« Die Schwester bückte sich nach dem verstreuten Papier. »Leg dich wieder hin und schlaf.«

»Allein?«

»Allein? Was soll das heißen?« Die Schwester steckte die Decke fest.

Flora antwortete nicht.

»Also dann gute Nacht. Schlaf schön.«

Flora strampelte sich frei, während die Schwester die Tür hinter sich zuschlug.

Sie lauschte den knarrenden Schritten auf dem Gang und würgte an ihrer Wut, ihrer Demütigung. Nie mehr würde sie die Postkarte herausnehmen und sich in die Rolle der zärtlich geliebten Frau hineinträumen. Wenn man Felix beim Abschied die Erleichterung angesehen hatte, sprach alles dafür, daß die anderen beiden ebenso reagieren würden. Sie konnte ihnen nicht trauen. Sie würde nicht mehr an sie denken, würde sie aus ihrem Gedächtnis verbannen. Sich in Tagträumen von Felix, Cosmo und Blanco zu verlieren war ebenso albern und kindisch wie das Daumenlutschen oder Bettnässen der jüngeren Schülerinnen, die von den Eltern aus Indien hier abgeliefert wurden. Gewiß, Felix war nett gewesen, sehr nett.

Ich pfeife auf Nettigkeit.

Er hatte gelangweilt ausgesehen, während er seinen Fasan gegessen und seinen Rosenkohl aufgespießt hatte, und erleichtert, als er endlich wegfahren konnte.

Stöhnend wälzte Flora sich herum. Sie war unglücklich und schweißgebadet. Daß er gesagt hat, Cosmo hätte mich hübsch gefunden, das war nur eine beschwichtigende Floskel, dachte sie. »Eine Floskel«, rief sie laut in die Krankenstube hinein. »Eine Floskel. Nur eine Floskel.«

Als sie doch einschlief, hatte sie Alpträume und schrie, weil ausgerechnet die Schwester sich in eine Marmorbüste verwandelt hatte, eine Büste, der unbegreiflicher- und erschreckenderweise Arme gewachsen waren, Arme mit Händen, die sie in einem Würgegriff hielten und wachrüttelten. »Du dummes Kind, was hast du mit deinem Bettzeug gemacht? Alles liegt in wildem Durcheinander auf dem Boden. Kein Wunder, daß du zitterst.«

»Tut mir leid, Schwester, ich –«

»Ich bringe dir was Warmes zu trinken. Morgen früh kommt der Doktor.«

»Ist er aus Marmor?«

»Aus Marmor? Was redest du da? Hast du geträumt, daß du in Marmorhallen wandeltest?« Die Schwester brachte das Bettzeug wieder in Ordnung.

»In Marmorarmen ...«

»Nicht Armen. Hallen. ›Mir träumt', ich wandelte in Marmorhallen‹, so heißt es. Ich bin nämlich nicht total ungebildet, meine Kleine.«

»Und ich bin nicht Ihre Kleine.«

20

Flora stand auf dem Bahnsteig, ihren Koffer neben sich, den Tennisschläger in der einen, das Buch, das sie im Zug nicht gelesen hatte, in der anderen Hand. Der kleine Bahnhof war von grünen Feldern und sanft gewellten Hügeln umgeben. »In Coppermalt Halt steigst Du aus!« stand in dem Brief, der in ihrer Tasche steckte, und an diese Anweisung hatte sie sich gehalten.

Als der Zugbegleiter die Trillerpfeife ertönen ließ, setzte sich der Zug, der sie hier abgeladen hatte, geräuschvoll schnaufend in Bewegung. Der Zugbegleiter klemmte sich die Signalfahne unter den Arm, schwang sich in den Dienstwagen und schlug die Tür zu. Am anderen Ende des Bahnsteigs rollte ein Gepäckträger Milchkannen aus der Sonne in den Schatten. Der kleiner werdende Zug stieß einen erschrockenen Schrei aus, als vor ihm eine Tunneleinfahrt auftauchte. Der lange Bahnsteig war leer, der Nachmittag sehr warm. Flora wünschte von Herzen, sie säße noch im Abteil.

»Da ist sie!« Mabs stürmte durch die Sperre, auf der AUSGANG stand. Sie trug ein hellgrünes Baumwollkleid, unter dem dünnen Rock erkannte Flora schattenhaft die Scherenbewegung der Beine. Eine Gestalt in Rosa trabte hinterdrein. Vor Flora blieben beide stehen. »Da bist du ja! Du bist doch Flora, nicht?« Mabs war erhitzt vom Laufen. »Donnerwetter, du bist aber gewachsen! Schau, Tash, sie ist so groß wie wir. Nur der eine Koffer? Du reist aber mit leichtem Gepäck. Ich habe dich aussteigen sehen, da kamen wir gerade über die Brücke, und als du dann so einsam und verlassen auf dem Bahnsteig gestanden hast, haben wir uns einfach an dem Kontrolleur vorbeigedrängelt, und jetzt sind wir da. Bestimmt wärst du am liebsten im Zug geblieben und nie ausgestiegen, ja, vielleicht gar nicht erst eingestiegen.« Mabs lächelte strahlend. Sie trug keinen Hut. Sie war schön, elegant, selbstsicher. »Es tut dir schon leid, daß du gekommen bist, stimmt's?«

Flora mußte unwillkürlich lächeln.

»Und ob es ihr leid tut!« Auch Tashie lächelte. »Ich seh's ihr doch an, sie wird ganz rot. Wir haben dich durchschaut, du bist nur widerwillig hier. Aber deine Widerspenstigkeit gewöhnen wir dir schon noch ab, paß nur auf! Wir werden dafür sorgen, daß sie sich wohl fühlt, stimmt's, Mabs?« Mabs und Tashie strahlten Flora an.

Der Gepäckträger kam gemächlich heran und griff sich Floras Koffer. »Nach hinten in den Wagen, Miss?« fragte er Mabs.

»Ja, bitte. Hast du deine Fahrkarte, Flora? Er ist auch Kontrolleur. Wenn du deine Fahrkarte nicht vorzeigen kannst, kommen wir hier nicht raus, er ist unheimlich streng.«

Flora ging zwischen Mabs und Tashie hinter dem Gepäckträger her über den Bahnsteig und auf den Bahnhofsvorplatz. Im Gehen klaubte sie einen Shilling aus ihrer Geldbörse. Der Gepäckträger stellte den Koffer auf die Rückbank eines offenen Tourenwagens. Flora gab ihm ihre Fahrkarte, die er knipste und grinsend zurückgab. Ehe sie ihren Shilling an den Mann bringen konnte, fragte er: »Haben die Damen Bahnsteigkarten?«

»Wie streng Sie sind. Ein richtiger Tyrann!« Mabs drückte ihm einen Shilling in die Hand. »Nein, Flora, laß, das erledige ich. Sie haben uns nicht gesehen, Herr Kontrolleur!«

»Tja, dann kann ich Ihnen wohl auch die Kiste nicht geben, die der General erwartet«, sagte der Gepäckträger ungerührt. »Fourpence pro Person.«

»Sie sind ein schönes Schlitzohr!« Mabs zahlte. »Die Kiste darf ich auf gar keinen Fall stehenlassen, es ist Vaters Portwein. Die da drüben, ja?« Sie nickte zu einer Holzkiste hinüber. »Ob die auch noch auf den Rücksitz geht?«

Tashie deutete auf Floras Shilling. »Steck das weg. Bei den Leighs dürfen die Besucher *keine* Trinkgelder geben, das ist eine Hausregel.« Flora sah skeptisch drein. »Ehrlich. Du darfst es mir glauben.«

Flora und Tashie sahen zu, wie der Gepäckträger die Kiste auf dem Rücksitz verstaute, während Mabs diverse Pakete umstapelte.

»Jetzt kann's losgehen«, sagte sie dann. »Wir haben alle vorn Platz. Rein mit euch. Schau dir bloß mal ihre schmalen Hüften an, Tash. Weißt du eigentlich, was für ein Glück du mit deiner Figur hast, Flora? Los geht's.« Sie startete und legte den Gang ein. »Mit Vaters Port auf der Rückbank darf ich nicht zu schnell fahren, sonst wird er durchgerüttelt.«

»Fünf Jahre sind es, stimmt's? Wir haben es gestern abend beim Essen ausgerechnet.« Tashie rückte ein bißchen zur Seite, damit sie Flora ansehen konnte. »Ich habe dich sofort erkannt. Du denkst bestimmt, daß wir uns damals nur für uns selber interessiert haben, und mehr oder weniger stimmt das auch, aber *du* bist uns im Gedächtnis geblieben. Wir haben gemerkt, wie du uns beim Hütekaufen in St. Malo beobachtet hast, du kleiner Schlauberger. Gott, was waren wir stolz auf die Dinger. Glockenhüte bis fast über die Nase...«

»Weißt du, wie wir dich ausfindig gemacht haben?« fragte Mabs. »Ausgerechnet Felix hat Mutter erzählt, in welchem Internat du bist. Er hat dich über die Tarasowa gefunden, sie sagt, daß ihr euch schreibt. Weißt du, daß sie jetzt in London ist? Sie arbeitet für mich und Tashie, wir haben sie allen unseren Freundinnen empfohlen, sie ist fabelhaft. Das Kleid stammt auch von ihr, gefällt es dir? Nein, gar nicht wahr, Felix hat es *seiner* Mutter erzählt und die *meiner* Mutter, und *deshalb* hat sie dich einladen können. Du glaubst gar nicht, *wie* froh wir alle sind. Was hast du gedacht, als du ihren Brief bekommen hast? Deine Flußkrebse für das Picknick sind Vater unvergeßlich, und Cosmo und Hubert freuen sich unheimlich, daß du kommst, das wirst du dann gleich sehen. Wir sagen nicht mehr so oft Blanco zu Hubert, seit er in Oxford ist, und Lord Fauntleroy, dein gescheiter Name für ihn, nur noch manchmal. Warst du schon mal bei Madame Tarasowa, seit sie in London ist?« Flora schüttelte den Kopf. »Du mußt sie unbedingt besuchen, sie kann es gar nicht erwarten, dich wiederzusehen, aber das ging uns ja allen so. Hast du übrigens deinen Badeanzug mit? Sobald wir unseren Kram ausgepackt haben, fahren wir zu den anderen, sie sind am Fluß, wir wollen dort picknicken. Es ist so heiß, da haben wir gedacht, wir könnten schwimmen – du kannst doch schwimmen?«

»Ja«, sagte Flora.

»Mensch, sie kann sprechen!« rief Tashie. »Sie hat es geschafft, ein Wort einzuwerfen. Gratuliere, Flora! Eine respektable Leistung!« Tashie und Mabs lachten ausgelassen.

»Es ist zu komisch«, sagte Tashie. »Mabs ist eine richtige Quasselstrippe.«

Dann begannen Mabs und Tashie eine Unterhaltung über zwei Leute, die Nigel und Henry hießen und mit denen sie, wie Flora nach und nach begriff, verlobt waren, Mabs mit Nigel und Tashie mit Henry (später erfuhr sie, daß sie mit vollem Namen Nigel Foukes und Henry March hießen). Es ging um die Kleider für die Aussteuer der beiden, von denen einige Madame Tarasowa nähen sollte. Sie würde die beiden gleich kennenlernen, sagte Tashie. Sie seien mit Cosmo und Hubert zum Schwimmen vorausgefahren. Flora hätte, einigermaßen überwältigt von dieser Redeflut, durchaus nichts dagegen gehabt, still dabeizusitzen und zuzuhören, aber damit kam sie bei Mabs und Tashie nicht durch. Immer wieder ließen sie Mode Mode sein, um sie mit Fragen zu bombardieren. Wie fand sie die Verlobungsringe? Sie streckten die Hände aus und ließen Flora Brillanten- und Saphirtrauben bewundern. Gefiel ihr die Schule? Fühlte sie sich wohl dort? War sie zum erstenmal in den Ferien verreist? Hatte sie sich noch mal mit Felix getroffen? Spielte sie gern Tennis? Konnte sie reiten? Tanzte sie immer noch so gern? Damals, bei dem Picknick, hatte sie getanzt, das wußten sie noch. Hatte sie Hunde noch so gern? Dieser komische Hund am Strand, ja, auch das wußten sie noch. Wie gefiel ihr der Haarschnitt, den sie jetzt hatten? Besser als der Bubikopf vor fünf Jahren, nicht? Weicher als ein Bubikopf. Wunderschöne Haare habe sie, stellten sie fest, so dicht, dagegen seien ihre paar Strähnen richtig dürftig. Ob Flora sie erkannt hätte, wenn sie nicht ihren Namen gerufen hätten, wollten sie wissen. Traute sie sich zu, Cosmo und Hubert wiederzuerkennen? Hatte sie Felix erkannt, als er sie zum Essen abgeholt hatte? Als sie davon erfahren hatten, waren sie richtig eifersüchtig gewesen, aber damals hatte es natürlich Nigel und Henry noch nicht gegeben. Vor ein paar Jahren war das gewesen, zwei Jahre war es mindestens her.

Während sie fragten und schwatzten und Flora

nur mit Ja und Nein antwortete, wechselten sie belustigte Blicke. Flora konnte nicht ahnen, daß gestern abend, als man sich ihrer Wortkargheit und ihrer einsilbigen Erwiderungen erinnert hatte, jemand – Cosmo? – einen Wettbewerb zur Förderung von Floras Redefreudigkeit vorgeschlagen hatte. Tashie und Mabs hatten gewettet, sie würden es fertigbringen, Flora zu einer Plaudertasche zu machen, die ihnen in nichts nachstand. General Leigh hatte erschrocken abgewehrt. »Gott bewahre! Zwei von der Sorte sind mehr als genug.«

»Acht Ja und drei Nein«, rief Tashie triumphierend. »Ich führe genau Buch.«

»Wir geben eine Gesellschaft. Hast du dein Abendkleid mit?« fragte Mabs.

»Nein«, sagte Flora sehr laut.

»Halt an«, befahl Tashie. »Sie weint.«

Mabs bremste scharf.

»Ich habe kein Abendkleid, so was habe ich nie gebraucht. Ich möchte wieder ins Internat. Bitte bringt mich zum Bahnhof zurück«, rief Flora. Sie hatte das Gefühl zu ersticken. Vom Weinen lief ihr die Nase. Sie wünschte sich in die Schule zurück. So trist und öde es dort auch war, in dem vertrauten Trott fand sie sich wenigstens zurecht.

Mabs fuhr an den Straßenrand und zog die Handbremse an. Die Straße stieg zwischen mauerbegrenzten Feldern sacht bergan. In den Mauerritzen wuchsen Farne und Polster von rosa und gelb blühendem Sedum, in dem Grasstreifen am Straßenrand leuchteten rote Lichtnelken und blaue Skabiosen. Die Grillen zirpten laut.

»Das ist doch eine wunderbare Gelegenheit, Tashie«, sagte Mabs beiläufig. »Wenn wir dürfen, leihen wir dir ein Kleid, Flora, du kannst dir eins aussuchen, wir haben ja alle drei dieselbe Größe. Wir würden dir so gern das eine oder andere borgen, nicht wahr, Tashie?«

»Aber ja«, bestätigte Tashie. »Wir würden uns freuen.« Die Zwitscherstimmen waren eine Oktave tiefer geworden, Mabs und Tashie saßen ganz ernst und still neben Flora.

»Das kann ich unmöglich annehmen«, preßte Flora durch die zusammengebissenen Zähne hervor. Sie hatte die Hände im Schoß verkrampft und merkte zu ihrem Ärger, daß ihr Tränen von den Wangen auf die Brust tropften.

»Es kann natürlich sein, daß dir unsere Sachen nicht gefallen«, sagte Tashie. »Nicht alle Leute teilen unseren Geschmack.«

»Vielleicht findet aber doch das eine oder andere Gnade vor ihren Augen«, sagte Mabs hoffnungsvoll.

Flora gab ein Geräusch von sich, das eine Mischung aus Stöhnen und Schluckauf war.

»Mabs und ich tauschen ständig unsere Sachen«, sagte Tashie. »Unter Freundinnen ist das so üblich.«

»Und du *bist* unsere Freundin«, sagte Mabs mit Nachdruck. »Also –«

»Bin ich nicht«, sagte Flora.

»Dann fang bitte gleich damit an.«

»Ja, genau«, sagte Tashie ebenso energisch. »Versuch es.«

Flora sah zweifelnd von einer zur anderen.

»Ich wünschte, ich hätte deine Augen.« Mabs holte ein Taschentuch heraus.

»Ich wäre schon mit ihrem Mund oder ihrer Nase zufrieden.« Tashie nahm ihr das Taschentuch ab und tupfte Flora die Wangen. »Das Dumme ist, Mabs, daß sie in unseren Sachen viel besser aussehen wird als wir.«

»Da kann man nichts machen. Damit werden wir uns abfinden müssen.« Dann sagte Mabs: »Ich finde, deine Mutter ist das gemeinste, selbstsüchtigste, rücksichtsloseste *Miststück*, das mir je untergekommen ist.«

»Und ich«, sagte Tashie, »wünsche ihr nur, daß sie etwas richtig Ekelhaftes, Demütigendes und Scheußliches erlebt, etwas echt *Gemeines*, die dumme Kuh.«

Mabs und Tashie waren rot angelaufen und sahen viel jünger aus, als sie waren. Sie saßen da, schauten Flora an und hielten die Luft an, während sie sich eine Entschuldigung überlegten.

Wenn Flora in späteren Jahren an diesen Moment dachte, erinnerte sie sich daran, daß ihr zumute war, als käme sie aus einem langen, leeren, nebligen Tunnel in ein Klima warmherziger Fröhlichkeit. Damals aber, zwischen den beiden Mädchen im Wagen am Rand einer leeren Landstraße sitzend, konnte sie nur glücklich und befreit loslachen.

21

Während Flora sich dem bittersüßen Vergnügen hingab, die Kleider von Mabs und Tashie anzuprobieren, lag Felix auf der Chaiselongue in Irena Tarasowas Atelier am Beauchamp Place. Es war ein sehr warmer Nachmittag; er hatte die Schuhe ausgezogen und die Jacke über eine Stuhllehne gehängt. Die Räume, zu denen eine frühviktorianische Treppe mit einem Handlauf aus Mahagoni und einem puderblauen Teppich auf den Stufen hinaufführte, waren angenehm kühl, das Interieur von geschmackvoller Eleganz. Der Kontrast zu der kleinen, stickigen Stube über der Pferdeschlächterei in Dinard hätte nicht größer sein können. Sowohl das Hinterzimmer, in dem Irena arbeitete, als auch der Raum zur Straße hinaus, in dem sie ihre Kundinnen empfing, hatten schlichte weiße Wände und blau-weiß gestreifte Vorhänge, passend zu den Bezügen der Chaiselongue, des Sofas und der Sessel im Anprobezimmer. Eine Vase mit Rosen stand auf einem kleinen Tisch, auf einem Stuhl mit gerader Lehne lagen eine Ausgabe von ›Vogue‹ und ein Ballen gelber Seide.

Im hinteren Zimmer saß Irena mit dem Rücken zum Licht und heftete einen Ärmel in ein Taftkleid. Der Taft raschelte beim Einstich der Nadel und zischte leise, wenn sie den Faden durchzog; unsichtbare Tauben gluksten und gurrten auf dem Dach. Die schräg durch das offene Fenster fallenden Sonnenstrahlen ließen die Farben der Seiden- und Samtballen aufleuchten, die an einer Wand auf Regalen gestapelt waren, und setzten Glanzlichter in die weißen Strähnen von Irenas Haar. Sie stichelte, den Mund voller Nadeln, die Lippen konzentriert zusammengepreßt.

»Ich bin nur drei Tage in London«, erwiderte Felix auf ihre Frage. »Sie haben mich eingeladen, aber für einen Abend so weit nach Norden hinaufzufahren ist mir zu anstrengend. So groß ist mein Interesse nun auch wieder nicht. Ich war einmal dort. Die Mädchen haben sich verändert, sie sind erwachsen geworden. Beide verlobt, wußtest du das?«

»Mmmm ...« Irena nickte. »Und Cosmo?« zischelte sie durch die Nadeln hindurch.

Felix überhörte die Frage nach Cosmo. »Ist das die Chaiselongue aus Dinard?«

»Die hier stammt aus der Portobello Road.«

»Die andere war bequemer.« Felix streckte sich aus und wölbte den Rücken. »Und Alexis, dein Mann? Immer noch in Paris?« Irena nickte, den Blick auf ihre Arbeit gerichtet. »Ich habe ein Loch im Strumpf.« Felix peilte an seinem Bein entlang die Socke an.

Irena nahm die Nadeln aus dem Mund. »Ich stopfe es dir gleich. Wärst du hingefahren, hättest du Flora Trevelyan dort getroffen.«

»Ach!«

»Deine Mutter hat Mrs. Leigh dazu gebracht, sie einzuladen, Mabs und Tashie haben es mir erzählt, ich arbeite für sie. Willst du sie wieder im Internat besuchen und ausführen?«

»Nei-ein.«

»Eine einmalige Anwandlung?«

»Es war ein recht unbefriedigender Ausflug.«

»Damals ging es ihr nicht gut, hast du mir erzählt.«

»Sie hatte einen scheußlichen Schnupfen.«

»Gelegentlich schreibt sie mir. Es hat sich herausgestellt, daß es die Masern waren.«

»Du lieber Himmel, am Ende hätte ich mich noch bei ihr angesteckt«, sagte Felix entsetzt. »Die Masern habe ich noch nicht gehabt.«

»Gib die Socke her.«

Felix beugte sich vor und zog sie aus. »Meine eleganten Zehen bohren sich durch alle Strümpfe.« Er gab Irena die Socke, dann lehnte er sich zurück und begutachtete seine Füße. Für einen Mann mit dunklem Haar, dachte er, habe ich eine sehr helle Haut. Er wölbte den Spann und bewunderte eine blaue Ader. In dem Sonnenlicht, das schräg auf den grünen Taftstoff fiel und auf seiner Haut reflektierte, sah sein Fuß aus, als ertrinke er in einer eisigen See.

»Du solltest gelbe Socken tragen.« Irena suchte nach der passenden Garnfarbe.

»Gelb? Ein bißchen *outré* liebste Irena.«

»Narzissengelb für einen Narziß.« Irena spannte die Socke über ihre geballte Faust und machte sich an die Arbeit.

Felix stand auf und schlenderte durchs Zimmer, wobei er vorsichtig auftrat, um den Nadeln zu entgehen, die unsichtbar im blauen Teppich lauerten. Er betastete die Stoffe, drapierte eine Samtbahn über die kopf-, bein- und armlose Schneiderpuppe, die Irena für ihre Arbeit benutzte, ließ die Finger über das kalte Rad der Nähmaschine gleiten. Dann stellte er sich ans Fenster und sah auf die Rückfronten der Häuser in der Parallelstraße.

»Steh mir nicht im Licht«, sagte Irena und stopfte. Felix kehrte zu der Chaiselongue zurück.

»Als Backfische waren sie amüsant, und das Kind hatte etwas ganz Besonderes.«

»Liebe.«

»Liebe?« wiederholte Felix stirnrunzelnd.

Irenas Nadel spannte ein kompliziertes Gitter über das Loch in der Socke. »Seidensocken sind zweifellos vornehm, aber sie halten nichts aus.«

»Haben die schönen Offiziere und die edlen Adligen in Sankt Petersburg und Moskau keine Seidensocken getragen?« Wer war es, der in Dinard ...

»Von ihren Socken weiß ich nichts.« Irena verzog keine Miene. »König Georg soll Wolle tragen, feinste Wolle.«

»Natürlich die feinste«, sagte Felix. »Das gibt dann sofort Löcher, aber beim König spielt so was wohl keine Rolle.« Er lachte. »Woher hast du diese interessanten Details?«

Irena lächelte. »Die Leute reden. Immerhin ist er ein Vetter des ermordeten Zaren, und ich hoffe, Engländerin zu werden.« Und weil die Erinnerungen an jene Zeit vor fünf Jahren keine Ruhe gaben, setzte sie hinzu: »Dir ist doch wohl klar, daß die Mädchen alle davon geträumt haben, dich zu heiraten.«

»Heiraten«, wiederholte Felix trübe. »Ich habe mehr als genug von den Andeutungen meiner Mutter, fang du nicht auch noch an. Außerdem sind die Damen Leigh und Quayle ja inzwischen versprochen, wie man so sagt.« Natürlich, dachte er, es war Flora, die mir damals erzählt hat, Irenas Vater sei Hofschneider gewesen. Er erinnerte sich, wie die Kleine an seiner Hand neben ihm hergehüpft war. »Schreibst du der kleinen Trevelyan gelegentlich?«

»Wenn ich Zeit habe. Alle paar Monate.«

»Du hast nicht viel Zeit?«

Irena zuckte mit den Achseln. »Weniger als du. Sie erzählt mir von der Schule, von ihrem Nähkurs. Mir graut, wenn ich mir die Sachen vorstelle, die das arme Kind dort anfertigt.« Vielleicht, dachte sie, wird ja irgendwann das Kind zur Kundin, wie es bei Mabs und Tashie war. Hin und wieder einen Brief zu schreiben, gebot nicht nur die Menschenfreundlichkeit, sondern auch der Geschäftssinn; es wurde langsam wieder Zeit.

»Du solltest sie besuchen«, sagte Felix.

»Das kostet mich einen ganzen Tag«, redete Irena sich heraus.

Sie ist genauso egozentrisch wie ich, dachte Felix, aber ich könnte sie im Wagen in dieses gräßliche, öde Nest mitnehmen und das Kind zum Essen ausführen. Wenn Irena dabei ist, kann eigentlich gar nichts schiefgehen. Aber nein. Erleichtert lehnte er sich zurück. Sie ist bei den Leighs, die Frage stellt sich gar nicht.

»Inzwischen muß sie fünfzehn sein«, sagte Irena. »In zwei, drei Jahren wäre sie genau richtig für dich.«

»Ach, Irena.«

»Natürlich kriegt sie nichts mit, das ist der Nachteil.« Irena war mit Stopfen fertig. Sie schnitt den Faden ab, steckte die Nadel in ein Kissen und gab Felix die Socke zurück. »*Voilà*. Wie sehr drängt deine Mutter?«

»Mehr als genug. Sanft, unerbittlich, immer wieder. Ich bin fünfundzwanzig, das ist offenbar das richtige Alter zur Eheschließung.«

»So ist es.«

»Danke dir. Wunderschön gestopft.« Felix zog die Socke wieder an. »Wenn man nur das eigene Wesen auch so gut in Ordnung bringen könnte.« Er sah zu Irena hinüber; sie betrachtete ihre locker im Schoß zusammengelegten Hände und reagierte nicht. »Es muß Freude machen, mit diesen herrlichen Stoffen zu arbeiten.« Er griff nach einer Samtbahn, legte sie sich um die Schulter und bewunderte sich im Drehspiegel. Ob ich meinem Vater ähnlich sehe? fragte er sich.

Irena fing im Spiegel seinen Blick auf. »Mrs. Leigh hat deine Mutter gefragt, ob Jef, ihr Mann, dein Vater war. Sie waren bei Gunters zum Tee. Deine Mutter hat nein gesagt. Ich habe dir angesehen, was du gerade dachtest.«

»Woher weißt du«, fragte Felix, Irenas Spiegelbild betrachtend, »daß Mrs. Leigh –«

»Frauen haben manchmal eine sehr enge Beziehung zu ihrer Schneiderin, ebenso wie zu ihrem Friseur. Das ist, wie wenn sie mit Tieren sprechen. Engländerinnen erzählen ihren Hunden alles und ihrer Schneiderin sehr viel. Mrs. Leigh war ganz entsetzt über ihre Frage. ›Es ist mir so herausgerutscht‹, hat sie gesagt.« Irena lächelte. »Mrs. Leigh hatte deine Mutter zum Tee eingeladen, und die bot ihr dauernd Kuchen an, als sei sie die Gastgeberin. Durch solche Bagatellen kommt das Chaos in die Welt.«

Felix nickte belustigt. »Ich sehe es förmlich vor mir. Glaubst du, meine Mutter hat das im Ernst gemeint? Oder wollte sie nur schockieren?«

»Wenn sie sich über Mrs. Leigh geärgert hat, kann es durchaus sein, daß sie die Wahrheit sagte. Schwer zu entscheiden. Sie wird kaum damit gerechnet haben, daß man es ihr abnimmt. Andererseits ist bekannt, daß besonders maskuline Männer nur Töchter zeugen. Möglich, daß deine Mutter nach fünf Töchtern die Konsequenzen gezogen hat. Im heiligen Rußland soll das häufig vorgekommen sein.«

»Und waren die Ehemänner mit diesen Ersatzvätern einig?« fragte Felix fasziniert.

»Das möchte ich annehmen.«

»Meine Mutter ist eine couragierte Frau. Es wäre schön, wenn ich ihren Mut geerbt hätte.«

»Das hast du, mein Lieber«, sagte Irena ernst.

»Ich weiß nicht. Ich –«

»Nach diesem Fauxpas von Mrs. Leigh hat deine Mutter ihr dann vorgeschlagen – und zwar offenbar sehr nachdrücklich –, sie solle Flora zu sich einladen.«

»Aha.«

»Das habe ich von Mabs und Tashie. Sie haben sich sehr amüsiert und gemeint, Mrs. Leigh würde sich mit dem Gedanken trösten, daß Flora wie die meisten englischen Schulmädchen dick und verpickelt wäre. Keine Gefahr für Cosmo.«

»Als ich mit ihr gegessen habe, war sie weder dick noch verpickelt, aber ihre rührend-verlorene Ausstrahlung ertrank im Rotz.«

»Du bist ekelhaft. Du mußt jetzt gehen, ich quäle mich noch mit den Maßen für ein paar neue Kundinnen herum, dicke Schulmädchen, die sich zu Dragonern ausgewachsen haben. Schau dir das an: fast eins achtzig groß, Hüften hundertzwanzig, Brust achtzig.« Irena tippte auf einen Loseblattblock. »Und das bei der heutigen Mode!«

»Du hättest nach Holland ziehen sollen, wo alles in den richtigen Proportionen überquillt. Aber da du für meine Schwestern arbeitest, mußt du das ja kennen.«

»In ein oder zwei Jahren bin ich Britin. Das Innenministerium arbeitet im Schneckentempo, aber die Hoffnung auf einen britischen Paß hält mich aufrecht.«

»Das ist in allen Bürokratien so. Es wird spät, Irena. Leg deine Arbeit beiseite und komm mit zum Essen. Wir können weiter über Dinard und die Mädchen reden, wenn du unbedingt willst. Komm und leiste uns Gesellschaft.«

»Danke, aber ein *dîner à trois* lockt mich nicht.«

»Ihn würde es nicht stören«, sagte Felix.

»Nein?«

»Na ja, vielleicht.« Felix zögerte. »Bitte komm. Wir könnten über mich reden. Ich bin hergekommen, um über mich zu reden. Und über dich auch natürlich.«

»Natürlich.«

»Und dann haben wir den Nachmittag damit vertrödelt, über Mädchen zu sprechen, die kein besonderes –«

»Ein ganz besonderes Trio.«

Felix zögerte noch immer. »Hm.«

»Geh jetzt, Felix, ich habe noch zu tun. Ich muß ein Kleid für eine Miss Hippisley-Smith entwerfen, Brust siebenundsiebzig, Hüften einhundertfünfzehn. Sie braucht es für einen Ball, das arme unausgewogene Ding. Geh, du lenkst mich ab. Morgen kommt sie zur Anprobe, und ich habe noch nicht mal angefangen.«

»Ich brauche Hilfe, Irena.«

»Ja?« War da ein Hauch von Angst in seiner Stimme?

Felix stand mit dem Rücken zum Licht. Er hob ratlos die Hände, ließ sie wieder fallen und rief plötzlich laut: »Ich mag Frauen auch.«

»Ich weiß.« Sie fing seinen Blick auf und mußte lachen. Ein Nachmittag vor fünf Jahren kam ihr wieder in den Sinn, sie dachte an die Schuhe, die nebeneinander auf dem Fußboden gestanden hatten. In der Stube über der *boucherie chevaline* in der Rue de Rance in Dinard. »Sie war so naiv. Und du hast so geschickt reagiert. Jetzt geh, du hast ihn lange genug warten lassen, er wird sonst sauer.«

»Schon gut.« Felix hatte sich wieder gefangen. Er zog seine Jacke an, beugte sich vor und küßte Irena auf beide Wangen. »Ich soll also mit meiner Bisexualität allein zurechtkommen?«

»Im Unterschied zur Bigamie ist das nicht verboten.« Sie drängte ihn sanft zur Tür. »Wie gut wir Ausländer doch Englisch sprechen.« Sie gab ihm mit den Fingerspitzen einen leichten Schubs und wartete, bis seine Schritte verhallt waren und die Haustür ins Schloß fiel.

»Jetzt sind wir weit genug geschwommen, finde ich.« Cosmo wandte sich seinem Freund zu. »Stecken wir's auf?«

»Von mir aus gern.« Hubert schwamm hinter Cosmo her zum Ufer. »Machst du das oft?«

»So weit den Fluß herauf bin ich noch nie gekommen.« Cosmo zog sich aus dem Wasser und sank schwer atmend ins Gras. »Ich wollte sehen«, japste er, »wie weit wir schwimmen müssen, ehe du aufgibst, aber dann haben meine Beine nicht mehr mitgemacht. Sie zittern.«

»Meine auch.« Hubert streckte sich neben dem Freund aus. »Und mein Herz klopft wie verrückt. O England, wie bist du schön: heiße Sonne, sauberes Wasser, erstaunlich warm übrigens, weiches Gras, Grillengezirp ... ein Paradies.«

»Oft ist es ja nicht so.«

»Aber dann ist es um so herrlicher.« Hubert schloß die Augen und sog in tiefen Zügen den Duft der Landschaft ein. »Ganz schöne Mutprobe. Die Strömung hat's in sich.«

»Weil der Fluß hier so tief ist. Auf dem Rückweg nimmt uns die Strömung mit.«

»Das hört man gern.« Hubert lauschte dem Summen der Insekten, dem Klopfen eines

Spechts in der Nähe und streckte die Beine aus.
»Wir dürfen nachher nicht vergessen, unsere Badesachen mitzunehmen. Die Gäste deiner Mutter kriegen sonst einen Schock.«

»Nicht auszudenken!« Cosmo schloß die Augen, weil die Sonne ihn blendete, und streifte mit der flachen Hand das Wasser von seinem nackten Körper. »So zu schwimmen ist das einzig Wahre.« Sie hatten ein Stück weiter unten die Badehosen ausgezogen.

»Ganz angenehm, mal wieder unter uns zu sein. Dein künftiger Schwager schwafelt ganz schön was zusammen.«

»Ja, aber Mabs kann es mit ihm aufnehmen.«

»Magst du ihn?«

»So wie wir erzogen sind, war ein Typ wie er zu erwarten.«

»Soso.« Hubert hielt die Augen geschlossen. »Ist sie in Nigel verliebt?«

»Möchte ich annehmen. Warum? Hattest du nicht den Eindruck?«

»Ich weiß nicht recht ... vielleicht nicht genug.«

»So?«

»Ich kann mich natürlich irren.«

»Hoffentlich, Blanco.«

»Nenn mich bitte Hubert.«

»Was meinst du mit ›vielleicht nicht genug‹, Hubert?« Cosmo richtete sich auf und stützte sich auf einen Ellbogen. »Ich denke, *l'appétit vient en mangeant,* oder wie das so schön heißt. Komm, sag schon.« Er sah auf seinen Freund herunter.

»Deine Schwester ist ganz schön sexy.«

»Und Nigel nicht?«

»Läßt sich's jedenfalls nicht anmerken.«

»Wie kommst du darauf, daß Mabs –«

»Ich habe mit ihr getanzt.«

»Ich auch.«

»Du bist ihr Bruder.«

»Ja, und dich kennt sie schon so lange, daß du eine Art Ersatzbruder bist. Worauf willst du hinaus, Hubert?« Cosmo sah ihn neugierig an. »Weshalb bist du so skeptisch?«

Hubert legte den Kopf zur Seite, hielt die Augen geschlossen und stellte sich schlafend. Gestern abend beim Tanzen war ihre Hand neugierig tastend über seinen Hosenschlitz gestreift; seinen Klaps hatte sie mit einem wissenden Lächeln quittiert. Aber wenn er das Cosmo erzählte, richtete er nur Schaden an. Er drehte sich auf die Seite.

Cosmo betrachtete gedankenverloren Huberts Rücken, auf dem sich eine Bremse niedergelassen hatte. Er wartete, bis sie gestochen hatte, dann schlug er kräftig zu. »Volltreffer!«

»He, was fällt dir ein?« Hubert rollte sich zu ihm herum und machte die Augen auf.

»Das Biest hat dich gestochen. Ich habe dein Blut an meiner Hand, Blut und Fliegenbrei.« Er wischte die Hand im Gras ab. »Komm, red schon.«

Hubert seufzte. »Also doch kein Paradies.« Und dann: »Mit Tashie habe ich auch getanzt, im Rhythmus ist sie nicht ganz so sexy wie deine Schwester.« Er hoffte, daß Cosmo, der ein netterer Mensch war als er, die Tücke dieser Bemerkung nicht durchschauen würde. Er setzte sich auf, legte die Arme um die Knie, betrachtete die Aussicht und zwei stattliche Wiederkäuer, die am anderen Ufer durch das hohe Gras tänzelten und langsam, mit wiegenden Schritten, zum Trinken ans Ufer traten. »Hübsche Kühe.«

»Ich finde, Tashie tanzt gut. Sehr leicht.« Auch Cosmo hatte den gemessenen Gang der Kühe verfolgt. »Nigel und Henry haben beide Glück.«

»Ganz meine Meinung«, bestätigte Hubert. »Beides nette Burschen mit guten Zukunftsaussichten, sicheren Positionen, Landhäusern, die sie mal erben werden, und einem Haufen Geld. Sehr standesgemäß.« So wie er es sagte, hatte das Wort etwas Lächerliches, und Cosmo lachte pflichtschuldig, wenn auch etwas zaudernd und mit dem Gefühl, irgend jemanden oder irgend etwas zu verraten.

»Jetzt wirst du gleich wieder von Vetter Dings und vom Palais Pengappah anfangen.«

Hubert tat, als schlucke er den Köder. »Ein Palais ist es wohl nicht. Bestenfalls ein Herrensitz, wahrscheinlich aber ein stinknormales Haus«, sagte er leichthin. Er wollte nicht den Eindruck erwecken, die Schwester seines Freundes sei vielleicht auf eine Geldheirat aus oder nähme Nigels irdische Güter wichtiger als die Liebe. »Ich glaube, so langsam müssen wir zurück. Mabs und Tashie wollten Flora vom Bahnhof abholen, nicht? Warum haben sie eigentlich nicht uns hingeschickt?«

»Weil *sie* erst mal sehen wollten, *wie* sie ist.« Cosmo äffte die leicht affektierte Sprechweise von Mabs und ihrer Freundin nach. »Ob es *lohnt*, sich mit ihr zu befassen.«

»Aha«, sagte Hubert verblüfft.

»So sind die Leute eben«, meinte Cosmo. »Sogar Mabs und Tash.«

Die besonders, dachte Hubert.

»Komm.« Cosmo stand auf und sprang in den Fluß. Die bis zu den Fesseln im Schlamm stehenden Kühe rempelten sich erschrocken an. Cosmo schüttelte den Kopf, daß die Tropfen sprühten, und trat Wasser, bis Hubert nachgekommen war. »Du verstehst das vielleicht nicht«, sagte er, während sie sich von der Strömung flußabwärts tragen ließen, »aber Mabs und Tashie sind dazu erzogen worden, sich standesgemäße Freunde zu suchen. Mit anderen könnten sie gar nichts anfangen, und das gilt vor allem für heiratsfähige Männer.«

Hubert ließ sich neben seinem Freund hertreiben, und als er sich der auf Abwege geratenen Finger vom Vorabend erinnerte, konnte er sich denken, welche Rolle den »nicht standesgemäßen« Partnern zugedacht war. »Glaubst du, daß sie mit Nigel und Henry geschlafen haben? Zum Ausprobieren?«

»Nein, bestimmt nicht, sie wüßten gar nicht, wie man das anstellt, nicht die beiden.«

»Ehrlich?«

»Natürlich wollen sie, das nehme ich jedenfalls an, aber sie sind wie wir, Hubert. Jungfräulich.«

»Wenn ich mich recht erinnere, hat es dich ganz schön gejuckt, als wir noch picklige Teenager waren ...«

»Klar. Und wie. Immer noch. Aber mit wem fängt man an? Die bisherigen Angebote haben mich einfach nicht gereizt.«

»Eilt ja nicht«, sagte Hubert. »Oxford schätzt Enthaltsamkeit Mädchen gegenüber. Das bringt man offenbar schon von der Schule mit: Halt dich an Jungen, da weißt du, was du hast.«

»Das hilft mir nicht weiter. Ich mach' mir nichts aus Jungen.«

»Ich auch nicht. Kommt Zeit, kommt Rat. Haben wir unsere Badehosen hinter den Stein da gelegt?« Während er zum Ufer schwamm, erinnerte er sich bedauernd an sein erstes Sexabenteuer, das noch gar nicht lange zurücklag. Es war ein kostspieliges Experiment gewesen. Er hatte nichts erfahren, was er nicht schon gewußt hätte, und etwas eingebüßt, was unwiederbringlich war. Er sah zu, wie Cosmo gewandt ans Ufer kletterte, und beneidete ihn um seine Unerfahrenheit. »Ich dachte, du wüßtest inzwischen genau Bescheid.«

»Worüber?« Cosmo suchte nach den Badehosen. »Ach, da sind sie.«

»Über Mädchen. Frauen. Du hast immer behauptet, du kannst es gar nicht erwarten.« Hubert zog die Badehose an, die ihm Cosmo gab.

»Leider sind die Mädchen da anders«, sagte Cosmo. »Die, die mir gefallen, sind groß im Warten. Küssen lassen sie sich, aber wenn man mal weitergeht, machen sie den Laden dicht.«

»Standesgemäße Mädchen«, murmelte Hubert. Dann fiel ihm wieder Mabs ein. »Glaubst du wirklich –«

»Sei mal still!« Cosmo hob die Hand. Von der Flußbiegung her hörte man Planschen, Mädchenstimmen, Männerlachen. Cosmo zog die Badehose hoch. »Los, wir schleichen uns an.« Er ließ sich geräuschlos wieder ins Wasser gleiten, und Hubert folgte ihm. Im Schutz der Uferböschung ließen sie sich bis zur Biegung treiben. An einer breiten, tiefen Stelle schwammen Mabs und Tashie. Mabs hatte einen roten Badeanzug an, Tashie einen blauen, beide trugen weiße Gummibadekappen. Mit ermutigenden Zurufen feuerten sie Nigel und Henry an, die am anderen Ufer beratschlagten, ob man wohl auf dem überhängenden Ast einer Buche entlangbalancieren und von dort ins Wasser springen könne.

»Ganz leicht, wenn sie wüßten, wo's langgeht.« Cosmo trat Wasser. »Na also, Henry hat's kapiert.«

Sie sahen zu, wie die beiden am Baum hochkletterten und sich zögernd auf dem Ast entlangtasteten. Nigel, der Unsportlichere, schwankte gefährlich hin und her und ließ sich ungeschickt ins Wasser fallen. Henry folgte mit einem eleganten Kopfsprung.

»Toll«, rief Mabs. »Noch mal!«

Hubert packte Cosmo am Arm und deutete zum Ufer. Auf der Böschung zog Flora sich gerade aus.

»Komm, Flora, es ist herrlich«, rief Mabs. »Beeil dich doch!«

Flora hatte das Kleid ausgezogen und stand nur noch im Schlüpfer da. Sie kehrte Cosmo und Hubert den Rücken zu. Mit den Zähnen hielt sie das Ende eines großen Badetuchs fest. Im Schutz des Tuchs, das ihren Körper vor den Blicken der Badenden verbarg, stieg sie aus dem Schlüpfer und zog den Badeanzug an. Sie ließ sich Zeit dabei und sah zu, wie die anderen im Wasser herumtobten. Dann ließ sie das Badetuch fallen, band sich das Haar zusammen, war mit drei Schritten am Wasser und sprang hinein.

Cosmo und Hubert atmeten tief aus. »Wir warten besser noch einen Moment«, sagte Cosmo. »Sonst kann sie sich denken, daß wir sie gesehen haben.«

Hubert nickte. Er hielt sich immer noch an der Böschung fest.

23

Es fiel Flora, die am Ende der Tafel saß, nicht besonders schwer, sich still zu verhalten, zu essen, was ihr angeboten wurde, und ihren Nachbarn die richtige Reihenfolge der Bestecke abzuschauen. Erleichtert stellte sie fest, daß kaum ein Unterschied zu dem bestand, was ihr von der Tafel ihrer Eltern in Indien her in Erinnerung geblieben war.

Flora saß zwischen Nigel und Henry, die entweder über ihren Kopf hinweg miteinander oder mit Mabs und Tashie sprachen, die jeweils an ihrer anderen Seite saßen, so daß sie es den schlechten Manieren der beiden zu verdanken hatte, daß sie den Mund nicht aufzumachen brauchte. Sie hoffte sehr, daß sie das Essen überstehen würde, ohne das Kleid zu bekleckern, das Mabs ihr geliehen hatte, oder Cosmo und Hubert in die Augen sehen zu müssen, die ihr gegenüber saßen. Ihr genügte es vollauf, schweigsam die zahlreichen Reize zu verarbeiten, denen ihr Organismus seit der stürmischen Begrüßung durch Mabs und Tashie auf dem Bahnhof ausgesetzt war.

In Indien war sie ihren Eltern aus dem Weg gegangen und hatte sich tagsüber bei den Dienstboten aufgehalten; die Zeit mit den beiden Gouvernanten in Italien und Frankreich war todlangweilig gewesen; die fünf Internatsjahre hatte sie in lähmendem Mittelmaß und häufig in der Gesellschaft von Menschen verbracht, die ihr ausgesprochen unsympathisch waren. Von der Welt draußen wußte sie nichts. Die flüchtigen Eindrücke echten Familienlebens, die sie während der Osterferien in Dinard gesammelt hatte, waren zu einer traumähnlichen Erinnerung verblaßt. Sie war nicht darauf vorbereitet, ihren Traumfiguren leibhaftig zu begegnen, und war überrascht von dem Maß an Zuneigung, die sie einander offenbar entgegenbrachten und in die sie wie selbstverständlich einbezogen wurde.

Sie trank in kleinen Schlucken ihren Wein und bemühte sich, nicht zu Cosmo und Hubert hinüberzusehen, weil sie fürchtete, dann rot zu werden oder ein verlegenes Gesicht zu machen. Daß sie Cosmo und möglicherweise auch Hubert hier antreffen würde, hatte sie natürlich erwartet, doch als die beiden plötzlich im Fluß auftauchten, war sie völlig überrumpelt gewesen. Nach ihrem zweiten Sprung hatten die Jungen, die unter Wasser um die Biegung geschwommen waren, sie gepackt und waren mit ihr an die Oberfläche gekommen. »Sie gehört mir!« – »Nein, mir!« Wer was gesagt hatte, wußte sie nicht, aber ihre harten Körper zu spüren, die den ihren in wäßriger Nähe umschlossen hielten und immer wieder ihre Brüste, ihre Schenkel berührten, war beängstigend und erregend zugleich gewesen. Cosmo hatte sie auf den Mund geküßt, den sie schon zu einem Schrei geöffnet hatte, und Hubert ihren Hals, sie hatte seine Zähne gespürt. Als sie beim Abendessen saß, hoffte Flora, daß sie nicht bemerkt hatten, wie sie in einer ersten spontanen Reaktion versucht gewesen war, die Küsse zu erwidern. Statt dessen hatte sie sich energisch strampelnd losgemacht.

Sie war ans Ufer geschwommen und hatte mit Mabs und Tashie zusammen die Thermosflaschen und Sandwiches für das Picknick ausgepackt. Während sie dann ihre Brote aß und ihren Tee trank, registrierte sie die Veränderungen, die mit Cosmo und Hubert vorgegangen waren. Während Felix ihr kleiner vorgekommen war, als er sie damals zum Mittagessen ausgeführt hatte, erschienen ihr Cosmo und Hubert größer. Aus den halbwüchsigen Jungen waren Männer geworden. In Huberts Gesicht dominierte die Nase; die über der Nasenwurzel fast zusammenstoßenden Brauen und die schwarzen Augen gaben seinen Zügen etwas beinah Finsteres. Cosmos Gesicht war schmaler, das helle Haar struppiger geworden. Sein Kinn kratzte beim Küssen, und der geschlossene Mund wirkte strenger. Mit dem Überfall, dachte sie, während sie den Gesprächen zuhörte, hatten sie nichts Besonderes bezweckt, ihr Benehmen fügte sich ganz selbstverständlich in die allgemein vergnügte Stimmung an diesem schönen Fleckchen Erde ein.

Seit Mabs und Tashie sie auf dem Bahnhof begrüßt hatten, war ihr nur Freundliches widerfahren. Hatte schon die Warmherzigkeit der beiden Mädchen sie überwältigt, so war die Begegnung mit ihren Gastgebern womöglich eine noch größere Überraschung. Milly hatte ihr einen Kuß gegeben und gesagt: »Wie hübsch du geworden bist, Kind!«, als habe Flora ihr damit eine persönliche Freude bereitet, und sie dann Molly, einem freundlichen Hausmädchen, anvertraut. Molly hatte Flora auf ihr Zimmer gebracht, ihren Koffer ausgepackt, hatte ihr, als sie vom Schwimmen zurückkam, ein Bad eingelassen, ihr in das Kleid geholfen, das sie jetzt trug, ihr das Haar gebürstet und sie dann in den Salon hinuntergeschickt.

Angus, merklich grauer als vor fünf Jahren, war sichtlich erfreut auf sie zugekommen. Der aufgeplusterte Schnurrbart erinnerte sie an die Flußkrebse beim Picknick. Er erkundigte sich nach ihren Eltern, machte sie mit den anderen Gästen bekannt, deren Namen sie nicht behalten hatte bis auf den einer sehr hageren Miss Green. »Und *das* ist Miss Green!« Bot ihr einen Sherry an, den sie dankend ablehnte. Immerhin hatte er ihr zumindest so weit die Befangenheit genommen, daß sie interessiert die Ankunft weiterer Gäste beobachten konnte, die alle von Angus und Milly mit großer Herzlichkeit begrüßt wurden.

Es war eine große Gesellschaft: Neun Leute im Haus, dazu elf Gäste zum Abendessen. »Nach dem Essen werdet ihr vermutlich Sardinen spielen oder Mörder, das scheint im Augenblick große Mode zu sein«, sagte Milly. »Vielleicht will das junge Volk auch tanzen. Angus hat nichts dagegen, wenn der Radau sich in Grenzen hält. Nur der Salon ist tabu. Für den Fall, daß du eine Zuflucht suchst, weißt du also Bescheid. Aber du siehst nicht so aus, als ob das nötig wäre ...«

Sie hat gar nicht richtig mit mir gesprochen, dachte Flora, während der Butler zu Tisch bat, sie hat über meinen Kopf hinweggesehen. Flora hatte noch nie Mörder oder Sardinen gespielt, war aber zu allem bereit. Sie hatte die anderen Mädchen in der Schule von diesen Gesellschaftsspielen erzählen hören. Ihre erste Einladung. Ihr erster Besuch auf einem Landsitz. Der Kontrast zum Internat und seinen Insassen war so groß, daß ihr fast schwindelte. Sie war fest entschlossen, sich keine Minute entgehen zu lassen. Während des Essens verfolgte sie die Gespräche.

Die Unterhaltung von Mabs und Tashie bestand hauptsächlich aus freundschaftlichen Frotzeleien mit Nigel und Henry. Einige Plätze weiter war die Rede von der Landwirtschaft und von einem Prozeß. »Den Artikel in der ›Times‹ fand ich ausgezeichnet. Absolut fair. Weiß jemand, wer ihn geschrieben hat? Solche Journalisten sollte man sich merken, man weiß nie –« »Liest du Zeitung?« Nigel besann sich auf seine Manieren und musterte Flora wohlwollend. »Verfolgst du, was in der Welt vorgeht?«

»In der Schule bekommen wir keine Zeitungen«, sagte Flora. »Wir haben zwar Gemeinschaftskunde, aber das ist so langweilig, daß ich nie hinhöre.«

»Dann holst du das sicher in den Ferien nach«, meinte Nigel freundlich.

»Die Ferien verbringe ich auch in der Schule.«

»Ach so?« sagte Nigel verblüfft. »Aha.« Flora hatte das Gefühl, sich für ihre wunderliche Lebensführung entschuldigen zu müssen, aber da fuhr Nigel schon fort: »Dem könntest du natürlich abhelfen, indem du dir selbst eine Zeitung besorgst. Als ich in Eton war, hatte ich die ›Times‹ abonniert, damit ich in den Ferien nicht dumm dastehe.«

»Im Augenblick komme ich mir ziemlich dumm vor«, sagte Flora.

»Besonders interessierten mich damals Pferderennen«, fuhr Nigel fort. »Aber was ist denn da drüben los?« Flora folgte seinem Blick. Am Kopf der Tafel hatte Angus längere Zeit auf seine rechte Tischdame eingeredet. Jetzt wandte er sich Miss Green zu, die links neben ihm saß. Genau wie Flora hatte auch Miss Green gehofft, das Dinner ohne allzu vieles Reden überstehen zu können. Miss Green war mit einem Sprachfehler behaftet, unverheiratet, aber durchaus nicht dumm. Sie war eine Bekannte der Wards, bei denen sie auch wohnte.

Als sie vor dem Essen mit Hubert bekannt gemacht worden war, hatte Flora sie sagen hören: »F-freddy meint, daß ich ne-neben unserem Gastgeber s-sitzen muß. W-worüber soll ich reden?

K-kannst du ein T-thema v-vorschlagen? Ich r- r-ede so ungern.«

»Versuchen Sie's mit dem Völkerbund und mit Stanley Baldwin«, meinte Hubert. »Gewöhnlich wirkt das Wunder.«

Jetzt war es still geworden – die berühmte Stille vor dem Sturm. Miss Green, die Huberts Rat beherzigt hatte, sah zu ihrem Gastgeber hoch.

Als Flora merkte, daß niemand in ihre Richtung schaute, wagte sie einen Blick in die Runde. Die Gespräche waren verstummt. Hubert machte ein undurchdringliches Gesicht. Der Butler, der hinter dem Stuhl seines Herrn stand, schlug die Augen gen Himmel. General Leigh war rot angelaufen. »*Was?*« sagte er und funkelte Miss Green an, die mit fast unhörbarer Stimme ihre Bemerkung wiederholte: »F-finden Sie nicht auch, daß der V-völkerbund eine g-großartige Einrichtung ist, General Leigh? Und wie be-beurteilen Sie ihn im Zusammenhang mit Baldwin?«

»Der Völkerbund ist ein Klub für Franzmänner und Kanaken«, sagte Angus sehr laut. »Er bringt nur Unheil, er wird uns in eine Katastrophe führen. Dieser Mistkerl Baldwin tut, als ob er ihn respektiert, aber insgeheim verachtet er die ganze Bande dort ebenso wie ich, nur daß ich kein Hehl daraus mache. Dieser sogenannte Völkerbund ist eine ganz üble internationale Mafia, die sich gerissene Salonpolitiker und Kommunisten ausgedacht haben und auf anderer Leute Kosten unterhalten. Wer bezahlt denn für den ganzen Schwindel, Miss Green? Können Sie mir das verraten?«

»Aber Angus«, sagte Milly, die an einer der Längsseiten neben Freddy Ward saß. »Ich bitte dich.«

»Der britische Steuerzahler, Sie und ich«, fuhr Angus fort, ohne seiner Frau auch nur die geringste Beachtung zu schenken. »Ich nehme doch an, daß Sie Steuern zahlen, Miss Green?«

»Ja, natürlich.«

»Dann wählen Sie, Miss Green. Verurteilen Sie, so wie ich es tue, diese unmöglichen ausländischen Bolschewisten, die mit Ihrem Geld in Genf Friedenspaläste bauen, oder betreten Sie mein Haus nie wieder.«

»Das w-werde ich auch nicht«, sagte Miss Green leise.

»Angus!« Millys Stimme drang durch den Sturm. »Angus, du entschuldigst dich! Auf der Stelle!«

»Ich bitte um Entschuldigung«, sagte Angus ohne eine Spur von Reue.

»Begreifst du nicht, daß eins der Kinder Miss Green diesen Floh ins Ohr gesetzt hat?« ereiferte sich Milly. »Schau sie dir doch an! Miss Green ist unser Gast, du hast sie gekränkt. Du bist einem dummen Streich aufgesessen, Liebling.«

Angus sah seine Frau böse an. »Ich höre immer Kinder. Sie machen einen ziemlich erwachsenen Eindruck, finde ich. Alles Bolschewisten, wie? Bolschewisten verlassen auf der Stelle das Zimmer.«

Cosmo und Hubert schoben ihre Stühle zurück und standen auf. Auch Mabs, Tashie, Henry, Nigel und Flora erhoben sich. Das Mädchen, das zwischen Cosmo und Hubert saß, machte ein ratloses Gesicht. Der Butler bedeutete dem Stubenmädchen, die Tür aufzumachen.

»Haben Sie schon mal von Adolf Hitler gehört?« fragte Miss Green ohne jede Spur von Stottern.

»Nein. Ist er im Völkerbund?« Angus war noch auf der Hut.

»Nein. Er ist Deutscher.«

»Dann erzählen Sie mir von diesem vernünftigen Burschen. Jetzt kommt zurück, alle, macht euch doch nicht lächerlich«, rief Angus der abmarschierenden Jugend nach. Dann wandte er sich wieder Miss Green zu. »Es tut mir aufrichtig leid, bitte verzeihen Sie mir.«

»So ein Theater«, sagte das Mädchen zwischen Cosmo und Hubert, während sich alle wieder setzten.

Hubert fing Floras Blick auf und lächelte.

Nigel und Henry beugten sich zu ihr hinüber. »Und was hältst du vom Völkerbund, Flora?« Flora aber erwiderte Huberts Lächeln und dachte an die Szene im Fluß.

»Meinen Sie, dieser Hitler macht noch mal von sich reden?« fragte Angus.

»Durchaus möglich«, sagte Miss Green.

24

»Bekommst du allmählich ein Gefühl für Coppermalt?« Mabs und Flora lagen unter einem breiten Himmelbett. Die Jugend spielte Sardinen, während die ältere Generation sich zum Bridge zusammengesetzt hatte. Mabs suchte sich eine bequemere Stellung. »Leg du dich außen hin, wenn Nigel uns findet, kann er nicht ...« Der Rest war unverständlich.

»Was?« flüsterte Flora.

»Nichts. Er fummelt gern ein bißchen. Jetzt sag, was –«

»Dem Kleid tut das bestimmt nicht gut.« Flora wollte zuerst nicht mit Mabs gehen.

»Spielt keine Rolle. Pst, lieg still.«

Flora rührte sich nicht.

Eine dritte Person, die man im Dunkeln nicht

erkennen konnte, machte die Tür auf und tastete sich durchs Zimmer. Ein leises Murmeln: »Hier nicht.« Dann schlug die Tür wieder zu. Flora entspannte sich.

»Ich habe dich nach deinen ersten Eindrücken gefragt«, fing Mabs wieder an. »Erzähl mal.«

»Liebe, Güte, Herzlichkeit, Großzügigkeit. Alle sind so –«

»Wer ist da?« Mabs war zusammengefahren, jemand hatte gelacht.

»Nur ich. Ich war hinter dem Vorhang. Rück ein Stück, Mabsy.« Hubert kroch an ihren Füßen vorbei und legte sich neben sie. »Wen hast du denn da?« Er streckte die Hand aus, berührte Floras Kopf, tastete mit den Fingern über ihr Haar. »Flora?«

»Wen denn sonst? Sei still, Hubert. Sprich weiter, Flora. Alle sind so ... so was? Was sind wir noch außer liebevoll, gütig, herzlich und großzügig?«

»Dein Vater, beim Abendessen –«

»Hab' mir doch gedacht, daß ihr hier seid.« Cosmo hob den Volant hoch und schlüpfte zu ihnen. »Ich habe die Tür zugeklappt und bin einfach im Zimmer geblieben.«

»Hinterhältiger Schuft«, sagte seine Schwester. »Mogeln gilt nicht!«

»Vielleicht wäre ich wirklich wieder gegangen, wenn ihr nicht angefangen hättet zu reden. Mach mal Platz. Erzähl weiter von deinen ersten Eindrücken, Flora. Was wolltest du über meinen Vater sagen?«

»Komm, heraus damit«, drängte Mabs.

»Er ... die Sache mit dem Völkerbund hat ihn so wütend gemacht«, sagte Flora zögernd. »Er ist richtig explodiert.«

»Da wirst du von Mutter noch was zu hören bekommen, Hubert«, sagte Mabs. »Sein Blutdruck macht ihr Sorgen. Ausländer treiben ihn in die Höhe.«

»Ich habe mich schon entschuldigt«, sagte Hubert, »und geziemende Reue erkennen lassen. Miss Green – was ist das übrigens für eine Person? – hat ein skeptisches Gesicht dazu gemacht.«

»Aber –«, begann Flora verwirrt.

»Ausländer«, erläuterte Cosmo, »muß man bekämpfen. Wenn sie massenweise auftreten oder gar im Bund, sind sie bei meinem Vater von vornherein unten durch. Wenn's um Ausländer geht, hört bei ihm die Liebe und Großzügigkeit auf.« Cosmo schob seinen Arm unter Floras Hals und bettete ihren Kopf an seine Schulter. »Ausnahmen macht er nur bei einigen wenigen Einzelexemplaren, und selbst da soll es schon Fälle gegeben haben, wo –«

»Ich glaube, Vaters Wutanfall hat sie richtig schockiert«, warf Mabs rasch ein. »Die Leighs auf Coppermalt sind nicht ganz so, wie es auf den ersten Blick aussieht, nicht, Cosmo?«

Flora überlegte, was Cosmo wohl hatte sagen wollen. Hatte er Felix gemeint?

»In Frankreich«, wandte sie zögernd ein, »ist euer Vater aber doch mit allen Leuten gut ausgekommen, nicht?«

»Da hat er's ja auch nur mit dem Hotelpersonal, mit der Bedienung und mit Verkäuferinnen zu tun gehabt«, sagte Hubert.

Cosmo lachte in sich hinein.

»Aber mit den Habenichtsen war er richtig befreundet«, widersprach Flora. »Ihr habt an einem Tisch gesessen.«

»Adlige Ausnahmen bestätigen die Regel«, bemerkte Hubert.

Cosmo prustete.

»Muß das sein, Blanco?« fragte Mabs ziemlich verstimmt.

Die Tür ging auf. »Hat jemand unters Bett geguckt, Nigel?« fragte eine weibliche Stimme. »Als sie klein war, hat Mabs sich mit Vorliebe unter Betten versteckt.«

»*Auf* einem Bett hat man sehr viel mehr Möglichkeiten«, bemerkte Nigel. Die beiden betraten das Zimmer.

»Schauen wir mal nach.« Das Mädchen hob den Volant hoch. »Tatsächlich, ich sehe Füße. Das sind die Schuhe von Mabs.«

»Hier ist alles voll«, erklärte Cosmo.

»Legen wir uns oben hin, auf die Steppdecke«, sagte das Mädchen. »Oder wirst du dann eifersüchtig, Mabs?«

»Ach wo. Nur keine Hemmungen.«

Kichernd kletterten die beiden ins Bett. »Habt ihr da unten auch einen Nachttopf?« fragte Nigel. »Die Nachtgeschirre von Coppermalt sind berühmt. Mein künftiger Schwiegervater hat einen aus Silber, ein echtes Sammlerstück, wußtest du das?« Seine Begleiterin kicherte. »Ob er uns den wohl zur Hochzeit schenken würde, Schatz?«

»*Noch* ist er nicht dein Schwiegervater«, versetzte Mabs.

»Oho, hört euch das an.« Nigel ließ die Matratze wippen.

Weder Mabs noch Nigel hätte man geglaubt, daß sie ineinander verliebt waren. »Unergründlicher Humor«, flüsterte Cosmo Flora ins Ohr.

»Raus mit euch, man hört euch bis auf den Gang.«

Henry machte die Tür auf und knipste das Licht an, die übrige Suchmannschaft drängte nach.

»Ich bin dafür, daß wir noch eine Runde spielen«, sagte Tashie. »Aber diesmal streng nach den Regeln: jeder für sich und absolute Ruhe. Ich bin ja froh, daß es nicht eins von meinen Kleidern ist«, setzte sie hinzu, als Flora unter dem Bett hervorkam. »Nicht schummeln, klar? Wir fangen in der Diele an. Keine Zweiergruppen. Und es muß völlig dunkel sein.«

»Tashie hält viel von Konventionen«, bemerkte Henry. »Ich bin dran zum Verstecken«, sagte Hubert.

»Tatsächlich?«
»Gar nicht wahr!«
»Wohl wahr!« Hubert setzte sich durch.

Da Flora sich im Haus nicht auskannte, beschloß sie, im Erdgeschoß zu bleiben. Sie tastete sich durch die Diele. Wenn ich es bis zur Treppe schaffe, dachte sie, könnte ich vielleicht mogeln, mich einem Mitspieler anschließen, der gerade herauf- oder herunterkommt, oder mich einfach auf eine Stufe setzen. Vorsichtig schob sie sich an einer Eichentruhe vorbei. Sie erinnerte sich, daß es in der Diele zwei davon gab, auf jeder Truhe stand eine imposante Vase, sie mußte aufpassen. Es war erstaunlich dunkel und still. Tashie hatte dafür gesorgt, daß alle sich die Schuhe auszogen, und sich hoch und heilig versprechen lassen, daß niemand reden oder auch nur flüstern würde. Flora blieb horchend stehen und versuchte sich zu orientieren. Ab und zu spürte sie einen Luftzug an der Wange, wenn irgendwo jemand eine Tür öffnete oder schloß. Aus dem Salon, wo die Älteren Bridge spielten, drangen gedämpfte Stimmen, dann klirrte ganz in der Nähe Glas, ein Siphonstrahl zischte. »Was sagtest du eben, Liebling?« Sie erkannte die Stimme von Angus.

»Sie ist hübsch, sagte ich. Eigentlich hatte ich dicke Beine und Pickel erwartet.«

Flora versuchte abzuschätzen, wo sie war, und schob sich an der Wand entlang.

»Reines Wunschdenken, mein Herz. Einen Drink?«

»Nein, danke. Freddy hätte gern einen Whisky. Die ganze Sache hat mir deine liebe Freundin Rosa eingeredet. Ich kann nur hoffen, daß Cosmo —«

»Verordnet, willst du wohl sagen.« Angus schnaubte belustigt. »Und Miss Green? Nur Limonade? Auch recht. Die gute alte Rosa. Du brauchst sie ja nicht noch mal einzuladen, laß die Verbindung einschlafen.«

»Dann komme ich mir bestimmt ganz niederträchtig vor.« Millys Stimme war jetzt ganz nah. »Ist das für Miss Green? Ich bringe es ihr. Danke, Lieber.«

»Keine Bange, das gibt sich wieder«, sagte Angus vergnügt. Flora wußte jetzt, wo sie war. Wenn sie sich an der Wand entlang nach rechts tastete, kam sie zur Treppe und konnte sich hinsetzen, sie mußte nur auf die zweite Eichentruhe achtgeben.

Millys Stimme folgte ihr. »Nach dem, was damals beinah mit Felix passiert wäre —«

»Das war nur deine Einbildung.« Angus war jetzt weiter weg. »Es ist nichts draus geworden.«

»Aber ich möchte nicht, daß Cosmo –«

Flora spitzte die Ohren und wollte gerade wieder in Richtung Salon gehen, als sich ein Arm um sie legte. »Pst«, flüsterte es, sie wurde in einen tiefen Schrank gezogen, und die Schranktür ging zu. »Rühr dich nicht«, sagte Hubert leise. »Ich muß nur das ganze Zeug hier ...«

Es war stockdunkel, viel dunkler als in der Diele. Hubert hielt sie mit einer Hand fest, während er mit der anderen einen Haufen von Mänteln und Regenhäuten zwischen ihnen und der Tür zurechtschob. »Hier findet uns keiner.« Er lehnte sich zurück, legte ihr die Hände um die Taille und zog sie an sich.

»Hubert ... Blanco ...«

»Ja?«

»Du hast mich erschreckt.« Ihr Herz hämmerte. Sie hätte ihn gern gefragt, worüber die Leighs gesprochen hatten, aber womöglich hätte er gedacht, daß sie absichtlich gelauscht hatte. Dann aber vergaß sie die Leighs; Hubert begann ihren Rücken zu streicheln. Im Schrank war es feucht und stickig. Die Mäntel, zwischen denen sie steckten, rochen nach Pferd und Erde, nach Tabak, Whisky, Haaröl, Fisch und Hunden. Ein Gummistiefel lehnte an ihrem Bein; als sie eine Hand ausstreckte, um das Gleichgewicht nicht zu verlieren, spürte sie die Maschen eines Keschers. Halblaut sagte Hubert, während er ihren Rücken streichelte: »Ich hab' gesehen, wie du dich am Fluß ausgezogen hast. Da habe ich mir das hier gewünscht.« Er rieb mit dem Kinn über ihren Kopf und zog sie eng an sich.

»Im Salon haben sie etwas von Felix gesagt«, meinte Flora. »Mrs. Leigh schien ... Was war denn da, Hubert?« Sie brannte vor Neugier.

»Ach das. Ein alter Hut. Sie hatten ihn eingeladen, Mabs hatte es auf ihn abgesehen. Sie und Tashie waren schon damals in Dinard wie verrückt hinter ihm her, aber das weißt du vielleicht nicht mehr.«

»Doch, das weiß ich.«

»Tatsächlich? Na ja, jedenfalls hat ihn der General eingeladen. Mabs wollte ihn unbedingt einfangen, sie hat sich ganz schön lächerlich gemacht, und Mrs. Leigh hat das große Flattern gekriegt.«

»Warum?«

»Ausländer, wie gehabt. Ruhe hat der General nur, wenn zwischen der Tochter und diesen fremden Wesen der Ärmelkanal liegt. Trotz Geld und schöner Titel.«

»Oh.«

»Aber die Aufregung war völlig umsonst, Felix hat nicht angebissen. Er war fast nur mit Cosmo und mir zum Angeln draußen. Ich mag Felix.«

»Ich auch.«

»Warum reden wir eigentlich von Felix? Wir spielen Sardinen. Drück dich ran, Flora, das ist doch der Witz bei der Sache.«

Flora machte sich los. »Ein dummes Spiel, ich weiß überhaupt nicht, was das soll. Wollte Felix sie nicht heiraten?«

»Nicht daß ich wüßte. Komischer Knabe, der gute Felix.« Hubert zog sie wieder an sich. »Sardinen ist ein Gesellschaftsspiel. Einer versteckt sich, die anderen suchen nach ihm, und wenn sie ihn gefunden haben, quetschen sie sich alle zusammen. Ich finde es besser als Mörder.«

»Mörder?«

»Bei Mörder laufen alle herum, bis der Mörder einen schnappt und an der Kehle packt. So etwa.« Hubert legte Flora die Hände um den Hals. »Wen es erwischt hat, der muß schreien. Nicht jetzt, dummes Ding!« Flora hatte schon tief Luft geholt. »Rühr dich nicht. Ich möchte die Daumen in die Vertiefungen über deinem Schlüsselbein legen.« Flora stand still, sie bekam es allmählich mit der Angst zu tun. »Du mußt dich nicht fürchten, ich tu' dir nicht weh.« Hubert ließ ihren Hals los und legte ihr wieder die Hände um die Taille.

»Ich fürchte mich nicht.« Seine Hände an ihrem Hals waren ihr riesengroß vorgekommen. Dann machte Hubert etwas, was sie nicht erwartet hatte. Er zog ihr Kleid hoch, ließ seine Hand über ihren Po gleiten und zog mit dem Mittelfinger ihre Gesäßfalte nach. »Das habe ich mir auch gewünscht, als ich dich am Fluß gesehen habe«, sagte er. »Sehr sogar.«

Flora machte sich los. »Nein. Nein, bitte nicht ... ich ... meine Mutter ...« Sie keuchte und schluchzte, sah sich wieder auf den Klippen in der Bretagne sitzen, als ihr Vater der Mutter das Kleid hochgezogen hatte. Die Mutter hatte das Kleid über den Kopf gestreift, hatte sich in den Sand gelegt und die Beine gespreizt ...

»Du armes kleines Ding. Komm, ich wisch' dir die Tränen ab.« Hubert angelte ein Taschentuch heraus. »Ich wollte dich wirklich nicht zum Weinen bringen. Ich fand deine Mutter fürchterlich. Mabs und Tash haben vorhin erst gesagt, wie gemein sie es finden, daß sie dir nichts Vernünftiges zum Anziehen kauft.«

»Ist sie auch«, schluckte Flora. »Ich hasse sie. Es ist nur ... Ich kann es nicht erklären, Blanco.«

»Brauchst du auch nicht.« Hubert dachte an Denys und Vita, dieses sonderbare Paar, das nur Augen füreinander gehabt hatte und so ganz anders gewesen war als normale Eltern. Er hielt Flora sanft mit einem Arm fest und trocknete mit der anderen Hand ihre Tränen.

Flora schmiegte sich an ihn, es tat ihr schon leid, daß sie ihn abgewehrt hatte. »Mach es noch mal«, flüsterte sie.

»Was?«

Sie griff nach seiner Hand, legte sie wieder um ihre Taille. »Es war nur, weil ich an meine Mutter denken mußte.«

»Und?«

»Und an meinen Vater. Sie waren ... sie sind so ... Und bei dem Picknick, als ihr geschwommen seid und –«

»Ja?«

Flora erzählte ihm flüsternd, was sie von ihrem Ausguck gesehen hatte. »Ich habe gedacht, sie sind verrückt geworden. Es sah so albern aus. Wenn die Leute sie sehen, habe ich gedacht, lachen sie die beiden aus. Kannst du dir denken, was sie da getrieben haben?«

Hubert hatte die Arme um Flora gelegt und schüttelte sich vor Lachen. »O Flora. Oh-ho-ho-ho, oh-ha-ha-ha-ha.« Er erstickte sein Gelächter in ihrem Haar. »O Flora, nein, so was!«

»Da siehst du's!« fuhr sie ihn an. »Jetzt lachst du auch!«

»Ich hab' nicht über deine Eltern gelacht. Großes Ehrenwort!«

»Doch, hast du.«

»Nur ein bißchen. Sie waren eben geil. Ich habe über die Szene gelacht, diesen albernen Ort der Handlung.« (Und ich habe gelacht, weil ich erschüttert bin. Ein bißchen. Nein, mehr. Ziemlich erschüttert.)

»Was heißt geil? Und was meinst du mit Ort der Handlung?«

»Das eine ist etwas, was du nicht laut sagen darfst, und das andere ist ... Hier, dieser Garderobenschrank ist ein Ort der Handlung, unser augenblicklicher Ort der Handlung.« Hubert liebkoste Floras Nacken. »Du riechst wundervoll. Wie ungesalzene Butter. Was machst du da? Warum zappelst du so herum?«

»Ich ziehe mir den Schlüpfer hoch, du hast ihn nach unten gezerrt, das ist unbequem.« Hubert lachte wieder. »Und der Schrank stinkt«, sagte Flora gekränkt, während sie ihre Sachen in Ordnung brachte.

»Stimmt. Am besten gehen wir wieder zu den anderen.«

»Ist gut.« Flora merkte, daß sie irgend etwas falsch gemacht, daß sie den Bann gebrochen hatte, und suchte nach einem unverfänglichen Thema. »Wie geht es deiner Mutter?«

»Sie hat wieder geheiratet.«

»So was ... Ist er nett?«

»Es geht. Er hat genug Geld, er mag sie, und sie mag ihn. Wir haben uns nichts zu sagen.«

»Und ich habe immer gedacht, deine Mutter würde dir in Pengappah den Haushalt führen.«

»Daß du das noch weißt. Noch habe ich es nicht. Wenn es soweit ist, hole ich dich. Was du für ein Gedächtnis hast.«

(Natürlich weiß ich das noch, ich weiß alles, ich werde es nie vergessen.)

»Hat dich schon mal jemand geküßt?« fragte Hubert.

»Ja.« Sie dachte an den Kuß, den Cosmo ihr vorhin im Fluß gegeben hatte.

»Ganz richtig?«

»Wie meinst du das?«

»Ich zeig's dir.« Hubert legte die Hände um ihr Gesicht und beugte sich vor, um sie auf den Mund zu küssen. Im Alter hatte Flora von diesem ihrem ersten richtigen Kuß nur in Erinnerung, daß die Gerüche des Schranks sie schließlich überwältigten, so daß Huberts Kuß in einem prustenden Nieser unterging und er sie ein dämliches Trampel nannte.

25

Bei späteren Sardinenspielen machte Flora die Erfahrung, daß Fummeleien im Dunkeln nichts Ungewöhnliches und bei manchen Partnern vergnüglicher als bei anderen waren. Mit Nigel und Henry, die hin und wieder so taten, als hätten sie sich geirrt und eigentlich Tashie oder Mabs gemeint, machte sie meist kurzen Prozeß. Weil sie beim Mörderspiel nur ungern die Rolle des Mordopfers übernahm, eine Rolle, auf die Tashie ganz scharf war (sie hatte sich dafür einen speziellen Schrei zugelegt, der sie von anderen Opfern unterschied), mogelte sie und versteckte sich in der Dielengarderobe, bis sie das Gekreische hörte, denn nach ihrem Scharmützel mit Hubert hatte sie den Schrank für sich.

Am schönsten fand sie die Abende, an denen sie die Teppiche in der Diele aufrollten und zur Tanzmusik aus dem Radio Foxtrott tanzten. Besonders gern hatte sie Henry oder Nigel als Tanzpartner, denn bei ihnen kam ihr die Liebe nicht in die Quere; nach Jahren geträumter Umarmungen machte diese Liebe sie steif und ungelenk, wenn sie Cosmo und Hubert leibhaftig in den Armen lag. »Verkrampf dich doch nicht so«, sagten sie und: »Was lachst du denn? Komm, sag schon.« Das Verhältnis zu Nigel und Henry war spannungslos, das waren ganz normale, austauschbare Männer, die früher oder später Mabs und Tashie heiraten würden.

Tagsüber spielten sie Tennis, schwammen, ritten oder wanderten in den Bergen. Wenn es regnete, saßen sie in der Bibliothek und spielten Karten und Backgammon. Flora sperrte Augen und Ohren auf, denn ein Leben außerhalb der Schule kannte sie ja kaum. Sie wollte unbedingt lernen, auch so lebhaft, so selbstsicher und gesellig zu sein wie die jungen Leute auf Coppermalt und ihre Freunde, die zum Tennisspielen, zum Dinner und zum Tanzen kamen.

Besonders aufmerksam beobachtete sie Mabs und Tashie im Umgang mit Henry und Nigel. Diese beiden mußten schließlich wissen, wie man sich gibt, wenn man verliebt ist. Tashie und Henry saßen beim Essen nebeneinander und hielten häufig Händchen. Manchmal waren sie stundenlang verschwunden und tauchten erhitzt und schlafbefangen wieder auf, Henry mit zerzaustem Haar, Tashie mit verschmiertem Lippenstift. Beim Tanzen drückte Henry sie eng an sich und legte sein Kinn auf ihren Scheitel. Auf dem Sofa schmiegten sie sich aneinander, oft saßen sie zusammen in einem Sessel.

Mabs und Nigel machten das zwar auch, aber immer wieder kam es vor, daß Mabs plötzlich kratzbürstig wurde, scharf und zänkisch reagierte, daß sie sich beim Tanzen beklagte, Nigel trete ihr auf die Zehen, da tanze sie doch lieber mit Hubert, mit einem der anderen Gäste oder mit Wellington, dem Labrador ihres Vaters. »Wenn Wellington ein Mann wäre, würde ich ihn vom Fleck weg heiraten«, sagte sie. »Er ist einfach perfekt.« Worauf Nigel geduldig erwiderte: »Du liebst Hunde, weil sie dir nicht widersprechen.« Dann sah er mit unglücklichem Gesicht zu, wie sich Mabs mit Wellington auf dem

Sofa breitmachte, so daß sonst niemand Platz hatte.

Gleich darauf sprang Mabs dann auf, fiel Nigel um den Hals und küßte ihn vor allen Leuten ab, und wenn er sich peinlich berührt losmachte, stakste sie beleidigt davon und blieb stundenlang verschwunden, nicht einmal Wellington nahm sie mit.

Eines Nachmittags belauschte Flora zufällig das Gespräch zweier Gäste, die zum Tennisspielen gekommen waren und so eine Szene beobachtet hatten. Sie kamen aus der Gästetoilette und hatten Flora nicht auf der Treppe sitzen sehen. Der eine sagte: »Mabs müßte einfach mal richtig gebumst werden.« Und der andere: »Die Frage ist nur, ob der gute Nigel das bringt.« Im Hinausgehen sagte der erste: »Ich würde ja gern für Nigel einspringen, sie ist so –«, und der andere fiel ihm ins Wort: »O ja, das ist sie!«

Ratlos schlug Flora »bumsen« im Lexikon nach und las: »1. dröhnend aufschlagen, 2. koitieren« und war so klug wie zuvor.

An einem faulen Nachmittag hatten sie sich im Zimmer von Mabs zusammengesetzt. Mabs und Tashie besprachen mit ungebrochenem Eifer ihre Aussteuer, studierten die Herbstausgabe von ›Vogue‹ und begutachteten Stoffproben, die ihnen Madame Tarasowa geschickt hatte. Die Modebegeisterung von Mabs und Tashie setzte Flora immer wieder in Erstaunen. Blusen, Röcken und Kleidern brachten sie die gleiche Zuneigung entgegen wie ihr, ihre Kleidung bedachten sie mit dem gleichen Maß an Liebe wie ihre Familie, ihre Freunde und die Hunde des Hauses. Da sie ihr ständig Kleider liehen, bezogen sie Flora auch in ihre Gespräche mit ein.

Cosmo und Hubert kamen dazu, der eine setzte sich auf den Fußboden, der andere aufs Bett, und beide begannen die Mädchen aufzuziehen. »Welche Rolle spielt eigentlich Henry bei alldem?« fragte Hubert.

»Und was soll Nigel anziehen?« erkundigte sich Cosmo.

»Henry hat die Hosen an«, belehrte ihn Hubert und tat erstaunt, als Mabs ziemlich scharf erwiderte: »Nigel wird anziehen, was ich ihm aussuche. Er versteht nichts davon, ich werde dafür sorgen, daß er den Schneider wechselt.«

»Ob er das schon weiß?« flüsterte Cosmo ergriffen.

»Noch nicht, aber bald«, zischelte Hubert spöttisch zurück.

Mabs ließ sich nicht provozieren. »Sieh mal, Flora, das würde dir blendend stehen«, sagte sie und zeigte auf eine Modezeichnung. »Oder das da. Bei deiner phantastischen Figur könntest du dir so was leisten. Willst du nicht Mannequin werden? Dann brauchst du nicht nach Indien.«

Das Thema Indien war zur Sprache gekommen, als die anderen Flora nach der Schule gefragt hatten. Sie hatte die Gesellschaft mit Beschreibungen ihrer Mitschülerinnen zum Lachen gebracht, wie sie ihrem siebzehnten oder achtzehnten Geburtstag und dem Wiedersehen mit den Eltern in Delhi, Kalkutta, Bombay, Puna oder Peschawar entgegenfieberten. Dort würden sie Polospiele besuchen, auf den Bällen des Vizekönigs und in den Klubs tanzen, ihre künftigen Ehemänner kennenlernen – alle in der britischen oder indischen Armee, bei der Polizei oder beim diplomatischen Dienst, sie würden heiraten und glücklich und zufrieden bis an ihr Lebensende in großen Bungalows mit Scharen von Dienstboten sitzen. Die heißen Tage würden sie in den Bergen oder in Kaschmir verbringen. Hubert hatte für diese Mädchen den Ausdruck Fischereiflottille geprägt.

»Jedes Jahr im Oktober wird eine Flottille sexuell vernachlässigter, heiratswütiger junger Mädchen in die Linienschiffe der P & O verladen und über das Mittelmeer, das Rote Meer und den Indischen Ozean bis Bombay geschippert. Dort steigen die Mädchen um in den Zug und reisen durch die Weiten Britisch-Indiens, wo sie von ausgehungerten Subalternoffizieren, Bezirkskommissaren und Diplomaten gekapert werden. So wird der Fortbestand des Empire gesichert:

Man wirft ihm keusche Jungfrauen in den Rachen, damit wieder welche rauskommen.«

»Laß die dummen Witze, Hubert«, hieß es von allen Seiten.

»Freust du dich nicht darauf, Flora?« neckte Hubert. Flora schüttelte den Kopf. »Nein, sie freut sich nicht, sie wird ihnen was niesen«, (ich glaube, ich hasse ihn), »sie wird ihren Beitrag zum Fortbestand Britisch-Indiens verweigern, die Memsahibs durch das Tragen roter Schlüpfer schockieren, sich niesend über alle Normen hinwegsetzen, Verrat am Empire begehen, in Streik treten, niesen, niesen und den Sahibs alles vermiesen.« (Ich mag ihn ganz und gar nicht.)

»Und du sollst hin, wenn du siebzehn bist?« fragte Cosmo ernst.

»Ja.«

»Muß das sein?«

»Wenn ich siebzehn bin«, sagte Flora sachlich, »schicken sie mir Geld für meine Aussteuer –«

»Wir helfen dir beim Aussuchen!« warf Tashie ein.

»– und eine Schiffskarte nach Bombay. Dort holt mich der Träger meines Vaters ab, und wir fahren mit dem Zug zu ihnen.«

Cosmo runzelte die Stirn. »Und dann?«

»Dann lernt sie all diese heiratsfähigen Burschen kennen. Die Auswahl soll ja riesig sein«, sagte Hubert.

»Wieso bist du eigentlich so gut informiert?«

»Mein Stiefvater hat das Empire in Singapur mit aufgebaut, es ist das gleiche System.«

»Und du magst ihn nicht«, sagte Mabs.

»Ebensowenig wie Flora ihre Eltern.«

»Das gehört nicht zur Sache«, sagte Flora ruhig, und darauf wußten sie alle eine Weile nichts zu sagen.

»Schade um die Kleider«, meinte Tashie seufzend. Nach soviel Frotzelei lenkte Hubert ein und stellte den Antrag auf Gründung eines Vereins zur Rettung Floras aus den Fängen des gefräßigen Empire. Flora müsse sich eine Arbeit suchen, sagte er, dann brauche sie nicht nach Indien.

»Wir Mädchen sind nicht zum Arbeiten erzogen worden«, sagte Tashie.

»Wir werden zum Heiraten erzogen.«

»Wie man sieht«, sagte Cosmo.

»Nach der Revolution arbeiten Mann und Frau, dann hört das mit dem Heiraten ganz von selbst auf«, sagte Hubert.

»Na endlich«, meinte Cosmo. »Du hast schon seit Wochen die Revolution nicht mehr vorgekramt.«

»Weil ich auf die Gefühle deines alten Herrn Rücksicht nehme.«

»Davon habe ich bisher noch nicht viel gemerkt.«

»Für Flora kommt deine Revolution mit Sicherheit zu spät«, sagte Mabs.

»Sie könnte eine Stellung als Dienstmädchen annehmen und den Staub wegniesen.« Hubert sah Flora scharf an. »Sich als Sklavin verdingen, bis die werktätigen Massen losschlagen.«

»Ferkel«, sagte Flora und bedauerte, nicht noch schlimmer, noch unappetitlicher geniest zu haben. »Schwein.«

In diesem Moment kam Milly Leigh herein. »Aber Kinder, was soll denn das? Ihr hockt im Haus, bei geschlossenen Fenstern, an einem so schönen Tag! Warum seid ihr nicht draußen und bewegt euch ein bißchen?« Sie stieg über die herumliegenden jungen Leute weg, rutschte auf dem Hochglanzpapier von ›Vogue‹ aus, fing sich wieder und machte das Fenster weit auf. »Na bitte!«

»Beklagenswert, dieser Frischluftfimmel der Oberschicht.« Hubert rappelte sich hoch.

»Komm zum Fluß, abends beißen die Fische immer am besten«, sagte Cosmo. »Bis später, Mädels.«

»Nigel und Henry würden sicher gern eine Partie Tennis spielen.« Milly richtete ihren klaren Blick auf ihre Tochter, bevor sie das Zimmer verließ.

»Das ist ja wie in Indien«, jammerte Mabs.

Tashie sah sie von der Seite an. »Komm, gib deinem Herzen einen Stoß.«

»Geht ihr zwei, ich mache eine Runde mit den Hunden«, entschied Mabs.

An jenem Abend hatte Flora lange wachgelegen. Sie schlief deshalb noch fest, als Mabs am nächsten Morgen ganz früh in ihr Zimmer kam, um sie zu wecken.

»Reitest du mit mir aus? Ich kann nicht schlafen.«

Sie schlichen sich aus dem stillen Haus, holten die Pferde, sattelten sie und ritten gemächlich zu dem Hochmoor am Hadrianswall. Flora lauschte dem Klirren des Zaumzeugs, dem Knarren des Leders, dem Schurren der Pferdehufe im Gras, dem Ruf einer Rabenkrähe aus dem Tal. Als die Sonne aufgegangen war und der Wind, der über das gelbe Gras fuhr, sich gelegt hatte, ließen sie die Zügel locker, damit die Pferde grasen konnten, und freuten sich an der Aussicht.

»An so einem Morgen war ich mit Felix hier«, sagte Mabs. »Er macht eine gute Figur im Sattel. Die Aussicht hat ihm gefallen. Der Blick sei prachtvoll. Historisch hat er gesagt, glaube ich. Aber Holland gefalle ihm besser, und er sehe sich gern allein eine schöne Aussicht an. Er war unheimlich ... wie soll ich sagen ... rücksichtsvoll ist vielleicht das passende Wort. Er sei lieber im Flachland, hat er gesagt. Da wußte ich Bescheid. Mutter fiel natürlich ein Stein vom Herzen, sie war richtig glücklich. Das wollte ich dir erzählen. Das Leben auf Coppermalt ist nicht eitel Liebe, Glück, Herzlichkeit und Großzügigkeit.« Mabs straffte die Zügel. »Kantern wir zum Gipfel?«

Flora packte eine ungeheure Wut. Wie konnte Mabs, die doch alles hatte, Felix für sich beanspruchen? Daß er sie abgewiesen hatte, war unmaßgeblich. Sie hatte ihn in Gedanken besessen, hatte ihn heiraten wollen. Flora kochte vor Wut und gab ihrem Pferd heftig die Sporen. Das Pferd spürte ihre Erregung, senkte den Kopf, wölbte den Rücken und bockte. Bei den ersten beiden Anläufen konnte Flora sich noch halten, beim drittenmal warf der Gaul sie ab und lief mit leerem Sattel weiter bis zu Mabs, die schon oben angekommen war. Sie griff nach den schleifenden Zügeln.

»Warum hast du losgelassen? Womit hast du ihn geärgert? Er ist ganz friedlich«, rief Mabs. »Hast du dir was getan?«

»Nein«, rief Flora zurück.

Mabs führte das Pferd zu ihr, und Flora stieg wieder auf. »Er ist sonst so lieb«, sagte Mabs ratlos.

»Ich ja auch.« Flora tätschelte den Pferdehals.

»Daß ich nicht lache! Wir haben alle den Verdacht, daß du ein ruhender Vulkan bist.«

Flora lächelte. »Ich bin auf dem Po gelandet, deine Reithose hat Grasflecken.« (Nett wie sie ist, leiht sie mir sogar ihre Reitsachen, das macht meine Eifersucht noch ärger.) »Kann man die auswaschen?«

»Natürlich.«

Langsam zuckelten sie ins Tal hinunter.

»Hat Felix dieses Pferd geritten?«

»Ja. Den hat er nicht abgeworfen.«

(Auf diesem Pferd also hatte er gesessen, in diesem Sattel.)

»Hättest du ihn gern geheiratet?«

Mabs schaute geradeaus. »Ja. Du wirst dich nicht erinnern, du warst ja damals noch klein, als wir uns in Frankreich kennenlernten, da ist dir das sicher nicht aufgefallen, aber Tashie und ich haben für ihn geschwärmt. Wir haben alles Mögliche und Unmögliche angestellt, damit er uns beachtet.« (Diese verrückten Hüte!) »Später, als er nach England kam, ist er ein paarmal mit mir ausgegangen. Mit Cosmo war er auch befreundet. Dann lernte Tash Henry kennen und lieben, und Felix war vergessen. Ich lernte Nigel kennen, und der hat sich prompt in mich verknallt. Ich fand Felix immer noch toll, aber wenn man erwachsen ist, begreift man irgendwann, daß eine Sache aussichtslos ist, und meine Eltern waren sowieso nicht begeistert, da habe ich mich eben mit Nigel verlobt.«

»So war das also«, sagte Flora. Von den Jahren, die sie in den Armen von Felix – und auch in

Cosmos und Huberts Armen – verbracht hatte, würde sie Mabs nie erzählen können. Der Sturm der Eifersucht hatte sich gelegt. Sie streichelte dem Gaul den Hals und spürte zwischen ihren Knien, wie seine Anspannung sich legte. »Bist du froh, daß es so gekommen ist?«

»Ich glaube schon. Eltern wissen es eben doch am besten.«

(Was wußten Eltern schon von Liebe?) »Du bist also glücklich?«

»Meistens«, erwiderte Mabs trocken. »Jetzt aber Trab, sonst kommen wir zu spät zum Frühstück.« Und dann: »Nigel und ich mögen beide die Berge. Immerhin, so was verbindet.«

Flora bedachte mit Genugtuung, was sie mit Mabs verband. Auch sie hatte von Felix einen Korb bekommen.

26

Für Angus Leigh war der Besuch bei seiner Frau nach dem Frühstück eine der großen Freuden des Tages. Wenn er sie so im Bett sitzen sah, einen Berg von Kissen im Rücken, das Frühstückstablett über den Knien, einen weißen Schal um die Schultern, im Satinnachthemd, das den

Ansatz der mit zunehmendem Alter schwerer gewordenen Brüste erkennen ließ, die Brille auf der glänzenden Nasenspitze, die Kaffeetasse in der einen, die ›Times‹ in der anderen Hand, bewegten ihn Zärtlichkeit und Stolz. Sobald er zur Tür hereinkam, sah sie auf und sagte regelmäßig, als habe er nicht vor knapp einer Stunde das gemeinsame Bett verlassen: »Wie geht's dir? Hast du gut gefrühstückt?«

Dann plusterte er seinen Schnurrbart auf, beugte sich zu ihr herunter und gab ihr einen Kuß. »Mmmm, das ist schön, sehr schön«, sagte er, während er sie erst auf die eine, dann auf die andere Wange küßte, ihren fraulichen Duft einsog und sich dann auf dem Chintzsessel am Bett niederließ. »Und wie geht es Bootsie?« fragte er mit tiefer Brummstimme. Bootsie, eine Art Cairnterrier und eine überaus launische kleine Hundedame, deren Zuneigung allein Milly galt, rollte sich, wenn sie seine Stimme hörte, zu Millys Füßen noch fester zusammen und knurrte durch die Zähne, während Milly ihrem Mann zulächelte und fragte: »Was gibt's Neues?« und: »Was hast du heute vor?«

»Ich will mit Nigel und Henry auf die Pirsch, mal sehen, ob wir was für den Kochtopf zurückbringen.«

»Cosmo und Hubert kommen nicht mit?«

»Für die Jagd sind sie nicht mehr so recht zu

begeistern. Sie angeln. Kann mangelndes Interesse fürs Schießen etwas mit Huberts politischen Ansichten zu tun haben? Er ist praktisch Pazifist. In Oxford wimmelt es von Linken, hat er erzählt. Vermutlich gehört er auch dazu.«

»Damit will er dich nur aufziehen. Seine politischen Ansichten sollten ihn nicht am Jagen hindern.«

»Er macht mich nervös. Ständig läßt er sich über die Arbeitslosen aus, die Londoner Straßen sind voll von abgerissenen Kumpels, sagt er.«

»Das stimmt ja auch.«

»Milly!«

»Ich habe sie selbst gesehen und du auch. Ich weiß, wieviel du von den Bergarbeitern hältst. Was befürchtest du denn? Daß er Cosmo für die Labour Party wirbt?«

»Da sei Gott vor!«

»Aus Cosmo wird nie ein Roter, Liebling, dafür fehlt ihm jedes Interesse. Ich mache mir mehr Gedanken über ihn als du.«

»Was hat er denn angestellt? Schulden gemacht? Einen Zahlungsbefehl bekommen?«

»Es geht nicht um Geld, sondern um Flora Trevelyan. Ich sehe, wie er sie anstarrt.«

»Sie ist ein Kind.«

»Nicht mehr. Schon in Dinard hat er sie nicht aus den Augen gelassen, und hier ist es dasselbe Lied.«

»Damals war sie ein Kind.«

»Ich weiß.«

»Du hast sie eingeladen.«

»Das hat mir Rosa eingebrockt.«

»Ah ja, Rosa ... Ihr Sohn hat sich schon länger nicht mehr bei uns sehen lassen.«

»Du hast ihn abgeschreckt.«

»Ich? Irrtum, meine Liebe. Hättest du die Augen aufgesperrt, wäre dir klargeworden, daß *er* Mabs einen Korb gegeben hat. Cosmo hatte ihn für diesen Sommer wieder eingeladen, das hat er mir mal erzählt, aber Felix hat abgesagt. Angeblich zuviel zu tun. Schade. Hätte mich gefreut.«

»Beides kannst du nicht haben. Du hattest doch die größte Angst, er könnte Mabs Hoffnungen machen.« Milly seufzte. »Zum Glück ist das überstanden, jetzt hat sie ja Nigel.«

»Hm.« Angus hatte die Beine gespreizt und die Hände auf die Knie gelegt. »Für wie lange hast du sie eingeladen? Die kleine Trevelyan, meine ich.«

»Das weiß ich dummerweise nicht mehr. Wahrscheinlich habe ich geschrieben, sie soll herkommen und eine Weile bleiben, wie man das so macht. Ehrlich gesagt habe ich gar nicht ernsthaft damit gerechnet, daß sie kommen würde. Sie ist jetzt drei Wochen hier. Mabs und Tashie haben sie voll akzeptiert, und die Männer ... na ja.«

»Ja?«

»Ich habe gedacht, sie wäre eine graue Maus und voller Pickel, Angus, aber das ist gar nicht wahr. Sie tanzt phantastisch und bringt sie zum Lachen.«

»Das ist wirklich bedenklich.«

»Bitte mach keine Witze. Angenommen, Cosmo –«

»Für Hubert scheint sie sich ebensosehr oder ebensowenig zu interessieren. Läßt überhaupt wenig Interesse erkennen, finde ich. Schüchternes kleines Ding, sehr zurückhaltend.«

»Hubert ist nicht unser Sohn, für ihn sind wir nicht verantwortlich.«

»Im Klartext: Sie hat kein Geld und ist nicht die Frau, die du dir für ihn wünschst.«

»Genau.«

»Dann lade sie einfach nicht wieder ein.« Angus lächelte seiner Frau zu. »Wer hätte gedacht, daß das kleine Schulmädchen, das ich geheiratet habe, mal so weltklug werden würde?«

»Komm, Angus, hör auf damit. Ich wünschte, sie würde abreisen.«

»Irgendwann muß sie ja auch wieder zur Schule. Wenn du ernstlich besorgt bist, kannst du ja mal eine Andeutung machen oder Mabs darum bitten.«

»Mabs würde das nicht machen.«

»Dann mußt du eben durchhalten. Du brauchst

sie, wie gesagt, ja nicht noch mal einzuladen. Übertreibst du nicht ein bißchen? Sie ist erst fünfzehn. Bei einem Zwanzigjährigen wie Cosmo hält die Begeisterung für ein Mädchen nie allzu lange vor, das weiß ich aus eigener Erfahrung.«

Milly sah ihren Mann an. Alles muß ich allein machen, dachte sie. »Der Höflichkeit halber werde ich an Floras Mutter schreiben müssen. Sie hört sicher ganz gern auch mal von Leuten, die nichts mit dem Internat zu tun haben.«

»Ich glaube, ich mochte die Frau nicht. Den Mann ebensowenig. Um das Kind haben sie sich überhaupt nicht gekümmert, sie waren nur füreinander da. Es liegt an den Eltern, daß sie so naiv ist und von nichts eine Ahnung hat. Sie weiß ja kaum, wie der Premierminister heißt. Aber nette Manieren.«

»Nach Indien paßt sie sicher gut.« Milly blickte auf ihre Hände herunter.

Angus sah sie scharf an. »Früher hast du nicht soviel Getue gemacht.«

»Da waren die Kinder jünger, Liebling. Jetzt mache ich mir eben Gedanken. Seit Mabs fast ... aber das ist ja nun vorbei. Man will doch das Beste für sie.«

»Das Leben war weniger kompliziert, als sie noch klein waren.« Angus stand auf, nahm die Hand seiner Frau, beugte sich vor und küßte ihre Brüste. »*Ces belles choses*«, sagte er halblaut.

»Dein Schnurrbart kitzelt.« Milly strich ihm übers Haar.

Angus zog ihr sanft den Schal über die Brust. »Du bist eine wunderbare Ehefrau und eine gute Mutter. Nicht mit Gold aufzuwiegen. Hast du das gehört, Bootsie?« Er versetzte der kleinen Hündin einen Knuff. Sie kläffte geifernd.

»Du sollst sie nicht immer ärgern, Liebling«, sagte Milly wie jeden Morgen. »Gibst du mir bitte mal mein Schreibzeug? Ich will vor dem Aufstehen noch ein paar Briefe schreiben.«

Angus ging pfeifend die Treppe hinunter.

Es stimmte, daß Cosmo Flora nicht aus den Augen ließ. Als er sie, zusammen mit Hubert, im Fluß festgehalten und geküßt hatte, hätte er es am liebsten gleich noch mal gemacht. Während er sekundenlang ihren Mund und Hubert ihren Hals küßte, hatte sie heftig strampelnd versucht, sich loszumachen, und ihre Füße hatten dabei seinen Körper und seine Geschlechtsteile gestreift, was ihn sehr erregt hatte. Durch den Widerstand des Wassers war aus einem sonst wohl recht schmerzhaften Stoß eine Liebkosung geworden, die um so größeren Reiz hatte, als sie ungeplant und unbeabsichtigt war. Als sie »Sie gehört mir!« und: »Nein, mir!« riefen, war das ein Spaß gewesen, mit Mabs oder Tashie hätten sie es genauso gemacht. Doch nach dem Kuß, nach dem Stoß dachte er anders darüber. Er versuchte, Flora allein abzupassen, aber das war nicht so einfach. Beim Sardinenspiel waren seine Schwester und Hubert dabeigewesen, er hatte nur einen Arm um Flora legen und ihren Kopf an seine Schulter betten können, und dann war sie von ihm abgerückt. Später war irgend etwas mit Hubert schiefgegangen und hatte die Stimmung verdorben, und seine Hoffnung, Flora in eine Ecke drängen zu können, zerschlug sich. Er hatte in der Dunkelheit herumgetastet, sie aber nicht gefunden. Erst Jahre später gestand sie ihm, daß sie gemogelt und sich im Dielenschrank versteckt hatte.

Beim Tanzen konnte er ihr keinen Kuß geben, das war zu öffentlich. Mit Nigel oder Henry tanzte sie viel lockerer als mit ihm oder Hubert. Er hatte den Verdacht, daß Hubert sich bei ihr einen Ausrutscher geleistet hatte, mochte aber nicht fragen. Etwas ratlos beschloß er, eine geeignete Gelegenheit abzuwarten.

Wenn er mit seinem Angelzeug zum Fluß ging, seinen Drehungen und Windungen folgte und die Angel auswarf, stellte er sich Flora in einer Folge erotischer Szenen vor, die damit anfing, daß ihre langen Wimpern seine Wange streiften, und damit endete, daß er sie in einem Sturm lustvoller Leidenschaft nackt in den Armen hielt. Cosmo war, wie die meisten seiner Altersgenossen, ein Meister in der Kunst der sexuellen Träume, in der Praxis aber noch völlig unerfahren. Es blieb ihm nur die Selbstbefriedigung, was ihn noch mehr frustrierte.

Ein weiteres Hindernis stellte Mabs dar, die, zusammen mit Tashie, häufig bei Flora war – so häufig, daß er den Verdacht hegte, Mabs benutze Flora, um sich hinter ihr zu verstecken. Wenn Tashie mit Henry wohin auch immer verschwand, folgte Mabs fast nie mit Nigel ihrem Beispiel, sondern behielt Flora bei sich. So war sie immer in eine Dreizahl eingebunden, unerreichbar wie ein Kanarienvogel, dessen Käfig man hoch an der Wand an einen Haken gehängt hat.

Als er eines Nachmittags um eine Flußbiegung kam und Flora am Wasser sitzen sah, die Arme um die Knie gelegt, blieb er zunächst stehen und vergewisserte sich, ob sie allein war; erst dann setzte er sich neben sie. Sie schrak auf. »Wenn du allein sein willst, gehe ich wieder«, sagte er.

»Nein.«

Im Wasser stand eine Forelle, die Cosmo gut kannte, er hatte sie schon zweimal am Haken gehabt. Inzwischen war der Fisch alt und gerissen. Sollte er ihn Flora zeigen? Nein – wenn sie ihn schon gesehen hatte, konnte er sich die Erklärung sparen, wenn nicht, ließ sie womöglich erkennen, daß die Forelle sie gar nicht interessierte. Er saß da, horchte der Stimme des Flusses nach, dem Flügelschwirren der Schwalben, die über das Wasser schossen, fernen Erntegeräuschen.

»Es ist sehr schwierig für mich«, sagte Flora.

Cosmo, der nicht wußte, in welche Richtung ihre Gedanken gingen, fragte, ohne den Kopf zu drehen und noch immer die Forelle im Blick: »Was ist schwierig?«

»Die Mädchen in der Schule haben ständig Sehnsucht nach ihren Eltern. Sie flennen nach ihren Müttern, sie heulen sich die Augen aus. Ich weiß nie, wie ernst es ihnen ist. Wenn eine anfängt, machen die anderen mit. Manchmal schwimmt der ganze Schlafsaal in Tränen. Neulich, als ich von der Schule erzählt habe und ihr so gelacht habt, da habe ich das ausgelassen. Vielleicht bin ich nicht ganz normal? Ich weine nicht. Einmal habe ich es probiert. Ich habe in der Dunkelheit gelegen und versucht, mich hineinzusteigern. Ich will zu meiner Mutter, ich will zu meiner Mutter, habe ich mir vorgesagt, aber ich wollte gar nicht zu ihr, keine einzige Träne ist gekommen. Ich habe mich richtig geschämt.«

Cosmo umklammerte seine Knie und sah auf die Forelle herunter, die im dreißig Zentimeter tiefen bierfarbenen Wasser stand. Mit leichten Schwanz- und Flossenschlägen schob sie sich näher an einen Stein heran.

»Im Grunde habe ich es schon immer gewußt. Aber hier in Coppermalt, wo ich sehe, wie ihr eure Eltern liebt und wie sie euch lieben, habe ich es erst so richtig erkannt: Ich mag meine Eltern nicht. Manchmal hasse ich sie sogar.« Cosmo dachte an den Abend, als Hubert ihm erzählt hatte, wie Flora ins Wasser gegangen war. »Dabei seid ihr gar nicht alle vollkommen glücklich. Ich komme da einfach nicht klar.«

Cosmo sah Flora überrascht an. Sie hat recht, dachte er, aber wenn es irgendwo am vollkommenen Glück fehlt, kann man das nicht meinen Eltern anlasten.

»Als du gekommen bist«, sagte Flora, »habe ich gerade überlegt, ob der Unterschied zwischen Liebe und Haß überhaupt so groß ist. Der Unterschied zwischen dem, was man den Eltern zu Gefallen tut, wie du und Mabs, und dem, was man macht, weil man es machen muß, wie ich.«

»Warum bist du damals in Dinard mit geschlossenen Augen ins Wasser gegangen?« (War es Haß gewesen?)

»Weil ich nicht schwimmen konnte. Das hast du wohl von Hubert.«

»Du hast ihn gebissen. Und getreten.«

»Er hat sich eingemischt.«

»Dein Tod hätte ihnen nichts ausgemacht. Du hättest ihnen damit nur einen Gefallen getan«, sagte Cosmo.

»Aus Haß?«

»Egal wieso.«

»Eben!« Jetzt schaute sie ihn an. Sie sah nicht aus wie das Mädchen, um das er nachts – und auch tagsüber – seine Träume rankte.

»Wenn du wirklich so ungern nach Indien gehst, laß es sein«, sagte Cosmo. »Ich helfe dir.«

»Wie denn?« Sie sah ihn zornig an.

»Mir fällt schon was ein.«

Flora lachte. Es war kein angenehmes Lachen. Man hätte sie für älter als fünfzehn halten können. Cosmo ärgerte sich. Er hätte sagen sollen: Ich werde dich heiraten. Oder: Wir werden zusammenleben. Oder: Ich werde für dich sorgen, dich vor den standesgemäßen Subalternoffizieren bewahren. Irgend etwas, nur nicht dieses: Mir fällt schon was ein, das in seiner Hilflosigkeit nichts bedeutete. Er griff nach einem Kiesel und warf damit nach der Forelle, die schon Schlimmeres erlebt hatte und sich nicht vom Fleck rührte.

»Du traust dich ja doch nicht«, sagte Flora leise. Und dann: »Mabs hat gesagt, daß das Leben auf Coppermalt nicht eitel Güte, Herzlichkeit und Großzügigkeit ist. Mir mußte man das erst sagen. Mabs weiß Bescheid. Sie ist nicht glücklich.«

»Natürlich ist sie glücklich. Sie wird Nigel heiraten.«

Flora zog die Augenbrauen hoch, ließ die Wimpern flattern und machte schmale Lippen. »Eben.«

Cosmo dachte an die Szenen des Zauderns und des Zweifels, die er verschiedentlich miterlebt hatte, dachte an die besorgten Gesichter der Eltern und hätte Flora am liebsten eine geklebt. Doch er sagte nur: »Es ist schon alles festgelegt. Sie ist in einem wahren Kaufrausch. Ich weise den Hochzeitsgästen die Plätze an, und Henry macht den Brautführer.«

»Sie wollte Felix heiraten«, sagte Flora.

Cosmo gab es einen Ruck. »Felix? Woher weißt du das?«

»Weil sie es mir erzählt hat.« (Weil auch ich Felix liebe.)

»Meine Eltern —«

»Nicht die Eltern. *Er* wollte nicht. Felix hat ihr einen Korb gegeben.«

»Das hat sie dir erzählt?« fragte Cosmo ganz entgeistert.

»Ja.«

»Arme Mabs.« (Ich bin wirklich stockblind.)

Eine Weile sahen sie schweigend auf den Fluß. Dann sagte Flora: »Für die dicke Forelle, die da halb unter dem Stein versteckt ist, muß das Leben viel einfacher sein.«

»Ich hatte den Kerl schon zweimal an der Angel«, sagte Cosmo. »Aber er ist mir jedesmal wieder entwischt. Ein ganz gerissener Bursche.«

»Freut mich für ihn. Mir könnte nur jemand wie Alexis Tarasow helfen. Wenn es ihn noch gibt.« (Nicht etwa, daß ich Alexis liebe, das könnte ich nie.)

»Klar gibt's den noch. Hubert und ich haben ihn in Paris getroffen. Ganz zufällig. Er fährt immer noch Taxi, er hat uns vom Gare de Lyon zum Gare de l'Est gefahren, wir haben ihn erkannt. Irgendwo habe ich seine Adresse. Inzwischen hat er einen dicken Bauch und Hängebakken.«

»Gib sie mir!«

»Wir hatten noch Zeit für eine Partie Backgammon in einem Café, in dem fast nur Weißrussen verkehren. Er hat uns beide geschlagen. Der würde dir nichts nützen.«

»Ich hätte trotzdem gern die Adresse.«

»Schön, ich such' sie dir raus. Jetzt müssen wir nach Hause, sonst kommen wir zu spät zum Abendessen.« Cosmo stand auf und streckte die Hand aus, und Flora ließ sich von ihm hochziehen. »Wenn du mich mal brauchst, helfe ich dir«, sagte er. »Großes Ehrenwort.« Flora antwortete nicht. Mit einer Scharfsichtigkeit, die weit über ihre Jahre hinausging, erkannte sie, daß er sich nicht binden mochte, daß er in dieser Hinsicht wie Felix war.

Auf dem Rückweg überlegte Cosmo, daß er Flora nähergestanden hatte, als sie noch ein Kind und er fünfzehn gewesen war. Damals, als sie in Madame Tarasowas Stube über der Pferdeschlächterei auf dem Fußboden gesessen und im Schatten von Elizabeth Habenings Busen Backgammon gespielt hatten. An dem Tag hatte er ihr eine Wimper ausgezupft. Er war glücklich gewesen. »Wir müssen uns wirklich beeilen. Ich hatte ganz vergessen, daß wir Gäste haben. Miss Green und Joyce. Erinnerst du dich noch an Joyce? Sehr sportliches Mädchen. Sie bleibt ein paar Tage.«

»Pferdezähne und weiße Wimpern?«

»Ja, die. Sie hat sich die Zähne richten lassen und sieht aus wie ein hübscher Brauner. Die Wimpern sind jetzt gefärbt, sie ist eine richtige Schönheit geworden. Fabelhafte Figur, unheimlich lange Beine, toller Busen ...«

»Wie nett.«

»Wir fahren wieder in die Jagdhütte, die ihr Stiefvater für die Moorhuhnjagd mietet. Nächste Woche, glaube ich. Bei Perth.«

»Ich denke, du jagst nicht?«

»Vater geht mir damit etwas auf den Geist, aber Schottland ist was anderes. Wir fahren fast jedes Jahr hin. Warum rennst du denn so?« Flora hatte sich in Trab gesetzt.

»Mir ist kalt.« Sie lief schneller.

Cosmo sah ihr nach. Verflixt, dachte er, warum habe ich sie eigentlich vorhin am Fluß nicht geküßt? Als sie meine Hand genommen hat und ich sie hochgezogen habe, da hätte ich sie gut küssen können. Wir waren allein, es war *die* Chance. Ich hätte mich was trauen, ja, ich hätte sie sogar mit Gewalt nehmen können. Cosmo sah die imaginäre Szene vor sich und mußte lachen. Von hinten hatte Flora etwas Kindliches, ihr fehlte die Harmonie der Bewegungen, die Joyce auszeichnete. Er freute sich auf Joyce und setzte sich nun auch in Trab.

27

Vita und Denys saßen auf der Veranda des Klubs und sahen einem Tennisdoppel zu, das zwei neuangekommene junge Engländerinnen mit dem Hauptmann eines Gurkha-Regiments und dem Adjutanten des Gouverneurs bestritten. Der Dachshund des Obersts tollte mit Denys' Airedalehündin Tara auf dem Rasen zwischen Klubhaus und Tenniscourt herum. Denys verfolgte die ausgelassenen Sprünge der beiden. »Da brauchen wir sie wenigstens nicht zu bewegen«, sagte er. »Wir müßten dem Oberst noch dankbar sein.«

»Hoffentlich gehen sie nicht in die Blumen«, meinte Vita, während die beiden Hunde knapp vor einem Canna-Beet kehrtmachten. »Ein scheußliches Rot. Richtig bösartig.«

Es war Sonntag. Denys und Vita waren in der Kirche gewesen und warteten jetzt auf ihre Drinks. Nach der kühlen nordindischen Nacht war der Tag angenehm warm. Man hatte sich zu Zweier- und Dreiergruppen zusammengefunden, plauderte, trank Pimms, Pink Gin oder Martini und sah müßig dem Tennisspiel zu. Ein paar Leute saßen ein wenig abseits und lasen den ›Tatler‹ und ›Country Life‹ vom Vormonat. Die Männer warfen Vita anerkennende Blicke zu, die Frauen winkten ihr und registrierten das pfirsichfarbene Crêpe-de-Chine-Kleid, die weiße Strickjacke, die seidenbestrumpften Beine und die farblich zur Kleidung abgestimmten Schuhe. Denys ergänzte die elegante Erscheinung seiner Frau mit hellgrauem Anzug, beigefarbenem Seidenhemd, einer Krawatte in den Farben seiner Public School und Wildlederschuhen. »Möchte wirklich wissen, wie sie das macht«, sagte eine Frau zu ihrer Freundin. »Wie behält sie in diesem Klima ihren sagenhaften Teint? Sie fahren nie nach Hause. Schau dir das Haar an, glänzend wie bei einem Kind. Sie muß fast vierzig sein. Es macht einen ganz krank.«

»Du weißt ja, was man sich über die beiden erzählt«, sagte die Freundin.

»Es scheint ihnen jedenfalls gut zu bekommen.« Sie schüttelten sich vor Lachen.

Zwei Milane, die am Himmel ihre Kreise gezogen hatten, schraubten sich bis zum Klubhausdach herunter, ließen sich dort nieder und warfen bösartige Blicke in die Runde.

»Ich habe uns Stout bestellt.« Denys zog die Hosen an den Knien hoch und schlug die Beine übereinander. »Die ersten Austern der Saison sind aus Bombay gekommen.«

»Köstlich«, sagte Vita.

»Genau das, was wir brauchen.«

»Nötig haben wir es eigentlich nicht.« Vita schenkte ihrem Mann jenes Lächeln, das er so liebte. »Hast du dunkles Brot und Butter bestellt?«

»Natürlich. Spielt gut, die Kleine. Bei wem wohnt sie? Und wie heißt sie? Neu hier, nicht?«

»Ich weiß noch nichts Näheres. Es ist die Nichte des Obersts von den 1st/11th Sikhs. Ein bißchen pummelig, aber mit dem Adjutanten kann sie's schon gut, da hat sie keine Zeit verloren.« Vita lachte.

»Hoffentlich kommen wir ebensogut aus den Startlöchern, wenn es bei uns soweit ist.«

»Erinnere mich nicht daran, Denys! Noch haben wir zwei Jahre Schonfrist.« Vita runzelte die Stirn, dann sah sie zu zwei Gästen mit Squash-Schlägern hoch, die gerade vorbeikamen. »Hallo! Wollt ihr euch ein bißchen zu uns setzen, wenn ihr mit der Partie fertig seid?«

»Gern«, sagte der eine.

»Einer von denen vielleicht«, sagte Vita. »Wenn sie bis dahin nicht vergeben sind.«

»Warten wir es ab«, meinte Denys. »Da kommt unser Bier. Ach ja, fast hätte ich's vergessen, ein Brief für dich, sie haben ihn uns hierher in den Klub geschickt.« Vita nahm ihm den Brief ab, während ein Bedienter in Klubuniform die Austern, die Biergläser und einen Teller mit Butterbroten auf den Tisch stellte.

»Die Schrift kenne ich nicht.« Vita drehte den Brief um.

»Schönes Papier. Erst die Austern.« Sie legte den Brief aus der Hand und spießte eine Auster auf einen Zahnstocher. »Köstlich«, hauchte sie.

Denys sah ihr beim Schlucken zu, die leichte Bewegung in ihrer Kehle erregte ihn.

»Ihr seid ja sehr kühn«, sagte eine Frau, die an ihrem Tisch vorbeikam. »Austern in Fässern aus Bombay. Das grenzt schon an Selbstmord.«

»Ganz frisch«, sagte Vita liebenswürdig. »Wir wissen schon, was wir tun.«

»Ihr riskiert Durchfall, wenn nicht gar die Ruhr«, sagte die Frau.

Vita spießte die nächste Auster auf. »Zudringliche, penetrante Person«, sagte sie halblaut, während die Frau sich entfernte.

Denys grinste. Die Beziehung seiner Frau zu ihren Geschlechtsgenossinnen belustigte ihn immer wieder. Seine Hündin umkreiste den Dachshund. »Den Kleinen trifft gleich der Schlag«, bemerkte er, griff nach einem Butterbrot und nahm einen tiefen Zug aus seinem Glas. »Schau dir diese kümmerlichen Beinchen an. Wer schreibt dir denn?«

Vita riß den Umschlag auf, strich die Bogen glatt und sah auf die Unterschrift. »Milly Leigh. Wer ist Milly Leigh? Ach richtig ... Dinard!«

»Der Mann war ein alter Trottel, General im Ruhestand. Ein Sohn, eine Tochter. Mit dieser holländischen Familie befreundet. Was will sie denn?« Die Hunde lagen sich erschöpft hechelnd gegenüber. »Ich muß sie unbedingt scheren lassen.«

»Wen?«

»Tara, mein Schatz. Was hat dir denn diese Mrs. Leigh zu sagen?«

Vita las. »Offenbar war Flora bei ihnen zu Besuch. Eigenartig. Würden uns vielleicht freuen, mal etwas über sie zu erfahren, was nicht aus der Schule kommt. Recht hübsch geworden – na, das ist doch was. Tanzt gut, spielt Tennis, schwimmt, reitet. Warum auch nicht, sie hat schließlich zwei Beine. Irgendwas von einem ›langweiligen Schulbericht‹! Lesen wir die Zeugnisse überhaupt?«

»Ich überfliege sie, wenn ich das Schulgeld überweise. Sie ist Durchschnitt.«

»Mehr wäre hier auch gar nicht gut. Eigentlich eine Frechheit. Will sie mir irgendwas durch die Blume sagen? Wieso hat sie Flora überhaupt eingeladen? Ist natürlich nett von ihr.« Vita las die Adresse vor. »Coppermalt House, Northumberland.«

Das pummelige Mädchen auf dem Tennisplatz rief triumphierend: »Aus. Der Ball war im *Aus!*«

»Wenn Sie meinen«, sagte der Adjutant des Gouverneurs. »Seitenwechsel. Mein Aufschlag.«

»Dumme Gans. Der Ball war drin«, sagte Denys.

Die Milane wechselten mit rauschendem Flügelschlag vom Klubhausdach zu einem überhängenden Ast.

Vita las weiter. »Fürchterliche Handschrift, und so lang. Ziemlich schwatzhafte Dame. Der Sohn ist in Oxford, sein Freund, den ich vielleicht als Blanco kenne, ebenfalls. ›Aber jetzt nennen wir ihn natürlich Hubert.‹ Was es alles gibt.«

»Ich kann mich an zwei ziemlich unerfreuliche halbwüchsige Burschen erinnern.«

»Ich nicht. Die Tochter wird in Kürze heiraten, ihre Freundin Tashie desgleichen. Als ob uns das interessiert! Warte mal, da kommt was: Sie sind beide bei Hof vorgestellt worden und haben dreimal die Londoner Season mitgemacht. Muß eine Stange Geld gekostet haben. Da haben die zwei sich aber ziemlich viel Zeit gelassen. So was kann Flora sich nicht leisten. Daß sie jahrelang hier herumsitzt, kommt überhaupt nicht in Frage. Ziemlich aufdringliche Person, diese Mrs. Leigh. Will sie etwa andeuten, wir sollten Flora bei Hof vorstellen? Was für eine absurde Idee!«

Denys lachte. »Für eine Frau wie sie ist so was selbstverständlich.«

»Kommt überhaupt nicht in Frage«, sagte Vita gereizt. »Völlig überflüssig.«

Denys lächelte. Es machte ihm Spaß, wenn sich seine Frau über ganz unwichtige Dinge aufregte. »Warst du damals in Frankreich viel mit ihr zusammen? Hattet ihr euch angefreundet?«

»Eigentlich nicht. Sie war nicht mein Typ. Und ich hatte anderes zu tun.«

»Was denn?« Was hatte sie in jenem Sommer, im Juli, August und September getrieben? Sie hatte kaum etwas darüber erzählt. Er wiederholte seine Frage. »Was hattest du denn anderes zu tun?«

»Ich habe mich um Flora gekümmert. Meine Garderobe erneuert. Stunden habe ich bei Anproben verbracht, Stunden. Diese russische Schneiderin brauchte eine Ewigkeit zu allem, der einzige Vorteil war, daß sie es so billig gemacht hat.«

»Und was noch?«

»Ich habe mich gelangweilt. Es war so einsam ohne dich.«

»Wirklich?«

»Und dann ...«

»Ja?« Er beugte sich vor; ihre Nase war spitz geworden, wie immer, wenn sie die Unwahrheit sagte. »Und dann?« drängte er.

»Du bist doch nicht eifersüchtig, Denys?« Die hellgrauen Augen waren blank, das Weiß leuchtete.

»Doch, natürlich.«

Der Milan hatte sie mit scharfem Blick beobachtet. Jetzt stieß er auf Vitas Auster herunter, die sie gerade auf den Zahnstocher gespießt hatte, trat mit seiner Beute flügelschlagend den Rückzug an und streifte dabei Vitas Gesicht. Sie schrie auf.

Es gab Gelächter unter den Gästen auf der Veranda, als Vita, während sie nach dem Vogel schlug, ihr Glas umwarf, so daß brauner Schaum an ihrem Bein herunterrann. »Er hat dein Gesicht zerkratzt, du blutest«, rief Denys mit hoher, besorgter Stimme. »Komm nach Hause, Schatz, das müssen wir desinfizieren. Es sind Aasfresser.«

Vita legte vorsichtig die Hand ans Gesicht, nahm sie wieder weg und betrachtete die blutbefleckten Finger. »Er hätte mir die Augen aushacken können.« Sie fing an zu schluchzen. »O Denys, mein Gesicht.«

»Komm, ich bringe dich nach Hause.« Er legte die Arme um sie. »Nimm mein Taschentuch.«

Vita hielt sich das Tuch ans Gesicht.

»Ein raffiniertes Biest. Machen die das oft?« Das pummelige Mädchen hatte das Spiel beendet.

»He, Denys!« rief ihm ein Mann nach, während er Vita zum Wagen brachte. »Der Dackel vom Oberst liegt mit deiner Hündin im Clinch. Ist sie läufig?«

»Muß wohl, aber eigentlich ist es noch nicht soweit. Verdammter Mist, kann sie mir nicht jemand heimbringen? Ich muß mich um Vita kümmern.«

»Er müßte doch wissen, ob seine Hündin läufig ist oder nicht«, sagte die Frau, die Zweifel wegen der Austern geäußert hatte.

»Wenn man eine Frau hat, bei der das Dauerzustand ist? Du verlangst entschieden zuviel von Denys«, sagte die Freundin.

»Die kleben zusammen, im Augenblick kriegt sie keiner auseinander«, sagte das pummelige Mädchen. »Ich kenne mich mit Hunden aus. Die kleine Schlampe hat sich ihm angeboten.«

»Unmöglich, manche Leute«, sagte die Austernkennerin.

Der Adjutant des Gouverneurs gab eine Anweisung auf Urdu, und mißbilligende Klubdiener brachten Eimer mit Wasser, um den Hunden eine kalte Dusche zu verabreichen. »Verdirbt einem richtig den Appetit«, sagte eine Frau, die bisher den Mund noch nicht aufgemacht hatte.

Denys wusch Vita zu Hause das Gesicht, sie weinte jetzt vor Schreck. »Nicht weinen, Liebling, ist ja alles wieder gut.« Er hielt sie zärtlich umfangen und streichelte ihr Haar.

»Gibt es eine Narbe?«

»Aber nein! Halt still, ich klebe ein Pflaster drauf.«

»Als das Biest zuschlug, wollte ich dir gerade sagen, daß du keinen Grund zur Eifersucht hattest. Es ist wirklich nichts passiert in dem Sommer. Ich hatte sehr unerfreuliche Auseinandersetzungen mit Flora. Sie hat sich unmöglich benommen. Ich habe dir das nie erzählt, weil ich ein schlechtes Gewissen hatte. Ich hätte sie in der Schule abliefern und mit dir nach Indien fahren sollen, wie du es wolltest, statt mich um das Urteil der Leute zu scheren. Zur Strafe habe ich mich entsetzlich gelangweilt und mir von dieser Mrs. Leigh und ihresgleichen ein schlechtes Gewissen einreden lassen. Schau dir mein Kleid an, das kann ich wegwerfen.«

»Die Dienstboten sollen es in die *dhobi* geben. Komm, ich helfe dir beim Ausziehen.« Denys streifte Vita das Kleid über den Kopf. »Vorsicht mit deinem Gesicht!«

Vita zog einen Morgenrock über. »Da kommt jemand.«

»Leg dich ein bißchen hin, Schatz, und ruh dich aus. Es wird ein freundlicher Bursche sein, der Tara bringt. Ich sorge dafür, daß sie in den Stall gesperrt wird.«

»Und du hast noch gesagt, wir müßten dem Oberst dankbar sein.« Vita fing an zu lachen. »Mein Gott, wenn ich mir die Welpen vorstelle.« Das Lachen verging ihr. »Den Stammbaum können wir damit vergessen.«

»Die werden ertränkt«, sagte Denys. »Und jetzt ruh dich aus.«

Vita legte sich aufs Bett. Sie hörte Denys ein paar Höflichkeitsfloskeln äußern und Tara kläffen. Denys gab Anweisungen, den Hund einzusperren, und wechselte noch ein paar Worte mit einem anderen Mann. Dann fuhr eine Tonga davon. Das Pferd lahmte, wie so viele Tonga-Pferde.

Wie hatte dieser schauerliche Krach mit dem Kind angefangen ... »Ist er in dich verliebt?« hatte Flora 1926 in der kleinen Wohnung in Dinard gefragt.

»Wie kommst du denn darauf?« hatte sie ihre Tochter angefahren.

»Er sieht dich so an, wie Jules Madame Jules ansieht. Jules ist verliebt. Ich frage ja nur.«

Sie hätte mit einem Scherz darüber hinweggehen sollen, aber sie sagte: »Sei nicht albern. Und darf man fragen, wer Jules ist?«

»Ein Freund von mir. Er hat ein Café in St. Malo.«

»Solche Leute hat man nicht zum Freund.«

»Aber er *ist* mein Freund«, hatte Flora überraschend und sehr laut widersprochen. »Sonst habe ich ja niemanden. Nur noch Tonton.«

»Und wer ist das?« Eine unvorsichtige Frage, wie sie jetzt begriff.

»Ein Hund«, hatte das Kind geschrien. »Ein Hund, der mir am Strand zugelaufen ist. Ich darf nicht mal mit einem Hund befreundet sein, aber du bist mit einem befreundet, den hast du im Zug von Marseille kennengelernt, wo mein Vater mit dem Schiff weggefahren ist.«

Da war ihr die Hand ausgerutscht.

»Wenn ich bloß ertrunken wäre«, hatte das Kind hervorgestoßen, den Mund von böser Leidenschaft verzerrt.

»Ja, das wünsche ich mir auch«, hatte sie in ebenso leidenschaftlicher Erregung erwidert, obgleich sie sich jetzt, Jahre später, nicht mehr erklären konnte, wieso von Ertrinken die Rede gewesen war.

Doch der Auftritt war ihr eine Warnung gewesen. Sie hatte den jungen Mann weggeschickt, und danach hätte niemand, nicht mal Denys, an ihrem Verhalten Anstoß nehmen können. Noch nicht einmal bis zum Motorboot nach St. Malo hatte sie ihn begleitet. In ihren Briefen an Denys war von dem amüsanten Mann nicht die Rede gewesen. Ich weiß nicht mal mehr, wie er aussah, dachte sie, während sie vorsichtig über ihre Wange strich, die zum Glück nicht mehr so schmerzhaft klopfte.

Nein, dieser Sommer! Diese lähmende Langeweile! Das Kind war nie zu Hause, war angeblich zu ihren Stunden – italienische Konversation, Mathematik, Russisch bei der Schneiderin – unterwegs. Vita erinnerte sich an endlose Wochen, in denen sie durch die Stadt geirrt war, in Schaufenster gestarrt, auf dem Sofa herumgelegen und Romane gelesen, an Denys geschrieben und die Tage gezählt hatte, bis sie das Kind los war und die Rückreise nach Indien antreten konnte. Damals hatte sie angefangen, das Kind in Gedanken »das abschreckende Beispiel« zu nennen, und genau das war Flora: bleibendes Andenken an einen Abend mit einem durchreisenden Europäer, der auf dem Weg zum Himalaya in dem Erholungsort in den Bergen Station gemacht und den sie nie wiedergesehen hatte. Zuviel Alkohol, den sie nicht gewöhnt war, hitziges Petting und mehr, und dann, wenige Wochen nachdem Denys eingetroffen war, um seinen Urlaub bei ihr zu verbringen, die Entdeckung, daß sie schwanger war. Nie hatte es auch nur den leisesten Klatsch gegeben. Als Flora zur Welt gekommen war und Denys etwas von Adoption hatte verlauten lassen, hatte sie energisch widersprochen. Dabei hätte sie nur zu gern eingewilligt, aber sie hatte befürchtet, Denys könne Verdacht schöpfen, wenn nicht gleich, dann später. In jenem Sommer in Frankreich hatte sie sich oft gewünscht, sie hätte es darauf ankommen lassen. Endlose Tage, der Anblick des Kindes eine Qual, unerbittliche Erinnerung an diesen einen Fehltritt, der ihr noch nicht einmal Lust geschenkt hatte. Der Mann war grob und egoistisch gewesen, mit Denys gar nicht zu vergleichen. »Bist du da, Liebling?« rief Vita. »Ich brauche dich.«

Denys kam herein. »Was ist, mein Schatz?«

»Wie geht es der armen Tara?«

»Alles in Ordnung.«

»Müssen wir die Welpen wirklich –«

»Es hilft nichts, Liebling. Wir werden uns doch nicht mit einem Wurf von Bastarden belasten, da machen wir uns ja lächerlich. Wir würden sie nie loswerden. Du hast ein zu weiches Herz.«

»Ich benehme mich albern, ich weiß. Dieser dumme Brief geht mir nach, dabei hat sie es sicher gut gemeint.«

»Gutgemeintes kann fatale Folgen haben«, sagte Denys. »Für so eine Denkweise habe ich absolut kein Verständnis.« Er setzte sich auf die Bettkante und nahm ihre Hand. »Was macht das Gesicht, mein Herz?«

»Schon viel besser.«

»Kann ich dich zu einem Drink und einem leichten Essen verführen?«

»Ich denke schon.«

»Fein. Hoffentlich hat dieser verdammte Milan uns nicht die Sonntagssiesta vermasselt.«

»Aber nein«, sagte Vita. »Dazu gehört schon mehr.«

Alec, der Adjutant des Gouverneurs, und der Gurkha-Hauptmann, der Tara zurückgebracht hatte, sprachen über ihre Tennispartnerinnen. »Die Kleinere war gut«, sagte der Gurkha-Hauptmann.

»Der Ball war ganz sicher nicht im Aus«, erklärte Alec.

»Dir hat sie also nicht gefallen?«

»Nicht besonders, nein.«

»Aha.«

»Bei Mädchen habe ich ein Handicap«, sagte Alec. »Ich messe sie alle an Vita Trevelyan.«

»Was du nicht sagst.« Der Gurkha-Hauptmann ließ diskrete Neugier erkennen.

»Eine vollkommene Ehe«, sagte Alec. »Die Frau bildschön, die Partner unzertrennlich. Sie fährt nie allein nach England, sie himmeln sich an.«

»Bei den anderen Frauen ist sie nicht allzu beliebt, habe ich festgestellt.«

»Purer Neid. Wahrscheinlich würden sie es gern mal bei Denys versuchen.«

»Du hast so hohe Ansprüche«, sagte der Gurkha-Hauptmann. »Gegen eine gelegentliche Trennung habe ich eigentlich nichts einzuwenden. Ich werde die Kleine, die heute beim Tennis gemogelt hat, zum nächsten Ball im Klub einladen. Ich mag einen Hauch von Fehlbarkeit.«

28

Das Frösteln, das Flora überlief, als sie mit Cosmo am Fluß saß, und das sie im Laufschritt zum Haus zurücktrieb, rührte von der Erkenntnis her, daß ihr Aufenthalt sich unerbittlich dem Ende näherte. In drei Tagen mußte sie zurück ins Internat. Wenn Cosmo und Hubert in Perthshire waren, hatte die verhaßte Schule sie wieder. Immerhin, drei Tage blieben ihr noch.

»Halt mal.« Nigel hatte sie zum Haus laufen sehen und packte sie beim Handgelenk. »Komm mal eine Minute her, nimm dir die Zeit.«

Er saß in der Abendsonne auf der Terrasse, die ›Times‹ auf dem Schoß, ein halbleeres Glas Whisky auf dem Tisch neben sich. Er wirkte niedergeschlagen. »Setz dich.« Er zog sie neben sich auf die Bank. »Ich möchte dir was zeigen.«

»Was denn?« Sie hatte es eilig, auf ihr Zimmer zu kommen, sich umzuziehen und vorher noch ihr heißes Bad zu genießen. Nur zu bald war es vorbei mit diesem Luxus, sie würde sich mit einer Mitschülerin ein Bad teilen müssen, würde nur dreimal die Woche in die Wanne steigen können. Sie versuchte sich loszumachen, doch Nigel ließ nicht locker.

»Warte, es ist was Wichtiges.« Er hielt sie mit der linken Hand fest, mit der rechten griff er nach dem Glas. Der Whiskygeruch vermengte sich mit dem Duft des Jasmins, der am Haus blühte. »Ich habe dich laufen sehen«, sagte er. »Hübsches Gehwerk, keine X-Beine wie Mabs. Mabs hat X-Beine, ist dir das schon aufgefallen?«

»Nein.« Sie drehte ihr Handgelenk in seinem Griff.

»Wie du siehst, habe ich hier die ›Times‹.«

»Ja und?«

»Ich will dir was Gutes tun und dir zeigen, wie man sie liest. Nein, lauf nicht weg. Das ist wichtig, kleine Flora. Wer wissen will, was in den Leuten vorgeht, liest dieses Blatt.«

»In was für Leuten?«

»In den Leighs und ihrer Sorte, Dummerchen. Du gehörst nicht zu ihrer Sorte, deshalb mußt du sie verstehen lernen.«

»Bist du denn einer von ihrer Sorte?« fragte sie ungnädig.

»Allerdings. Das ist eine finanzielle Frage, mein Kind. Außerdem bin ich etwas angesäuselt. Wo war ich stehengeblieben? Richtig. Greifen Sie zu, solange der Vorrat reicht, wie es in den Anzeigen immer heißt. Bist du bereit?«

»Wenn es nicht zu lange dauert«, sagte Flora widerstrebend.

»Die Grundregeln hast du schnell gelernt, für die Erfahrung selbst brauchst du ein ganzes Leben. Versprich, daß du mir nicht wegläufst.«

»Ist gut.« (Welches Kleid soll ich heute abend nehmen, das grüne von Mabs oder das blaue von Tashie?)

»Also dann.« Nigel ließ ihre Hand los und griff nach der Zeitung. »Jetzt paß genau auf. Hier haben wir die Anzeigen rund um die Familie, von der Wiege bis zur Bahre. Geburten, Sterbefälle, Eheschließungen. Klar?«

»Klar.«

»Nehmen wir also an, du liest hier mit innigem Vergnügen, daß, sagen wir mal, Admiral Bowing gestorben ist. Er ist vielleicht dein Onkel, und wenn du Glück hast, hat er dich großzügig in seinem Testament bedacht. Schau dir immer zuerst die Todesanzeigen an, die können dich aufmuntern wie selten was. Klar? Jetzt die Geburten. Ein törichter Freund hat eine Familie gegründet oder vergrößert. Du schreibst und gratulierst oder kondolierst, je nachdem, dazu sind Freunde schließlich da. Kannst du mir folgen?«

»Ja.«

»Schön. Dann weiter zu den Hofberichten. Miss Mabs Leigh hat sich verlobt mit, o Himmel«, Nigel leerte sein Glas in einem Zug, »Nigel Foukes. Manchmal wird eine Verlobung auch gelöst. Die Spalte mußt du genau verfolgen, sonst kannst du gewaltig ins Fettnäpfchen treten, und so was, liebe Flora, vergißt dir die feine Gesellschaft nie, das bleibt an dir – o Himmel, keinen Whisky mehr.« Nigel stellte das Glas vorsichtig ab. »Wo war ich? Ach ja. Hier die Berichte über die Hochzeiten, die geklappt haben, ellenlange Listen von allen Gästen, die bei der Trauung waren. Sie lesen gern ihre Namen zwischen, na, sagen wir mal, einem Lord und einem General, da fühlen sie sich in ihrer Existenz bestätigt. Arme Kerle.«

»Werde ich von dir und Mabs lesen?«

»Wer weiß? Möglich ist alles.« Nigel kniff die Augen zusammen und bekam einen abwesenden Blick. »Wer weiß das schon, verdammt?« Er seufzte abgrundtief. Flora wich vor seinem Whiskyhauch zurück. »Manchmal liest man die freudige Nachricht, daß eine Ehe getrennt wurde. Na ja, freudig für manche jedenfalls. Ach ja ...« Nigel seufzte erneut.

»War das alles?« Das dampfende Wasser mit dem duftenden Badesalz lockte.

»Nein. Noch lange nicht. Du mußt die Leitartikel lesen; hier und hier. Der hier, der dritte, ist oft ganz witzig. Und dann die Leserbriefe, aus denen erfährst du die neuesten Marotten, was die Öffentlichkeit gerade beschäftigt. Hier sind die Parlamentsberichte. Wenn du erst mal weißt, wer was in der Regierung macht, verstehst du die ohne weiteres, du wirst dich sehr dabei amüsieren. Die Rennseite? Interessierst du dich für Pferderennen? Vielleicht heiratest du ja mal einen, der auf so was steht. Dann zur Entspannung auf dieser Seite Morde und Mordprozesse, an denen wirst du deine Freude haben. Wenn du so weit gekommen bist, Flora, weißt du, was in der Welt vorgeht, auch wenn die Meldung noch so konfus ist. Du brauchst nicht unbedingt zu glauben, was in der Zeitung steht, aber es macht einen guten Eindruck, wenn du so tun kannst, als hättest du eine eigene Meinung. Hubert zum Beispiel halten alle für einen gescheiten, wenn auch irregeleiteten jungen Mann, weil er wie ein Sozialist daherredet. Er tötet den Leuten den Nerv, bringt sie zum Reden; das haben sie gern. Na, meinst du, du schaffst es?«

»Einen Versuch ist es wert.«

Nigel lachte. »Das ist es, Flora, und du wirst

sehen, allmählich kriegst du mit, was in den Leighs von Coppermalt vorgeht.«
»Ja, das würde ich gern.«
»Oder auch nicht.« Nigel sah sie einen Augenblick nachdenklich an. »Immerhin ist es ein Anfang. Wenn nur die Hälfte aller Eltern, die Kinder wie dich haben, ihre Töchter dazu bringen könnten, die ›Times‹ zu lesen, könnten sie einen Haufen Geld für Schulen und Pensionate sparen.« Nigel rülpste und erhob sich schwankend. »Pardon. Muß mich umziehen. Mach' mich sonst unbeliebt, wenn ich zu spät komme. Aber erst brauch' ich noch einen Drink.«
»Vielen Dank«, sagte Flora. »Ich werde mir merken, was du gesagt hast.«
»Und danach handeln?«
»Bestimmt.«
»Du bist ein intelligentes Mädchen. Entgegen der landläufigen Meinung mögen die meisten Männer Frauen mit Grips.«
»Danke.«
»Hätte direkt Lust, dir einen Heiratsantrag zu machen.« Nigel hatte wieder ihre Hand gefaßt. »Du hast verdammt hübsche Beine, und auch das übrige ist sehr ordentlich. Wie wär's?«
Flora lachte. »Du heiratest doch Mabs.«
»Das denkst du.« Nigel schlurfte mit seinem leeren Glas ins Haus und zog im Gehen ein Taschentuch aus der Hosentasche. Bei jedem an-

deren hätte Flora gedacht, ihm seien die Tränen gekommen.

Als sie durch die Terrassentür den Salon betrat, hörte sie Stimmen in der Halle.

»Da bist du ja, Flora«, sagte Milly. »Erinnerst du dich noch an Miss Green? Sie will in den Süden und hat heute abend hier Station gemacht. Und da ist auch Joyce, erinnerst du dich noch an Joyce?«

»Ich erinnere mich an Flora.« Joyce kam auf sie zu. »Ein stilles, geheimnisvolles Kind mit scharfem Blick.«

»Hallo«, sagte Flora. Joyce mit ihren neuen Zähnen hatte keinerlei Ähnlichkeit mehr mit einem Pferd. Sie schüttelte Miss Green die Hand, die fast flüsternd »G-guten Abend« sagte. Joyce sah Flora in die Augen, während sie ihr die Hand gab. Es war eine kleine, trockene Hand, und Flora meinte aufrichtige Freude in ihrem festen Druck zu spüren. Sie erwiderte das Lächeln. Nigels Hand war feucht gewesen.

»Miss Green fährt morgen mit dem Wagen nach Süden«, sagte Milly gerade, »und da dachten wir, daß es dir bestimmt recht ist, wenn sie dich mitnimmt. Ich habe mir schon Gedanken gemacht. Diese lange Bahnfahrt so ganz allein ... Miss Green wohnt nur dreißig Kilometer von deiner Schule entfernt. Ist das nicht ein glücklicher Zufall? Sie nimmt dich gern mit.«

»Sehr g-gern«, sagte Miss Green. »Wirklich ein g-glücklicher Zufall.«

»Wie lieb von Ihnen, das ist wirklich eine gute Idee«, hörte Flora sich ruhig sagen. Ein Teil ihres Ich beglückwünschte sie zu der Reaktion einer lebenslangen ›Times‹-Leserin, die andere kam sich vor wie ein Boxer nach dem K.-o.-Schlag. »Ich muß mich umziehen«, sagte sie, »sonst komme ich zu spät zum Dinner.«

Der Besuch, der ihr anfangs, als Mabs und Tashie sie abgeholt hatten, wie ein fröhlich schwebender Luftballon vorgekommen war, hatte nach dem Gespräch mit Cosmo am Fluß viel von seiner Leichtigkeit verloren, aber noch einmal Aufwind bekommen, als sie mit Nigel zusammengesessen hatte; jetzt drohte er zu platzen.

»Du Ärmste, daß du schon wieder in die Schule mußt«, sagte Joyce gerade. »Es wäre zu nett gewesen, wenn du mit uns nach Schottland hättest kommen können, finden Sie nicht auch, Mrs. Leigh?«

Milly lächelte. »Nun ja, es wäre wohl –«

Und Miss Green sagte: »D-du lieber Himmel, so spät schon? Ich m-muß mich umziehen. Üb-übrigens, um welche T-themen muß ich beim D-dinner einen B-bogen machen – vom V-völkerbund und von der Po-politik abgesehen?«

Milly lachte. »Diese peinliche alte Geschichte...«

»Meiden Sie die Religion«, riet ihr Joyce. »Und den Sex.«

»Aber Joyce!« mahnte Milly. »Wirklich, Kind!«

»Viel bleibt da nicht übrig«, bemerkte Miss Green halblaut und ging die Treppe hinauf.

»Schön, daß du hier bist, du freches Ding.« Milly legte einen Arm um Joyce. »Du bringst frischen Wind ins Haus.«

»Hoffentlich wird er euch nicht zu kühl.« Joyce folgte Miss Green nach oben.

Milly wandte sich lächelnd Flora zu. »Das wäre also geregelt. Sehr erfreulich, nicht? Und was ziehst du heute abend an? Mach dich nur recht hübsch.«

In der Badewanne musterte Flora ihre Beine und freute sich, daß sie Zustimmung gefunden hatten. Sie streckte sich, um mit dem großen Zeh an den Heißwasserhahn zu kommen. Die Badewannen auf Coppermalt waren großzügig und für hochgewachsene Männer bemessen. Die in der Schule, dachte sie grollend, haben Sparformat. Sie seifte sich Hals und Achselhöhlen ein, rubbelte sich mit einem Luffahandschuh den Rücken und wusch ihr Gesicht. Immer wenn sie sich das Gesicht wusch, hörte sie die verächtliche Stimme ihrer Mutter: »Mitesser!« Sie schüttelte die Erinnerung ab, stand auf und seifte sich die Schamhaare ein.

Vor der Tür rief Tashie: »Welches Kleid willst du heute abend haben? Joyce hat was Tolles in Rot an. Möchtest du mein kleines Blaues oder das Grüne von Mabs? Morgen könntest du dann mal das Gelbe probieren.«

»Morgen bin ich nicht mehr da.«

»Was?«

»Miss Green nimmt mich mit ins Internat.«

»Nein!«

»Doch.« Flora stieg aus der Wanne und wikkelte sich in ein Badetuch. Schulhandtücher sind immer überall zu kurz, dachte sie. Vor der Tür rief Tashie: »Kann ich reinkommen?« Flora riegelte die Tür auf. »Wer hat das veranlaßt?«

»Mrs. Leigh.«

»Diese *Kuh*.«

»Tashie!«

»Ist doch wahr!«

»Nicht unbedingt, weißt du, sie –«

»Welches Kleid also? Blau? Grün? Gelb?«

»Ich würde gern Schwarz tragen«, sagte Flora.

29

»Findest du es nett, die Kleine wegzuschicken?« Angus kam aus seinem Ankleideraum in Millys Zimmer. »Binde mir doch mal die Schleife.« Er stand im Smoking vor seiner Frau, die Schleife lose in der Hand. »Du kannst das viel besser als ich.«

»Wenn ich nicht da bin, schaffst du es ja auch.« Sie reckte sich.

»War das nett?« Ihre Gesichter waren sich sehr nah, sie sah die weißen Stoppeln auf seinen Wangen, roch die Seife aus seinem Bad. »Die Schule fängt doch erst in ein paar Tagen wieder an.«

»Diplomatisch, mein Schatz. So, bitte.« Die Schleife war gebunden. »Sie war lange genug hier. Als sich ergab, daß Miss Green sie mitnehmen kann, schien mir das ein Geschenk des Himmels.«

»Ich würde in dieser Sache nicht den Himmel bemühen.« Angus setzte sich auf Millys Bett. Obgleich auch er darin schlief, war es für ihn das Bett seiner Frau. Sein Einzelbett stand im Ankleideraum und wurde nur selten benutzt. »Kann mir nicht vorstellen, daß der alte Herr dort oben dabei die Hand im Spiel hatte.« Er sah zu, wie Milly sich, noch im Unterkleid, das Haar bürstete. Es war ziemlich viel Weiß darin, aber weil sie blond war, sah man das bei Kunstlicht nicht.

Seine einst braunen Haare waren weiß geworden, sein Schnurrbart graumeliert. Er betrachtete ihr Spiegelbild. »Na?«

Milly stand auf und zog sich die Schuhe an. Mit hohen Absätzen fühlte sie sich sicherer. »Die Männer starren sie an, das habe ich dir schon mal gesagt, Liebling. Nicht auszudenken, wenn Cosmo ... Heute abend habe ich sie mit Nigel auf der Terrasse beobachtet. Er hielt ihre Hand. Wahrscheinlich war es ganz harmlos, aber ...« Angus sah seiner Frau nach, wie sie zum Schrank ging und ein Kleid herausholte. Sie war fülliger geworden, hatte aber noch immer eine ausgezeichnete Figur, fand er. Hoffentlich, dachte er (wie so oft), fängt sie nicht mit dieser Bantingkur an, die zur Zeit so beliebt ist. Gedämpft drang ihre Stimme unter dem Kleid hervor, das sie gerade über den Kopf zog. »Weißt du noch, wie wir uns damals wegen Mabs und Felix gesorgt haben?«

»Ist ja nichts draus geworden.«

»Gott sei Dank.«

»Da bin ich mir nicht mehr so sicher. Sein Vater war ein guter Freund. Nigels Vater kann ich nicht ausstehen. Der Mann ist ein Liberaler.«

»Aber Jef *war* nicht sein Vater.« Millys Kopf kam wieder zum Vorschein; sie schüttelte das Kleid zurecht. »Machst du mal hinten zu, Liebling? Rosa hat es zugegeben.«

Angus stand auf, um seiner Frau das Kleid zuzuhaken. »Wird Zeit, daß jemand sich was Besseres als diese fummeligen Dinger einfallen läßt. Steh still. Vergiß nicht, daß Rosa den Schalk im Nacken hat. Sie hat dich auf den Arm genommen. Du hättest nicht fragen dürfen, ob Jef sein Vater ist, damit hast du sie nur herausgefordert.«

»Aber ich *habe* gefragt, und sie hat *nein* gesagt!«

»Und inzwischen ist es in ganz Europa herum. Möchte wissen, wer so was verbreitet.« Er angelte mit einer Öse nach dem Haken.

»Ich habe es nicht herumerzählt«, sagte Milly rasch. (Zu rasch?)

»Vermutlich war es Rosa selbst und Felix auch. Zuzutrauen wär's ihnen. Verdammte Plage, diese Haken. Steh still.«

»Du kitzelst mich.«

»Ich habe dir das nie gesagt, weil du dich bei einem Fauxpas immer so anstellst, aber Felix ist Rosas Brüdern wie aus dem Gesicht geschnitten. Hätte es dir vielleicht doch sagen sollen. In ihrer Familie gibt es Blonde und Brünette, ganz klarer Fall.«

»Willst du damit sagen –«

»Und auch die Nase. Er hat die Nase seiner Onkel.«

»Demnach habe ich mich lächerlich gemacht?«

»Ja, mein Schatz. So, fertig.« Angus legte Milly

die Hände auf die Schultern und gab ihr einen Kuß auf den Nacken. »Da wir schon mal dabei sind, kann ich dir gleich noch ein Gerücht erzählen. Es heißt, daß er was für Jungen übrig hat.«

»Wie schrecklich«, sagte Milly bestürzt.

»Ich habe das Gefühl, daß an diesem Klatsch ebensowenig dran ist wie an dem anderen, aber einer, der sich nicht binden will, könnte sich keine bessere Ausrede einfallen lassen. Rosa will, daß er heiratet, er genießt das Junggesellenleben. Gibt es ein besseres Alibi?« Angus grinste. »Der Junge hat Rosas Humor geerbt.«

»Sehr gefährlich.« Milly streifte ihre Ringe über und griff nach ihren Perlen. »Und dumm.«

»Womit wir wieder bei der kleinen Trevelyan wären.«

»Durchaus nicht.« Milly fuhr sich mit dem Kamm durchs Haar und glättete die Augenbrauen.

»O doch. Eltern sollten sich da raushalten und nicht versuchen, die Fäden zu ziehen.«

»Willst du behaupten, daß ich mich einmische?«

»Ja. Tun wir doch alle. Ich will gar nicht auf der Sache herumreiten, aber es hätte nichts geschadet, wenn du der Kleinen die restlichen Tage hier gegönnt hättest. Sie ist noch nie irgendwo gewesen, hockt das ganze Jahr nur in dieser Schule, in die ihre Eltern sie gesteckt haben. Vom

Leben weiß sie so wenig, als käme sie geradewegs vom Mars. Was kann es denn schaden, wenn –«

»Hör auf, Angus, es ist nun mal geschehen. Es tut mir leid. Reden wir nicht mehr darüber. Ich habe der Mutter einen freundlichen Brief geschrieben, hoffentlich hilft es was. Gehen wir auf einen Drink nach unten?«

»Ganz wie du meinst, Millicent.«

Milly warf ihrem Mann einen irritierten Blick zu. Millicent nannte er sie nur, wenn er sich über sie geärgert hatte. Sie sah sich in dem vertrauten Raum um, ihrem Schlafzimmer seit Anbeginn ihrer Ehe. Mabs war hier zur Welt gekommen und Cosmo auch. Es erinnerte an so viel zärtliche Gemeinsamkeit. Die Tür zum Ankleideraum stand offen. Sachen von Angus lagen herum, auch Sokken, die sie ihm gestrickt hatte, eins von zahllosen Paaren im gleichen Muster, die sie im Lauf ihrer Ehe gefertigt hatte, Wollsocken mit Zopfmuster. An so einem Paar hatte sie gestrickt, als sie mit Rosa in Dinard zusammengesessen hatte. Rosa hatte etwas gesagt, was sie schockiert hatte, die Worte hatte sie vergessen, der Schock war geblieben. Sie machte die Tür zum Ankleideraum zu, später würden die Dienstboten heraufkommen und Ordnung schaffen. Angus wartete. Sie würde rechts neben ihn Miss Green setzen, links die liebe, lustige Joyce. Morgen um diese Zeit war die Ursache seiner Verärgerung nicht mehr im Haus.

30

Felicity Green brauchte nicht lange zum Umziehen; sie wusch sich Gesicht und Achselhöhlen, zog saubere Unterwäsche an und streifte ein rostfarbenes Kleid über. Die Farbe war nicht günstig für ihren Teint, aber während sie mit ein paar Bürstenstrichen das kurzgeschnittene Haar in Ordnung brachte, dachte sie: Was soll's, bei mir hat der liebe Gott eben gerade keinen guten Tag gehabt. Sie musterte ihr Froschgesicht im Spiegel, aus dem ihr intelligente schwarze Augen entgegensahen. Dann schminkte sie sich die Lippen, puderte die Nase, fletschte die Zähne, um sicherzugehen, daß sich keine Spuren von Lippenrot darauf verirrt hatten, packte Puderdose, Kamm und Taschentuch in ein Abendtäschchen und machte sich auf den Weg. Sie wollte vor den übrigen Gästen im Salon sein, um sich dort ungestört umsehen zu können. Sie hatte den Plan für einen Roman im Kopf, und bei ihrem vorigen Besuch war ihr der Gedanke gekommen, daß der Salon von Coppermalt dafür einiges hergeben müßte. Der Raum war leer bis auf Nigel, der unentschlossen vor dem Tablett mit den Flaschen stand. »Hallo«, sagte Nigel. Er war noch nicht umgezogen.

»Wir haben uns schon einmal gesehen.« Felicity streckte ihm die Hand hin.

»Ja, stimmt.« Nigel kramte sichtlich ratlos in seinem Gedächtnis.

Felicity erbarmte sich: »Völkerbund.«

»Stimmt!« Nigel schüttelte ihr herzhaft die Hand. »Stimmt genau! Sprechen Sie ihn doch noch mal auf diesen komischen Deutschen an.« Er gab ihre Hand frei. »Was trinken Sie?«

»Danke, ich bediene mich schon selbst.« Felicity schenkte sich einen kleinen Schuß Whisky ein. »An der Karaffe war schon jemand.«

Nigel nickte. »Ja. Ich. Die arme Karaffe.«

»Hm«, machte Felicity und sah zu, wie er auf den Absätzen wippte. Es war nicht ihre Sache, sich da einzumischen. »Wollen Sie sich nicht umziehen?« sagte sie, und schon hatte sie sich eingemischt.

»Was?« fragte Nigel beleidigt und sehr laut.

Gage, der Butler, kam herein. Geräuschlos ging er zum Kamin, fegte Asche zusammen, schüttelte ein Sofakissen auf, inspizierte den Getränkevorrat und schnalzte mißbilligend mit der Zunge. »Abendessen in einer Viertelstunde, Sir.« Er nahm die Whiskykaraffe und Nigels Glas und entfernte sich.

Nigel folgte ihm.

Felicity erkundete den Salon. Prächtige Blumenarrangements. Die beliebtesten Zeitschriften des gehobenen Mittelstands – ›Vogue‹, ›Tatler‹, ›Blackwoods Magazine‹, ›Royal Geographical‹ und ›The Field‹ – auf einem Couchtisch. Potpourris in Schalen. Durch die verglaste Terrassentür ein Blick auf ländliche Idylle: Rasen, der sanft zu einem versenkten Grenzzaun hin abfiel, Felder, die sich bis zum Fluß zogen, strategisch geschickt verteilte Bäume, auf dem Rasen rechts vom Haus eine Zeder, in einiger Entfernung Buchen, Eichen und Linden.

Der Butler kam mit der aufgefüllten Karaffe zurück, warf einen Blick in die Runde, schloß die Terrassentür und ging hinaus.

Felicity machte die Tür wieder auf. Es roch noch leicht nach Nigel. Was ich brauche, dachte sie, sind Photos auf dem Flügel – Hunde, Debütantinnen, gekrönte Häupter, ein Pair in Krönungsrobe. Doch sie wurde nicht fündig; unter einem Briefbeschwerer lagen nur ein paar unscharfe Schnappschüsse: eine etwa zwölfjährige Mabs mit einem Hund, Cosmo in ausgebeulten kurzen Hosen, mit Zahnlücke und dick verbundenen Knien, mit einem anderen Hund, weitere Bilder von noch anderen Hunden. Sie trat an den Couchtisch und zog die Schublade auf. Da waren die ersehnten Silberrahmen: Damen der Jahrhundertwende mit hochgetürmtem Haar und wogendem Busen über Wespentaillen, die Vorkriegshochzeit von Angus und Milly, Mabs als

Debütantin mit Federn, Schleppe und verdrießlichem Gesicht, Angus in der Uniform eines Stabsoffiziers, mit Orden gepflastert. Und ganz hinten eines der unbedeutenderen Mitglieder der königlichen Familie. Aber keine Pairs. Felicity machte die Schublade wieder zu und stellte sich vor einen verglasten Bücherschrank.

»Ziemlich fade«, sagte Cosmo, der unbemerkt hereingekommen war. »In meiner Familie wird nicht viel gelesen. Suchen Sie was Bestimmtes?«

»Ja, Landhausatmosphäre«, sagte Felicity. »Ich will einen Roman schreiben.«

»Hier passiert nicht viel.«

»Nein?«

»Nichts Außergewöhnliches. Keine Kräche, keine Skandale –«

»Dein Vater?«

»Von pensionierten Generälen erwartet man eine gewisse Reizbarkeit.«

Von irgendwo rief eine Mädchenstimme: »Cosmo, wo steckst du denn?«

»Entschuldigen Sie«, sagte er und verschwand. Felicity ging zu einem Schreibsekretär mit einem sichtlich frisch benutzten Löschblatt. Über dem Sekretär hing ein Regency-Spiegel. Sie hielt das Löschblatt davor. »Erwarte mich in Kürze.« – »Komme bald mal bei dir vorbei.«

»Eine Nachricht ist auf russisch«, sagte Hubert, der in diesem Augenblick hereinkam. »Wie sie auf englisch heißt, weiß ich nicht genau. Ob auf Flora Verlaß ist? Auf deutsch, französisch und italienisch sind auch welche da. Und so weiter.«

»Ein Spiel?« (Wenn man bei einem gesellschaftlichen Fauxpas erwischt wird, hilft nur Frechheit.) »Ich schnüffele ein bißchen herum.«

Merkwürdigerweise war es Hubert, der wie ertappt wirkte. »So ähnlich. Ziemlich albern, das Ganze, ich glaube, ich lass' es wieder. Oft mache ich es sowieso nicht«, setzte er entschuldigend hinzu.

»Hubert, wo bist du?« rief Joyce von oben. »Los, beeil dich, oder schaffst du's heute nicht mehr?«

»Ach ja, tut mir leid, ich muß gehen. Wollte eine Flasche davon holen.« Er hielt eine Flasche Champagner hoch. »Die Idee ist von Joyce. Für die Mädels, es –«

»Eilt«, ergänzte Felicity.

»Ja.« Hubert hastete davon.

Felicity legte das Löschblatt wieder an seinen Platz und ging auf die Terrasse. Aus geöffneten Fenstern drangen Mädchenstimmen. »*Phantastisch* siehst du aus, niemand wird ... na, endlich, Blanco. Hat ja *ewig* gedauert. Los, los, mach auf.« Ein Champagnerkorken knallte. »Flora zuerst, es ist Floras Gala. Trink aus. Nein, komm, das schmeckt dir bestimmt. Nigel, du Nassauer, da bleibt ja nichts mehr – nein, Flora, den *kannst* du nicht anbehalten, das verdirbt die Linie, *la ligne*. Gerade das Hautenge ist doch der Clou. Bleib mal einen Augenblick stehen, ich muß – na also! Umwerfend!«

Felicity schnupperte an dem Jasmin. Wenn die kleine Trevelyan während der Fahrt nicht ununterbrochen schwatzt, dachte sie, kann ich mir unterwegs mein Kapitel zurechtlegen und vielleicht in Lincoln übernachten, am nächsten Tag komme ich dann bis London. Da kann ich sie in den Zug setzen, wenn sie mir lästig ist. Ob sich Mrs. Leigh überhaupt klarmacht, was sie mir da aufgehalst hat? Sie beschloß, dem General beim Dinner von den gewaltigen Straßenbauplänen in Deutschland zu erzählen, für so was hatten Leute seines Schlages etwas übrig, bestimmt war er auch von Mussolinis Eisenbahnen begeistert. Hatten diese alten Militärs auch nur die leiseste Vorstellung, wie gefährlich Diktatoren waren? Heute abend durfte es nicht zu einem unverdaulichen Krach kommen. Diese schläfrige Stimmung war genau das, was sie brauchte.

»Wie schön. Sie haben sich schon etwas zu trinken genommen«, sagte Milly, die aus dem Salon auf die Terrasse getreten war. »Ein wunderbarer Abend. Darf ich Ihnen nachschenken? Sherry, nicht?«

»Nein, Whisky. Pur.«

»Oh.«

»Nichts mehr für mich, danke.«

»Ach ja? Ich nehme einen kleinen Sherry. Ehrlich gesagt bin ich ganz froh, daß die Sommerferien zu Ende gehen. In ein paar Tagen fahren wir nach Perthshire, um Kräfte für Mabs' Hochzeit zu sammeln. Ich setze Sie rechts neben Angus, als linke Tischdame bekommt er dann die muntere Joyce.«

Felicity fand, daß Milly ein sehr zufriedenes Gesicht machte. »Ich werde kontroversen Themen aus dem Weg gehen«, sagte sie.

»Ach, das. Albern von ihm, nicht?«

Felicity nahm neben dem Kamin Aufstellung, von dort aus beobachtete sie, wie zuerst Angus hereinkam, jovial lächelnd, dann Cosmo mit Hubert, gefolgt von Nigel und Henry, die sich in der Nähe der Getränke aufhielten, ohne sich zu bedienen. Hubert trat zu Felicity und erzählte von einer verzwickten Beziehung zu einem älteren Verwandten, die etwas mit der Schrift auf dem Löschblatt zu tun hatte. Von Geiz war die Rede, der ihn zum Spieler gemacht habe.

»Ich stocke mit Hilfe von Bridge und Backgammon mein Oxford-Stipendium auf. Zu Pferden und Hunden habe ich irgendwie kein Vertrauen. Oder was meinen Sie?«

»Ich dachte, die Leute auf dem Land hätten alle Vertrauen zu Pferden und Hunden.« Felicity hatte gar nicht recht zugehört.

»Das schon«, sagte Hubert. »Aber nicht –« Blöde Person, dachte er, häßlich wie die Nacht und hat nicht mal den Anstand, einem zuzuhören.

»Wer ist eigentlich mit Mabs verlobt, Henry oder Nigel?« Felicity beobachtete Nigel. »Sie sehen sich so ähnlich.«

»Henry ist mit Tashie verlobt und Nigel mit Mabs. Sie sehen sich ähnlich, weil sie in derselben Schule waren, bei derselben Bank arbeiten, denselben Schneider und dieselben politischen Ansichten haben.«

»Aber der eine ist betrunken und der andere nüchtern«, bemerkte Felicity.

»Ausgeschlossen. Wir hatten zu acht nur eine Flasche Champagner und –«

»Whisky und Champagner vertragen sich nicht.«

Hubert sah zu Nigel hinüber. »Oje«, sagte er dann. »Das kann ja heiter werden.«

Der Butler erschien unter der Tür. Es sei angerichtet.

»Was machen denn die Mädchen noch so lange?« fragte Milly.

Angus sah auf seine Taschenuhr. »Wissen sie denn nicht, wann es bei uns Dinner gibt? Wann haben wir jemals nicht um halb neun gegessen?« Verärgert ließ er den Uhrdeckel zuschnappen.

Cosmo flüsterte seiner Mutter etwas ins Ohr.

»Es ist wohl Floras letzter Abend«, sagte Milly und sah sich um.

»Als ob du das nicht wüßtest«, brummelte Angus.

Milly achtete nicht auf ihn. »Die anderen machen sie fein, sie soll heute besonders ... äh ... sie leihen ihr die ganze Zeit schon ihre Sachen.« Sie wandte sich an Felicity. »Sie selbst hat nicht viel. Ich wollte Sie fragen, Miss Green –«

»Sagen Sie doch bitte Felicity.«

»Felicity.« Milly hob die Stimme. »Sie fahren doch sowieso durch London, könnten Sie da nicht kurz bei unserer kleinen Schneiderin am Beauchamp Place vorbeischauen? Es ist eine Sache von wenigen Minuten und wäre kein Umweg für Sie. Angus und ich wollten ihr gern ein Abendkleid schenken –«

»Wollten wir?« knurrte Angus. »Das ist das erste –«

»Ja«, sagte Milly. »Das wollten wir.«

»Hm«, bemerkte Angus. »Blutgeld.«

Die hat Nerven, dachte Felicity. Sie zählte die Fäden der verschiedenartigen Emotionen, die sich durch den Raum zogen. Der Butler unter der Tür, der mit unterdrücktem Ärger zu kämpfen hatte. Milly, jetzt etwas ängstlich, eigensinnig, vermittelnd. Angus voller Argwohn. Nigel, um den Schein von Nüchternheit bemüht. Cosmo und Hubert in gespannter Erwartung. Erwartung wovon? (Das friedliche Landhaus muß ich streichen.)

In die versickernden Gespräche hinein sagte Milly: »Da, jetzt höre ich sie. Endlich! Wir fangen an, Gage, sobald die Mädchen ihren ›Auftritt‹ hatten. Sie haben sich große Mühe gegeben, damit Flora hier eine schöne Zeit hat«, sagte sie zu Felicity. »Sie ist noch so ein Kind.«

»Wenn das ein Kind ist«, sagte Nigel mit schwerer Zunge, als die Mädchen hereinkamen, »freß ich einen Besen.«

Die Wirkung lag im Schnitt. Das Kleid war bodenlang, brav hochgeschlossen, die Ärmel reichten bis zu den Ellbogen. Die schwere schwarze Seide schmiegte sich an Floras Körper, zeichnete die Rundungen von Brüsten und Gesäß nach, ließ das Grübchen des Nabels und den keilförmigen Hügel zwischen den langen Schenkeln ahnen; ein schlichtes Kleid, dessen matter Glanz die Blässe von Floras Haut unterstrich. Sie war nicht geschminkt. Sie trug keinen Schmuck. Sie trug nur das Kleid, sonst gar nichts. »*La ligne*«, flüsterte Felicity genüßlich seufzend und sah sich um.

Nigel glotzte, Henry hatte den Mund aufgerissen wie zu einem Schrei. Angus spitzte die Lippen zu einem lautlosen Pfiff, Cosmos Augen glitzerten, Hubert schluckte erregt, auf Millys Gesicht lag eine unkleidsame Röte. Mabs, Tashie und Joyce eilten hinter Flora her und flöteten mit geschminkten Lippen:

»Entschuldige bitte die Verspätung, Mutter.«

»Seien Sie bitte nicht böse, Mrs. Leigh.«

»Tut uns *schrecklich* leid, Milly, liebste Milly.« Es klang wie ein geprobter Chor. Sie scharten sich in ihren roten, grünen und blauen Kleidern schützend um Flora. Flora sagte kein Wort.

Der »Auftritt« dauerte nur wenige Sekunden und blieb Milly so unvergeßlich wie ein Autounfall. »Gehen wir hinein?« sagte sie. »Ihr wißt ja, bei einem Soufflé versteht die Köchin keinen Spaß.«

Angus reichte Felicity den Arm und ging voraus ins Speisezimmer. Er plazierte sie zu seiner Rechten, während sich Joyce links neben ihn setzte. Felicity sah, daß Nigel und Henry sich die Plätze rechts und links von Flora eroberten. Hubert und Cosmo setzten sich mit Mabs und Tashie gegenüber, so daß Milly etwas abseits blieb und unglücklich dreinsah.

»Soll ich Ihnen von dem großen Straßenbauprojekt in Deutschland erzählen?« Felicity nahm sich von dem Soufflé.

Ein Jammer, daß ich nicht mehr so jung bin wie die da, dachte Angus, damals hätte man nicht gezaudert. »Haben Sie nicht neulich gestottert? Entschuldigen Sie, wenn ich das erwähne ...« Was brütet Mabs schon wieder aus? So ein Gesicht verheißt bei ihr nichts Gutes. Sie benützt die Kleine als Deckung, da soll jemand abgeschossen werden. Angus sah zu seiner Frau hinüber, die mit gesenktem Blick am anderen Tischende saß. Auch Flora hatte, wie meist, die Augen niedergeschlagen. »Wirkt übrigens sehr charmant, Ihr Stottern. Straßenbau, sagten Sie?«

»Mein Stottern ist ein gesellschaftlicher Notbehelf«, sagte Felicity. »Es verschafft mir die Zeit, auf eine Frage mit einer hinreichend witzigen Bemerkung zu antworten. Meist ist es nicht unkontrollierbar.« Sie schluckte einen luftig-lockeren Happen Soufflé.

»So ist das also.« Angus nahm sich Soufflé. »Wo bleibt der Wein?« sagte er halblaut zu dem Butler.

Offenbar weiß er nicht, wieviel Alkohol schon geflossen ist, dachte Felicity. »Ein köstliches Soufflé. Ihre Köchin ist eine wahre Künstlerin.«

»Ein Schluck *vino* lockert das Gespräch auf, sage ich immer.« Angus strahlte Felicity an.

»Hauptsache, es wird nicht allzu locker.« Nein, er ist völlig ahnungslos. Joyce, die sich bisher still verhalten hatte, prustete plötzlich los. »Wollen Sie jetzt etwas über den Straßenbau hören oder nicht?« fragte Felicity.

»Ja, ganz recht, die deutschen Straßen. Ob die Kleine einen Schlüpfer trägt?« Angus hatte die Stimme gesenkt.

»Einen imaginären, würde ich sagen.«

»Hat sie wohl die leiseste Vorstellung davon, wie elektrisierend sie auf unsere männlichen Sinne wirkt? Sie könnte genausogut nackt daherkommen.«

Joyce hatte seine Bemerkung gehört. »Dann sähe sie weniger unanständig aus.«

»Ich würde sagen nein. Oder höchstens halbwegs«, erwiderte Felicity.

»Es ist mein Kleid«, sagte Joyce. »Tash hat ihr den Schlüpfer ausgezogen, ihr hättet die Gesichter von Hubert und Cosmo sehen sollen. Er hat sich unter dem Kleid abgezeichnet, und das wirkte ausgesprochen gewöhnlich.«

»G-g-gewöhnlich...« Felicity verbiß sich ein Lachen. »Vielleicht heben wir uns die deutschen Straßen für eine andere Gelegenheit auf. Sie haben militärisches Potential.«

»Eine gute Kandare wäre jetzt recht«, sagte Angus. »Ich glaube, meine Tochter geht durch.«

»Er ist eben sehr auf Pferde aus, auch im Vokabular«, sagte Joyce, die sich sichtlich amüsierte. »Aber natürlich hat er recht, der alte Schatz. Da, es geht schon los.«

»Ihr Sprachfehler...« Angus bemühte sich, die Eruption zu überhören, die sich ein paar Plätze weiter abspielte, dann aber brach es aus ihm heraus: »Unerhört, so was!« Er gab die höfliche Konversation auf und funkelte seine

Tochter an. »Was ist los?« Felicity sah gespannt zu. In einem Roman, dachte sie, hätte es schon lange im Untergrund rumort; war daran vielleicht Flora schuld? Waren diese samtbraunen Augen der Grund dafür, daß Mabs sich so ereiferte? »Was geht hier eigentlich vor?« fragte Angus sehr laut.

»Ich löse meine Verlobung, Vater«, gab Mabs ebenso laut zurück. »Das geht hier vor.«

(Stille Landhausatmosphäre, so ein Blödsinn, dachte Felicity.)

»Ist das was fürs Abendessen?« fragte Angus und führte mit der Gabel einen Bissen Soufflé zum Mund.

»Es ist für immer«, schrie Mabs.

»Schrei nicht so, Kind. Wir sind nicht taub«, sagte Milly.

»Warum?« fragte Angus, während das Hausmädchen seinen Teller wegnahm.

(So, wie es sich hier abspielt, dachte Felicity, könnte ich es nie schreiben.)

»Er *ödet* mich an. Ich kann die Sachen nicht ausstehen, die er anhat. Er trinkt, er spielt. Ich kann seine Unterhaltung nicht ausstehen, er *wäscht* sich nicht, er riecht nach altem Schweiß und Schlimmerem.«

»Jetzt halt aber mal die Luft an«, sagte Nigel.

»Und wenn ich mir vorstelle, mit ihm ins Bett zu gehen, ist es ganz aus. Er hat kurze Beine.«

»Dafür ist was anderes lang«, konterte Nigel erbost. »Wirst schon sehen.«

»O du lieber Himmel«, stöhnte Milly. »Hör auf, Mabs, das ist nicht –«

»Und von Liebe kann bei ihm und mir überhaupt keine Rede sein.« Mabs war nicht mehr zu bremsen. »Ihr seid schuld, daß es mit Felix nicht geklappt hat, ihr –«

»Dafür hat es mit Felix und meinem Bruder geklappt. *Und* mit seiner Freundin.« Joyce stützte die Ellbogen auf den Tisch und beugte sich zu Mabs hinüber. »Felix liebt alles und alle, er ist das größte Allround-Talent aller Zeiten.«

»Was redest du da?« stieß Milly hervor. »Joyce, bitte!«

»Ihr wollt ja bloß, daß ich Nigel heirate, weil er Geld hat, Geld macht und mal ein Haus erbt. Ihr habt nur Sicherheit und soziale Stellung im Kopf.«

»Auch das noch«, stöhnte Cosmo.

»Dann will ich den Ring wiederhaben«, verlangte Nigel. »Ich gebe ihn Flora. Flora heiratet mich sofort, nicht, Flora?«

»Ich denke nicht daran.«

»Flora ist zu jung für dich«, schrie Cosmo. »Außerdem gehört sie Blanco und mir.«

»Du hältst dich da gefälligst raus«, zeterte Mabs. »Flora ist zu gut für euch, sie wird es noch mal weit bringen.«

»Will ich gern glauben«, sagte Angus halblaut.

»Viel zu gut. Schaut sie euch an. Bildhübsch, keusch, sittsam –«, Tashie mochte nicht beiseite stehen.

»Also ich würde ja nicht –«, setzte Henry an.

»Dich hat keiner gefragt«, fauchte Nigel. »Das geht nur meine Verlobte und mich was an.«

»Ich bin nicht deine Verlobte, ich habe die Verlobung –«

»Bitte, Mabs, sei so gut –«, flehte Milly.

»Soll ich Bescheid sagen, daß sie in der Küche mit der Ente noch warten?« fragte der Butler, der neben Milly aufgetaucht war.

»Ja. Nein, nein.«

Angus stand auf. »Haltet den Mund und verschwindet, alle miteinander. Ich dulde so ein Benehmen nicht an meinem Tisch.«

»Oft aber doch«, sagte Joyce vorlaut.

(Interessant, dachte Felicity).

»*Raus!*« donnerte Angus.

»Ich weiß nicht, was das alles soll. Willst du denn unsere Verlobung auch lösen, Tashie?« Henry versuchte die Wogen zu glätten. »Weil's vielleicht gerade modern ist?«

»Das ist kein Witz.« Tashies Stimme schraubte sich um etliche Dezibel höher. »Mit so was scherzt man nicht, Henry.«

»Hinaus mit euch«, donnerte Angus. »Es ist mir ernst. Alle. Nicht Sie, Miss Green.«

»Felicity. Sagen Sie doch bitte Felicity zu mir.«

»Schön, Felicity, Sie bleiben hier, und du auch, Flora, du hast ja nichts angestellt. Und du, Henry, leistest mir Gesellschaft.«

»Ja, aber –« Henry sah flehentlich zu Tashie hinüber.

»Du bleibst«, entschied Angus. Henry blieb.

Mabs, Tashie, Cosmo und Hubert schoben ihre Stühle zurück und zogen ab. Nigel leerte rasch noch sein Glas und folgte ihnen.

»Und wir essen jetzt in Ruhe weiter, bis deine Tochter wieder zur Vernunft gekommen ist«, sagte Angus.

»Unsere Tochter«, verbesserte Milly aufgebracht und wandte sich an Flora. »Wie fühlt man sich so nach dem ersten Heiratsantrag?«

Flora legte ihre Serviette auf den Tisch und ging hinaus. Henry stand auf und folgte ihr.

Angus funkelte seine Frau an. »War das nötig?«

»Sie hat angefangen«, sagte Milly und erwiderte seinen Blick.

»Ente, Miss?« Der Butler kam mit dem Zwischengericht.

31

Angus, Milly, Tashie, Henry und Joyce standen vor dem Haus und sahen zu, wie Gage das Gepäck im Kofferraum von Felicitys Wagen verstaute. Mabs, Nigel, Cosmo und Hubert glänzten durch Abwesenheit. Die Hunde des Hauses hatten sich lässig, mit leicht geöffneten Schnauzen und wohlwollend wedelnd, um die Haustür geschart.

»Bitte grüßen Sie die anderen von mir.« Felicity wußte, was sich für abreisenden Besuch gehört. »Tut mir sehr leid, daß ich mich nicht persönlich von ihnen verabschieden konnte.«

Milly stand neben ihrem Mann, die Beine leicht gespreizt wie ein Boxer, der sich bereit macht, einen Hieb zu parieren. Sie hatte Bootsie an ihre Brust gedrückt. »Aber natürlich«, sagte sie. »Bitte sehen Sie es ihnen nach. Offenbar liegen sie noch im Bett. Es muß schon ein sehr triftiger Grund sein, der sie morgens so zeitig aus den Federn treibt.« Millys Blick streifte Flora, die schweigend neben Tashie und Joyce stand und wartete.

Die Eifersucht nagt, dachte Felicity und wandte sich Angus zu. »Dieses Straßenbauprojekt, General Leigh. Es ist noch nicht verwirklicht, das wollte ich nur klarstellen. Hitler hat ein

Buch geschrieben, ›Mein Kampf‹, in dem ist das alles –«

»Deutsch kann ich nicht lesen.« Angus ließ sein Auge wohlgefällig auf Flora ruhen.

»Es wird bestimmt übersetzt.« Hoffentlich beeilt sich der Butler mit dem Gepäck, dachte sie. Ihr Trinkgeld hatte er vorhin hochnäsig zurückgewiesen. »Eine lohnende Lektüre«, sagte sie und hätte gern hinzugefügt: du alter Trottel, traute sich aber nicht. (Irgend jemand hätte ihr ruhig sagen können, daß Trinkgelder hier nicht üblich waren, daß sie damit gegen die Hausregeln verstieß.)

»Wird es nicht Zeit, daß jemand das Kind aufklärt?« sagte Angus nachdenklich.

»Nach dem Auftritt von gestern abend hätte ich eigentlich gedacht, daß sie genau Bescheid weiß. Oder wolltest du dich freiwillig melden?« zischelte Milly böse. Sie trug ein Tweedkostüm, als müßte sie sich vor einem frostigen Wind schützen. Dabei war es ein warmer Tag. »Wenn Miss Green abgereist ist«, sagte sie zu dem Butler, »soll jemand Mr. Cosmo und seinen Freund wecken.«

Der Butler hob eine Schulter und nickte leicht zu Tashie und Joyce hinüber, die diensteifrig lächelten.

»Vielen, vielen Dank, daß Sie mich aufgenommen haben.« Felicity ließ von ›Mein Kampf‹ ab, begann mit dem Händeschütteln und ging auf ihren Wagen zu in der Hoffnung, damit den Aufbruch zu beschleunigen. »Schön, daß ich hier Station machen konnte. Auf Wiedersehen«, sagte sie zu Tashie, Joyce und Henry. »Hat mich gefreut, Sie kennenzulernen.«

Flora streckte Milly die Hand hin. »Vielen Dank für Ihre Einladung, Mrs. Leigh. Es war eine wunderschöne –«

»Du mußt wiederkommen, Kind, ich schreibe dir.« Milly hauchte Flora einen Kuß auf die Wange. Bootsie knurrte.

»Das glaube ich nicht«, sagte Flora leise und wandte sich Angus zu. »Auf Wiedersehen. Und vielen Dank, daß Sie so lieb zu mir waren.«

»Willst du einem alten Mann nicht einen Kuß geben?« Angus legte die Arme um Flora, zog sie an sich und küßte sie. »Paß auf, wenn ich mal in London bin, lade ich dich zum Essen im Klub ein. Wie wäre das?«

Flora gab keine Antwort und war gleich darauf von Tashie, Joyce und Henry umringt, die sie auf dem Weg zum Wagen umarmten und küßten. »Auf Wiedersehen«, riefen sie, »gute Fahrt, schreib uns mal, bis bald, vergiß uns nicht.« Die Hunde, von dem Überschwang der jungen Leute angesteckt, kläfften hysterisch.

Flora sah nicht zurück, als Felicity über die Auffahrt rollte. Unter dem Strohhut war nur ein zierliches Profil zu erkennen. In Rock und Bluse, Florstrümpfen und klobigen Schuhen sah sie aus wie ein typisches Schulmädchen. Felicity wußte nicht recht, ob sie das Schweigen brechen sollte, das sie umgab. »Vorsicht, der Hund«, sagte Flora, die aus dem Fenster sah.

»Hund?« Felicity bremste erschrocken.

»Bootsie, Mrs. Leighs kleiner Liebling. Auf Ihrer Seite. Bootsie jagt leidenschaftlich gern Autos.«

»Verflixt.« Felicity, die nichts für Hunde übrig hatte, gab Gas und brauste an dem trippelnden Tier vorbei.

»Verfehlt.« Flora lehnte sich zurück und schlug die Beine übereinander. »Aber nur ganz knapp.«

Drei Kilometer weiter versperrten Cosmo und Hubert ihnen den Weg. Felicity hielt abrupt an. Sie öffneten die Wagentür, holten Flora heraus, nahmen sie zwischen sich, küßten und streichelten sie, liebkosten ihren Nacken, strichen ihr übers Haar, warfen den Strohhut auf die Straße. Felicity sah verblüfft zu. Flora machte sich los, bückte sich nach ihrem Hut, stieg wieder ein und schlug die Tür zu. Sie war sehr blaß. Mit einer Handbewegung bedeutete sie Felicity, sie solle weiterfahren.

Im Rückspiegel sah Felicity Green, wie Cosmo und Hubert ihnen nachschauten, bis eine

Kurve die beiden ihrem Blick entzog. Die Phantasie der Schriftstellerin aber sah, während sie um die Kurve bog, wie Cosmo Hubert einen heftigen Schlag ins Gesicht versetzte. Flora, deren Züge der Strohhut verbarg, saß stumm neben ihr.

Nach einer Weile stieß Felicity hörbar die Luft aus. »Na so was.«

Flora reagierte nicht.

Wenn sie nur etwas sagen, etwas tun würde, dachte Felicity; weinen zum Beispiel. Die Landschaft flog vorüber, und allmählich regte sich Ärger in ihr. »Mabs und Nigel hatten es wohl nicht nötig, sich von dir zu verabschieden«, stellte sie fest. »Oder lauern die auch noch irgendwo, um mich zu Tode zu erschrecken?« Das klang gehässig. Flora war ihr aufgedrängt worden; solange das Mädel neben ihr saß, konnte sie nicht an ihrem Kapitel arbeiten.

»Die haben anderes zu tun«, erklärte Flora fröhlich. Von Tränen keine Spur. Sie schlug sich auf die Schenkel vor Vergnügen wie ein alter Mann, klappte die Hutkrempe hoch und lachte glucksend in sich hinein. »Nigel sagt, ich soll in neun Monaten mal in die ›Times‹ schauen.« Das Lachen kam stoßweise, in immer neuen kleinen Schüben. »Bei denen ist alles in Ordnung«, sagte sie. »In bester Ordnung.«

»Aha«, sagte Felicity. »Soso.« Sie sah Flora

von der Seite an und brannte darauf zu fragen, was nach dem Krach beim Abendessen passiert war. Im Haus war es seltsam still gewesen. Sie hatte mit Angus und Milly eine Bridgepartie zu dritt gespielt; als sie zu Bett gegangen war, herrschte noch immer diese seltsame Stille. Das junge Volk war verschwunden. Sie betrachtete Floras hochgeklappte Hutkrempe und beschloß, auf die Frage zu verzichten.

Als sie überlegte, warum sie die Frage nicht stellen mochte – Flora war schließlich noch ein Kind –, kam sie zu der unbehaglichen Erkenntnis, daß Flora eben doch kein Kind mehr war. Cosmos und Huberts Benehmen, die gemurmelten Zärtlichkeiten, die engen Umarmungen ließen keinen Zweifel daran. Worte, die sie in ihren Romanen sparsam – wenn überhaupt – verwendete, drängten sich auf, ihrem inneren Widerstand zum Trotz: Lust, Leidenschaft, Lenden? Sie ertappte sich bei einem nachträglichen Anflug von Mitgefühl mit Milly und merkte, daß sie rot geworden war. Gestern abend, in dem schwarzen Kleid, hatte Flora ergreifend unschuldig ausgesehen. Jetzt, in der unkleidsamen Schuluniform, war sie sinnlich und begehrenswert. Es war kein imaginärer Schlag gewesen, den Cosmo seinem Freund Hubert versetzt hatte. Felicity Green, die sich einiges auf ihre Toleranz zugute hielt, war schockiert.

Dritter Teil

32

»Du bist früh dran«, sagte die Sprechstundenhilfe.

»Ich habe Zeit.« Flora suchte in einem Zeitschriftenstapel nach dem ›Tatler‹. »Wenn ich Sie im Wartezimmer störe, kann ich auch in der Diele warten.«

Die Sprechstundenhilfe war neu. Ihre Vorgängerin hätte gewußt, daß sie immer sehr früh kam und sich manchmal auch nach der Behandlung noch eine Weile im Wartezimmer aufhielt. Daß sie sich regelmäßig einmal in den Ferien sehen ließ, kurz vor Schulbeginn.

Flora setzte sich mit dem Rücken zum Fenster, hinter dem eine melancholische See knirschend den Kies an die Mauer der Seepromenade warf. Gegenüber saß ein alter Herr, der ›The Field‹ studierte. »Dürfte ich mir das Heft mal ansehen, wenn Sie fertig sind?« fragte Flora.

»Sie können es gleich haben«, sagte der Alte. »Hervorragender Artikel über Wildgänse.«

»Mich interessieren eigentlich weniger wilde Gänse als zahme Menschen«, sagte Flora halb für sich. »Lassen Sie sich nur Zeit, ich blättere das hier durch.« Sie deutete auf den ›Tatler‹.

»Hier, der ›Sketch‹ ist auch frei«, sagte eine ergraute Matrone. »Ich kann mich nicht konzentrieren, ich habe einen Abszeß.« Sie reichte Flora die Zeitschrift. Die Sprechstundenhilfe rief ihren Namen auf, und sie ging rasch hinaus. Flora legte den ›Sketch‹ auf den Schoß, ohne den gierigen Blick einer wartenden Frau mit einem quengeligen Kind zu beachten.

Der alte Herr unterbrach seine Lektüre und musterte Flora. So um die siebzehn, ging noch zur Schule – sah man an der Uniform –, gute Beine, schöne Haut. Figur? Unter diesen Hüllen unmöglich zu beurteilen. Zähne offenbar in Ordnung. Er lockerte mit der Zunge die Prothese, die am Gaumen drückte. Komische Art, die Zeitschriften durchzublättern. Die Neugier ließ ihm keine Ruhe. »Hoffentlich finden Sie, was Sie suchen«, sagte er.

Sie sah kurz hoch. »Manchmal ja. Meistens nicht.«

Diese Wimpern! Konnten die echt sein?

Der alte Herr war der nächste. Er erhob sich steif und gab Flora seine Zeitschrift. Sie bedankte sich und legte das Heft zu dem ›Sketch‹ in ihrem Schoß. »Also wirklich!« zischelte die Frau mit dem Kind. Möglich, daß Flora es nicht gehört hatte. Sie war mit dem ›Tatler‹ fertig und legte ihn wieder auf den Mitteltisch. Die Frau machte schmale Lippen und widerstand der Versuchung, danach zu greifen. Flora nahm sich den ›Sketch‹ vor.

Als ihr Finger vor einem Jahr über die Seiten eines dieser Blätter geglitten war, waren Erinnerungen an die kühle Haut auf der Innenseite von Cosmos Arm wach geworden; ein Gedankensprung, und auch die Erinnerung an den salzigen Geschmack von Huberts Lidern war wieder da, als sie sich an jenem letzten Abend auf Coppermalt geküßt hatten.

Von Angus der abendlichen Tafel verwiesen, waren sie aus dem Haus und über den Rasen gerannt. An dem versenkten Grenzzaun hatte Flora die Schuhe ausgezogen und war barfuß über das weiche Gras gelaufen. Zwischen Cosmo und Hubert war sie am Flußufer angekommen, wo Mabs etwas abseits einen erbitterten Streit mit Nigel ausfocht. Dann holten Tashie und Joyce sie ein und auch Henry, der Champagner mitgebracht hatte. Sie hatten, im Komplott mit Butler Gage, den Keller geplündert. Hubert lachte. »Er ist ein heimlicher Sozialist.« Flora ließ den Finger über das glatte Papier gleiten und erinnerte sich, daß Joyce den Vorschlag gemacht hatte, schwimmen zu gehen, bis der Champagner, den sie am Flußufer ins Wasser gestellt hatten, kalt geworden war.

»Ich geh' in Schlüpfer und BH«, sagte Joyce. »Das habe ich bei meinen Vettern in Irland auch gemacht, dagegen kann keiner was haben.« Sie zog Kleid und Hemdchen aus und hängte beides in einen Baum.

Tashie folgte ihrem Beispiel, und Mabs, deren Streit sich festgefahren hatte, zog sich ebenfalls aus, während die Männer ihre Smokingjacken, Hosen und gestärkten Hemden ablegten und sie zwischen die Kleider und Hemdchen im Mondlicht an die Zweige hängten. Bald sah der Baum aus wie von tanzenden Gespenstern bevölkert.

»Und Flora? Was ist mit Flora?«

»Du mußt auch ins Wasser gehen, Flora.«

»Komm, Flora, versuch's«, sagte Tashie.

»Geht nicht«, wandte Mabs ein. »Sie hat doch nichts drunter.«

»Es ist ja dunkel«, meinte Joyce (was zumindest nicht ganz falsch war).

Hubert und Cosmo faßten das schwarze Kleid am Saum und zogen es ihr über den Kopf. »Jetzt siehst du anständig aus«, sagten sie. »Richtig züchtig. Entschieden anständiger als mit Kleid.«

»Wenn das so ist«, erklärte Joyce, »sehe ich nicht ein, wieso mein Schlüpfer naß werden soll.« Sie hängte BH und Höschen an den Baum und setzte mit einem Kopfsprung in den Fluß, doch hatte man vorher noch sehen können, daß das Haar auf ihrem Kopf nicht greller war als das zwischen den Beinen. Bald baumelte auch die Unterwäsche der anderen an den Zweigen. Nackt im torfigen Wasser schwimmend, hatte Flora erfahren, wie sich Cosmos Haut und Huberts Lider anfühlten, kühl im Wasser, marmorkühl. Hier, im Wartezimmer des Zahnarztes, war plötzlich die Erinnerung wieder da. Später am Ufer, als sie, in Huberts Smokingjacke gehüllt, Champagner trank, hatte sich Hubert an ihr vorbei zu Cosmo gebeugt. »Es wird ernst. Schlagen mag ich mich nicht. Tragen wir es in einem Spiel aus. In welchem du willst ...« Auch Cosmo sprach über sie hinweg. »Ich denke, du spielst nur um Geld und nicht um ...« Ihre Gesichter berührten sich fast. Hubert griff in die Tasche seiner Smokingjacke, als hinge sie auf einem Kleiderbügel und nicht über Floras Schultern, und holte Würfel heraus. »Der Gewinner kriegt alles«, sagte er scharf und böse.

Erschrocken war Flora nach hinten zurückgewichen, sie stützte sich auf die Hände, während die beiden sich über ihren Körper hinweg anfunkelten. »Nein, das dürft ihr nicht.« In ihrer Stimme schwang Furcht, Furcht vor dem Verlust von etwas Unwiederbringlichem. Hier im Wartezimmer des Zahnarztes erinnerte sie sich des Angstschauers, der sie überlaufen hatte.

»Was macht ihr denn da?« hatte Mabs gerufen. »Hört mal alle zu. Wir haben uns wieder vertragen, Nigel und ich.« Flora erinnerte sich, wie glücklich ihre Stimme geklungen hatte.

Nigel ließ den nächsten Korken knallen, die allgemeine Erleichterung und Fröhlichkeit erfaßte auch Cosmo und Hubert, die ihre Auseinandersetzung wieder aufnahmen, jetzt aber in einem eher scherzhaft-freundschaftlichen Ton.

»Ich hab' sie zuerst gesehen. An einem Strand in Frankreich, mit einem Hund«, erklärte Cosmo. »Deshalb gehört sie mir.«

»Er hieß Tonton«, ließ sich Flora aus Huberts Smokingjacke heraus vernehmen. Sie mußte mit den Beinen ein Stück weiterrücken, eine Distel war im Gras. An die Distel erinnerte sie sich.

»Ohne mich wäre sie ertrunken«, konterte Hubert. »Technisch gesehen, gehört sie mir wie Strandgut.«

»Entscheide dich, zu wem du gehörst.« Wer von den beiden hatte das gesagt? Sie waren beide leicht angetrunken (und ich wohl auch).

Rechts und links von ihr hatten sie gesessen in dieser Sommernacht, nackt, aber nicht aus Marmor. Leichthin, um sie die Verwirrung ihrer Gefühle nicht merken zu lassen, hatte sie geantwortet, das könne sie nicht entscheiden. Und wolle es auch nicht. Die beiden Jungen hatten ihren Zwiespalt gespürt. »Dann teilen wir eben«, hatten sie gesagt. Und: »Sie ist zu jung für eine Entscheidung. Zu jung.« Neckend jetzt, ohne

Leidenschaft. Zufrieden hatte sie zwischen ihnen am Uferrand gelegen. Cosmo hatte sie auf den Mund geküßt und dann, die Jacke beiseite schiebend, auf die Brüste. Dann hatte ihr Hubert einen rauhen Kuß gegeben und seine flache Hand auf ihren Busch gepreßt – »Das muß ich einfach!« –, so daß etwas Lustvoll-Erregendes ihre wohlige Zufriedenheit überlagert hatte.

Dann stand plötzlich Mabs über ihnen, die Arme um Nigel gelegt. »Ihr werdet euch auf den Tod erkälten, ihr liederlichen Geschöpfe.«

Und Nigel hatte gesagt: »Wir gehen jetzt ins Bett zu einer kleinen vorehelichen Kopulation. Mit der freien Natur haben wir's nicht so. Mabs hat mir die kurzen Beine verziehen.«

Joyce suchte mit Tashie im Baum nach ihren Sachen. »Ich kriege mein Zeug nicht mehr zusammen. Das ist ja schlimmer als beim Winterschlußverkauf. Komm, wir gehen zurück ins Haus und sehen, ob wir noch was zu essen finden, ich bin am Verhungern. Da ist sie ja, meine arme kleine Unterhose.«

Und noch einmal Mabs, lachend und schon im Gehen: »Falls du einen Anstandswauwau brauchst, Flora, können wir auch hierbleiben.«

Noch nachträglich regte sich Bedauern in Flora, während sie in der Zeitschrift blätterte. Es war nicht zur Kopulation gekommen (inzwischen hatte sie das Wort im Lexikon ihrer Englischlehrerin nachgeschlagen). Solange Hubert dabei war, konnte sie es mit Cosmo nicht machen und umgekehrt. Sie zogen sich an, und auf dem Weg zum Haus sagte einer der Jungen: »Du weißt nicht, was Mabs und Nigel vorhatten, nicht?«

Barfuß, leicht fröstelnd, das Kleid raffend, um es vor dem Tau zu schützen, hatte sie widersprochen. Natürlich wisse sie das.

»Erzähl doch nichts! Wenn im Alten Testament von einem gesagt wird: *Er ging hin und verstreute seinen Samen*, denkst du immer noch, daß es ein tolpatschiger Gärtnerbursche war.«

Sie hatten sich ausschütten wollen vor Lachen, wiehernd und johlend waren sie herumgetanzt.

Milly Leigh hatte nicht den mindesten Grund gehabt, am nächsten Tag so ekelhaft zu sein.

»Die nächste bitte«, sagte die Sprechstundenhilfe. Flora legte sich auf dem Behandlungsstuhl zurück. »Heute bin ich zum letztenmal hier, Herr Doktor.«

»Die Schule geschafft? Geht's jetzt zu den Eltern nach Indien, was? Bitte aufmachen. Ich schau nur mal nach. Du zählst bestimmt schon die Tage.«

»Arrr.«

»Alles in Ordnung, soweit ich sehe. Dann werden ja auch bald die Hochzeitsglocken läuten.«

»Arrr.«

»So, das wär's für heute. Da hinten besonders sorgfältig putzen. Bitte ausspülen.«

Flora spuckte aus. »Ihre Zeitschriften werden mir fehlen.«

»Wie bitte?«

»Sehr nützlich als Zusatzinformationen zur ›Times‹.«

»Ich verstehe nicht ganz.«

»Ich schau' mir immer die Photos an.«

»Ach so.«

Sie schüttelten sich die Hand. »Leben Sie wohl.« – »Alles Gute.«

»In zehn Jahren behandele ich deine Kinder. Wäre nicht das erste Mal.«

»Um Himmels willen«, platzte Flora entsetzt heraus. Sie lief hinaus in den Wind. Die Flut schlug mit Macht auf den kiesigen Strand und schleuderte Steinchen bis zur Promenade hinauf. Wenn man nur den Gedanken an Indien ebenso kraftvoll wegschleudern könnte! Viel hatten die Wartezimmerzeitschriften nie gebracht. Photos von Mabs' Hochzeit mit der ganzen Familie: Angus, Milly, Cosmo. Dann Cosmo mit einem Mädchen in einem Gruppenbild von einem Ball in Oxford. Nichts von Hubert. Tashies Hochzeit mit ähnlichen Bildern, kleineren Brautjungfern, einer Rückenansicht von Cosmo, Hubert von vorn mit finsterem Gesicht. Im ›Field‹ ein Leserbrief von Angus über Eintagsfliegen. Ein Bild von Milly bei einem Geländejagdrennen, mit Bootsie an der Leine. Die Geburtsanzeige von Mabs' Baby in der ›Times‹, nur acht Monate nach der Hochzeit, und von Tashies Sohn ein Jahr nach deren Trauung. Joyce hatte ihre Verlobung mit einem Ungarn bekanntgegeben und sechs Wochen später die Auflösung der Verlobung. Einmal war im ›Sketch‹ ein Photo von Floras Vater gewesen, Tropenhelm auf dem Kopf, Flinte in der Hand, ein toter Tiger zu seinen Füßen. Zwischen diesem Bild und Coppermalt lagen Welten.

Es wäre das Vernünftigste gewesen, sich Coppermalt aus dem Kopf zu schlagen. Sie war nicht zu Mabs' Hochzeit eingeladen worden, Milly hatte ihr nie geschrieben. Das hatte Flora allerdings auch nicht erwartet, nachdem Felicity Green in London extra einen Umweg zu Irena Tarasowa am Beauchamp Place gemacht hatte, die auf Millys Rechnung ein Abendkleid für Flora anfertigen sollte.

Flora wich dem hochsprühenden Gischt auf der Promenade aus und dachte an ihren ersten Besuch im Londoner Atelier der Tarasowa. Es war lange nicht so gemütlich wie die enge Stube in Dinard; es roch nach Geld. Irena war smart geworden, hatte ihre Schüchternheit abgelegt. Nirgends mehr ein Hauch von Zarenreich, keine Kristallkugel, kein Backgammon, keine Karten, kein Fürst Igor. Statt dessen das Photo einer englischen Herzogin und königlichen Hofdame, von Lenare aufgenommen.

Sie hatte das Kleid rundheraus abgelehnt.

Flora dachte mit großer Genugtuung an Irenas Verblüffung und voller Schadenfreude an Felicity Greens Ärger. Felicity war so wütend gewesen, daß sie Flora samt Koffer am Bahnhof Waterloo abgesetzt hatte, so daß diese den Rest der Reise mit der Bahn zurücklegen mußte. Später hatte sie dann in der ›Times‹ einen Verriß von Felicitys Roman gelesen. Vielleicht war Nigels Empfehlung die größte Segnung, die ihr Coppermalt beschert hatte? Zum erstenmal hatte sie das Blatt gekauft, als sie, von Felicity ihrem Schicksal überlassen, auf ihren Zug gewartet hatte.

Nach jener ersten frostigen Begegnung war sie öfter bei Irena gewesen. In den Ferien waren den Schülerinnen Tagesausflüge nach London gestattet, zu Bildungszwecken, und statt ins Victoria and Albert Museum ging Flora dann zu Irena in der Hoffnung, von ihr Neuigkeiten über Hubert und Cosmo zu erfahren, vielleicht hatten Mabs und Tashie ja bei den Anproben das eine oder andere erzählt. Und da Dolly, geborene Habening, ebenfalls bei Irena arbeiten ließ, war es nicht auszuschließen, daß man bei dieser Gelegenheit auch etwas von Felix hörte. Im Grunde schämte sie sich dieser Besuche; es wäre besser gewesen, Coppermalt zu vergessen, so wie dessen Bewohner sie vergessen hatten. Ein paar bedeutungslose Ansichtskarten besagten noch nicht, daß man sich ihrer wirklich erinnerte.

Mabs und Tashie hatten ihr Grüße von der Hochzeitsreise, aus Venedig und Kitzbühel, geschickt. Von Joyce war eine Karte aus New York gekommen. Auf einer Ansichtskarte aus Paris, mit »lieben Grüßen von Hubert und Cosmo«, hieß es: »Du wolltest doch die Adresse von A. Tarasow haben. Hier ist sie.« Monate später kamen mehrere Karten kurz hintereinander, aus Athen, Rom, Budapest, Berlin und Istanbul, stets unterschrieben mit »Cosmo und Hubert« oder »Alles Liebe, Hubert und Cosmo«. Von Liebe per Ansichtskarte hatte sie nichts. Ansichtskarten schrieb man im Urlaub so nebenbei, während man wartete, daß die Bedienung den Espresso brachte. Ihre italienische Gouvernante war ein Beispiel dafür gewesen. Die Karten, die sie zurückschrieb – Karten, auf denen der Pier zu sehen war oder die Dünenlandschaft hinter der Stadt –, waren von monumentaler Bedeutungslosigkeit. Sie hätte gern mal eine dieser zweideutigen Grußkarten geschickt, die es im Sommer zu kaufen gab, aber die Lehrerinnen sahen einem auf die Finger, und Unpassendes wurde kurzerhand beschlagnahmt.

Jetzt, da Indien in greifbar-bedrohliche Nähe gerückt war, hatte Floras Mutter eine Liste der Kleider an Irena geschickt, die Flora mitnehmen sollte. Drei Abendkleider, drei Tageskleider, ein Kleid für die Gartenparty, zwei Tenniskleider. Sie hatte die Farben bestimmt und zur Bedingung gemacht, daß jedes anders geschnitten war, damit billige indische Schneider sie nacharbeiten konnten. Flora war nicht gefragt worden. Sie hob einen Stein auf und schleuderte ihn ins Meer hinaus. »Ich hasse meine Mutter«, rief sie dem Sturmwind zu und dachte an Tashie, die an jenem ersten Tag auf Coppermalt gesagt hatte, sie wünschte, ihrer Mutter möge etwas Scheußliches zustoßen.

Erstaunlich, hatte Irena bei den Anproben bemerkt, während sie steckte und zupfte, erstaunlich, daß Flora und Vita praktisch die gleichen Maße hatten. »Steh still, Flora, halt dich gerade. Deine Mutter hatte eine bessere Haltung, du machst krumme Schultern.«

»Haltung«, hatte Flora verächtlich wiederholt. »Sie will die Sachen für sich, es dauert nicht lange, und ich trage die Kopien.«

»Wie kannst du so was denken!« schalt Irena, der dieser Gedanke auch schon gekommen war. »Du hast eine schmutzige Phantasie!«

Flora schnaubte. »Ich habe recht, und das wissen Sie ganz genau.«

»So ein Kleid habe ich auch für Mabs gearbeitet. Sie fragt immer nach dir. Dreh dich um und steh still, ich will den Saum abstecken.«

Flora ließ sich nichts vormachen. Mabs wußte, wo sie zu erreichen war. Meine Anschrift ist »Aus den Augen, aus dem Sinn«, hatte sie gedacht und erbarmungslos die Liebe und Herzlichkeit auf Coppermalt dagegen aufgerechnet.

Sie krampfte die Hände um das kalte Geländer der Seepromenade über dem zornigen Meer und wünschte von Herzen, sie wäre nie in Coppermalt gewesen, hätte sich nie in Felix, Cosmo und Hubert verliebt. Ohne diese Erfahrung hätte sie sich mit der Reise nach Indien, dem Wiedersehen mit den Eltern abfinden, sich in deren Lebensweise fügen können. So aber fühlte sie sich verloren, fremd, unnormal. »Ich bin unnormal«, schrie sie in den Wind hinein und: »Ich bin verloren.« Dann setzte sie sich in Trab, lief die Strandpromenade entlang hügelauf und an den Sportplätzen entlang zurück zur Schule, wo am nächsten Tag die anderen Mädchen aus den Ferien zurückerwartet wurden. All jene, die ihre Eltern liebten, die dem Wiedersehen und einer Ehe mit passenden Partnern entgegenfieberten.

Die Schulleiterin ließ sie in ihr Büro bitten.

»Setz dich, Flora. Ich habe einen Brief von deinem Vater bekommen.« (Seine Briefe sind immer so trocken und langweilig, es ist sehr mühsam, darauf zu antworten. Und die von meiner Mutter sind noch schlimmer, ständig schreibt sie nur von Gesellschaften im Klub und von Leuten, die ich nicht kenne; aber für meine Auslassungen über Latein, Mathe und Hockey kann sie sich bestimmt auch nicht begeistern.)

»Hörst du zu, Flora?«

»Ja.«

»Es steht leider nichts Gutes darin.«

»Nein?«

»Eine schlimme Nachricht...«

»?«

»An dich hat er auch geschrieben.«

»Danke.« Flora nahm den Brief entgegen. (Hübsche Briefmarken, aber für die Kaiserkrone hätte Blanco bestimmt nur Hohn und Spott übrig. Warum nenne ich ihn eigentlich Blanco? Hubert heißt er.) »Was ist...« Die Schulleiterin sah ehrlich betrübt aus. (Eine nette Frau, ich habe sie eigentlich immer gemocht, gemocht ist vielleicht zuviel gesagt, zumindest ist sie erheblich besser als manche andere.) »Worum geht es denn, Miss...« Sie faßte den Brief ihres Vaters fester.

»Deine Mutter ist von einem tollwütigen Hund gebissen worden.« Die Direktorin hatte sich vorgebeugt, Mitgefühl stand in den gütigen kurzsichtigen Augen. »Der Hund hatte die Tollwut«, wiederholte sie, als habe sie den Verdacht, Flora sei schwer von Begriff.

Aber ich bin nicht schwer von Begriff, dachte Flora, während ihre Kehle sich zusammenzog, das Blut in ihren Ohren rauschte. Sie krampfte die Finger um den Brief ihres Vaters. »Der arme Hund«, flüsterte sie.

»Natürlich wird sich deine Mutter wieder erholen«, sagte die Schulleiterin. »Die Behandlung soll sehr unangenehm sein, aber –«

»Mageninjektionen.« Flora sah die Schulleiterin an. War das die Art von demütigender Scheußlichkeit, die Tashie sich vorgestellt hatte? »Nicht mal seinem schlimmsten Feind würde man so was wünschen.« Sie war laut geworden. »Pardon. Ich wollte nicht schreien.«

»Verständlich«, sagte die Schulleiterin, die sich viel auf ihr Einfühlungsvermögen zugute tat. »Das verstehe ich durchaus.« Floras Gesichtsausdruck aber verstand sie ganz und gar nicht; Genugtuung lag darin und Erleichterung. Unsinn, sagte sie sich, du hast entschieden zuviel Phantasie.

33

Auf dem *maidan* brachte der Adjutant des Gouverneurs sein Pony neben Denys zum Stehen. »Wie geht es Vita?«

Denys' Stute legte die Ohren an. »Sehr viel besser.« Denys straffte die Zügel, die Stute biß gern. »Eine Spritze noch, dann ist es überstanden. Prachtvoller Sonnenuntergang, nicht?« Er sprach nicht gern über Vitas Zustand, empfand es als Störung ihrer engen Beziehung zueinander.

»Staub in der Atmosphäre. Würde sich Vita über einen Besuch freuen? Ist sie schon soweit?« Alec sah einem Blauhäher nach, der über den fast unwirklichen Abendhimmel schoß.

»Ja, sicher.« Denys zog den Tropenhelm tiefer und versperrte sich dadurch die Sicht auf den Mann an seiner Seite. »Kommen Sie ruhig mal vorbei, es war recht langweilig für sie in den letzten Wochen.« Sein Ton ließ anklingen, daß fast jeder Besucher Zerstreuung versprach.

»Ich schicke meinen Träger mit einem Briefchen vorbei, dann kann sie entscheiden, wann es paßt. Ich habe mir von Hatchards ein paar Bücher aus der Herbstproduktion schicken lassen, vielleicht macht ihr das eine oder andere Spaß.« Der Adjutant des Gouverneurs ließ sich nicht so leicht abschrecken und konnte durchaus hochnäsig sein.

»Tun Sie das.« Denys machte kehrt und ritt zu seinem Bungalow zurück.

»Alter Miesepeter«, rief Alec gutmütig hinter ihm her. Wenn Vita es nicht überlebt hätte, dachte er, wäre der arme Denys verrückt geworden.

Als Denys absaß und die Zügel seinem *saice* übergab, fehlte ihm die Begrüßung durch Tara, und es gab ihm wieder einen Stich. Warum mußte ausgerechnet seine Hündin sich die Tollwut holen? Im Haus war es sehr still. Er schenkte sich einen Whisky ein und machte sich Gedanken über den Adjutanten. Wurde höchste Zeit, daß der Mann heiratete. Denys nahm einen großen Schluck. Und höchste Zeit, daß er aufhörte, Vita anzuhimmeln. Denys war daran gewöhnt, daß Vita Bewunderer hatte, und mochte sie sogar. Wenn ihre Bewunderung allerdings besonders lange anhielt, konnten sie lästig werden. Er füllte den Whisky mit Soda auf und ging ins Schlafzimmer.

Vita lag auf dem Rücken und schlief. Denys setzte sich ans Bett und sah sie an. Ohne Make-up wirkte sie sehr jung. Er konnte die Krähenfüße in den Augenwinkeln zählen und die zarten Fältchen, die sich von der Nase zum Mund zogen. Er liebte diese winzigen Unvollkommenheiten, die im Laufe ihres gemeinsamen Lebens entstanden waren, wußte aber, daß sie sich an jedem Makel ihrer äußeren Erscheinung störte und glaubte, ihm ginge es genauso. Sie konnte nicht verstehen, daß er einen Unterschied zwischen den Krähenfüßen um ihre Augen und den Schwangerschaftsstreifen auf ihrem Bauch machte. Ein wenig beschämt dachte er daran, wie er einmal diese verräterischen Male mit grüner Kreide nachgezogen hatte. Er war betrunken gewesen. »Wenn ich die sehe, werde ich immer eifersüchtig«, hatte er gesagt und fest aufgedrückt. Sie hatte es mit der Angst zu tun bekommen, hatte versucht zu lachen und ihn pervers genannt.

Seit Tara sie gebissen hatte, hatten sich die Falten zwischen Nase und Mund vertieft. Sie hat gelitten, dachte er zärtlich, unter der würdelosen Behandlung ebensosehr wie unter den Schmerzen. Einmal hatte sie nach den Mitteln, die der Arzt ihr gegeben hatte, nachts phantasiert. Sie war hochgefahren, hatte ihn angesehen und gesagt: »Ich weiß ja nicht mal, wie du heißt.« Dann hatte sie die Hände vors Gesicht geschlagen und sich abgewandt, und er hatte gewußt, daß, was er seit langem geahnt hatte, damit bestätigt war. Seine Ahnung war zur Gewißheit geworden.

Wäre ganz aufschlußreich zu erfahren, wer es war – wer es nicht war, wußte man mehr oder weniger –, obgleich das nach so langer Zeit nur noch von akademischem Interesse war. Hier, in dieser eng verflochtenen Gemeinschaft, war es denkbar, ja sogar wahrscheinlich, daß man dem Mann irgendwann mal vorgestellt worden war. Die Überlegung belustigte Denys, während er langsam seinen Whisky trank und seine Frau betrachtete. Sie tröstete ihn ein wenig über den Verlust der Hündin hinweg, die sonst neben ihm gesessen hätte, die Schnauze an sein Knie geschmiegt, bemüht, einen Blick von ihm zu erhaschen. Tara war eifersüchtig auf Vita gewesen. Sie hatte noch einen der Soldaten aus der Kaserne gebissen, ehe man sie eingefangen und erschossen hatte, aber zuerst war sie auf Vita losgegangen. Denys seufzte; er trauerte um seinen Hund.

Vita regte sich und drehte sich auf die Seite. Sie hatte vor dem Einschlafen in der ›Vogue‹ gelesen, ihr Finger lag noch zwischen zwei Seiten. Er beugte sich vor und nahm ihre Hand. Wenn sie aufwachte, sollte sie wissen, daß er sie liebte, daß er bereit war, ihr seine Liebe zu schenken und alles, was er besaß, um sie glücklich zu machen.

Auf dem Höhepunkt seiner Angst und Sorge, gleich nach dem Unglück, hatte er an das Kind geschrieben, hatte Geld geschickt und eine Liste schöner, teurer Dinge, die Vita nach diesem schrecklichen Erlebnis aufmuntern sollten. Wie mochte das Kind jetzt aussehen? Die langweiligen Gruppenphotos aus der Schule gaben darüber keinen Aufschluß. Ob er eine Ähnlichkeit erkennen, einen Hinweis finden würde? Oder war das alles nur eine Ausgeburt seiner Phantasie?

Vita schlug die Augen auf. »Ich habe geschlafen. Bist du schon lange zurück?« Als er ihr die Hand drückte, lächelte sie. »Du bist lieb.«

»Noch nicht lange.« Er beugte sich vor und gab ihr einen Kuß. »Möchtest du einen Drink?«

»Hat der Arzt verboten.«

»Möchtest du –«

»Hat er auch verboten.«

»Einen Fruchtsaft vielleicht? Einen Tee?«

»Fruchtsaft.«

»Ich habe deinen zahmen Adjutanten getroffen«, sagte er, als er ihr das Glas brachte. »Er wäre nicht der Schlechteste für deine Tochter.«

Er sagte immer »deine Tochter«.

Vita lächelte. »Auf was du alles kommst.«

Denys zündete sich eine Zigarette an. »Viele Männer heiraten die Töchter von Müttern, die sie begehren, ich könnte dir aus dem Stegreif mindestens zehn aufzählen.«

»Ist das dein Ernst?«

»Warum nicht? Der Junge hat glänzende Aussichten.«

Vita setzte sich auf und stopfte sich ein paar Kissen in den Rücken. »Ich bin entschieden dagegen!«

»Wenn du alle Männer streichen willst, die gern mit dir schlafen würden, mein Schatz, wird die Auswahl für das Kind recht dünn.«

Vita wies ihn schon lange nicht mehr darauf hin, daß »das Kind« auch einen Namen hatte. »Und was ist mit dir?« Sie trank ihren Saft und sah ihm über den Glasrand hinweg in die Augen.

»Mit mir?« wiederholte Denys neckend. »Eifersüchtig?«

»Natürlich. Wenn sie mit ihr schlafen möchten, dann wirst du es auch wollen. Ist doch logisch«, sagte sie ebenfalls in neckendem Ton.

Denys leerte sein Glas. Der Gedanke, mit Flora zu schlafen, war neu für ihn. »Bring mich nicht auf solche Ideen.« Er beobachtete sie scharf. Sie hatten ihre Ängste und Überlegungen immer ausgesprochen – Vita jedenfalls. Es gehörte zu dem Reiz ihrer Beziehung. »Wäre das nicht Inzest?« fragte er belustigt. »Ich freue mich auf sie.«

»Es wäre sehr grausam mir gegenüber, Liebling«, sagte sie ernst.

»Ja, da hast du recht«, erwiderte Denys. »Vielleicht lasse ich es lieber. Aber sollte ich in Versuchung kommen, denk bitte daran, daß du mir den Floh ins Ohr gesetzt hast.«

34

Als Tashie um die Ecke bog, sah sie, daß jemand vor der Haustür stand. Jemand, der gerade geklingelt hatte und nun darauf wartete, daß die Tür aufging. Tashie, die sich darauf gefreut hatte, nach Hause zu kommen, die engen Schuhe auszuziehen, aufs Sofa zu fallen und in aller Ruhe ihren Tee zu trinken, ging langsamer. Wenn sie sich nicht zeigte, würde das Mädchen sagen, es sei niemand zu Hause, und der Besuch würde wieder gehen.

Damit man sie auch bestimmt nicht sehen konnte, hielt sich Tashie auf der rechten Seite, so daß die Grünanlage zwischen ihr und dem Haus lag. Durch die Gitterstäbe konnte sie den Eingang beobachten.

Wie erwartet, machte das Dienstmädchen auf, schüttelte den Kopf und machte die Tür wieder zu. Der Besuch – ein junges Mädchen – ging die Stufen hinunter und entfernte sich. Tashie sah sich das zufrieden mit an, dann aber stieß sie einen kleinen Schrei aus und lief hinter dem jungen Mädchen her. »Bleib stehen! Warte! Ich bin hier. Warte, verflucht noch mal, so warte doch.«

Im Verkehrslärm ging ihre Stimme unter, Tashies Besucherin setzte ihren Weg fort. Gleich würde sie um die Ecke biegen und sich auf der belebten Straße verlieren. Tashie schleuderte die hochhackigen Schuhe von sich, legte einen Spurt ein und erreichte sie, als sie gerade einen Bus besteigen wollte. »Flora!« »Aber Tashie ... Deine Füße!«

»Du wolltest zu mir?«

»Ja.«

»Dann komm. Wie ich mich freue! Was ist passiert?« Ganz offensichtlich war etwas Besonderes geschehen.

»Weißt du noch, daß du dir gewünscht hast, meiner Mutter würde was richtig Ekelhaftes zustoßen?«

»Natürlich.«

»Jetzt ist es passiert.«

»Famos. Was denn?«

»Ein Hund hat sie gebissen, er hatte die Tollwut.«

»Na also!«

»Wenn die Damen nicht mitwollen, lassen sie vielleicht mal andere Leute ran«, sagte ein Mann, der in der Schlange gestanden hatte.

»Aber ja, natürlich. Bitte steigen Sie doch ein.« Tashie zog Flora zur Seite.

»Deine Füße, Tashie –«

»Ich habe die Schuhe auf dem Gehsteig liegenlassen –«

»Wohl eher den Verstand«, sagte der Mann und schwang sich auf den Bus. »Den Verstand, verstehste?«

»Sehr witzig«, konterte Tashie. »Rasend komisch.« Sie nahm Floras Arm. »Sie drücken sowieso ganz fürchterlich. Mein Gott, wie lange wir uns nicht mehr gesehen haben, Flora ... Komm, die Strümpfe sind sowieso hin. Molly soll uns Tee machen.« Sie führte Flora wieder zu der Grünanlage zurück. »Du erinnerst dich an Molly? Sie war zweites Hausmädchen auf Coppermalt.«

»Und deine Schuhe? Ja, ich erinnere mich.«

»Ein absoluter Fehlkauf, Schätzchen, eine Nummer zu klein. Pure Eitelkeit ... Passiert mir immer wieder. So, da wären wir.« Sie schloß auf. »Hallo, Molly.«

»Was ist mit Ihren Füßen?« fragte Molly.

»Ich habe die Schuhe ausgezogen. Sie stehen auf dem Gehsteig auf der anderen Seite vom Square. Du erinnerst dich noch an Flora?«

»Ja, doch ... meine Schwester hat die gleiche Größe, da muß ich doch gleich ...« Molly rannte die Stufen hinunter.

»Machst du uns Tee, wenn du wieder da bist?« rief Tashie ihr nach.

»Ja, Ma'am.«

»Also doch keine ganz nutzlose Anschaffung. Sie schätzt meine Sachen sehr, unsere Molly. Komm nach oben in den Salon und erzähl mir alles. Die Kunst, Dienstboten bei der Stange zu halten, besteht unter anderem darin, Kleider in der gleichen Größe zu tragen.«

»Ich weiß nicht, womit ich anfangen soll.«

»Mit dem Hund natürlich.«

»Ja, der Hund ... Es war eine Airdalehündin, sie gehörte meinem Vater. Er hatte sie sehr gern, glaube ich.«

»Eine Hundedame von Geschmack und Einsicht, auch wenn sie nicht ganz richtig im Kopf war.« Tashie setzte sich aufs Sofa und massierte ihre Füße.

»Meine Mutter wäre fast gestorben«, sagte Flora.

»Ach, sie hat es *überlebt*? Oje, was für eine Enttäuschung! Hast du nicht gesagt –«

»Nein.«

»Und die Hündin?«

»Ja.«

»Ach so.«

Molly brachte den Tee und stellte das Tablett auf einen kleinen Tisch neben Tashie. »Genau die Größe von meiner Schwester«, sagte sie. »Sie wird sich freuen. Ich hab' Ihnen Hefegebäck mitgebracht.«

»Danke, Molly. Ganz köstlich. Bitte erinnere mich beim nächsten Schuhkauf daran, welche Größe ich wirklich habe.«

»Das bringe ich nicht übers Herz, Ma'am«, sagte Molly und ging hinaus.

»Ist sie nicht gelungen?« Tashie schenkte Tee ein. »Sie ist in Jim verschossen. Erinnerst du dich noch an den Butler von Coppermalt? Inzwischen arbeitet er in London und geht mit ihr zu kommunistischen Parteiversammlungen in King's Cross. Er ist Mitglied. Zucker?«

»Ein Stück bitte.«

Flora saß auf der äußersten Kante eines Sessels Tashie gegenüber. Tashie wirkte smarter, weltklüger und härter als damals auf Coppermalt. Es war töricht, daß sie sich zu diesem Besuch hatte hinreißen lassen. Sie nippte an ihrem Tee. »Du hast einen Sohn.«

»Ja. Er ist oben bei Nanny, ich führe ihn dir nachher gleich vor. Woher weißt du es?«

»Aus der ›Times‹, ich bekomme ein Abonnement in die Schule.«

»Nigel?«

»Ja.«

»Schon ein komischer Kauz, unser Nigel. Aber sie sind sehr glücklich miteinander.«

»Das freut mich.« Flora schob die Tasse beiseite, sie schepperte auf der Untertasse.

Es ist was Ernstes, dachte Tashie, und ich weiß nicht, was ich machen soll. Wie lange haben wir sie nicht mehr gesehen? Was geht hier vor? Wie hübsch sie ist. Warum ist sie zu mir gekommen? Laut sagte sie: »Bitte erzähl mir, was los ist, Flora.«

Flora wurde rot. »Ich möchte dich nicht langweilen.«

»Bedeutet diese Sache mit deiner Mutter, daß Indien gestrichen ist? Bist du deshalb hier?«

»Nein.«

»Ach.«

»Mein Schiff läuft am Dienstag aus. Von Tilbury.«

(Dienstag, Dienstag ... Da sind wir noch nicht von der Rebhuhnjagd in Norfolk zurück, dachte Tashie.) »Die ganze Strecke mit P & O?«

Flora nickte. »Meine Mutter hat mir geschrieben, was für Kleider ich mitbringen soll. Madame Tarasowa hat sie genäht.«

»Wie nett. Du hättest Mabs und mir Bescheid sagen sollen, wir hätten dir beim Einkaufen geholfen.« (Weshalb sollte sie?) »Aber du bist nicht wild darauf hinzufahren, wie?«

»War ich nie.«

Dumme Frage. »Muß es denn jetzt sein?«

»Ja.« Flora machte ihre Handtasche auf. »Vielleicht ist das eine bessere Erklärung.« Sie reichte Tashie den Brief ihres Vaters. »Er ist mit derselben Post gekommen wie sein Brief an die Direktorin wegen meiner Mutter.«

Tashie las: »›Zwölf Paar Seidenstrümpfe, laß Dich wegen der Farbe beraten, zwei Paar Reithandschuhe (Schweinsleder) Größe Sieben, sechs Hemdhosen Satin oder Crêpe-de-Chine weiß von White House, Brustumfang 90, vier dünne Nachthemden weiß, Schachtel Sandelholzseife

Floris, zwei Paar braune Schuhe Größe 4½ Rayne, große Flasche Mitsuko von Fortnum's und die übliche Order von Elizabeth Arden.‹ Hör mal, das soll ein Brief sein? Warum nicht gleich noch ein paar Kleider und ein Nerzmantel? Sollst du ... ja, richtig, hier steht es. Das alles sollst du mitnehmen. Soll ich dir beim Einkaufen helfen, geht es darum?«

»Nein, das ist erledigt.« Wie sollte sie Tashie klarmachen, daß sie vor der Abreise nur noch ein persönliches Wort hören, einen Blick erhaschen, vielleicht die eine oder andere Neuigkeit mitnehmen wollte? »Die Bezahlung hat mein Vater schon geregelt«, sagte sie. »Es ist auf der anderen Seite.«

Tashie drehte das Blatt um. »Ja, da steht es.« Sie gab ihr den Brief zurück. »Ich kann mich noch gut an deine Eltern erinnern«, sagte sie trocken.

»Er betet sie an.« Flora faltete den Brief zusammen und steckte ihn wieder in die Tasche. »Es wird Zeit für mich, ich muß den Zug um –«

»Aber du mußt unbedingt den Kleinen sehen, und willst du nicht auf Henry warten? Er freut sich bestimmt.«

»Den Kleinen würde ich gern sehen. Wie heißt er denn?«

»John. Beinah hätten wir ihn Hubert genannt, aber Huberts gibt es schon so viele, und Cosmo –

er ist einer der Paten – ja, also Henry hat was gegen Cosmo, den Namen, meine ich, nicht die Person, und da ist es eben ein John geworden, mit John kann man nichts falsch machen. Komm, wir gehen hoch ins Kinderzimmer.« Tashie ging voraus.

Flora streckte John den Zeigefinger hin; Tashie hatte ihn auf den Arm genommen, er schien ein ganz gewöhnliches Baby zu sein. Johns Nanny schüttelte Flora die Hand und sagte: »Am Wochenende sollten wir uns aber warm anziehen, was, Mami?«

»Ja«, bestätigte Tashie. »Das Haus ist sehr kalt.«

Flora spürte, daß Johns Nanny sich nicht im mindesten für sie interessierte. Ganz deutlich ließ sie das mit ihrer nächsten Bemerkung erkennen: »Und wann will Mr. March morgen los? Hoffentlich rechtzeitig, damit wir mit dem Füttern nicht durcheinanderkommen.«

Tashie gab ihren Sohn an das Kindermädchen zurück. Während sie wieder in den Salon gingen, sagte sie: »Die Frau ist ein richtiger Drachen, aber als Nanny einfach unbezahlbar. Sie hält mich für eine hoffnungslose Mutter. Weil die Nanny unserer Gastgeber so überheblich ist, hat sie Angst, John könnte schreien, wenn er nicht rechtzeitig gefüttert wird oder wenn wir zu spät kommen, und sie dadurch blamieren.«

»Jetzt muß ich aber wirklich gehen«, sagt Flora nervös.

»Willst du nicht doch auf Henry warten?«
»Mein Zug ...«
»Ja, wenn das so ist ...«
»Kann ich vorher noch auf die Toilette?«
»Natürlich.«

Auf der Toilette riß Flora die Einkaufsliste ihres Vaters in kleine Stücke und warf sie in die Toilettenschüssel. Beim Spülen gingen nicht alle Schnipsel weg. Sie überlegte, ob sie das Stück Umschlag, auf dem die Marken klebten, wieder herausangeln sollte – der Schulgärtner hätte sich bestimmt gefreut, sein Sohn sammelte Briefmarken –, aber dann fand sie das doch zu eklig und ließ es bleiben.

Tashie brachte sie, noch immer ohne Schuhe, bis zur Haustür und gab ihr einen Kuß. Flora ging rasch davon. Sie hatte sich weder nach Mabs noch nach Cosmo oder Hubert erkundigt, hatte nicht einmal anklingen lassen, daß sie sich an Felix noch erinnerte. Sie hätte ohne weiteres auf Henry warten können, sie hatte Zeit genug. Warum bin ich hingegangen, sagte sie halblaut im Gehen. Es hat mir nichts gebracht, überhaupt nichts.

Später beschwerte sich Henry bei Tashie, daß irgendein Idiot Briefe die Toilette hinuntergespült habe, und Tashie brach in Tränen aus. Henry nahm sie in die Arme. »Was ist los, Liebling? Was macht dir das Herz schwer?«

»Es ist wegen Flora«, sagte Tashie. »Einmal habe ich gedacht: Jetzt sagt sie mir, was los ist. Ich wollte ihr ja helfen, aber es war einfach nichts aus ihr rauszukriegen. Wir hätten mehr für sie tun sollen, Henry. Sie zu uns einladen oder so. Wir haben uns nie um sie gekümmert.«

»Mabs hätte ja auch was tun können.«

»Aber wir *haben* nichts getan. Ich habe furchtbar flapsig dahergeredet wegen ihrer ekelhaften Mutter, schade, daß sie nicht gestorben ist und so. Ich habe Witze gemacht. Ich hätte etwas tun sollen. Mein Gott, daß man so hilflos ist. Ich bin eine selbstsüchtige, taktlose Gans.«

»Ich wüßte nicht, was du hättest tun können«, sagte Henry. »In der nächsten Woche sind wir sowieso verreist.« Und etwas später: »Du kannst nicht bei anderen Menschen Schicksal spielen, Liebling.«

»Warum eigentlich nicht? Ich wollte ja auch gar nicht Schicksal spielen. Ich wollte ihr helfen. Wir hätten –«

»Sie ist noch nicht volljährig«, sagte Henry vernünftig. »Sie ist erst siebzehn. Was aus ihr wird, haben ihre Eltern zu entscheiden, nicht wir. Und jetzt mußt du wirklich aufhören zu weinen, sonst siehst du schlimm aus. Du hast offenbar vergessen, daß die Meads zum Essen kommen.«

»Zum Teufel mit den Meads«, sagte Tashie, aber sie hörte auf zu weinen.

Im Zug dachte Flora an all die Sachen, die sie für ihre Mutter gekauft hatte. In der Farbe der Seidenstrümpfe hatte sie sich nicht, wie ihr Vater verlangt hatte, beraten lassen, sondern nach eigenem Gutdünken entschieden. Sie würde noch einen Koffer kaufen müssen, um alles unterzubringen. Das Einkaufen hatte Spaß gemacht, es war ihr zu Kopf gestiegen. Sie hatte sich vorgegaukelt, sie kaufe für sich ein, stellte sich vor, sie würde Mabs oder Tashie in einem der Geschäfte treffen, und die würden sich über die Begegnung freuen. Das hatte dazu geführt, daß sie zu Tashie gegangen war. Während der Zug durch die Vororte ratterte, überlegte Flora, daß Tashie ihr wohl geholfen hätte, wenn es leicht und vergnüglich gewesen wäre. Wie die Sache mit den Kleidern, die sie Flora in Coppermalt geliehen hatten. Sie und Mabs hatten ein richtiges Spiel daraus gemacht, an dem sie viel Spaß gehabt hatten, besonders an jenem letzten Abend, als das Spiel außer Kontrolle geraten war. Tashie war älter geworden, war eine verheiratete Frau mit einem kleinen Sohn, aber großzügig wie eh und je, das sah man daran, wie sie Molly, dem Dienstmädchen, ihre Schuhe überlassen hatte. Angewidert dachte Flora daran, wie sie selbst stumm und steif in Tashies Salon gesessen hatte. Nicht mal eins von den köstlichen buttrigen Hefestückchen hatte sie gegessen. In Indien, sagte sie sich trübe, gibt es kein Hefegebäck.

In London telefonierte Tashie mit Mabs. »Ich wollte es dir nur erzählen«, sagte sie.

»Was hat sie denn erzählt, mal abgesehen von der Tollwut und der Einkaufsliste? Ich bin im Bad, Tash, kannst du nicht noch mal anrufen?«

»Nein, wir bekommen Besuch –«

»Dann beeil dich, ich bin tropfnaß. Oder ruf morgen vormittag an.«

»Geht nicht, wir fahren in aller Frühe zur Rebhuhnjagd. Zu Freunden von Henry in Norfolk. Den Moberleys.«

»Bring mir ein oder zwei Paar mit, ja? Also was hat Flora nun gesagt?«

»So gut wie gar nichts, das ist es ja. Klar ist nur so viel, daß sie kreuzunglücklich ist, sie will nicht nach Indien –«

»Das wollte sie noch nie. Die Eltern waren irgendwie komisch, nicht? Weißt du noch, in Dinard? Aber wenn sie erst da ist, gefällt es ihr bestimmt. Meine Cousine Rachel hat sich in Delhi glänzend amüsiert.«

»Das hat sie sicher. Mein Gott, Mabs, irgendwie hatte ich das Gefühl, ich hätte sie aufnehmen müssen. Ich kam mir so schrecklich hilflos vor.«

»Aber sie geht noch zur Schule, und du sagst ja selber, daß ihr nächste Woche nicht da seid.«

»Du redest wie Henry.«

»Sie ist noch nicht volljährig, du kannst dich da nicht einmischen.«

»Das hat Henry auch gesagt. Bist du noch dran?«

»Ja, aber ich bin ganz naß, Tashie, und ich muß mich anziehen, wir wollen ins Theater.«

»Was seht ihr euch denn an?«

»Noel Coward.«

»Das wird dir gefallen. Henry und ich waren letzte Woche drin.«

»Was willst du denn nun wegen Flora machen? Abgesehen davon, daß du dein schlechtes Gewissen pflegst, meine ich.«

»Ich weiß nicht, was ich tun soll. Wir hätten in Coppermalt nicht so nett zu ihr sein dürfen. Oder aber die Verbindung zu ihr aufrechterhalten müssen. Es ist, als wenn du zu Weihnachten einen jungen Hund kaufst und dich danach nicht mehr um ihn kümmerst. Deswegen bin ich so verstört, Mabs.«

»Eingebrockt hat uns das alles die Mutter von Felix, die hat meine Mutter dazu gebracht, sie einzuladen...«

»Deine Mutter glaubte, daß sie was mit Cosmo hatte, weißt du noch?«

»Mit Hubert, denke ich«, sagte Mabs.

»Oder mit beiden? Mabs, meinst du, daß sie wirklich –«

»Unsinn, sie war doch erst fünfzehn. Nicht mit beiden zugleich. Meine liebe Mama hatte wieder mal ihre Wechseljahrsmucken.«

»Aber was sollen wir denn machen?« stieß Tashie hervor.

»So, wie ich uns kenne, Schätzchen«, sagte Mabs, »werden wir den Weg des geringsten Widerstands gehen und gar nichts machen. Tut mir leid, Tashie, aber ich muß mich beeilen.«

Mabs legte auf und stieg wieder in die Wanne, nur um festzustellen, daß das Wasser inzwischen kalt geworden war.

»Du siehst aus, als wärst du sehr mit dir zufrieden.« Hubert stellte sich zu Cosmo an die Theke.

»Findest du? Was willst du trinken? Das Übliche? Setzen wir uns da drüben hin?«

»Nein, sag nichts, laß mich raten.« Hubert sah zu, wie Cosmo sein Bier trank. »Eine verheiratete Frau. Eine, die du nicht liebst und die dich nicht liebt. Mit der du dich vergnügst, wenn der Mann verreist ist. Eine leichte, lockere, sehr vergnügliche Affäre, die keinem weh tut. Stimmt's oder hab' ich recht?«

Cosmo lachte. »Sei nicht albern. Wie geht's dir denn so? Was macht die Bank?«

»Der feine Mann genießt und schweigt, wie? Was die Bank macht, willst du wissen. Mein Gott, Cosmo, die Begeisterung von Nigel und Henry ist mir ein Rätsel. Ich finde die Arbeit dort furchtbar. Lange halte ich das nicht aus, es gibt so viele reizvollere Sachen, die man machen kann.«

»Zum Beispiel?«

»Weiß ich noch nicht, aber das krieg' ich schon noch raus. Und du hast noch immer vor, Staranwalt zu werden?«

»Früher oder später.« Cosmo nahm einen Schluck Bier. »Hab' ich dir übrigens erzählt«, fragte Hubert, »daß ich nach dem großen Tamtam um Pengappah – überhaupt kein Geld und so – außer dem Haus jetzt doch noch ein bißchen was geerbt habe?«

»Nein! Wieviel ist ein bißchen?«

»Muß sich noch herausstellen. Du weißt ja, Notare brauchen für alles eine halbe Ewigkeit, aber offenbar hat Vetter Dings ein schlechtes Gewissen wegen des Daches bekommen. Er hat so viel übriggelassen, daß man es instand halten kann.«

»Warst du schon da?«

»Nein.«

»Warum nicht?«

»Es war so lange ein Mythos. Jetzt, wo es mir gehört, habe ich Hemmungen. Und ehrlich gesagt, habe ich Angst vor einer Enttäuschung.«

»Wenn es meins wäre«, sagte Cosmo, »würde ich auf dem schnellsten Weg –«

»Und zwar mit der verheirateten Frau«, ergänzte Hubert spöttisch.

»Na ja . . .«

»Sie wäre nicht die Richtige. Denk mal, wie gefährlich es wäre, Joyce mitzunehmen. Nur bildlich gesprochen natürlich. Sie würde herumspringen und Munterkeit verbreiten, sie würde die ganze Atmosphäre kaputtmachen.«

»Wie kommst du auf Joyce?« fragte Cosmo etwas verstört.

»Ich habe euch zusammen gesehen«, sagte Hubert, was nicht stimmte. Da er seinen Freund gern hatte, mochte er ihm nicht verraten, daß er Joyce gerochen hatte. Joyce, die einen reichen Mann geheiratet hatte, ließ sich in Paris ihr eigenes Parfüm mischen. Der Duft hatte in Cosmos Wohnung gehangen so wie damals, im letzten Studienjahr, in Huberts Studentenbude; auch bei anderen Bekannten hatte er ihn schon gewittert. Joyce kam viel herum. »Joyce hat die Gabe, Lebensfreude zu verbreiten.«

»Stimmt«, bestätigte Cosmo. »Was man von meiner Schwester Mabs und ihrer Freundin Tashie nicht behaupten kann.«

»Was ist mit denen bloß los? Die beiden haben das Zeug zu richtigen Society-Matronen. Ehe man sich's versieht, stellen sie ihre Töchter bei Hofe vor.«

»Ach, hör auf.« Cosmo lachte. »Die Babys sind Jungen!«

»Beim nächstenmal kommen Mädchen, wart's nur ab. Aber was haben sie eigentlich für Sorgen?«

»Sie haben Flora gesehen, oder vielmehr Tashie hat sie gesehen. Laut Mabs – du kennst ja ihre konfuse Art zu erzählen! – hat Floras Mutter die Tollwut, und ihr Vater hat Flora beauftragt, zum Trost für die Ärmste Fortnum & Mason's leerzukaufen und das Zeug höchstpersönlich per Linienschiff von P & O nach Indien zu schaffen.«

»Wann?« Hubert setzte sein Glas ab; das Bier schwappte über.

»Bald, denke ich. Mabs und Tashie meinen, sie hätten mit ihr in Verbindung bleiben, sie einladen müssen und so weiter. Es ist ihnen peinlich, daß sie Flora bei ihrem geschäftigen Tun und Treiben aus den Augen verloren haben. Mit anderen Worten: Der Gewissenswurm nagt.«

»Müßte er bei uns eigentlich auch«, sagte Hubert.

»Wieso?«

»Du hast offenbar vergessen, daß wir früher beide Flora wollten. Wir wollten sie uns teilen.«

»Stimmt. Verdammt blöde Idee. Eine Freundin kann man sich doch nicht teilen. Ich könnte mir das jedenfalls nicht vorstellen.« Hubert zog eine Augenbraue hoch. »Fest steht, daß ich sie zuerst gesehen habe«, setzte Cosmo hinzu.

»Und ich habe sie aus dem Wasser geholt.«

»Wir haben ihr Ansichtskarten geschrieben, nicht? Ansichtskarten aus –«

»Ansichtskarten!«

»Ihre wahre Liebe war Felix. Mein Gott, Blanco, weißt du noch, wie die Mädels in Dinard hinter Felix her waren?«

»Unter anderem auch unser Schätzchen Joyce, damals noch mit Raffzähnen, konnte ja keiner ahnen, wie sie sich entpuppt.« Hubert lächelte in der Erinnerung an jene stürmischen Monate in Oxford. Wenn Joyce nicht gewesen wäre, hätte er sein Examen mit Auszeichnung bestanden. »Felix hat sich nie einfangen lassen, in der Beziehung hatte er schwer was los. Man konnte ihn nur bewundern.«

»Inzwischen hat ihn aber doch eine eingefangen«, sagte Cosmo. »Jetzt wird es ernst.«

»Hat ihn nach der Hochzeit noch mal jemand gesprochen?«

»Es war ein schönes Fest«, sagte Cosmo. »Vater hat in Erinnerungen geschwelgt, du kennst ihn ja. Warum bist du eigentlich nicht gekommen?«

»Ich hatte eine Einladung, aber es ging zeitlich einfach nicht. Ob Flora es weiß? War Joyce da?«

»Ja. Damals hat sie ... äh ... haben wir ...«

»Schon klar, brich dir keine Verzierungen ab. Aber zurück zu Flora. Ich finde, einer von uns sollte sie verabschieden.« Hubert, den Cosmos Zustand sexueller Zufriedenheit verdroß, hatte das unbestimmte Gefühl, ihn damit ärgern zu können.

»Na gut, dann fahren wir eben alle hin. Ich nehme Joyce mit. Sie kann sich bei P & O nach den Abfahrten erkundigen und die Passagierlisten einsehen, sie ist so unheimlich tüchtig.« Cosmo, der seine Affäre mit Joyce in vollen Zügen genoß, ärgerte sich keineswegs. »Joyce hat einen schlauen Kopf«, sagte er selbstgefällig.

»Mit der Möse arbeitet sie mehr«, gab Hubert zurück. »Nicht hauen! Das hast du einmal gemacht, und es hat weh getan.«

»Stimmt«, sagte Cosmo. »Wegen Flora. Dir hat die Nase geblutet, und mir haben die Knöchel weh getan.«

Hubert störte Cosmos Lachen und wie er so beiläufig-vergnügt vorgeschlagen hatte, sie sollten alle Flora verabschieden. Überrascht spürte er jenen heißen Zorn in sich aufsteigen, der ihn bisher nur einmal gepackt hatte. Ich kann doch nicht eifersüchtig sein, dachte er. Nicht auf Flora. Und schon gar nicht auf Joyce.

35

Miss Gillespie, die Flora von der Schule zum Schiff begleitet hatte, war bedient. Wenn sie in früheren Jahren mit Schülerinnen in Tilbury gewesen war, hatte sie immer großes Verständnis dafür gehabt, daß sie es gar nicht erwarten konnten, bis es endlich losging, durch den Ärmelkanal und den Golf von Biscaya ins Mittelmeer, dann Richtung Osten zum indischen Subkontinent, den Freuden Britisch-Indiens entgegen. Miss Gillespie war romantisch veranlagt; sie sah, wie ihre Schützlinge die jungen Männer registrierten, die mit ihnen an Bord gingen – Offiziere, Diplomaten, Mitarbeiter im indischen Polizeidienst, vom Heimaturlaub zurückkehrende Staatsbeamte mit kerzengerader Haltung, sonnengebräunten Gesichtern, schmucken Schnurrbärten. Potentielle Ehemänner. Miss Gillespie, eine alleinstehende Enddreißigerin mit schwindenden Hoffnungen, beneidete die Mädchen um diese Chance.

Flora Trevelyan, reserviert und erwachsen wirkend in ihrer neuen Garderobe, blieb von der Aufregung an Bord sichtlich ungerührt. Daß sie so wenig Anteilnahme zeigte, brachte Miss Gillespie ganz aus dem Häuschen. Sie würde jetzt Flora ihrem Schicksal überlassen, nach London zurückfahren und den Abend bei ihrer verheirateten Schwester verbringen. Man konnte ins Kino gehen, vielleicht in einen Film mit Ronald Colman. »Kommst du zurecht, wenn ich dich jetzt allein lasse?« fragte Miss Gillespie. Sie hatte ihre Pflicht getan.

»Ja, danke, Miss Gillespie, ich komme zurecht«, antwortete Flora.

»Ich habe den Zahlmeister gebeten, ein Auge auf dich zu haben, und der Kapitän weiß, daß du allein reist. Es ist eine angenehme Kabine, denke ich.« (Warum muß sie alles zweimal sagen? Ich war dabei, als sie mit dem Zahlmeister gesprochen und ihm den Brief für den Kapitän gegeben hat, und die Kabine haben wir uns zusammen angesehen. Wann geht sie endlich?) »Der Steward macht einen netten Eindruck, er hat Familie. Er wird ein Auge auf dich haben.« (All diese Augen!) »Deine Kabine ist auf der Steuerbordseite, sagte er, aber um diese Jahreszeit spielt das keine Rolle. Er läßt in Bombay deine Koffer aus dem Laderaum holen und wird dafür sorgen, daß du den Träger deines Vaters nicht verfehlst.« (Ich war dabei, ich hab's gehört.) »Du wirst bei dem Trinkgeld für den Steward achtgeben, nicht wahr? Nicht zuviel und nicht zuwenig, man darf diesen Leuten nicht zu nahe treten. Und du denkst daran, dir vor der Mannschaft keine Blöße zu geben, nicht wahr? Es sind alles Eingeborene, man kann da gar nicht vorsichtig genug sein.«

»Wollten Sie nicht gehen, Miss Gillespie?« fragte Flora liebenswürdig. »Ich will Sie nicht aufhalten.«

»Flora Trevelyan! Was sind das für Manieren? Das muß ich –«

»Der Direktorin melden? Ich bin mit der Schule fertig, Miss Gillespie, Sie müssen überhaupt nichts mehr.«

»Flora!«

»Seien Sie mir nicht böse, Miss Gillespie, aber Sie wiederholen sich, das geht einem auf die Nerven. Seit sieben Jahren«, fuhr Flora milde fort, »habe ich Ihnen schon sagen wollen, daß wir viel mehr bei Ihnen gelernt hätten, wenn wir uns hätten anstrengen müssen, um mitzukriegen, was Sie uns erzählen.« Verflixt, jetzt ist sie eingeschnappt.

»Dieser Undank, nach allem, was –«

»Ich hab's nicht so gemeint, Miss Gillespie.« Flora ging rasch über das Deck auf die Gangway zu, und Miss Gillespie hielt mit ihr Schritt. »Ich wünsche Ihnen einen recht schönen Abend bei Ihrer Schwester und Ronald Colman.« Miss Gillespie sagte nichts. Floras Ton war ihr oft verdächtig vorgekommen, aber es war ihr nie gelungen, sie festzunageln. »Schreiben Sie an Ronald Colman?« fragte Flora, die durch den Schulklatsch davon erfahren hatte. »Schreiben Sie ihm doch beim nächstenmal, er soll sich den Schnurrbart abnehmen. Die Mädchen finden alle, daß man ihm den in der Fremdenlegion, als er den Beau Geste in der ›Blutsbrüderschaft‹ gespielt hat, nie hätte durchgehen lassen.« Mochten die Eltern in Indien auch darauf lauern, sie wieder einzusperren, dachte Flora, während sie über das Deck ging, so war sie doch wenigstens die Schule los. Drei Wochen lang würde sie das Alleinsein auf dem Schiff in vollen Zügen genießen.

Beim Abschied waren beide befangen. Miss Gillespie zögerte, ehe sie Flora einen Kuß gab, aber es war wohl besser, sich in gutem Einvernehmen zu trennen und die verletzenden Worte zu übergehen. Vielleicht hatte auch Flora irgendwann mal Kinder, für die sie ein Internat brauchte. »Ich wünschte, ich könnte nach Indien«, sagte sie betrübt.

»Fahren Sie an meiner Stelle, Miss Gillespie«, rief Flora. »Ich schenke Ihnen meine Schiffskarte, Sie brauchen es nur zu sagen. Tauschen wir!«

»Was dir nur einfällt, Kind! Du hast entschieden zu viel Phantasie. Aber es ist lieb von dir. Was würden deine Eltern sagen?« Offenbar hatte sie Flora verkannt.

»Die würden Ihnen einen Mann suchen und Sie schnellstens unter die Haube bringen«, sagte Flora, womit sie wieder alles verdarb.

Sie sah Miss Gillespie nach, die in ihrem braven Jackenkleid jetzt die Gangway hinunterging, um nach einem Taxi zu suchen. Der Fahrpreis für das Taxi, auf den Penny genau, würde auf die Rechnung kommen, die ihr Vater per Adresse Cox & Kings, Pall Mall, London SW I, erhalten würde. Flora lehnte sich über die Reling und blickte an der Schiffswand hinunter in das trübe Hafenbecken. Tief unten im schmutzigen Wasser sah sie eine Ratte, die sich mit mühsamen Schwimmbewegungen durch den Abfall kämpfte, durch Papier, Stroh, Apfelsinenschalen und Zigarettenstummel. Jemand kippte einen Eimer Seifenwasser aus einem Bullauge und traf die Ratte, die aber hatte wenig später den Kopf schon wieder oben. Flora sah förmlich den zukkenden Schnurrbart, die verzweifelt paddelnden Pfoten vor sich. Tapfere Ratte! Sie machte einen langen Hals, um das Tier besser sehen zu können.

»Da ist sie! Flora! Flora! Wir wollen dich verabschieden. Was sagst du dazu? Freust du dich auf die lange Reise in die Erwachsenenwelt, in Lust und Lasterhaftigkeit?« Joyce, Cosmo, und Hubert stürmten auf sie zu. Joyce war als erste da, zeigte lächelnd alle Zähne, streckte enthusiastisch die Hände aus. Cosmo trottete hinterher, er sah einfältig und sehr englisch aus. Hubert machte ein böses Gesicht.

Flora überließ Joyce ihre Hände. Joyce hatte amerikanische Verwandte, fiel ihr ein, das mochte diesen Überschwang erklären. »Hallo«, sagte sie.

»Freust du dich nicht, daß wir gekommen sind? Du siehst ganz verdattert aus.« Joyce wollte Floras Hände gar nicht wieder loslassen. »Wir haben von Mabs gehört, daß es heute losgeht, und die hat es von Tash. Du bist mir eine! Warum hast du uns nicht Bescheid gesagt? Warum hast du mich nie besucht? Wir haben eine Flasche Champagner mitgebracht, um den Abschied zu begießen. Ach, du hast sie, Hubert. Der Steward soll Gläser bringen. Du fährst erster Klasse?«

»Zweiter.«

»Das ist auch viel lustiger. Erster Klasse reisen alte Leute und Ehepaare, die netten jungen Männer sind alle in der zweiten. Es wird bestimmt ganz toll, Flora, am liebsten würde ich mitkommen. Sollen wir? Wäre das nicht ein Spaß?« Joyce hakte sich bei Cosmo unter und schmiegte sich an ihn.

Später überlegte Flora, daß sie wohl automatisch das Richtige gesagt und getan hatte. Sie hatten das Deck verlassen, wo noch immer Hand- und Schiffskoffer eintrafen, auf denen Regimentsfarben prangten und große Blockbuchstaben die Namen der Besitzer verkündeten:

Major X, Oberst Y, Leutnant Z. Sie setzten sich in den Salon, ein Steward brachte Gläser, öffnete die Flasche und schenkte ein. Joyce saß dicht neben Cosmo. »Mein Gott, Flora, diese Auswahl an aufregenden Männern! Schau dich nur mal um. Wetten, daß du bis Bombay verlobt bist?«

Cosmo betrachtete die wogende Menge der offenbar erfahrenen Reisenden. »Anscheinend alles Armee und Staatsdienst.«

»Ein paar Kaufleute sind auch immer dabei«, sagte Joyce. »Sie haben mehr Geld und gehen deshalb erst in Marseille an Bord. Vor Marseille darfst du also noch nicht dein ganzes Herz verschenken, Flora, behalt noch etwas Platz übrig für –«

»Joyce weiß Bescheid«, bemerkte Cosmo trocken.

»In zwei Tagen kennt sie alle. Sie ist bei weitem die Hübscheste hier«, sagte Joyce.

Hubert machte zum erstenmal den Mund auf. »Wann seid ihr in Marseille?«

»In einer Woche, glaube ich. Dann Malta, Alexandria und Aden.«

»Aha.« Er sah sie mit gekrauster Stirn an.

Cosmo und Joyce tranken und schenkten sich nach. Flora dachte an die Ratte. Ob sie es geschafft hatte? »Was für ein hübsches Kostüm.« Sie erinnerte sich daran, daß die Mädchen sich in

Coppermalt ständig Komplimente über ihre Garderobe gemacht hatten. Das Kostüm von Joyce war bananengelb und tailliert.

Joyce nippte an ihrem Glas und streckte die langen Beine von sich. »Hab' ich mir zu Felix' Hochzeit machen lassen. Deins ist auch toll. Hat es die Tarasowa genäht?«

Es war kein Irrtum, sie hatte richtig gehört. »Das habe ich ja gar nicht gesehen in der ›Times‹«, sagte sie tonlos. Felix verheiratet?

»In der ›Times‹ stand es sicher nicht«, sagte Hubert. »Die Hochzeit war in Holland.«

»Ja, natürlich.« Flora trank einen großen Schluck Champagner. Er kribbelte in der Nase und trieb ihr Tränen in die Augen. Sie stellte mit ruhiger Hand das Glas ab.

»Ach je, da läutet es, wir sollen von Bord gehen.« Joyce, die Arm in Arm mit Cosmo dasaß, zeigte wenig Neigung aufzustehen.

Hubert erhob sich. »Dann mal los.«

Cosmo zog Joyce hoch. Besucher, die Freunde oder Bekannte an Bord gebracht hatten, drängten jetzt zur Gangway.

Hubert ging neben Flora her. »Du willst gar nicht nach Indien, oder?«

»Doch, natürlich.«

»Wir haben zum Lunch ziemlich viel getrunken, deshalb sind wir so albern«, sagte er.

»Albern? Das finde ich nicht«, sagte Flora.

»Nur gewöhnlich.« Daß sie ihn gewöhnlich nannte, würde ihn treffen. Joyce und Cosmo schlenderten Arm in Arm hinter ihnen her; waren sie verlobt? Wen hatte Felix geheiratet? Sie durfte nicht fragen. Konnte nicht fragen. »Im Hafen habe ich eine Ratte schwimmen sehen«, sagte sie.

»Ratten sind mutige Tiere.«

»Jemand hat ihr einen Eimer Schmutzwasser auf den Kopf gekippt.«

»Sie wird's überleben.«

»Miss Gillespie, meine Englischlehrerin, hat mich hergebracht. Sie hat den Zahlmeister und den Kapitän und den Steward gebeten, ein Auge auf mich zu haben.«

»Für den Fall, daß jemand dir Schmutzwasser auf den Kopf kippt.«

»Bildlich gesprochen.«

»Sieh zu, daß du es überlebst.«

»Da seid ihr ja! Wir sind getrennt worden. Wir müssen gehen, sie drängeln schon. Schreib mal, Flora, hörst du? Komm, gib uns einen Kuß. Jetzt los, ihr zwei, sie wollen die Gangway einziehen.« Joyce küßte Flora, sie roch hinreißend. »Mabs und Tash wären auch gekommen, es tut ihnen so leid, daß es nicht ging, und Ernest auch.«

»Wer ist Ernest?«

»Mein Mann, du Dummchen. Wußtest du nicht, daß ich verheiratet bin? Es stand in allen

Zeitungen. Jetzt kommt, ihr zwei, wir sind im Wege.«

»Du bist betrunken.« Hubert dirigierte Joyce zur Gangway.

»Flora ...« Cosmo beugte sich unbeholfen vor und gab ihr einen Kuß auf die Wange. Dann lief er eilig hinter Joyce her.

Hubert legte seine Hände um Floras Gesicht, drückte fest zu, so daß sich ihr Mund öffnete, und küßte sie, bis ihr die Luft wegblieb. Er war schon halb die Gangway hinunter, da kam er noch einmal zurück.

»Du willst nicht weg. Komm mit mir von Bord.«

»Ich muß. Ich will. Ich kann nicht.«

»Du siehst aus wie ein Vogel im Käfig.«

»Im Augenblick bin ich frei.«

»Nicht lange.«

»Während der Überfahrt. Drei Wochen.«

»Sir ... die letzten Besucher ... alle Besucher von Bord bitte. Wenn ich bitten darf, Sir ... .«

Glocken läuteten, unter ihren Füßen vibrierte das Deck. Der Wind, der von der Themsemündung herwehte, roch nach Meer. Kreischende Möwen umkreisten einen riesigen Kran. Die Schiffssirene heulte auf. Eine Lücke entstand zwischen Schiff und Kai, als die Schiffsschraube das braune Wasser aufwühlte, aber die Ratte war nicht zu sehen.

36

Hubert ging am Kai auf und ab und sah zu dem dunkelglänzenden, von den Hafen und Werftlichtern trüb beleuchteten Schiff hoch. Hell würde es erst in einer Stunde werden, es war noch viel zu früh, um an Bord zu gehen. Er hatte Hunger. Er machte kehrt, um sich ein Lokal zu suchen, das für die Nachtarbeiter, Schauerleute oder Polizisten geöffnet war. Als er gerade losgehen wollte, kam ein Taxi angefahren und hielt an der Gangway. Eine junge Frau stieg aus. Im Halbdunkel erkannte Hubert, daß es Flora war. Sie trug ein Abendkleid und hatte sich einen Schal fest um die Schultern gewickelt.

»Francs habe ich nicht«, sagte sie zu dem Fahrer. »Nehmen Sie englisches Geld? Ich gebe Ihnen mehr, als die Fahrt in Francs kostet.«

Der Fahrer lehnte sich aus dem Fenster und sagte etwas, das Hubert nicht verstehen konnte. Flora stampfte mit dem Fuß auf und sagte mit gepreßter Stimme: »Sie müssen!«

Der Fahrer erklärte, er habe es nicht nötig, reisende englische Huren auf ihr Schiff zurückzubringen, nachdem sie in einem anständigen französischen Puff fleißige französische Mädchen brotlos gemacht hatten. Dafür habe er nicht gekämpft von 1914 bis 1918, bis zu den Hüften im Dreck. Mademoiselle möge sich dazu bequemen, in Francs zu zahlen, sonst würde er die Polizei holen.

Dann stand plötzlich Hubert neben Flora. »Wieviel schuldet Ihnen die Dame?«

Der Fahrer erschrak und nannte die Summe. Groß und breitschultrig, die über der Nasenwurzel fast zusammenstoßenden Augenbrauen finster gerunzelt, stand Hubert im Zwielicht. »Sie warten hier«, bestimmte er, »bis die Dame und ich ein paar Sachen, die sie braucht, aus ihrer Kabine geholt haben. Dann fahren Sie uns zurück in die Stadt. Es dauert nicht lange.«

Flora registrierte die unterwürfige Reaktion des Fahrers. »*Oui, Monsieur, d'accord.*«

Hubert nahm Floras Arm und zog sie die Gangway hinauf. »Wo ist deine Kabine? In diesem Kleid kannst du nicht reisen. Zieh dich um und pack ein paar Sachen zusammen, inzwischen schreibe ich ein paar Zeilen, die kann der Zahlmeister dann dem Kapitän geben. Du kommst mit mir.«

»*Oui, Monsieur, d'accord*«, sagte Flora, den Taxifahrer nachäffend, aber ihre Stimme schwankte.

»Sag jetzt nichts«, meinte Hubert. »Das hat alles Zeit. Und mach vorwärts, ich hab' Hunger und will frühstücken.« Sie steht irgendwie unter

Schock, dachte er. Um so besser. Dann macht sie erst mal keine Mätzchen.

In ihrer Kabine zog Flora Straßenkleidung an und packte das Notwendigste sowie ein paar Kleidungsstücke, die Hubert ihr reichte, in einen Handkoffer. Als er voll war, klappte er ihn zu und half ihr in den Mantel. »So, jetzt komm!« Er nahm den Koffer und führte sie zu dem wartenden Taxi. »Steig ein«, sagte er und gab dem Fahrer Anweisungen.

Als er sich gerade neben Flora setzen wollte, hielt ein zweites Taxi an der Gangway, dem drei Fahrgäste entstiegen. Sie waren jung, aufgekratzt, betrunken und Engländer. Flora drückte sich in die hinterste Ecke. »Ich habe sie dort sitzenlassen, ich –«

»Soll ich sie ins Hafenbecken werfen?« fragte Hubert. »Ach nein, lieber nicht, dann muß ich noch länger auf mein Frühstück warten. Los jetzt«, sagte er zu dem Taxifahrer. Dann wandte er sich wieder an Flora, die in ihrer Ecke kauerte. »Nach einem heißen Kaffee und ein paar Croissants fühlst du dich besser.« Es wäre eine ausgemachte Dummheit, sie jetzt anzufassen, dachte er. Noch hatte sie ihm nicht gegen das Schienbein getreten oder ihn gebissen.

Das Taxi fuhr an. Als Hubert sich noch einmal umdrehte, sah er, daß es zwischen dem zweiten Taxifahrer und seinen Fahrgästen zu einer Auseinandersetzung gekommen war. Wenn wir Glück haben, dachte er, während er die torkelnden Gestalten beobachtete, treten ein, zwei Burschen daneben und fallen ins Wasser. »Da hast du dir ja reizende Bekannte angelacht«, sagte er.

Flora antwortete nicht. Sie wandte sich ab und sah auf ihrer Seite aus dem Fenster.

Auf halbem Wege nach Marseille ließ Hubert den Fahrer anhalten, um eine Zeitung zu kaufen. »Ich muß unbedingt die neuesten Nachrichten haben«, sagte er, während er wieder einstieg. »Erinnerst du dich noch, wie die froschgesichtige Miss Green versucht hat, den General für Hitler zu interessieren? Jetzt ist er ständig in den Schlagzeilen. Sie war ihrer Zeit voraus. Hitler ist deutscher Reichskanzler. Bin neugierig, was die Franzosen dazu schreiben.«

»Ich lese die ›Times‹«, sagte Flora und sah weiter aus dem Fenster.

»Dann bist du ja auf dem laufenden.« Hubert faltete sich die Zeitung zurecht, streckte die Beine aus und überflog die Überschriften. »Aber vermutlich –« er riskierte einen Blick auf ihr Profil –, »ist dir nicht klar, was dieser Hitler vorhat. Er ist sehr ordentlich.«

»Ordentlich?« Sie hörte nur halb zu.

Immer weiterreden, dachte Hubert. »Wenn man ›Mein Kampf‹ durchackert, merkt man das ganz deutlich. Sein Ziel ist das vollkommene

Deutschland, mit weniger gibt er sich nicht zufrieden. Schandflecken wie Juden, Zigeuner, Zeugen Jehovas, Schwachsinnige, Krüppel und Kommunisten merzt er aus. Deutschland soll zu einer Nation großer, blonder, gehorsamer nordischer Hünen werden.«

»Viele Deutsche sind aber brünett.« Flora sah beharrlich aus ihrem Taxifenster.

»Allerdings. Bei den Franzosen, Engländern, Holländern und Belgiern ist das nicht anders. Das sagt sogar General Leigh, der sich übrigens zu einem begeisterten Nazibefürworter entwickelt hat. Er hat eine Phalanx brünetter Deutscher ins Feld geführt und darauf hingewiesen, daß Felix, ein ganz typischer hochkalibriger Holländer, ebenfalls dunkel ist.« (Hat sie nicht früher mal für Felix geschwärmt?) »Das mit der Herrenrasse, meint der General, ist mehr oder weniger ein Hirngespinst, aber der Führer ist gegen die Kommunisten, und deshalb ist der General für ihn.«

»Ach«, sagte Flora, ohne sich ihr Interesse anmerken zu lassen. »Wirklich?«

»O ja. Der General hat einen Riesenbammel vor den Bolschewisten, vor kommunistischer Zersetzung in der Arbeiterklasse. Als 1926 der Generalstreik war, hat er ernsthaft mit einer Revolution gerechnet. Damals hat er sich für die Fahrt in den Norden, nach Coppermalt, sogar einen Revolver zugelegt.«

»Ja, ich erinnere mich.« Flora zuckte zusammen, als sie an den Mann in dem Waffengeschäft von St. Malo dachte.

Woher wußte sie das? Ihr Profil verriet ihm nichts. »Der Antikommunismus des Generals ist seinem Butler derart auf den Magen geschlagen, daß er gekündigt hat und in die Partei eingetreten ist. Mrs. Leigh jammert ständig, Gage sei doch ›so ein guter Butler‹ gewesen. Und wenn dann Cosmo sagt: ›*Ceci n'empêche cela*‹, kriegt er von ihr eins auf den Deckel.«

Flora lachte.

Hubert sah sie kurz an und atmete auf. »Wir frühstücken in dem Café da drüben«, entschied er. »Diese Straße heißt La Cannebiere. Ganz Marseille kommt hier vorbei.« Er ließ den Fahrer anhalten.

Sie setzten sich an einen der Tische auf dem Gehsteig. Flora trank heißen Kaffee, und Hubert machte sich hungrig über *œufs au plat* und Croissants her und sah zu, wie ihr Gesicht wieder etwas Farbe bekam.

Wenn er nicht gerade kaute, schwatzte er weiter drauflos. Er erzählte ihr von seinem Studium in Oxford, von den Auslandsreisen, die er mit Cosmo und anderen Freunden unternommen hatte. »Wir haben dir Ansichtskarten geschrieben.« Von Londoner Theateraufführungen, Filmen, Konzerten. Von der Wohnung, die er mit einem Freund geteilt hatte, bis er eine eigene Wohnung bezogen hatte, weil es eben doch angenehmer war, unabhängig zu sein. Cosmo, der Jura studiert hatte, wolle Strafverteidiger werden. Mit Mabs und Tashie sei er nur noch selten zusammen, weil sie ein ganz anderes Leben führten als er, beruflich habe er aber öfter mal mit Nigel und Henry zu tun. Er fragte Flora, ob sie sich noch an die große Szene erinnere, mit der Mabs ihre Verlobung gelöst hatte. Inzwischen sei sie eine treusorgende Ehefrau geworden. Nachdem sie Nigel dazu gebracht hatte, den Schneider zu wechseln, wirkten seine Beine merklich länger, es kam eben alles auf den Hosenschnitt an. Er danke seinem Schicksal, sagte Hubert, daß diese Meute ihm gezeigt hatte, was die Zukunft für ihn bereithielt, wenn er bei seiner Bank bleiben würde. Für sie, sagte er, mochte es ja das richtige sein, aber für ihn sei dieses Leben nichts. Er musterte Flora. Sie hört kaum zu, dachte er. Sie wirkte zwar nicht mehr ganz so angespannt, aber sehr müde. Daß so ein Blödmann versucht hatte, ihn für den Geheimdienst anzuwerben, und daß damit seine Verdrossenheit ihren vorläufigen Höhepunkt erreicht hatte, erzählte er ihr nicht. Vier Tage nach dem Abschied in Tilbury hatte er Knall auf Fall seine Stellung aufgegeben und war in den Zug nach Dover gestiegen. »Ich bin eine Nacht in

Paris geblieben«, sagte er, »habe ein paar Runden Bridge gespielt, uns ein paar Francs verdient.« (Ein Ausrutscher, dieses »uns«.) »Erinnerst du dich noch an Alexis Tarasow? Den Mann der kleinen russisch-armenischen Schneiderin, die so großartig Backgammon spielte? Den Sommer über hängt er die Taxifahrerei an den Nagel und bestreitet Bridgeturniere in Le Touquet und Biarritz. Ich spiele auch um Geld, wenn ich mal knapp bei Kasse bin, aber so ernst nehmen wie Alexis kann ich es nicht. Es gibt nichts Langweiligeres als Bridgenarren, meine Mutter gehört zu dieser Gilde und mein Stiefvater, und Joyce, die neulich dabei war, ist auf dem besten Wege, eine Bridgenärrin zu werden. Sie hat es sich angewöhnt, nachdem sie ihren Industrieboss geheiratet hat, diesen Ernest, braucht wohl irgendeine Beschäftigung.« (Mal davon abgesehen, daß sie es mit Cosmo treibt und mit mir und mit allem, was Hosen trägt.) »Ein munteres Mädchen, diese Joyce«, sagte Hubert. »Flattert von Blüte zu Blüte und versüßt ihren Mitmenschen das Leben.«

Flora hatte ihren Kaffee ausgetrunken und ein Croissant gegessen. Sie saß jetzt fast entspannt da und betrachtete die Passanten. Mein Geschwätz rauscht einfach an ihr vorbei, dachte Hubert; sie ist noch nicht soweit, selbst zu reden. »Dann wollen wir mal wieder.« Er winkte dem

Ober und zahlte. »Ich habe meinen Koffer in der Gepäckaufbewahrung am Bahnhof. Wir holen ihn ab, dann nehmen wir den Bus. Es ist nicht weit, wir können zu Fuß gehen.« Er griff nach Floras Koffer.

Sie lief neben Hubert her, ohne zu fragen, wohin sie gingen. Am Bahnhof ließ sich Hubert seinen Koffer geben und führte sie zu einem wartenden Bus. Flora sah zur Bahnhofsuhr hoch. »Das Schiff hat wohl inzwischen abgelegt«, sagte sie. »Sie sind weg.«

»Ja«, sagte Hubert.

Im Alter überlegten sie manchmal, ob sie über dem Verkehrslärm von Marseille wirklich das Tuten der Schiffssirene gehört und sich beim Einsteigen in den Bus zugelächelt hatten. Das Lächeln ja, aber die Sirene?

Während sie in rumpelnder Fahrt Marseille hinter sich ließen, schlief Flora ein und ließ den Kopf an Huberts Schulter sinken. Hubert, der seit der Abreise aus London nicht geschlafen hatte, döste vor sich hin, bis er plötzlich merkte, daß Flora angefangen hatte zu erzählen.

»Zuerst habe ich mit niemandem gesprochen. Ich war furchtbar seekrank und blieb in der Kabine. Als es mir besserging, habe ich sie dann beim Essen kennengelernt ... sie machten einen ganz netten Eindruck ... forderten mich zum Tanzen auf ... tauschten die Plätze, bis alle an meinem Tisch saßen ... ehrlich gesagt, hat es mir sogar gefallen, sie haben mich mehr hofiert als andere ... ein bißchen lästig, als sie versuchten, mich zu küssen ... es war nicht wie Coppermalt, sie waren irgendwie anders ... oder ich vielleicht? Ich weiß es nicht. In Gibraltar bin ich mit ihnen an Land gegangen, wir haben in einer Höhle gebadet, das war toll ... einmal wollten zwei von ihnen nachts in meine Kabine, ziemlich albern. Und als wir dann nach Marseille kamen, habe ich mir nichts dabei gedacht, mit ihnen in einen Nachtklub zu gehen, ich war noch nie in einem gewesen, ich wollte sehen, wie das ist ... ich habe gedacht, ein französischer Nachtklub wäre – es war ganz anders, als ich es mir vorgestellt hatte, keine Band, kein Glanz und Glitzer ... ausgesprochen enttäuschend ... stark geschminkte Mädchen, die herumsaßen und die Gäste zum Trinken aufforderten ... die Männer sprachen alle kein Französisch, sahen natürlich dumm aus der Wäsche, und die Mädchen sprachen kein Englisch ... eine Weile saßen wir nur herum, es war sehr langweilig, dann gingen wir in einen anderen Raum ... ich habe gedacht, wir würden tanzen, aber da war auch keine Band ... ich tanze doch so gern ... es war so was wie ein Kino, und dann ging der Film los, und lauter Leute, die nichts anhatten, machten ... es war überhaupt nicht komisch, wahrscheinlich sollte es ... ich fand es, ja, abstoßend ... und plötzlich, mittendrin, bei den erstaunlichsten Verrenkungen, fiel mir ein, als ich noch ganz klein war, ich hatte es praktisch vergessen, aber jetzt war plötzlich alles wieder da ... ich kam ins Schlafzimmer meiner Eltern, in Indien, und sie waren gerade ... und da war dieser *Geruch*, und sie schrien mich an, ich erschrak fürchterlich ... sie haßten mich in diesem Augenblick, sie haben mich echt *gehaßt* ... seit Jahren überlege ich hin und her, warum ich nicht nach Indien wollte, es ist ein wunderbares Volk, das Land ist so schön, es riecht phantastisch, nach Staub und Gewürzen und Dung ... ja, also, diese Leute auf der Leinwand ... manches war wohl ganz ulkig, aber niemand ... es war nicht, als ob man in Marmorarmen liegt ... ich bin rausgerannt und hab' mir dieses Taxi geschnappt, und der Mann, der Taxifahrer, dachte natürlich, ich wüßte, daß ich in einem Bordell gewesen war und nicht in einem Nachtklub, und hielt mich für eine Prostituierte. Ehrlich, Blanco, ich bin mir in meinem ganzen Leben noch nie so blöd vorgekommen. Entschuldige. Hubert.«

Hubert, der den Atem angehalten hatte, stieß ihn in einem langen Seufzer aus.

»Du mußt mir sagen, was ich dir für das Taxi schulde«, sagte Flora.

»Was sind Marmorarme?«

»Nichts weiter.«

37

»Es ist eine wundervolle Einladung, so eine Chance kommt vielleicht nie wieder. Wir müssen hin, Liebling. Er ist schließlich nicht einer von diesen kleinen Maharadschas, die Krethi und Plethi zu sich bitten.« Vita strich genüßlich über das steife Briefpapier. »Unsere Bekannten werden bestimmt grün und gelb vor Neid.«

Wenn sie in Schwung ist, dachte Denys wie schon so oft, sprüht sie förmlich Funken. »Dir würde die Abwechslung guttun«, sagte er. »Nach allem, was du durchgemacht hast.«

»Nur schade ...« Vita ließ den Kopf hängen.

»Was denn?«

»Die neuen Kleider, die sie mitbringt. Ich hätte sie mir gern für die Reise ausgeliehen. Und neue Schuhe und eine Flasche Parfüm.«

»Du siehst immer bezaubernd aus. Hast du nicht genug anzuziehen?«

»Leider nichts Neues. Wir sagen also zu?«

»Natürlich.«

»Was ist mit –«

»Darüber mach dir keine Gedanken. Sie kann sich ohne uns hier einrichten, sie ist ja kein Kind mehr. Sie wird abgeholt und hergebracht, die Dienstboten werden sich um sie kümmern. Und es ist ja auch nicht für lange. Ich werde ein, zwei

Leute bitten, ein Auge auf sie zu haben. Irgendwo, glaube ich, kommt eine Nichte zu Besuch, ich erkundige mich mal. Wenn sie will, kann sie reiten, ich sage dem *saice* Bescheid.«

»Doch nicht auf Robina?«

»Nein, nein, auf einem der älteren Ponys. Ich kann doch nicht mein bestes Polopferd –«

»Natürlich nicht, Liebling.« Vita lächelte. »Wenn wir zurückkommen, ertrage ich den alltäglichen Trott wieder leichter, dann habe ich ja was Hübsches zum Anziehen.«

»Dein alltäglicher Ehemann hat dich sowieso ausgezogen am liebsten«, sagte Denys. Er war heilfroh, daß sie allmählich wieder lebhafter wurde. Die Spritzenkur hatte sie sehr mitgenommen. Wie tapfer sie gewesen war!

»Ich habe Ihnen ein paar Zeitschriften mitgebracht, Vita, sie sind heute mit der Post gekommen.« Alec, der Adjutant des Gouverneurs, betrat die Veranda. Daß mich kein Airedale-Terrier zur Begrüßung anknurrt, dachte er, ist doch recht angenehm. Er gab Vita einen Kuß auf die Wange.

»Wie lieb von Ihnen, Alec«, sagte sie.

»Hallo, Alec. Setzen Sie sich, trinken Sie was mit uns.« Denys rief seinem Diener einen Befehl zu. Alec bekam allmählich graue Schläfen, stellte er fest, und wirkte dadurch noch distinguierter.

»Wenn Sie mit dem ›Geographical Magazine‹ fertig sind, könnte ich es dann zurückhaben?«

Alec machte es sich in einem Sessel bequem. »Ich gebe es gewöhnlich an die Missionare weiter. Die anderen können Sie gern behalten.«

»Diese langweiligen Missionare«, sagte Vita. »Wie ertragen Sie die bloß? Ich blättere mal eben das ›Geographical‹ durch, dann können Sie es gleich wieder mitnehmen. Erzähl Alec von der Einladung, Denys. Ich bin so aufgeregt.«

»Wir sind vom Maharadscha eingeladen worden.« Er reichte Alec den Brief. »Vita macht sich mehr Gedanken um ihre Garderobe als um Geographisches, das liegt ihr weniger.«

»Oh, ich muß schon sagen, das ist ja famos! Sieh mal an, er bezieht sein Briefpapier bei Cartier, genau wie meine Großmutter. Da haben Sie wirklich Glück, er lädt nur sehr selten Gäste zu sich ein. Offenbar hat sich Vitas Schönheit bis zu ihm herumgesprochen.« Alec nahm das Glas, das der Diener brachte. Das Tablett, stellte er mit leichtem Hohn bei sich fest, hatte Denys beim Polo in Neu-Delhi gewonnen. »Wie ich euch beneide«, sagte er laut.

Denys, der nicht mit einer adligen Großmutter aufwarten konnte, die ihr Briefpapier bei Cartier bezog, sagte liebenswürdig: »Aber Sie waren schon dort, dürfen wir Sie ein bißchen ausholen?«

»Das war rein dienstlich, kein richtiger Besuch. Mit meinem Herrn und Meister.« Alec nannte den Gouverneur nur seinen Herrn und Meister. Er hatte den Platz so gewählt, daß er Vita gut sehen konnte. Sie ist bezaubernd, dachte er. Bezaubernd und unerreichbar – was mir gerade angenehm ist.

Vita, die seinen Blick spürte, blätterte in der Zeitschrift, während sie den Männern zuhörte. Der Maharadscha sei den Briten gegenüber äußerst positiv eingestellt, sagte Alec, schließlich sei er in Eton und Oxford erzogen worden – nein, nicht in Balliol, in Christ Church – und habe die Verbindung zu seinen englischen Freunden nie abreißen lassen. Seine Einstellung zum Kongreß? Man weiß ja, wie sie sind, total reserviert ... Aber in Europa, nicht wahr ... Natürlich Monte Carlo und während der Ascot-Woche das Ritz in London. Ja, dem Spiel durchaus nicht abgeneigt. Und Pferdekenner, ja, gewiß. Und die üblichen Restaurants und Nachtklubs. Autorennen, ja, das auch. Geht mit ein, zwei Herzögen auf die Jagd, aber Geld ist für ihn nicht alles; pflegt den Kontakt zu Schulfreunden, in dem Blatt, das Vita gerade liest, ist ein Artikel über einen von ihnen, einen Forscher. »Darf ich mal?« Alec beugte sich vor, nahm Vita die Zeitschrift ab und blätterte. »Da ist er! Aber jetzt fällt es mir wieder ein: Reden Sie nicht von ihm, er hat es sich mit Seiner Hoheit verdorben, also Vorsicht.« Alec zeigte Denys die Zeitschrift.

»Nie von ihm gehört. Ist das eine Bildungslücke?«

»Nein. Er schreibt Reisebücher, in diesen Kreisen kennt man ihn. Nicht Ihre Wellenlänge, etwas oberflächlich. Er bleibt nie lange genug, um einen Ort wirklich kennenzulernen, da kommen dann schon gewisse Zweifel an der Zuverlässigkeit seiner Darstellung auf. Es heißt, er könne nirgendwo Station machen, ohne – äh – eine Frau zu schwängern, und habe eine Spur dubioser Babys hinterlassen.« Alec lachte. »Von anderer Seite habe ich gehört, ein junger Mann sei schuld daran, daß sich das Verhältnis zu dem Maharadscha abgekühlt hat. Was wirklich dran ist, mag der Himmel wissen, er ist wohl ein Mensch, um den sich Legenden ranken, typisch für diese Leute, die ständig herumzigeunern.« Alec gab Vita die Zeitschrift zurück.

Vita blätterte weiter. Sie wußte, daß Alec sie bewunderte; einmal hatte er ihr beim Tanzen ins Ohr geflüstert, er bete den Boden an, den ihr Fuß berührte. Er hatte einiges getrunken. Während sie verstohlen das Photo des Forschers musterte, überlegte Vita, ob Alec wohl etwas für Flora wäre. Wenn er Flora heiratete, bliebe er ihr erhalten. »Haben Sie mal wieder ein paar schöne, seltene Teppiche gekauft?« Sie gab ihm die Zeitschrift zurück. »Nichts, was mich besonders interessiert. Aber trotzdem schönen Dank.«

(Der Mann – falls er es war – war nicht zu erkennen.)

»Teppiche, o ja.« Alec bekam leuchtende Augen. »Zur Zeit habe ich drei im Visier, aber der alte Schurke verlangt zu viel dafür, er weiß, daß ich Sammler bin. Im Palast des Maharadschas liegen prachtvolle Stücke herum. Richtige Leckerbissen. Übrigens hat er einen französischen Küchenchef, Sie werden ein ausgezeichnetes Essen bekommen.«

»Wie schön«, sagte Vita. »Ich liebe die französische Küche.«

»Tiger?« fragte Denys. »Nimmt man das Erforderliche mit? Erwähnt ist davon nichts.«

»Ich würde mich darauf einstellen. Für meinen Herrn und Meister war es eigentlich auch geplant, aber Sie kennen ihn ja, er tötet ungern. Seine Hoheit war etwas eingeschnappt, glaube ich, er hatte wohl so was wie seine Herzöge erwartet. Jetzt muß ich aber gehen. Schönen Dank für den Drink.« Alec stand auf, beugte sich zu Vita hinunter und küßte sie auf die Wange. »Viel Spaß.«

»Danke, Alec.« Vita winkte ihm lächelnd nach.

Denys brachte Alec zum Wagen und überlegte, ob er vielleicht schwul war. »Wir erwarten in Kürze Vitas Tochter«, sagte er. »Die müssen Sie unbedingt kennenlernen.«

»Nichts lieber als das.« Schon wieder ein Versuch, mich unter die Haube zu bringen, dachte er, während er in seinen Wagen stieg. »Die Männer werden sie umsummen wie die Bienen den Honig.«

Während er dem Adjutanten nachsah, dachte Denys, Bienen sind weiblichen Geschlechts. Er ist ein richtiges altes Weib. Wieder bei seiner Frau, bemerkte er: »Spekulierst du auf Alec als Schwiegersohn, mein Schatz? Wenn du mich fragst, der kommt nie auf Touren.«

Vita lachte. »Alec schwärmt doch für *mich*«, sagte sie. Indessen fuhr Alec durch die Dämmerung zum Government House zurück und dachte daran, wie sehr er Vitas augenscheinliche Beschränktheit liebte, ihre Eitelkeit, ihre leidenschaftliche, grenzenlose Egozentrik, ihre erschreckende sexuelle Macht über Denys, ihre Verachtung für das, was andere Frauen über sie dachten. Eine in jeder Hinsicht anbetungswürdige, bewundernswerte Person, dachte er. Dem Himmel sei Dank, daß ich unverheiratet bin.

38

»Versuch, dich zu mir zu drehen«, sagte Hubert.

Flora war leicht benommen. Sie hätte nicht genau sagen können, wie sie hierhergekommen war, in dieses Bett im Hinterzimmer eines Hotels in Aix-en-Provence mit Blick auf den Hof. Etliche Stockwerke unter ihnen saßen Frauen auf Holzstühlen im Mondlicht und tratschten, die Stimmen hoben und senkten sich, provenzalische Laute, vermischt mit Heiterkeitsausbrüchen, stiegen durch ein Weinlaubspalier zu ihnen empor.

Sie lag mit dem Rücken zu Hubert wie die Marmorfrau auf der Postkarte, wie sie selbst so oft in den Armen von Felix, Cosmo oder Hubert gelegen hatte, träumend und kühl. Diesmal aber spürte sie am Rücken, am Hintern, an der Rückseite ihrer Schenkel seine Wärme. Ihre Fersen lagen an seinen Schienbeinen, knapp unterhalb der Knie, ihr Hinterkopf an seinem Kinn. »Versuch, dich zu mir zu drehen«, sagte er.

Sie hatten an einem Tisch unter den Platanen im Cours Mirabeau zu Abend gegessen und miteinander gelacht. Gemeinsam hatten sie sich des Picknicks in Dinard erinnert mit den Liedern, dem Tango, dem Feuer und dem Feuerwerk; kurz nur hatten sie Coppermalt gestreift, das ihnen zeitlich näher lag, weniger unverfänglich war. Sie hatte geschwatzt wie die Frauen unten auf dem Hof, hatte ihm von der Schule erzählt. Merkwürdigerweise schien es ihn nicht zu langweilen, im Gegenteil, er hatte sich amüsiert, als sie ihm erzählte, daß sie sich hin und wieder im Zimmer der Direktorin heimlich die Zeugnisse angesehen hatte. »Sie beobachtet distanziert, was um sie her vorgeht und beteiligt sich selten aktiv«, stand da über sie. Und: »Man hat den Eindruck, daß unser Curriculum ihr ein Greuel ist.« Oder: »Auf das Spinnen geheimer Träume versteht sie sich besser als aufs Nähen.« – »Steckt lieber die Nase in ein Buch, als sich auf dem Hockeyfeld zu betätigen.« Und daß die Mitschülerinnen, so ganz anders als die Mädchen auf Coppermalt, besessen waren vom Heiraten und vom Klassendenken, daß die Mehrheit für die Minderheit, die sich durch ihre Sprechweise verriet, nur Hohn und Spott übrig hatte.

»Und wovon handelten diese Träume?« Hubert schenkte sich Wein nach.

»Von den Osterferien in Dinard und von dem Besuch auf Coppermalt«, sagte sie. Eigentlich nur davon, denn das war im Grunde alles, was sie vom »wirklichen Leben« kannte.

»Das wirkliche Leben, ja«, sagte Hubert. »Aber die Reise von Tilbury nach Marseille, war das kein wirkliches Leben?«

Seekrank zu sein und unsittliche Anträge von schnauzbärtigen jungen Offizieren zu bekommen – das sei doch hoffentlich nicht das wirkliche Leben, hatte sie gesagt. »Was du alles für Ausdrücke kennst«, sagte Hubert. »Nimm von den Feigen.«

Sie hatten die Feigen gegessen und vor den Feigen köstlichen reifen Käse, davor grünen Salat, vor dem Salat *cervelles au beurre noir,* und davor hatten sie knackige Radieschen geknabbert und kühlen Weißwein getrunken. An Hubert geschmiegt, dachte Flora genüßlich an das Essen zurück.

Danach, bei bitterem schwarzem Kaffee, hatte er gesagt: »Morgen bekommst du phantastischen Fisch mit Aïoli und, wenn es noch nicht zu spät im Jahr ist, Artischocken und natürlich Bouillabaisse und wieder köstliche Feigen.« Und sie hatte den Passanten nachgesehen, die im Dunkeln über den Gehsteig des Cours Mirabeau geschlendert waren, denn jetzt, im Oktober, war die Sonne längst untergegangen, und sie hatte gesagt, er liebe offenbar gutes Essen. »Ja«, sagte er. »Sehr. Und ich liebe auch –«

Zufrieden hatte sie die Menschen beobachtet, die im Licht des Mondes, der Straßenlaternen und der Lampen aus Bars und Cafés an ihnen vorbeiflanierten: alte Leute mit alten Hunden, Liebespaare, Familiengruppen, deren Stimmen sich in Kadenzen hoben und senkten.

»Versuch, dich zu mir zu drehen«, sagte Hubert noch einmal, und unter seinem Atem kräuselte sich das Haar in ihrem Nacken.

Mit dieser Reaktion, dachte Hubert, während sie neben ihm schlief, hätte ich nie gerechnet. Wirklich ein unglaublicher Glücksfall, daß alles so gut gegangen ist: Er hatte Angst gehabt, ihr weh zu tun. Er hatte schon gehört, wie leicht man es den Mädchen verleiden kann, daß es ihnen weh tat und sie eine Abneigung dagegen entwickelten, besonders wenn sie noch Jungfrau waren, was Flora zweifellos war – oder gewesen war. Danke, Joyce, dachte er. Ohne Joyce hätte ich bestimmt alles falsch gemacht. Erstaunliches Mädchen, diese Joyce, unheimlich großzügig, einem soviel beizubringen, all die Tricks weiterzugeben, die sie von ihrem Mann gelernt hat (wenn man Ernest so sah, würde man nicht im Traum denken, er könnte –) und von anderen Männern natürlich auch, denn Joyce war eindeutig promiskuitiv. In der Dunkelheit, die schlafende Flora neben sich, überlegte Hubert, ob vielleicht in diesem Moment sein Freund Cosmo unter ihrer kundigen Anleitung aufgeklärt wurde, und er konnte ihm nur viel Erfolg dabei wünschen. Viel Erfolg, Cosmo.

Aber das hatte er nun wirklich nicht erwartet. Er war behutsam gewesen und hatte sich große

Mühe gegeben, nichts zu übereilen, nicht grob zu sein, aber als die stille kleine, die scheue kleine Flora plötzlich hervorstieß: »*Uff, wie wundervoll!*« da hatte er doch gestaunt.

Ob sie gemerkt hatte, daß die Klatschbasen drei Stockwerke unter ihnen verstummt waren und eine von ihnen »Bravo!« gerufen hatte?

Hubert lachte, daß es ihn schüttelte; im Licht des Mondes, das durch die Jalousie drang, sah er, daß Flora ein Auge aufgemacht hatte, daß ihre Lippen sich bewegten. »Was ist?« flüsterte er.

»Wir haben das gemacht, was ich meine Eltern habe machen sehen und die Leute in dem Film im Bordell. Das war so häßlich, so albern.«

»Wenn man sich selbst dabei nicht sehen kann, ist es weder häßlich noch albern.«

»Daran habe ich gar nicht gedacht«, meinte Flora. »Gut, daß du es mir gesagt hast.« Sie drehte sich um und schmiegte ihren Hintern an seinen Schoß.

39

Es war frühmorgens, die Luft noch kühl. Die Sonne fiel schräg durch das Blätterdach der Platanen, malte Sonnenkringel auf den Gehsteig und schien auf die Tischtücher des Cafés. Als Hubert nach unten gegangen war, hatte Flora friedlich schlafend auf dem Bauch gelegen, das Gesicht im Kissen vergraben. Was um Himmels willen treibe ich da, dachte er. Sie ist erst siebzehn.

Der Ober brachte Kaffee und stellte ihn zu den knusprigen Brötchen und der glänzenden Butter. Wünschten Monsieur eine Zeitung? Ja, bitte.

Hubert bestrich ein Brötchen mit Butter und sah den dicken Tauben zu, die zwischen den Tischen herumliefen und nach den Krümeln pickten, die ihnen von den flinkeren Spatzen weggeschnappt wurden. Der Koller, der ihn aus seiner sicheren und langweiligen Stellung herauskatapultiert und quer durch Frankreich bis zu Flora getrieben hatte, hatte sich gelegt; nach der Eroberung wußte er nicht recht, was er mit ihr anfangen sollte. Sie wird sich an mich hängen, dachte er, während er sich Kaffee einschenkte und gierig trank. Vielleicht habe ich sie geschwängert; sie wird erwarten, daß ich sie heirate. Mein Gott, ich bin der Gefangene meiner Lust geworden. Ich brauche meine Freiheit, ich habe noch so viel vor. Mißmutig kaute er an seinem Brötchen. Dann aber verdrängte die Erinnerung an die vergangene Nacht diese Gedanken, und Verlangen rührte sich in seinen Lenden. Grenzenlose Zärtlichkeit erfüllte ihn.

Der stille und aufmerksame Ober brachte die Zeitung. Mal sehen, was es in der Welt Neues gibt; wie sich Hitler, Mussolini und die Briten mit ihrer Kommunistenangst in den Augen der Franzosen ausnehmen. Hubert schüttelte die Zeitung auseinander. Ich glaube nicht, daß Ramsay MacDonald recht hat, wenn er sagt, daß der Krieg aus der Mode kommen wird, dachte er; das Kriegerische ist dem Menschen angeboren. Er schenkte sich Kaffee nach.

Aus dem Augenwinkel sah er Flora aus dem Hotel kommen. Sie überquerte die Straße und betrat eine Apotheke. War sie krank? Was war los? War es seine Schuld? Ihm wurde ganz flau vor Sorge. Flora kam wieder heraus, ging über die Straße und trat zu ihm. »Guten Morgen.«

Hubert stand auf und rückte ihr einen Stuhl zurecht. »Möchtest du frühstücken? Es schmeckt gut.«

»Ja, bitte.« Sie setzte sich, sie lächelte. Sie schien gesund und munter zu sein.

Hubert bestellte Kaffee und Brötchen. »Alles in Ordnung?« fragte er. »Ich hab' dich in die Apotheke gehen sehen. Du bist doch nicht krank?«

»Nein.« Jetzt lächelte sie den Ober an, der Kaffee, Milch und Brötchen brachte.

»Oder wünschen Madame vielleicht Croissants?«

»Nein, danke.« Brötchen seien genau das richtige. Sie biß sich auf die Zunge, es machte ihr Spaß, Madame genannt zu werden. Hubert betrachtete sie noch immer etwas unruhig. Am Appetit fehlte es jedenfalls nicht.

Die Tauber hatten die Krümeljagd jetzt aufgegeben und liefen statt dessen durch das Gewirr von Tischen und Stühlen hinter den Weibchen her. Die Täubinnen flatterten enerviert hoch, um ihren Nachstellungen zu entgehen.

Flora trank ihren Kaffee und aß ihre Brötchen. »War das, was wir heute nacht gemacht haben, genau dasselbe, was Ehepaare tun?« Sie sah ihn nicht an, sondern beobachtete eine alte Dame, die ihren Spitz ausführte. Sie ging langsam, damit er ohne unwürdiges Leinengezerr stehenbleiben, schnuppern und das Bein heben konnte. Er sah so ähnlich aus wie Irena Tarasowas Fürst Igor, nur die Farbe war anders. »Weißt du noch, Madame Tarasowas Spitz?« sagte sie. »Schon lange her.«

»Diese widerliche Töle, ja. Um aber auf deine Frage zurückzukommen –« Hubert merkte, daß ihm der Schweiß ausbrach –, »gewissermaßen ja. Allerdings, nach dem, was man so hört –« Flora sah ihn erwartungsvoll an, ihre Augen waren groß und dunkel –, »in Oxford hatten wir einen Professor, der hat ständig ›gewissermaßen‹ gesagt, hört sich furchtbar geschwollen an. Ja, Ehepaare machen es und ... äh ... Liebespaare. Leute, die sich lieben oder ...« Hubert stockte und wußte nicht weiter.

»Willst du mich heiraten?«

»Nein! Ja, ich meine ... äh ...« Schweiß kribbelte in seinen Achselhöhlen und in seinen Leisten. »Ich –«

»Ich nämlich nicht«, sagte Flora.

»Du nicht? Wie meinst du das?«

»Ich will dich nicht heiraten. Das heißt, ich kann nicht.« Daß es da noch Cosmo gab und Felix, obgleich der sich offenbar inzwischen anderweitig gebunden, sich verheiratet hatte, das konnte sie ihm unmöglich sagen. »Ich kann nicht«, wiederholte sie kleinlaut. »Es tut mir leid.«

Hubert war ungeheuer erleichtert und gleichzeitig empört. »Warum denn nicht, zum Teufel?« fragte er gekränkt.

»Ich bin zu gierig.«

»Aber letzte Nacht hast du –«

»Oh, es war sehr schön«, sagte Flora. »Wunderschön.«

»Aber warum –«

»Ehepaare machen es, hast du gesagt, und Liebespaare und Leute, die sich lieben. Wenn die nun nicht alle verheiratet sind –«

»Du willst also –«

»Ja.«

»Aber wenn du nun ein Kind kriegst. Das könnte leicht sein.« Plötzlich lag ihm sehr viel daran, sie zu heiraten, sie festzunageln, gesetzlich an sich zu binden. Für immer.

Flora wurde rot. »Ich kriege kein Kind. Deshalb war ich in der Apotheke, ich brauchte ... Ich habe meine Tage«, erklärte sie verlegen. »So was kommt vor.«

»Ach, Liebling ...« Hubert nahm ihre Hand. »Alles in Ordnung?«

»Natürlich.« (Ein bißchen wund, aber das ist nicht der Rede wert.)

Der Ober sah von der Schwelle in den dunklen Innenraum des Cafés, wo die *patronne* an der Kasse saß. Die *patronne* hob mit einer raschen, ironischen Bewegung das Kinn. Sie kannte sich aus, sie hatte das lustvolle *Uff!* gehört.

»Von Nachtklubs verstehe ich vielleicht nichts«, sagte Flora leicht gekränkt, »aber ein paar Grundbegriffe der Biologie beherrsche ich schon.«

»Das Schicksal funkt wieder mal dazwischen«, sagte Hubert. »Jetzt haben wir Zeit, vernünftig zu sein.«

Flora mißtraute dem Wort. »Wie sollen wir das machen?« wollte sie wissen.

40

Angus Leigh hatte sich bei Trumpers die Haare schneiden lassen und ging in flottem Tempo durch die Grünanlagen zur Pall Mall. Er würde in seinem Klub die Zeitungen durchblättern, ein Glas Sherry trinken und dann zu Mittag essen. Allein. Hoffentlich lief er nicht einem dieser Klublangweiler in die Arme, zu denen er notgedrungen höflich sein mußte. Doch als er nach dem St. James Palace in die Pall Mall einbog, sichtete er Freddy Ward und Ian MacNeice, die in dieselbe Richtung strebten. Er ging langsamer, um sie vorzulassen, und machte einen Abstecher zu Hardys. Während er dort in dem verlockenden Angebot herumstöberte, schlug ihm das Gewissen. Noch waren Freddy und Ian, die Guten, keine Langweiler, aber viel fehlte nicht mehr. Sie würden erwarten, daß er sich gesellig gab, würden – »Im Grunde brauche ich die gar nicht, ich mache mir meine selber«, sagte er zu dem Verkäufer, während er sich künstliche Fliegen aussuchte. »Und diese Köder, ganz neu, wie? Nein, nein, nicht noch eine Rolle, ich habe schon so viele – na ja, damit mögen Sie recht haben, aber... Ja, mein Sohn angelt und mein Schwiegersohn auch, mal hören, was sie... Ja, mit der Post, bitte. Danke, guten Tag.« Als er auf die frostige Straße trat, hatte er nicht den höflichen Abschiedsgruß des Verkäufers im Ohr, sondern Millys Stimme: »Nicht noch mehr Angelzeug, Liebling! Du kommst an dem Geschäft einfach nicht vorbei, was? Im ganzen Haus tritt man auf deine Sachen ...« Und so weiter und so fort. »Und so weiter und so fort«, sagte er laut und hätte dabei fast eine junge Frau über den Haufen gerannt.

»General Leigh!« sagte Flora. »Hallo.«

»Hallo, liebes Kind, welche Freude«, sagte Angus, nachdem er sie erkannt hatte. »Du kommst mir wie gerufen. Kannst du mir helfen? Hast du eine halbe Stunde Zeit?«

»Beides.«

»Ich habe eine Menge teuren Schnickschnack gekauft, und zum Ausgleich brauche ich jetzt etwas für Milly. Verstehst du?«

»Ja«, sagte Flora, »das verstehe ich.«

»Prachtmädel. Wohin soll ich gehen?«

»Zu Floris?«

»Oho!«

»Oder zu Fortnum's?«

»Oder zu Fortnum's? Warum nicht.«

»Pralinés?«

»Famose Idee.« Angus nahm Floras Arm. »Und los geht's.«

Ian MacNeice sah aus einem der Klubfenster. »Sag mal, ist das nicht Angus? Mit einer jungen Frau?«

»Stimmt«, bestätigte Freddy Ward. »Seine Tochter?«

»Sieht nicht danach aus. Seine Tochter ist blond.«

»Jetzt sind sie weg«, sagte Freddy Ward.

»Hast du eine Verabredung zum Essen?« fragte Angus, als sie nach ihren Einkäufen bei Fortnum's auf die Jermyn Street hinaustraten.

»Nein.«

»Willst du mit mir essen? Wenn es kein allzu großes Opfer für dich ist.«

»Ja, gern.«

»Vielleicht sollten wir doch noch zu Floris gehen«, sagte Angus. »Dann könnten wir bei Quaglinos essen. Warst du schon mal da?«

»Nein.«

»Dann komm und sag mir, was ich ihr bei Floris kaufen soll. Mit zweifach gereinigtem Gewissen kann ich dann deine Gesellschaft um so mehr genießen.« Flora lachte.

Möchte wissen, was sie jetzt von mir denkt, überlegte Angus, während Flora Badesalz für Milly aussuchte. Sie ist erwachsen geworden, aber dieser Charme ist immer noch da. Was sie wohl jetzt treibt? Was hatte einem so gefallen an ihr? Die Zurückhaltung? Das Geheimnisvolle? Schon damals hatte man sich das gefragt, die Jungen bestimmt auch, wenn nicht, dann waren sie schön dumm. »Ein großes Glück, daß du mir über den Weg gelaufen bist«, sagte er, als sie an einem Tisch bei Quaglinos Platz nahmen. »Ich wollte eigentlich allein im Klub essen, ziemlich fades Essen dort. Wenn es passabel wäre, hätte ich dich mitgenommen, aber das ist es nicht.« (Unter den Augen von Ian und Freddy, diesen alten Gaunern, die sofort angekommen wären, um vorgestellt zu werden? Bloß nicht!) »So, und was essen wir?«

Flora bestellte Austern und Seezunge in Weinsoße. Angus entschied sich ebenfalls für Austern und danach gegrillte Seezunge, studierte die Weinkarte und gab die Bestellung auf. Bis das Essen kam, plauderte Angus; er erzählte von Milly, von Mabs und Nigel, die jetzt, das wisse sie ja sicher, in London wohnten, von den Hunden, der armen kleinen Bootsie, die noch am Leben, inzwischen aber total vergreist war – »schnappt nach jedem« –, von den Pferden, von Cosmo, der Jura studierte. Für den Garten war es ein gutes Jahr gewesen, offenbar ein tüchtiger junger Mann, der neue Gärtner. Ärgerlich, daß sie Gage, den Butler, verloren hatten, vermutlich mit bolschewistischem Gedankengut infiziert, von Hubert unterstützt. Sie erinnerte sich noch an Hubert Wyndeatt-Whyte? Flora nickte. Ein großer Verlust, hervorragender Butler. Milly meinte, man sollte sich mit einem Hausmädchen behelfen, der Mann war unersetzlich, arbeitete irgendwo in London, um in Mollys Nähe zu sein. Erinnerte sie sich an Molly? Nettes Ding. Zweites Hausmädchen auf Coppermalt. War jetzt bei Tashie und Henry – erinnerst du dich an die beiden? Ja, sagte Flora, sie erinnere sich.

Die Austern kamen. Angus sah zu, wie sie aß und ihren Wein trank. »Was treibst du die ganze Zeit?« Er schlürfte eine Auster.

»Ich bin vernünftig«, sagte Flora.

»Vernünftig?« wiederholte er verdutzt.

»Ja. Es ist ganz einfach. Man muß nur sein eigenes Maß finden.«

Erst jetzt fiel es Angus ein. »Solltest du nicht zu deinen Eltern nach Indien? Ich hoffe, es geht ihnen gut.« Was hatte er noch von Milly gehört, zu der es via Mabs durchgesickert war? Irgendwas über Tollwut?

»Soweit ich weiß, geht es ihnen gut.«

»Dann fährst du also nach Indien?«

»Ich habe mich dagegen entschieden. Es war nicht vernünftig.« Flora sah zu, wie der Ober ihr nachschenkte. Angus holte geräuschvoll Luft durch seinen Schnurrbart. »Sie mögen mich nicht«, sagte sie. »Das habe ich schon immer gewußt. Ich bin ihnen ein Klotz am Bein, sie haben genug mit sich selbst zu tun. Sieben Jahre lang haben sie mich in eine gräßliche Schule gesteckt. Ich bin nur einmal herausgekommen, damals, als Ihre Frau mich nach Coppermalt eingeladen hat. Aber jetzt bin ich erwachsen. Sie haben mir eine Liste von Kleidern geschickt, die ich mir auf ihre Rechnung machen lassen sollte, und eine Schiffskarte nach Bombay. Ihr Plan war klar: Ich sollte heiraten, damit wären sie mich los gewesen. Gewußt habe ich das wohl schon immer, aber auf dem Schiff ist es mir erst richtig klargeworden.« Flora griff nach ihrem Glas und trank einen großen Schluck Wein. »Ich rede zuviel. Ich langweile Sie.«

»Weiter«, verlangte Angus.

»Gerechterweise muß ich sagen, daß ich sie auch nicht mag.« Angus zog bestürzt die Augenbrauen hoch. »Also bin ich von Bord gegangen.«

»Großer Gott«, stieß Angus hervor. »Wo?«

»Marseille.«

Seine Phantasie überschlug sich. »Wann war das? Was hast du inzwischen gemacht?«

Flora lächelte verschmitzt. »Oktober. Ich habe einiges nachgeholt. Ich bin erwachsen geworden«, sagte sie gelassen.

Sie schien ganz mit sich zufrieden zu sein. Angus plusterte den Schnurrbart auf. »Und was haben deine Eltern dazu gesagt?«

»Von denen habe ich nichts gehört. Ich habe ihnen zwar geschrieben, aber ich konnte ihnen ja keine feste Adresse geben. Sie werden den Schiffskoffer bekommen, ich habe nur herausgenommen, was ich brauchte. Dieses Kostüm zum Beispiel. Hübsch, nicht?«

Machte sie sich über ihn lustig? So pflegte Mabs über Kleider zu reden. Weihnachten steht vor der Tür, dachte Angus. Was, zum Teufel, hat sie seit Oktober getrieben? »Und was hast du ihnen geschrieben?« wollte er wissen.

»Daß ich ihnen für meine sogenannte Ausbildung danke und daß ich mich jetzt allein durchbringen würde. Sie seien mich los und sollten sich nicht sorgen.«

»Nicht zu glauben.« Angus entrüstete sich genüßlich. »Du hast Nerven.«

»Sie werden sich bestimmt nicht sorgen«, sagte Flora. »Es wird sie freuen. Sehr sogar.«

»Du hast Nerven«, wiederholte Angus.

»Das hoffe ich«, sagte Flora.

Der Ober räumte die Teller mit den leeren Austernschalen ab, brachte die Seezunge in Weinsoße für Flora, den gegrillten Fisch für Angus. Der beobachtete Flora, wie sie das Messer an der Mittelgräte entlanggleiten ließ, mit der Gabel einen Bissen zum Mund führte, ihm von der Seite zulächelte und sich mit der Serviette die Lippen abtupfte. Eines darf ich auf gar keinen Fall sagen, dachte er: Wenn du meine Tochter wärst –, aber was hätte man gemacht, wenn Mabs jemals im Ernst …? Sie sah ihn an. »Bei Mabs«, sagte sie, »wäre das etwas ganz anderes. Ihr

Leighs habt euch lieb. Von Liebe kann bei mir und meinen Eltern keine Rede sein. Sie erinnern sich vielleicht, Dinard? Sie konnten meine Eltern nicht leiden, das habe ich gemerkt. Meine Mutter wird begeistert sein von den neuen Kleidern, wenn der Koffer kommt, wir haben die gleiche Größe. Sie hat genau beschrieben, was ich kaufen soll. Sie werden sich schon etwas Glaubhaftes einfallen lassen, warum ich nicht gekommen bin.«

»Hat man so was schon gehört! Ungeheuerlich!«

»Halb so schlimm«, sagte Flora belustigt. »Es hat immer schon Leute gegeben, die durchbrennen.«

»Jungen«, sagte Angus und beschäftigte sich mit seiner Seezunge. »Du bist ein Mädchen.«

»Das ist nicht zu leugnen.«

»Mädchen können nicht weglaufen, ohne daß sie –«

»In Schwierigkeiten kommen?«

»Genau.«

»Zwischen den Extremen Ehe und Prostitution gibt es noch andere Möglichkeiten für eine Frau.«

»Ich wollte damit nicht –«

»Doch. Marseille, sündiges Pflaster, ein junges Mädchen hat da nichts verloren. Genau das haben Sie gedacht.«

Angus ließ sich ihren Spott gefallen. »Was hast du vor? Was machst du zur Zeit?«

»Ich wohne bei Bekannten.«

Sie hat keine Namen genannt, dachte Angus und sah ihr nach, wie sie mit schnellen Schritten die Bury Street hinaufging, keine Adresse. Er hatte es, während sie ihre Seezunge aß, erstaunlicherweise nicht mehr geschafft, etwas aus ihr herauszuholen, seine Neugier war geschickt abgelenkt worden. Er brannte darauf zu erfahren, wo sie gesteckt hatte, seit sie von Bord gegangen war. Mit wem. Ob sie Geld hatte. Wo sie wohnte. Warum sie so gegen die Ehe war. Statt dessen stellte sie die Fragen. Was hielt er von der Arbeitslosigkeit? Vom Versagen des Völkerbunds? Der Koalitionsregierung? Und ich habe den Köder geschluckt, dachte er reumütig, während er der immer kleiner werdenden Gestalt nachsah. Er hatte seine Steckenpferde geritten und geschwafelt, während sie Seezunge aßen, sich dem Nachtisch, dem Käse, dem Kaffee zuwandten. Er hatte sich über Ramsay MacDonald ausgelassen, die Koalitionsregierung in Grund und Boden verdammt, Lobgesänge auf Winston Churchill wegen seiner Kassandrarufe in Sachen Abrüstung angestimmt, den Aufstieg Hitlers und die Schmach der von Pazifisten und Bolschewisten durchsetzten Hochschulen kommentiert. Sie hatte ihn reden lassen. Sie las regelmäßig Zeitung und war verdammt gut informiert, wesentlich interessierter und interessanter als Mabs mit siebzehn oder auch jetzt noch. Sie hatte ihm geschmeichelt, ihn bestärkt und gründlich eingewickelt. Schlaues kleines Luder, dachte er, als sie um die Ecke bog. Sie hat mich zum Narren gehalten.

Während er die King Street zum St. James Square entlangging, überlegte er, ob er sie nicht nach Coppermalt hätte einladen können. Hätte Milly sie freundlich aufgenommen? Blöde Frage, dachte er, als er sich an das aufgedonnerte Kind im engen schwarzen Abendkleid erinnerte. Damals hatte man gefragt, ob sie wohl schon aufgeklärt war, und hatte dafür eins auf den Deckel bekommen. Sie hatte sich sehr reizend bei ihm für das Mittagessen bedankt und es zugelassen, daß er mit seinem Schnurrbart ihre Wange streifte. Während sie sich eilig in Bewegung setzte, hatte sie noch gutmütig spöttelnd über die Schulter zurückgerufen: »Wer weiß? Vielleicht gehe ich ja auch als Dienstmädchen.«

Mit den Päckchen von Floris und Fortnum's beladen, kam Angus in seinen Klub. In der Halle lief er Ian MacNeice und Freddy Ward in die Arme, die gerade gehen wollten. »Wir haben dich vorhin gesehen. Mit einer schönen jungen Frau.«

»Ja. Eine vernünftige Person. Bekannte der Kinder«, sagte Angus und verkniff sich die Bemerkung, daß sie ihm geholfen hatte, Geschenke für Milly zu kaufen. Männer wie Ian und Freddy kamen bei so was leicht auf dumme Gedanken.

41

Hubert schwebte wie auf Wolken, als er die Fleet Street verließ und über die Bouverie Street Richtung Temple ging. Da er früh dran war, hatte er bis zu seinem Termin bei dem Anwalt von Vetter Dings noch Zeit, seine Gedanken zu sammeln, während er zur Tweezers Alley schlenderte. In einer Woche würde er in Deutschland sein, als akkreditierter Korrespondent einer angesehenen Zeitung, zunächst mit dem Auftrag, drei Artikel über den stürmischen Aufstieg Hitlers zu schreiben. Und danach, wer weiß? »Wir werden sehen«, hatte der Redakteur gesagt, bei dem er sich vorgestellt hatte, eine Variante der Floskel »Wer weiß?« Aber was soll's, dachte Hubert zuversichtlich, es ist ein Anfang. Nun kann ich die Gedanken, die ich unter den Platanen von Aix, im Amphitheater von Orange und auf der Pont d'Avignon entwickelt habe, zu Papier bringen.

Flora, seine treue kleine Zuhörerin, hatte es einen Schnellkurs in internationaler Politik genannt und ihn ermutigt. Seine Vorstellungen waren klarer und konkreter geworden, während er sie ihr darlegte.

Als er das Messingschild mit den Namen Macfarlane & Tait sichtete, rückte Hubert den Schlips zurecht und verbannte Flora aus seinen Gedanken. Doch als er im Wartezimmer stand – zum Sitzen war er zu aufgeregt –, war sie schon wieder da. Ihre Gedanken waren abgeschweift, wenn er sich langatmig über die Fabier ausließ, sie hatte behauptet, den Unterschied zwischen Sozialisten und Kommunisten nicht zu kennen, und sich, um ihn aufzuziehen, beschwert, daß in der ›Times‹ beides dasselbe zu sein schien.

Der Angestellte führte Hubert ins Nebenzimmer. »Mr. Wyndeatt-Whyte«, sagte der Anwalt.

»Mr. Macfarlane«, sagte Hubert.

»Nein, Tait. Macfarlane ist tot. Nehmen Sie doch Platz. Zigarette? Sie rauchen nicht? Stört es Sie, wenn ich ...«

Hubert setzte sich und wartete, während sich der Anwalt eine Zigarette anzündete, sie auf einem Aschenbecher ablegte, nach einem mit rosa Band zusammengehaltenen Aktenpacken griff, ihn schüttelte, vor sich hinlegte und ein Räuspern von sich gab. Er hatte ein mondförmiges

Clownsgesicht mit Affenaugen. »Ich habe hier die Unterlagen über Pengappah und den Letzten Willen Ihres Vetters Hubert Wyndeatt-Whyte«, sagte er in trübseligem Ton.

»Sagen Sie doch Hubert zu mir.«

»Hm, ja, besten Dank. Tja, es sind, äh, ja, kennen Sie den Besitz, äh – Hubert?«

»Nein.« Ein spiralförmiger Rauchfaden stieg vom Aschenbecher auf. Was strich der Staat alljährlich an Tabaksteuern ein? In welchem Ausmaß unterstützte dieser Tait das bürgerliche System? »Mein Vetter hat mich nie eingeladen. Ich hatte den Eindruck, daß er so eine Art Einsiedler war.«

»Einsiedler? Liebe Güte, nein, als Einsiedler konnte man ihn wirklich nicht bezeichnen«, sagte Mr. Tait. »Nein, das trifft es nicht.«

»Was trifft es dann?«

»Ist das jetzt noch wichtig?«

Hubert registrierte überrascht eine gewisse Bitterkeit. »Nicht, wenn er tot ist.«

»Ja, das ist er.«

»Gut«, bemerkte Hubert. Es gab eine Pause. Mr. Tait legte die Hände auf die Akten. »Dann wollen wir mal«, sagte Hubert – in höflichem Ton, wie er hoffte. Wenn sie so weitermachten, kam er nie zu Flora zurück.

Nach dieser unmißverständlichen Einladung legte Mr. Tait los. »Pengappah oder das, was davon übrig ist, wurde Ihnen zur lebenslangen Nutzung übertragen, das wissen Sie, nicht wahr? Ihr Vetter hat ein kleines Kapital hinterlassen. Hier.« Er schob Hubert einige Blätter zu; der nahm erfreut die Höhe des Betrages zur Kenntnis. Unter »klein« hatte er sich etwas anderes vorgestellt. »Es ist zur Erhaltung von Haus und Grundstück bestimmt oder dem, was davon übrig ist. Sie waren nie dort, sagen Sie?«

»Nein.«

»Aha.«

»Ich weiß nur, daß im Badezimmer sechs Wannen stehen.«

»Jetzt nicht mehr, Mr. – äh – Hubert.«

»Warum nicht?«

»Sie wurden nicht informiert? Mag sein. Sehen Sie, vor sechs Jahren ist das halbe Haus abgebrannt.«

»Deshalb sagten Sie: ›oder dem, was davon übrig ist‹.«

»Ganz recht.«

»Es ist also eine Ruine?«

»Nein, nein, keine Ruine. Nur eben halb so groß wie das, was Sie erwartet hatten.«

»Ich wußte nicht, was ich zu erwarten hatte.«

»Ach so.« Mr. Tait holte den Zigarettenstummel aus dem Aschenbecher und drückte ihn aus. »Soweit ich weiß«, sagte er, »hat Ihr Vetter, der alte Hubert Wyndeatt-Whyte, das Haus umgebaut und zur Finanzierung des Umbaus etwas Land verkauft. Wir wurden nicht konsultiert.«

»Sehr bedauerlich.«

»Jawohl, sehr bedauerlich«, bestätigte Mr. Tait. »Wir waren seine Rechtsberater.«

»Eben«, sagte Hubert.

»Allerdings hätten wir ihm kaum etwas anderes raten können als das, was er getan hat.«

Hubert holte tief Luft. »Kein Einsiedler, keine sechs Badewannen, ein halbes Haus –«

»Es wirkt durchaus intakt.«

»Muß ich etwas unterschreiben?« (Ein wahres Wunder, daß in dieser Gegend die Straßen nicht voller Laternenpfähle stehen, an denen Anwälte baumeln.)

»Die sechs Badewannen, das war vermutlich noch zu Lebzeiten meines Sozius, ja, natürlich, hier bitte unterschreiben und hier – mein Angestellter kann als Zeuge fungieren – und hier ist noch eine Karte, wie man hinkommt.« Mr. Tait war es offenbar nicht gewöhnt, daß man ihn drängte.

Es dauerte nicht lange. Hubert brannte der Boden unter den Füßen. Er bedankte sich bei Mr. Tait und wandte sich zum Gehen. »Sie brauchen einen Wagen, es liegt ziemlich einsam«, bemerkte der Anwalt.

»Ich werde mir einen leihen.« Er würde Cosmos Wagen nehmen, der wollte über Weihnachten mit dem Zug nach Coppermalt fahren und hatte bestimmt nichts dagegen.

»Ich würde Sie gern noch zum Mittagessen einladen.« Mr. Tait ließ sich nicht abwimmeln. Es ist nicht unbedingt verlorene Zeit, dachte Hubert, ich kann ihn über Vetter Dings und Pengappah ausholen. Mr. Tait ging mit ihm zu Simpson, und während sie ihr Roastbeef bestellten, gestand er, daß er Vetter Dings nie selbst gesehen hatte, kein einziges Mal in Pengappah gewesen war. Sein kürzlich verstorbener Sozius hatte alle Angelegenheiten von Vetter Dings geregelt.

Hubert beschloß, so schnell wie möglich den Anwalt zu wechseln, doch mit seiner nächsten Bemerkung nahm Mr. Tait ihm den Wind aus den Segeln. »Sind Sie verheiratet?«

»Nein.«

»Haben Sie es vor?«

»Ich –«, fing Hubert an.

»Denken Sie daran, daß Ihr Besitz jeweils an den nächsten männlichen Erben fällt. Aber tun Sie's nicht, Hubert, tun Sie's nicht! Meine Frau hat mich heute vormittag verlassen – dieses Leid, dieses Elend, diese Verzweiflung!« Die Affenaugen glitzerten, dann sagte er mit erstickter Stimme: »Verfluchtes Luder! Ich bring' sie um.«

Sie waren beim Käse. Hubert schluckte seinen Bissen Stilton hinunter, kaute knirschend ein Stück Stangensellerie und sagte halblaut: »Wie heißt es bei Oscar Wilde? Doch jeder tötet, was er liebt ...«

Mr. Tait hob den Kopf und die Stimme. »Aber *er* war schwul.«

Mehrere Leute sahen zu ihnen hin und rasch wieder weg. »Das mag schon sein«, sagte Hubert. »Aber immerhin hat er zwei Söhne in die Welt gesetzt. Jetzt muß ich aber gehen, Mr. Tait, ich habe gar nicht gemerkt, wie spät es schon ist. Besten Dank für Ihre Bemühungen. Und für die freundliche Einladung.« Er sagte es schon im Aufstehen.

»Es war mir ein Vergnügen. Ober, die Rechnung«, sagte Mr. Tait.

Hubert schüttelte Mr. Tait die Hand, sah in die kleinen Affenaugen des Clownsgesichts. »Sie werden Ihre Frau doch nicht im Ernst umbringen?«

Mr. Tait holte verlegen seine Brieftasche heraus. »Ich werde mir was Besseres einfallen lassen«, murmelte er.

Als er endlich auf die Straße trat, faßte Hubert sich schnell wieder. Dieser Tait war offenkundig verrückt, aber das sollte ihn nicht weiter stören. Er hatte die Schlüssel von Pengappah in der Tasche, die Urkunden in der Hand und einen interessanten Job in Aussicht. In bester Laune machte er sich auf den Weg zu Cosmo, um sich dessen Wagen zu leihen.

Cosmo war in Hemdsärmeln und packte. »Den Wagen willst du? Ja, sicher, hier sind die Schlüssel. Behandele ihn gut. Entschuldige, aber ich hab's ziemlich eilig, ich fahre mit Vater, und wenn ich den Zug verpasse, ist der Teufel los.« Er legte ein Jackett zusammen und packte es in den Koffer. »Schuhe, Socken, Oberhemden, Unterhosen. Wo willst du hin?«

»Nach Pengappah.«

»Du hast es also? Es existiert?« Er hörte auf zu packen. Hubert klimperte mit den Schlüsseln. »Schlüssel! Urkunden!«

»Nach so vielen Jahren gehört es also wirklich dir. Herzlichen Glückwunsch. Lord Pengappah, Gutsbesitzer. Wirst du jetzt auch politisch umschwenken?«

Hubert überhörte den Spott. »Und einen Job habe ich auch.«

»Nein!« Cosmo war begeistert. »Ist ja toll.«

»Ich soll in Deutschland eine Artikelreihe über die Nazis schreiben.«

Cosmo hörte mit offenem Mund zu, während Hubert Einzelheiten erzählte. »Das liegt dir entschieden mehr als die Bank.«

»Viel mehr.«

Die Freunde strahlten sich an, dann sagte Cosmo: »Ich muß los. Vater macht sonst wieder ein Theater; wohl eine Alterserscheinung. Schade, daß du diesmal nicht zu Weihnachten nach Coppermalt kommst, aber ich sehe ein, daß du darauf brennst, dein Haus zu sehen. So wie ich dich kenne, willst du dich allein daran freuen.«

»Wer kommt denn nach Copper –«

»Mabs und Nigel, Tash und Henry. Mit Nachwuchs natürlich.«

»Joyce?«

»Ist mit Ernest auf den Kanarischen Inseln.«

»Es ist also aus?«

»Joyce ist kein Dauerzustand, sondern ein Zwischenspiel«, erklärte Cosmo. »Müßtest du doch wissen.« Er legte eine Hose in den Koffer und klappte ihn zu. »So, was habe ich vergessen?« Er sah sich um. »Am liebsten wäre ich ja hinter Flora hergejagt, als wir sie verabschiedet hatten. Die Sache mit Joyce war damals schon am Kippen. Wie es ihr wohl ergangen ist?«

»Bestimmt gut«, sagte Hubert. »Schönen Dank für den Wagen, in einer Woche bringe ich ihn zurück.«

Zwanzig Minuten später stieg Hubert federnden Schrittes und voller Vorfreude die Treppe zu seiner Wohnung hinauf. »Flora?« Die Wohnung war leer, das Bett, in dem sie die Nacht verbracht hatten, kalt. In jähem Schreck krampfte sich sein Magen zusammen. Die Selbstsicherheit verflog, unbändige Wut erfüllte ihn. »Wo, zum Teufel, warst du?« schrie er, als Flora endlich unter der

Tür stand. »Was hast du angestellt? Wo warst du?«

»Aus.«

»Wo? Was hast du gemacht?«

»Ich habe einen vernünftigen Tag verbracht.« Sie stellte sich auf die Zehenspitzen und gab ihm einen Kuß. »Warum so böse?«

»Ich dachte, du wärst durchgebrannt. Ich habe mich auf eine Katastrophe gefaßt gemacht.« Er drückte sie an sich.

»Durchgebrannt? Warum denn nur? Wie war's beim Anwalt?« Verstört von seiner Wut, machte sie sich los, zog die Schuhe aus und streckte sich in einem Sessel aus. »Erzähl mir nur nicht, daß es dieses Pengappah gar nicht gibt! Wie war denn der Alte?«

»Nicht alt, aber reichlich verdreht. Hat mir die Schlüssel gegeben und so weiter und bestand darauf, mich zum Mittagessen einzuladen. Seine Frau war ihm gerade weggelaufen, er will sie umbringen.« Joyce hatte in ganz ähnlicher Haltung in jenem Sessel gelegen, aber Joyce war sich ihrer Wirkung bewußt gewesen. »Wir könnten uns gleich auf den Weg machen, habe ich mir gedacht, heute nachmittag noch.«

Von der Arbeit würde er ihr jetzt noch nichts erzählen, das wollte er sich als besondere Überraschung aufheben.

Sie lächelte. »Wunderbar. Meinst du, daß er nicht ganz richtig im Kopf war?«

»Wir können die Nacht durchfahren«, fuhr er fort, die Frage ignorierend.

»Fahren?«

»Ich habe mir einen Wagen geliehen.«

»Toll.«

»Hast du was gegessen? Du mußt ja am Verhungern sein.«

Sie war schon so daran gewöhnt, ihr eigenes Leben zu leben, daß sie ihm nichts von dem Essen mit Angus erzählte. »Ich war vernünftig.« Lächelnd sah sie zu ihm auf.

Auch Joyce hatte gelächelt. »Du siehst ganz schön aufreizend aus.« Er sah auf sie hinunter.

Sie wußte inzwischen, warum den Männern, mit denen sie auf dem Schiff getanzt hatte, Beulen in den Hosen gewachsen waren. Auch in Coppermalt war das schon so gewesen, da hatte sie es sich aber noch nicht erklären können. »Du meine Güte«, sagte sie, als er sie aus dem Sessel hob, »doch nicht auf dem Fußboden!« Sie fielen aufs Bett. »Wir machen das ziemlich oft, nicht?« sagte sie, als er ihr den Schlüpfer auszog. »Wie gut du riechst!« (Nicht ein bißchen wie die Eltern.) Und während Hubert schwelgte, dachte Flora daran, wie sehr sie die ganze Kindheit hindurch und sieben endlose Internatsjahre lang darauf gewartet hatte, daß etwas geschehen möge. Jetzt endlich war es soweit.

»Ich liebe dich«, sagte Hubert. »Vielleicht heirate ich dich sogar irgendwann mal.«

»Wenn ich nicht jemand anders heirate.«

»Wen zum Beispiel?« Er streichelte ihren seidigen Schenkel.

»Felix?«

»Der ist schon verheiratet.«

»Kann doch sein, daß seine Frau stirbt. Oder Cosmo.«

»Das lasse ich nicht zu.« Leise schlug ihm das Gewissen. Hätte er nicht vielleicht heute nachmittag offener –

»Vielleicht mußt du es ›zulassen‹.«

»Da fällt mir ein, ich habe versprochen, dich zu teilen. Wir waren damals noch ziemlich jung.« Hubert stand auf. »Aber wie der heilige Augustin sagte: ›Noch nicht, o Herr!‹«

»Teilen?« wiederholte Flora empört. »So eine Frechheit! Ohne mich zu fragen?«

»Du warst schon fort, aus dem Weg geräumt von Miss Felicity Green. Wir haben uns geschlagen.«

»Wer hat gewonnen?«

»Keiner. Ich hab' ihm ein blaues Auge verpaßt, er hat mir auf den Fuß getreten. Jetzt aber los, es wird höchste Zeit.«

Als sie am Hammersmith Broadway vorbeifuhren, fragte Flora: »Ist das Cosmos Wagen?«

»Äh ... ja.«

»Dachte ich mir.«

»Wie kommst du darauf?«

»Er hatte Joyce mit nach Tilbury gebracht, weißt du noch?«

»Und?«

»Der Wagen riecht nach Joyce.«

»Vieles riecht nach Joyce, sie hat ein sehr durchdringendes Parfüm. Aber ein munteres Mädchen, unsere Joyce.« Ich muß ihr dankbar sein, dachte er. Flora in Marseille abzufangen hätte nicht viel Spaß gemacht, wenn Cosmo dabeigewesen wäre.

Ob munter oder nicht – Flora wollte nicht an Joyce denken. Schon bereute sie es, daß sie die Sprache auf dieses Thema gebracht hatte; in Huberts Wohnung hatte sie beunruhigende kleine Hinweise gefunden. Wahrscheinlich teilten sie sich Joyce, so wie sie es mit ihr vorgehabt hatten. Sie sah stur geradeaus, während sie durch die Vororte zur Great West Road rollten.

London lag schon lange hinter ihnen, als Hubert verkündete: »Anstandshalber werde ich den Leuten in Pengappah sagen, daß du meine Cousine bist.«

»In Frankreich hast du dir keine Gedanken um den Anstand gemacht.«

»Pengappah ist was anderes.«

»Ich bin nicht deine Cousine. Sag doch einfach, ich wäre deine Schwester. Wir sind beide brünett. Das wäre viel passender.« Sie verachtete seine neue Wohlanständigkeit.

»Eine Schwester könnte ich nicht heiraten«, sagte Hubert heiter und überhörte die Schärfe in ihrer Stimme.

Flora sagte laut und deutlich, jedes Wort betonend: »Ich – will – dich – nicht – heiraten.«

»Du überlegst es dir schon noch«, meinte Hubert nachsichtig.

Flora dachte an ihr Traumtrio. »Wie könnte ich«, sagte sie aufgebracht.

Hubert antwortete nicht.

»Wie lange bleiben wir?« fragte Flora.

»Nur kurz. Du kannst dableiben, wenn es dir gefällt. Ich muß nach Deutschland.«

Flora fuhr herum. »Nach Deutschland? Wozu? Was willst du in Deutschland?«

Er erzählte ihr von dem Job, sie hörte bedrückt zu, während er ihr das Projekt erläuterte. Eine großartige Chance, erklärte er, genau das Leben, das er sich wünschte. Er freute sich unbändig auf das, was vor ihm lag. Also hat auch er Geheimnisse, dachte sie. »Wie schön für dich«, sagte sie tonlos.

»Viel schöner als die Arbeit in der Bank«, bestätigte Hubert, ihre frostige Reaktion ignorierend. »Ich wollte es dir schon früher sagen, aber als ich kam, warst du nicht da ...« Er konnte ihr nicht von dem eisigen Entsetzen erzählen, das ihn erfaßt hatte, als er in die leere Wohnung zurückgekommen war und gedacht hatte, Flora sei ihm weggelaufen. Er war froh, daß er ihr Vorwürfe machen konnte, er war sich auch klar darüber, daß er Cosmo getäuscht hatte, und freute sich, als sie ihn anfuhr: »Du bist ein egoistisches Ekel.« Schweigend fuhren sie weiter, und er überlegte, warum er sie überhaupt mitgenommen hatte. Hatte er sich nicht in seinen Träumen auf den Moment gefreut, Pengappah in Besitz zu nehmen – und zwar allein? Nie war jemand an seiner Seite gewesen, wenn er in Gedanken den Schlüssel ins Schloß gesteckt und die Tür aufgestoßen hatte. War sie im Weg?

Wenn er sowieso fort will, dachte Flora, wäre es für mich vielleicht besser, gleich Schluß zu machen, nach London zurückzufahren und mir eine Arbeit zu suchen. Irgendeine Arbeit. Es muß doch Arbeiten geben, die ich machen kann. Wen kenne ich, wer könnte mir helfen? Sie machte den Mund auf, war drauf und dran zu sagen: Halt an, laß mich raus! – und schwieg dann doch, weil sie Angst hatte, ihre Stimme könnte zittern, ihre Traurigkeit verraten.

Sie war eingeschlafen und wachte auf, als Hubert anhielt, um im Licht der Taschenlampe eine Karte zu studieren. »Wo sind wir?« fragte sie.

»Gleich da. Ich versuche, mir den Weg einzuprägen, es liegt sehr versteckt. Schokolade?« Er brach eine Tafel in der Mitte durch und gab ihr die Hälfte. »Sei jetzt still, ich muß mich konzentrieren.«

Sie aß die Schokolade; erst jetzt merkte sie, wie hungrig sie war. Hubert fuhr einen schmalen Weg entlang, der sich ins Tal senkte und einen Hügel hochschlängelte. »Rechts«, murmelte Hubert, »halbrechts, links, wieder links, rechts abbiegen, links über den Bach, und genau hier, jawohl, hier ist die Lichtung, und dort ist das Tor. Springst du mal eben raus und machst auf?« Man hörte seiner Stimme an, daß er aufgeregt war.

Sie stieg aus, steif von der Fahrt, öffnete das Tor und schloß es wieder, als Hubert durch war. »Fahr du weiter«, sagte sie. »Ich gehe zu Fuß.«

»Aber es ist noch dunkel.«

»Der Mond scheint. Fahr nur, es wird ja nicht so weit sein.«

»Wirklich? Meinst du –«

»Komm, fahr endlich.« Sie machte eine ungeduldige Handbewegung, dann blieb sie stehen und sah den Rücklichtern nach, die sich auf dem abfallenden Weg durch den Wald wanden. Wenn ich nicht geschlafen hätte, dachte sie, wüßte ich, wie weit es bis zum nächsten Dorf ist. Jetzt könnte ich gehen, könnte kehrtmachen und weggehen, aber nein, mein Koffer ist ja im Wagen. Sie ging weiter.

Schwarz, mit silbernen Augen, kauerte das Haus im Mondlicht. Auf dem ungepflegten Rasen blieb sie erneut stehen, hörte das Meer unten im Tal, das Rauschen und Knarren der Bäume im Wald, hörte, wie der Motor des Wagens, den Hubert mit offener Tür hatte stehenlassen, klikkend abkühlte. Von der Schokolade hatte sie Durst bekommen, aber sie mochte Hubert jetzt nicht stören; sie kam sich überflüssig vor. Ein Bach rieselte durch eine gekieste Rinne am Haus und fiel von einem Teich zum nächsten, stufenförmig waren sie in den Hang eingelassen, der zum Wald hinunterführte. Sie hockte sich hin, tauchte die zusammengelegten Hände in ihr Spiegelbild und trank.

»Komm.« Hubert nahm ihre noch nasse Hand und führte sie durch eine Tür in einen plattenbelegten Raum, in dem der Holzrauch vieler Jahre hing. »Schau.« Er deutete auf einen Regency-Spiegel über dem Kaminsims. Rund um den Rahmen steckte, nach Daten geordnet, eine Sammlung von Ansichtskarten. »Erwarte mich in Kürze«, »Komme früher oder später mal vorbei«, hieß es dort auf englisch, deutsch, italienisch, französisch, holländisch, und in der Mitte klebte eine Karte mit russischem Text. »Und das da«, flüsterte Hubert und hielt die Taschenlampe nah an das Glas. »Kannst du's lesen?« In der Staubschicht auf der Spiegelscheibe erkannte Flora das Wort »Willkommen«.

»Ich komme mir vor wie ein vollendeter Trottel«, sagte Hubert. »Und ich fand das wer weiß wie komisch. Geschmacklos, das Ganze, was habe ich mir bloß dabei gedacht?«

»Auf der russischen Karte steht: ›Ich wünsche dir viel Glück und Segen‹ oder so was ähnliches. Total verkorkste Orthographie natürlich.«

Hubert leuchtete ihr ins Gesicht. »Du hast also gemogelt?« Das klang wütend und erleichtert zugleich. »Du hast mich getäuscht?«

Flora stieß die Taschenlampe weg. Plötzlich kam es ihr so vor, als sei in ihrer Beziehung immer auch ein gewisses Maß an Täuschung gewesen. »Wir brauchen sie nicht, es wird schon hell.«

»Was meinst du, ob das Willkommen für mich bestimmt war? Wohl kaum.«

»Für euch beide, denke ich«, sagte Flora.

»Das will ich hoffen.« Hubert schüttelte die Gewissensbisse ab. »Der Gedanke, ich hätte zu seinem Ableben beigetragen, wäre mir schrecklich.«

»Du hast dir gewünscht, daß er stirbt«, sagte Flora sachlich, »und nun ist er gestorben.«

»Nur weil er so ablehnend war«, widersprach

Hubert. »Sonst wäre alles ganz anders gekommen.«

»Hätte anders kommen können«, sagte Flora skeptisch.

Hubert lachte. »Ehrlich gesagt habe ich mir immer gewünscht, daß er mich einlädt. Ich hätte zu gern in dem Badezimmer mit den sechs Wannen gebadet. Es hörte sich so exotisch an. Aber heute vormittag, verflixt, das war ja schon gestern, da hat mir der Anwalt gesagt, daß das Haus halb abgebrannt ist und die Badewannen –«

»Fünf sind in den Hang eingelassen, als Teiche, ich wollte sie mir gerade genauer ansehen, als du gekommen bist. Ganz lustig eigentlich.«

In diesem Moment hätte Hubert sie mit Wonne erwürgen mögen, weil sie ihn um eine Entdeckung betrogen hatte. »Tait hat mich da auf etwas hingewiesen …«

»Was denn? Worauf hat er dich hingewiesen?«

Hubert mußte lachen. »Daß Pengappah als Erbgut an meinen männlichen Nachkommen geht.« Hubert gluckste. »Vielleicht sollten wir uns ranhalten, schnell heiraten und Nachwuchs in die Welt setzen.«

»Du bist ein Schwein«, sagte Flora und schlug zu.

Als der Streit zu Ende war, hielt Hubert sie in den Armen, aber sie sagte: »Ich muß weg. Wo ist mein Koffer? Ich hätte nie mitkommen dürfen, niemals!«

»Ich habe doch nur Spaß gemacht, Liebling.« Er strich ihr übers Haar. »Es tut mir leid, ehrlich. Komm, wir wollen nicht streiten. Schau, es ist hell geworden. Weihnachten, Flora. Fröhliche Weihnachten.«

»Na schön. Aber heiraten kann ich dich nicht. Ich kann es dir nicht erklären. Tut mir leid. Trotzdem fröhliche Weihnachten.«

»Komm mit, jetzt erkunden wir das Haus«, sagte Hubert und merkte zu seiner Überraschung, daß er gern Cosmo dabeigehabt hätte.

42

Als Milly zum Frühstück herunterkam, betrachtete sie den Weihnachtsbaum in der Halle. Cosmo und Mabs, Nigel, Henry und Tashie hatten ihn am Vortag geschmückt. Bildschön war er geworden, ganz in Silber und Gold mit weißen Kerzen, weltenweit entfernt von den fröhlich-kitschigen Dekorationen aus Kinderstuben- und Schultagen, als Buntes in allen Regenbogenfarben so dicht an dicht in den Zweigen hing, daß man kaum mehr eine Tannennadel sah. Die Päckchen, die unter dem Baum lagen, waren raffinierte Verpackungskunstwerke in Hellblau und Rosa mit Gold- und Silberband. Sie erkannte ihre Geschenke an den von ihr heißgeliebten satten Rot-, Grün- und Gelbtönen. Vielleicht, dachte sie etwas wehmütig, greifen wir wieder auf knallige Farben zurück, wenn die Enkelkinder größer sind?

»Fröhliche Weihnachten«, sagte sie, während sie die Tür zum Eßzimmer aufmachte. »Fröhliche Weihnachten.« Sie küßte ihren Mann. Den ersten Kuß hatte es schon gegeben, als Mollys Nachfolgerin Brigid ihnen den Morgentee gebracht hatte, einen Kuß auf Angus' Stoppeln, die wie ein Reibeisen kratzten. Inzwischen hatte er sich rasiert, ihr Kuß verweilte ein wenig länger auf seiner duftenden, wettergegerbten Haut. »Frohe Weihnachten, meine Lieben.« Sie setzte sich. »Ist das meine Post? Das sind ja unheimlich viele Karten in letzter Minute. Manche Leute berechnen das wirklich knapp. Ach ja, Weihnachten ist doch immer wieder schön.« Sie sah in die Runde. Die ganze Familie war um den Tisch versammelt, auch Tashie und Henry waren da, die ihnen so nahestanden, daß sie schon fast zur Familie zählten, genau wie Hubert und Joyce, die sonst auch immer kamen, in diesem Jahr aber fehlten. »Ich habe mal in die Kinderzimmer hineingeschaut, die Nannys haben ihre liebe Not, die aufgekratzten Kleinen zu bändigen.« Von allen, die am Tisch saßen und ihre Post öffneten oder sich das Frühstück schmecken ließen, wurde Milly liebevoll begrüßt.

Cosmo schenkte seiner Mutter Kaffee ein und gab ihr einen Kuß auf die Wange. »Was kann ich dir bringen?«

»Erst will ich mal meine Post lesen.« Milly sortierte ihre Briefe. »Was ist denn das? Und das?« Sie hatte zwei mit Schleifen geschmückte Päckchen entdeckt. »Sehr geheimnisvoll. Ohne Namen.«

»Spezialgeschenke für eine ganz spezielle Frau.« Angus strahlte sie an, und Milly errötete vor Freude. »Mach auf!« Er plusterte seinen Schnurrbart auf. Eine Prachtfrau, dachte er, während sie die Bänder löste, noch genauso ansehnlich wie mit achtzehn. Mein Herzensschatz. Gern hätte er diesen Gedanken laut ausgesprochen, aber er war gehemmt, weil die Kinder dabei waren, die sich verstohlen zulächelten. Im übrigen hatte er sie nie seinen Herzensschatz genannt. Ob sie ihn auslachen würde?

Milly mühte sich mit den festgeknüpften Knoten. »Aber Liebling, das sollst du doch nicht«, sagte sie. Und: »Von Floris, genau das, was ich so liebe«, und: »Wirklich, Angus, wie konntest du! Schokoladentrüffel von Fortnum's. Und meine Figur?«

Angus war entzückt über den Erfolg seiner Geschenke. »Deine Figur gefällt mir so, wie sie ist.«

»Eigentlich müßte ich dir ja böse sein, weil du mich so überrumpelt hast. Wie stehe ich jetzt da? Meine bescheidenen Gaben liegen unter dem Baum. Du bist wirklich ein Schatz.«

Nigel fing einen Blick von Mabs auf und dachte: Ob wir in zwanzig Jahren auch noch so liebevoll miteinander umgehen? Henry, von der Stimmung angesteckt, gab Tashie einen Kuß. Cosmo, der gerade nach dem Toastständer gegriffen hatte, kam sich etwas verloren vor und wünschte, Hubert wäre da, um ihm Gesellschaft zu leisten.

Milly öffnete ihre Post. »Karten über Karten! Immer wieder welche von Leuten, an die man nicht gedacht hat.« Sie trank einen Schluck Kaffee. »Ach, Rosa und ihre gute Nachricht. Felix hat einen Sohn. Ich hatte ganz vergessen, daß er was Kleines erwartete.«

»Felix?« Mabs zog eine Augenbraue hoch. »Felix?«

»Seine Frau, du Dummchen. Ach je, eine Karte von Felicity Green, ich schreibe ihr nie zu Weihnachten. Und hier, sieh mal, von deiner Schneiderin, Mabs. Ich gehe nicht mehr zu ihr.«

»Vielleicht will sie sich in Erinnerung bringen«, meinte Tashie.

Angus ließ kurz von seinem Rührei ab. »Aufdringlich.«

»Hm, ja. Vielleicht«, sagte Milly. »Wen haben wir in Indien? Die Schrift kenne ich nicht.«

»Ich würde den Brief einfach mal aufmachen.« Cosmo griff nach der Orangenmarmelade. »Reichst du mir die Butter rüber, Nigel?«

Milly schlitzte den Umschlag auf. »Vita Trevelyan. Wer ist Vita Trevelyan?«

»Floras Mutter«, sagte Tashie.

»An die mußt du dich doch erinnern«, sagte Mabs. »Du konntest sie nicht ausstehen.«

»Was sie wohl will? Komplizierte Schrift.« Milly besah sich den Brief voller Mißbehagen.

»Ich würde ihn einfach mal lesen«, sagte Henry, der sich seine gegrillten Nierchen schmecken ließ und Gespräche am Frühstückstisch nicht schätzte. Tashie rief ihm mit einem Tritt ans Schienbein in Erinnerung, daß er nicht zu Hause war.

Nigel stand auf und nahm sich Kedgeree.

»Wenn du weiter so viel ißt, platzt du bald aus allen Nähten«, bemerkte Mabs, ganz kritische Ehefrau.

»Ich trainiere fürs Weihnachtsessen«, sagte Nigel friedlich. »Je mehr ich esse, desto mehr schaffe ich.«

Milly las inzwischen mit geschürzten Lippen ihren Brief. »Meine Güte, wie eigenartig.«

»Lies vor, Ma«, verlangte Cosmo.

»›Liebe Mrs. Leigh‹«, las Milly. »›Entschuldigen Sie, daß ich Sie belästige, aber ich erinnere mich, daß Sie freundlicherweise Flora eingeladen hatten.‹« (Aber nur dieses eine Mal, oje, wie konnte ich so gemein sein?) »›Wir hatten sie hier erwartet‹ – hier heißt wohl, ja, Stempel und Adresse Peschawar. Wo ist das?«

»An der Nordwestgrenze«, sagte Angus. »Keine Sauhatz. Sie jagen dort Schakale. Soll ein Mordsspaß sein.«

»Du schweifst ab, Vater«, sagte Mabs.

Milly las weiter, dabei schraubte sich ihre Stimme vor Fassungslosigkeit immer weiter in die Höhe. »›Anfang Oktober ist sie in Tilbury an Bord gegangen, eine der Lehrerinnen hat sie zum Schiff gebracht, aber als unser Diener sie in Bombay abholen wollte, konnte er nur den Schiffskoffer mit den wunderschönen Sachen in Empfang nehmen, die ich für sie von dieser kleinen Schneiderin hatte nähen lassen, zu der wir damals in Dinard alle gegangen sind‹– die Frau hat praktisch nur noch für diese Person gearbeitet, das hatte ich schon ganz vergessen –«

»Weiter, Mutter«, drängte Mabs.

»›Wir schrieben daraufhin an die Schule, weil wir dachten, sie sei vielleicht wieder dahin zurückgekehrt‹ – wieso sollte sie? –, ›aber dort war man genauso überrascht, wie wir es waren, sie hatten keine Nachricht von Flora erhalten.‹ Warum schreiben unsympathische Menschen eigentlich immer ›erhalten‹ statt ›bekommen‹?«

»Mutter ...«

»›Anfang Dezember traf hier ein Brief ein, sie schrieb, sie wolle nicht nach Indien, sie würde sich selbst durchbringen‹ – von dem Mädchen?«

»Bravo«, sagte Nigel. »Schneid hat sie!«

»Es geht noch weiter, Nigel. ›Da sie erst siebzehn ist, machen wir uns verständlicherweise Gedanken und würden uns gern mit ihr in Verbindung setzen ... fragten uns, ob vielleicht mit Ihnen oder Ihren Familienangehörigen Kontakt aufgenommen wurde ... bitten vielmals um Entschuldigung.‹ Was für ein eigenartiger Brief, ach ja, hier ist noch ein Nachsatz, es wird immer eigenartiger, offenbar ist sie in Marseille von Bord gegangen. Himmel, was für ein erstaunlicher –«

»Mädchenhändler.« Nigel schob sich Kedgeree in den Mund. »Sie betäuben und entführen ihre Opfer.«

»Sei nicht albern«, sagte Mabs. »Idiot.«

»Sie hat mich besucht«, jammerte Tashie. »Ich hatte den Eindruck – wir waren auf dem Sprung, wir wollten auf eine Woche zur Jagd. Ich habe es dir noch erzählt, Mabs, weißt du nicht mehr? Ich habe dich angerufen. Du warst gerade im Bad.«

»Sie wollte nicht nach Indien, und wir haben

uns einen Scheißdreck darum geschert«, sagte Mabs. »O Gott.«

»Solche garstigen Ausdrücke will ich nicht hören, Mabs«, sagte Milly.

»Hubert, Joyce und ich haben sie in Tilbury verabschiedet«, sagte Cosmo.

»Und wie war sie da?«

»Ganz normal.« Aber war sie es auch wirklich gewesen? »Wir waren alle ziemlich aufgekratzt und haben mit einer Flasche Schampus auf sie angestoßen. Die Idee kam von Joyce.« Ich war betrunken, dachte Cosmo, und Joyce konnte mit mir machen, was sie wollte. Damals schlief ich ja mit ihr. Warum war ich so begriffsstutzig? Warum habe ich nicht geholfen?

»Als sie hier war«, Milly suchte in Vitas Brief vergeblich nach weiteren Hinweisen, »hatte ich den Eindruck, daß sie ziemlich – sie war irgendwie ...« (Irgendwie was? Gefährlich? Ein junges Mädchen, das man nicht noch einmal einladen kann, weil man befürchten muß, Sohn oder Ehemann könnten ihren Reizen erliegen? Die sie zweifellos hatte. O Gott, diese Demütigung.) »Ja, aber so mir nichts, dir nichts von Bord zu gehen und zu verschwinden, das ist doch sehr sonderbar, um nicht zu sagen anrüchig.«

»Telephon? Laßt nur, ich gehe hin. Ich erwarte einen Anruf. Auf mich machte sie eigentlich einen vernünftigen Eindruck«, sagte Angus, schon im Gehen.

»Vater hat noch erstaunlich gute Ohren«, sagte Mabs. Ich aber auch, dachte Cosmo. »Jawohl, alter Junge«, hörte er seinen Vater sagen. »Ganz recht, ich werde mich darum kümmern. Fröhliche Weihn–, ja, Wiederhören.« Angus legte auf. Sein Herz klopfte unbehaglich laut; er setzte sich in die Bibliothek. Warum hatte er es Milly damals nicht erzählt? Es war ja nichts passiert, kein Grund zu Gewissensbissen, seit wann war etwas dabei, ein hübsches Mädchen zum Mittagessen einzuladen? Dagegen konnte schließlich keiner was haben. Vorhin, während Milly ihre Geschenke auspackte, hatte er seine zweite Chance gehabt. Witzig und locker hätte er erzählen können, wie er den Herrlichkeiten bei Hardys nicht hatte widerstehen können – die Lachsfliegen, die Köder –, wie Flora ihm Floris und Fortnum's empfohlen hatte, wie bezaubernd sie beim Mittagessen gewesen war, so »vernünftig«, um ihren eigenen Ausdruck zu gebrauchen. Von wegen vernünftig! In konventionellem Sinne war sie alles andere als das. Schien sich ihr Leben nach eigenem Maß einzurichten ... Ich bin achtundfünfzig, ich könnte ihr Großvater sein, aber ich bin nicht zu alt, dachte er reumütig, um mir vorzustellen, wie wunderbar es wäre, sie ins Bett zu kriegen. Nicht, daß man etwas in dieser Richtung unternehmen würde, es war nur so ein Gedanke, aber wie sollte man das Milly begreiflich machen? »Verflucht«, sagte Angus laut. »Verflucht, verflucht, verflucht.« Er trat ans Fenster und sah zum Winterhimmel hoch.

Cosmo kam herein. »Eine Streitfrage, Vater. Die Mädchen wollen die Babys mit in die Kirche nehmen. Mutter möchte, daß du entscheidest.«

Angus schaltete um. »Kindergeschrei kontra Weihnachtsbotschaft und Kirchenlieder? Verdammt gute Idee, ein Höllenspektakel, warum nicht? Nur zu!«

Das klang so aggressiv, daß Cosmo einen Schritt zurückwich, aber unter der Tür sagte er: »Du hast sie gesprochen, nicht?«

»Wen?« fragte Angus zurück. »Natürlich nicht. Keine Spur.«

»Danke.« Cosmo verzog sich in die Halle. Er war jetzt davon überzeugt, daß das Telephon nicht geläutet hatte.

43

Die Tür stand offen, und so warf Cosmo einen Blick in den Raum. Hubert kniete vor dem Kamin, mit dem Rücken zu ihm, und fachte mit einem Blasebalg das widerspenstige Feuer an. Das Holz war feucht und sein Erfolg gering, denn kaum hatte ein Span angefangen zu knistern, kaum war ein blasses Flämmchen aufgezuckt, blies ein Windstoß von oben Hubert Ruß ins Gesicht und ließ ihn fluchend zurückweichen. Dann aber, ganz plötzlich, schlugen die Flammen hungrig knisternd zu und stiegen mit sanftem Summen nach oben.

»Bravissimo«, sagte Cosmo. »Eine reife Leistung.«

Hubert fuhr herum. »Was machst du denn hier? Wie hast du hergefunden?«

»Es gibt da gewisse Hilfsmittel. Landkarten, Züge, Taxis und so weiter. Vom Dorf aus bin ich gelaufen.« Cosmo betrat das Zimmer. »Als guter Gastgeber müßtest du mich eigentlich hereinbitten. Ich hab' dir eine Flasche Whisky mitgebracht. Hübsch hier.« Er sah sich um. »Ist Pengappah so, wie du es dir vorgestellt hattest? Das Haus deiner Träume? Wirst du mich auf deinem Besitz herumführen?«

»Ich denke, du wolltest über Weihnachten nach Coppermalt«, sagte Hubert ungnädig.

»Stimmt. Da war ich auch. Du wurdest schmerzlich vermißt.« Cosmo ging gemächlich im Zimmer herum und sah aus dem Fenster. »Ist das die See, dort zwischen den Bäumen? Idyllische Lage. Geschützt, versteckt und weit vom Schuß.« Er drehte sich um. »Schöne Bücher. Ein gelehrter Mann, dein Vetter Dings. Die Möbel sind auch nicht zu verachten. Und einige sehr anständige Bilder. Komm, zeig mir alles.«

»Eigentlich wollte ich allein sein, aber wenn du schon da bist, mach wenigstens die Tür zu. Sie steht nur offen, um den Rauch abziehen zu lassen.«

»Und nicht etwa uneingeladene Gäste. Gehe ich recht in der Annahme, daß ich nicht willkommen bin?«

»Ich habe ziemlich viel zu tun, eigentlich wollte ich –«

»Verständlich. Du genießt am liebsten allein«, sagte Cosmo freundschaftlich. »Aber da ich nun mal hier bin – willkommen oder nicht –, können wir ruhig einen trinken.« Er schraubte die Whiskyflasche auf. »Aus den hübschen Römern auf dem Kaminsims, oder stehen die da nur zur Verzierung? Einen schnellen Schluck auf dein Wohl und auf eine glückliche Zukunft.«

Hubert nahm die Gläser herunter. »Ich hole Wasser.«

Cosmo sah zu, wie Hubert in die Küche ging, nahm die Lebensmittel zur Kenntnis: Obst, eine Flasche Wein, eine weitere Flasche Whisky auf einem Kartentisch, ein Laib Brot, Butter und Käse.

Hubert brachte das Wasser. »Vielleicht brauche ich wirklich einen Drink. Ich habe eine Überraschung erlebt.«

»Unangenehm?«

»Ja.« Hubert wartete, bis Cosmo eingeschenkt hatte, griff nach seinem Glas, nahm einen langen Schluck, sah auf die Uhr und dann auf Cosmo. »Setz dich.«

»Danke.« Sie setzten sich in Sessel an den Kamin. »Was für eine Überraschung?«

»Der Anwalt von Vet – das heißt, mein Anwalt hat sich erhängt.«

»Warum?«

»Wie kann man bloß so was machen! Ich hatte ihn in London aufgesucht, er hat mir die Schlüssel gegeben, mir das Testament meines Vetters vorgelesen und mich zum Mittagessen eingeladen. Und dann hat er mir erzählt, daß ihm die Frau weggelaufen ist und daß er sie am liebsten umbringen würde. Daß er sich selbst umbringt, hätte ich nicht erwartet. Irgendwie verkehrt für einen Anwalt.«

»Es sind wohl auch nur Menschen.«

»Ein Langweiler, fand ich. Scheußliches Gefühl, sage ich dir. Als ich im Dorf zum Einkaufen war, habe ich ihn angerufen, weil er einiges für mich erledigen sollte, und da habe ich es von seinem Mitarbeiter erfahren.«

»Der Mann hat sicher einen Sozius.«

»Du bist ein kaltschnäuziger Hund!«

»Er war ein Langweiler, sagst du, er war dir nicht sympathisch. Die Geschichte hat dich in Wirklichkeit gar nicht aufgeregt. Daß du mich nicht hierhaben willst, das regt dich auf; du willst mich loswerden. Andauernd siehst du auf die Uhr.«

»Nur einmal«, protestierte Hubert. »Und ich bin echt aufgeregt.«

»Im Klartext: Geh bitte! Aber vorher machst du noch eine Blitzführung mit mir, aus alter Freundschaft, ja? Immerhin habe ich dir eine Flasche mitgebracht. Zum Beispiel würde ich wahnsinnig gern das berühmte Badezimmer mit den sechs Wannen sehen. Komm, Gastfreundschaft ist doch was Schönes! Du mußt aufpassen, daß dir dein neuer Stand nicht auf die Umgangsformen schlägt. Und daß dir jetzt, wo du ein begüterter Mann bist, deine demokratischen Neigungen nicht abhanden kommen.« Cosmo schnupperte an seinem Whisky und trank.

»Meinetwegen«, sagte Hubert. »Aber lange

kann ich mich wirklich nicht aufhalten. Das ist die Treppe ...« Er ging voraus.

»Wie man sieht«, sagte Cosmo halblaut. »Die Treppe.«

»Erster Stock«, sagte Hubert. »Schlafzimmer.« Er ging rasch vorbei und machte Türen auf und zu, ehe Cosmo hineinsehen konnte. »Darüber ein Dachboden voller Trödel, teilweise angesengt.«

»Angesengt?«

»Hier hat es mal gebrannt, das halbe Haus ist draufgegangen. Vetter Dings hat es nicht wieder aufgebaut, sondern in dem ausgebrannten Flügel einen ummauerten Garten angelegt. Wirkt recht hübsch.« Hubert goß seinen Whisky hinunter. »Badezimmer.« Er machte eine Tür auf und deutete mit dem Glas hinein. »*La salle de bain.*«

»Aber nur eine Wanne.« Cosmo sah sich rasch um: eine einzige große Badewanne und auf einer hölzernen Stellage Schwämme, Seife und Waschlappen.

Hubert schloß die Tür. »Die übrigen fünf hat er rausgenommen. Komm mit nach unten, ich zeige dir die Küche. Er hat die fünf Wannen in den Hang eingegraben, so daß der Bach durchfließt, eine Art Wasserfall. F–, ich habe sie dort entdeckt, ganz grün bemoost. Kaum zu glauben, daß es Porzellanwannen waren.«

»Toll«, sagte Cosmo. »Die muß ich sehen.

Goldfische?« Er ging hinter Hubert die Treppe hinunter.

»Forellen. Das ist die Küche, w –, äh – ich esse hier.«

»Sehr demokratisch«, bemerkte Cosmo mit ernstem Gesicht.

»Ja, und das war's auch schon«, sagte Hubert nachdrücklich. »Kein Strom, wie du siehst, Kerzen und Öllampen. Kein Telephon, Wasser aus dem Brunnen. Leider kann ich dir kein Mittagessen bieten, ich kampiere hier nur. Morgen fahre ich nach Deutschland. Es war nur eine Stippvisite.« Er ging zur Tür. »Ein Haufen Briefe ... Noch jede Menge zu erledigen ...«

Cosmo folgte ihm nicht. »Da du in meinem Wagen gekommen bist«, sagte er und schenkte sich nach, »dachte ich, wir könnten zusammen nach London zurückfahren.« Sein Tonfall war freundlich, seine Miene undurchdringlich.

»O *nein*«, sagte Hubert. »Ich meine, tja, es ist nicht –«

»Wo hast du sie versteckt?« fragte Cosmo ruhig.

»Versteckt? Wen?«

»Flora.« Cosmo setzte sich in einen Sessel, streckte die Beine in Richtung Kamin und stellte das Glas neben sich.

»Wie kommst du denn darauf?« Dem Whisky sei Dank, dachte Hubert, das hatte sich nach ehrlicher Verblüffung angehört. »Warum sollte ich ... Du kommst aber auch auf Ideen!«

»Seit wann nimmst du rosa Waschlappen?« fragte Cosmo.

»Joyce –«

»Wie wir beide wissen, sind die Waschlappen unserer lieben Joyce malvenfarben. Außerdem ist sie mit ihrem Mann Ernest auf den Kanarischen Inseln.« Cosmo beugte sich vor und füllte Huberts Glas nach. »Wo ist Flora?«

»Ich weiß gar nicht –«

»Wovon ich spreche. Schon gut. Setz dich. Du lügst genauso miserabel wie mein Vater.«

Hubert goß seinen Drink hinunter und setzte sich. »Was hat dein Vater –«

»Das will ich dir sagen. Floras Mutter, diese unleidliche Person, hat an meine Mutter geschrieben.«

»Wieso denn das?«

»Offenbar kennt Flora in England niemanden außer uns in Coppermalt und den Leuten in ihrem Internat. Mrs. Trevelyan hat bei Mutter angefragt, ob sie zufällig was von Flora gehört hat. Wie es scheint, ist sie in Marseille von Bord gegangen und hat sich seither nicht gemeldet. Für die Gutgläubigen sind Mädchenhändler im Spiel, aber mir fiel ein, daß du sie mit Joyce und mir in Tilbury verabschiedet hast und dann, wie das Leben so spielt, ein paar Monate in Frankreich warst. Zwei und zwei, dachte ich mir, macht Flora. Wo ist sie?«

»Das ist doch albern.« Hubert beugte sich vor, um neue Scheite aufs Feuer zu werfen.

»Wenn ich mich recht erinnere«, sagte Cosmo, »haben wir mal verabredet, halbe-halbe zu machen.«

»Als Jungen«, widersprach Hubert.

»Unser Geschlecht hat nicht gewechselt. Bei Joyce hat es doch bestens funktioniert.«

»Ja, bei Joyce ...«

»Hast du Flora geheiratet?«

»Geheiratet? Lieber Himmel, nein.« (Sie hat mir einen Korb gegeben.) »Den Luxus einer Ehe kann ich mir nicht leisten.«

»Ich habe den starken Verdacht, daß mein Vater Kontakt zu ihr hat«, sagte Cosmo listig.

Hubert bog sich vor Lachen. »Dein Vater? Entschuldige, aber das ist zu komisch!«

»Mutter findet es nicht komisch«, sagte Cosmo ziemlich steif. »Sag mal, wollen wir das nicht ein bißchen verdünnen? Sonst sind wir zu schnell hinüber.«

Hubert ließ vorsichtig Wasser in die Gläser laufen. »Jetzt möchte ich aber wirklich wissen, was dein Vater mit der Sache zu tun hat.« Er lehnte sich zurück und feixte. »Dein verehrter alter Herr, der General.«

»Über Weihnachten war bei uns ein Riesenkrach, eine ausgewachsene Wechseljahreruption. Beim Frühstück am Weihnachtstag fing es an und ging den ganzen zweiten Feiertag über weiter: leise Fragen, gezischelte Nebenbemerkungen, Anspielungen, das alles hinter einer Fassade weihnachtlichen Frohsinns. Wir wollen uns doch das liebe Christfest nicht verderben! Mabs und ich waren schon ganz fertig. Hör auf zu grinsen, du bist genauso schlimm wie Nigel und Henry.«

»Aber es ist doch wirklich komisch.« Hubert gluckste. »Wie konnte dein betagter Pa –«

»Und wenn ich dir sage, daß was dran ist? Siehst du, da vergeht dir das Lachen.«

»Ausgeschlossen!«

»Meinst du? Mabs und ich haben ihn noch nie so erlebt, mit Armesündermiene und schlechtem Gewissen. Mutter hat ihm schon viele Eifersuchtsszenen gemacht, aber –«

»Er muß doch an die sechzig sein.«

»Achtundfünfzig.«

»Ja, aber dann ...«

»Als Mutter es ihm vorhielt, hat er ein schafsdämliches Gesicht gezogen, sage ich dir. Angefangen hat es damit, daß Vater ihr besondere Geschenke gemacht hat, Sachen, auf die er selbst nie verfallen wäre. Dann kam Mrs. Trevelyans Brief, da mußte sie wieder an Flora denken und wie sie damals auf Coppermalt war.«

»Da war sie erst fünfzehn.«

»Ja, das wußte Mum noch. Als sie den Brief las, fiel ihr Floras letzter Abend wieder ein, an dem die Mädels sie als Femme fatale herausgeputzt hatten. Mutter ließ durchblicken, ohne das Wort in den Mund zu nehmen, daß Flora ein Flittchen ist – anrüchig, so hat sie es ausgedrückt –, und Vater ging aus dem Zimmer unter dem Vorwand, das Telephon habe geläutet.«

»Oh!«

»In der Kirche – Mabs und Tash hatten ihre Kinder mitgebracht, die gegen die Weihnachtslieder anbrüllten – war Mutter nicht bei der Sache. Sie flüsterte mit Vater, und Vaters Nacken lief rot an. Ich saß hinter ihnen. Er sagte: ›Milly, sei still‹ und: ›Himmel, kannst du nicht den Mund halten.‹ Die rechte Weihnachtsstimmung war das nicht gerade. Sie konnte es nicht lassen. Den ganzen Tag hat sie herumgequengelt, und er hat mit seinen Antworten alles noch mehr verkorkst, statt sie einfach auszulachen wie sonst. Immer wieder kam sie auf den Brief und auf Flora zurück. ›Deine Freundin Rosa hat sie uns aufgedrängt.‹ – ›Ich hatte nie was mit Rosa.‹ – ›Wir reden hier nicht von Rosa.‹ Sie ließ nicht locker – wie Bootsie, wenn sie an einem Knochen herumzerrt. ›Als sie damals im Sommer bei uns war, habe ich zuerst nicht gedacht, daß sie so eine ist, aber als Mabs und Tashie sie in dieses Kleid gesteckt hatten, sah sie schon sehr nach einem Flittchen aus!‹ Abends hat sie gar nicht mehr aufgehört zu sticheln, sie war nicht zu bremsen. Zum Essen hat Vater weit mehr getrunken als sonst und später noch mächtig beim Whisky zugeschlagen. Und als wir erleichtert in unsere Zimmer abwanderten, hörten wir Mum schreien: ›Du hast dich in London mit ihr getroffen. Hör auf zu lügen, ich weiß es.‹«

»Und dann?« Hubert bekam den Mund nicht wieder zu.

»Vater sagte in eisigem Ton: ›Gut, wenn du es unbedingt wissen willst, ich habe mich mit ihr getroffen.‹«

»Und?«

»Und dann hat er im Ankleidezimmer geschlafen. Das macht er sonst nur, wenn einer von beiden krank ist. Er betet sie an. Am zweiten Feiertag war die Stimmung arktisch, sie haben kein Wort miteinander gewechselt. Dabei sahen sie hundeelend aus. Und dann habe ich mich daran erinnert, daß du es auffallend eilig hattest, als du wegen des Wagens bei mir warst, und bin kurzerhand hergekommen, um der Sache auf den Grund zu gehen.«

»Der alte Trottel, das hat er schlicht erfunden.« Hubert schenkte Whisky nach.

»Wenn er es erfunden hat, mußt du Flora irgendwo versteckt halten. Wo ist sie? Auf dem Dachboden bei dem angesengten Trödel?«

»Nein«, sagte Hubert. »Sie ist weggegangen, sie will nachdenken, hat sie gesagt.« Er lehnte sich zurück und schloß die Augen.

»Du Schuft«, sagte Cosmo. »Wann kommt sie zurück?«

»Weiß nicht. Sie ist schon Stunden weg.«

»Wieso muß sie nachdenken? Hast du sie gekränkt?«

»Wie käme ich dazu?« sagte Hubert heftig. »Ich liebe sie.«

»*Ich* liebe sie«, sagte Cosmo.

»Komm, das hatten wir schon mal. Fragen wir lieber: Wen liebt *sie*?«

44

Der Sand an der Hochwasserlinie war gefroren. Floras Füße drückten Spuren in die verkrustete Oberfläche, als sie quer über die Bucht zum Wasser ging. Die See war bleigrau und glatt wie ein Spiegel.

Wenn Hubert aufwachte, würde er ihren Zettel auf dem Küchentisch vorfinden. Er wollte zum Einkaufen ins Dorf und dann weiter in die Stadt, um seine neue Umgebung zu erkunden und seine Telephongespräche zu führen. Er erwartete natürlich, daß sie zurückkam. »Ich gehe spazieren. Flora«, hatte sie geschrieben. Sie hatte nicht geschrieben: Ich muß nachdenken, mir Klarheit verschaffen, Entscheidungen treffen. Doch als sie jetzt allein am Strand stand, begriff sie, daß es genau das war, was sie jetzt tat.

Sie sah einem Schwarm Silbermöwen nach, die in der Winterdämmerung aufs Meer hinausflogen, und lauschte ihrem einsamen Ruf. Unten am Wasser wickelte sie sich fest in ihren Mantel, schlug den Kragen hoch und verfolgte mit dem Blick ein Kormoranpärchen, das dicht über dem Wasser einem Horizont zuflatterte, auf den gerade das erste Licht der Morgenröte fiel. Es war kalt. Auf der Linie zwischen See und Himmel dampfte ein Schiff entlang, vielleicht war es unterwegs zum indischen Subkontinent. »Wo soll ich hin?« fragte sie laut. »Hier kann ich nicht bleiben.«

Sie ging am Wasser auf und ab und ließ die letzten Tage in Pengappah noch einmal an sich vorüberziehen, die so anders gewesen waren als die beschwingten Wochen in Frankreich. Wenn sie dort Hubert zuhörte, hatte sie gewußt, daß ihre Gedanken und Gefühle eins waren, so wie nachts ihre Körper eins geworden waren. In Pengappah aber war sie beiseite getreten und hatte zugeschaut, wie Hubert sich mit der Wirklichkeit seines Erbes vertraut machte und das greifbar vor ihm Liegende mit seinem Traumbild verglich. Auf Enttäuschungen eingestellt, war er zunächst argwöhnisch herumgeschlichen, stets bereit, Negatives zu vermerken, bis die Begeisterung die Oberhand gewann und er mit Haut und Haar dem Zauber des Ortes verfallen war. So sehr versenkte er sich in die neue Situation, daß Flora an den Rand geriet, was ihr nicht unlieb war. Sie betrachtete ihn mit zunehmender Distanz, einer Distanz, die ihm nicht auffiel. Sie hatten Pengappah bis in den letzten Winkel erforscht, waren die Grenzen abgeschritten und hatten sich mit Mr. und Mrs. Jarvis unterhalten, zwei alten Leutchen aus dem Ort, die für Vetter Dings gearbeitet hatten. »Der alte Mr. Wyndeatt-Whyte war ein echter Gentleman«, sagten sie. »Ein echter Gentleman, der Mr. Hubert.« Sie taxierten Hubert, man sah ihnen an, daß sie sich überlegten, ob der neue, der junge Wyndeatt-Whyte ihm nachgeraten würde – vielleicht nicht gleich, aber irgendwann einmal.

Hubert hatte nichts getan, um sich bei den beiden einzuschmeicheln, und das rechneten sie ihm hoch an. Sie versprachen, hin und wieder im Haus nach dem Rechten zu sehen, auch mal den Kamin anzuschüren, damit die Feuchtigkeit nicht überhandnahm, und den Garten in Ordnung zu halten, wie sie es für Vetter Dings gemacht hatten. Es stellte sich heraus, daß er in den letzten Jahren nur hin und wieder zu Besuch gekommen war und sonst in seinem Klub in Bath wohnte. »Er hatte es nicht gern, wenn man was umstellte. Bei gutem Wetter ist er manchmal hergekommen, es war eine Abwechslung für ihn, dann hat er in seinen Büchern geschmökert und die Post mitgenommen, wenn welche da war. Meist waren es nur Postkarten, hin und wieder mal eine.«

Hubert hatte den angebotenen Köder nicht geschluckt, sondern war beim Thema geblieben. Er würde herkommen, sooft es ihm möglich sei, hatte er ihnen gesagt. Er müsse sich seinen Lebensunterhalt verdienen, dazu müsse er manchmal auch ins Ausland. »Aha«, hatten die Jarvis gesagt. »Jaja« und: »Sieh mal an«, und Hubert hatte gesagt, er lege Wert darauf, daß seine Freunde hier wohnen könnten, auch wenn er nicht da sei, sie würden sich dann von den Jarvis den Schlüssel holen. Das Haus solle nicht leerstehen, sondern seinen Freunden Freude bereiten. Seine Cousine zum Beispiel, Miss Trevelyan, würde viel dort sein. Sie hatten genickt und Flora gemustert und sich gefragt, inwieweit sie mit zu dem Handel gehörte.

Hubert hat sich das nie gefragt, dachte Flora und machte unwillkürlich einen befreiten Hopser. Er benahm sich, als sei sie der Handel, er betrachtete sie als Selbstverständlichkeit, so wie sein Besitz ihm zunehmend zur Selbstverständlichkeit wurde, und er war sicher, daß sie sich seinen Plänen fügen würde. Heute vormittag wollte er den Anwalt anrufen, der Geld an die beiden Alten schicken sollte, und den Anruf schriftlich bestätigen. Er hat eine ausgeprägte geschäftliche Ader, dachte Flora und schüttelte sich vor Lachen. Auch seine Art zu lieben hatte etwas sehr Geschäftliches – immer zur richtigen Zeit, immer dann, wenn es ihm paßte. Natürlich war es trotzdem wunderschön.

»Wunderschön, wunderschön«, rief sie in den Himmel hinein und lief zu den großen Felsen am Fuß der Klippenwand. Wäre wohl Vetter Dings mit Hubert einverstanden gewesen? Hatte er sich über den russischen Kartengruß gefreut? Müßte sich Hubert nicht eigentlich der albernen Postkarten schämen, die er über Jahre hinweg aus purem Schabernack geschickt hatte? Und vor allem: Konnte Hubert so sicher sein, daß sie von ihrem Spaziergang zurückkommen würde?

Flora kletterte um die Felsen herum zur Landspitze und zog sich mit vor Anstrengung schmerzenden Armen und Beinen an der Klippenwand hoch. In einer geschützten Mulde ließ sie sich fallen, um wieder zu Atem zu kommen. Ich bin verweichlicht, dachte sie. Von dem vielen Herumsitzen in den Cafés. Und von der Liebe. Ob die Liebe mit Felix oder Cosmo genauso wäre? Oder besser?

Hier konnte sie ungehindert ihren Gedanken nachhängen, denn hier waren sie und Hubert nie gewesen – so weit waren sie nicht gekommen, dies war allein ihre Entdeckung, hier war sie völlig ungestört. Sie wickelte sich fester in ihren Mantel, streckte sich auf dem kurzen Gras aus und schloß die Augen. Während sie dem Raunen der See lauschte, stellte sie sich vor, in den Armen von Felix oder Cosmo zu liegen, stellte sich vor, wie es wäre, sich im Freien zu lieben statt wie mit Hubert in einem Bett, wo man sich mit den Beinen immer wieder in den Bettüchern verheddterte.

Als sie aufwachte, hatte der Wind aufgefrischt, und die Flut hatte ihr den Weg abgeschnitten. Sie mußte lange über die Klippen klettern, bis sie quer durch die Felder wieder zu dem Wald kam, der Pengappah umgab. Sie hatte einen Bärenhunger, als sie das Haus durch die Küchentür betrat. Huberts Einkäufe lagen auf dem Küchentisch. Sie nahm sich Brot und Käse, Gewürzgurken, strich sich Butter aufs Brot und goß sich ein Glas Milch ein.

An der Küchenwand hing unter Glas ein Druck von Napoleon auf dem Deck der »Bellerophon«; in der Scheibe spiegelte sich durch die offene Tür das Wohnzimmer mit Hubert und

Cosmo, die sich in Sesseln am Kamin ausgestreckt hatten. Zwischen ihnen auf dem Fußboden stand eine Flasche Whisky.

Flora lehnte sich an die Wand, aß Brot und Käse und lauschte. Hubert sagte: »Als ich anrief, sagte mir sein Angestellter, daß er tot ist. Daß er sich umgebracht hat. Gespenstisch!«

»Ja, das erzähltest du schon«, sagte Cosmo.

»Weißt du, ich habe gar nicht richtig hingehört, als er angedeutet hat, er würde sich umbringen. Irgendwie erwartet man bei Anwälten keine Neigung zum Selbstmord.«

»Warum nicht?«

»Das ist eben so. Es ging mir in dem Moment auch nur darum, wieder zu Flora zu kommen und sie herzubringen.«

»In meinem Wagen.«

»In deinem Wagen. Ein ganz mieses Gefühl ist das jetzt, sage ich dir. Er muß seine Frau geliebt haben. Sie ist ihm weggelaufen, weißt du.«

»Das sagtest du bereits. Mehrmals.«

»Würde ich mich umbringen, wenn Flora mich verlassen würde?«

»Wohl kaum. Es wäre was anderes, wenn sie mich verlassen würde.«

»Du hast sie nicht. Ich habe sie.«

»Du wiederholst dich.«

»Irgend jemand würde meine Aufträge erledigen, hat der Angestellte gesagt. Ich werde Flora hierlassen, dafür sorgen, daß sie genug Geld hat und so weiter, damit sie zurechtkommt.«

»Weiß sie das schon?«

»Das kriegt sie noch gesagt. Gehorcht aufs Wort, meine kleine Flora.«

Flora hörte auf zu kauen, schluckte, trank von ihrer Milch.

»Noch Whisky übrig?« fragte Hubert. »Bloß gut, daß ich auch eine Flasche gekauft habe. Sehr anständig, daß du welchen mitgebracht hast. Hab' ich schon Dankeschön gesagt? Die hier ist fast leer.«

Huberts Spiegelbild schenkte Whisky ein. »Immerhin«, sagte Cosmo, »hat dir Vetter Dings einen Willkommensgruß aus dem Jenseits geschickt. Deine Karten scheinen ihm wirklich Spaß gemacht zu haben, besonders die von Flora, sonst hätte er sie nicht aufgehoben. Daß sie geschummelt hat, hättest du dir auch nicht träumen lassen, wie? Was meinst du, ob Dings sie – die Karte – als eine Art Dingsbums hingeklebt hat?«

»Bei deinen Plädoyers wirst du dich später etwas klarer ausdrücken müssen, alter Junge. Weniger nebulös.«

»Oh, werden wir jetzt ironisch? Wo sie wohl ist?«

»Spazieren. Noch 'n Schluck?«

»Als ich sie zum erstenmal sah, kam sie direkt aus dem Meer. Bildschön.«

»Die Geburt der Venus, wie? Hab' ich dir schon mal erzählt, wie ich nach der Venus gelechzt habe?«

»Botticelli?«

»Ich war verrückt nach ihr. Diese herrlichen Haare, wie Seetang – und wie sie dasteht in ihrer Herzmuschel, die Hand sittsam vor die Muschi gelegt.«

»Flora war zu jung – ziemlich mager, ganz flott, fällt mir grade ein –, aber zu jung für eine Muschi.«

»Jetzt hat sie eine. Dunkelbraun, fast schwarz. Phantastisch.«

»Ferkel«, sagte Cosmo freundschaftlich. »Ist sie so gut wie Joyce? Genauso scharf? Erstaunlich, dieser orangefarbene Busch von Joyce ... ist sie ...«

Flora wußte nicht, ob sie Brot und Käse hinunterschlucken oder ausspucken sollte. Ihre Wangen glühten. Nie hätte Felix so über sie geredet.

Sorgfältig, um nichts zu verschütten, schenkte der gespiegelte Hubert Whisky nach und goß Wasser dazu. »Vorsicht! Du sprichst von meiner künftigen Ehefrau.«

Cosmo lachte. »Oder von meiner. Sei nicht so verdammt selbstsicher.«

»Ich bin nicht selbstsicher«, protestierte Hubert. »Ich muß mich zur Sicherheit zwingen.

Jeden Tag neu und auf jede erdenkliche Art.« Seine Stimme klagte.

»Als wir jung und unschuldig waren«, sagte Cosmo, um ihn abzulenken, »haben wir überlegt, wie die Mädchen wohl so sind. Ob die Mädchen auch so was denken?«

»Deine Schwester Mabs schon«, sagte Hubert bissig.

»Mabs?«

»Sie hat mir beim Tanzen am Hosenschlitz rumgefummelt.«

»So was hat unsere Flora nie gemacht«, sagte Cosmo. »Meine Flora.

»Unsere. Für mich ist Flora noch immer so frei wie die Venus, sie hat die Wahl. Ich will dir mal was sagen: Ich glaube, sie hat's auf Felix abgesehen. Wie fi-findst du das, alter Junge?«

»Blödsinnig. Wär' schade um so viele schöne Gaben. Ich weiß von Joyce, daß Felix es mit ihrem Bruder getrieben hat.«

»Mit dem kleinen Hübschen, der an unserer Schule war? Stockschwul, der Junge.«

»Ja, den meine ich.«

»Aber Felix ist verheiratet, er hat einen kleinen Sohn. Wenn du recht hast, dann ist Mabs ja noch mal gut davongekommen. Das gibt einem zu denken. Nein, Flora würde nie – he, Moment mal, hört sich zwar idiotisch an, aber wenn Felix wirklich bisexuell ist, geht ja alles. Kann durchaus sein, daß mein alter Herr was mit Flora hat, so ganz falsch liegt meine Mutter nie.«

Flora hörte auf zu kauen, trat einen Schritt vor und schaute zu den beiden jungen Männern hinein. Sie sahen sie nicht.

»Vielleicht«, fuhr Cosmo fort, »sind meine Gedankengänge manchmal etwas verschlungen, aber irgendwie komme ich immer an.« Anscheinend dachte er, er hätte ins Schwarze getroffen.

»Red keinen Stuß.« Hubert lehnte sich zurück und streckte die Beine aus. Eine Weile schwiegen beide. Huberts leeres Glas ruhte auf seiner Brust, Cosmo ließ seines zu Boden fallen. Nach einiger Zeit holte er seine Gedanken aus weiter Ferne zurück. »Es war keine Herzmuschel, in der die Venus gestanden hat«, sagte er. »Es war eine Kammuschel.«

»Wo du recht hast, hast du recht«, sagte Hubert. »Blöd von mir. Eine Kammuschel, natürlich.«

Die ersehnte Klarheit war da, die Entscheidung gefallen. Flora aß noch eine Banane und trank ihre Milch aus. Sie hatte aufgehört zu zittern.

Hubert und Cosmo schliefen, als sie auf dem Weg zur Treppe an ihnen vorbeiging, sie schliefen immer noch, als sie mit ihrem Koffer wieder herunterkam.

Als sie davon geträumt hatte, in ihren Marmorarmen zu liegen, hatte sie nicht gewußt, wie sie lebendig, als Menschen und betrunken sein würden. Hubert hatte ihr Erregung und Leidenschaft geschenkt. Die zärtlichen Gefühle, die ihr Traumtrio geweckt hatte, waren noch da, nur nicht mehr für Hubert. Für Cosmo vielleicht? Im Schlaf wirkten beide sehr jung und unschuldig. Sie wachten nicht auf, als sie neben ihnen stehenblieb und auf sie hinuntersah. Wahrscheinlich würden sie, wenn es ihnen beim Aufwachen überhaupt auffiel, die Flecken auf dem Fußboden für Whisky halten, nicht für Tränen.

Die Tür schlug zu; sie hörten es nicht.

45

»Ein Brief für dich.« Denys, der seine Post durchsah, reichte Vita einen Umschlag.

»Danke, Liebling. Sieht nach einer Antwort von dieser Mrs. Leigh aus.«

Denys sah zu, wie sie den Umschlag aufriß. »Na, was schreibt sie?«

Vita blickte auf. »Ich komme mir so blöd vor, daß ich überhaupt geschrieben habe. Wir kennen sie praktisch gar nicht. Ich hatte einfach das Gefühl, irgendwas tun zu müssen.«

»Du solltest die Kunst der Untätigkeit pflegen, mein Schatz. Denk an das Sprichwort von den schlafenden Hunden. Lies vor!«

»›Liebe Mrs. Trevelyan‹«, las Vita. »›Vielen Dank für Ihren Brief vom Dezember, erstaunlich, wie lange die Post aus Indien unterwegs ist.‹ Natürlich ist sie lange unterwegs, muß sie so weit ausholen? ›Leider haben wir keine direkte Nachricht über Ihre Tochter Sie hat uns nicht besucht‹ – und war bestimmt auch nicht eingeladen, sie war ihnen damals sicher zu fade und unscheinbar –, ›aber mein Mann hat sie vor Weihnachten zufällig in London auf der Straße getroffen. Sie sei wohlauf und guter Stimmung gewesen, meinte er‹. Sie ist also wieder in London, na, immerhin. ›Eine Anschrift hat sie ihm nicht genannt. Damals ahnten wir selbstverständlich nicht, daß sie unterwegs von Bord gegangen war und Sie nichts über ihren Verbleib wußten. Es war eine ganz zufällige Begegnung. Mein Mann hatte den Eindruck, daß sie einer vernünftigen und angemessenen Tätigkeit nachging. Leider ist das alles, was ich Ihnen berichten kann, aber sicher hat sie sich inzwischen mit Ihnen in Verbindung gesetzt und Ihnen erklärt, warum sie nicht zu Ihnen nach Indien gekommen ist. Ich bedaure sehr, daß ich Ihnen nicht weiterhelfen kann. Unsere Jugend ist zuweilen recht rücksichtslos, nicht wahr? Freundliche Grüße, Ihre Milly Leigh.‹ Hätte ich bloß nie an die Person geschrieben«, sagte Vita verärgert. »Wie sehe ich denn jetzt aus?«

»Strahlend wie immer«, sagte Denys. »Ist das eins der neuen Kleider?«

»Ja.« Vita verbiß sich ein Lachen. »Sie machen mir viel Freude.«

»Warum lassen wir es dann nicht dabei bewenden?« Denys beugte sich vor und streichelte ihre Wangen.

»Schön wär's ja.« Vita wich seinem Blick aus.

»Ich wüßte wirklich nicht, was wir noch tun könnten.« Denys ließ sie nicht aus den Augen. »Du hast sonst an niemanden geschrieben – außer an die Schule natürlich?«

»An wen denn?« Vita war heilfroh, daß sie sich nicht an die russische Schneiderin gewandt hatte; solche Leute neigten zum Klatsch. Sie betrachtete den Brief, der in ihrem Schoß lag, die große Schrift einer selbstsicheren Frau, schwarze Tinte auf blauem Leinenpapier, der Briefkopf diskret, aber eindeutig: Coppermalt House bei Hexham, Tel. Coppermalt Halt 25. Was war wohl beim Schreiben in Mrs. Leigh vorgegangen? »Und was ist mit der Polizei? Eine Vermißtenanzeige vielleicht«, sagte sie halblaut. »Oder die Heilsarmee?«

»Komm, das ist doch nicht dein Ernst.« Denys schlitzte einen amtlich aussehenden Umschlag auf. Mit dem Buttermesser, was Vita immer irritierte. »Die Bestätigung meines neuen Postens«, sagte Denys zufrieden. »Delhi.«

»Delhi?« wiederholte Vita entzückt. »Sehr gut!«

»Freust du dich?«

»Aber ja! Es ist phantastisch und für dich ein großer Schritt vorwärts. Mich hält hier nichts mehr, aber ...« Die Heiterkeit wich aus ihrer Stimme. »Was wird mit ...«

»Sie ist nicht mein Kind, stimmt's?« sagte Denys ruhig. Mit seinen hellen Augen fing er ihren Blick ein.

Vita spürte, wie alles Blut aus ihrem Gesicht wich, Übelkeit stieg in ihr auf, ihr Mund wurde trocken.

Der Diener meldete, daß der Wagen wartete, um Denys ins Amt zu fahren.

»Schwamm drüber, mein Schatz.« Denys stand auf. »Offenbar«, sagte er fröhlich, »hat das Schicksal ein Einsehen mit uns gehabt. Du kannst die Sachen mit reinem Gewissen tragen. In Delhi wirst du sie gut gebrauchen können.«

»Aber ...« Vita griff mit zitternden Händen nach Millys Brief.

»An dem, was zwischen dir und mir ist, ändert sich dadurch überhaupt nichts«, sagte Denys.

»Jetzt muß ich aber los, sonst komme ich zu spät.« Er beugte sich vor und gab ihr einen Kuß. »Du brauchst nicht vor mir zurückzuschrecken. Ich habe keinen Meuchelmörder in Marseille gedungen, wie du dir einzubilden scheinst.« Er küßte sie noch einmal.

»Natürlich nicht«, platzte Vita heraus. »Sie ist in London gesehen worden.«

Denys lachte in sich hinein. »Ich wünsche keine weitere Diskussion. Nie mehr. Ist das klar?«

»Ja. Wenn du es so möchtest.«

»Wir sehen uns heute abend beim Polo. Du kommst doch zum Zuschauen?«

»Natürlich«, sagte Vita.

Vierter Teil

46

Flora ging mit einer Liste durch das Haus ihrer Arbeitgeber. Sie hatte das Haus gern; über viele Jahre hatte sie zufrieden darin gelebt und gearbeitet. Ob sie je wieder hier arbeiten würde? Nun war es seiner Bilder beraubt, des Silbers, der Bücher; kahle Stellen an den Wänden machten betroffen, leere Bücherregale klagten an. Die Zimmer wirkten verlassen. Das Haus war nur noch eine ausgeweidete Hülle, die Innereien waren aufs Land geschafft worden, wo sie andere Räume schmückten, anders geschnittene Wände zierten. Das Haus dauerte sie, als sei es krank und trauere um sein zivilisiertes Dasein, das der Krieg unterbrochen hatte.

Die Bomben aber hatten es verschont, die Fenster waren heil, die Wände unbeschädigt. Und es war sauber. Wie immer in regelmäßigen Abständen hatte sie ein paar Tage lang geputzt, gefegt, staubgewischt, poliert. Es roch so, wie ein Haus riechen soll, konnte sich, wenn es Glück hatte, wieder erholen. Falls es unversehrt davonkam, konnten ihre Arbeitgeber, wenn sie wollten, wieder nach London ziehen und das Haus neu beleben.

Flora stand in dem nur noch partiell möblierten Salon, sah zu, wie sich ein Sperrballon vom Thurloe Square in den Abendhimmel erhob, und überlegte, ob sie bei einer Rückkehr ihrer Arbeitgeber nach London mit ihnen gehen würde. Nein, dachte sie, wahrscheinlich nicht. Ihr Horizont hatte sich geweitet, ein Blick, der nur bis über die Straße reichte und von einer Grünanlage begrenzt wurde, genügte ihr nicht mehr.

Die Liste. Nimm deine Gedanken zusammen, befahl sie sich und las: *Zeitungsausschnitte in Schubfach Couchtisch.* Mr. Fellowes gehörte zu jener Minderheit, die in den Jahren, als der Krieg sich vorbereitete, Kassandrarufe ernst genommen hatte. Sie zog die Schublade heraus. Ein schöner Tisch, dachte sie, er hätte die Evakuierung aufs Land verdient. Mrs. Fellowes war anderer Meinung gewesen. Flora strich tröstend über die Tischplatte. Aus der Schublade quollen dicke, mit Gummiband zusammengehaltene Zeitungspacken, Berichte über den Reichstagsbrand, Mussolinis Schwulst, die Judenverfolgungen, das Münchener Abkommen, die zunehmende Bedrohung durch die Nazis. Einige dieser Artikel hatte Hubert geschrieben; der Name Wyndeatt-Whyte wirkte fremd und vertraut zugleich. Hubert hatte in seinen Berichten aus

Berlin, aus Spanien und zum Schluß aus Prag den Krieg vorausgesagt, einen Krieg, mit dem Mr. und Mrs. Fellowes nichts zu tun haben wollten, denn sie waren Quäker, und außerdem, selbst wenn sie gewollt hätten, zu alt für den aktiven Einsatz.

Huberts Artikel lasen sich stocknüchtern, und Flora dachte unwillkürlich an Huberts Zustand, als sie ihn zum letztenmal gesehen hatte, und mußte lachen.

Die Ereignisse von München hatten die Fellowes endgültig dazu bewogen, aufs Land zu ziehen und sich einen Bauernhof zu kaufen. »Mit dem Krieg kommt der Mangel«, hatten sie gesagt. »Wir werden Nahrungsmittel anbauen.« Und Flora, der die Abneigung gegen Gewalt im Blut lag, war mit ihnen gegangen.

Während sie die Zeitungsausschnitte wegräumte, erinnerte sie sich ihres Entsetzens über den Ausbruch des Krieges, erinnerte sich, wie sehr die aggressive Haltung mancher Leute sie schockiert hatte, die darauf brannten mitzumachen, die es gar nicht erwarten konnten, sich ins Getümmel zu stürzen.

Sie hakte ihre Liste ab. *Stickschere,* las sie. Möglich, daß die seit einigen Jahren verschwundene Schere seitlich in die Sofapolsterung gerutscht war. Sie zog den Schutzbezug ab und schüttelte ihn auf dem Balkon aus. Ein Passant sah erschrocken hoch, als er das Knallen des Tuchs hörte.

»Entschuldigung«, rief Flora lachend und dann: »*Felix?*«

Felix sah hoch. »Wer ...?« fragte er mit verhaltener Stimme. Und dann: »Das ist ja Flora. Du bist also erwachsen geworden.«

Flora hatte den gebauschten Schutzbezug an ihre Brust gedrückt. »Ja.«

»Kommst du nach unten?« fragte Felix.

»Ja, gleich.« Doch sie nahm sich noch die Zeit, mit der Hand seitlich am Sofapolster entlangzufahren und fand tatsächlich die verlorene Schere, stach sich daran, sah das Blut hervorquellen. Sie zog den Schutzbezug wieder über das Sofa, lief die Treppe hinunter, öffnete die Tür.

Felix betrat rasch das Haus und stieß einen tiefen Seufzer aus, während sie die Tür schloß. Er stand an der Wand, vor einer kahlen Stelle, an der ein Regency-Spiegel gehangen hatte. Sie fand es erstaunlich, daß sie ihn erkannt hatte. »Ich denke, du bist in Holland«, sagte sie. »Ich habe dich immer in Holland vermutet.«

»Theoretisch bin ich da auch.«

»Ich freue mich so! Wie geht es dir?« fragte Flora, wie die Konvention es gebot.

»Gut.« Felix lehnte an der Wand. Er schwitzte.

»Und ich bin theoretisch gar nicht hier«, sagte sie verlegen. »Ich lebe auf dem Land. Nach

London komme ich nur gelegentlich, um im Haus nach dem Rechten zu sehen. So wie heute.« Blödsinnigerweise fragte sie sich, ob ihm der Geruch nach Möbelpolitur auffallen würde.

»Dein Finger blutet«, sagte Felix. »Du hast Blut am Rock.«

»Nicht so schlimm.« Sie steckte den Finger in den Mund. »Möchtest du Tee oder Kaffee? Einen Drink kann ich dir nicht anbieten, meine Arbeitgeber sind Abstinenzler.«

»Setzen möchte ich mich gerne.« Er sah sich in der leeren Diele um.

»Komm nach oben, da ist ein Sofa.« Und mit einer Kehrtwendung: »Aber du sagst, du bist in Holland?« Sie ging voraus zur Treppe.

»Ja, so wie du auf dem Land bist.« Er folgte ihr in den Salon und setzte sich aufs Sofa. »Offiziell bin ich gar nicht hier, ich bin ein Zugvogel.«

»Ich mache uns Tee.«

»Nein, laß mich nur einen Augenblick hier sitzen, bis sich mein Herz beruhigt hat.«

»Dein Herz? Bist du krank?«

»Erschrocken. Das Tuch hat geknallt wie eine Pistole.« Flora lachte. »Pistolen? Nicht auf dem Thurloe Square!«

Felix lehnte sich zurück und schloß die Augen. »Keine Pistolen, wie angenehm. Hier bin ich also in Sicherheit?« Er sah müde aus. Sein Haar war grau meliert, und er hatte zugenommen. In Sicherheit? Wie meinte er das? Ich hatte das Gefühl, bei ihm in Sicherheit zu sein, dachte sie, damals, als er meine Hand gehalten, als er mit mir Walzer getanzt hat. Sie ertappte sich bei dem Gedanken, daß sie dieses Gefühl der Sicherheit jetzt nicht mehr bei ihm hätte. Sein Gesicht hatte einen abweisenden Ausdruck, an den sie sich von früher nicht erinnern konnte. Seine Hand hatte sich feucht angefühlt, nicht warm und trocken wie damals in Dinard. Und auch kühl ist er nicht wie in jenen Jahren, da ich in seinen Armen lag.

Er sah sie aufmerksam an.

»Bist du wirklich in Holland?« fragte sie.

»Natürlich nicht, das war nur ein Witz. Ich sitze hier, auf diesem Sofa in London. Warum ist das Zimmer halb leer?«

Den größten Teil der Einrichtung habe man aufs Land gebracht, erklärte sie, nur das Allernotwendigste sei noch hier. »Es ist doch Krieg.«

»Halb leer ... wie ich.«

»Ich verstehe deinen Witz nicht.«

»Welchen Witz?«

»Den mit Holland.«

»Ach, den.«

»Ziemlich geheimnisvoll.«

»Also gut. Es war ein Versprecher. Ich bin hier auf Besuch. Eigentlich darf ich überhaupt keinen Kontakt mit Bekannten haben. Du hast mich überrumpelt, und da ist mir die Wahrheit herausgerutscht.«

»Ist das wieder ein Witz?«

Felix lachte gezwungen. »Ich kann das nicht besonders gut, was?«

»Was kannst du nicht gut?«

»Nichts weiter. Ich bin heimlich hier, um mich mit einigen Leuten zu treffen, unter anderem mit Hubert Wyndeatt-Whyte. Erinnerst du dich noch an ihn?«

»O ja.«

»Er macht irgendwas in der Abwehr, bei der Marine, soweit ich weiß.«

»Ich denke, er ist Journalist.«

»Im Krieg gibt es gewisse Verflechtungen.«

»Das wußte ich nicht.«

Felix lächelte. »Du hast gefragt, ob ich Tee möchte, aber am liebsten möchte ich ein Bad nehmen. Da, wo ich wohne, gibt es kein warmes Wasser mehr.«

»Ja, natürlich kannst du baden. Wann bist du mit diesen Leuten verabredet?« Sie mochte Huberts Namen nicht herausstellen.

»Könnte ich bei dir übernachten? Hier vermutet mich niemand, das stelle ich mir großartig vor. Befreiend.« Da war wieder der leichte Akzent, den sie in Erinnerung hatte.

»Ja, gern.«

»Dann könnte ich morgen früh noch mal baden.«

Als Reinlichkeitsfanatiker hatte sie ihn nicht in Erinnerung, aber was hatte sie überhaupt in Erinnerung? Er konnte im Zimmer von Mr. und Mrs. Fellowes schlafen, sie würde die Bettwäsche hinterher waschen lassen; daß sie Besuch gehabt hatte, brauchte sie ihnen ja nicht zu erzählen. »Ich beziehe dir ein Bett«, sagte sie, »und wenn du gebadet hast, kann ich dir was zu essen machen. Ein Omelette. Wäre dir das recht?«

»Mit richtigen Eiern?«

»Und einen Salat. Ich bringe sie vom Land mit.«

»Habt ihr Telephon?« Er sah sich um.

»Für die Dauer des Krieges abgestellt.«

»Ich wünschte, das könnte ich von mir auch sagen.« Er lächelte. Sie hatte seine Zähne vergessen. »Was ist jetzt mit dem Bad?«

»Ich bringe dir ein Handtuch; nachher essen wir in der Küche. Das Haus ist gewissermaßen in Verwahrung, solange Krieg ist.«

»Welch ein Luxus, in Verwahrung zu sein. Wie *nett*.« Er betonte das Wort.

War das auch ein Witz? Sie mochte nicht ständig fragen. Er folgte ihr zum Badezimmer. »Wenn du fertig bist, mache ich das Essen«, sagte sie.

Unter der Tür blieb er stehen. »Sie haben mich

überredet, herzukommen, weil ich Hubert kenne. Wie geht es ihm?«

»Ich habe ihn seit Jahren nicht gesehen.«

»Seinen Namen hätte ich gar nicht nennen dürfen. Ich bin hoffnungslos in diesen Dingen. Egal, es ist nett, mit dir zu reden. Und jetzt auf ins Bad. Badesalz? Das darf ja nicht wahr sein!« In seiner Stimme schwang Hohn. So kannte sie ihn nicht. Hatte sie ihn je gekannt?

Als sie beim Essen saßen, sagte Felix: »Es ist eine Freude, mit dir zu reden, indiskret zu sein. Ich *sehne* mich danach, indiskret zu sein.« Eine kleine Pause. »Du bist wahrscheinlich ein Muster an Diskretion – ganz im Gegensatz zu meiner Frau; mit ihr kann ich nicht reden. Ich wage es kaum, in einem Bett mit ihr zu schlafen. Hört sich das überzeugend an?«

»Nicht sehr«, sagte Flora.

»Nur jemand wie du, jemand, der Kränkungen erfahren hat, lernt es, verschwiegen zu sein.« (Woher wollte er wissen, daß sie Kränkungen erfahren hatte?) »Ich sehe noch dein verschlossenes Gesichtchen in Frankreich vor mir. Und Irena Tarasowa, das war auch so ein Fall. Mit ihr konnte ich reden. Auch da gab es Geheimnisse, aber andere.«

»Ich besuche sie manchmal«, sagte Flora.

»Grüße sie von mir. Schneidert sie noch?«

»Ja.«

»Mit meinen Kindern kann ich nicht reden, sie schwatzen so hemmungslos wie ihre Mutter.«

»In Holland?« Es fiel ihr schwer, sich Holland vorzustellen, während Felix hier neben ihr mit Genuß sein Omelette verzehrte. Sie hatte sich eingebildet, England sei für die Dauer des Krieges durch den Ärmelkanal völlig vom besetzten Europa abgetrennt. War er wirklich von dort gekommen? »Deine Mutter?« fragte sie. »Deine Schwestern?«

»Ich wage es nicht, sie zu gefährden. Wir leben unter deutscher Besatzung, wie du weißt. Schmeckt vorzüglich.« Er aß seinen Salat und Floras Käseration. »Ich werde mir mit meinem Verschwinden Ärger einhandeln. Schadet ihnen gar nichts, sich ein bißchen abzuzappeln. Verflucht selbstgefällig, diese Engländer in ihren netten, sicheren Büros«, sagte er verächtlich.

»Sie werden denken, daß du die Nacht mit einem Flittchen verbracht hast«, sagte sie.

Er kaute den letzten Bissen Käse und sah sie nachdenklich an. »Ich werde die Nacht mit dir verbringen«, sagte er. »Es ist lange her, seit ich einen fremden Körper in den Armen gehalten habe.«

Sie erlebte es nicht zum erstenmal, daß unter dem Druck des Krieges ein Mann ohne Umschweife zur Sache kam, aber bei Felix überraschte es sie doch. Noch nachträglich grollend sagte sie: »Als du mich damals zum Mittagessen ausgeführt hast, hattest du Angst, dich mit meiner Erkältung anzustecken.«

Felix lachte. »Jetzt hast du keine Erkältung. Und später habe ich dann erfahren, daß es keine Erkältung war, sondern die Masern. Komm, Liebes...«

Sie freute sich, ihn lachen zu hören. »Du lachst nicht viel«, stellte sie fest.

»Man tut sich schwer damit, wenn Angst zum Dauerzustand geworden ist. Jetzt komm, Flora.« Er nahm sie bei der Hand. »Kommst du ins Bett?« Er unterdrückte ein Gähnen, stand auf und reckte die Arme.

»Ich muß noch abwaschen«, sagte sie störrisch und dann, mit deutlicher Distanz: »Wenn dir die Angst im Nacken sitzt, wirst du in Holland kaum etwas Nützliches zustande bringen.« Was machte er, daß er so große Angst haben mußte? Besorgt versuchte sie Ordnung in ihre Gedanken zu bringen, sie konnte immer noch nicht recht glauben, was er gesagt hatte. »Bist du wirklich aus Holland gekommen?«

»Aber ja, das habe ich mir nicht ausgedacht.«

»Warum bleibst du dann nicht hier?«

»Komm, Flora. Nach oben.« Er musterte sie. »Du hast dich nicht sehr verändert. Nur runder bist du geworden – an den richtigen Stellen.

In Dinard hattest du nichts auf den Rippen, aber strahlende Augen.«

Sie stellte die Frage anders. »Warum kannst du nicht hierbleiben?«

»Das eine oder andere kann ich doch noch tun.«

»Was denn?«

»Die Deutschen ärgern zum Beispiel«, sagte er leichthin. »Man muß sich der Verantwortung stellen, darauf läuft es wohl hinaus. Jetzt komm, Flora, laß den Abwasch stehen.«

Ich mache einen Fehler, dachte Flora, während sie sich auszog.

Felix lag schon im Bett. »Beeil dich«, sagte er.

Sie spürte, daß ihre Arbeitgeber das, was sie in deren Bett zu tun gedachte, nicht gutheißen würden, und zögerte noch einen Augenblick.

Felix streckte die Hand aus und zog ihr den Schlüpfer herunter »Komm jetzt, ich warte.«

Der Liebesakt war gekonnt, aber unpersönlich, langsam, langsam, schnell, schnell, langsam – und ein donnernder Schlußakkord. Der marmorne Felix war nie so gewesen. Sie unterdrückte ein Lachen.

»War es schön für dich?« Er streichelte ihre Hüften. »Hübsch«, sagte er, ohne ihre Antwort abzuwarten. »Du hast Muskeln wie ein Junge.«

»Ich arbeite im Freien, als Bauernmagd, wenn du so willst.«

Ihre Arbeit interessierte ihn nicht. »Erinnerst du dich an das Picknick?« Er streichelte sie. »Billy muß damals elf gewesen sein.«

»Wer war Billy?«

»Der kleine Bruder von dem Mädchen mit den weißen Wimpern und den Raffzähnen. Billy Willoughby.«

»Sie hat sich die Zähne richten lassen und einen reichen Amerikaner geheiratet.« An Billy hatte Flora keinerlei Erinnerung.

»Der liebe Billy. Wie mag es ihm ergangen sein?« murmelte Felix.

Flora rückte von ihm ab. Vielleicht ging es besser, wenn sie ihm den Rücken kehrte?

»Dreh dich nicht weg.« Er zog sie wieder auf die andere Seite.

Sie versuchte sich daran zu erinnern, wie er in Dinard ausgesehen hatte: nicht grau, nicht ältlich.

»Mr. Fellowes, für den ich arbeite, schreibt an einem Buch, mit dem er beweisen will, daß man die Nazis mit friedlichen Mitteln hätte besiegen können«, sagte sie. »Er ist ein Mann des Friedens.« Felix schnaubte verächtlich. »Das ist sein Bett.« Sie hatte das Gefühl, ihn wenigstens einmal erwähnen zu müssen. »Vor dem Krieg hat er Huberts Artikel gesammelt, als Material für sein Buch.«

Felix betastete ihren Bizeps. »Als Halbwüchsiger war Billy etwa so groß wie du«, sagte er und zwickte sie.

»Ich bin nicht Billy.«

»Schade, für einen Besuch bei ihm wird wohl die Zeit nicht reichen.«

Flora überlegte, ob sie es riskieren konnte, einen Stock höher, in ihr eigenes Bett zu gehen. »Jetzt lasse ich dich am besten schlafen«, meinte sie.

»Laß mich nicht allein. Ich brauche jemanden zum Reden.« Er hielt sie fest.

»Worüber?« In meinem eigenen Bett, dachte sie, könnte ich strampeln, in die Decke beißen, schreien, lachen, tun, wozu ich Lust hätte. Ihr war, als habe sie ein riesiges Kleidungsstück gestrickt, das sich vor ihren Augen aufräufelte.

»Bleib bei mir, hör mir zu.« Felix hielt sie umschlungen. »Meine Familie«, sagte er, »meine Kinder, sie sind so hübsch, so klein, so zutraulich. Der Junge ist sehr gescheit. Man hatte sich Hoffnungen gemacht ... meine Frau Julia hat Hoffnungen und viel Mut. Sie schlägt sich mit den Lebensmittelrationen herum und mit dem Schwarzen Markt. Du kannst das nicht verstehen. Wir haben Geld. Natürlich geht es uns besser als den meisten anderen Leuten. Meine Mutter und meine Schwestern versuchen gefährdeten Menschen zu helfen. Das Leben unter einer Besatzungsarmee ist die Hölle, man fühlt sich hilflos. Viele kämpfen dagegen –«

»Du nicht?«

»Zu wenig. Man gibt sich mit Kleinigkeiten zufrieden. Die Juden –«

»Du hilfst ihnen?«

»Sie verschwinden einfach, weißt du, eben waren sie noch da, wenig später sind sie weg.« Seine Stimme klang bitter.

»Oh.«

»Und man möchte ihnen nicht folgen. Langweile ich dich? Elizabeth und ich haben oft überlegt, ob wir dich gelangweilt haben, weil du ja so viel jünger warst.«

»Ich habe mich nicht gelangweilt.« Sie sah die Bartstoppeln an seinem Kinn, morgen früh würde sie ihm einen Rasierapparat besorgen. Felix redete weiter. Er erzählte von den Gemüsepreisen in Holland, von der Benzinknappheit, er schien besessen von Bagatellen. Sie wurde schläfrig, mußte sich Mühe geben, wach zu bleiben. Verkrampft lag er neben ihr. »Man muß ständig aufpassen, was man sagt oder tut, ein einziger Ausrutscher kann unter Umständen viele Menschenleben kosten.«

Nach einer Weile schwieg er. Dann sagte er mit veränderter Stimme, verzweifelt, fast schreiend: »Im Grunde bin ich verdammt vorsichtig, damit ich in nichts hineingerate, nicht meinen

Kopf riskiere. Diese Reise ist eine einmalige Sache, bodenloser Leichtsinn eigentlich. Ein zweites Mal laß ich mich dazu bestimmt nicht überreden, ich muß schließlich an meine Familie denken.« Als sie nichts sagte, setzte er ruhiger hinzu: »So sieht es in Wirklichkeit aus. Ich habe im Grunde herzlich wenig zu befürchten.«

»Warum in aller Welt bist du dann gekommen?«

»Warum in aller Welt tut man dieses oder jenes?« fragte er zornig zurück. »Vielleicht aus Angabe. Vielleicht, weil ich das Gefühl hatte, mich wenigstens einmal an dem versuchen zu müssen, was andere Leute ständig tun.« Er zog Flora an sich und drückte sein Gesicht zwischen ihre Brüste. »Ich bin kein Held«, klang es erstickt.

Dann stützte er sich auf einen Ellbogen und sagte sehr formell: »Für uns ist das ja alles nicht so schlimm. Wir sind ziemlich bekannt, angesehen, reich. Die Deutschen überlegen es sich zweimal, ehe sie unsereinen behelligen. Nur Wohlverhalten verlangen sie von uns.«

»Ich könnte mir vorstellen, daß dadurch alles nur noch schwieriger wird«, meinte Flora.

»Es ist eine zweischneidige Sache.«

Sie dachte an den Tag im Jahre 1926, als Felix' Mutter und seine Schwestern im Hôtel Marjolaine eingetroffen waren, dachte an die Bücklinge und Kratzfüße des Oberkellners, das Zischeln und Wispern der englischen Familien. Sechs Baronessen, sechs.

»Aber du hast den Juden geholfen«, sagte sie.

»Ich habe den Juden *nicht* geholfen. Damit hätte ich meine Familie in Gefahr gebracht. Ich habe ein schlechtes Gewissen, kannst du das verstehen? Passivität erzeugt Schuldgefühle.«

»Ja, doch, das verstehe ich.«

»Ich hatte zuviel *Angst*, um den Juden zu helfen. So wie ich *Angst* habe, für den Widerstand zu arbeiten oder, schlimmer noch, kaum ausdenkbar, *Angst* zu kollaborieren.«

»Zu kollaborieren?«

»Mit den Deutschen zusammenzuarbeiten. Auch so etwas gibt es bei uns.«

»Das wußte ich nicht«, sagte Flora erschüttert.

»Deshalb das Gefühl der Hilflosigkeit«, sagte Felix. »Ich habe den Eindruck, daß es mir nur darum geht, meinen eigenen Kopf zu retten.«

»Mach dich nicht lächerlich«, sagte Flora. »Du darfst deinen Mut nicht diskreditieren, das ist unsinnig.« Im Ehebett von Mr. und Mrs. Fellowes, nach einer farblosen Liebesstunde, klang das recht schwülstig, aber sie wiederholte es: »Du darfst deinen Mut nicht diskreditieren.«

»Wunderliche kleine Flora.« Felix legte sich zurück und döste vor sich hin.

Als er wieder wach wurde, war er ganz vergnügt. Er legte einen Arm um Flora und bettete ihren Kopf an seine Schulter. »Erinnerst du dich an das Picknick? Wie schön Cosmo und Hubert waren. Und die Mädchen. So töricht und so bezaubernd. Erstaunlich, als sie anfingen zu singen.«

»Sie haben jetzt selbst Familien, um die sie sich kümmern müssen. Wie du.«

»Wahrscheinlich sind sie um keinen Deut weniger töricht. Es ist eine Spielart der Tapferkeit, meine Frau besitzt sie auch. Es ist ein Talent, das Leben nicht allzu ernst zu nehmen. Was meinst du, ob ich zu alt bin, um das noch zu lernen?«

»Tapferkeit brauchst du nicht mehr zu lernen. Man braucht Mut, um zuzugeben, daß man Angst hat. Reite nicht ständig darauf herum.«

»Langweilt es dich?«

»Ein bißchen«, sagte sie ratlos.

»Soll ich dir sagen, wovor ich mit die meiste Angst habe?« fragte Felix.

»Wovor?«

»Ich habe eine Heidenangst davor, daß die Gestapo kommt und mich festnehmen will, wenn ich gerade in der Badewanne liege.«

»Das kann ich dir nachfühlen«, sagte Flora. »Bist du deshalb nach England gekommen, damit du mal sorgenfrei baden kannst?«

»Unter anderem.«

»Erzählst du deiner Frau von deinen Ängsten?« Flora versuchte, sich ein Bild von seiner Frau zu machen. Er hatte von ihr nicht mehr erzählt, als daß sie töricht und tapfer sei.

»Sie würde es nicht verstehen. Es würde sie unnötig aufregen, das kann ich nicht riskieren. Aber mit dir kann ich reden.«

Wie man mit Fremden redet, dachte sie.

Gegen Morgen schlief er ein. Flora stieg behutsam aus dem Bett und ging auf ihr Zimmer. Sie wusch sich das Gesicht, putzte die Zähne und kämmte sich. Als sie angezogen war, ging sie leise durchs Haus und führte die Arbeit zu Ende, die Felix unterbrochen hatte. Wenn er fort war, würde sie baden, noch einmal überprüfen, ob alles in Ordnung war, und mit der Bahn wieder aufs Land fahren.

Jetzt blieb keine Zeit mehr, Felix Fragen zu stellen, es war zu spät. Er würde aufwachen, baden, ihr Frühstück verzehren, seiner Wege gehen, sie mit dem Preis für Kohl und Rüben im besetzten Holland allein lassen. Und mit dem Wissen, daß er eine tapfere, törichte Frau liebte, daß er Billy Willoughby liebte oder geliebt hatte und daß er Angst hatte. Eigentlich war das eine ganze Menge.

Trotzdem empfand sie dumpfen Groll. Er hatte keine Anteilnahme an ihrem Leben erkennen lassen, keine Fragen gestellt; er hatte sie benutzt. »Ein bequemer Hafen für seine Ängste«, sagte sie laut und machte sich auf die Suche nach Mr. Fellowes' Zweitrasierer. Dort, wo man ihn abends erwartet hat, wird er erzählen, daß er bei einem Flittchen war, dachte sie mit säuerlichem Lächeln. Und dann dachte sie: Komm, sei fair, der Ärmste hat ja keine Ahnung von der Rolle, die er in deinem Leben gespielt hat. Als sie versuchte, sich jenen Felix vorzustellen, den sie so lange gekannt hatte, mußte sie laut lachen. Dann klopfte sie an die Tür von Mr. und Mrs. Fellowes' Schlafzimmer und weckte ihn. »Zeit zum Aufstehen. Ich hab' dir einen Rasierer mitgebracht.«

Beim Frühstück war Felix gelöst. Er habe herrlich gebadet, sagte er, das Frühstück sei köstlich. Echter Bohnenkaffee, ein Hochgenuß. Sie müsse nach dem Krieg zu ihnen kommen, Julia würde ihr gefallen. Unter der Haustür küßte er sie. »Das Reden hat mir so gut getan. Du hast bestimmt gedacht, daß ich schrecklichen Unsinn verzapfe.«

»Gib gut auf dich acht«, sagte sie.

»Keine Bange.« Und dann: »Du sagst besser niemandem, daß ich hier war.«

»Nein. Meine Arbeitgeber hätten vielleicht nicht das rechte Verständnis dafür.«

Aber meine Arbeitgeber, dachte sie, während er vergnügt davonging, interessieren ihn ja ebensowenig wie die Tatsache, daß er für sein Bad das ganze warme Wasser aufgebraucht hat. Immerhin habe ich ihm ein sorgenfreies Bad bieten können. Sie sah ihm nach. Jetzt war er am Briefkasten an der Ecke angelangt und gleich darauf verschwunden. Trotz ihrer dumpfen Benommenheit empfand sie Trauer. Trauer um Felix und Trauer um sich selbst, denn der Mann, mit dem sie das Bett von Mr. und Mrs. Fellowes geteilt hatte, war ihr nicht vorgekommen wie jemand, den sie irgendwann einmal gekannt hatte.

Während sie die Ehebetten abzog, überlegte sie, daß sie es vorgezogen hätte, Felix nicht wiederzusehen. Er hatte ihr einen angenehmen, wenn auch verblaßten Traum gestohlen.

47

»Wir dürfen uns nicht zu lange aufhalten.« Mabs stand vor Irena, die auf den Knien herumrutschte und ihr den Rocksaum absteckte. »Wir sind mit Hubert zum Essen verabredet.«

»Was macht er denn so?« fragte Irena, den Mund voller Nadeln.

»Es scheint ihm gut zu gehen.«

»Ich habe ihn nicht mehr gesehen, seit er ein Junge war.

»Du würdest ihn nicht wiedererkennen. Er hat zugenommen und wird schon grau. Aber die Augenbrauen sind buschiger denn je.«

»Ist er inzwischen verheiratet?«

»Damit will er bis nach dem Krieg warten, sagt er. Jede Menge Freundinnen natürlich. Er ist quasi in der Marine, so wie Cosmo quasi in der Luftwaffe ist.«

»Seine Mutter ist gestorben«, ergänzte Tashie von der Chaiselongue her. »Er hat jetzt ein bißchen Geld.«

»Und einen Ruf«, sagte Irena, mit Stecknadeln hantierend, »als linker Journalist. Gut so?« Sie richtete sich halb auf und sah zu, wie Mabs sich drehte.

»Auf Huberts Ruf hätte unsere Familie gut und gern verzichten können.« Mabs schälte sich aus dem Kleid. »Brauchen wir noch eine Anprobe?«

»Nein. Jetzt dein Kleid, Tashie.« Sie nähte ihnen warme Abendkleider für den kalten Kriegswinter.

»Erzähl Irena das von dem Kronleuchter«, sagte Tashie, während Irena ihr ein halbfertiges Kleid über den Kopf zog.

»Kronleuchter?« Irena sah erst Tashie, dann Mabs an.

»Ein Kronleuchter hat Vater dazu gebracht, seine Meinung über Hitler zu ändern«, sagte Mabs.

»Steh still«, sagte Irena zu Tashie, den Mund voller Nadeln.

»Jetzt erzähl schon«, sagte Tashie. »Inzwischen ist sie Engländerin, da wird sie's schon kapieren.«

»Vater saß während eines Luftangriffs in seinem Klub beim Abendessen«, sagte Mabs. »Mit Freddy Ward und Ian MacNeice. Natürlich waren sie zu stolz, um in den Luftschutzkeller zu gehen. Damals hatte der Blitzkrieg gerade angefangen. Auf die Idee, die Kronleuchter abzuhängen, war noch niemand gekommen, und als eine Bombe in die Pall Mall fiel, krachten prompt alle herunter. Vater hatte Schnittverletzungen, und Freddy Ward mußte genäht werden. Vater war schrecklich aufgebracht. Bis dahin hatte er immer noch insgeheim gemeint, so ganz unrecht habe Hitler nicht.«

Irena schnaubte mißbilligend.

»Ohne Huberts Artikel wäre General Leigh schon längst umgeschwenkt«, sagte Tashie.

»Wieso?« Irena heftete einen Ärmel ein. »Steh still, Tashie.«

»Also wirklich, Irena! Du hast sie doch gelesen. Hubert hat immer wieder betont, was für ein Kommunistenfresser dieser Hitler ist, und General Leigh ist auch einer. Das war das einzige, was sie gemein hatten.«

»*Tiens*«, sagte Irena.

»Laut Nigel hat Hubert ein unübertreffliches Talent, alte Herren gegen sich aufzubringen«, sagte Mabs. »Aber mittlerweile gibt es mit Vater keine Probleme mehr.«

»Hat er nicht mal ›Heil Hitler‹ auf irgendeine Hauptstraße gepinselt?« neckte Tashie.

»Das war jemand anders«, entgegnete Mabs ungerührt. »Was ist das für ein Gefühl, Rußland auf unserer Seite zu haben, Irena?«

»Bolschewisten! *Ça finira mal.*«

»Du solltest dich mit Vater zusammentun. Au, das piekt.«

»Vielleicht sind wir in unseren Ansichten zu festgefahren«, sagte Irena. »Manche Leute distanzieren sich ganz und gar vom Krieg.«

»Wen sie damit wohl gemeint hat?« überlegte Tashie, als sie in einem Taxi zu Wiltons fuhren. »Den Witz von deinem Papa und dem Kronleuchter hat sie nicht mitgekriegt.«

»Na ja, dafür ist sie Russin«, sagte Mabs. »Da sind wir. Schau, Hubert geht gerade hinein.«

Während sie ihre Austern aßen, fragte sie: »Hubert, kennst du Leute, die überhaupt nichts mit dem Krieg zu tun haben, nicht mal so minimal wie Tashie und ich?«

»Ja.«

»Wirklich? Wen denn?«

Hubert dachte an Felix, der sich am liebsten überhaupt nicht engagiert hätte, behielt diesen

Gedanken aber für sich. Er schluckte eine Auster. Mabs und Tashie sind bezaubernd, dachte er, aber man kann nicht mit ihnen reden; zu töricht.

»Wen, Hubert? Raus mit der Sprache!«

»Den jüngeren Bruder von Joyce beispielsweise.«

»Wirklich? Wie macht er denn das? Ist er krank?«

»Er ist Kriegsdienstverweigerer«

»Ganz schön mutig«, sagte Mabs.

Hubert revidierte seine Meinung. »Sie haben ihn ins Gefängnis gesteckt.«

»Donnerwetter«, sagte Tashie. »War er nicht schwul?«

»Ist er vermutlich noch. Jetzt muß er unter Tage arbeiten.«

»Also tut er was, und zwar viel mehr als Mabs und ich, die wir unsere Kinder im sicheren Wiltshire großziehen und durch unsere Torheiten die Kampfmoral unserer Männer stärken.«

Hubert lachte. »Meine Kampfmoral übrigens auch. Geht ihr nach dem Essen Hüte kaufen? Die sind – genau wie Austern – von der Rationierung bisher verschont geblieben. Noch eine Portion, oder ist das zu verfressen?«

»Laß uns verfressen sein«, sagte Tashie.

»Einen neuen Hut könnte ich schon gebrauchen«, sagte Mabs. »Wie gescheit von dir, uns daran zu erinnern.«

»Bist du traurig wegen deiner Mutter, Hubert?« fragte Tashie. »Oder konntest du sie nicht leiden?«

»Traurig? Nein, das wohl nicht, aber wir waren uns in letzter Zeit nähergekommen. Ich habe ihr Hüte gekauft, um sie über den Heimgang meines langweiligen Stiefvaters hinwegzutrösten. Es hat geholfen. Ich war mit ihr sogar in Pengappah, sie hatte richtig Spaß daran.«

»Das freut mich«, sagte Mabs. »Hat sie dir viel vermacht?«

»Nur das, was nach den Rennen noch da war, sie liebte nun mal die Hottehühs.«

»Aber du bist doch Großverdiener.«

»Bis zum Krieg. Ja, es war nicht übel.«

»Du solltest heiraten«, sagte Mabs.

»Das hat noch Zeit.«

»Wir können dir ja was Passendes aussuchen«, neckte Tashie.

»Besten Dank, aber da gehe ich lieber selber auf die Suche. Im übrigen gehe ich in Kürze nach Nordafrika.«

»Ach, Hubert, könntest du uns da nicht ein paar Dosen Olivenöl schicken? Sei so lieb, ja? Alles, was ich an Öl gehamstert hatte, ist für die Frühgeburten draufgegangen.«

»Frühgeburten?«

»Die ich in unserem Krankenhaus betreue. O Hubert, du denkst wohl wirklich, wir sitzen nur herum und drehen Däumchen!«

Hubert sah den Freundinnen nach, die in Richtung Bond Street entschwanden, und empfand herzliche Zuneigung für die beiden. Ihre ungebrochene Kauflust sicherte die Kontinuität. Kriegsbedingte Versorgungslücken regten ihren Appetit nur noch mehr an; wenn alles vorbei war, würden sie sich schneller als viele andere wieder an den Frieden gewöhnen. Ob Mabs hin und wieder Felix nachtrauerte? Oder hatte sie ihn vergessen? Sie war, so schien es, ganz zufrieden mit Nigel. Während er ins Amt zurückging, überlegte er, wo Felix wohl in jener Nacht abgeblieben war. Es sah ihm nicht ähnlich, ein Flittchen von der Straße aufzulesen; die Erklärung hatte ihn nicht recht überzeugt. Hoffentlich hatte er sich nicht zu etwas Unüberlegtem hinreißen lassen, einem Besuch bei alten Freunden beispielsweise.

48

Als Flora ein Jahr später in London unterwegs war, stieß sie mit dem großen Zeh an den Randstein, rettete sich stolpernd auf den Gehsteig und fiel auf die Knie. In dem ockerfarbenen Halbdunkel drückte der Fahrer des Wagens, der sie um ein Haar überrollt hätte, kräftig auf die Hupe.

Während sie sich über den Gehsteig zum Zaun tastete, schleuderte der Wagen mit quietschenden Reifen gegen den Randstein. Sie hatte Laufmaschen in den Strümpfen und aufgeschürfte Knie, das Schloß ihres Wochenendkoffers war aufgesprungen. »Verdammter Mist«, fluchte sie, während sie ihren Rock geradezog und auf ihr Taschentuch spuckte, um sich die Knie abzutupfen. »Verdammt und zugenäht.« In dem dichten Nebel klang ihre Stimme dumpf. Sie ließ das Kofferschloß wieder zuschnappen und hinkte weiter, immer dicht am Zaun entlang. Die Monster auf der Fahrbahn krochen unsichtbar dahin und spuckten ihre Auspuffgase in den Nebel. Die Knie taten ihr so weh, daß sie japsen mußte, beim Japsen atmete sie den Nebel ein und prallte gegen eine nebelfarbene Uniform. Der Amerikaner rührte sich nicht. »Pardon«, sagte Flora. »Ich habe Sie nicht gesehen.« Sie hatte dem Mann ihren Koffer gegen die Beine gerammt.

»Nicht tragisch, Lady. Ich hab' mir gerade die Brille geputzt, bei diesem komischen Klima, das ihr hier habt, ist sie dauernd beschlagen.«

»Oh, Sie haben ja eine Straßenkarte!« sagte Flora.

Der Amerikaner hielt sich die Karte nah ans Gesicht. »Wie soll ich mich sonst in dieser verdammten Stadt zurechtfinden, in der es keine einzige gerade Straße gibt?«

»Wir sind in der Farm Street«, sagte Flora hilfsbereit. »Soviel weiß ich.«

»Irrtum, Lady. Bruton Street. Kennen Sie sich in Ihrer eigenen Stadt nicht aus?«

»Und ich habe mir eingebildet, daß ich weiß, wo's langgeht. Ich will zum Piccadilly. Anscheinend habe ich mich verlaufen.«

»Nehmen Sie meinen Arm«, sagte der Amerikaner, »dann bringe ich Sie hin. Also, wenn das die Bruton Street ist« – er deutete auf die Karte –, »biegen wir da vorne rechts ab und gehen die Bruton Lane hinunter. Sehen Sie?«

»Ja.«

»Dann kommen wir zur Berkeley Street, biegen links ab und stoßen dann direkt auf den Piccadilly. Halten Sie sich dicht am Zaun, sonst fährt uns so ein Idiot über den Haufen.« Flora faßte seinen Ärmel, und sie gingen los.

»Sie sind sehr freundlich«, sagte sie. »Daß man die Luft, die man atmet, tatsächlich sehen kann, habe ich mir so nie vorgestellt. Sind Sie Navigator?« (Ein höflicher Mensch macht Konversation.)

»Ich habe einen Schreibtischjob. Zu Hause bin ich Grundstücksmakler. In San Francisco gibt's auch manchmal Nebel, aber nicht so wie hier.«

»Zumindest hören dann die Luftangriffe auf.« Flora war froh über seine Gesellschaft.

»Schon viele mitgemacht?« Ihr Begleiter blieb stehen und putzte sich die Brille.

»Nein. Ich wohne auf dem Land.«

»Mir wird dabei immer verdammt mulmig, aber unser Bunker am Grosvenor Square ist großartig.«

»Ich habe Angst vor Luftschutzbunkern, ich lasse mich nicht gern lebendig begraben.«

»Hier müssen wir nach links, und am Ende der Straße ist dann der Piccadilly. Ich heiße Roger.«

»Ich dachte immer, alle Amerikaner heißen Chuck oder Wayne oder Hank.« Flora hörte jetzt mehr Fahrzeuge. Hier gab es Busse, vielleicht sogar Taxis, aber mit der U-Bahn kam sie bestimmt schneller voran.

»Nur im Kino«, sagte Roger. »Wenn wir heil über Ihren Piccadilly kommen, könnten wir ins Ritz gehen, uns an die Bar setzen. Oder zusammen essen. Na, wie wär's?«

»Ich muß zu meinem Zug«, sagte Flora. »Ich war noch nie im Ritz. Es ist sehr nett von Ihnen.«

»Wenn wir aus diesem verdammten Nebel raus wären, könnte ich Ihr Gesicht sehen.« Roger blieb erneut stehen, um seine Brille zu entnebeln. »Meine Mom schreibt, ich wäre bestimmt zu schüchtern, um eine Engländerin anzusprechen. Wenn Sie mitmachen, kann ich ihr das Gegenteil beweisen.«

Flora lachte. »Tut mir leid, aber ich muß zum Zug. Trotzdem schönen Dank.«

»Über den Piccadilly fahren keine Züge, soviel weiß sogar ich«, sagte Roger ironisch. »Sie wollen sich absetzen, weil ich Ihnen zu hausbacken bin.«

»Aber nein«, sagte Flora. »Wirklich nicht.« Er sah tatsächlich hausbacken aus. Lieb und hausbacken. »Aber Busse fahren hier und die U-Bahn, und damit komme ich zu meinem Zug.« Sie schämte sich. Sie hatte ihn und seine Karte ausgenutzt.

»Mit Engländerinnen, hat sie geschrieben, soll ich mich gar nicht erst einlassen. Vielleicht hat sie recht.« Roger machte ein bockiges Gesicht. »He«, rief er empört, als ein Mann im Laufschritt aus dem Nebel auftauchte und in sie hineinlief. Flora wurde auf die Fahrbahn abgedrängt. »Wo, zum Teufel, wollen Sie denn hin?«

»Tut mir leid, hab' Sie nicht gesehen. Hier, kommen Sie schnell wieder hoch.« Er griff nach Floras Arm. »Ich will nicht schuld sein, wenn Sie zerquetscht werden. Himmel, das ist ja Flora! Liebling! Wo hast du gesteckt? Seit zehn Jahren suche ich dich.«

»Cosmo!« Flora lehnte sich an den Zaun und hielt sich mit beiden Händen an ihrem Koffer fest.

»Kennen Sie den Kerl?« fragte Roger.

»Ja, natürlich kennt sie mich. Wo hast du dich versteckt?« Cosmo sah auf sie hinunter. »Am besten kommst du jetzt mit, ich muß zu meinem Zug, unterwegs können wir reden.«

»Aber will sie –« sagte Roger.

»Natürlich will sie.« Cosmo legte die Arme um Flora und zwang sie stillzuhalten. »Das soll nicht zwischen uns stehen.« Er entwand ihr den Koffer, beugte sich zu ihr hinunter und küßte sie. »Hauen Sie ab, Mann«, sagte er zu dem Amerikaner.

»Die Lady muß auch zu einem Zug.« Roger sprach zu Cosmos Rücken.

»Der muß eben warten, nicht wahr, mein Schatz?«

»Paddington«, stieß Flora zwischen zwei Küssen hervor.

»Ich auch. Komm, da ist ein freies Taxi in der Düsternis, versuchen wir's.« Er nahm Floras Koffer, machte die Tür des Taxis auf und schob Flora hinein. »Wir wollen nach Paddington, ist das zu schaffen?« fragte er den Fahrer.

»Günstiger wär's mit der U-Bahn«, sagte der Taxifahrer, »aber ich muß sowieso in die Richtung, da kann ich mir die Fahrt ebensogut bezahlen lassen. Aber ich bin nicht schuld, wenn Sie Ihren Zug verpassen.«

Flora drehte das Fenster herunter. »Ich muß mich noch bedanken. Er hat mich ins Ritz eingeladen. Schönen Dank«, rief sie in den Nebel hinein. »Es war sehr nett von Ihnen, ich danke Ihnen sehr.«

»Keine Ursache«, ertönte Rogers körperlose Stimme.

Cosmo zog Flora vom Fenster zurück und kurbelte es wieder hoch. »Seit wann läßt du dich von GIs ansprechen?«

»Es war ein Captain, ich hab' die Sterne gezählt.«

»Was hat er mit deinen Knien gemacht? Du blutest ja.«

»Ich bin hingefallen, über den Randstein gestolpert –«

»Das kommt davon, wenn du mir wegläufst.« Cosmo zog sie an sich. »Gott, wie ich mich freue. Zehn lange Jahre.«

»Warum weinst du?« fragte Flora.

»Schock. Sei einen Augenblick still.« Cosmo schluckte, schniefte, schneuzte sich. »Darf man fragen, wieso du auch weinst?«

»Ich habe mir die Knie aufgeschlagen. Ich freue mich so, dich zu sehen. Und –«

Der Fahrer schob die Trennscheibe zur Seite. »Wann geht Ihr Zug, Sir?«

»Irgendwann. Ganz egal.«

Der Fahrer machte die Trennscheibe wieder zu.

»Und der dritte Grund?«

»Darüber kann ich nicht sprechen. Ich habe nicht weinen können, es ist so *grauenvoll*.«

»Etwas wirklich Schlimmes also?«

»Ja.«

Es war sehr, sehr schlimm gewesen. Sie hatte es im Radio gehört und später in der ›Times‹ gelesen. In ihrer Wut über die holländische Widerstandsbewegung hatten die Deutschen Geiseln genommen. Zwei Bürgermeister, einen bekannten Bankier, einige Prominente. Eine der Geiseln war Felix gewesen. Die Geiseln waren erschossen worden. Sie hatte die Meldung an einem strahlenden Herbstmorgen gehört, der Himmel war blau, früh hatte es Frost gegeben. An diesem schönen Tag wirkte die Nachricht noch bedrückender. Der Schmerz bildete einen dicken Klumpen in ihrem Magen, vereiste ihr Hirn. Sie war wie gelähmt gewesen.

»Ich kann's mir schon denken«, sagte Cosmo. »Felix.«

»Ja«, sagte sie, und die Tränen kamen. Felix war so schwach gewesen, so voller Furcht. Hatte er nicht von seiner Angst gesprochen? Sie hatte an ihm gezweifelt, ihn als Liebhaber langweilig gefunden, ihm übelgenommen, daß er das ganze Badewasser aufgebraucht hatte. Wie konnte ich nur so kleinlich sein, dachte sie. Ich hätte ihn trösten, ihm Liebe schenken müssen. Als ich ihm nachsah, habe ich nur an mich gedacht. An meine

Enttäuschung. Daß ich Felix gesprochen, daß ich die Nacht mit ihm verbracht habe, kann ich Cosmo nicht sagen.

»Er wollte doch gar kein Held sein«, sagte sie schluchzend.

Cosmo sah, wie die Tränen ihre Wimpern nadelspitz machten, ehe sie auf ihre Wangen tropften, und dachte an Madame Tarasowas Stube über der Pferdeschlächterei in der Rue de Rance. Sie hatten auf dem Boden gesessen, er hatte ihr eine Wimper ausgezupft und sie gemessen. Felix war hereingekommen und hatte ihnen gesagt, daß es aufgehört hatte zu regnen. »Er war ein sehr mutiger Mann«, sagte er. »Ich wette, daß die Deutschen ein verdammt mulmiges Gefühl hatten, als sie ihn erschossen.« Flora schluckte. »Weißt du noch, wie er kam und uns sagte, daß es aufgehört hat zu regnen? Am nächsten Tag war dann das Picknick.«

»Ja.« Und er hatte mit ihr am Strand Walzer getanzt.

»Wir können uns glücklich schätzen, daß wir ihn gekannt haben.«

Sie war in einer eigenen kleinen Welt dort im Taxi, in Cosmos Armen, von Nebel umschlossen wie von einem Kokon, während sich der Wagen mit tuckerndem Motor zentimeterweise vorwärtsschob.

»Der Nebel ist khakifarben«, sagte sie, noch immer schluchzend. »Nicht wie Erbsen.«

»Als mein Vater starb«, sagte Cosmo, »konnte ich nicht weinen.«

»Dein Vater? Das habe ich in der ›Times‹ nicht gelesen. Ach, Cosmo, wann war das?«

»Vor einem halben Jahr. Herzschlag.«

»Er war so lustig bei dem Picknick, er hatte eine Feldflasche mit. Und so lieb. Er hat mich zu Quaglinos eingeladen, zum Mittagessen. Ich war noch nie in so einem Restaurant gewesen. Und hinterher haben wir Geschenke für deine Mutter gekauft, bei Fortnum's und bei Floris. Ich war ihm auf der Straße in die Arme gelaufen.«

»Meine Mutter hat sich sonstwas dabei gedacht –«

»Doch nicht – o nein!« Flora mußte lachen. »Mit deinem Vater?«

Sie hatte aufgehört zu weinen, wie Cosmo bemerkte, das heißt, sie weinte und lachte zugleich. »Gemischte Gefühle«, sagte er. »Freust du dich, daß wir uns wiedergefunden haben? Ist dir klar, daß ich vor Freude geweint habe?«

»Ja, ich freue mich sehr. Erzähl von deinem Vater. Ist es bei einem Wutanfall passiert?«

»Nein, nicht bei einem Wutanfall. Für die Dauer des Krieges ist in unserem Haus eine Mädchenschule untergebracht, meine Eltern sind in die kleine Wohnung über den Stallungen gezogen. Für den aktiven Dienst war er zu alt, aber er hat einfach zu viel gemacht: Zivilverteidigung, Luftschutz, Landwirtschaftsministerium, alles, was im Ort anfiel. Alle kamen mit ihren Sorgen zu ihm, praktisch rund um die Uhr. *Wie* er gestorben ist, das hat Mutter schwer zugesetzt. Natürlich war sie sowieso untröstlich; sie haben sich wirklich liebgehabt, die beiden. Es war die Art, wie er gestorben ist.« Cosmo zögerte.

»Wie denn?« Das schüchterne kleine Mädchen von damals hätte nicht gefragt. Cosmo musterte das Gesicht der Erwachsenen. Die Augen waren unverändert, aber die Wangen waren schmaler, der Mund war sinnlicher geworden. Wo hatte sie gesteckt in diesen zehn Jahren? Was hatte sie getrieben und vor allem: *mit wem?* »Komm, erzähle«, bat sie.

»Er hatte sich wohl ein, zwei Drinks genehmigt –«

»Und?«

»Die Direktorin der Schule kam, um eine Beschwerde loszuwerden. Vater wollte sie bei Laune halten, sie war ein bißchen zickig, und er fing an, seine Witze zu erzählen. Du wirst dich nicht erinnern –«

»O doch.«

»Offenbar war er gerade bei seinem Lieblingswitz angelangt –«

»*Ces belles choses?*«

»Das weißt du noch? Donnerwetter! Die Frau fand es überhaupt nicht zum Lachen, als er mit seinem *comme ci, comme ça etcetera* fertig war. Mutter erzählte, er habe sie angesehen und gesagt: ›So was versteht sie eben nicht, Milly. Eine Figur wie ein Bügelbrett, nicht wie du, mein Schatz.‹ Dann plusterte er seinen Schnurrbart auf, wie es seine Art war, hustete ein bißchen, und dann war er tot.«

»Aber das ist doch ein wunderschöner Tod, mitten in einem Witz.«

»Mutter fand es würdelos.«

Cosmo, dessen Bild die Trennscheibe zurückwarf, hatte angefangen zu weinen. Hoffentlich, dachte sie, schiebt der Fahrer nicht ausgerechnet in diesem Augenblick die Scheibe zur Seite, schaut nach hinten und schießt einen seiner Cockneysprüche ab.

Das Verkehrsgeräusch veränderte sich; sie kamen schneller voran. Flora meinte Bäume aus dem Nebel auftauchen zu sehen. Sie mußten im Hyde Park sein. Als sie zuletzt ein Spiegelbild von Cosmo gesehen hatte, war er betrunken gewesen; die Furchen von der Nase zum Mund, durch die jetzt die Tränen rannen, hatte er da noch nicht gehabt.

Nach einer Weile kramte er ein Taschentuch heraus und schneuzte sich. »Jetzt geht's mir besser. Danke dir.«

»Was ist das für eine Uniform?« fragte Flora. »Wohin gehst du?«

»Luftwaffe, wie du siehst, ich gehe nach Nordafrika.«

»An die Front?«

»Nein. Sie nennen es Abwehr. Zum Kämpfen bin ich inzwischen zu alt. Eine Weile war ich Heckschütze.«

»Dann kannst du von Glück sagen, daß du noch lebst«, stellte sie nüchtern fest. (Wie gut, daß ich es nicht gewußt habe.)

»Da ist was dran.«

»Und Blanco – ich meine Hubert?«

»Bei der Marine. Er ist jetzt der französischen Exilregierung unterstellt und Adjutant bei einem der Admirale, die sich ständig zanken.«

»Mabs und Tashie?«

»Wohnen zusammen mit einer Freundin, die Kinder im gleichen Alter hat, in einem Haus in Wiltshire. Sie machen alle möglichen Kriegshilfsdienste und haben italienische Kriegsgefangene, die ihnen im Garten zur Hand gehen.«

»Nigel und Henry?«

»Schatzamt und Informationsministerium.«

»Und Joyce?« Sie sah in den Nebel hinaus, während sie sich an Joyce erinnerte.

»Joyce ist in London. Sie hat tatsächlich Spaß an Luftangriffen, hat sich keinen einzigen entgehen lassen. Sie ist sehr beliebt bei unseren amerikanischen Verbündeten, eigentlich bei all unseren Verbündeten. Du weißt ja, sie hat enormes Temperament. Versteht es, aus jeder Situation das Beste zu machen.«

»Nein, das weiß ich nicht«, sagte Flora ziemlich scharf.

»Nein? Na ja, Schwamm drüber«, sagte Cosmo belustigt. »Ihr älterer Bruder ist bei Dieppe gefallen.«

»Ich hasse und verabscheue diesen Krieg, ich mag nichts damit zu tun haben«, sagte Flora heftig.

»Und wie schaffst du das?« neckte Cosmo. »Bist du nicht eingezogen worden?«

»Ganz habe ich es nicht geschafft. Ich bin im Landhilfsdienst, das ist noch das kleinste Übel.«

»Du machst also Heu und hältst Zwiesprache mit Kühen.« Er macht sich über mich lustig, dachte Flora. »Und mit Schweinen und Gänsen«, sagte sie sehr laut. »Jawohl.«

»Gleich geschafft.« Der Fahrer schob die Trennscheibe zurück. »Sussex Gardens.«

»Na also.« Cosmo sah auf die Uhr. »Dann bekomme ich ja doch noch meinen Zug. Aber denk nur nicht«, sagte er zu Flora, »daß du mich jetzt wieder abhängen kannst. Ich nehme dich mit zum Flugplatz. Du mußt mir noch verraten, warum du von Pengappah weggelaufen bist und wo du inzwischen gesteckt hast. Das kannst du mir in der Bahn erzählen.«

»Wie käme ich dazu?« fragte Flora kratzbürstig.

»Das bist du mir einfach schuldig.«

»Ich bin dir überhaupt nichts schuldig. Du bist noch genauso arrogant und selbstgerecht wie früher, kein bißchen hast du dich verändert in diesen zehn Jahren.« Flora spürte wieder den heißen Zorn, der sie in Pengappah beim Anblick der betrunken vor dem Kamin hingelümmelten jungen Männer erfaßt hatte. »Ich wette, du bist genauso tyrannisch geworden wie Hubert. Genauso egozentrisch wie er, genauso –«

Das Taxi hielt. Ein Gepäckträger machte die Tür auf und schnappte sich Floras Koffer. »Welcher Zug, Sir?« fragte er Cosmo.

»Geben Sie her, das ist meiner.« Flora streckte die Hand aus.

»Nein.« Cosmo packte sie beim Handgelenk. »Bleib einen Augenblick stehen, Liebling. Wieviel macht das?« fragte er den Fahrer, und zu dem Gepäckträger sagte er, mit einer Hand nach Kleingeld kramend: »Ich habe meine Sachen in der Gepäckaufbewahrung. Wir brauchen den Zug nach Cornwall. Um elf.«

»Bahnsteig eins. Sehr voll heute.«

»Ist er immer«, sagte Cosmo. »Steh still, Flora.«

»Laß mich los.« Flora trat nach seinem Schienbein.

»Ich denke nicht daran.« Cosmo zahlte das Taxi. »Schönen Dank auch. Au, du Biest!« Flora hatte ihn in die Hand gebissen.

»Die reinsten Turteltauben!« Der Taxifahrer wandte sich an Flora. »Schämen sollten Sie sich, wo er an die Front geht. Was ist, wenn er fällt und im Sterben an Ihre letzten Worte denkt?« sagte er im Schutz der Intimität, die der Nebel geschaffen hatte.

»Ach, halten Sie doch den Mund. Geben Sie den Koffer her!« fuhr Flora den Gepäckträger an.

Cosmo hielt noch immer ihr Handgelenk fest. »Bitte, Liebling ...«

»Also meinetwegen. Aber laß mich los, du tust mir weh.« Daß sie auch mit diesem Zug fahren mußte, sagte sie ihm nicht. Sie hatte die Rückfahrkarte in der Tasche.

Cosmo sah auf die Uhr. »Wir haben gerade noch Zeit, uns eine Unfallstation zu suchen und deine Knie verarzten zu lassen«, sagte er. »Und meinen Biß. Er blutet.«

»Tut mir leid«, sagte Flora, aber sie sah nicht danach aus.

49

Flora war in die Ecke eines überfüllten Zugabteils gequetscht, hatte schlechte Laune und ärgerte sich, daß sie nun Cosmo verpflichtet war, der als Offizier erster Klasse reiste und die Differenz zu ihrem Dritter-Klasse-Billett bezahlt hatte.

Das Abteil war voller Offiziere, die die Luft mit Tabakrauch verpesteten, von dem ihr übel wurde, was sie noch mehr erboste. »Ob wir wohl ein Fenster aufmachen könnten?« fragte sie zum sichtlichen Entsetzen ihres unmittelbaren Gegenübers, eines französischen Offiziers.

»*Et le brouillard?*« fragte er und schnaubte entrüstet.

»Bitte«, sagte Flora in dem Ton, den Cosmos Mutter anzuschlagen pflegte, wenn sie ein Nein nicht gelten ließ. Ein Major von der Kriegsmarine, der in der Mitte saß, stieg über die Beine des Franzosen hinweg und zog das Fenster herunter. »Vielen, vielen Dank«, sagte Flora herzlich.

Der Franzose musterte wohlgefällig Floras Fesseln und ließ den Blick zu ihren verpflasterten Knien hochwandern. Flora zog den Rock herunter. Der Zug bewegte sich aus dem düsteren Bahnhof in den Nebel hinaus.

»Na, dann los«, sagte Cosmo forscher, als ihm zumute war. »Wir haben viel nachzuholen.«

»Hier können wir nicht reden.« Flora musterte ihr Publikum.

»Wo sonst, Liebling?«

»Nachzuholen? Was denn?«

»Ich möchte wissen, was du in den letzten zehn Jahren alles angestellt hast.« Cosmo sprach möglichst leise. »Bist du verheiratet, zum Beispiel?«

»Nein. Du?«

»Nein. Hubert auch nicht. Aber das ist ja auch nicht – und wohin bist du verschwunden, als du von Pengappah weggelaufen bist? Als wir aufwachten, warst du fort. Wir waren verzweifelt. Wir haben die Wälder und Klippen abgesucht und uns heiser gebrüllt, wir sahen dich schon als Wasserleiche – bis wir merkten, daß dein Koffer nicht mehr da war. Auf dem Bahnhof verlor sich deine Spur.«

»Wie Flickenpuppen habt ihr ausgesehen in euren Sesseln«, sagte Flora. »Ihr habt über mich getratscht. Habt mich auseinandergenommen. Ich hatte eine Riesenwut im Bauch. Von der Küche aus habe ich jedes Wort mitbekommen«, zischte sie, dann beugte sie sich vor. »*N'écoutez pas, Monsieur; c'est une conversation privée.*«

»*Et qui manque d'intérêt.*« Der Franzose schloß die Augen, drehte sich zur Seite und zog vor der Zugluft die Schultern hoch.

»Jedes Wort habe ich mitbekommen«, wiederholte sie in Cosmos Ohr. »Ihr habt über mich geredet.«

»Sehr liebevoll«, sagte Cosmo und dachte an jenes Gespräch zurück. (O Himmel!) »Was haben wir denn gesagt?«

»Wenn du es vergessen hast, werde ich dich nicht daran erinnern. Ich bin immer noch wütend.«

»Wir waren blau, Liebling. An den Kater kann ich mich noch gut erinnern. Der war nicht von schlechten Eltern!«

»Sag nicht dauernd Liebling zu mir.«

»Vorhin im Taxi hattest du noch nichts dagegen.«

»Ich hatte vergessen, wie wütend ich war. Bin.«

Cosmo sah in den Nebel hinaus und blickte sich im Abteil um. Außer dem Franzosen versuchten noch mehrere Mitreisende zu schlafen, die anderen waren in ihre Zeitungen vertieft. »Wieso liest du eigentlich die ›Times‹?« fragte er.

»Nigel hat mir dazu geraten. In Coppermalt. Daß ich so unbedarft war, hat ihn wohl schokkiert. Mit Hilfe der Zeitung, hat er gesagt, könnte ich verfolgen, was so bei den Leuten passiert, Todesfälle, Hochzeiten und so weiter, und gleichzeitig erfahren, was in der Welt vorgeht. Es war mein letzter Abend, als Mabs und Tashie, ach ja, und Joyce natürlich, mir das schwarze

Kleid angezogen hatten und deine Mutter ... Aber lassen wir das. Ich habe seinen Rat beherzigt. Seither lese ich regelmäßig Zeitung.«

»Aha.«

»Ich habe einige deiner Prozesse verfolgt.«

»Ach, wirklich?« Cosmo freute sich.

»Und ich habe Huberts Artikel und Korrespondentenberichte gelesen, als es auf den Krieg zuging. Ihm verdanke ich es, daß mir vieles bewußt geworden ist, was uns die Politiker offenbar gern verschweigen wollten. Ich habe gelernt, Politikern zu mißtrauen und den Krieg zu hassen. Er ist ein schmutziges Geschäft.«

»Aber wir stecken nun mal mittendrin, er geht uns alle an.«

»Mich so wenig wie möglich. Ich will niemanden töten, das nützt ja doch nichts, und ich will nicht, daß jemand stirbt, den ich liebe.« Ich will nicht, daß du stirbst, dachte sie. Oder Hubert. »Denk nur an Felix«, fuhr sie fort. »Als Neutraler in einem neutralen Land ermordet. Was geht da vor im alten Europa? Ich habe Felix nie wirklich gekannt, und jetzt ist es zu spät.« (Ich habe ihn geliebt, aber nicht gekannt.)

»Hättest du ihn denn gern gekannt?«

»Natürlich. Und du, wie gut kanntest du ihn?« (Eine wilde Sehnsucht nach dem Felix ihrer Kindheit hatte sie gepackt.)

»Er war ein- oder zweimal bei uns. Mabs war hinter ihm her. Gekannt? Was heißt das schon. Er gehörte zu den Menschen, über die geredet wird. Soviel Charme, ein so gutes Aussehen ziehen den Klatsch an, fördern die Eifersucht. Immer wieder habe ich gehört, er sei a) ein Schürzenjäger, b) ein Homosexueller. Es wurde sogar gemunkelt, er sei unehelich. Vater meinte, das sei großer Quatsch, er habe zwar dem alten Jef, wie Pa sich auszudrücken pflegte, nicht ähnlich gesehen, aber in seiner Art sei er ganz so gewesen wie er, wobei allerdings nach Pas Schilderungen sein alter Freund Jef ein ziemlicher Langweiler gewesen sein muß. Felix war ein guter Kerl, das ist alles und weiß Gott genug, vor allem aber war er verdammt tapfer. Wer bringt es schon fertig, sich erschießen zu lassen, um irgendwelche Leute zu decken, die man nicht mal kennt? In der Theorie schon, aber wenn's drauf ankommt, gehört dazu sehr viel Courage.«

»So war das also?«

»Möchte ich annehmen.«

Er hat sich der Verantwortung gestellt, dachte sie. Aber ein Langweiler? Doch, vielleicht... Als er sie damals zum Essen eingeladen hatte, war er nicht gerade ein geistsprühender Unterhalter gewesen. Hatte vielleicht die Liebe sie blind gemacht, als sie sich mit Selbstvorwürfen gequält hatte, weil jener Tag so schrecklich schiefgegangen war? Und im vorigen Jahr, im Ehebett der Fellowes, wie war er da gewesen? Als Liebhaber höchst ernüchternd, dachte sie bedrückt. Es wäre viel besser gewesen, ihn als die marmorne Phantasiegestalt aus der Kinderzeit in Erinnerung zu behalten. »Felix war ein Charmeur«, sagte sie. »Als ich noch zur Schule ging, hat er mich mal zum Mittagessen ausgeführt. Es war ein schrecklicher Reinfall. Bei mir waren die Masern im Anzug, und er hat sich fürchterlich gelangweilt.«

Cosmo lachte. Wie würde er erst lachen, dachte sie, wenn ich ihm erzählte, daß ich mit Felix geschlafen und nichts dabei empfunden habe? Wenn er wüßte, daß im Bett *ich* es war, die sich gelangweilt hat?

»Armer Teufel. Eine scheußliche Sache.« Cosmo sah aus dem Fenster, vor dem noch immer der Nebel waberte. Er war schmaler geworden. Das Gesicht mit der großen Nase wirkte habichtartig und arrogant. Das früher so helle Haar war nachgedunkelt. Er wandte sich wieder Flora zu. »Du hast dich in den letzten zehn Jahren nicht sehr verändert, bist höchstens noch hübscher geworden.« Und dann verblüffte er sie, indem er einen Gedanken aussprach, der in den gleichen Bahnen lief wie die ihren: »Mentale Liebe ist zählebig. Sie steckt in einem drin, man kriegt sie einfach nicht raus. Ich möchte so gern mit dir schlafen«, flüsterte er ihr ins Ohr.

»Willst du damit sagen, daß ich in dir stecke?«
»Ja.«
»Und daß du mich raushaben willst?«
»Das habe ich nicht gesagt. Das Mentale und das Physische lassen sich manchmal sehr gut kombinieren.«

»Schau, die Sonne«, sagte Flora.

Die Mitreisenden – soweit sie wach waren – sahen auf, als der Zug von einer Minute zur anderen in strahlenden Sonnenschein tauchte.

»Können wir nicht das Fenster zumachen? Mir ist kalt«, sagte Flora.

Cosmo schloß das Fenster. Zwei Fahrgäste standen auf, um sich zur Toilette durchzukämpfen. Cosmo ließ nicht locker. »Wie ist es dir ergangen? Wo bist du gelandet, nachdem du untergetaucht warst?«

»An einer Stelle, an der niemand nach mir suchen würde, das wußte ich genau. Ich bin in eine andere Klasse übergewechselt.«

»Was?«

»Ich bin unter die Dienstboten gegangen.«

»Unter die Dienstboten? Wie denn?« fragte er ungläubig.

»Ich bin Hausmädchen geworden. Am Thurloe Square.«

»Aber das ist nur fünf Minuten von Mabs' Haus entfernt.«

»Ja.«

»Ich war oft dort, ich hätte –«
»Die Frau, die du suchtest, hättest du nicht gefunden.«
»Bist du diese Frau?« Cosmo versuchte, Flora in die Augen zu sehen, aber sie wandte sich ab.
»Sieh mal«, sagte sie mit fröhlicher Stimme. »Maidenhead, der Fluß. Das ist die Themse.«
»Bitte, Flora, sag mir, wie du es gemacht hast.« Und wer du geworden bist, dachte er.
»Fußböden schrubben, Betten machen, staubwischen, das kann schließlich auch die Dümmste.«
»Und wie hast du angefangen?«
Nach der Flucht aus Pengappah hatte sie von Truro in Cornwall bis nach Maidenhead gebraucht, um eine Entscheidung zu treffen. Mindestens sechsmal hatte sie ihr Geld gezählt, immer wieder hatte sie vor Leid und Kummer den genauen Betrag vergessen. Zwischen Maidenhead und Paddington entwickelte sie eine Überlebensstrategie, und die wilde Panik, die sich sechs Stunden lang in ihrem Inneren verknäult hatte, zog sich zu einem beherrschbaren Knoten zusammen. Sie suchte sich ein billiges Hotel und machte sich am nächsten Morgen auf den Weg nach Knightsbridge, zu Irena Tarasowa. Am Beauchamp Place lief sie Alexis in die Arme, der gerade aus Irenas Atelier kam. Sie erkannte ihn und er sie. In der Annahme, sie lebe mit Hubert

zusammen – hatte nicht Hubert auf dem Weg nach Marseille in Paris Station gemacht, um eine Partie Bridge mit ihm zu spielen? –, erkundigte sich Alexis in anzüglich-witzelndem Ton nach ihm. »Ich hatte Angst, er würde mich verraten«, sagte sie zu Cosmo, »und Hubert von unserer Begegnung erzählen, deshalb bin ich auf eine Tasse Kaffee und ein Rosinenbrötchen mit ihm ins Kardomah in der Brompton Road gegangen.«

»Ist er zudringlich geworden?« fragte Cosmo argwöhnisch.

»Alexis? Er war dick und alt, mindestens fünfundvierzig.«

»Entschuldige die Unterbrechung. Erzähl weiter.«

Beim Kaffee, sagte Flora, hatte sie ihm erklärt, sie wolle weder von Hubert noch von Cosmo etwas wissen und sei auf dem Weg zu Irena, um ihre Hilfe zu erbitten, vielleicht könne Irena ihr Arbeit beschaffen. Alexis riet ihr dringend ab; er selbst wollte am nächsten Tag zurück nach Paris. Sein Besuch war ergebnislos verlaufen. Irena hatte sich nicht nur geweigert, ihm Geld zu leihen, sondern es auch – welche Niedertracht! – glatt abgelehnt, ihn erneut zu heiraten, was ihm die Möglichkeit verschafft hätte, die britische Staatsbürgerschaft zu beantragen. Er habe es satt, als Staatenloser herumzulaufen, sagte er. Alexis nahm kein Blatt vor den Mund. Erfolg und Sicherheit hätten Irena zur Egoistin gemacht, sagte er, ihr liege nur daran, sich selbst zu helfen, mit Hilfe für andere gäbe sie sich nicht ab. »Sie wird dir ein Kleid nähen und das Geld kassieren, und das war's dann«, hatte er gesagt. »Nein, schlimmer noch, sie wird dich verraten, sie tratscht.« Später, sagte Flora zu Cosmo, sei ihr klargeworden, daß Alexis, nachdem er bei seiner Exfrau keine Hilfe gefunden hatte, auch nicht wollte, daß sie jemand anderem half. »Du lernst die Menschen kennen, wenn du älter wirst«, sagte sie belustigt.

»Mag sein«, sagte Cosmo und wünschte sich sehr, diese neue Flora kennenzulernen. »Und dann?«

»Er kam mir trotzdem sehr gelegen.«

»So?«

»Er war bereit, einen Brief an meine Eltern mitzunehmen und von Paris aus abzuschicken. Sie sollten denken, ich sei in Frankreich. Ich habe auf glattem weißem Papier geschrieben, ohne Absender, und ihm Geld für die Briefmarke gegeben. Ich wollte die Sache auf anständige Art hinter mich bringen. Zu meinen Eltern wollte ich nicht, aber ich wollte auch nicht, daß sie sich Sorgen um mich machten.«

»Haben sie den Brief bekommen?«

»Ich weiß nicht.« Sie drehte sich zu Cosmo und zuckte vor Schmerz zusammen, als seine

Knie die ihren streiften. »Ich dachte, es sei meine Schuld, daß ich sie nicht liebhatte. Ich habe wohl gehofft, es sei – wenigstens noch die Spur einer Bindung da. Die Erinnerung an Liebe und Herzlichkeit in der Familie, bei den Habenings und bei euch Leighs auf Coppermalt, ließ mich nicht los; ihr habt wirklich Glück gehabt.«

»Haben sie sich bei dir gemeldet?« Cosmo mühte sich um Verständnis.

»Ich hatte ja keine Adresse angegeben. Aber vier Jahre später, als ich einundzwanzig war, so daß mir eigentlich nichts mehr passieren konnte, schrieb ich – über seine Bank – an meinen Vater. Ich schrieb, daß ich wohlauf sei, und gratulierte ihm zu seiner Auszeichnung. Ich hatte seinen Namen in der Neujahrsliste gelesen.«

Der Zug fuhr in Reading ein. Einige wenige Fahrgäste stiegen aus, viele neue drängten in den Zug. Auf dem Gang wurde geschubst und gedrängelt. Die Offiziere an der Tür wehrten Eindringlinge ab: »Hier ist alles voll, versuchen Sie's im nächsten Abteil«, machten die hoffnungsvoll geöffnete Tür wieder zu und streckten die Beine quer über den Eingang. »Ein Wahnsinn, das Reisen heutzutage.« Der Zugführer pfiff, der Zug setzte sich wieder in Bewegung.

»Diesmal kam eine Antwort«, sagte Flora leise. »Über einen Anwalt.« Sie sah den französischen Offizier, der gerade wieder wach war, scharf an. Er schloß die Augen.

»Und was stand in dem Brief von dem Anwalt?« fragte Cosmo verblüfft.

»Daß ich nicht das Kind meines Vaters bin und er nichts mit mir zu tun haben will. Von meiner Mutter war nicht die Rede.« Unwillkürlich war Floras Stimme höher geworden.

»Ist doch großartig«, sagte Cosmo. »Fabelhaft. Ist dir da nicht ein Stein vom Herzen gefallen?«

»Du siehst das ganz schön abgebrüht«, sagte Flora trocken. »Inzwischen bin ich auch deiner Meinung, aber damals hatte ich das Gefühl, daß es mich gar nicht gab, daß ich ein Niemand war.«

»Also, ich finde es wunderbar.«

»Ich bin noch immer die Tochter meiner Mutter.«

»Die kannst du vergessen! Schlag sie dir aus dem Kopf. Zurück zu Alexis. Bist du dann doch zu Irena gegangen? Wer hat dir geholfen? Alexis?«

Flora grinste. »Er ist tatsächlich zudringlich geworden. Ich habe ihn – äh – abgewimmelt.«

In Cosmo regte sich Zorn. »Und was ist passiert?«

»Nichts. Kann sein, daß er den Brief gar nicht abgeschickt und nur das Geld für die Briefmarke eingesteckt hat.« Flora lachte. »Ich bin zu Molly gegangen.«

»Wer ist Molly?«

»Sie war zweites Hausmädchen bei deinen Eltern in Coppermalt; dann ging sie zu Tashie nach London. Sie war in euren Butler verknallt, der ein heimlicher Kommunist war.«

»Donnerwetter, das wußte ich ja gar nicht! Gage?«

»Inzwischen sind sie verheiratet und haben ein Tabakwarengeschäft in Wimbledon. Er wählt konservativ.«

»Aber warum bist du nicht zu Mabs gegangen oder zu Tash?« fragte Cosmo ratlos.

»Die hätten geredet. Garantiert. Molly war meine Brücke.«

»Brücke?«

»Vom Mittelstand zur Arbeiterklasse, in der niemand mich suchen würde.«

Cosmo brauchte eine Weile, um das zu verdauen. »Erzähl weiter, bitte«, sagte er voller Hochachtung.

Sie hatte Molly angerufen, erzählte Flora, zu einer Zeit, in der Tashie, wie sie vermutete, nicht im Haus sein würde, war hingegangen und hatte sich bei vielen Tassen Tee in der Küche erklären lassen, wie man Dienstbote wird; Dienstboten bekommen, soviel wußte sie immerhin, freie Kost und Logis, und darauf war sie angewiesen. Molly, der die ganze Sache viel Spaß machte, hatte ihr gesagt, wo sie – außer in der ›Times‹ –

Stellenangebote studieren sollte. »In den dreißiger Jahren«, erläuterte Flora, als habe sie einen Trottel vor sich, »herrschte schreckliche Arbeitslosigkeit, aber Hauspersonal war knapp. Keiner wollte mehr in eine dienende Stellung. In der ›Lady‹ wimmelte es nur so von Hilferufen.«

»Ja, ich weiß«, bestätigte Cosmo. »Unaufhörliches Gejammer und Gestöhne bei den Tanten. Und dann?«

Sie hatte auf die Anzeige einer Mrs. Fellowes am Thurloe Square geschrieben, die ein Dienstmädchen suchte. »Ich sagte ihr, daß es meine erste Stellung sei, was ja stimmte. Ich war sehr aufgeregt. Ich gab ihr meine Referenzen. Referenzen, hatte Molly gesagt, müssen sein. Ich sei ehrlich, fleißig, sauber, ordentlich und käme aus guter Familie, stand darin, sei ohne Berufserfahrung, aber lernwillig und anständig.«

»Und?« fragte Cosmo fasziniert.

»Mrs. Fellowes las die Referenzen. Sie wollte wissen, ob ich Hunde mag. Ich sagte ja. Dann fragte sie: ›Haben Sie die selbst geschrieben, diese, äh, vorzüglichen Referenzen?‹ Ich hatte einen Briefbogen mit gedrucktem Briefkopf bei Tashie abgestaubt und mich – das fand ich geradezu genial – ins Knightsbridge Hotel gewagt, um einen Briefbogen mitgehen zu lassen. Dort in der Halle habe ich auch die Referenzen geschrieben. Ja, sagte ich, die hätte ich selbst geschrieben, es täte mir leid, aber ich hätte mir gedacht, man könne es ja mal versuchen, und dann sagte ich noch mal, es täte mir leid, und nun würde ich gehen und sie nicht weiter aufhalten. ›Warten Sie mal‹, sagte sie und sah sich wieder die Referenzen an. ›Verraten Sie mir doch – wer ist dieser Friedensrichter Alexander Butler? Und Hubert Wyndeatt-Whyte, Doktor der Theologie?‹ – ›Ich kenne einen Butler, aber der heißt Gage‹, sagte ich, ›und Dr. Wyndeatt-Whyte ist tot, er war der Vetter eines Bekannten von mir.‹ Ich schämte mich in Grund und Boden, als ich da wie eine dumme Pute auf meiner Stuhlkante saß. Es war furchtbar. Und dann fing Mrs. Fellowes an zu lachen. Als sie sich beruhigt hatte, fragte sie: ›Wann können Sie anfangen?‹ Seither bin ich bei ihnen, bis 1939 als Hausmädchen und jetzt als Hilfskraft auf ihrem Hof.«

»Erzähl! Wie lebt man als Dienstmädchen?« fragte Cosmo.

»Viel gibt's da nicht zu erzählen.« Wie konnte sie ihm begreiflich machen, daß die Stellung Abstand schuf, daß sie den Menschen zusah wie Schauspielern bei einer Theaterprobe und daß dieser Abstand ihr Sicherheit schenkte?

»Hast du zum Beispiel Haube und Schürzchen über deinem schwarzen Kleid getragen?« Er würde ihre Antworten dirigieren wie bei seinen Zeugen vor Gericht.

»Nachmittags Schwarz, vormittags Rosa wie Molly und die anderen Dienstmädchen auf Coppermalt.«

»Was hast du an deinen freien Tagen gemacht?«

»Ich bin mit den Hunden meiner Herrschaft im Park spazierengegangen.«

»Und?«

»Manchmal war ich im Kino.«

»Und?«

»Museen, Galerien. Ich habe London erkundet, bin Bus gefahren.«

»Allein?«

»Meist.«

Wenn er nur gewußt hätte, wo sie steckte. »Ich komme gar nicht darüber weg, daß Mabs nur um die Ecke gewohnt hat. Wie bist du finanziell zurechtgekommen?«

»Ich hatte meinen Lohn. Und Trinkgelder. Besucher legen vor der Abreise Trinkgelder auf den Ankleidetisch, manche sind recht großzügig.«

»Was noch?«

»Wenn das Geld reichte, bin ich ins Theater gegangen. Einmal habe ich von meinem billigen Platz aus Tashie und Henry gesehen. Tashie hatte ein grünes Kleid an.«

»Ach, Liebling.«

»Mrs. Fellowes schickte mich in die Cordon-Bleu-Kochschule. Ich habe kochen gelernt. Sie meint es gut mit mir.« Sie war dort zusammen mit Debütantinnen gewesen, die auf Wunsch ihrer Mütter etwas Praktisches hatten lernen sollen. Die Mädchen hatten sie taxiert und vergeblich versucht, sie einzuordnen. »Was sollen diese Fragen?«

»Ich versuche, die zehn Jahre auszufüllen, in denen du für mich verloren warst.«

»Viel habe ich nicht erlebt, Cosmo. Ich mag die Fellowes, ich arbeite gern für sie. Es war ein Glücksfall, daß ich diese Stellung bekommen habe. Ich bin auf die Füße gefallen. Sie haben mir Sicherheit gegeben.«

»Sicherheit?« wiederholte er nachdenklich. Er dachte an ihre Eltern. Durchaus möglich, daß ein Gefühl der Sicherheit für sie etwas Neues gewesen war. »Na schön. Was noch, außer Sicherheit?«

»Ich glaube, man könnte es Zufriedenheit nennen.«

»Ich war nicht zufrieden. Wie hätte ich ohne dich zufrieden sein können?«

Flora lachte. »Ach, komm, du hast doch deine Karriere verfolgt, ohne nach rechts oder links zu schauen. Wollen wir wetten? Erst Cosmo, dann der Rest der Welt.«

Laß meine Karriere aus dem Spiel, dachte Cosmo. »Und jetzt arbeitest du also auf dem Land. Macht dir das Freude? Bringt es dir Zufriedenheit?« Er hätte ihr diese Zufriedenheit am liebsten aus dem Leib gerissen. Wie konnte sie es wagen, zufrieden zu sein?

»Die Arbeit gefällt mir«, sagte Flora. »Ich kann den Krieg ignorieren.« Ich habe eine Nische gefunden, dachte sie, wie soll ich das erklären. »Ich passe ins Dorfleben«, sagte sie. »Offenbar bin ich akzeptiert.«

»Du mußt gescheiter sein, als ich dachte. Das ist nämlich eine beachtliche Leistung.«

»Ich mag die Leute.«

»Und sie mögen dich?«

»Das hoffe ich.«

»Und Männer? Hast du viele Freunde? Liebhaber?«

»Das geht dich nichts an.« Flora sah in die Landschaft hinaus. Ich habe die Liebhaber, die ich immer hatte, dachte sie, es ist nicht so einfach, sie loszuwerden, und einer hat sich als Tarnung eine Luftwaffenuniform zugelegt und sitzt neben mir.

»Natürlich geht mich das was an. Erzähl mal.«

»Nein.« Sie würde ihm nicht von den Männern erzählen, die sie begehrten. Mit Cosmo hatten sie nichts zu tun und mit mir, dachte sie, auch herzlich wenig. »Es gibt nichts zu erzählen.«

Cosmo hätte sie am liebsten geschlagen, aber der Major von der Marine hatte ein Auge aufgemacht. »Bist du glücklich?«

Ach, dachte Flora, Glück. »Ich habe immer viel zu tun.«

»Mit Kühen, Gänsen und Schweinen?«

»Und Hunden. Wir haben viele Hunde. Und natürlich Katzen.« Sie machte sich lustig über ihn. »Und Frettchen.«

»Aber bist du glücklich? An welche großen Glücksmomente in deinem Leben kannst du dich erinnern?«

»Damals in Dinard war ich ein paarmal glücklich«, sagte sie schlicht.

»Und?«

»Bei euch auf Coppermalt.«

Eine magere Ration. »Aber in Aix-en-Provence, mit Hubert, da warst du glücklich?«

»Das war etwas anderes.«

»Kann man wohl sagen. Hubert, dein Liebhaber, deine große, große Liebe«, sagte Cosmo bitter. »Braust los und läuft mir den Rang ab. Dieser Mistkerl! Schafft es als erster. Und so was nennt sich bester Freund. Dieser Schuft!«

»Sei nicht albern.« Flora wandte sich ab. Hubert und Aix-en-Provence, das war lange her, eine wunderschöne Zeit mit viel Spaß, gutem Essen, Sonne und Liebe, aber aus und vorbei. Wie Felix. Ein Frösteln überlief sie, als sie an Felix dachte.

»Hubert hattest du immer am liebsten«, hörte Cosmo sich sagen.

Flora stand auf, kämpfte sich durchs Abteil und durch den überfüllten Gang zur Toilette. Ich hätte nicht von Hubert anfangen dürfen, dachte Cosmo.

Als sie wieder da war, fragte er: »Wann findest du denn Zeit, die ›Times‹ zu lesen?« (Zur Abwechslung mal ein unverfängliches Thema.)

»Wenn sie einen Tag alt ist, wenn Mr. Fellowes sie ausgelesen hat.«

»In all den Jahren«, hörte Cosmo sich boshaft sagen, »mußt du dich doch nach Liebe gesehnt haben. Nach Hubert.«

Flora sah ihn groß an. »Sei nicht so unausstehlich.« Ihre Stimme hob sich. »Ihr beide wollt mich einfach teilen, wie ein *Ding*, ein *Objekt*, eine ganz und gar unwichtige Person, ein Spielzeug, eine *Nutte*«, schrie sie, und ein paar Leute im Abteil sahen zu ihr hin und rasch wieder weg. Flora funkelte den französischen Offizier an. Er hatte beim Dösen die Beine ausgestreckt, die Bewegungen des Zuges ließen sie gegen Floras Beine schlagen. Sie stieß ihm ihre Schuhspitze gegen das Schienbein.

Mit einem Ruck schreckte er hoch. »*Je vous dérange, Mademoiselle.*« Er zog die Beine an sich. »*Pardon.*«

»*Vous écoutiez*«, sagte sie vorwurfsvoll.

»*Mais non, Mademoiselle.*« Er verbiß sich ein Lächeln.

»Er hat geschlafen, der Ärmste.« Cosmo verschluckte sich vor Lachen. »Er war so ungefähr der einzige, der nicht zugehört hat.«

»Ich steige in Taunton aus, das ist wohl die nächste Station«, sagte der Marinemajor und räusperte sich.

»Und ich in Exeter«, sagte ein anderer Offizier.

»Ich muß bis Plymouth.« Ein dritter hustete nervös.

»Schau, wie du sie in Verlegenheit gebracht hast«, sagte Flora maliziös.

Cosmo zog es vor, nichts zu erwidern.

Als der Zug in Taunton hielt, stiegen zwei Fahrgäste aus, ein Pärchen, das auf dem Gang gestanden hatte, eroberte ihre Sitzplätze. In Exeter wechselte die Abteilbesetzung erneut. Wir vergeuden kostbare Zeit, dachte Cosmo. Er fing einen Blick des Franzosen auf und schaute weg.

»Wie kommen denn Mabs und Tash mit ihrer Garderobe zurecht?« fragte Flora im Plauderton. »Die Kleidermarken machen es ihnen doch sicher schwer.«

»Sie haben vorgesorgt und Stoffe ballenweise gehamstert. Mit diesen Vorräten kommen sie jahrelang aus. Mutter war das ziemlich peinlich, es sei unpatriotisch, hat sie gesagt, aber ich habe schon gemerkt, daß sie ihnen ziemlich oft ein paar Meter für ein Kleid abbettelt.«

Flora lachte.

»Tut mir leid, daß ich dich in Wut gebracht habe«, sagte Cosmo.

»Ich hätte dich nicht anschreien dürfen.«

»Erzähl mir von deinem Leben«, bat er.

Wenn ich Glücksmomente zählen würde, dachte Flora, stünde diese Bahnfahrt ziemlich weit oben auf der Liste. »Wenn es alle so machen wie Mabs und Tashie, braucht man sich nicht zu wundern, daß Irena Tarasowa immer noch soviel zu tun hat.«

»Du hast also Kontakt zu ihr?«

»Ab und zu. Nach ein paar Jahren habe ich mich wieder bei ihr gemeldet. In Frankreich, als ich noch ein Kind war, war sie sehr nett zu mir.«

»Der Zar und die Zarin, ich erinnere mich.« Cosmo lächelte. »Die Schönen und die Reichen, die Seidengewänder.«

»Jetzt heißt es nur noch unser König und unsere Königin, sie ist britischer als die Briten, und sie trägt Wolle.«

»Und ihr Mann?«

»Alexis ist mit de Gaulles Leuten hergekommen. Irena hat versucht, ihn in ein englisches Regiment zu schleusen, aber die wollten ihn nicht haben. Soweit ich weiß, ist er mit der Exilarmee in Dschibuti.«

»Dein Leben, Flora. Erzähle!«

Sie erzählte ihm von ihrer Arbeit, von den

Jersey-Kühen, für die sie verantwortlich war, von den Jahreszeiten, die ihr alle auf ihre Art lieb waren: Heu machen, ernten, dreschen, im Freien sein. Viel schöner als die Arbeit als Dienstmädchen, sagte sie. Merkte sie nicht, was er in Wirklichkeit wissen wollte: Gibt es einen Mann in deinem Leben, einen Mann außer Hubert, in den du verliebt bist, an den ich dich verlieren könnte?

»Hast du einen Liebhaber?« fragte er. »Oder viele Liebhaber?« Irgendwie wäre es besser, wenn sie ihre Gefühle auf mehrere aufteilte.

»Wie viele Geliebte hast du?« konterte Flora.

»Schon gut. Entschuldige. Ich habe kein Recht, danach zu fragen, sagst du. Es tut mir leid. Du bist zufrieden.«

Ich *war* zufrieden, dachte sie. Ja, heute früh im Nebel, als ich versuchte, nach Paddington durchzukommen, war ich wohl zufrieden. Ich hatte in London alles erledigt, was dort zu tun war. Ich hatte mich gefreut, auf den Hof zurückzukommen, den Krieg hinter mir zu lassen. »Vielleicht«, sagte sie. »Und du?«

»Im Augenblick nicht. Ich bin verrückt vor Sehnsucht. Ich möchte mit dir schlafen. Diese Menschenmassen hindern mich daran. Es ist niederträchtig, daß Hubert es geschafft hat, und ich –«

»Das ist lange her.« Sie wandte sich ihm zu.

»Und das ist nicht alles, was dich bedrückt.« Sie griff nach seiner Hand. »Das rieche ich.« Sie hielt seine Hand fest.

»Du würdest es nicht verstehen.« Er umschloß ihre beiden Hände mit den seinen. »Über so was sollte man eigentlich nicht reden, es ist nicht recht, wenn ich es dir sage, aber ... Ja, es ist einfach so, daß ich Angst habe.«

»Natürlich«, erwiderte sie und dachte an die Ängste, die Felix geplagt hatten. »Dieser abscheuliche Krieg.«

»Ich habe Angst vor dem Flug nach Nordafrika; Angst davor, als Passagier in der Maschine zu sitzen. Angst vor dem Tod«, sagte er, im Krieg befangen.

»Ja«, sagte sie.

»Bleib bei mir, bis ich fliege. Es ist nicht lange.«

»Aber –«

»Bitte.« Vielleicht gelang es ihm, ein paar Minuten mit ihr allein zu sein; vielleicht hatte die Maschine Verspätung. Wer weiß, vielleicht konnten sie, wenn der Flug sich verzögerte, die Nacht zusammen in einem Hotel verbringen. Er fieberte danach, mit ihr allein zu sein, um sie zu lieben. »Ich möchte zu gern diese Schranke der Keuschheit durchbrechen.«

»Meine Knie würden in jeder Stellung weh tun.«

»Du bist ein selbstsüchtiges Luder«, stieß Cosmo hervor.

»Wir wollen uns nicht schon wieder zanken«, sagte Flora. »Wohin fährst du? Ich muß in Truro aussteigen.«

»Komm mit bis Redruth.«

»Ich sollte es nicht tun.«

»Einmal können die Kühe warten. Bitte.«

»Ich muß zumindest anrufen. Aber es ist mir nicht recht, so nah an den Krieg heranzukommen, du ziehst mich mit hinein. Normalerweise lasse ich ihn außen vor.«

»Bei mir bist du sicher«, sagte er begriffsstutzig. »Völlig sicher. Dort gibt es keine Luftangriffe.«

»Verstehst du denn nicht, daß ich jetzt auch Angst habe, nachdem wir uns wieder begegnet sind? Ich habe Felix verloren, ich habe Angst, dich zu verlieren.« Von Hubert sprach sie nicht.

»Angst um mich?« fragte Cosmo skeptisch.

»Aber ja«, sagte sie. »Natürlich.«

»Wie schön, das freut mich. Wenn wir nur die Nacht zusammen verbringen könnten.«

»Versuch's mal mit mentaler Liebe«, sagte sie munterer, als ihr zumute war.

»Mein Hirn sagt mir noch immer, daß du in Hubert verliebt bist«, sagte er eifersüchtig. »Verzeih, ich bin blöd. Ich habe mir eingebildet, du würdest dich über dieses Wiedersehen nach zehn Jahren ebenso freuen, wie ich mich gefreut habe. Daß du Angst um mich hast, meinst du natürlich nicht ernst. Herrgott, ich bin total durcheinander

Es ist wohl am besten, wenn du dich von mir loseist und in Truro aussteigst.«

»Ich komme mit nach Redruth«, sagte sie. »Von dort aus kann ich Mrs. Fellowes anrufen und ihr sagen, daß ich eine Dummheit gemacht habe. Ich glaube nicht, daß es die richtige Entscheidung ist, aber ich werde tun, was du willst.«

In Truro stieg der französische Offizier aus. Er müsse weiter nach Falmouth, sagte er und rückte sein Käppi gerade. »*Bonne chance.*« Seinen Platz nahm ein schwatzhafter, Lucky Strike rauchender amerikanischer Luftwaffenoberst ein, der sich über seine Heimatstadt in Texas und den Krieg im Pazifik ausließ. Cosmo gab es auf, noch etwas zu sagen, und Flora bewegte, während sie an seiner Schulter lag, verstohlen die zerschrammten Knie, die steif wurden und schmerzten. Auf diesem letzten Stück der Fahrt war sie damit zufrieden, sich von Cosmo einzuprägen, was sie konnte, seine Stimme, den Geruch seines Haars, seine langen Finger.

Cosmo saß sehr unbequem in einem amerikanischen Bomber, der auf dem Weg nach Afrika war, und machte sich schwere Vorwürfe. Ich hätte sie in Truro aussteigen lassen sollen, dachte er, statt sie mit auf den Luftwaffenstützpunkt in St. Evel zu schleppen. Dort war in der Offiziersmesse eine lärmende amerikanisch-britische Party im Gange. Flora war die einzige Zivilistin unter den wenigen Luftwaffenhelferinnen. Es gab viel zu trinken, auch er hatte sich, schon wegen seiner flatternden Nerven vor dem Flug, nicht zurückgehalten. Um seine Ängste zu überspielen, hatte er mit den Leuten von der R. A. F. laute Fachgespräche geführt, und als dann einer Flora zum Tanzen aufgefordert und er sie in den Armen eines Fremden gesehen hatte, war er hochgegangen und hatte eine Szene gemacht. »Wie ich sehe, hindern deine Knie dich nicht am Tanzen. Dann hätten wir auch miteinander schlafen können«, hatte er gesagt, als hätte irgendwo ein behagliches Bett in einem gemütlichen Hotel, hätten Wärme und Ungestörtheit sie erwartet, was natürlich nicht der Fall gewesen war. Sie hatte sich nicht gewehrt, ihm nicht entgegengehalten, daß er sie nicht zum Tanzen aufgefordert hatte, nicht gesagt, daß sie sich langweilte, dabei mußte das alles recht ärgerlich für sie gewesen sein, der Krach und das Tamtam, der stetig ansteigende Geräuschpegel, die bellenden Stimmen der fremden jungen Kämpfer. Ihr Gesicht war so verschlossen gewesen wie damals, als er sie auf dem Poller am Hafen von Dinard hatte sitzen sehen, vor der Fahrt nach St. Malo, wo sie zusammen einen Revolver für seinen Vater erstanden hatten. Steif und hilflos hatten sie Abschied genommen.

Als er sich jetzt, hoch über dem Atlantik, den Brief zurechtlegte, den er ihr schreiben würde, einen liebevollen Brief, in dem er sie um Verzeihung bitten wollte, und in seinen Taschen nach der Adresse kramte, die Flora ihm gegeben hatte, mußte er feststellen, daß er den Zettel nicht etwa verloren, sondern dazu benutzt hatte, seine Einheit, Rang und Nummer und seine Adresse in Nordafrika darauf zu notieren. Er sah noch, wie Flora das Blatt in ihre Tasche steckte, während er den letzten Drink kippte. »Ich schreibe dir, sobald ich angekommen bin«, hatte er gesagt.

Als er einen Monat später Hubert in Algier traf, erzählte er ihm von dieser Katastrophe. »So was kommt sonst nur in Romanen vor«, sagte Hubert und lachte schallend.

Fünfter Teil

50

Als Milly Ende sechzig war und sich in ihren Witwenstand geschickt hatte, fing sie an, sich Gedanken wegen Cosmo zu machen. Sie war wieder nach Coppermalt gezogen und hatte, da das Haus in seiner bisherigen Größe nicht mehr zu bewirtschaften war, die oberen Stockwerke und die Nebengebäude in Wohnungen umgewandelt, die sie an dankbare Paare vermietete. Der lange Kampf um Baugenehmigungen und die Beschaffung von Arbeitskräften für den Umbau hielt sie über Jahre in Atem – und davon ab, wie ihr Schwiegersohn Nigel sich auszudrücken pflegte, anderen Leuten auf die Nerven zu fallen. Jetzt aber waren die Schlachten mit der Bürokratie geschlagen, und sie hatte Zeit für andere Dinge. In diesem Sinne äußerte sie sich Felicity Green gegenüber, die – wie alle Jahre wieder seit dem Krieg – bei ihr zu Besuch war. »Es wird Zeit, daß ich etwas wegen Cosmo unternehme. Ist dir eigentlich klar, Felicity, daß Nigel und Mabs fast erwachsene Kinder haben, während Cosmo noch nicht mal verheiratet ist?«

Felicity gab auf diese rhetorische Frage keine Antwort, sondern wartete darauf, daß Milly weitersprach. Daß sie gut zuhören konnte, war ihr in ihrem Beruf als Schriftstellerin schon häufig zustatten gekommen; während ihr besseres Ich stets hoffte, Milly möge sich nicht lächerlich machen, erhoffte das Schriftsteller-Ich begierig das Gegenteil. Sie hatte schon oft ein Stückchen Milly in ihren zunehmend erfolgreichen Romanen verarbeitet, und da ihre Romane in Millys Gästezimmern auf dem Nachttisch lagen, war zu vermuten, daß sie diese Anleihen gut genug getarnt hatte.

»Cosmo müßte heiraten«, sagte Milly energisch. »Sogar sein flatterhafter Freund Hubert hat einen Hausstand gegründet und Kinder in die Welt gesetzt.«

Felicity dachte: Sagt man nicht flatterhaft eigentlich nur bei Frauen? »War Cosmo jemals verlobt?« erkundigte sie sich vorsichtig.

»Nein.«

Wie fragt man eine Frau wie Milly Leigh, ob ihr Sohn homosexuell ist? »Vielleicht liebt er das Junggesellenleben«, meinte sie. »Ein begehrter Junggeselle ... Gibt es diesen Ausdruck eigentlich noch?«

»Er hat jede Menge Freundinnen«, sagte Milly.

»Na, siehst du.« (Kein Homo.)

»Aber es wird Zeit, daß er solide wird«, erklärte Milly.

»Weiß er das?«

»Woher soll ich das wissen? Also wirklich, Felicity!«

»Wirst du es ihm sagen?«

»Angus hätte es ihm gesagt, wenn er noch am Leben wäre, der arme Liebling. Angus hätte es ihm glatt ins Gesicht gesagt.« (Felicity zog zweifelnd die Augenbrauen hoch.) »Angus hätte Cosmo gesagt, daß es seine Pflicht ist, zu heiraten und sich Kinder anzuschaffen. Er wird mal Coppermalt erben. Es wäre mir nicht lieb, wenn der Sohn von Mabs es bekäme, er wäscht sich nie, und das lange Zottelhaar ist eine Zumutung. Sag, was du willst, Felicity, ich weiß, was Angus getan hätte. Und mit seinem Tod hat er mir die Verantwortung übertragen.«

»Aha.« Felicity, die Schriftstellerin, rieb sich insgeheim die Hände. »War denn Cosmo schon mal richtig verliebt?«

Milly stutzte. »Er hatte Verhältnisse, ja, die hatte er bestimmt, einige der Frauen kenne ich sogar. Er ist ein ganz normaler Mann.«

»Gewiß, aber verliebt?«

»Du hast immer nur deine Romane im Kopf«, sagte Milly. »Ich hatte mal ein langes Gespräch mit Rosa, einer holländischen Freundin von uns. Sehr vernünftige Frau. Sie hat fünf Töchter unter die Haube gebracht, die wahrlich keine Schönheiten waren. Sie war sehr für vermittelte Ehen.

Offenbar sind sie besonders haltbar. Es gibt viel zu viele Scheidungen heutzutage, ganz schlimm ist das.«

»Hat deine Ehe mit Angus jemand vermittelt?«

»Natürlich nicht. Es war eine reine Liebesheirat, das Paradies auf Erden. Kein Streit, keine Eifersüchteleien, keine Zweifel. Aber das sind Ausnahmen, so was kommt nur alle Jubeljahre einmal vor. Ich kann von meinen Kindern keine Perfektion erwarten. Du solltest Mabs und Nigel mal erleben, sie streiten sich noch genauso viel wie vor der Hochzeit. Aber sie fühlen sich sehr wohl dabei.«

»Hm«, sagte Felicity. »An einen ihrer Kräche kann ich mich noch dunkel erinnern, es war beim Dinner. Ich war damals sehr schüchtern, stotterte ein bißchen, was in mancher Beziehung durchaus nützlich war. Ich weiß noch, daß dein Mann sie aus dem Zimmer schickte –«

»Er konnte so schön brüllen«, sagte Milly liebevoll.

»Interessierte sich Cosmo nicht für das Mädchen, das bei euch war, als ich zum erstenmal zu euch kam? Ich mußte sie dann dir zuliebe noch mit nach London nehmen.«

»Ach, *die*«, sagte Milly. »Sie war erst fünfzehn.«

»Inzwischen dürfte sie auch älter geworden sein.«

»Nein«, sagte Milly, als wollte sie etwas wegschieben. »Ich glaube *nicht,* daß sie –«

»Ihr Vater ist ein hohes Tier im indischen Kolonialdienst geworden, entsinnst du dich nicht? 1947, bei der Teilung, las man seinen Namen ständig in der Zeitung. Das mußt du doch noch wissen, ein sehr angesehener Mann, einer der engsten Mitarbeiter von Mountbatten.«

»Ach, wirklich? Den Zusammenhang habe ich gar nicht gesehen. *Dieser* Sir Denys Trevelyan ist das also! Jetzt verstehe ich. Sehr unsympathische Frau, an *sie* kann ich mich noch erinnern.«

»Ein Mißgeschick, das seiner Karriere keinen Abbruch getan hat.«

»Wie interessant. Wirklich, sehr – ja – interessant. Sehr dumm von mir, daß ich das nicht begriffen habe. Angus hätte es bestimmt gemerkt. Er fehlt mir so sehr.«

»Und dann gingen sie noch mal durch die Presse, man schrieb Artikel über ihn und seine Frau.«

»Ein Skandal?« fragte Milly gespannt.

»Nein, viel eigenartiger. Sie beschlossen, in Indien zu bleiben, als alle anderen das Land verließen. Damals war das eine Sensation. Sie könnten sich nicht vorstellen, in Cheltenham oder Tunbridge Wells heimisch zu werden, sagten sie.«

»Das ist vielen Leuten schwergefallen. Es muß so ähnlich sein, wie wenn man Witwe wird, die

Wurzeln sind gekappt. Ob sie da draußen vor sich hin welken und sterben? Wahrscheinlich kümmert sich die Tochter um sie.«

»Ich hörte«, sagte Felicity, »daß sie sich geweigert hat hinzufahren, sie ist eigene Wege gegangen. Und inzwischen –«

»Du liebe Güte«, rief Milly, »jetzt fällt es mir wieder ein! Die Mutter hat an mich geschrieben. Das Mädchen war ein Flittchen geworden.«

»Inzwischen arbeitet sie bei Bekannten von mir im West Country.« Felicity dachte müde: Soll ich dieses Gespräch vergessen und in den kommenden Jahren etwas ganz anderes daraus machen, was wie Säure auf die Seite tropfen wird?

»Sie muß inzwischen schon ziemlich alt sein.« (Auch das konnte man speichern.) »Erstaunlich, wie viele verschiedenartige Menschen du kennst, Felicity.«

»Ich denke immer, daß es Querverbindungen zwischen den Menschen gibt. Menschen interessieren mich«, sagte Felicity in verbindlichem Ton.

»Weil du sie für deine Romane brauchst, du schlaues Mädchen! Aber ich will dich nicht weiter mit meinen Familiengeschichten behelligen, du kannst ja doch nichts damit anfangen. Weißt du was? Ich werde loslegen, wie mein Schwiegersohn immer sagt, und mir zu Weihnachten Gäste ins Haus einladen, wie früher. Als Hilfe werde ich mir die patente Joyce holen, sie kennt viele junge Leute. Es wird Zeit, daß ich mich ranhalte, wie mein Enkel sagt, dieser freche Kerl.«

»Weißt du, was es bedeutet?«

»Er hat es mir erklärt. ›Mein lieber Junge‹, habe ich zu ihm gesagt, ›ich bin ja schließlich nicht von gestern.‹ Ja, ich werde Joyce einladen, sie wird mir eine große Hilfe sein. Und für sie ist es auch nett, zwischen zwei Ehen hängt sie zur Zeit ein bißchen in der Luft.«

Felicity lachte. »Ich denke, du hast etwas gegen Scheidungen.«

»Ja, aber Joyce ist ein Sonderfall. Wir sind schon so lange befreundet. Zur Moorhuhnjagd waren wir immer in Perthshire, bei ihrem Stiefvater; ein sehr lieber Mensch.«

51

Als Flora 1949 las, daß Hubert eine gewisse Victoria Raglan geheiratet hatte, nahm sie zufrieden zur Kenntnis, daß die Meldung sie ungerührt ließ. Diese Victoria würde mit Sicherheit nicht jene überschäumende, entdeckerfreudige Leidenschaft erleben, die sie und Hubert in Aix-en-Provence erfahren hatten. Überschwang und Ausgelassenheit der Flitterwochen würden für Hubert keine Premiere sein, er würde sie – bewußt oder unbewußt – an Flora messen. Möglich, dachte sie, daß Victoria Raglan hübscher ist, reicher ist sie bestimmt, aber mit ihr wird es nicht dasselbe sein. Ich war seine erste Liebe, sein erstes Abenteuer. Sie verglich sich in diesem Moment nicht mit Joyce, das hatte sie nie getan. Sie wußte um Joyce und hatte sie seit den frühen Tagen von Dinard immer gut leiden können. Mit Joyce mußte man einfach Spaß haben, sie war weder nachtragend noch böswillig. Flora betrachtete Joyce eher als eine Art notwendiger sexueller Grundausbildung, die für junge Männer wie Hubert und Cosmo obligatorisch war, so wie sie als Jungen für ein Stipendium oder für die Aufnahme in die Public School hatten büffeln müssen. Sie freute sich für Hubert und hoffte, daß ihm seine Ehe soviel Glück und Freude bringen würde, wie ihm der Beruf Erfolg gebracht hatte. Fröhlichen Herzens ging sie nach draußen und rief die Kühe zum abendlichen Melken. Während sie die Tiere in den Melkschuppen trieb, überlegte sie, daß wohl auch Felix irgendwann einmal, ehe sie sich kennengelernt hatten, durch die Hände einer geschickten Frau gegangen war, die Joyce ähnlich gewesen sein mochte. Im Lauf der Jahre hatte sich die Trauer um Felix gemildert.

Oft wurde er jetzt in ihren Gedanken wieder zu dem kühl hingelagerten Liebhaber ihrer Jungmädchenzeit. Als ihre Arbeitgeber den großen Hof an eine Bank verkauft hatten (Nigels Bank, wie sie belustigt feststellte), willigte Flora ein, mit ihnen auf den kleineren Besitz zu ziehen, den sie erwerben wollten; sie versprachen ihr ein eigenes Cottage und mehr Selbständigkeit, und sie war es zufrieden. Erst nach dem Umzug wurde ihr klar, daß die neue Farm ganz in der Nähe von Pengappah lag. Natürlich brauchte sie das nicht zu kümmern, niemand zwang sie, nach Pengappah zu gehen. Wäre es ihr wichtig genug gewesen, hätte sie jederzeit hinfahren können, unerreichbar war es nie gewesen. Dann aber fand sie doch, es sei an der Zeit, die Erinnerung an das schmerzvoll Erlauschte, an ihre verzweifelte Flucht endgültig zu bannen; sie fuhr mit dem Bus bis zum Dorf und ging zu Fuß durch den Wald, um ein wenig herumzuspionieren.

Das Haus war unbewohnt und hockte recht trübselig auf der Lichtung, mit blinden, geschlossenen Fenstern wie bei ihrem ersten Besuch mit Hubert. Der kleine Garten war voller Unkraut, die Schlingpflanzen, die Vetter Dings in dem ausgebrannten Flügel gesetzt hatte, hatten die Mauern völlig überwuchert. Die fünf Badewannen waren schmierig von verrottendem Laub, die Fische verschwunden. Die beiden Alten, die für

Hubert nach dem Rechten sehen sollten, sind wohl inzwischen gestorben, dachte sie. Es erschien ihr ganz natürlich, dem Wasserlauf wieder einen Weg zu bahnen, die Wannen zu säubern, ein paar dürre Zweige wegzuschneiden. Sie hatte Spaß daran, und an ihren freien Tagen fuhr sie nun ab und zu hin. Die neue Sicht, die sie von dem Haus gewann, überlagerte die Erinnerung an Cosmos und Huberts betrunkene Unterhaltung, an ihren Kummer und ihren Zorn.

Manchmal sah sie Spuren von Besuchern – leere Milchflaschen, Reifenabdrücke, vergessenes Werkzeug, das draußen Rost ansetzte, kleiner gewordene Kaminholzstapel. Einmal, als sie sich Pengappah über den Klippenpfad näherte, hörte sie Stimmen. Sie blickte in die Bucht hinunter und erkannte Hubert, untersetzt, mit ergrauendem Haar, das sich, wie man aus der Vogelperspektive sah, allmählich lichtete. Er spielte mit Kindern. »Papi«, riefen sie. »Papi, schau, was ich gefunden habe. Schau doch, Papi!« Sie planschten, Arme voller Tang hinter sich herziehend, im flachen Wasser herum.

»Paß auf, daß sie nicht naß werden, Liebling, denk an ihren ekelhaften Schnupfen.« Victoria Wyndeatt-Whyte, geborene Raglan – lieber Himmel, drei kleine Kinder, wie geschmeidigjungmädchenhaft hatte sie auf dem Hochzeitsphoto vor St. Saviour and All Angels an Huberts

Arm gehangen und vertrauensvoll zu ihm aufgeblickt! –, saß auf einem trockenen Stein, betrachtete ihre Familie und strickte an etwas, das nach einer Socke aussah.

Flora stand an einem Ginsterbusch und sah zu, wie Hubert eine Sandburg baute, sie mit Wall und Graben umgab, den kleinen Bach umleitete, der weiter oben durch die fünf Badewannen geplätschert war und nun dem Meer zustrebte, und ein Netz von Dämmen und Schleusen anlegte. »Nicht doch, geh weg da«, hörte sie ihn zu seinem ältesten Kind sagen. »Du machst ja alles kaputt. Victoria, kannst du mir Emma nicht vom Leib halten? Ständig trampelt sie auf Julians Damm herum.« Flora überlegte, ob Hubert seine Victoria genauso herumkommandierte, wie er es früher mit ihr gemacht hatte. Ich hätte es nicht lange mit ihm ausgehalten, dachte sie; die Zeit in Frankreich war gerade richtig. Ich habe es mir verdorben, als ich mich von ihm mit nach Pengappah habe mitnehmen lassen. So, wie ich mir im Krieg die Fahrt mit Cosmo verdorben habe durch meine scharfe Zunge, meine Nervosität. Ich hätte in Truro aussteigen sollen, hätte ihm nicht den Willen tun und bis zum Abflug bei ihm bleiben dürfen. Schön zu wissen, daß Hubert und Victoria Pengappah nutzen, dachte sie und trat über den Klippenpfad den Rückweg an. Sie freute sich, daß Hubert sich in seiner Ehe so gut eingerichtet hatte. Dann schlug sie noch einen Bogen, um einen Blick auf das Haus zu werfen, und nahm befriedigt Marke und Größe von Huberts Combi und die Weinkisten auf der Rückbank zur Kenntnis. Auf der Rückfahrt im Bus dachte sie in herzlicher Zuneigung an Hubert.

Es war etwas anderes, als sie die Meldung von Cosmos Trauung im Standesamt von Chelsea las; auf dem Photo lachte er. Hubert und Victoria standen mit ernstem Gesicht im Hintergrund. Millys Miene war schwer zu deuten.

52

»Und wie war es in Indien? Schön braun bist du geworden.«

Cosmo musterte seinen Neffen, bei dem sich, wie ihm schien, trotz einer oberflächlichen Ähnlichkeit mit Mabs Nigels Seriosität durchgesetzt hatte. Hoffentlich, dachte er. »Was trinkst du?« Sie hatten sich zum Lunch in seinem Klub verabredet; er stellte belustigt fest, daß Charles im Anzug erschienen war.

»Wasser, bitte«, sagte Charles.

(Oje, wie tugendhaft!) »Abstinenzler?«

»Nicht ganz.«

»Dein Vater hat in deinem Alter tüchtig gebechert. Das heißt, wenn er im Streß war.«

»Jetzt nicht mehr«, sagte Charles. »Mum paßt auf, daß er seine Leber schont.«

»Wie vernünftig sie geworden ist«, bemerkte Cosmo trocken. »Früher war es für sie das Größte, ihm einen ordentlichen Krach hinzulegen.«

Charles lachte. »Das macht sie immer noch. Er mag das, es hält ihn in Schwung.«

Sie bestellten das Essen.

Cosmo schwieg zufrieden vor sich hin. Charles sagte ziemlich gezwungen: »Meine Mutter – äh – meint, du wolltest mit mir sprechen, Onkel Cosmo.«

»Hat sie dir gesagt, was ich vorhabe?«

»Ja. Es ist unheimlich großzügig. Ich finde, du solltest es dir noch mal überlegen.« Er errötete unter seiner Sonnenbräune.

Nicht nur, daß er einen Anzug trägt, dachte Cosmo amüsiert, er hat sich auch die Haare schneiden lassen; am Hals, an der Stirn und den Ohren sind weiße Ränder. Offenbar versucht er einen guten Eindruck zu machen. »Wirst du das Gefühl haben, angebunden zu sein? In der Falle zu sitzen?« (Am Ende greife ich massiv in sein Leben ein, richte nur Schaden an.)

»Nein, nein. Es ist das Tollste, was ... Ich kann mir gar nicht vorstellen, wie du es übers

Herz bringen kannst, Coppermalt zu verschenken.«

»Ich werde es schon verkraften. Außerdem ist es, wie dein Vater dir bestätigen wird, nur so möglich, Coppermalt für die Familie zu erhalten. Die Erbschaftssteuern sind mörderisch. Aber jetzt erzähl von Indien. Wenn ich esse, kann ich nicht über Geschäftliches reden. Wo warst du denn?«

»Überall«, sagte Charles. »Es ist sagenhaft. Ich war ein Jahr da und könnte eine Woche darüber reden.«

»Bitte nicht. Mach eine Kurzfassung.«

»So etwas habe ich auch vor. Hubert will mir dabei helfen, Artikel unterzubringen, er ist sehr nett –«

»Das kann er auch, er ist ja längst arriviert.«

»Ich sollte ein Buch schreiben, meint er. Ich würde gern noch mal hinfahren. Das Land ist so groß, hat so viele verschiedene Völker.«

»Davon habe ich auch schon gehört«, sagte Cosmo.

O Gott, dachte Charles, ich öde ihn an. Ich konnte noch nie gut mit ihm, er ist steif und schwierig. »Ach, ehe ich's vergesse: Mum sagt, ich soll dir unbedingt von den Restbeständen alter Empire-Herrlichkeit in Indien erzählen, von den Leuten, die dageblieben sind, du kennst welche.«

»Ich?«

»Ein Ehepaar, Mr. und Mrs. Trevelyan. Mum sagt, daß in eurer Jugend die Großeltern ihre Tochter mal nach Coppermalt eingeladen hatten, Dad erinnert sich an sie; er sagt, daß du in sie verliebt warst und Hubert auch, und wenn er damals nicht mit Mum verlobt gewesen wäre, sagt er, hätte er selber sein Glück bei ihr versucht.«

(Unverschämtheit! Nigel mit seinen kurzen Beinen.) »Das erste; was ich höre«, sagte Cosmo frostig.

»Jedenfalls«, fuhr Charles eilig fort, »sind diese alten Leutchen, gut und gern so alt wie Großmutter, noch da, sie haben sich ein tolles Haus gebaut, beste Lage im Vorgebirge, am Himalaya –«

»Nicht Nilgiri?« neckte Cosmo.

»Entschuldige, blöd von mir«, sagte Charles.

»Erzähl nur weiter.«

»Ja, also diese alten – wie konserviertes Obst sehen sie aus; haben immer noch Dienstboten und kommandieren sie herum. Jammern ständig: ›Nichts ist mehr so wie früher‹, sind aber eisern zum Bleiben entschlossen. Die Inder sind entweder unheimlich tolerant oder amüsieren sich über sie. Mum und Tashie, die zum Abendessen gekommen war – Henry mußte für ein paar Tage nach Brüssel –, gerieten ganz aus dem Häuschen, als sie hörten, daß die alte Mrs. Trevelyan immer noch Kontakt mit der Schneiderin hat, bei der sie und wohl auch Großmama früher mal haben arbeiten lassen. Sie bestellt jedes Jahr ein Kleid bei ihr, das sie dann billig von den Indern kopieren läßt. Eine alte Frau am Beauchamp Place.«

»Rue de Rance«, sagte Cosmo halblaut.

»Was?«

»Sie hat in der Rue de Rance gewohnt, über der *boucherie chevaline*.«

»Wie bitte?« Charles zog ein verständnisloses Gesicht.

»Nichts«, sagte Cosmo. »Was noch?«

»Nichts weiter. Du kennst ja Mum und Tashie, plötzlich haben sie davon angefangen, ob man nicht das Mädchen finden könnte, in das ihr alle verliebt wart. Irgendwie haben sie einen Schuldkomplex ihretwegen. Sie möchten gern wissen, wie sie jetzt ist. Und dann meinte Joyce: ›Die Spur ist kalt geworden.‹ Oh«, sagte Charles, »vielleicht hätte ich Joyce nicht erwähnen sollen. Bin ich ins Fettnäpfchen getreten? Sie war nämlich auch zum Essen da. Tut mir leid.«

»Macht nichts. Joyce ist eine alte Freundin. Als halbe Kinder waren wir alle mit ihr befreundet. Ihre Zähne mit vierzehn hättest du sehen sollen.« Er lachte. »Ich kann dir den Stilton empfehlen. Hervorragend.«

»Nein, danke.« (Warum ist mir das mit Joyce

bloß rausgerutscht? Dürfte Mum eigentlich noch mit Joyce befreundet sein, obgleich Onkel C. sich von ihr hat scheiden lassen? Ihre Zähne hätte ich sehen sollen? Was heißt denn das nun wieder? Eigenartige Moralbegriffe hat diese Generation.) »Danke, keinen Käse.«

»Kaffee?«

»Ja, bitte.«

»Zigarre?«

»Ich rauche nicht.«

(Man möchte am liebsten fragen, ob er wenigstens bumst, aber das wäre gemein.) »Ober, den Kaffee, bitte. Rauchst du Hasch?«

»Manchmal.«

»Bloß gut, daß du wenigstens ein Laster zugibst.«

Der Kaffee kam.

»So«, sagte Cosmo, »und jetzt möchtest du sicher schnellstens zum Thema kommen, und ich muß schnellstens nach Bodmin, zum Schwurgericht. Wie ich höre, willst du weder Banker werden wie dein Vater noch in London leben. Außer fürs Reisen und fürs Schreiben interessierst du dich auch fürs Landleben. Du könntest lernen, ein Gut zu verwalten. Traust du dir zu, dich mit Coppermalt herumzuschlagen? Wenn du einverstanden bist, werde ich dir Coppermalt überschreiben, wobei du, wie ich hoffe, meiner Mutter bis an ihr Lebensende dort Wohnrecht gewähren wirst. Ich habe keine Kinder, aber wenn ich noch die vorgeschriebene Anzahl von Jahren am Leben bleibe, entfällt die Erbschaftssteuer. Ich hoffe, daß du dort so glücklich wirst, wie wir es waren, und daß du eine Frau findest, die dein Glück teilt. Ich habe bei meinem Anwalt einen Termin für dich vereinbart. Kennst du die Geschichte, wie Hubert zum Anwalt ging und sich die Schlüssel und Urkunden für Pengappah geben ließ und der Anwalt sich hinterher erhängte? Sie ist nicht komisch, aber manche Leute lachen darüber. Hubert war geschockt, er hat eine ganze Flasche Whisky ausgetrunken. Aber das gehört nicht hierher, die ganze Angelegenheit dürfte sich sehr schnell abwickeln lassen. So, das wär's, glaube ich.« Cosmo schob seinen Stuhl zurück und erhob sich, man merkte, daß er gehen wollte.

»Mir fehlen die Worte«, sagte Charles.

»Gut.«

»Darf ich dich was fragen?«

»Bitte?«

»Warum setzt du dich nicht auf Coppermalt zur Ruhe, wenn du aufhörst zu arbeiten? Schön, du hast keine Kinder, aber du liebst das Haus, und –«

Ich mag den Jungen, dachte Cosmo, er ist der Richtige. »Man soll nie an einen Ort zurückkehren, an dem man einmal glücklich war«, sagte er.

»Nur zu leicht gehen dann die schönen Erinnerungen kaputt. Ein Beispiel: Ich war neulich in einem Ort in Frankreich, wo ich einmal sehr, sehr glücklich war. Er ist dem Fortschritt zum Opfer gefallen, nicht mehr wiederzuerkennen. Einen Cafébesitzer, den ich als kraftstrotzenden, bis über beide Ohren in seine schwangere Frau verliebten jungen Kerl in Erinnerung hatte, fand ich als Tattergreis im Rollstuhl wieder. Das Waffengeschäft hatte sich in einen Andenkenladen verwandelt. Ich habe mich schleunigst davongemacht. Sonst noch Fragen? Der Anwalt weiß, wie gesagt, Bescheid. Hat mich gefreut. Herzliche Grüße an Mabs.« Er hatte es eilig, wegzukommen.

Auf den Stufen vor dem Klub platzte Charles, der sich vergeblich um angemessene Dankesworte mühte, noch mit einer Frage heraus: »Warum hast du Joyce geheiratet?«

Cosmo lächelte leicht. »Vielleicht, weil ich meiner Mutter beibringen wollte, sich nicht einzumischen, nicht in meinem Leben herumzupfuschen?«

Charles sah ihm nach. Wie reserviert er ist, dachte er. Könnte es sein, daß er einsam ist? Dann aber vergaß er Cosmos Reserviertheit, eilte zum nächsten Telephon und rief die Frau an, die er liebte, um ihr die gute Nachricht zu verkünden und ihr einen Heiratsantrag zu machen.

53

Cosmo schloß die Aktenmappe im Kofferraum ein und setzte sich ans Steuer. Es war sein dritter oder vierter Wagen seit der Scheidung; trotzdem kurbelte er das Fenster herunter, um frische Luft herein- und Parfümreste hinauszulassen. Der Handgriff war zur Gewohnheit geworden. Wenn er, was selten vorkam, an Joyce dachte, dann nur, um sich seine eigene Dummheit vorzuwerfen. Eine gute Freundin zu heiraten ist die sicherste Möglichkeit, sie zu verlieren. Die vitale, fröhliche, großzügige Joyce war als Frau mittleren Alters und aus der Nähe lasch und langweilig geworden. Und der Sex, der ihm in seinen experimentierfreudigen lüsternen Jugendtagen soviel Spaß gemacht hatte? Bestenfalls noch eine Aerobic-Übung. Nach den Verhandlungen in Bodmin lag ein freies Wochenende vor ihm. Er beschloß, langsam in Richtung London zu fahren und unterwegs Vögel zu beobachten. Sollte er nach Slapton Ley fahren, zur Exe-Mündung, wo die Zugvögel waren, oder auf den Klippen von Norddevon sein Glück versuchen? Er fuhr zunächst bis Launceston und genoß seine Unschlüssigkeit. Es ist schön, nicht angebunden zu sein, dachte er, nicht auf dem schnellsten Wege in den Schoß der Familie zurückkehren zu müssen wie etwa Hubert, der ständig seine liebe Not hat, die Ferien der Kinder mit Venedig oder Paris zu koordinieren, weil Victoria nur außerhalb der Schulferien reisen kann, und der außerdem noch ständig beruflich unterwegs ist. Kein Wunder, daß er Magengeschwüre hat. Cosmo kurbelte das Fenster wieder hoch.

Heftige Regenschauer schlugen gegen die Windschutzscheibe. Ende September, die Zeit der Äquinoktialstürme; vielleicht war die Nordküste zu rauh. Er würde von Launceston aus in südliche Richtung fahren, vielleicht sogar irgendwo in einem Pub übernachten. Oder in Pengappah. Wie alle Freunde von Hubert konnte er sich jederzeit den Schlüssel im Dorf abholen und sich dort wie zu Hause fühlen. Aber ich bin dort nicht zu Hause, dachte er irritiert. Nicht mehr, seit ich weiß, daß Flora unser Gespräch über sie belauscht hat. Dann dachte er: Das ist achtzehn Jahre her. Hubert hat eine Frau und beruflichen Erfolg. Ich hatte eine Frau und habe mich von ihr getrennt; ich habe eine gutgehende Praxis. Für Sentimentalitäten ist bei mir kein Platz. Ich muß mich am Riemen reißen, muß vernünftig sein.

Dabei fiel ihm sein Vater ein. Hatte er nicht bei jenem fürchterlichen Krach damals über Weihnachten in Coppermalt (längst gekittet, doch unvergeßlich) etwas in der Art von Flora gesagt?

Sie sei ein vernünftiges Mädchen? Wer von uns, überlegte Cosmo, während er durch den Regen fuhr, ist schon vernünftig unter dem Deckmantel seiner Normalität? Ich nicht. Es war eine Dummheit, Joyce zu heiraten, und eine unnötige Grausamkeit, die ich an meiner Mutter begangen habe. Ich benehme mich oft wie ein Idiot. Diese Reise in die Bretagne zum Beispiel. Ausgemachter Blödsinn! Das im Krieg zerstörte St. Malo ist wieder aufgebaut. Ein Damm überspannt das Wasser, über das wir mit Motorbooten gefahren sind, der Strand hinter St. Briac ist mit Villen zugebaut und dort, wo wir unser Picknick hatten, ist ein betonierter Parkplatz. Nicht einmal die Überschreibung von Coppermalt an Charles hat irgend etwas ausgelöscht. Ich erinnere mich an die seidige Berührung des Wassers, als Hubert und ich uns an jenem heißen Tag den Fluß hinuntertreiben ließen. An Flora, wie sie sich auszog, wie wir sie im Wasser überraschten. Manchmal höre ich ihre Stimme, erinnere mich an den Salzgeschmack ihrer Wimpern, als ich sie an jenem letzten Abend in Coppermalt küßte. Oder wenn ich, was manchmal vorkommt, in Paddington aus dem Taxi steige, meine ich ihr Handgelenk zu spüren, das ich damals festhielt. Es ist zum Lachen. Ich erinnere mich an alles. Ich bin fünfzig Jahre alt, und doch bin ich oft versucht, zu Irena Tarasowa zu gehen. Natürlich wäre das kein Problem, aber ich habe Angst. Dann dachte er, schon etwas vergnügter: Ich lebe schließlich von der Unvernunft meiner Mitmenschen, ich sollte mich nicht beklagen.

In der Dämmerung hielt ein Polizist ihn an. Umgestürzte Bäume versperrten den Weg. Cosmo solle lieber über die Hauptstraße nach Plymouth fahren. »Ich versuche auf den Feldwegen durchzukommen«, sagte Cosmo. Mit den Feldwegen sei das so eine Sache, meinte der Polizist, da könne man ganz schnell in die Irre gehen. Genau dazu hätte er heute Lust, erklärte Cosmo unbekümmert und wendete.

Als er nach fünfzehn Kilometern, rettungslos in der Irre, um eine Biegung kam, sah er eine Reihe von Wagen am Straßenrand und in einem aufgelassenen Steinbruch stehen. In kleinen Gruppen kletterten Leute einen Heidepfad hinauf. Cosmo griff nach seinem Fernglas und stellte es auf einen brennenden Holzstoß ein, der auf dem Gipfel stand, umgeben von einem Reigen fröhlich springender Kinder. Spontan stieg er aus und machte sich auf den Weg zu dem Feuer. Während er bergan stieg, roch er gebratenen Hammel in der feuchten Luft, rauhe Rufe mischten sich in die hellen Kinderstimmen. Er überholte zwei junge Männer, die einen Rollstuhl schoben. Sie sollten sich beeilen, befahl die Frau, die in dem Rollstuhl saß. Sie hatte eine gebieterische Stimme. »Kann ich helfen?« fragte Cosmo und schob mit. »Für wen ist denn das Picknick?«

»Das ist kein Picknick, das ist ein Grillfest«, sagte die Rollstuhlfrau. Cosmo fühlte sich brüskiert.

»Manche sagen auch Barbecue dazu«, ergänzte einer der jungen Burschen. »Kommen Sie zurecht?« Er schlug sich rasch in die Büsche und überließ Cosmo das Schieben.

»Die Chance hätten Sie ihm nicht geben dürfen, er ist ein fauler Sack«, sagte sein Kumpel.

»Tut mir leid.«

»Hauptsache, Sie bringen mich bis oben«, sagte die Frau. »Ich will mir nichts entgehen lassen.«

»Was feiern Sie denn?« Cosmo ließ sich eine Reihe geschichtlicher Daten durch den Kopf gehen.

»Feiern? Gar nichts«, sagte die Frau im Rollstuhl. »Es ist *ihre* Idee. Ein bißchen Spaß am Ende der Saison, hat sie gesagt. Der Hammel ist von ihr.«

»Wir feiern das Ende der Touri-Saison«, sagte der Junge.

»Touristen. Ausflügler«, erläuterte die Frau.

»Ich weiß, was Touris sind.« Cosmo hätte am liebsten aufgehört zu schieben. Als sie oben waren, wußte er selbst nicht recht, warum er sich darauf eingelassen hatte. Er war außer Atem und setzte sich abseits auf einen Stein. Er würde nicht lange bleiben. Die Frau im Rollstuhl hatte sich nicht mal richtig bedankt.

Neben dem großen Holzstoß brannte ein zweites, fachmännischer betriebenes Feuer, an dem einige Männer einen Spieß mit dem Hammel drehten. Fett tropfte in die Flammen, die beim Aufzüngeln die Gesichter erhellten. Junge Frauen hatten Babys auf dem Arm und kleine Kinder an der Hand, die größeren Kinder und Halbwüchsigen rannten kreischend herum und jagten sich. Eine Gruppe älterer Frauen, denen die Frau im Rollstuhl Anweisungen gab, versuchten im Wind ein Tischtuch auf einem langen Tapeziertisch zu befestigen, unter dem Bierkisten standen. »Das wird doch nichts«, schalt die Frau im Rollstuhl. »Macht es so, wie ich sage.« Hunde liefen herum und kamen allen Leuten in die Quere. Einige Spießdreher griffen schon zum Bier. Wie eine Breughel-Szene, überlegte Cosmo und dachte dann unglücklich: Wenig originell, dein Vergleich. Es wäre wohl am besten, wieder zu gehen, aber wenn man ihn gehen sah, hielt man ihn vielleicht für unhöflich. Er blieb sitzen.

Unter vergnügtem Lärmen wurde der Hammel vom Spieß genommen. Die Frau im Rollstuhl schrie schrille Anweisungen, aber die Männer fingen an, den Braten zu zerlegen, ohne groß auf sie zu achten. Sie verteilten Fleischstücke an die Menge. Einer löste sich aus dem Kreis und kam mit einem Pappteller auf Cosmo zu. Er musterte ihn scharf, als er ihm den Teller gab, sprach ihn aber nicht an. Cosmo wollte etwas sagen, wollte erklären, wie er hergekommen war, aber der Mann hatte noch einen zweiten Teller in der Hand und verließ damit an Cosmo vorbei den Lichtkreis.

Cosmo hatte nicht gewußt, daß hinter ihm noch jemand war, er hatte geglaubt, außerhalb der Gruppe zu sitzen. Er fühlte sich befangen, ungeschützt, hatte Angst, sich umzudrehen. Unsinn, dachte er. Ich bin fünfzig Jahre alt, was habe ich zu fürchten?

Inzwischen wurde heftig getrunken. Die Rufe am Feuer hatten etwas Anarchisches, das Gelächter klang rauh. Ich sollte gehen, dachte Cosmo wieder, ich bin nicht eingeladen. Müßte er sich bei irgendwem bedanken? Sich höflich verabschieden? Oder sollte er unauffällig verschwinden? Vielleicht könnte er seinen Dank bei der Frau im Rollstuhl anbringen. Hatte er nicht dabei geholfen, sie den Berg hochzuschieben? War sie die Gastgeberin? Als er aufstand, merkte er, daß er einen Krampf im Bein hatte. Er trat fest auf, um ihn loszuwerden, drehte sich dabei um und sah, für wen der zweite Pappteller mit Fleisch bestimmt gewesen war.

Eine Frau in Anorak, Jeans und Gummistiefeln saß auf einem Stein. Zu ihren Füßen lag ein Hund. Der Hund sah zu seiner Herrin hoch, und sie sah zu Cosmo herüber. Cosmo konnte ihr Gesicht nicht erkennen, aber er dachte: Das ist deine Chance. Ich kann mich bei ihr bedanken, wegen meines Eindringens um Entschuldigung bitten, mich mit einer lahmen Erklärung davonmachen, der Höflichkeit Genüge tun. Als er auf die Frau zuging, schlugen knisternd die Flammen hoch, und er erkannte Flora.

Er hatte schon eine Weile regungslos dagestanden, als drei Männer sich aus dem Kreis der Gäste lösten und auf ihn zukamen. Sie hatten Bierkrüge in der Hand; er roch ihren Atem. Einer drängte sich dicht an Cosmo heran. »Alles in Ordnung, Flora? Er ist lästig, was? Sollen wir ihn fertigmachen?«

»Alles in Ordnung, Jim, ich kenne ihn.« Und zu Cosmo gewandt: »Sie halten dich für einen Mann vom Ministerium. Wir haben keine Erlaubnis, hier oben Feuer zu machen. Bist du vom Ministerium?«

Ihre Stimme hat sich überhaupt nicht verändert, dachte Cosmo. »Ich bin nicht vom Ministerium.«

»Also kein Schnüffler.« Jim lachte. Er schien ein gutmütiger Bursche zu sein.

»Aber ich habe mich in eure Party eingeschmuggelt. Ich weiß nur nicht, bei wem ich mich verabschieden und bedanken soll. Vielleicht bei der Dame im Rollstuhl? Sie scheint hier das Sagen zu haben.«

Flora lächelte, und die Männer prusteten los. Cosmo merkte, daß er sich geirrt hatte. Er wandte sich direkt an Flora. »Ich habe ihren Namen vergessen.«

»Alle haben sie nur die Geborene Chefin genannt. Es ist ein Typus«, sagte Flora.

»Na gut«, sagte Jim etwas ratlos, »dann kümmern wir uns jetzt mal um die Musik.« Er zog mit seinen Freunden ab.

»Dank dir schön, Jim«, rief Flora ihm nach.

Im Licht des Feuers sah er, daß ihr Haar noch dicht und dunkel war; als sie Jim anlächelte, blitzten weiße, regelmäßige Zähne auf. An ihre Zähne hatte er keine besondere Erinnerung.

»Grammophon? Ziehharmonika?«

»Popmusik«, sagte Flora. »Den Strom liefert eine Batterie des Landrovers, glaube ich, aber von diesen Dingen verstehe ich nichts.«

»Ich auch nicht«, sagte Cosmo. »Darf ich mich einen Augenblick setzen? Meine Beine wollen nicht mehr recht.« Flora rückte ein Stück beiseite. Der Hund schnupperte an Cosmos Hosen herum. Er streichelte ihn.

»Heißt er Tonton?«

»Nein«, sagte Flora.

»Nicht, daß ich was mit den Beinen hätte«, sagte Cosmo. »Ich bin kerngesund.«

»Gut.«

»Aber mir sind die Knie weich geworden«, sagte Cosmo. »Außerdem habe ich gedacht, mir bleibt das Herz stehen.

»Bitte nicht.«

Der Hund legte seine Schnauze auf Floras Knie und brummte. »Sie hat Angst vor dem Feuer, deshalb sitzen wir hier.«

Ein paar der Partygäste hatten es mit dem Landrover bis zum Gipfel geschafft. »Test, Test«, sagte eine Stimme, und die Everley Brothers dröhnten los.

»Als diese Freunde von dir auf mich losgegangen sind, habe ich erst begriffen, wie fremd ich hier bin. Ich bekam es richtig mit der Angst zu tun.«

Sie lachte. »Das würden sie gern hören.«

Die Everleys sangen ›Come right back‹, die Lautstärke schwankte im Wind. Flora legte ihren Mund dicht an Cosmos Ohr. »Und wie geht es Joyce?« Ihr Atem kitzelte seinen Hals.

»Unsere Ehe hat höchstens fünf Minuten gedauert. Hast du die Scheidung nicht in der ›Times‹ gesehen?«

»Ich lese die ›Times‹ nicht mehr.«

»Ich wollte nach dir suchen, aber ich habe mich nicht getraut. Ich wußte, daß ich dich wahrscheinlich über Irena Tarasowa erreicht hätte. Einmal habe ich eine Reise in die Vergangenheit gemacht, in die Bretagne, aber das war schlimm. Keine Spur von dir. Und dann habe ich mir gedacht, daß du mich ja doch abblitzen läßt, wenn ich dich finde.«

»Du hast mich abblitzen lassen, als du nach Algier geflogen bist«, sagte sie zornig.

Cosmo bemühte sich, die Beatles zu überschreien. »Es war ein ganz blödsinniger Irrtum, das muß dir doch klar gewesen sein.«

Floras Hündin sprang auf und fletschte die Zähne. »Ich dachte, du fliegst an die Front und wolltest dich nicht binden«, sagte sie und beruhigte das grollende Tier.

»Herrgott noch mal«, brüllte Cosmo. »Die Gefahr war längst vorbei, ich war auf dem Weg zu einem Schreibtischjob.«

Wir sind alt genug, wir sind erwachsene Leute, dachte Flora. Daß wir mit diesen Dingen nicht besser umgehen können! Sie schwieg.

»Ich weiß noch, wie du mit dem Hund aus dem Meer gekommen bist, deine Sachen in einem Bündel auf dem Kopf. Du warst ganz schön kratzbürstig damals.«

Espèce de con, idiote, hatte er gerufen. Daran erinnerte sie sich noch.

Die jungen Leute tanzten um das Feuer herum. Die Männer, die den Spieß gedreht hatten, tranken und lachten; scharfe, knatternde Laute. Sie beobachteten Flora aus den Augenwinkeln; es war alles in Ordnung.

»Sie ist weit weg«, sagte Jim, der Wind wehte die Worte davon.

Mütter mit Kindern machten sich nach und nach auf den Heimweg, eine Gruppe älterer Frauen verschwand unvermittelt hinter dem Hügelrand, sie schoben die Frau im Rollstuhl, gutgemeinte Warnungen schwirrten durch die Luft.

»Hoffentlich kippen sie nicht um mit ihr«, sagte Flora.

»Magst du sie?«

»Sie ist nett.«

»Und mischt sich gern ein.«

»Eigenschaften, die Hand in Hand gehen.«

Cosmo dachte an seine Mutter; es war noch zu gefährlich, von ihr zu sprechen. Aber was war schon ungefährlich? »Was hast du gemacht in all den Jahren, als du Dienstmädchen warst?« Er hatte ihr die Frage schon einmal gestellt, als sie nebeneinander im Zug gesessen hatten.

»Ich bin ins Theater gegangen, auf die billigsten Plätze. Museen, Galerien.«

Wer war mit ihr in die Galerien gegangen, wer hatte sich an ihrer Freude gefreut, hatte Teil an diesen verlorenen Jahren gehabt? »Allein?« fragte er skeptisch.

»Meist.« Es war ungefährlicher, weniger problematisch gewesen, allein zu bleiben. Kindheitsgewohnheiten halten sich lange.

»Ist dir das Leben und die Arbeit auf dem Land immer noch lieber? Bist du zufrieden? Damals, in der Bahn, hast du mir gesagt, daß du zufrieden bist.« Es nagte an ihm, daß sie zufrieden sein sollte. Er nahm ihr diesen Zustand übel.

»Die unverfänglichen Fragen werden dir bald ausgehen.« Flora streichelte der Hündin die Ohren und sah geradeaus. Ihre Stimme war ruhig.

»Wie du willst. Bist du verheiratet? Lebst du in einer festen Beziehung? Hattest du viele Verhältnisse?«

»Uff, wie mutig.«

»Nun?« sagte Cosmo.

»Bist du im Gerichtssaal auch so?«

»Viel besser. Die Perücke wirkt imponierend, die Robe einschüchternd.«

»Aha.«

»Also?«

»Nicht verheiratet, keine feste Beziehung. Ja, ich hatte Verhältnisse.« Sie sah zu den Männern hin, die auf den Resten des Grillfeuers herumtrampelten, und dachte: Es wäre nicht normal, wenn ich keine gehabt hätte. Die Verhältnisse, wenn man sie denn so nennen konnte, waren flüchtige, angenehme Beziehungen gewesen, die keine Narben hinterlassen hatten. »Du hast nicht gefragt, ob ich Kinder habe«, sagte sie. »Ich habe keine.«

Ich glaube, ich war nie mit ihr allein, dachte Cosmo, immer waren andere Leute dabei. Doch, damals, als ich ihr am Fluß begegnet bin und meine Chance irgendwie vertan habe. Zum Teufel mit all diesen Leuten. Er dachte an den französischen Offizier und den Texaner damals in der Bahn. Aber beim erstenmal, fiel ihm ein, damals am Strand, waren wir allein.

Das Feuer sank in sich zusammen, die Party löste sich auf. Die Männer hatten das Grillfeuer ausgetreten, andere luden die langen Tische auf den Landrover. »Nacht, Flora«, riefen sie. »Gute Nacht.« Und: »Schönen Dank, bis bald.« Jemand ließ den Motor an, der Landrover rollte talwärts.

Cosmo sah ihm nach. »Warst du die Gastgeberin?« Es war fast dunkel, aus dem Regen war ein leichtes Nieseln geworden.

»Ich habe den Hammel gespendet, das andere war Gemeinschaftsarbeit. Eine Abwechslung für das Dorf.« Auch ihre Gedanken gingen zurück in die Vergangenheit, sie dachte an das Picknick und ihre tiefe Verzweiflung am nächsten Morgen. »An dem Tag nach dem Picknick bin ich noch mal zum Strand gegangen«, sagte sie. »Ein schwarzes Rund, wo das Feuer gewesen war, mehr war nicht mehr da.«

Sie hatte ihre Namen in den Sand geschrieben:

Cosmo, Felix, Hubert. Das Meer hatte sie weggespült.

Cosmo sagte ziemlich ärgerlich: »Aber ich bin jetzt da.«

Der Wind, der sich vorübergehend gelegt hatte, frischte wieder auf und brachte Regen mit. Floras Hündin winselte und schüttelte sich. »Wenn wir hier sitzen bleiben«, sagte Flora, »holen wir uns noch Rheuma.«

Cosmo schlug den Mantelkragen hoch. »Ich fürchte, du wirst mir einen Korb geben, wenn ich dich bitte, meine Frau zu werden.«

»Du könntest es ja später noch mal versuchen.« Flora stand auf. »Wenn wir im Warmen und Trockenen sitzen.«

Auch Cosmo erhob sich und merkte zu seinem Ärger, daß er steif geworden war. Floras Hündin nieste und galoppierte fröhlich bergab. Flora folgte in leichtem Trab.

Unten zwängten sich die letzten Grillgäste in ihre Wagen, schalteten Scheinwerfer ein, ließen Motoren anlaufen, riefen Abschiedsgrüße, fuhren davon. Flora lief den steilen Hang seitlich hinunter und dachte: Wenn ich mich beeile, kann ich mitfahren, kann Reißaus nehmen und ihn seinem Schicksal überlassen, mich in mein Cottage zurückziehen, das Feuer im Kamin anschüren, ein heißes Bad nehmen, die Katze hinauslassen und mich mit einem Buch ins Bett legen. Dann dachte sie: Das ist kein Mann, an den man mit amüsierter Zuneigung zurückdenkt wie an Hubert oder mit reuigem Mitleid wie an Felix, der mich trotz seines Heldentums enttäuscht hat. Cosmo ist hier, hinter mir, er versucht mit mir Schritt zu halten, er ist *wirklich*. Und: Er kennt diesen Weg nicht so gut wie ich, am Ende stolpert er in der Dunkelheit und fällt hin; und so verlangsamte sie das Tempo. Sie hörte, wie Cosmo ausrutschte und fluchte. »Lauf mir nicht weg, verdammt noch mal«, rief er. »Warte!« Dann hatte er sie eingeholt. »Ich wäre fast nach Pengappah gefahren, um dort zu übernachten«, sagte er. »Aber dort warten keine glücklichen Erinnerungen.« Der Wind trug Floras Lachen davon. »Und als ich in Bodmin losfuhr, habe ich mir vorgenommen, mich am Riemen zu reißen und vernünftig zu sein.«

»Wäre das nicht recht riskant?« sagte Flora.

Das letzte Auto war fort, als sie unten ankamen. »Wo steht dein Wagen?« fragte Cosmo.

»Ich bin zu Fuß gekommen.«

»Steig bei mir ein.« Er schloß die Fahrertür auf.

»Der Hund ist schmutzig.«

»Hör auf mit den Ausflüchten.«

Die Hündin sprang in den Wagen und setzte sich auf die Rückbank. »Das Tier ist viel vernünftiger als wir.« Er legte die Arme um Flora und zog sie an sich. »Laß mich deine Augen küssen«, sagte er. Und dann: »Erzähl mir nicht, daß du weinst.«

»Das ist der Regen«, sagte Flora.

»Salziger Regen, das wäre mal was Neues.«

»Warum steigen wir nicht in den Wagen, dort wäre es trocken.«

»Ich muß dich warnen«, sagte Cosmo. »Ich habe Coppermalt meinem Neffen geschenkt, dem Sohn von Mabs.«

»Ich heirate dich nicht wegen Coppermalt.«

»Ach, Liebling, wir haben soviel Zeit vergeudet. Wie sollen wir das je wieder einholen?«

»Dann haben wir weniger Zeit zum Streiten«, sagte Flora.

MARY WESLEY

Matildas letzter Sommer
Roman
239 Seiten, gebunden mit
Schutzumschlag

Matildas letzter Sommer ist eine brillante Tragikomödie, eine Geschichte von Liebe und Verzweiflung, die fast so unglaublich ist wie das Leben selbst.

„Eine virtuose Darbietung, voll von hinterlistigen Intrigen, überzeugenden Charakterisierungen und boshaftem Witz."
The Times

Führe mich in Versuchung
Roman
360 Seiten, gebunden mit
Schutzumschlag

„Eine schöne Liebesgeschichte flicht die 80jährige englische Schriftstellerin, die erst mit 70 zu schreiben begann und sofort damit berühmt wurde, in einen urbritischen Gesellschaftsroman ein...Rose folgt zuerst dem elterlichen Muster, aber die Liebe zu Mylo ist stärker, und dann führt sie ein herrliches Doppelleben..."
Brigitte

LIST

Mary Wesley im dtv

»Mary Wesley ist wie Jane Austen mit Sex.«
Independent on Sunday

Eine talentierte Frau
Roman · dtv 11650
Hebe ist noch keine zwanzig, mittellos und schwanger, aber sie nutzt ihre Talente gut.

Ein Leben nach Maß
Roman · dtv 11741
Drei Männer begleiten Flora ein Leben lang...
»Eine Vierer-Liebesbeziehung mit viel Esprit, sehr charmant und etwas böse.«
(Karin Urbach)

Matildas letzter Sommer
Roman · dtv 11893
Matilda glaubt sich mit Ende Fünfzig reif für einen würdigen Abgang. Doch sie läßt sich auf ein letztes Abenteuer ein...

Führe mich in Versuchung
Roman · dtv 20117
Fünfzig Jahre lang hat Rose zwei Männern die Treue gehalten. Jetzt, mit 67 Jahren, nimmt sie endlich ihre Zukunft selbst in die Hand.

Die letzten Tage der Unschuld
Roman · dtv 12214
Sommer 1939: Fünf junge Leute verbringen die letzten unbeschwert glücklichen Tage vor dem Krieg.

Zweite Geige
Roman · dtv 25084
Laura Thornby will sich auf keine enge Beziehung einlassen. Doch dann verliebt sie sich in den viel jüngeren Claud.

Ein böses Nachspiel
Roman · dtv 20072
Manche Dinge bereut man sein Leben lang... Aber Henry macht das Beste aus seiner mißglückten Ehe.

Ein ganz besonderes Gefühl
Roman · dtv 20120
Eine Liebesgeschichte zwischen zwei sehr eigenwilligen Menschen – und eine Liebeserklärung an den Londoner Stadtteil Chelsea.